四世同堂

上

老舍 著

中国友谊出版公司

图书在版编目（CIP）数据

四世同堂：全2册 / 老舍著. -- 北京：中国友谊出版公司，2017.1（2022.2重印）

ISBN 978-7-5057-3959-8

Ⅰ. ①四… Ⅱ. ①老… Ⅲ. ①长篇小说－中国－现代 Ⅳ. ①I246.5

中国版本图书馆CIP数据核字(2017)第045820号

书名 四世同堂
作者 老舍
出版 中国友谊出版公司
发行 中国友谊出版公司
经销 新华书店
印刷 天津丰富彩艺印刷有限公司
规格 880×1230毫米 32开
32.25印张 850千字
版次 2017年7月第1版
印次 2022年2月第11次印刷
书号 ISBN 978-7-5057-3959-8
定价 65.00元（全2册）
地址 北京市朝阳区西坝河南里17号楼
邮编 100028
电话 （010）64678009

如发现印装质量问题，可联系退换
电话 （010）59799930-601

老舍（1899—1966）

中国现代小说家、戏剧家，老舍是一位让后人永远敬仰的文学巨匠，被誉为“人民艺术家”。其以现实主义的笔法和悲天悯人的情怀，塑造了一批形象鲜明的艺术形象，在中国现代文学史上有着极其重要的地位。

目录

序

假若诸事都能“照计而行”，则此书的组织将是：

1. 段——一百段。每段约有万字。

2. 字——共百万字。

3. 部——三部。第一部容纳三十四段，二部三部各三十三段，共百段。

本来无须分部，因为故事是紧紧相连的一串，而不是可以分成三个独立单位的“三部曲”。不过，为了发表与出书的便利，就不能不在适当的地方画上条红线儿，以清眉目。因此，也就勉强的加上三个副标题，曰《惶惑》《偷生》，与《饥荒》。将来，全部写完，印成蓝带布套的绣像本的时候，这三个副标题，就会失踪了的。

现在是随写随出，写到够十五万字左右，即出一本，故三部各有两本，全套共六本。不过，到出第二本的时候，也许就把第一本也放在里面，在《惶惑》之下，成为《四世同堂》的第一部，而后，第二部，第三部，也许照方炮制，直到全套出来，再另行设计，看是用石印好还是刻木版好；此系后话。暂时且不必多去操心。

设计写此书时，颇有雄心。可是执行起来，精神上，物质上，身体上，都有苦痛，我不敢保险能把他写完。即使幸而能写完，好不好还是另一问题。在这年月而要安心写百万字的长篇，简直有点不知好歹。算了吧，不再说什么了！

三十四年四月一日，在打摆子中。老舍 北碚

老人言

第一部

惶惑

一

祁老太爷什么也不怕，只怕庆不了八十大寿。在他的壮年，他亲眼看见八国联军怎样攻进北京城。后来，他看见了清朝的皇帝怎样退位，和接续不断的内战；一会儿九城的城门紧闭，枪声与炮声日夜不绝；一会儿城门开了，马路上又飞驰着得胜的军阀的高车大马。战争没有吓倒他，和平使他高兴。逢节他要过节，遇年他要祭祖，他是个安分守己的公民，只求消消停停的过着不至于愁吃愁穿的日子。即使赶上兵荒马乱，他也自有办法：最值得说的是他的家里老存着全家够吃三个月的粮食与咸菜。这样，即使炮弹在空中飞，兵在街上乱跑，他也会关上大门，再用装满石头的破缸顶上，便足以消灾避难。

为什么祁老太爷只预备三个月的粮食与咸菜呢？这是因为在他的心理上，他总以为北平是天底下最可靠的大城，不管有什么灾难，到三个月必定灾消难满，而后诸事大吉。北平的灾难恰似一个人免不了有些头疼脑热，过几天自然会好了的。不信，你看吧，祁老太爷会屈指算计：直皖战争有几个月？直奉战争又有好久？啊！听我的，咱们北平的灾难过不去三个月！

七七抗战那一年，祁老太爷已经七十五岁。对家务，他早已不再操心。他现在的重要工作是浇浇院中的盆花，说说老年间的故事，给笼中的小黄鸟添食换水，和携着重孙子孙女极慢极慢的去逛大街和护国寺。可是，卢沟桥的炮声一响，他老人家便没法不稍微操点心了，谁教他是四世同堂的老太爷呢。

儿子已经是过了五十岁的人，而儿媳的身体又老那么病病歪歪的，所以祁老太爷把长孙媳妇叫过来。老人家最喜欢长孙媳妇，因为第一，她已给祁家生了儿女，教他老人家有了重孙子孙女；第二，她既会持家，又懂得规矩，一点也不像二孙媳妇那样把头发烫得烂鸡窝似的，看着心里就闹得慌；第三，儿子不常住在家里，媳妇又多病，所以事实上是长孙与长孙媳妇当家，而长孙终日在外教书，晚上还要预备功课与改卷子，那么一家十口的衣食茶水，与亲友邻居的庆吊交际，便差不多都由长孙媳妇一手操持了；这不是件很容易的事，所以老人天公地道的得偏疼点她。还有，老人自幼长在北平，耳习目染的和旗籍人学了许多规矩礼路：儿媳妇见了公公，当然要垂手侍立。可是，儿媳妇既是五十多岁的人，身上又经常的闹着点病；老人若不教她垂手侍立吧，便破坏了家规；教她立规矩吧，又于心不忍，所以不如干脆和长孙媳妇商议商议家中的大事。

祁老人的背虽然有点弯，可是全家还属他的身量最高。在壮年的时候，他到处都被叫作"祁大个子"。高身量，长脸，他本应当很有威严，可是他的眼睛太小，一笑便变成一条缝子，于是，人们只看见他的高大的身躯，而觉不出什么特别可敬畏的地方来。到了老年，他倒变得好看了一些：黄暗的脸，雪白的须眉，眼角腮旁全皱出永远含笑的纹溜；小眼深深的藏在笑纹与白眉中，看去总是笑眯眯的显出和善；在他真发笑的时候，他的小眼放出一点点光，倒好像是有无限的智慧而不肯一下子全放出来似的。

把长孙媳妇叫来，老人用小胡梳轻轻的梳着白须，半天没有出声。老人在幼年只读过三本小书与六言杂字；少年与壮年吃尽苦处，独力置买了房子，成了家。他的儿子也只在私塾读过三年书，就去学徒；直到了孙辈，才受了风气的推移，而去入大学读书。现在，他是老太爷，可是他总觉得学问既不及儿子——儿子到如今还能背诵上下《论语》，而且写一笔被算命先生推奖的好字——更不及孙子，而很怕他们看不起他。因此，他对晚辈说话的时候总是先愣一会儿，表示自己很会思想。对长孙媳妇，他本来无须这样，因为她识字并不多，而且一天到晚嘴中不是叫孩子，便是谈论油盐酱醋。不过，日久天长，他已养成了这个习惯，也就只好教孙媳妇多站一会儿了。

长孙媳妇没入过学校，所以没有学名。出嫁以后，才由她的丈夫像赠送博士学位似的送给她一个名字——韵梅。韵梅两个字仿佛不甚走运，始终没能在祁家通行得开。公婆和老太爷自然没有喊她名字的习惯与必要，别人呢又觉得她只是个主妇，和“韵”与“梅”似乎都没多少关系。况且，老太爷以为“韵梅”和“运煤”既然同音，也就应该同一个意思，“好吗，她一天忙到晚，你们还忍心教她去运煤吗？”这样一来，连她的丈夫也不好意思叫她了，于是她除了“大嫂”“妈妈”等应得的称呼外，便成了“小顺儿的妈”；小顺儿是她的小男孩。

小顺儿的妈长得不难看，中等身材，圆脸，两只又大又水灵的眼睛。她走路，说话，吃饭，做事，都是快的，可是快得并不发慌。她梳头洗脸擦粉也全是快的，所以有时候碰巧了把粉擦得很匀，她就好看一些；有时候没有擦匀，她就不大顺眼。当她没有把粉擦好而被人家嘲笑的时候，她仍旧一点也不发急，而随着人家笑自己。她是天生的好脾气。

祁老人把白须梳够，又用手掌轻轻擦了两把，才对小顺儿的妈说：“咱们的粮食还有多少啊？”

小顺儿的妈的又大又水灵的眼很快的转动了两下，已经猜到老太爷的心意。很脆很快的，她回答：“还够吃三个月的呢！”

其实，家中的粮食并没有那么多。她不愿因说了实话，而惹起老人的啰嗦。对老人和儿童，她很会运用善意的欺骗。

“咸菜呢？”老人提出第二个重要事项来。

她回答的更快当：“也够吃的！干疙瘩，老咸萝卜，全还有呢！”她知道，即使老人真的要亲自点验，她也能马上去买些来。

“好！”老人满意了。有了三个月的粮食与咸菜，就是天塌下来，祁家也会抵抗的。可是老人并不想就这么结束了关切，他必须给长孙媳妇说明白了其中的道理："日本鬼子又闹事哪！哼！闹去吧！庚子年，八国联军打进了北京城，连皇上都跑了，也没把我的脑袋掰了去呀！八国都不行，单是几个日本小鬼还能有什么蹦儿？咱们这是宝地，多大的乱子也过不去三个月！咱们可也别太粗心大胆，起码得有窝头和咸菜吃！"

老人说一句，小顺儿的妈点一次头，或说一声"是"。老人的话，她已经听过起码有五十次，但是还当作新的听。老人一见有人欣赏自己的话，不由的提高了一点嗓音，以便增高感动的力量："你公公，别看他五十多了，论操持家务还差得多呢！你婆婆，简直是个病包儿，你跟她商量点事儿，她光会哼哼！这一家，我告诉你，就仗着你跟我！咱们俩要是不操心，一家子连裤子都穿不上！你信不信？"

小顺儿的妈不好意思说"信"，也不好意思说"不信"，只好低着眼皮笑了一下。

"瑞宣还没回来哪？"老人问。瑞宣是他的长孙。

"他今天有四五堂功课呢。"她回答。

"哼！开了炮，还不快快的回来！瑞丰和他的那个疯娘们呢？"老人问的是二孙和二孙媳妇——那个把头发烫成鸡窝似的妇人。

"他们俩——"她不知道怎样回答好。

"年轻轻的公母俩，老是蜜里调油，一时一刻也离不开，真也不怕人家笑话！"

小顺儿的妈笑了一下："这早晚的年轻夫妻都是那个样儿！"

"我就看不下去！"老人斩钉截铁的说。"都是你婆婆宠得她！我没看见过，一个年轻轻的妇道一天老长在北海，东安市场和——什么电影院来着？"

"我也说不上来！"她真说不上来，因为她几乎永远没有看电影去的机会。

“小三儿呢？”小三儿是瑞全，因为还没有结婚，所以老人还叫他小三儿；事实上，他已快在大学毕业了。

“老三带着妞子出去了。”妞子是小顺儿的妹妹。

“他怎么不上学呢？”

“老三刚才跟我讲了好大半天，说咱们要再不打日本，连北平都要保不住！”小顺儿的妈说得很快，可是也很清楚。“说的时候，他把脸都气红了，又是搓拳，又是磨掌的！我就直劝他，反正咱们姓祁的人没得罪东洋人，他们一定不能欺侮到咱们头上来！我是好意这么跟他说，好教他消消气；喝，哪知道他跟我瞪了眼，好像我和日本人串通一气似的！我不敢再言语了，他气哼哼的扯起妞子就出去了！您瞧，我招了谁啦？”

老人愣了一小会儿，然后感慨着说：“我很不放心小三儿，怕他早晚要惹出祸来！”

正说到这里，院里小顺儿撒娇的喊着：“爷爷！爷爷！你回来啦？给我买桃子来没有？怎么，没有？连一个也没有？爷爷你真没出息！”

小顺儿的妈在屋中答了言：“顺儿！不准和爷爷讪脸！再胡说，我就打你去！”

小顺儿不再出声，爷爷走了进来。小顺儿的妈赶紧去倒茶。爷爷（祁天佑）是位五十多岁的黑胡子小老头儿。中等身材，相当的富泰，圆脸，重眉毛，大眼睛，头发和胡子都很重很黑，很配作个体面的铺店的掌柜的——事实上，他现在确是一家三间门面的布铺掌柜。他的脚步很重，每走一步，他的脸上的肉就颤动一下。作惯了生意，他的脸上永远是一团和气，鼻子上几乎老拧起一旋笑纹。今天，他的神气可有些不对。他还要勉强的笑，可是眼睛里并没有笑时那点光，鼻子上的一旋笑纹也好像不能拧紧；笑的时候，他几乎不敢大大方方的抬起头来。

“怎样？老大！”祁老太爷用手指轻轻的抓着白胡子，就手儿看了看儿子的黑胡子，心中不知怎的有点不安似的。

黑胡子小老头很不自然的坐下，好像白胡子老头给了他一些什么精神上的压迫。看了父亲一眼，他低下头去，低声的说："时局不大好呢！"

"打得起来吗？"小顺儿的妈以长媳的资格大胆的问。

"人心很不安呢！"

祁老人慢慢的立起来："小顺儿的妈，把顶大门的破缸预备好！"

二

祁家的房子坐落在西城护国寺附近的"小羊圈"。说不定，这个地方在当初或者真是个羊圈，因为它不像一般的北平的胡同那样直直的，或略微有一两个弯儿，而是颇像一个葫芦。通到西大街去的是葫芦的嘴和脖子，很细很长，而且很脏。葫芦的嘴是那么窄小，人们若不留心细找，或向邮差打听，便很容易忽略过去。进了葫芦脖子，看见了墙根堆着的垃圾，你才敢放胆往里面走，像哥伦布看到海上有漂浮着的东西才敢更向前进那样。走了几十步，忽然眼一明，你看见了葫芦的胸：一个东西有四十步，南北有三十步长的圆圈，中间有两棵大槐树，四围有六七家人家。再往前走，又是一个小巷——葫芦的腰。穿过"腰"，又是一块空地，比"胸"大着两三倍，这便是葫芦肚儿了。"胸"和"肚"大概就是羊圈吧？这还待历史家去考察一番，而后才能断定。

祁家的房便是在葫芦胸里。街门朝西，斜对着一棵大槐树。在当初，祁老人选购房子的时候，房子的地位决定了他的去取。他爱这个地方。胡同口是那么狭窄不惹人注意，使他觉到安全；而葫芦胸里有六七家人家，又使他觉到温暖。门外呢，两株大槐下可供孩子们玩耍，既无车马，又有槐豆槐花与槐虫可以当作儿童的玩具。同时，地点虽是陋巷，而西通大街，背后是护国寺——每逢七八两日有庙会——买东西不算不方便。所以，他决定买下那所房。

看着自己的房，自己的儿孙和手植的花草，祁老人觉得自己的一世劳碌并没有虚掷。房子的本身可不很高明。第一，它没有格局。院子是东西长而南北短的一个长条，所以南北房不能相对；假若相对起来，院子便被挤成一条缝，而颇像轮船上房舱中间的走道了。南房两间，因此，是紧靠着街门，而北房五间面对着南院墙。两间东房是院子的东尽头；东房北边有块小空地，是厕所。南院墙外是一家老香烛店的晒佛香的场院，有几株柳树。幸而有这几株树，否则祁家的南墙外便什么也没有，倒好像是火车站上的房子，出了门便是野地了。第二，房子盖得不甚结实。除了北房的木料还说得过去，其余的简直没有值得夸赞的地方。在祁老人手里，南房的山墙与东房的后墙便塌倒过两次以上，而界墙的——都是碎砖头砌的——坍倒是每年雨季所必不能免的。院中是一墁土地，没有甬路；每逢雨季，院中的存水就能有一尺多深，出入都须打赤脚。

祁老人可是十分喜爱这所房。主要的原因是，这是他自己置买的产业，不论格局与建筑怎样不好，也值得自傲。其次，自从他有了这所房，他的人口便有增无减，到今天已是四世同堂！这里的风水一定是很好！在长孙瑞宣结婚的时候，全部房屋都彻底的翻盖了一次。这次是祁天佑出的力——他想把父亲置买的产业变成一座足以传世的堡垒，好上足以对得起老人，下对得起儿孙。木料糟了的一概撤换，碎砖都换上整砖，而且见木头的地方全上了油漆。经过一修改，这所房子虽然在格局上仍然有欠体面，可是在实质上却成了小羊圈数一数二的好房子。祁老人看着新房，满意的叹了口气。到他作过六十整寿，决定退休以后，他的劳作便都放在美化这所院子上。在南墙根，他逐渐的给种上秋海棠，玉簪花，绣球，和虎耳草。院中间，他养着四大盆石榴，两盆夹竹桃，和许多不须费力而能开花的小植物。在南房前面，他还种了两株枣树，一株结的是大白枣，一株结的是甜酸的“莲蓬子儿”。

看着自己的房，自己的儿孙，和手植的花草，祁老人觉得自己的一世劳碌并没有虚掷。北平城是不朽之城，他的房子也是永世不朽的房子。

现在，天佑老夫妇带着小顺儿住南屋。五间北房呢，中间作客厅；客厅里东西各有一个小门，通到瑞宣与瑞丰的卧室；尽东头的和尽西头的一间，都另开屋门，东头是瑞全的，西头是祁老太爷的卧室。东屋作厨房，并堆存粮米，煤球，柴火；冬天，也收藏石榴树和夹竹桃什么的。当初，在他买过这所房子来的时候，他须把东屋和南屋都租出去，才能显着院内不太空虚；今天，他自己的儿孙都快住不下了。屋子都住满了自家的人，老者的心里也就充满了欢喜。他像一株老树，在院里生满了枝条，每一条枝上的花叶都是由他生出去的！

在胡同里，他也感到得意。四五十年来，他老住在这里，而邻居们总是今天搬来，明天搬走，能一气住到十年二十年的就少少的。他们生，他们死，他们兴旺，他们衰落，只有祁老人独自在这里生了根。因家道兴旺而离开这陋巷的，他不去巴结；因家道衰落而连这陋巷也住不下去的，他也无力去救济；他只知道自己老在这里不动，渐渐的变成全胡同的老太爷。新搬来的人家，必定先到他这里来拜街坊；邻居有婚丧事设宴，他必坐首席；他是这一带的老人星，代表着人口昌旺，与家道兴隆！

在得意里，他可不敢妄想。他只希望能在自己的长条院子里搭起喜棚，庆祝八十整寿。八十岁以后的事，他不愿去想；假若老天教他活下去呢，很好；老天若收回他去呢，他闭眼就走，教子孙们穿着白孝把他送出城门去！

在葫芦胸里，路西有一个门，已经堵死。路南有两个门，都是清水脊门楼，房子相当的整齐。路北有两个门，院子都不大，可都住着三四家人家。假若路南是贵人区，路北便是贫民区。路东有三个门，尽南头的便是祁宅。与祁家一墙之隔的院子也是个长条儿，住着三家子人。再过去，还有一家，里外两个院子，有二十多间房，住着至少有七八家子，而且人品很不齐。这可以算作个大杂院。祁老太爷不大看得起这个院子，所以拿那院子的人并不当作街坊看待；为掩饰真正的理由，他总说那个院子只有少一半在“胸”里，而多一半在葫芦腰里，所以不能算作近邻，倒好像“胸”与“腰”相隔有十几里路似的。

把大杂院除外，祁老人对其余的五个院子的看待也有等级。最被他重视的是由西数第一个——门牌一号——路南的门。这个门里住着一家姓钱的，他们搬走过一次，可是不久又搬了回来，前后在这里已住过十五六年。钱老夫妇和天佑同辈，他的两个少爷都和瑞宣同过学。现在，大少爷已结了婚，二少爷也定了婚而还未娶。在一般人眼中，钱家的人都有点奇怪。他们对人，无论是谁，都极有礼貌，可是也都保持着个相当的距离，好像对谁都看得起，又都看不起。他们一家人的服装都永远落后十年，或二十年，到如今，钱老先生到冬天还戴红呢子大风帽。他家的妇女似乎永远不出大门一步；遇必要的时候，她们必须在门口买点针线或青菜什么的，也只把门开开一点缝子，仿佛怕走漏了门中什么秘密似的。他们的男人虽然也和别家的一样出来进去，可是他们的行动都像极留着神，好使别人莫测高深。钱老先生没有作事，很少出门；只有在他脸上有点酒意的时候，才穿着古老的衣服在门口立一会儿，仰头看着槐花，或向儿童们笑一笑。他们的家境如何？他们有什么人生的乐趣？有什么生活上的痛苦？都没有人知道。他们的院子里几乎永远没有任何响动。遇上胡同里有什么娶亲的，出殡的，或是来了跑旱船或耍猴子的，大家都出来看看热闹，只有钱家的门照旧关得严严的。他们不像是过日子，而倒像终年的躲债或避难呢。

在全胡同里，只有祁老人和瑞宣常到钱家来，知道一些钱家的

“秘密”。其实，钱家并没有什么秘密。祁老人心中很明白这个，但是不愿对别人说。这样，他就仿佛有一种替钱家保守秘密的责任似的，而增高了自己的身分。

钱家的院子不大，而满种着花。祁老人的花苗花种就有许多是由这里得来的。钱老先生的屋里，除了鲜花，便是旧书与破字画。他的每天的工作便是浇花，看书，画画，和吟诗。到特别高兴的时候，他才喝两盅自己泡的茵陈酒。钱老先生是个诗人。他的诗不给别人看，而只供他自己吟味。他的生活是按照着他的理想安排的，并不管行得通行不通。他有时候挨饿，挨饿他也不出一声。他的大少爷在中学教几点钟书，在趣味上也颇有父风。二少爷是这一家中最没有诗意的，他开驶汽车。钱老先生决不反对儿子去开汽车，而只不喜闻儿子身上的汽油味；因此，二少爷不大回家来，虽然并没有因汽油味和父亲犯了什么意见。至于钱家的妇女，她们并不是因为男子专制而不出大门，而倒是为了服装太旧，自惭形秽。钱先生与儿子绝对不是肯压迫任何人的人，可是他们的金钱能力与生活的趣味使他们毫不注意到服装上来，于是家中的妇女也就只好深藏简出的不出去多暴露自己的缺陷。

在祁老人与钱先生的交往中，祁老人老来看钱先生，而钱先生绝对不到祁家去。假若祁老人带来一瓶酒，送给钱先生，钱先生必定马上派儿子送来比一瓶酒贵着两三倍的一些礼物；他永远不白受人家的东西。他的手中永远没有宽裕过，因为他永远不算账，不记账。有钱他就花掉，没钱他会愣着想诗。他的大少爷也有这样的脾气。他宁可多在家中练习几点钟的画，而不肯去多教几点钟的书，增加一点收入。

论性格，论学识，论趣味，祁老人都没有和钱先生成为好友的可能。可是，他们居然成了好朋友。在祁老人呢，他，第一，需要个年老的朋友，好有个地方去播放他的陈谷子烂芝麻。第二，他佩服钱老人的学问和人品。在钱先生呢，他一辈子不肯去巴结任何人，但是有愿与他来往的，他就不便拒绝。他非常的清高，可并没有看不起人的恶习气。假若有人愿意来看他，他是个顶和蔼可亲的人。

虽然已有五十七八岁，钱默吟先生的头发还没有多少白的。矮个子，相当的胖，一嘴油光水滑的乌牙，他长得那么厚厚敦敦的可爱。圆脸，大眼睛，常好把眼闭上想事儿。他的语声永远很低，可是语气老是那么谦恭和气，教人觉得舒服。他和祁老人谈诗，谈字画，祁老人不懂。祁老人对他讲重孙子怎么又出了麻疹，二孙媳怎么又改烫了飞机头，钱先生不感趣味。但是，两个人好像有一种默契：你说，我就听着；我说，你就听着。钱默吟教祁老人看画，祁老人便点头夸好。祁老人报告家中的琐事，默吟先生便随时的答以“怎么好？”“真的吗？”“对呀！”等等简单的句子。若实在无词以答，他也会闭上眼，连连的点头。到最后，两个人的谈话必然的移转到养花草上来，而二人都可以滔滔不绝的说下去，也都感到难得的愉快。虽然祁老人对石榴树的趣味是在多结几个大石榴，而钱先生是在看花的红艳与石榴的美丽，可是培植的方法到底是有相互磋磨的必要的。

畅谈了花草以后，钱先生往往留祁老人吃顿简单的饭，而钱家的妇女也就可以借着机会来和老人谈谈家长里短——这时节，连钱先生也不能不承认在生活中除了作诗作画，也还有油盐酱醋这些问题的。

瑞宣有时候陪着祖父来上钱家串门儿，有时候也独自来。当他独自来的时候，十之八九是和太太或别人闹了脾气。他是个能用理智控制自己的人。所以虽然偶尔的动了怒，他也不愿大喊大叫的胡闹。他会一声不响的溜到钱家去，和钱家父子谈一谈与家事国事距离很远的事情，便把胸中的恶气散尽。

在钱家而外，祁老人也喜欢钱家对门，门牌二号的李家。在全胡同里，只有李家的老人与祁老太爷同辈，而且身量只比祁老人矮着不到一寸——这并不是李四爷的身子比祁老人的短这么些，而是他的背更弯了一点。他的职业的标志是在他的脖子上的一个很大的肉包。在二三十年前，北平有不少这种脖子上有肉包的人。他们自成一行，专给人们搬家。人家要有贵重的东西，像大磁瓶，座钟，和楠木或花梨的木器，他们便把它们捆扎好，用一块窄木板垫在脖子上，而把它们扛了走。他们走得要很稳，脖子上要有很大的力量，才能负重而保险不损坏东西。人们管这一行的人叫作“窝脖儿的”。自从有板子车以后，这行的人就渐渐的把“窝”变成了“拉”，而年轻的虽然还吃这一行的饭，脖子上可没有那个肉包了。李四爷在年轻的时候一定是很体面，尽管他脖子有肉包，而背也被压得老早就有点弯。现在，他的年纪已与祁老人不相上下，可是长脸上还没有多少皱纹，眼睛还不花，一笑的时候，他的眼与牙都放出光来，使人还能看出一点他年轻时的漂亮。

二号的院子里住着三家人，房子可是李四爷的。祁老人的喜欢李四爷，倒不是因为李四爷不是个无产无业的游民，而是因为李四爷的为人好。在他的职业上，他永远极尽心，而且要钱特别克己；有时候他给穷邻居搬家，便只要个饭钱，而不提工资。在职业以外，特别是在有了灾难的时节，他永远自动的给大家服务。例如：地方上有了兵变或兵灾，他总是冒险的顶着枪子儿去到大街上探听消息，而后回来报告给大家应当怎样准备。城门要关闭了，他便在大槐树下喊两声：“要关城了！赶紧预备点粮食呀！”及至灾难过去，城门又开了，他便又去喊：“太平没事啦，放心吧！”祁老人虽然以这一带的老人星自居，可是从给大家服务上来说，他自愧不如李四爷。所以，从年纪上和从品德上说，他没法不尊敬李四爷。虽然李家的少爷也是“窝脖儿的”，虽然李家院子是个又脏又乱的小杂院。两个老人若在大槐树下相遇而立定了，两家的晚辈便必定赶快的拿出凳子来，因为他们晓得两个老人的谈话多数是由五六十年前说起，而至少须花费一两钟头的。

李四爷的紧邻四号，和祁老人的紧邻六号都也是小杂院。四号住着剃头匠孙七夫妇；马老寡妇与她的外孙子，外孙以沿街去叫：“转盘的话匣子”为业；和拉洋车的小崔——除了拉车，还常打他的老婆。六号也是杂院，而人们的职业较比四号的略高一级：北房里住着丁约翰，信基督教，在东交民巷的“英国府”作摆台的。北耳房住着棚匠刘师傅夫妇，刘师傅在给人家搭棚而外，还会练拳和耍“狮子”。东屋住着小文夫妇，都会唱戏，表面上是玩票，而暗中拿“黑杵”①。

对四号与六号的人们，祁老人永远保持着不即不离的态度，有事就量力相助，无事便各不相扰。李四爷可就不然了，他对谁都愿意帮忙，不但四号与六号的人们都是他的朋友，就连七号——祁老人所不喜欢的大杂院——也常常的受到他的协助。不过，连这样，李四爷还时常遭受李四妈的指摘与责骂。李四妈，满头白发，一对大近视眼，几乎没有一天不骂那个“老东西”的。她的责骂，多数是她以为李四爷对朋友们还没有尽心尽力的帮忙，而这种责骂也便成为李四爷的见义勇为的一种督促。全胡同里的孩子，不管长得多么丑，身上有多么脏臭，都是李四妈的“宝贝儿”。对于成年人，李四妈虽然不好意思叫出来，而心中以为他们和她们都应该是她的“大宝贝儿”。她的眼看不清谁丑谁俊，她的心也不辨贫富老幼；她以为一切苦人都可怜可爱，都需要他们老夫妇的帮忙。因此，胡同里的人有时候对祁老人不能不敬而远之，而对李老夫妇便永远热诚的爱戴；他们有什么委屈都去向李四妈陈诉，李四妈便马上督促李四爷去帮忙，而且李四妈的同情的眼泪是既真诚而又丰富的。

夹在钱家与祁家中间的三号是祁老人的眼中钉。在祁家的房还没有翻修以前，三号是小羊圈里最体面的房。就是在祁家院子重修以后，论格局也还不及三号的款式像样。第一，三号门外，在老槐下面有一座影壁，粉刷得黑是黑，白是白，中间油好了二尺见方的大

① 黑杵，旧社会的票友，私下接受的报酬称“黑杵”。

红福字。祁家门外，就没有影壁，全胡同里的人家都没有影壁！第二，论门楼，三号的是清水脊，而祁家的是花墙子。第三，三号是整整齐齐的四合房，院子里方砖墁地。第四，三号每到夏天，院中必由六号的刘师傅给搭起新席子的凉棚，而祁家的阴凉儿只仗着两株树影儿不大的枣树供给。祁老人没法不嫉妒！

论生活方式，祁老人更感到精神上的压迫与反感。三号的主人，冠晓荷，有两位太太，而二太太是唱奉天大鼓的，曾经红过一时的，尤桐芳。冠先生已经五十多岁，和祁天佑的年纪仿上仿下，可是看起来还像三十多岁的人，而且比三十多岁的人还漂亮。冠先生每天必定刮脸，十天准理一次发，白头发有一根拔一根。他的衣服，无论是中服还是西装，都尽可能的用最好的料子；即使料子不顶好，也要做得最时样最合适。小个子，小长脸，小手小脚，浑身上下无一处不小，而都长得匀称。匀称的五官四肢，加上美妙的身段，和最款式的服装，他颇像一个华丽光滑的玻璃珠儿。他的人虽小，而气派很大，平日交结的都是名士与贵人。家里用着一个厨子，一个顶懂得规矩的男仆，和一个老穿缎子鞋的小老妈。一来客，他总是派人到便宜坊去叫挂炉烤鸭，到老宝丰去叫远年竹叶青。打牌，讲究起码四十八圈，而且饭前饭后要唱鼓书与二簧。对有点身分的街坊四邻，他相当的客气，可是除了照例的婚丧礼吊而外，并没有密切的交往。至于对李四爷，刘师傅，剃头的孙七，和小崔什么的，他便只看到他们的职业，而绝不拿他们当作人看。“老刘，明天来拆天棚啊！”“四爷，下半天到东城给我取件东西来，别误了！”“小崔，你要是跑得这么慢，我就不坐你的车了！听见没有？”对他们，他永远是这样的下简单而有权威的命令。

冠太太是个大个子，已经快五十岁了还专爱穿大红衣服，所以外号叫作大赤包儿。赤包儿是一种小瓜，红了以后，北平的儿童拿着它玩。这个外号起得相当的恰当，因为赤包儿经儿童揉弄以后，皮儿便皱起来，露出里面的黑种子。冠太太的脸上也有不少的皱纹，而且鼻子上有许多雀斑，尽管她还擦粉抹红，也掩饰不了脸上的褶子与黑点。她比她的丈夫的气派更大，一举一动都颇像西太后。她比冠先生更喜欢，也更会，交际；能一气打两整天整夜的麻雀牌，而还保持着西太后的尊傲气度。

冠太太只给冠先生生了两个小姐，所以冠先生又娶了尤桐芳，为是希望生个胖儿子。尤桐芳至今还没有生儿子。可是和大太太吵起嘴来，她的声势倒仿佛有十个儿子作后援似的。她长得不美，可是眉眼很媚；她的眉眼一天到晚在脸上乱跑。两位小姐，高第与招弟，本质都不错，可是在两位母亲的教导下，既会修饰，又会满脸上跑眉毛。

祁老人既嫉妒三号的房子，又看不上三号所有的男女。特别使他不痛快的是二孙媳妇的服装打扮老和冠家的妇女比赛，而小三儿瑞全又和招弟小姐时常有些来往。因此，当他发脾气的时候，他总是手指西南，对儿孙说："别跟他们学！那学不出好来！"这也就暗示出：假若小三儿再和招弟姑娘来往，他会把他赶出门去的。

三

祁老人用破缸装满石头，顶住了街门。

李四爷在大槐树下的警告："老街旧邻，都快预备点粮食啊，城门关上了！"更使祁老人觉得自己是诸葛亮。他不便隔着街门告诉李四爷："我已经都预备好了！"可是心中十分满意自己的未雨绸缪，料事如神。

在得意之间，他下了过于乐观的判断：不出三天，事情便会平定。

儿子天佑是个负责任的人，越是城门紧闭，他越得在铺子里。

儿媳妇病病歪歪的，听说日本鬼子闹事，长叹了一口气，心中很怕万一自己在这两天病死，而棺材出不了城！一急，她的病又重了一些。

瑞宣把眉毛皱得很紧，而一声不出；他是当家人，不能在有了危险的时候，长吁短叹的。

瑞丰和他的摩登太太一向不注意国事，也不关心家事；大门既被祖父封锁，只好在屋里玩扑克牌解闷。老太爷在院中啰嗦，他俩相视，缩肩，吐一吐舌头。

小顺儿的妈虽然只有二十八岁，可是已经饱经患难。她同情老太爷的关切与顾虑；同时，她可也不怕不慌。她的心好像比她的身体老的多，她看得很清楚：患难是最实际的，无可幸免的；但是，一个人想活下去，就不能不去设法在患难中找缝子，逃了出去——尽人事，听天命。总之生在这个年月，一个人须时时勇敢的去面对那危险的，而小心提防那“最”危险的事。你须把细心放在大胆里，去且战且走。你须把受委屈当作生活，而从委屈中咂摸出一点甜味来，好使你还肯活下去。

她一答一和的跟老人说着话儿，从眼泪里追忆过去的苦难，而希望这次的危险是会极快便过去的。听到老人的判断——不出三天，事情便会平定——她笑了一下：“那敢情好！”而后又发了点议论：“我就不明白日本鬼子要干什么！咱们管保谁也没得罪过他们，大家伙平平安安的过日子，不比拿刀动杖的强？我猜呀，日本鬼子准是天生来的好找别扭，您说是不是？”

老人想了一会儿才说：“自从我小时候，咱们就受小日本的欺侮，我简直想不出道理来！得啦，就盼着这一回别把事情闹大了！日本人爱小便宜，说不定这回是看上了卢沟桥。”

“干吗单看上了卢沟桥呢？”小顺儿的妈纳闷。“一座大桥既吃不得，又不能搬走！”

“桥上有狮子呀！这件事要搁着我办，我就把那些狮子送给他们，反正摆在那里也没什么用！”

“哼！我就不明白他们要那些狮子干吗？”她仍是纳闷。

“要不怎么是小日本呢！看什么都爱！”老人很得意自己能这么明白日本人的心理。“庚子年的时候，日本兵进城，挨着家儿搜东西，先是要首饰，要表；后来，连铜钮扣都拿走！”

“大概拿铜当作了金子，不开眼的东西！”小顺儿的妈挂了点气说。她自己是一棵草也不肯白白拿过来的人。

“大嫂！”瑞全好像自天而降的叫了声。

“哟！”大嫂吓了一跳。“三爷呀！干吗？”

“你把嘴闭上一会儿行不行？你说得我心里直闹得慌！”

在全家里，没有人敢顶撞老太爷，除了瑞全和小顺儿。现在他拦阻大嫂说话，当然也含着反抗老太爷的意思。

老太爷马上听出来那弦外之音。“怎么？你不愿意听我们说话，把耳朵堵上就是了！”

“我是不爱听！”瑞全的样子很像祖父，又瘦又长，可是在思想上，他与祖父相隔了有几百年。他的眼也很小，但很有神，眼珠像两颗发光的黑豆子。在学校里，他是篮球选手。打球的时候，他的两颗黑豆子随着球乱转，到把球接到手里，他的嘴便使劲一闭，像用力咽一口东西似的。他的眼和嘴的表情，显露出来他的性格——性子急，而且有决断。现在，他的眼珠由祖父转到大嫂，又由大嫂转到祖父，倒好像在球场上监视对方的球手呢。“日本人要卢沟桥的狮子？笑话！他们要北平，要天津，要华北，要整个的中国！”

“得了，得了！老三！少说一句。”大嫂很怕老三把祖父惹恼。

其实，祁老人对孙子永远不动真气——若是和重孙子在一处，则是重孙子动气，而太爷爷赔笑了。

“大嫂，你老是这样！不管谁是谁非，不管事情有多么严重，你老是劝人少说一句！”三爷虽然并不十分讨厌大嫂，可是心中的确反对大嫂这种敷衍了事的办法。现在，气虽然是对大嫂发的，而他所厌恶的却是一般的——他不喜欢任何不论是非，而只求敷衍的人。

“不这样，可教我怎样呢？”小顺儿的妈并不愿意和老三拌嘴，而是为她多说几句，好教老太爷不直接的和老三开火。“你们饿了找我要吃，冷了向我要衣服，我还能管天下大事吗？”

这，把老三问住了。像没能把球投进篮去而抓抓头那样，他用瘦长而有力的手指抓了两下头。

祖父笑了，眼中发出点老而淘气的光儿。“小三儿！在你嫂子面前，你买不出便宜去！没有我和她，你们连饭都吃不上，还说什么国家大事！”

“日本鬼子要是打破了北平，谁都不用吃饭！”瑞全咬了咬牙。他真恨日本鬼子。

“那！庚子年，八国联军……”老人想把拿手的故事再重述一遍，可是一抬头，瑞全已经不见了。“这小子！说不过我就溜开！这小子！”

门外有人拍门。

“瑞宣！开门去！”祁老人叫。“多半是你爸爸回来了。”

瑞宣又请上弟弟瑞全，才把装满石头的破缸挪开。门外，立着的不是他们的父亲，而是钱默吟先生。他们弟兄俩全愣住了。钱先生来访是件极稀奇的事。瑞宣马上看到时局的紧急，心中越发不安。瑞全也看到危险，可是只感到兴奋，而毫无不安与恐惧。

钱先生穿着件很肥大的旧蓝布衫，袖口与领边已全磨破。他还是很和蔼，很镇定，可是他自己知道今天破例到友人家来便是不镇定的表示。含着笑，他低声的问：“老人们都在家吧？”

“请吧！钱伯父！”瑞宣闪开了路。

钱先生仿佛迟疑了一下，才往里走。

瑞全先跑进去，告诉祖父：“钱先生来了。”

祁老人听见了，全家也都听到，大家全为之一惊。祁老人迎了出来。又惊又喜，他几乎说不上话来。

钱默吟很自然，微抱歉意的说着：“第一次来看你老人家，第一次！我太懒了，简直不愿出街门。”

到北屋客厅坐下，钱先生先对瑞宣声明：“千万别张罗茶水！一客气，我下次就更不敢来了！”这也暗示出，他愿意开门见山的把来意说明，而且不希望逐一的见祁家全家的老幼。

祁老人先提出实际的问题：“这两天我很惦记着你！咱们是老邻居，老朋友了，不准说客气话，你有粮食没有。没有，告诉我一声！粮食可不比别的东西，一天，一顿，也缺不得！”

默吟先生没说有粮，也没说没粮，而只含混的一笑，倒好像即使已经绝粮，他也不屑于多去注意。

“我——”默吟先生笑着，闭了闭眼。“我请教瑞宣世兄，”他的眼也看了瑞全一下，“时局要演变到什么样子呢？你看，我是不大问国事的人，可是我能自由地生活着，全是国家所赐。我这几天什么也干不下去！我不怕穷，不怕苦，我只怕丢了咱们的北平城！一朵花，长在树上，才有它的美丽；拿到人的手里就算完了。北平城也是这样，它顶美，可是若被敌人占据了，它便是被折下来的花了！是不是？”

见他们没有回答。他又补上了两句：“假若北平是树，我便是花，尽管是一朵闲花。北平若不幸丢失了，我想我就不必再活下去！”

祁老人颇想说出他对北平的信仰，而劝告钱先生不必过于忧虑。可是，他不能完全了解钱先生的话；钱先生的话好像是当票子上的字，虽然也是字，而另有个写法——你要是随便的乱猜，赎错了东西才麻烦呢！于是，他的嘴唇动了动，而没说出话来。

瑞宣，这两天心中极不安，本想说些悲观的话，可是有老太爷在一旁，他不便随便开口。

瑞全没有什么顾忌。他早就想谈话，而找不到合适的人。大哥的学问见识都不坏，可是大哥是那么能故意的缄默，非用许多方法不能招出他的话来。二哥，，跟二哥二嫂只能谈谈电影与玩乐。和二哥夫妇谈话，还不如和祖父或大嫂谈谈油盐酱醋呢——虽然无趣，可是至少也还和生活有关。现在，他抓住了钱先生。他知道钱先生是个有些思想的人——尽管他的思想不对他的路子。他立起来挺了挺腰，说："我看哪，不是战，就是降！"

"至于那么严重？"钱先生的笑纹僵在了脸上，右腮上有一小块肉直抽动。

"有田中奏折在那里，日本军阀不能不侵略中国；有九一八的便宜事在那里，他们不能不马上侵略中国。他们的侵略是没有止境的，他们征服了全世界，大概还要征服火星！"

"火星？"祖父既不相信孙子的话，更不知道火星在哪条大街上。

瑞全没有理会祖父的质问，理直气壮的说下去："日本的宗教，教育，气量，地势，军备，工业，与海盗文化的基础，军阀们的野心，全都朝着侵略的这一条路子走。走私，闹事，骑着人家脖子拉屎，都是侵略者的必有的手段！卢沟桥的炮火也是侵略的手段之一，这回能敷衍过去，过不了十天半月准保又在别处——也许就在西苑或护国寺——闹个更大的事。日本现在是骑在虎背上，非乱撞不可！"

瑞宣脸上笑着，眼中可已经微微的湿了。

祁老人听到"护国寺"，心中颤了一下：护国寺离小羊圈太近了！

"三爷，"钱先生低声的叫。"咱们自己怎么办呢？"

瑞全，因为气愤，话虽然说的不很多，可是有点声嘶力竭的样子。心中也仿佛很乱，没法再说下去。在理智上，他知道中国的军备不是日本的敌手，假若真打起来，我们必定吃很大的亏。但是，从感情上，他又愿意马上抵抗，因为多耽误一天，日本人便多占一天的便宜；等到敌人完全布置好，我们想还手也来不及了！他愿意抵抗。假若中日真的开了仗，他自己的生命是可以献给国家的。可是，他怕被人问倒："牺牲了性命，准能打得胜吗？"他决不怀疑自己的情愿牺牲，可是不喜欢被人问倒，他已经快在大学毕业，不能在大家面前显出有勇无谋，任着感情乱说。他身上出了汗。抓了抓头，他坐下了，脸上起了好几个红斑点。

"瑞宣？"钱先生的眼神与语气请求瑞宣发表意见。

瑞宣先笑了一下，而后声音很低的说："还是打好！"

钱先生闭上了眼，详细咂摸瑞宣的话的滋味。

瑞全跳了起来，把双手放在瑞宣的双肩上："大哥！大哥！"他的脸完全红了，又叫了两声大哥，而说不上话来。

这时候，小顺儿跑了进来，"爸！门口，门口……"

祁老人正找不着说话的机会与对象，急快的抓到重孙子："你看！你看！刚开开门，你就往外跑，真不听话！告诉你，外边闹日本鬼子哪！"

小顺儿的鼻子皱起来，撇着小嘴："什么小日本儿，我不怕！中华民国万岁！"他得意的伸起小拳头来。

"顺儿！门口怎么啦？"瑞宣问。

小顺儿手指着外面，神色相当诡秘的说："那个人来了！说要看看你！"

"哪个人？"

"三号的那个人！"小顺儿知道那个人是谁，可是因为听惯了大家对那个人的批评，所以不愿意说出姓名来。

"冠先生？"

小顺儿对爸爸点了点头。

"谁？，他！"钱先生要往起立。

"钱先生！坐着你的！"祁老人说。

"不坐了！"钱先生立起来。

"你不愿意跟他谈话，走，上我屋里去！"祁老人诚意的相留。

"不啦！改天谈，我再来！不送！"钱先生已很快的走到屋门口。

祁老人扶着小顺儿往外送客。他走到屋门口，钱先生已走到南屋外的枣树下。瑞宣，瑞全追着送出去。

冠晓荷在街门坎里立着呢。他穿着在三十年前最时行，后来曾经一度极不时行，到如今又二番时行起来的团龙蓝纱大衫，极合身，极大气。下面，白地细蓝道的府绸裤子，散着裤角；脚上是青丝袜，白千层底青缎子鞋；更显得连他的影子都极漂亮可爱。见钱先生出来，他一手轻轻拉了蓝纱大衫的底襟一下，一手伸出来，满面春风的想和钱先生拉手。

钱先生既没失去态度的自然，也没找任何的掩饰，就那么大大方方的走出去，使冠先生的手落了空。

冠先生也来得厉害，若无其事的把手顺便送给了瑞宣，很亲热的握了一会儿。然后，他又和瑞全拉手，而且把左手放在上面，轻轻的按了按，显出加劲儿的亲热。

祁老人不喜欢冠先生，带着小顺儿到自己屋里去。瑞宣和瑞全陪着客人在客厅里谈话。

冠先生只到祁家来过两次。第一次是祁老太太病故，他过来上香奠酒，并没坐多大一会儿就走了。第二次是谣传瑞宣要作市立中学的校长，他过来预为贺喜，坐了相当长的时间。后来，谣言并未变成事实，他就没有再来过。

今天，他是来会钱先生，而顺手看看祁家的人。

冠晓荷在军阀混战的时期，颇作过几任地位虽不甚高，而油水很厚的官。他作过税局局长，头等县的县长，和省政府的小官儿。近几年来，他的官运不甚好，所以他厌恶南京政府，而每日与失意的名士，官僚，军阀，鬼混。他总以为他的朋友中必定有一两个会重整旗鼓，再掌大权的，那么，他自己也就还有一步好的官运——也就是财运。和这些朋友交往，他的模样服装都很够格儿；同时，他的几句二簧，与八圈麻将，也都不甚寒伧。近来，他更学着念佛，研究些符咒与法术；于是，在遗老们所常到的恒善社，和其他的宗教团体与慈善机关，他也就有资格参加进去。他并不怎么信佛与神，而只拿佛法与神道当作一种交际的需要，正如同他须会唱会赌那样。

只有一样他来不及，他作不上诗文，画不上梅花或山水来。他所结交的名士们，自然用不着说，是会这些把戏的了；就连在天津作寓公的，有钱而失去势力的军阀与官僚，也往往会那么一招两招的。连大字不识的丁老帅，还会用大麻刷子写一丈大的一笔虎呢。就是完全不会写不会画的阔人，也还爱说道这些玩艺；这种玩艺儿是“阔”的一种装饰，正像阔太太必有钻石与珍珠那样。

他早知道钱默吟先生能诗善画，而家境又不甚宽绰。他久想送几个束修，到钱家去熏一熏。他不希望自己真能作诗或作画，而只求知道一点术语和诗人画家的姓名，与派别，好不至于在名人们面前丢丑。

他设尽方法想认识钱先生，而钱先生始终像一棵树——你招呼他，他不理你。他又不敢直入公堂的去拜访钱先生，因为若一度遭了拒绝，就不好再谋面了。今天，他看见钱先生到祁家去，所以也赶过来。在祁家相识之后，他就会马上直接送两盆花草，或几瓶好酒去，而得到熏一熏的机会。还有，在他揣测，别看钱默吟很窘，说不定家中会收藏着几件名贵的字画。自然喽，他若肯出钱买古玩的话，有的是现成的“琉璃厂”。不过，他不想把钱花在这种东西上。那么，假若与钱先生交熟了以后，他想他必会有方法弄过一两件宝物来，岂不怪便宜的么？有一两件古物摆在屋里，他岂不就在陈年竹叶青酒，与漂亮的姨太太而外，便又多一些可以展览的东西，而更提高些自己的身份么？

没想到，他会碰了钱先生一个软钉子！他的心中极不高兴。他承认钱默吟是个名士，可是比钱默吟的名气大着很多的名士也没有这么大的架子呀！“给脸不要脸，好，咱们走着瞧吧！”他想报复：“哼！只要我一得手，姓钱的，准保有你个乐子！”在表面上，他可是照常的镇定，脸上含着笑与祁家弟兄敷衍。

“这两天时局很不大好呢！有什么消息没有？”

“没什么消息，”瑞宣也不喜欢冠先生，可是没法不和他敷衍。“荷老看怎样？”

“这个——”冠先生把眼皮垂着，嘴张着一点，作出很有见解的样子。“这个——很难说！总是当局的不会应付。若是应付得好，我想事情绝不会弄到这么严重！”

瑞全的脸又红起来，语气很不客气的问：“冠先生，你看应当怎样应付呢？”

“我？”冠先生含笑的愣了一小会儿。“这就是不在其位，不谋其政了！我现在差不多是专心研究佛法。告诉二位，佛法中的滋味实在是其妙无穷！知道一点佛说佛法，心里就像喝了点美酒似的，老那么晕晕忽忽的好受！前天，在孙清老家里，（丁老帅，李将军，方锡老，都在那儿，）我们把西王母请下来了，还给她照了个相。玄妙，妙不可言！想想看，西王母，照得清楚极了，嘴上有两条长须，就和鲇鱼的须一样，很长很长，由这儿——”他的手指了指嘴，“直——”，他的嘴等着他的手向肩上绕，“伸到这儿，玄妙！”

“这也是佛法？”瑞全很不客气的问。

“当然！当然！”冠先生板着脸，十分严肃的说。“佛法广大无边，变化万端，它能显示在两条鲇鱼须上！”

他正要往下说佛法，他的院里一阵喧哗。他立起来，听了听。“哦，大概是二小姐回来了！昨天她上北海去玩，大概是街上一乱，北海关了前后门，把她关在里边了。内人很不放心，我倒没怎么慌张，修佛的人就有这样好处，心里老是晕晕忽忽的，不着急，不发慌；佛会替咱们安排一切！好，我看看去，咱们改天再畅谈。”说罢，他脸上镇定，而脚步相当快的往外走。

祁家弟兄往外相送。瑞宣看了三弟一眼，三弟的脸红了一小阵儿。

已到门口，冠先生很恳切的，低声的向瑞宣说：“不要发慌！就是日本人真进了城，咱们也有办法！有什么过不去的事，找我来，咱们是老邻居，应当互助！”

四

天很热，而全国的人心都凉了，北平陷落！

李四爷立在槐荫下，声音凄惨的对大家说："预备下一块白布吧！万一非挂旗不可，到时候用胭脂涂个红球就行！庚子年，我们可是挂过！"他的身体虽还很强壮，可是今天他感到疲乏。说完话，他蹲在了地上，呆呆的看着一条绿槐虫儿。

李四妈在这两天里迷迷忽忽的似乎知道有点什么危险，可是始终也没细打听。今天，她听明白了是日本兵进了城，她的大近视眼连连的眨巴，脸上白了一些。她不再骂她的老头子，而走出来与他蹲在了一处。

拉车的小崔。赤着背出来进去的乱晃。今天没法出车，而家里没有一粒米。晃了几次，他凑到李老夫妇的跟前："四奶奶！您还得行行好哇！"

李四爷没有抬头，还看着地上的绿虫儿。李四妈，不像平日那么哇啦哇啦的，用低微的声音回答："待一会儿，我给你送二斤杂合面儿去！"

"那敢情好！我这儿谢谢四奶奶啦！"小崔的声音也不很高。

"告诉你，好小子，别再跟家里的吵！日本鬼子进了城！"李四妈没说完，叹了口气。

剃头匠孙七并不在剃头棚子里耍手艺，而是在附近一带的铺户作包月活。从老手艺的水准说，他对打眼，掏耳，捶背，和刮脸，都很出色。对新兴出来花样，像推分头，烫发什么的，他都不会，也不屑于去学——反正他作买卖家的活是用不着这一套新手艺的。

今天，铺子都没开市，他在家中喝了两盅闷酒，脸红扑扑的走出来。借着点酒力，他想发发牢骚："四太爷！您是好意。告诉大伙儿挂白旗，谁爱挂谁挂，我孙七可就不能挂！我恨日本鬼子！我等着，他们敢进咱们的小羊圈，我教他们知道知道我孙七的厉害！"

要搁在平日，小崔一定会跟孙七因辩论而吵起来；他们俩一向在辩论天下大事的时候是死对头。现在，李四爷使了个眼神，小崔一声没出的躲开。孙七见小崔走开，颇觉失望，可是还希望李老者跟他闲扯几句，李四爷一声也没出。孙七有点不得劲儿。待了好大半天，李四爷抬起头来，带着厌烦与近乎愤怒的神气说："孙七！回家睡觉去！"孙七，虽然有点酒意，也不敢反抗李四爷。笑了一下，走回家去。

六号没有人出来。小文夫妇照例现在该吊嗓子，可是没敢出声。刘师傅在屋里用力的擦自己的一把单刀。

头上已没有了飞机，城外已没有了炮声，一切静寂。只有响晴的天上似乎有一点什么波动，随人的脉搏轻跳，跳出一些金的星，白的光。亡国的晴寂！

瑞宣，胖胖的，长得很像父亲。不论他穿着什么衣服，他的样子老是那么自然，大雅。这个文文雅雅的态度，在祁家是独一份儿。祁老太爷和天佑是安分守己的买卖人，他们的举止言谈都毫无掩饰的露出他们的本色。瑞丰受过教育，而且有点不大看得起祖父与父亲，所以他拼命往文雅，时髦里学。可是，因为学的过火，他老显出点买办气或市侩气；没得到文雅，反失去家传的纯朴。老三瑞全是个愣小子，毫不关心哪是文雅，哪是粗野。只有瑞宣，不知从何处学来的，或者学也不见就学得到，老是那么温雅自然。同他的祖父，父亲一样，他作事非常的认真。但是，在认真中——这就与他的老人们不同了——他还很自然，不露出剑拔弩张的样子。他很俭省，不虚花一个铜板，但是他也很大方——在适当的地方，他不打算盘。在他心境不好的时候，他像一片春阴，教谁也能放心不会有什么狂风暴雨。在他快活的时候，他也只有微笑，好像是笑他自己为什么要快活的样子。

他很用功，对中国与欧西的文艺都有相当的认识。可惜他没机会，或财力，去到外国求深造。在学校教书，他是顶好的同事与教师，可不是顶可爱的，因为他对学生的功课一点也不马虎，对同事们的应酬也老是适可而止。他对任何人都保持着个相当的距离。他不故意的冷淡谁，也不肯绕着弯子去巴结人。他是凭本事吃饭，无须故意买好儿。

在思想上，他与老三很接近，而且或者比老三更深刻一点。所以，在全家中，他只与老三说得来。可是，与老三不同，他不愿时常发表他的意见。这并不是因为他骄傲，不屑于对牛弹琴，而是他心中老有点自愧——他知道的是甲，而只能作到乙，或者甚至于只到丙或丁。他似乎有点女性，在行动上他总求全盘的体谅。举个例说：在他到了该结婚的年纪，他早已知道什么恋爱神圣，结婚自由那一套。可是他娶了父亲给他定下的“韵梅”。他知道不该把一辈子拴在个他所不爱的女人身上，但是他又不忍看祖父，父母的泪眼与愁容。他替他们想，也替他的未婚妻想。想过以后，他明白了大家的难处，而想得到全盘的体谅。他只好娶了她。他笑自己这样的软弱。同时，赶到他一看祖父与父母的脸上由忧愁改为快活，他又感到一点骄傲——自我牺牲的骄傲。

当下过雪后，他一定去上北海，爬到小白塔上，去看西山的雪峰。在那里，他能一气立一个钟头。那白而远的山峰把他的思想引到极远极远的地方去。他愿意摆脱开一切俗事，到深远的山中去读书，或是乘着大船，在海中周游世界一遭。赶到不得已的由塔上下来，他的心便由高山与野海收回来，而想到他对家庭与学校的责任。他没法卸去自己的人世间的责任而跑到理想的世界里去。于是，他顺手儿在路上给祖父与小顺儿买些点心，像个贤孙慈父那样婆婆妈妈的！好吧，既不能远走高飞，便回家招老小一笑吧！他的无可如何的笑纹又摆在他冻红了的脸上。

他几乎没有任何嗜好。黄酒，他能喝一斤。可是非到过年过节的时候，决不动酒。他不吸烟。茶和水并没有什么分别。他的娱乐只有帮着祖父种种花，和每星期到“平安”去看一次或两次电影。他的看电影有个实际的目的：他的英文很不错，可是说话不甚流利，所以他愿和有声片子去学习。每逢他到“平安”去，他总去的很早，好买到前排的座位——既省钱，又得听。坐在那里，他连头也不回一次，因为他知道二爷瑞丰夫妇若也在场，就必定坐头等座儿；他不以坐前排为耻，但是倒怕老二夫妇心里不舒服。

北平陷落了，瑞宣像个热锅上的蚂蚁，出来进去，不知道要作什么好。他失去了平日的沉静，也不想去掩饰。出了屋门，他仰头看看天，天是那么晴朗美丽，他知道自己还是在北平的青天底下。一低头，仿佛是被强烈的阳光闪的，眼前黑了一小会儿——天还是那么晴蓝，而北平已不是中国人的了！他赶紧走回屋里去。到屋里，他从平日积蓄下来的知识中，去推断中日的战事与世界的关系。忽然听到太太或小顺儿的声音，他吓了一跳似的，从世界大势的阴云中跳回来：他知道中日的战争必定会使世界的地理与历史改观，可是摆在他面前的却是这一家老少的安全与吃穿。祖父已经七十多岁，不能再去出力挣钱。父亲挣钱有限，而且也是五十好几的人。母亲有病，禁不起惊慌。二爷的收入将将够他们夫妇俩花的，而老三还正在读书的时候。天下太平，他们都可以不愁吃穿，过一份无灾无难的日子。今天，北平亡了，该怎么办？平日，他已是当家的；今天，他的责任与困难更要增加许多倍！在一方面，他是个公民，而且是个有些知识与能力的公民，理当去给国家作点什么，在这国家有了极大危难的时候。在另一方面，一家老的老，小的小，平日就依仗着他，现在便更需要他。他能甩手一走吗？不能！不能！可是，不走便须在敌人脚底下作亡国奴，他不能受！不能受！

出来进去，出来进去，他想不出好主意。他的知识告诉他那最高的责任，他的体谅又逼着他去顾虑那最迫切的问题。他想起文天祥，史可法，和许多许多的民族英雄，同时也想起杜甫在流离中的诗歌。

老二还在屋中收听广播——日本人的广播。

老三在院中把脚跳起多高："老二，你要不把它关上，我就用石头砸碎了它！"

小顺儿吓愣了，忙跑到祖母屋里去。祖母微弱的声音叫着，"老三！老三！"

瑞宣一声没出的把老三拉到自己的屋中来。

哥儿俩对愣了好大半天，都想说话，而不知从何处说起。老三先打破了沉寂，叫了声："大哥！"瑞宣没有答应出来，好像有个枣核堵住了他的嗓子。老三把想起来的话又忘了。

屋里，院中，到处，都没有声响。天是那么晴，阳光是那么亮，可是整个的大城——九门紧闭——像晴光下的古墓！忽然的，远处有些声音，像从山上往下轱辘石头。

"老三，听！"瑞宣以为是重轰炸机的声音。

"敌人的坦克车，在街上示威！"老三的嘴角上有点为阻拦嘴唇颤动的惨笑。

老大又听了听。"对！坦克车！辆数很多！哼！"他咬住了嘴唇。

坦克车的声音更大了，空中与地上都在颤抖。

最爱和平的中国的最爱和平的北平，带着它的由历代的智慧与心血而建成的湖山，宫殿，坛社，寺宇，宅园，楼阁与九条彩龙的影壁，带着它的合抱的古柏，倒垂的翠柳，白玉石的桥梁，与四季的花草，带着它的最轻脆的语言，温美的礼貌，诚实的交易，徐缓的脚步，与唱给宫廷听的歌剧……不为什么，不为什么，突然的被飞机与坦克强奸着它的天空与柏油路！

“大哥！”老三叫了声。

街上的坦克，像几座铁矿崩炸了似的发狂的响着，瑞宣的耳与心仿佛全聋了。

“大哥！”

“啊？”瑞宣的头偏起一些，用耳朵来找老三的声音。“哦！说吧！”

“我得走！大哥！不能在这里作亡国奴！”

“啊？”瑞宣的心还跟着坦克的声音往前走。

“我得走！”瑞全重了一句。

“走？上哪儿？”

坦克的声音稍微小了一点。

“上哪儿都好，就是不能在太阳旗下活着！”

“对！”瑞宣点了点头，胖脸上起了一层小白疙瘩。“不过，也别太忙吧？谁知道事情准变成什么样子呢。万一过几天‘和平’解决了，岂不是多此一举？你还差一年才能毕业！”

“你想，日本人能叼住北平，再撒了嘴？”

“除非把华北的利益全给了他！”

“没了华北，还有北平？”

瑞宣愣了一会儿，才说：“我是说，咱们允许他用经济侵略，他也许收兵。武力侵略没有经济侵略那么合算。”

坦克车的声音已变成像远处的轻雷。

瑞宣听了听，接着说：“我不拦你走，只是请你再稍等一等！”

“要等到走不了的时候，可怎么办？”

瑞宣叹了口气。“哼！你……我永远走不了！”

“大哥，咱们一同走！”

瑞宣的浅而惨的笑又显露在抑郁的脸上：“我怎么走？难道叫这一家老小都……”

“太可惜了！你看，大哥，数一数，咱们国内像你这样受过高等教育，又有些本事的人，可有多少？”

“我没办法！”老大又叹了口气，“只好你去尽忠，我来尽孝了！”

这时候，李四爷已立起来，轻轻的和白巡长谈话。白巡长已有四十多岁。脸上剃得光光的，看起来还很精神。他很会说话，遇到住户们打架拌嘴，他能一面挖苦，一面恫吓，而把大事化小，小事化无。因此，小羊圈一带的人们都怕他的利口，而敬重他的好心。

今天，白巡长可不十分精神。他深知道自己的责任是怎样的重大——没有巡警就没有治安可言。虽然他只是小羊圈这一带的巡长，可是他总觉得整个的北平也多少是他的。他爱北平，更自傲能作北平城内的警官。可是，今天北平被日本人占据了；从此他就得给日本人维持治安了！论理说，北平既归了外国人，就根本没有什么治安可讲。但是，他还穿着那身制服，还是巡长！他不大明白自己是干什么呢！

“你看怎样呀？巡长！”李四爷问：“他们能不能乱杀人呢？”

“我简直不敢说什么，四大爷！”白巡长的语声很低。“我仿佛是教人家给扣在大缸里啦，看不见天地！”

“咱们的那么多的兵呢？都哪儿去啦？”

“都打仗来着！打不过人家呀！这年月，打仗不能专凭胆子大，身子棒啦！人家的枪炮厉害，有飞机坦克！咱们……”

“那么，北平城是丢铁了？”

“大队坦克车刚过去，你难道没听见？”

“铁啦？”

“铁啦！”

“怎么办呢？”李四爷把声音放得极低：“告诉你，巡长，我恨日本鬼子！”

巡长向四外打了一眼：“谁不恨他们！得了，说点正经的：四大爷，你待会儿到祁家，钱家去告诉一声，教他们把书什么的烧一烧。日本人恨念书的人！家里要是存着三民主义或是洋文书，就更了不得！我想这条胡同里也就是他们两家有书。你去一趟吧！我不好去——”巡长看了看自己的制服。

李四爷点头答应。白巡长无精打采的向葫芦腰里走去。

四爷到钱家拍门，没人答应。他知道钱先生有点古怪脾气，又加上在这兵荒马乱的时候不便惹人注意，所以等了一会儿就上祁家来。

祁老人的诚意欢迎，使李四爷心中痛快了一点。为怕因祁老人提起陈谷子烂芝麻而忘了正事，他开门见山的说明了来意。祁老人对书籍没有什么好感，不过书籍都是钱买来的，烧了未免可惜。他打算教孙子们挑选一下，把该烧的卖给“打鼓儿的”[①]好了。

“那不行！”李四爷对老邻居的安全是诚心关切着的。“这两天不会有打鼓儿的；就是有，他们也不敢买书！”说完，他把刚才没能叫开钱家的门的事也告诉了祁老者。

祁老者在院中叫瑞全：“瑞全，好孩子，把洋书什么的都烧了吧！都是好贵买来的，可是咱们能留着它们惹祸吗？”

老三对老大说：“看！焚书坑儒！你怎样？”

“老三你说对了！你是得走！我既走不开，就认了命！你走！我在这儿焚书，挂白旗，当亡国奴！”老大无论如何再也控制不住自己，他落了泪。

“听见没有啊，小三儿？”祁老者又问了声。

“听见了！马上就动手！”瑞全不耐烦的回答了祖父，而后小声的向瑞宣：“大哥！你要是这样，教我怎好走开呢？”

瑞宣用手背把泪抹去。“你走你的，老三！要记住，永远记住，你家的老大并不是个没出息的人……”他的嗓子里噎了几下，不能说下去。

---

① 打鼓儿的，指旧社会手中打着小皮鼓串街买破旧东西的人。

五

瑞全把选择和焚烧书籍的事交给了大哥。他很喜爱书，但是现在他觉得自己与书的关系已不十分亲密了。他应该放下书而去拿起枪刀。他爱书，爱家庭，爱学校，爱北平，可是这些已并不再在他心中占有重要的地位。青年的热血使他的想象飞驰。他，这两天，连作梦都梦到逃亡。他还没有能决定怎样走，和向哪里走，可是他的心似乎已从身中飞出去；站在屋里或院中，他看见了高山大川，鲜明的军旗，凄壮的景色，与血红的天地。他要到那有鲜血与炮火的地方去跳跃，争斗。在那里，他应该把太阳旗一脚踢开，而把青天白日旗插上，迎着风飘荡！

被压迫百多年的中国产生了这批青年，他们要从家庭与社会的压迫中冲出去，成个自由的人。他们也要打碎民族国家的铐镣，成个能挺着胸在世界上站着的公民。他们没法有滋味的活下去，除非他们能创造出新的中国史。他们的心声就是反抗。瑞全便是其中的一个。他把中国几千年来视为最神圣的家庭，只当作一种生活的关系。到国家在呼救的时候，没有任何障碍能拦阻得住他应声而至；像个羽毛已成的小鸟，他会毫无栈恋的离巢飞去。

祁老人听李四爷说叫不开钱家的门，很不放心。他知道钱家有许多书。他打发瑞宣去警告钱先生，可是瑞全自告奋勇的去了。

已是掌灯的时候，门外的两株大槐像两只极大的母鸡，张着慈善的黑翼，仿佛要把下面的五六户人家都盖覆起来似的。别的院里都没有灯光，只有三号——小羊圈唯一的安了电灯的一家——冠家的院里灯光辉煌，像过年似的，把影壁上的那一部分槐叶照得绿里透白。瑞全在影壁前停了一会儿，才到一号去叫门。不敢用力敲门，他轻轻的叩了两下门环，又低声假嗽一两下，为是双管齐下，好惹起院内的注意。这样作了好多次，里面才低声的问了声："谁呀？"他听出来，那是钱伯伯的声音。

"我，瑞全！"他把嘴放在门缝上回答。

里面很轻很快的开了门。

门洞里漆黑，教瑞全感到点不安。他一时决定不了是进去还是不进去好。他只好先将来意说明，看钱伯伯往里请他不请！

"钱伯伯！咱们的书大概得烧！今天白巡长嘱咐李四爷告诉咱们！"

"进去说，老三！"钱先生一边关门，一边说。然后，他赶到前面来："我领路吧，院里太黑！"

到了屋门口，钱先生教瑞全等一等，他去点灯。瑞全说不必麻烦。钱先生语声中带着点凄惨的笑："日本人还没禁止点灯！"

屋里点上了灯，瑞全才看到自己的四围都是长长短短的，黑糊糊的花丛。

"老三进来！"钱先生在屋中叫。瑞全进去，还没坐下，老者就问："怎样？得烧书？"

瑞全的眼向屋中扫视了一圈。"这些线装书大概可以不遭劫了吧？日本人恨咱们的读书人，更恨读新书的人；旧书或者还不至于惹祸！"

"哦！"钱默吟的眼闭了那么一下。"可是咱们的士兵有许多是不识字的，也用大刀砍日本人的头！对不对？"

瑞全笑了一下。"侵略者要是肯承认别人也是人，也有人性，会发火，他就无法侵略了！日本人始终认为咱们都是狗，踢着打着都不哼一声的狗！"

"那是个最大的错误！"钱先生的胖短手伸了一下，请客人坐下。他自己也坐下。"我是向来不问国家大事的人，因为我不愿谈我所不深懂的事。可是，有人来亡我的国，我就不能忍受！我可以任着本国的人去发号施令，而不能看着别国的人来作我的管理人！”他的声音还像平日那么低，可是不像平日那么温柔。愣了一会儿，他把声音放得更低了些，说：“你知道吗，我的老二今天回来啦！”

“二哥在哪儿呢？我看看他！”

“又走啦！又走啦！”钱先生的语声里似乎含着点什么秘密。

“他说什么来着？”

“他？”钱默吟把声音放得极低，几乎像对瑞全耳语呢。“他来跟我告别！”

“他上哪儿？”

“不上哪儿！他说，他不再回来了！教我在将来报户口的时候，不要写上他；他不算我家的人了！”钱先生的语声虽低，而眼中发着点平日所没有的光；这点光里含着急切，兴奋，还有点骄傲。

“他要干什么去呢？”

老先生低声的笑了一阵。“我的老二就是个不爱线装书，也不爱洋装书的人。可是他就不服日本人！你明白了吧？”

瑞全点了点头。“二哥要跟他们干？可是，这不便声张吧？”

“怎么不便声张呢？”钱先生的声音忽然提高，像发了怒似的。

院中，钱太太咳嗽了两声。

“没事！我和祁家的老三说闲话儿呢！”钱先生向窗外说。而后，把声音又放低，对瑞全讲：“这是值得骄傲的事！我——一个横草不动，竖草不拿的人——会有这样的一个儿子，我还怕什么？我只会在文字中寻诗，我的儿子——一个开汽车的——可是会在国破家亡的时候用鲜血去作诗！我丢了一个儿子，而国家会得到一个英雄！什么时候日本人问到我的头上来：那个杀我们的是你的儿子？我就胸口凑近他们的枪刺，说：一点也不错！我还要告诉他们：我们还有多少多少像我的儿子的人呢！你们的大队人马来，我们会一个个的零削你们！你们在我们这里坐的车，住的房，喝的水，吃的饭，都会教你们中毒！中毒！”钱先生一气说完，把眼闭上，嘴唇上轻颤。

瑞全听愣了。愣着愣着，他忽然的立起来，扑过钱先生去，跪下磕了一个头："钱伯伯！我一向以为你只是个闲人，只会闲扯！现在……我给你道歉！"没等钱先生有任何表示，他很快的立起来。"钱伯伯，我也打算走！"

"走？"钱先生细细的看了看瑞全。"好！你应当走，可以走！你的心热，身体好！"

"你没有别的话说？"瑞全这时候觉得钱伯伯比任何人都可爱，比他的父母和大哥都更可爱。

"只有一句话！到什么时候都不许灰心！人一灰心便只看到别人的错处，而不看自己的消沉堕落！记住吧，老三！"

"我记住！我走后，只是不放心大哥！瑞宣大哥是那么有思想有本事，可是被家所累，没法子逃出去！在家里，对谁他也说不来，可是对谁他也要笑眯眯的像个当家人似的！我走后，希望伯伯你常常给他点安慰；他最佩服你！"

"那，你放心吧！咱们没法子把北平的一百万人都搬了走，总得有留下的。我们这走不开的老弱残兵也得有勇气，差不多和你们能走开的一样。你们是迎着炮弹往前走，我们是等着锁镣加到身上而不能失节！来吧，我跟你吃一杯酒！"

钱先生向桌底下摸了会儿，摸出个酒瓶来，浅绿，清亮，像翡翠似的——他自己泡的茵陈。不顾得找酒杯，他顺手倒了两半茶碗。一仰脖，他把半碗酒一口吃下，咂了几下嘴。

瑞全没有那么大的酒量，可是不便示弱，也把酒一饮而尽。酒力登时由舌上热到胸中。

"钱伯伯！"瑞全咽了几口热气才说："我不一定再来辞行啦，多少要保守点秘密！"

"还辞行？老实说，这次别离后，我简直不抱再看见你们的希望！'风萧萧兮易水寒，壮士一去兮不复还！'"钱先生手按着酒瓶，眼中微微发了湿。

瑞全腹中的酒渐渐发散开，他有点发晕，想到空旷的地方去痛快的吸几口气。“我走啦！”他几乎没敢再看钱先生就往外走。

钱先生还手按酒瓶愣着。直到瑞全走出屋门，他才追了上来。他一声没出的给瑞全开了街门，看着瑞全出去；而后，把门轻轻关好，长叹了一声。

瑞全的半碗酒吃猛了点，一着凉风，他的血流得很快，好像河水开了闸似的。立在槐树的黑影下，他的脑中像走马灯似的，许多许多似乎相关，又似乎不相关的景象，连续不断的疾驰。他看见这是晚饭后，灯火辉煌的时候，在煤市街，鲜鱼口那一带，人们带着酒臭与热脸，打着响亮满意的“嗝儿”，往戏园里挤。戏园里，在亮得使人头疼的灯光下，正唱着小武戏。一闪，他又看见：从东安市场，从北河沿，一对对的青年男女，倚着肩，眼中吐露出爱的花朵，向真光，或光陆，或平安电影场去；电影院放着胡鲁胡鲁响的音乐，或情歌。他又看见北海水上的小艇，在灯影与荷叶中摇荡；中山公园中的古柏下坐着，走着，摩登的士女。这时候，哪里都应当正在热闹，人力车，马车，电车，汽车，都在奔走响动。

一阵凉风把他的幻影吹走。他倾耳细听，街上没有一点声音。那最常听到的电车铃声，与小贩的呼声，今天都一律停止。北平是在悲泣！

忽然的，槐树尖上一亮，像在梦中似的，他猛孤丁的看见了许多房脊。光亮忽然又闪开，眼前依旧乌黑，比以前更黑。远处的天上，忽然又划过一条光来，很快的来回闪动；而后，又是一条，与刚才的一条交叉到一处，停了一停；天上亮，下面黑，空中一个颤动的白的十字。星星失去了光彩，侵略者的怪眼由城外扫射着北平的黑夜。全城静寂，任着这怪眼——探照灯——发威！

瑞全的酒意失去了一半，脸上不知何时已经被泪流湿。他不是个爱落泪的人。可是，酒意，静寂，颤动的白光，与他的跳动的心，会合在一处，不知不觉的把泪逼出来。他顾不得去擦眼。有些泪在面上，他觉得心中舒服了一些。

三号的门开了。招弟小姐出来，立在阶上，仰着头向上找，大概是找那些白光呢。她是小个子，和她的爸爸一样的小而俊俏。她的眼最好看，很深的双眼皮，一对很亮很黑的眼珠，眼珠转到眶中的任何部分都显着灵动俏媚。假若没有这一对眼睛，她虽长得很匀称秀气，可就显不出她有什么特别引人注意的地方了。她的眼使她全身都灵动起来，她的眼把她所有的缺点都遮饰过去，她的眼能替她的口说出最难以表达的心意与情感，她的眼能替她的心与脑开出可爱的花来。尽管她没有高深的知识，没有什么使人佩服的人格与行动，可是她的眼会使她征服一切；看见她的眼，人们便忘了考虑别的，而只觉得她可爱。她的眼中的光会走到人们的心里，使人立刻发狂。

她现在穿着件很短的白绸袍，很短很宽，没有领子。她的白脖颈全露在外面，小下巴向上翘着；仿佛一个仙女往天上看有什么动静呢。院内的灯光照到大槐上，大槐的绿色又折到她的白绸袍上，给袍子轻染上一点灰暗，像用铅笔轻轻擦上的阴影。这点阴影并没能遮住绸子的光泽，于是，光与影的混合使袍子老像微微的颤动，毛毛茸茸的像蜻蜓的翅翼在空中轻颤。

瑞全的心跳得更快了。他几乎没加思索，就走了过来。他走得极轻极快，像自天而降的立在她的面前。这，吓了她一跳，把手放在了胸口上。

“你呀？”她把手放下去，一双因惊恐而更黑更亮的眼珠定在了他的脸上。

“走一会儿去？”瑞全轻轻的说。

她摇了摇头，而眼中含着点歉意的说：“那天我就关在了北海一夜，不敢再冒险了！”

“咱们是不是还有逛北海的机会呢？”

“怎么没有？”她把右手扶在门框上，脸儿稍偏着点问。

瑞全没有回答她。他心中很乱。

“爸爸说啦，事情并不怎么严重！”

“哦！”他的语气中带着惊异与反感。

“瞧你这个劲儿！进来吧，咱们凑几圈小牌，好不好？多闷得慌啊！”她往前凑了一点。

“我不会！明天见吧！”像往前带球似的，他三两步跑到自己家门前。开开门，回头看了一眼，她还在那里立着呢。他想再回去和她多谈几句，可是像带着怒似的，梆的一声关上门。

他几乎一夜没能睡好。在理智上，他愿坚决的斩断一切情爱——男女，父母，兄弟，朋友的——而把自己投在战争的大浪中，去尽自己的一点对国家的责任。可是，情爱与爱情——特别是爱情——总设法挤入他的理智，教他去给自己在无路可通的地方开一条路子。他想：假若他能和招弟一同逃出北平去，一同担任起抗战中的工作，够多么美好！他对自己起誓，他决定不能在战争未完的时候去讲恋爱。他只希望有一个自己所喜爱的女友能同他一道走，一同工作。能这样，他的工作就必定特别的出色！

招弟的语言，态度，教他极失望。他万没想到在城池陷落的日子，她还有心想到打牌！

再一想，他就又原谅了招弟，而把一切罪过都加到她的父母身上去。他不能相信她的本质就是不堪造就的。假若她真爱他的话，他以为必定能够用言语，行为，和爱情，把她感化过来，教她成个有用的小女人。

即使她的本质就不好吧，她还可爱！每逢一遇到她，他就感到他的身与心一齐被她的黑眼睛吸收了去；她是一切，他什么也不是。他只感到快活，温暖，与任何别人所不能给他的一种生命的波荡。在她的面前，他觉得他是荷塘里，伏在睡莲的小圆叶上的一个翠绿的嫩蛙。他的周围全是香，美，与温柔！

去她的吧！日本人已入了城，还想这一套？没出息！他闭紧了眼。

但是，他睡不着。由头儿又想了一遍，还是想不清楚。

想过了一遍，两遍，三遍，他自己都觉得不耐烦了，可是还睡不着。

他开始替她想：假若她留在北平，她将变成什么样子呢？说不定，她的父亲还会因求官得禄而把她送给日本人呢！想到这里，他猛的坐了起来。教她去伺候日本人？教她把美丽，温柔，与一千种一万种美妙的声音，眼神，动作，都送给野兽？

不过，即使他的推测不幸而变为事实，他又有什么办法呢？还是得先打出日本鬼子去吧？他又把脊背放在了床上。

头一遍鸡鸣！他默数着一二三四……

六

有许多像祁老者的老人，希望在太平中度过风烛残年，而被侵略者的枪炮打碎他们的希望。即使他们有一份爱国的诚心，可是身衰气败，无能为力。他们只好忍受。忍受到几时？是否能忍受得过去？他们已活了六七十年，可是剩下的几年却毫不能自主；即使他们希望不久就入墓，而墓地已经属于敌人！他们不知如何是好！

有许多像祁天佑的半老的人，事业已经固定，精力已剩了不多，他们把自己的才力已看得十分清楚，只求在身心还未完全衰老的时候再努力奔忙几年，好给儿孙打下一点生活的基础，而后再——假若可能——去享几年清福。他们没有多少野心，而只求在本分中凭着努力去挣得衣食与家业。可是，敌人进了他们的城；机关，学校，商店，公司……一切停闭。离开北平？他们没有任何准备，而且家庭之累把他们牢牢的拴在屋柱上。不走？明天怎办呢？他们至少也许还有一二十年的生命，难道这么长的光阴都要像牛马似的，在鞭挞下度过去？他们不晓得怎样才好！

有许多像祁瑞宣的壮年人，有职业，有家庭，有知识，有爱国心，假若他们有办法，他们必定马上去奔赴国难，决不后人。他们深恨日本人，也知道日本人特别恨他们。可是，以瑞宣说吧，一家大小的累赘，像一块巨石压在他的背上，使他抬不起头来，眼老钉在地上；尽管他想飞腾，可是连动也动不得。现在，学校是停闭了，还有开学的希望没有？不知道！即使开学，他有什么脸去教学生呢？难道他上堂去告诉年轻的学生们好好的当亡国奴？假若学校永远停闭，他便非另谋生路不可；可是，他能低首下心的向日本人或日本人的走狗讨饭吃吗？他不知怎样才好！

有许多像瑞全的青年人，假若手中有武器，他们会马上去杀敌。平日，他们一听到国歌便肃然起敬，一看到国旗便感到兴奋；他们的心一点也不狭小偏激，但是一提到他们的国家，他们便不由的，有一种近乎主观的，牢不可破的，不容有第二种看法的，意见——他们以为他们自己的国家最好，而且希望它会永远完整，光明，兴旺！他们很自傲能够这样，因为这是历史上所没有过的新国民的气象。他们的自尊自傲，使他们没法子不深恨日本人，因为日本人几十年来天天在损伤他们国家的尊严，破坏他们的国土的完整；他们打算光荣的活着，就非首先反抗日本不可！这是新国民的第一个责任！现在，日本兵攻破他们的北平！他们宁愿去死，也不愿受这个污辱！可是，他们手中是空的；空着手是无法抵抗敌人的飞机与坦克的。既不能马上去厮杀，他们想立刻逃出北平，加入在城外作战的军队。可是，他们怎么走？向哪里走？事前毫无准备。况且，事情是不是可以好转呢？谁也不知道。他们都是学生，知道求学的重要；假若事情缓和下去，而他们还可以继续求学，他们就必定愿意把学业结束了，而后把身心献给国家。他们着急，急于知道个究竟，可是谁也不能告诉他们预言。他们不知怎样才好！

有许多小崔，因为北平陷落而登时没有饭吃；有许多小文夫妇，闭上了他们的口，不能再歌舞升平；有许多孙七，诟骂着日本人而没有更好的方法发泄恶气；有许多刘师傅想着靠他们的武艺和日本小鬼去拼一拼，可是敌人的坦克车在柏油路上摆开，有一里多地长；有许多……谁都有吃与喝那样的迫切的问题，谁都感到冤屈与耻辱，他们都在猜测事情将要怎样变化——谁都不知怎样才好！

整个的北平变成了一只失去舵的孤舟，在野水上飘荡！舟上的人们，谁都想作一点有益的事情，而谁的力量也不够拯救他自己的。人人的心中有一团苦闷的雾气。

玉泉山的泉水还闲适的流着，积水潭，后海，三海的绿荷还在吐放着清香；北面与西面的青山还在蓝而发亮的天光下面雄伟的立着；天坛，公园中的苍松翠柏还伴着红墙金瓦构成最壮美的景色；可是北平的人已和北平失掉了往日的关系；北平已不是北平人的北平了。在苍松与金瓦的上面，悬着的是日本旗！人们的眼，画家的手，诗人的心，已经不敢看，不敢画，不敢想北平的雄壮伟丽了！北平的一切已都涂上耻辱与污垢！人们的眼都在相互的问："怎么办呢？"而得到的回答只是摇头与羞愧！

只有冠晓荷先生的心里并没感觉到有什么不舒服。他比李四爷，小崔，孙七，刘师傅……都更多知道一些什么"国家""民族""社会"这类的名词；遇到机会，他会运用这些名词去登台讲演一番。可是，小崔们虽然不会说这些名词，心里却有一股子气儿，一股子不服人的，特别不服日本人的，气儿。冠先生，尽管嘴里花哨，心中却没有这一股子气。他说什么，与相信什么，完全是两回事。他口中说"国家民族"，他心中却只知道他自己。他自己是一切。他自己是一颗光华灿烂的明星，大赤包与尤桐芳和他的女儿是他的卫星——小羊圈三号的四合房是他的宇宙。在这个宇宙里，作饭，闹酒，打牌，唱戏，穿好衣服，彼此吵嘴闹脾气，是季节与风雨。在这个宇宙里，国家民族等等只是一些名词；假若出卖国家可以使饭食更好，衣服更漂亮，这个宇宙的主宰——冠晓荷——连眼也不眨巴一下便去出卖国家。在他心里，生命就是生活，而生活理当奢华舒服。为达到他的理想生活水准，他没有什么不可以作的事。什么都是假的，连国家民族都是假的，只有他的酒饭，女人，衣冠，与金钱，是真的。

从老早，他就恨恶南京，因为国民政府，始终没有给他一个差事。由这点恨恶向前发展，他也就看不起中国。他觉得中国毫无希望，因为中国政府没有给他官儿作！再向前发展，他觉得英国法国都可爱，假若英国法国能给他个官职。现在，日本人攻进了北平；日本人是不是能起用他呢？想了半天，他的脸上浮起点笑意，像春风吹化了的冰似的，渐渐的由冰硬而露出点水汪汪的意思来。他想：日本人一时绝难派遣成千成万的官吏来，而必然要用些不抗日的人们去办事。那么，他便最有资格去作事，因为凭良心说，他向来没存过丝毫的抗日的心思。同时，他所结交的朋友中有不少是与日本人有相当的关系的，他们若是帮助日本人去办事，难道还能剩下他吗？想到这里，他对着镜子看了看自己，觉得印堂确是发亮，眼睛也有光。他好像记得西河沿福来店的大相士神仙眼说过，他就在这二年里有一步好运。对着镜子，他喊了一声：“桐芳！”他看到自己喊人的口形是颇有些气派，也听到自己的声音是清亮而带着水音儿，他的必能走好运的信心当时增高了好几倍。

“干吗呀？”桐芳娇声细气的在院里问。

因为自己心里高兴，他觉得她的声音特别的甜美好听，而且仿佛看到了她的永远抹得鲜红而范围扩大的嘴唇。他好像受了她的传染，声音也带着几分甜美与尖锐：“那回神仙眼说我哪一年交好运来着？”问罢，他偏着点头，微笑的等她回答。

“就是今年吧？”她刚说完，马上又把那个“吧”字取缔了：“就是今年！今年不是牛年吗？”

“是牛年！他说我牛年交运啊？”

“一点不错，我记得死死的！”

他没再说什么，而觉得心中有一股热气直往上冲腾。他不便说出来，而心里决定好：日本人是可爱的，因为给他带来好运！

在全城的人都惶惑不安的时节，冠晓荷开始去活动。在他第一次出门的时候，他的心中颇有些不安。街上重要的路口，像四牌楼，新街口，和护国寺街口，都有武装的日本人站岗，枪上都上着明晃晃的刺刀。人们过这些街口，都必须向岗位深深的鞠躬。他很喜欢鞠躬，而且很会鞠日本式的躬；不过，他身上并没有什么特别的证章或标志，万一日本兵因为不认识他而给他一些麻烦呢？人家日本人有的是子弹，随便闹着玩也可以打死几个人呀！还有，他应当怎样出去呢？是步行呢？还是把小崔叫过来，作他的暂时的包车夫呢？假若步行到阔人的家里去，岂不被人耻笑？难道冠晓荷因为城亡了就失去坐车的身分？假若坐车呢，万一过十字路口，碰上日本兵可怎么办呢？坐在车上安然不动，恐怕不行吧？这倒是个问题！

想了好久，他决定坐小崔的车出去。把小崔叫来，冠先生先和他讲条件："小崔，这两天怎么样？"

小崔，一个脑袋像七棱八瓣的倭瓜的年轻小伙子，没有什么好气儿的回答："怎么样？还不是饿着！"不错，冠先生确是小崔的主顾，可是小崔并不十分看得起冠先生。

"得啦，"冠先生降格相从的一笑，"今天不至于饿着了，拉我出去吧！"

"出去？城外头还开着炮哪！"小崔并不十分怕大炮，他倒是心中因怀疑冠先生要干什么去而有些反感。他不准知道冠先生出去作什么，但是他确能猜到：在这个炮火连天的时候要出去，必定是和日本人有什么勾结。他恨在这时候与日本人有来往的人。他宁可煞一煞腰带，多饿一两顿，也不愿拉着这样的人去满街飞跑！生活艰苦的人，像小崔，常常遇到人类和其他的一切动物最大的忧患——饥饿。可是，因为常常的碰上它，他们反倒多了一些反抗的精神；积极的也好，消极的也好，他们总不肯轻易屈服。

冠先生，可是，不明白这点道理；带着骄傲与轻蔑的神气，他说："我不教你白拉，给你钱！而且，"他轻快的一仰下巴颏，"多给你钱！平日，我给你八毛钱一天，今天我出一块！一块！"他停顿了一下，又找补上个"一块！"这两个字是裹着口水，像一块糖果似的，在口中咂着味儿说出来的。他以为这两个字一定会教任何穷人去顶着枪弹往前飞跑的。

"车厂子都关着呢，我哪儿赁车去？再说，"小崔没往下说，而在倭瓜脸上摆出些不屑的神气来。

"算啦！算啦！"冠先生挂了气。"不拉就说不拉，甭绕弯子！你们这种人，就欠饿死！"

大赤包儿这两天既没人来打牌，又不能出去游逛，一脑门子都是官司。她已经和尤桐芳和两个女儿都闹过了气，现在想抓到机会另辟战场。仰着脸，挑着眉，脚步沉稳，而怒气包身，她像座轧路的汽辗子似的走进来。并没有看小崔(因为不屑于)，她手指着冠先生："你跟他费什么话呢？教他滚蛋不就结啦！"

小崔的倭瓜脸上发了红。他想急忙走出去，可是他管不住了自己。平日他就讨厌大赤包，今天在日本鬼子进城的时节，他就觉得她特别讨厌："说话可别带脏字儿，我告诉你！好男不跟女斗，我要是还口，你可受不了！"

"怎么着？"大赤包的眼带着杀气对准了小崔的脸，像两个机关枪枪口似的。她脸上的黑雀斑一个个都透出点血色，紫红红的像打了花脸。"怎么着？"她稳而不怀善意的往前迈了两步。

"你说怎么着？"小崔一点也不怕她，不过心中可有点不大好受，因为他知道假若大赤包真动手，他就免不了吃哑巴亏；她是个女的，他不能还手。

教小崔猜对了：大赤包冷不防的给了他一个气魄很大的嘴巴。他发了火："怎吗？打人吗？"可是，还不肯还手。北平是亡了，北平的礼教还存在小崔的身上。"要打，怎不去打日本人呢？"

“好啦！好啦！”冠先生觉得小崔挨了打，事情就该结束了，他过来把大赤包拉开。“小崔，你还不走？”

“走？新新！凭什么打人呢？你们这一家子都是日本人吗？”小崔立住不动。

二太太桐芳跑了进来。两只永远含媚的眼睛一扫，她已经明白了个大概。她决定偏向着小崔。一来，她是唱鼓书出身，同情穷苦的人们；二来，为反抗大赤包，她不能不袒护小崔。“得了，小崔，好男不跟女斗。甭跟她生气！”

小崔听到这两句好话，气平了一点：“不是呀，二太太！你听我说！”

“全甭说啦！我都明白！等过两天，外面消停了，你还得拉我出去玩呢！走吧，家去歇歇吧！”桐芳知道从此以后，大赤包决不再坐小崔的车，所以故意这么交待一番，以示反抗。

小崔也知道自己得罪了两个——冠先生和大赤包——照顾主儿；那么，既得到桐芳的同情与照应，也该见台阶就下。“好啦，二太太，我都看在你的面上啦！”说完，手摸着热辣辣的脸，往外走。

约摸着小崔已走到门口，冠先生才高声的声明：“这小子，给脸不要脸！你看着，从此再不坐他的车！”说罢，他在屋中很快的来回走了两趟，倒好像是自己刚刚打完人似的那样发着余威！

“算啦吧，你！”大赤包发着真正的余威，“连个拉车的你都治不了，你没长着手吗？你家里的小妖精帮着拉车的说话，你也不敢哼一声，你看你，还像个男子汉大丈夫！多咱你的小婆子跟拉车的跑了，你大概也不敢出一声，你个活王八！”

她的话里本也骂到桐芳，可是桐芳已躲到自己屋里去。像得了胜的蟋蟀似的在盆儿里暗自得意。

冠晓荷微笑的享受着这绝对没有乐音的叫骂，决定不还口。他怕因为吵闹，说丧气话，而冲坏了自己的好运。他又走到镜子前，细细端详自己的印堂与眉眼：印堂的确发亮，他得到不少的安慰。

冠太太休息了一会儿，老声老气的问："你雇车干吗？难道这时候还跟什么臭女人拿约会吗？"

冠先生转过脸来，很俊美的一笑："我出去干点正经的，我的太太！"

"你还有什么正经的？十来年了，你连屁大的官儿都没作过！"

"这就快作了啊！"

"怎吗？"

"一朝天子一朝臣，你还不明白吗？"

"嗯！"大赤包由鼻孔里透出点不大信任他的声音与意思。可是，很快的她又"嗯"了一下，具有恍然大悟的表示。她马上把嘴唇并上，嘴角下垂，而在鼻洼那溜儿露出点笑意。她的喜怒哀乐都是大起大落，整出整入的；只有这样说恼便恼，说笑就笑，才能表现出她的魄力与气派，而使她像西太后。

她的语声忽然变得清亮了："你为什么不早说！走，我跟你去！"

"咱们俩走着去？"

"不会叫汽车吗？"

"铺子都关着门哪！"

"就是铁门，我也会把它砸开！走！"

七

虽然孙七平日好和小崔闹别扭，及至小崔受了委屈，他可是真诚的同情小崔。

"怎么着？大赤包敢打人？"孙七——因为给人家剃过二十多年的头，眼睛稍微有点近视——眯着点眼问。

"他妈的，他们还没勾上日本鬼子呢，就这个样；赶明儿他们

给小鬼子咂上 × ×，还有咱们活的份儿吗？”小崔的声音故意放高，为是教三号的人们听见。

“他们也得敢！”孙七的声音也不低。“咱们走着瞧，光脚的还怕穿鞋的吗？”

孙七和小崔的联合攻击，教全胡同的人都晓得了冠家的活动。大家全不晓得国家大事要怎样演变，而一致的以为冠晓荷没有人味儿。

这点“舆论”不久便传到白巡长的耳中去。他把小崔调到个空僻的地方嘱咐了一番：“你少说点话！这年月，谁也不准知道谁站在那儿呢，最好是别得罪人！听见没有？”

“听见了！”小崔，一个洋车夫，对巡警是向来没有什么好感的。白巡长可是个例外。多少次，他因酒后发酒疯，或因穷而发邪脾气，人家白巡长总是嘴里厉害，而心中憨厚，不肯把他带了走。因此，即使白巡长的话不能完全教他心平气和，他也勉强的遵从。“白巡长，难道日本兵就这么永远占了北平吗？”

“那，我不知道。我就知道坏鬼们都快要抬头！”白巡长叹了口气。

“怎么？”

“怎么！你看哪，每打一次仗，小偷儿，私运烟土的，和嘎杂子们①，就都抖起来一回。我知道的清楚，因为我是干警察的。我们明明知道，可是不能管他们，你看，连我们自己还不知道明天是什么样儿呀！这次，就更不同了；来的是日本人，还有不包庇坏蛋琉璃球儿的？你看着吧，赶明儿大街上要不公然的吆喝烟土，你把咱的眼珠子挖了去！”

“那么从今以后就没有咱们好人走的路儿了？”

“好人？城全教人家给打下来了，好人又值几个铜板一个？不过，话得往回说，坏人尽管摇头摆尾的得意，好人还得作好人！咱

① 嘎杂子们，指不正经，调皮胡闹的人。

们得忍着点，不必多得罪人，好鞋不踩臭狗屎，你明白我的话吧？”

小崔点了点头，而心中有点发胡涂。

事实上，连日本人也没把事情弄清楚。日本并不像英美那样以政治决定军事，也不像德意那样以军事决定政治。她的民族的性格似乎替她决定了一切。她有天大的野心，而老自惭腿短身量矮，所以尽管她有吞吃了地球的欲望，而不敢公然的提出什么主义，打起什么旗号。她只能在军人闯出祸来以后，才去找合适的欺人的名词与说法。她的政治是给军事擦屁股用的。

在攻陷北平以前，在北平，在天津，在保定，日本都埋伏下一些地痞流氓，替她们作那些绝对无耻，连她自己也不好意思承认的事情。及至北平攻陷，这些地痞流氓自然没有粉墨登场的资格与本领，而日本也并未准备下多少官吏来马上发号施令。所以，北平只是军事的占领，一切都莫名其妙的停顿下来。

小崔的腿，孙七的手，小文的嘴，都空闲起来。只有冠晓荷“马不停蹄”。可是，他并没奔走出什么眉目来。和大赤包转了两天，他开始明白，政治与军事的本营都在天津。北平是世界的城园，文物的宝库，而在政治与军事上，它却是天津的附属。策动侵华的日本人在天津，最愿意最肯帮助日本人的华人也在那里。假若天津是唱着文武带打的大戏，北平只是一出空城计。

可是，冠晓荷并不灰心。他十分相信他将要交好运，而大赤包的鼓励与协助，更教他欲罢不能。自从娶了尤桐芳以后，他总是与小太太串通一气，夹攻大赤包。大赤包虽然气派很大，敢说敢打敢闹，可是她的心地却相当的直爽，只要得到几句好话，她便信以为真的去原谅人。冠晓荷常常一方面暗中援助小太太，一方面给大赤包甜蜜的话听，所以她深恨尤桐芳，而总找出理由原谅她的丈夫。同时，她也知道在姿色上，在年龄上，没法与桐芳抗衡，所以原谅丈夫仿佛倒是一种无可奈何的败中取胜的办法。她交际，她热心的帮助丈夫去活动，也是想与桐芳争个各有千秋。这回在城亡国辱之际，除了凑不上手打牌，与不能出去看戏，她并没感到有什么可痛心的，也没想到晓荷的好机会来到。及至听到他的言论，她立刻兴奋起来。她看到了官职，金钱，酒饭，与华美的衣服。她应当拼命去帮助丈夫，好教这些好东西快快到她的手中。她的热诚与努力，颇使晓荷感动，所以这两天他对太太特别的和蔼客气，甚至于善意的批评她的头发还少烫着几个鬈儿！这，使她得到不少的温暖，而暂时的与桐芳停了战。

第三天，她决定和晓荷分头出去。由前两天的经验，她晓得留在北平的朋友们都并没有什么很大的势力，所以她一方面教晓荷去找他们，多有些联络反正是有益无损的；在另一方面，她自己去另辟门路，专去拜访妇女们——那些在天津的阔人们的老太太，太太，姨太太，或小姐，因为爱听戏或某种原因而留在北平的。她觉得这条路子比晓荷的有更多的把握，因为她既自信自己的本领，又知道运动官职地位是须走内线的。把晓荷打发走，她嘱咐桐芳看家，而教两个女儿也出去："你们也别老坐在家里白吃饭！出去给你爸爸活动活动！自从政府迁到南京，你爸爸就教人家给刷下来了；虽然说咱们没有挨过饿，可是坐吃山空，日子还长着呢，将来怎么办？乘着他还能蹦蹦跳跳的，乘着这个改朝换代的时机，咱们得众星捧月，把他抬出去！听明白没有？"

高第和招弟并不像妈妈那么热心。虽然她们的家庭教育教她们喜欢热闹，奢侈，与玩乐，可是她们究竟是年轻一代的人；她们多少也知道些亡国的可耻。

招弟先说了话。她是妈妈的"老"女儿，所以比姐姐得宠。今天，因为怕日本兵挨家来检查，所以她只淡淡的敷了一点粉，而没有抹口红。"妈，听说路上遇见日本兵，就要受搜查呢！他们专故意的摸女人的胸口！"

"教他们摸去吧！还能摸掉你一块肉！"大赤包一旦下了决心，是什么也不怕的。"你呢？"她问高第。

高第比妹妹高着一头，后影儿很好看，而面貌不甚美——嘴唇太厚，鼻子太短，只有两只眼睛还有时候显着挺精神。她的身量与脾气都像妈妈，所以不得妈妈的喜欢；两个硬的碰到一块儿，谁也不肯退让，就没法不碰出来火光。在全家中，她可以算作最明白的人，有时候她敢说几句他们最不爱听的话。因此，大家都不敢招惹她，也就都有点讨厌她。

“我要是你呀，妈，我就不能让女儿在这种时候出去给爸爸找官儿作！丢人！”高第把短鼻子纵成一条小硬棒子似的说。

“好！你们都甭去！赶明儿你爸爸挣来钱，你们可别伸手跟他要啊！”大赤包一手抓起刺绣的手提包，一手抓起小檀香骨的折扇，像战士冲锋似的走出去。

“妈！”招弟把娘叫住。“别生气，我去！告诉我上哪儿？”

大赤包匆忙的由手提包里拿出一张小纸，和几块钱的钞票来。指着纸条，她说：“到这几家去！别直入公堂的跟人家求事，明白吧？要顺口答音的探听有什么路子可走！你打听明白了，明天我好再亲自去。我要是一个人跑得过来，决不劳动你们小姐们！真！我跑酸了腿，决不为我自己一个人！”

交代完，大赤包口中还唧唧咕咕的叨唠着走出去。招弟手中拿着那张小纸和几张钞票，向高第吐了吐舌头。“得！先骗过几块钱来再说！姐姐，咱们俩出去玩会儿好不好？等妈妈回来，咱们就说把几家都拜访过了，可是都没有人在家，不就完啦。”

“上哪儿去玩。还有心情去玩？”高第皱着眉说。

“没地方去玩倒是真的！都是臭日本鬼子闹的！”招弟噘着小嘴说。“也不知什么时候才能太平？”

“谁知道！招弟，假若咱们打不退日本兵，爸爸真去给鬼子作事，咱们怎办呢？”

“咱们？”招弟眨着眼想了一会儿。“我想不出来！你呢？”

“那，我就不再吃家里的饭！”

“哟！”招弟把脖儿一缩，“你净拣好听的说！你有挣饭吃的本事吗？”

“嗨！”高第长叹了一口气。

“我看哪，你是又想仲石了，没有别的！”

“我倒真愿去问问他，到底这都是怎么一回事！”

仲石是钱家那个以驶汽车为业的二少爷。他长得相当的英俊，在驶着车子的时候，他的脸蛋红红的，头发蓬松着，显出顶随便，而又顶活泼的样子；及至把蓝布的工人服脱掉，换上便装，头发也梳拢整齐，他便又像个干净利落的小机械师。虽然他与冠家是紧邻，他可是向来没注意过冠家的人们，因为第一他不大常回家来，第二他很喜爱机械，一天到晚他不是耍弄汽车上的机件（他已学会修理汽车），便是拆开再安好一个破表，或是一架收音机；他的心里几乎没想过女人。他的未婚妻是他嫂子的叔伯妹妹，而由妈妈硬给他定下的。他看嫂子为人老实规矩，所以也就相信她的叔伯妹妹也必定错不了。他没反对家中给他定婚，也没怎样热心的要结婚。赶到妈妈问他“多咱办喜事啊”的时候，他总是回答：“不忙！等我开了一座修理汽车行再说！”他的志愿是开这么一个小铺，自东自伙，能够装配一切零件。他愿意躺在车底下去摆弄那些小东西；弄完，看着一部已经不动的车又能飞快的跑起来，他就感到最大的欣悦。

有一个时期，他给一家公司开车，专走汤山。高第，有一次，参加了一个小团体，到汤山旅行，正坐的是仲石的车。她有点晕车，所以坐在了司机台上。她认识仲石，仲石可没大理会她。及至说起话来，他才晓得她是冠家的姑娘，而对她相当的客气。在他，这不过是情理中当然的举动，丝毫没有别的意思。可是，高第，因为他的模样的可爱，却认为这是一件罗曼司的开始。

高第有过不少的男友，但是每逢他们一看到招弟，便马上像蜂儿看到另一朵更香蜜的花似的，而放弃了她。她为这个和妹妹吵嘴，妹妹便理直气壮的反攻：“我并不要抢你的朋友，可是他们要和我相好，有什么办法呢？也许是你的鼻子不大讨人喜欢吧？”这种无情的攻击，已足教高第把眼哭肿，而妈妈又在一旁敲打着：“是呀，你要是体面点，有个人缘儿，能早嫁个人，也教我省点心啊！”妈妈的本意，高第也知道，是假若她能像妹妹一样漂亮，嫁个阔人，对冠家岂不有很大的好处么？

因此，高第渐渐的学会以幻想作安慰。她老想有朝一日，她会忽然的遇到一个很漂亮的青年男子，在最静僻的地方一见倾心，直到结婚的时候才教家中看看他是多么体面，使他们都大吃一惊。她需要爱；那么，既得不到，她便在脑中给自己制造。

遇见了仲石，她以为心里所想的果然可以成为事实！她的耳朵几乎是钉在了西墙上，西院里的一咳一响，都使她心惊。她耐心的，不怕费事的，去设尽心机打听钱家的一切，而钱家的事恰好又没多少人晓得。她从电话簿子上找到公司的地址，而常常绕着道儿到公司门外走来走去，希望能看到仲石，可是始终也见不到。越是这样无可捉摸，她越感到一种可爱的苦痛。她会用幻想去补充她所缺乏的事实，而把仲石的身世，性格，能力等等都填满，把他制造成个最理想的青年。

她开始爱读小说，而且自己偷偷的也写一些故事。哪一个故事也没能写得齐全，只是她的白字与错字却非常的丰富。故事中的男主角永远是仲石，女主角可有时候是她自己，有时候是招弟。遇到以招弟为女主角的时候，那必定是个悲剧。

招弟偷看了这些不成篇的故事。她是世界上第一个知道高第有这个秘密的。为报复姐姐使她作悲剧的主角，她时常以仲石为工具去嘲弄姐姐。在她看，钱家全家的人都有些古怪；仲石虽然的确是个漂亮青年，可是职业与身分又都太低。尽管姐姐的模样不秀美，可还犯不上嫁个汽车司机的。在高第心中呢，仲石必是个能作一切，知道一切的人，而暂时的以开车为好玩，说不定哪一天他就会脱颖而出，变成个英雄，或什么承受巨大遗产的财主，像小说中常见到的那样的人物。每逢招弟嘲讽她，她就必定很严肃的回答："我真愿意和他谈谈，他一定什么都知道！"

今天，招弟又提起仲石来，高第依然是那么严肃的回答，而且又补充上："就算他是个不折不扣的汽车夫吧，也比跪下向日本人求官作的强，强的多！"

八

祁瑞宣的心里很为难。八月中旬是祖父七十五岁的寿日。在往年，他必定叫三四桌有海参，整鸡，整鱼的三大件的席来，招待至亲好友，热闹一天。今年怎么办呢？这个事不能去和老人商议，因为一商议就有打算不招待亲友的意思，而老人也许在表面上赞同，心里却极不高兴——老人的年岁正像岁末的月份牌，撕一张就短一张，而眼看着已经只剩下不多的几张了；所以，老人们对自己的生日是特别注意的，因为生日与丧日的距离已没有好远。

"我看哪，"小顺儿的妈很费了一番思索才向丈夫建议，"还是照往年那么办。你不知道，今年要是鸦雀无声的过去，他老人家非病一场不可！你爱信不信！"

"至于那么严重？"瑞宣惨笑了一下。

"你没听见老人直吹风儿吗？"小顺儿的妈的北平话，遇到理直气壮振振有词的时候，是词汇丰富，而语调轻脆，像清夜的小梆子似的。"这两天不住的说，只要街上的铺子一下板子，就什么事也没有了。这不是说给咱们听哪吗？老人家放开桄儿（尽量的）活，还能再活几年，再说，咱们要是不预备下点酒儿肉儿的，亲戚朋友们要是来了，咱们岂不抓瞎？"

"他们会不等去请，自动的来，在这个年月？"

“那可就难说！别管天下怎么乱，咱们北平人绝不能忘了礼节！”

瑞宣没再言语。平日，他很自傲生在北平，能说全国遵为国语的话，能拿皇帝建造的御苑坛社作为公园，能看到珍本的书籍，能听到最有见解的言论，净凭耳熏目染，也可以得到许多见识。连走卒小贩全另有风度！今天，听到韵梅的话，他有点讨厌北平人了，别管天下怎么乱……，作了亡国奴还要庆寿！

“你甭管，全交给我得啦！哪怕是吃炒菜面呢，反正亲友来了，不至于对着脸儿发愣！老人家呢要看的是人，你给他山珍海味吃，他也吃不了几口！”小顺儿的妈说完，觉得很满意，用她的水灵的大眼睛扫射了一圈，仿佛天堂，人间，地狱，都在她的了解与管理中似的。

祁天佑回家来看看。他的脸瘦了一些，挂着点不大自然的笑容。“铺户差不多都开了门，咱们可挑出了幌子去。有生意没生意的，开开门总觉得痛快点！”他含着歉意的向祁老人报告。

“开开门就行了！铺户一开，就有了市面，也就显着太平了！”祁老人的脸上也有了笑容。

和老父亲搭讪了几句，天佑到自己屋里看看老伴儿。她虽还是病病歪歪的，而心里很精细，问了国事，再问铺子的情形。天佑对国事不十分清楚，而只信任商会，商会一劝大家献捐，他就晓得是要打仗，商会一有人出头维持治安，他便知道地面上快消停了。这次，除了商会中几个重要人物作些私人的活动，商会本身并没有什么表示，而铺户的开市是受了警察的通告的。因此，天佑还不能肯确的说大局究竟如何。

至于买卖的好坏，那要完全依着治乱而决定，天佑的难处就在因为不明白时局究竟如何，而不敢决定是否马上要收进点货物来。

“日本鬼子进了城，一时不会有什么生意。生意淡，货价就得低，按理说我应当进点货，等时局稍微一平静，货物看涨，咱们就有个赚头！可是，我自己不敢作主，东家们又未必肯出钱，我只好愣着！我心里不用提有多么不痛快了！这回的乱子和哪一回都不同，这回是日本鬼子打咱们，不是咱们自己打自己，谁知道他们会拉什么屎呢？”

“过一天算一天吧，你先别着急！”

“我别着急？铺子赚钱，我才能多分几个！”

“天塌砸众人哪，又有什么法儿呢？”

说到这里，瑞宣进来了，提起给祖父作寿的事。父亲皱了皱眉。在他的心里，给老父亲作寿差不多和初二十六祭财神一样，万不能马虎过去。但是，在这日本兵刚刚进了城的时候，他实在打不起精神来。想了半天，他低声的说：“你看着办吧，怎办怎好！”瑞宣更没了主意。

大家愣住了，没有话说，虽然心里都有千言万语。这时候，隔壁小文拉起胡琴来，小文太太像在城根喊嗓子那样，有音无字的咿——咿——啊——啊——了几声。

“还有心思干这个！”瑞宣皱着眉说。

“人家指着这个吃饭呀！”天佑本来也讨厌唱戏，可是没法子不说这句实话。意在言外的，他抓到了人们的心情的根底——教谁压管着也得吃饭！

瑞宣溜了出来。他觉得在屋中透不过气来。父亲的这一句话教他看见了但丁的地狱，虽然是地狱，那些鬼魂们还能把它弄得十分热闹！他自己也得活下去，也就必须和鬼魂们挤来挤去!

“瑞宣！”天佑叫了一声，赶到屋门口来。“你到学校看看去吧！”

小顺儿正用小砖头打树上的半红的枣子。瑞宣站住，先对小顺儿说：“你打不下枣儿来，不留神把奶奶屋的玻璃打碎，就痛快了！”

“门口没有，没有卖糖的，还不教人家吃两个枣儿？”小顺儿怪委屈的说。

奶奶在屋里接了话：“教他打去吧！孩子这几天什么也吃不着！”

小顺儿很得意，放胆的把砖头扔得更高了些。

瑞宣问父亲："哪个学校？"

"教堂的那个。我刚才由那里过，听见打铃的声儿，多半是已经开了课。"

"好！我去看看！"瑞宣正想出去走走，散一散胸中的闷气。

"我也去！"小顺儿打下不少的叶子，而没打下一个枣儿，所以改变计划，想同父亲逛逛街去。

奶奶又答了话："你不能去呀！街上有日本鬼子！教爷爷给你打两个枣儿！乖！"

瑞宣没顾得戴帽子，匆匆的走出去。

他是在两处教书。一处是市立中学，有十八个钟点，都是英语。另一处是一个天主教堂立的补习学校，他只教四个钟头的中文。兼这四小时的课，他并不为那点很微薄的报酬，而是愿和校内的意国与其他国籍的神父们学习一点拉丁文和法文。他是个不肯教脑子长起锈来的人。

大街上并没有变样子。他很希望街上有了惊心的改变，好使他咬一咬牙，管什么父母子女，且去身赴国难。可是，街上还是那个老样儿，只是行人车马很少，教他感到寂寞，空虚，与不安。正如他父亲所说的，铺户已差不多都开了门，可是都没有什么生意。那些老实的，规矩的店伙，都静静的坐在柜台内，有的打着盹儿，有的向门外呆视。胡同口上已有了洋车，车夫们都不像平日那么嬉皮笑脸的开玩笑，有的靠着墙根静立，有的在车簸箕上坐着。耻辱的外衣是静寂。

他在护国寺街口，看见了两个武装的日本兵，像一对短而宽的熊似的立在街心。他的头上出了汗。低下头，他从便道上，紧擦着铺户的门口走过去。他觉得两脚像踩着棉花。走出老远，他才敢抬起头来。仿佛有人叫了他一声，他又低下头去；他觉得自己的姓名很可耻。

到了学校，果然已经上了课，学生可是并没有到齐。今天没有他的功课，他去看看意国的窦神父。平日，窦神父是位非常和善的人；今天，在祁瑞宣眼中，他好像很冷淡，高傲。瑞宣不知道这是事实，还是因自己的心情不好而神经过敏。说过两句话后，神父板着脸指出瑞宣的旷课。瑞宣忍着气说："在这种情形之下，我想必定停课！"

"哦！"神父的神气十分傲慢。"平常你们都很爱国，赶到炮声一响，你们就都藏起去！"

瑞宣咽了口吐沫，愣了一会儿。他又忍住了气。他觉得神父的指摘多少是近情理的，北平人确是缺乏西洋人的那种冒险的精神与英雄气概。神父，既是代表上帝的，理当说实话。想到这里，他笑了一下，而后诚意的请教："窦神父！你看中日战争将要怎么发展呢？"

神父本也想笑一下，可是被一点轻蔑的神经波浪把笑拦回去。"我不知道！我只知道改朝换代是中国史上常有的事！"

瑞宣的脸上烧得很热。他从神父的脸上看到人类的恶根性——崇拜胜利（不管是用什么恶劣的手段取得的胜利），而对失败者加以轻视及污蔑。他一声没出，走了出来。

已经走出半里多地，他又转身回去，在教员休息室写了一张纸条，叫人送给窦神父——他不再来教课。

再由学校走出来，他觉得心中轻松了一些。可是没有多大一会儿，他又觉得这实在没有什么可得意的；一个被捉进笼中的小鸟，尽管立志不再啼唱，又有什么用处呢？他有点头疼。丧胆游魂的，他走到小羊圈的口上，街上忽然乱响起来，拉车的都急忙把车拉入胡同里去，铺户都忙着上板子，几个巡警在驱逐行人："别走了！回去！到胡同口里去！"铺户上板子的声响，无论在什么时候，总给人以不快之感。瑞宣愣着了。一眼，他看见白巡长。赶过去，他问："是不是空袭？"这本是他突然想起来的，并没有什么特别的意义。及至已经问出来，他的心中忽然一亮："我们有空军，来炸北平吧！和日本人一同炸死，也甘心！"他暗自祷告着。

白巡长的微笑是耻辱，无可奈何，与许多说不出的委屈的混合物："什么空袭？净街？给——"他的眼极快的向四围一扫，而后把声音放低，"给日本老爷净街！"

瑞宣的心中又黑了，低头走进巷口。

在大槐树底下，小崔的车歪脖横狼的放着。小崔，倭瓜脸气得一青一红的，正和李四爷指手画脚的说："看见没有？刚刚把车拉出去，又净了街！教人怎么往下混呢？一刀把我宰了，倒干脆！这么笨锯锯我，简直受不了！"

李四爷今天得到消息较迟，含着歉意的向瑞宣打招呼："街上怎样啦？祁大爷！"

"吃过饭了？四爷爷？"瑞宣立住，勉强的笑着说："大概是日本要人从这里过，净街！"

"不是关城门？"在李四爷的心中，只要不关城门，事情就不至于十分严重。

"不至于吧！"

"快三十年没见过这个阵式了！"李四爷慨叹着说。"当初有皇上的时候，皇上出来才净街！难道日本人要作咱们的皇上吗？"

瑞宣没话可答，惨笑了一下。

"祁先生！"小崔用乌黑的手扯了瑞宣一把，给大褂上印上了两个指头印儿。"你看，到底要怎样呢？真要他妈的老这么锯磨人，我可要当兵去啦！"

瑞宣喜欢李四爷与小崔这点情感，可是他没法回答他们的问题。

四大妈拖着破鞋，眯着两只大近视眼，从门内出来。"谁说当兵去？又是小崔吧？你这小子，放下老婆不管，当兵去？真有你的！把老婆交给我看着吗？赶紧回家睡个觉去，等铺子开了门，再好好的去拉车！"

"四大妈，谁知道铺子关到什么时候呢！一落太阳，又该戒严了，我拉谁去？"

“甭管借盐，还是借醋，我不准你在这儿瞎胡扯！”

小崔知道反抗四大妈是没有便宜的，气哼哼的把车拉进院子去。

“看你这老东西！”四大妈转移了攻击的目标。“铺子都上了门，你怎么不喊一声，教大家伙知道知道哇？”说到了这里，她才看见瑞宣：“哟！祁大爷呀，你看我这瞎摸合眼[①]的？祁大爷，这么一会儿关城，一会儿净街的，到底都是怎么回事呀？”

瑞宣没话可说。他恨那些华北执政的人们，平日把百姓都装在罐子里，一旦遇到危难，他们甩手一走，把那封得严严的罐子留给敌人！凭着几千年的文化与历史，民气是绝对可用的，可是……

“我也说不清！盼着过几天就好点了吧！”他只能这么敷衍一下，好搭讪着走开。

进了家门，他看见祁老人，天佑，瑞丰夫妇，都围着枣树闲谈呢。瑞丰手里捧着好几个半红的枣子，一边吃，一边说：“这就行了！甭管日本人也罢，中国人也罢，只要有人负责，诸事就都有了办法。一有了办法，日本人和咱们的心里就都消停了！”说着，把枣核儿用舌头一顶，吐在地上；又很灵巧的把另一个枣子往高处一扔，用嘴接住。

瑞丰长得干头干脑的，什么地方都仿佛没有油水。因此，他特别注意修饰，凡能以人工补救天然的，他都不惜工本，虔诚修治。他的头发永远从当中分缝，生发油与生发蜡上得到要往下流的程度。他的小干脸永远刮得极干净，像个刚刚削去皮的荸荠；脸蛋上抹着玉容油。他的小干手上的指甲，永远打磨得十分整齐，而且擦上油。他的衣服都作得顶款式，鲜明，若在天桥儿闲溜，人家总以为他是给哪个红姑娘弹弦子的。

或者因为他的头小，所以脑子也不大，他所注意的永远是最实际的东西与问题，所走的路永远是最省脚步的捷径。他没有丝毫的

---

① 瞎摸合眼，表示眼力不好，看不清楚的意思。

理想。

现在，他是一家中学的庶务主任。

瑞宣与瑞全都看不上老二。可是祁老人，天佑，和天佑太太都相当的喜欢他，因为他的现实主义使老人们觉得他安全可靠，不至于在外面招灾惹祸。假若不是他由恋爱而娶了那位摩登太太，老人们必定会派他当家过日子；他是那么会买东西，会交际，会那么婆婆妈妈的和七姑姑八老姨都说得来。不幸，他娶了那么位太太。他实际，她自私；二者归一，老人们看出不妥之处来，而老二就失去了家庭中最重要的地位。为报复这个失败，他故意的不过问家事，而等到哥嫂买贵了东西，或处置错了事情，他才头头是道的去批评，甚至于攻击。

“大哥！”瑞丰叫得很亲切，显出心中的痛快：“我们学校决定了用存款维持目前，每个人——不论校长，教员，和职员——都暂时每月拿二十块钱维持费。大概你们那里也这么办。二十块钱，还不够我坐车吸烟的呢！可是，这究竟算是有了个办法；是不是？听说，日本的军政要人今天在日本使馆开会，大概不久就能发表中日两方面的负责人。一有人负责，我想，经费就会有了着落，维持费或者不至于发好久。得啦，这总算都有了头绪；管他谁组织政府呢，反正咱们能挣钱吃饭就行！”

瑞宣很大方的一笑，没敢发表自己的意见。在父子兄弟之间，他知道，沉默有时候是最保险的。

祁老人连连的点头，完全同意于二孙子的话。他可是没开口说什么，因为二孙媳妇也在一旁，他不便当众夸奖孙子，而增长他们小夫妇的骄气。

“你到教堂去啦？怎么样？”天佑问瑞宣。

瑞丰急忙把嘴插进来：“大哥，那个学校可是你的根据地！公立学校——或者应当说，中国人办的学校——的前途怎样，谁还也不敢说。外国人办的就是铁杆儿庄稼！你马上应当运动，多得几个钟点！洋人决不能教你拿维持费！”

瑞宣本来想暂时不对家中说他刚才在学校中的举动，等以后自己找到别的事，补偿上损失，再告诉大家。经老二这么一通，他冒了火。还笑着，可是笑得很不好看，他声音很低，而很清楚的说：“我已经把那四个钟头辞掉了！”

“什——”老二连“什”下的“么”还没说出来，就又闭上了嘴。平日，他和老三常常吵嘴；老三不怕他，他也不怕老三；争吵总是无结果而散。对老大，他只敢暗中攻击，而不敢公开的吵闹；他有点怕老大。今天，看瑞宣的神色不大对，他很快的闭上了嘴。

祁老人心里很不满意长孙这个把馒头往外推的办法，可是不便说什么，于是假装没有听见。

天佑知道长子的一举一动都有分寸，也知道一个人在社会上作事是必定有进有退的，而且进退决定于一眨眼的工夫，不愿意别人追问为了什么原因。所以，他很怕别人追问瑞宣，而赶紧的说：“反正只是四点钟，没关系！老大你歇歇去！”

小顺儿的妈正在东屋里作事，两手又湿又红，用手背抹着脑门上的汗，在屋门里往外探了探头。院中大家的谈话，她没有听清楚，可是直觉的感到有点不对。见丈夫往北屋走，她问了声：“有晾凉了的绿豆汤，喝不喝？”她的语气满含着歉意，倒好像是她自己作了什么使大家不快的事。

瑞宣摇了摇头，走进老三屋里去。老三正在床上躺着，看一本线装书——洋书都被大哥给烧掉，他一来因为无聊，二来因要看看到底为什么线装书可以保险，所以顺手拿起一本来。看了半天，他才明白那是一本《大学衍义》。他纳着气儿慢慢的看那些大字。字都印得很清楚，可是仿佛都像些舞台上的老配角，穿戴着残旧的衣冠，在那儿装模作样的扭着方步，一点也不精神。当他读外文的或中文的科学书籍的时候，书上那些紧凑的小字就像小跳蚤似的又黑又亮。他皱紧了眉头，用眼去捉它们，一个个的捉入脑中。他须花费很大的心力与眼力，可是读到一个段落，他便整个的得到一段知识，使他心中高兴，而脑子也仿佛越来越有力量。那些细小的字，清楚的图表，在他了解以后，不但只使他心里宽畅，而且教他的想象活动——由那些小字与图解，他想到宇宙的秩序，伟大，精微，与美丽。假若在打篮球的时候，他觉得满身都是力量与筋肉，而心里空空的；赶到读书的时候，他便忘了身体，而只感到宇宙一切的地方都是精微的知识。现在，这本大字的旧书，教他摸不清头脑，不晓得说的到底是什么。他开始明白为什么敌人不怕线装书。

“大哥！你出去啦？”他把书扔在一边，一下子坐起来。

瑞宣把与窦神父见面的经过，告诉了弟弟，然后补上：“无聊！不过，心里多少痛快点！”

“我喜欢大哥你还有这么点劲儿！”瑞全很兴奋的说。

“谁知道这点劲儿有什么用处呢？能维持多么久呢？”

“当然有用处！人要没有这点劲儿，跟整天低着头拣食的鸡有什么分别呢？至于能维持多么久，倒难说了；大哥你就吃了这一家子人的亏；连我也算上，都是你的累赘！”

“一想起窦神父的神气，我真想跺脚一走，去给中国人争点气！连神父都这样看不起咱们，别人更可想见了！我们再低着头装窝囊废，世界上恐怕就没一个人同情咱们，看得起咱们！”

“大哥你尽管这么说，可是老拦着我走！”

“不，我不拦你走！多咱我看走的时机到了，我必定放了你！”

“可要保守秘密呀，连大嫂也别告诉。”老三声音很低的说。

“当然！”

“我不放心妈妈！她的身子骨那么坏，我要偷偷的走了，她还不哭个死去活来的？”

瑞宣愣了一会儿才说：“那有什么法子呢！国破，家就必亡啊！”

九

要是依着日本军阀的心意，当然最如意与简明的打算，是攻陷一处便成立个军政府，以军人作首领，而把政治用枪刺挑着。但是，这样去作，须一下手便有通盘的军事计划与雄厚的兵力。事实上，他们有极大的侵略野心，而没有整个的用兵计划与庞大得足以一鼓而攻下华北的兵力。他们的野心受了欺诈的诱惑，他们想只要东响几声炮，西放一把火，就能使中华的政府与人民丧胆求和，而他们得以最小的损失换取最大的利益。欺诈是最危险的事，因为它会翻过头来骗你自己。日本军人攻下了北平与天津，而战事并没有完结。他们须将错就错的继续打下去，而不能不把用枪刺穿住的肥肉分给政客们与资本家们一些。他们讨厌政客与大腹贾，可是没法子不准他们分肥。他们更讨厌中国的汉奸，而汉奸又恰好能帮助他们以很小的兵力镇服一座城或一个县份。他们须擦一擦手上的血，预备和他们所讨厌的政客与汉奸握手。握手之后，那些政客与汉奸会给他们想出许多好听的字眼，去欺骗中国人与他们自己。他们最不愿要和平，而那些小鼻小眼的人却提出“和平”；他们本只忠于自己——为升官，为抢钱，而发动战争——而政客们偏说他们是忠于天皇。“武士道”的精神，因此，一变而为欺人与自欺，而应当叱咤风云的武士都变成了小丑。

假若他们不是这样，而坦率的自比于匈奴或韩尼布尔，以烧红的铁鞭去击碎了大地，他们在历史上必定会留下个永远被诅咒的名声，像魔鬼永远与天使对立似的。但是，他们既要杀人放火，而又把血迹与火场用纸掩盖上。历史上将无以名之，而只能很勉强的把他们比作黄鼬或老鼠。

北平为老鼠们净了街。老鼠是诡诈而怕人的。

他们的聚议，假若不是因战争催迫着，将永无结果。他们非教政客与汉奸们来帮忙不可，可是帮忙即须染指。他们应教别人分润多少？分润什么？自己抢来的，而硬看着别人伸手来拿，不是什么好受的事，特别是在鼠眼的东洋武士们。假若照着他们的本意，他们只须架上机关枪，一刻钟的工夫便把北平改成个很大的屠场，而后把故宫里的宝物，图书馆的书籍，连古寺名园里的奇花与珍贵的陈设，统统的搬了走，用不着什么拐弯抹角的作文章。可是，还有许多西洋人在北平，东洋的武士须戴上一张面具，遮盖上狰狞的面孔。政客们又说，这是政治问题，不应当多耗费子弹。资本家们也笑容可掬的声明，屠杀有背于经济的原理。最后，汉奸们打躬作揖的陈述，北平人是最老实的，决不抗日，应求“皇军”高抬贵手。于是，最简单的事变成很复杂，而屠杀劫抢变为组织政府与施行“王道”。

这样的从军事占领迂回到组织政府，使藏在天津的失意军阀与官僚大为失望。他们的作官与搂钱的欲望，已经随着日寇的侵入而由期待变为马上可以如愿以偿。他们以为只要一向日本军人磕头便可以富贵双临。没料到，日本军是要详加选择，而并不摸摸脑袋就算一个人。同时，日本军人中既有派别，而政客与资本家又各有党系，日本人须和日本人斗争，华人也就必须随着乱转，而不知道主要的势力是在哪里。他们的简单的认日本军阀为义父的办法须改为见人就叫爸爸。他们慌乱、奔走、探听、勾结、竞争、唯恐怕落选——这回能登台，才能取得“开国元勋”的资格与享受。他们像暑天粪窖的蛆那么活跃。

更可怜的是冠晓荷一类的人。他们所巴结的人已经是慌乱而不知究竟如何，他们自己便更摸不清头脑。他们只恨父母没多给了他们两条腿！他们已奔走得筋疲力尽，而事情还是渺茫不定。

冠晓荷的俊美的眼已陷下两个坑儿，脸色也黑了一些。他可是一点也不灰心，他既坚信要转好运，又绝不疏忽了人事。他到处还是侃侃而谈，谈得嗓子都有点发哑，口中有时候发臭。他买了华达丸含在口中，即使是不说话的时候，口中好还有些事作。他的事情虽然还没有眉目，他可是已经因到各处奔走而学来不少名词与理论；由甲处取来的，他拿到乙处去卖；然后，由乙处又学来一半句，再到丙处去说。实在没有地方去说，他还会在家中传习给太太与女儿。而且，这样的传习与宣传，还可以掩饰自己的失败，常常的在一语未完而打个哈欠什么的，表示自己因努力而感到疲乏。

假若他的事情已经成功，他一定不会有什么闲心去关切，或稍稍的注意，老街旧邻们。现在，事情还没有任何把握，他就注意到邻居们：为什么像祁瑞宣那样的人们会一声不响，大门不出，二门不迈的呢？他们究竟有什么打算与把握呢？对钱默吟先生，他特别的注意。他以为，像钱先生那样的年纪，学问，与为人，必定会因日本人来到而走一步好运。在他这几天的奔走中，他看到不少的名士们，有的预备以诗文结交日本朋友，打算创立个诗社什么的。

从这些诗人骚客的口中，冠晓荷学会了一套："日本人是喜欢作诗的，而且都作中国旧诗！要不怎么说白话诗没价值呢！"

有的预备着以绘画和书法为媒，与日本人接近，冠晓荷又学会一套："艺术是没有国籍的，中国人作画，正和日本人一样，都要美。我们以美易美，也就没什么谁胜谁败之分了！"

有的预备着以种花草为保身之计，他们说："日本人最爱花草。在东洋，连插花瓶都极有讲究！大家在一块儿玩玩花草，也就无须乎分什么中国人与日本人了！"这一套也被冠先生学会。

这些准备与言论，使冠晓荷想到钱默吟。钱先生既会诗文，又会绘画，还爱种花；全才！他心中一动：呕！假若打着钱先生的旗号，成立个诗社或画社，或开个小鲜花店，而由他自己去经营，岂不就直接的把日本人吸引了来，何必天天求爷爷告奶奶的谋事去呢？

想到这里，他也恍然大悟，！怨不得钱先生那么又臭又硬呢，人家心里有数儿呀！他很想去看看钱先生，但是又怕碰壁。想起上次在祁家门口与钱先生相遇的光景，他不肯再去吃钉子。他想还是先到祁家打听一下好。假若祁瑞宣有什么关于钱默吟的消息，他再决定怎样去到钱宅访问——只要有希望，碰钉子也不在乎。同时，他也纳闷祁瑞宣有什么高深莫测的办法，何以一点也不慌不忙的在家里蹲着。含上一颗华达丸，梳了梳头发，他到祁家来看一眼。

“瑞宣！”他在门口拱好了手，非常亲切的叫：“没事吧？我来看看你们！”

同瑞宣来到屋中，落了坐，他先夸奖了小顺儿一番，然后引入正题：“有甚么消息没有？”

“没有呢！”

“太沉闷了！”冠晓荷以为瑞宣是故意有话不说，所以想用自己的资料换取情报：“我这几天不断出去，真实的消息虽然很少，可是大致的我已经清楚了大势所趋。一般的说，大家都以为中日必须合作。”

“哪个大家？”瑞宣本不想得罪人，但是一遇到冠先生这路人，他就不由的话中带着刺儿。

冠先生觉到了那个刺儿，转了转眼珠，说：“自然，我们都希望中国能用武力阻止住外患，不过咱们打得过日本与否，倒是个问题。北平呢，无疑的是要暂时由日本人占领，那么，我想，像咱们这样有点用处的人，倒实在应当出来作点事，好少教我们的人民吃点亏。在这条胡同里，我就看得起你老哥和钱默翁，也就特别的关切你们。这几天，默翁怎样？”

“这两天，我没去看他。”

“他是不是有什么活动呢？”

“不知道！他恐怕不会活动吧，他是诗人！”

“诗人不见得就不活动呀！听说诗人杜秀陵就很有出任要职的可能！”

瑞宣不愿再谈下去。

“咱们一同看看默翁去，好不好？”

“改天吧！”

“哪一天？你定个时间！”

瑞宣被挤在死角落里，只好改敷衍为进攻。“找他干什么呢？”

“是呀，”晓荷的眼放出光来，“这就是我要和你商量商量的呀！我知道钱先生能诗善画，而且爱养花草。日本人呢，也喜欢这些玩艺儿。咱们——你，我，钱先生——要是组织个什么诗画社，消极的能保身，积极的还许能交往上日本人，有点什么发展！我们一定得这么作，这确乎是条平妥的路子！”

“那么，冠先生，你以为日本人就永远占据住咱们的北平了？”

“他们占据一个月也好，一百年也好，咱们得有个准备。说真的，你老哥别太消极！在这个年月，咱们就得充分的活动，好弄碗饭吃，是不是？”

“我想钱先生决不肯作这样的事！”

“咱们还没见着他呢，怎能断定？谁的心里怎么样，很难不详谈就知道！”

瑞宣的胖脸微微红起来。“我自己就不干！”他以为这一句话一定开罪于冠先生，而可以不再多啰嗦了。

冠先生并没恼，反倒笑了一下：“你不作诗，画画，也没关系！我也不会！我是说由默翁作文章，咱们俩主持事务。早一点下手，把牌子创开，日本人必闻风而至，咱们的小羊圈就成了文化中心！”

瑞宣再不能控制自己，冷笑得出了声。

“你再想想看！”冠先生立起来。“我觉得这件事值得作！作好了，于我们有益；作不好呢也无损！”一边说，他一边往院中走。“要不这样好不好？我来请客，把钱先生请过来，大家谈谈？他要是不愿上我那里去呢，我就把酒菜送到这边来！你看怎样？”

瑞宣答不出话来。

走到大门口，冠先生又问了声：“怎样？”

瑞宣自己也不知道哼了一句什么，便转身进来。他想起那位窦神父的话。把神父的话与冠晓荷的话加在一处，他打了个冷战。

冠晓荷回到家中，正赶上冠太太回来不久。她一面换衣服，一面喊洗脸水和酸梅汤。她的赤包儿式的脸上已褪了粉，口与鼻大吞大吐的呼吸着，声势非常的大，仿佛是刚刚抢过敌人的两三架机关枪来似的。

大赤包对丈夫的财禄是绝对乐观的。这并不是她信任丈夫的能力，而是相信她自己的手眼通天。在这几天内，她已经和五位阔姨太太结为干姊妹，而且顺手儿赢了两千多块钱。她预言：不久她就会和日本太太们结为姊妹，而教日本的军政要人们也来打牌。

因为满意自己，所以她对别人不能不挑剔。“招弟！你干了什么？高第你呢？怎么？该加劲儿的时候，你们反倒歇了工呢？”然后，指槐骂柳的，仍对两位小姐发言，而目标另有所在：“怎么，出去走走，还晒黑了脸吗？我的脸皮老，不怕晒！我知道帮助丈夫兴家立业，不能专仗着脸子白，装他妈的小妖精！”

说完，她伸着耳朵听；假若尤桐芳有什么反抗的表示，她准备大举进攻。

尤桐芳，可是，没有出声。

大赤包把枪口转向丈夫来：“你今天怎么啦？也不出去？把事情全交给我一个人了？你也不害羞！走，天还早呢，你给我乖乖的再跑一趟去！你又不是裹脚的小妞儿，还怕走大了脚？”

“我走！我走！”冠先生拿腔作调的说。“请太太不要发脾气！”说罢，戴起帽子，懒洋洋的走出去。

他走后，尤桐芳对大赤包开了火。她颇会调动开火的时间：冠先生在家，她能忍就忍，为是避免祸首的罪名；等他一出门，她的枪弹便击射出来。大赤包的嘴已很够野的，桐芳还要野上好几倍。骂到连她自己都觉难以入耳的时候，她会坦率的声明："我是唱玩艺儿出身满不在乎！"

尤桐芳不记得她的父母是谁，"尤"是她养母的姓。四岁的时候，她被人拐卖出来。八岁她开始学鼓书。她相当的聪明，十岁便登台挣钱。十三岁，被她的师傅给强奸了，影响到她身体的发育，所以身量很矮。小扁脸，皮肤相当的细润，两只眼特别的媚。她的嗓子不错，只是底气不足，往往唱着唱着便声嘶力竭。她的眼补救了嗓子的不足。为生活，她不能不利用她的眼帮助歌唱。她一出台，便把眼从右至左打个圆圈：使台下的人都以为她是看自己呢。因此，她曾经红过一个时期。她到北平来献技的时候，已经是二十二岁。一来是，北平的名角太多；二来是她曾打过二次胎，中气更不足了；所以，她在北平不甚得意。就是在她这样失意的时候，冠先生给她赎了身。大赤包的身量——先不用多说别的——太高，所以他久想娶个矮子。

假若桐芳能好好的读几年的书，以她的身世，以她的聪明，她必能成为一个很有用的小女人。退一步说，即使她不读书，而能堂堂正正的嫁人，以她的社会经验，和所受的痛苦，她必能一扑纳心[①]的作个好主妇。她深知道华美的衣服，悦耳的言笑，丰腴的酒席，都是使她把身心腐烂掉，而被扔弃在烂死岗子的毒药。在表面上，她使媚眼，她歌唱，她开玩笑，而暗地里她却以泪洗面。没有父母，没有兄弟姊妹亲戚；睁开眼，世界是个空的。在空的世界中，她须向任何人都微笑，都飞眼，为是赚两顿饭吃。在二十岁的时候，她已明白了一切都是空虚，她切盼遇到个老实的男人，给她一点生活的真实。可是，她只能作姨太太！除了她的媚眼无法一时改正——假如她遇上一个好男人——她愿立刻改掉一切的恶习。但

① 一扑纳心，形容一个人死心塌地的跟随着别人。

是，姨太太是“专有”的玩物；她须把媚惑众人的手段用来取悦一个人。再加上大赤包的嫉妒与压迫，她就更须向丈夫讨好，好不至于把到了口的饭食又丢掉。一方面，她须用旧有的诱惑技巧拴住丈夫的心，另一方面，她决定不甘受欺侮，以免变成垫在桌腿下的青蛙。况且，在心里，她不比任何人坏；或者，因为在江湖上走惯了，她倒比一般的人更义气一些。以一个女人来说，她也不比任何女人更不贞节。虽然她十三岁就破了身，二十二岁就已堕过两次胎，可是那并不是她自己的罪恶。因此，大赤包越攻击她，她便越要抗辩，她觉得大赤包没有骂她的资格。不幸，她的抗辩，本来是为得到了解，可是因为用了诟骂的形式来表达，便招来更多的攻击与仇恨。她也就只好将错就错的继续反攻。

今天，她的责骂不仅是为她自己，而且是为了她的老家——辽宁。她不准知道自己是关外人不是，但是她记得在沈阳的小河沿卖过艺，而且她的言语也是那里的。既无父母，她愿妥定的有个老家，好教自己觉得不是无根的浮萍。她知道日本人骗去了她的老家，也晓得日本人是怎样虐待着她的乡亲，所以她深恨大赤包的设尽方法想接近日本人。

在全家里，她只和高第说得来。冠晓荷对她相当的好，但是他的爱她纯粹是宠爱玩弄，而毫无尊重的意思。高第呢，既不得父母的欢心，当然愿意有个朋友，所以对桐芳能平等相待，而桐芳也就对高第以诚相见。

桐芳叫骂了一大阵以后，高第过来劝住了她。雷雨以后，多数是晴天；桐芳把怨气放尽，对高第特别的亲热。两个人谈起心来。一来二去的，高第把自己的一点小秘密告诉了桐芳，引起桐芳许多的感慨。

“托生个女人，唉，就什么也不用说了！我告诉你，大小姐，一个女人就像一个风筝。别看它花红柳绿的，在半天空中摇摇摆摆，怪美的，其实那根线儿是在人家手里呢！不服气，你要挣断那根线儿，好，你就头朝下，不是落在树上，就是挂在电线上，连尾巴带翅膀，全扯得稀烂，比什么都难看！”牢骚了一阵，她把话拉回来：“我没见过西院里的二爷。不过，要嫁人的话，就嫁个老老实实的人；不怕穷点，只要小两口儿能消消停停的过日子就好！你甭忙，我去帮你打听！我这一辈子算完了，睁开眼，天底下没有一个亲人！不错，我有个丈夫；可是，又不算个丈夫！也就是我的心路宽，脸皮厚；要不然，我早就扎在尿窝子里死啦！得啦，我就盼着你有一门子好亲事，也不枉咱们俩相好一程子！”

高第的短鼻子上纵起不少条儿笑纹。

十

北平的天又高起来！八一三！上海的炮声把久压在北平人的头上的黑云给掀开了！

祁瑞宣的眉头解开，胖脸上拥起一浪一浪的笑纹，不知不觉的低声哼着岳武穆的《满江红》。

瑞全扯着小顺儿，在院中跳了一个圈，而后把小妞子举起来，扔出去，再接住，弄得妞子惊颤的尖声笑着，而吓坏了小顺儿的妈。

“老三！你要是把她的嫩胳臂嫩腿摔坏了，可怎么办！”小顺儿的妈高声的抗议。

祁老人只晓得上海是个地名，对上海抗战一点也不感兴趣，只慨叹着说：“劫数！劫数！这又得死多少人呀！”

天佑在感情上很高兴中国敢与日本决一死战，而在理智上却担忧自己的生意：“这一下子更完了，货都由上海来啊！”

“爸爸，你老想着那点货，就不为国家想想！”瑞全笑着责备他老人家。

“我并没说打日本不好哇！”天佑抱歉的声辩。

小顺儿的妈莫名其妙，也不便打听，看到大家都快活，她便加倍用力的工作，并且建议吃一顿茴香馅的饺子。歪打正着，瑞全以为大嫂是要以吃饺子纪念这个日子，而大加夸赞。

“大嫂我帮着你包！”

“你呀？歇着吧！打惯了球的手，会包饺子？别往脸上贴金啦！”

天佑太太听到大家吵嚷，也出了声：“怎么啦？”

瑞全跑到南屋，先把窗子都打开，而后告诉妈妈：“妈！上海也开了仗！”

“好！蒋委员长作大元帅吧？”

“是呀！妈，你看咱们能打胜不能？”瑞全喜欢得忘了妈妈不懂得军事。

“那谁知道呀！反正先打死几万小日本再说！”

“对！妈你真有见识！”

“你们要吃饺子是不是？”

“大嫂的主意！她真有两下子，什么都知道！”

“搀我起来，我帮她拌馅子去；她拌馅子老太咸！”

“妈你别动，我们有的是人！连我还下手呢！”

“你？”妈妈笑了一下。她慢慢的自己坐起来。

瑞全忙过去搀扶，而不知把手放在哪儿好。

“算了吧！别管我，我会下地！这两天我好多了！”事实上，她的病是像夏天的雨，说来就来，说走就走。当她精神好的时候，她几乎和好人差不多；可是，忽然的一阵不舒服，她便须赶快去睡倒。

慢慢的，她穿上了鞋，立了起来。立起来，她是那么矮，那么瘦，瑞全仿佛向来没注意过似的；他有点惊讶。他很爱妈妈，可是向来没想到过妈妈就是这样的一个小老太太。再看，妈妈与祖父，父亲，都长得不同。她不是祁家的人，可又是他的母亲，他觉得奇怪，而不知怎么的就更爱她。再看，她的脸色是那么黄，耳朵薄得几乎是透明的，他忽然感到一阵难过。上海开了仗，早晚他须由家里跑出去；上海在呼唤他！他走了以后，谁知道什么时候才能再见到妈妈呢？是不是能再见到她呢？

“妈！”他叫出来，想把心中的秘密告诉她。

“啊？”

“啊——没什么！”他跑到院中，仰头看着那又高又蓝的天，吐了口气。

他到东屋看了看，见大嫂没有容纳他帮忙包饺子的表示，没出声，找了大哥去。

“大哥！我该走了吧？想想看，上海一开仗，得用多少人，我不能光坐在家里等好消息！”

“到上海去？”

“是呀！以前，想走我找不到目的地；现在有了去处，还不走？再不走，我就要爆炸了！”

“怎么走呢？天津有日本人把住，你又年轻力壮，又像学生的样子，日本人能轻易放你过去？我不放心！”

“你老这么婆婆妈妈的，大哥！这根本是冒险的事，没法子想得周到！溜出北平去再说，走一步再打算第二步！”

“咱们再仔细想一想！”瑞宣含着歉意的说。“怎样走？怎样化装？带什么东西？都须想一想！”

“要是那样，就别走啦！”瑞全并没发气，可是不耐烦的走出去。

瑞丰有点见风驶舵。见大家多数的都喜欢上海开仗的消息，他觉得也应当随声附和。在他心里，他并没细细的想过到底打好，还是不打好。他只求自己的态度不使别人讨厌。

瑞丰刚要赞美抗战，又很快的改了主意，因为太太的口气“与众不同”。

瑞丰太太，往好里说，是长得很富泰；往坏里说呢，干脆是一块肉。身量本就不高，又没有脖子，猛一看，她很像一个啤酒桶。

脸上呢，本就长得蠢，又尽量的往上涂抹颜色，头发烫得像鸡窝，便更显得蠢而可怕。瑞丰干枯，太太丰满，所以瑞全急了的时候就管他们叫“刚柔相济”。她不只是那么一块肉，而且是一块极自私的肉。她的脑子或者是一块肥油，她的心至好也不过是一块像蹄髈一类的东西。

“打上海有什么可乐的？”她的厚嘴唇懒懒的动弹，声音不大，似乎喉眼都糊满脂肪。“我还没上过上海呢！炮轰平了它，怎么办？”

“轰不平！”瑞丰满脸赔笑的说：“打仗是在中国地，大洋房都在租界呢，怎能轰平？就是不幸轰平了，也没关系；赶到咱们有钱去逛的时候，早就又修起来了；外国人多么阔，说修就修，说拆就拆，快得很！”

“不论怎么说，我不爱听在上海打仗！等我逛过一回再打仗不行吗？”

瑞丰很为难。他没有阻止打仗的势力，又不愿得罪太太，只好不敢再说上海打仗的事。

“有钱去逛上海，”太太并不因瑞丰的沉默而消了气：“你多咱才能有钱呢？嫁了你才算倒了霉！看这一家子，老少男女都是啬刻鬼，连看回电影都好像犯什么罪似的！一天到晚，没有说，没有笑，没有玩乐，老都噘着嘴像出丧的！”

“你别忙啊！”瑞丰的小干脸上笑得要裂缝子似的，极恳切的说：“你等我事情稍好一点，够咱们花的，再分家搬出去呀！”

“等！等！等！老是等！等到哪一天？”瑞丰太太的胖脸涨红，鼻洼上冒出油来。

中国的飞机出动！北平人的心都跳起多高！小崔的耳边老像有飞机响似的，抬着头往天上找。他看见一只敌机，但是他硬说是中国的，红着倭瓜脸和孙七辩论：“要讲剃头刮脸，我没的可说；你拜过师，学过徒！说到眼神，就该你闭上嘴了；尊家的一对眼有点近视呀！我看得清楚极了！飞机的翅膀上画着青天白日；一点错没有！

咱们的飞机既能炸上海，就能炸北平！”

孙七心中本来也喜欢咱们的飞机能来到北平，可是经小崔一说，他就不能不借题抬几句杠。及至小崔攻击到他的近视眼，他认了输，夹着小白布包，笑嘻嘻的到铺户去作活。到了铺户中，他把小崔的话扩大了一些，告诉给小商人们。他一手按着人家的脸，一手用刀在脸上和下巴底下刮剃，低声而恳切的说：“我刚才看见七架咱们的轰炸机，好大个儿！翅儿上画着青天白日，清楚极了！”人家在他的剃刀威胁之下，谁也不敢分辩。

小崔哼唧着小曲，把车拉出去。到车口，他依然广播着他看见了中国飞机。在路上，看到日本兵，他扬着点脸飞跑；跑出相当的远，他高声的宣布：“全杀死你们忘八日的！”而后，把咱们的飞机飞过天空的事，告诉给坐车的人。

李四爷许久也没应下活来——城外时时有炮声，有几天连巡警都罢了岗，谁还敢搬家呢。今天，他应下一档儿活来，不是搬家，而是出殡。他的本行是“窝脖儿”，到了晚年，他也应丧事；他既会稳当的捆扎与挪移箱匣桌椅，当然也能没有失闪的调动棺材。在护国寺街口上，棺材上了杠。一把纸钱像大白蝴蝶似的飞到空中，李四爷的尖锐清脆的声音喊出：“本家儿赏钱八十吊啊！”抬杠的人们一齐喊了声“啊！”李四爷，穿着孝袍，精神百倍的，手里打着响尺①，好像把满怀的顾虑与牢骚都忘了。

李四大妈在小羊圈口上，站得紧靠马路边，为是看看丈夫领殡——责任很重的事——的威风。擦了好几把眼，看见了李四爷，她含笑的说了声：“看这个老东西！”

棚匠刘师傅也有了事作。警察们通知有天棚的人家，赶快把棚席拆掉。警察们没有告诉大家拆棚的理由，可是大家都猜到这是日本鬼子怕中央的飞机来轰炸；席棚是容易起火的。刘师傅忙着出去

---

① 响尺，旧社会出殡起杠时，一个人用两根尺样长的木器，击响声。

拆棚。高高的站在房上，他希望能看到咱们的飞机。

小文夫妇今天居然到院中来吊嗓子，好像已经不必再含羞带愧的作了。

连四号的马老寡妇也到门口来看看。她最胆小，自从卢沟桥响了炮，她就没迈过街门的门坎。她也不许她的外孙——十九岁的程长顺——去作生意，唯恐他有什么失闪。她的头发已完全白了，而浑身上下都收拾得干干净净的，手指上还戴着四十年前的式样的，又重又大的，银戒指。她的相貌比李四妈还更和善；心理也非常的慈祥，和李四妈差不多。可是，她在行动上，并不像李四妈那样积极，活跃，因为自从三十五岁她就守寡，不能不沉稳谨慎一些。

她手中有一点点积蓄，可是老不露出来。过日子，她极俭省，并且教她的外孙去作小生意。外孙程长顺在八岁的时候父母双亡，就跟着外婆。他的头很大，说话有点囔鼻，像患着长期伤风似的。因为头大，而说话又呜囔呜囔的，所以带着点傻相；其实他并不傻。外婆对他很好，每饭都必给他弄点油水，她自己可永远吃素。在给他选择个职业的时候，外婆很费了一番思索；结果是给他买了一架旧留声机和一两打旧唱片子，教他到后半天出去转一转街。长顺非常喜欢这个营业，因为他自己喜欢唱戏。他的营业也就是消遣。他把自己所有的唱片上的戏词与腔调都能唱上来。遇到片子残破，中间断了一点的时候，他会自己用嘴哼唧着给补充上。有时候，在给人家唱完半打或一打片子之后，人家还特烦他大声的唱几句。他说话时虽呜囔呜囔的，唱起来可并不这样；反之，正因为他的鼻子的关系，他的歌唱的尾音往往收入鼻腔，听起来很深厚有力。他的生意很不错，有几条街的人们专等着他，而不照顾别人。他的囔鼻成了他的商标。他的志愿是将来能登台去唱黑头，因他的脑袋既大，而又富于鼻音。

这一程子，长顺闷得慌极了！外婆既不许他出去转街，又不准他在家里开开留声机。每逢他刚要把机器打开，外婆就说：“别出声儿呀，长顺，教小日本儿，听见还了得！”

今天，长顺告诉外婆：“不要紧了，我可以出去作买卖啦！上海也打上了，咱们的飞机，一千架，出去炸日本鬼子！咱们准得打胜！上海一打胜，咱们北平就平安了！”

外婆不大信长顺的话，所以大着胆子亲自到门外调查一下；倒仿佛由门外就能看到上海似的。

老太太的白发，在阳光下，发着一圈儿银光。大槐树的绿色照在她的脸上，给皮肤上的黄亮光儿减去一些，有皱纹的地方都画上一些暗淡的细道儿。胡同里没有行人，没有动静，她独自立了一会儿，慢慢的走回屋中去。

“怎样？外婆！”长顺急切的问。

“倒没有什么，也许真是平安了！”

“上海一开仗，咱们准打胜！外婆你信我的话，准保没错儿！”长顺开始收拾工具，准备下午出去作生意。

全胡同中，大家都高兴，都准备着迎接胜利，只有冠晓荷心中不大痛快。他的事情还没有眉目。假若事情已定，他大可以马上去浑水摸鱼，管什么上海开仗不开仗。但是，事情既没决定，而上海已经在抗战，万一中国打胜，他岂不是没打到狐狸而弄来一屁股臊？他很不痛快的决定这两天暂时停止活动，看看风色再说。

大赤包可深不以为然：“你怎么啦？事情刚开头儿，你怎么懈了劲儿呢？上海打仗？关咱们什么屁事？凭南京那点兵就打得过日本？笑话！再有六个南京也不行！”大赤包差不多像中了邪。她以为后半世的产业与享受都凭此一举，绝对不能半途而废。

凑巧，六号住的丁约翰回来了。丁约翰的父亲是个基督徒，在庚子年被义和团给杀了。父亲殉道，儿子就得到洋人的保护；约翰从十三岁就入了“英国府”作打杂儿的。渐渐的，他升为摆台的，现在已经是四十多岁的人了。虽然摆台的不算什么很高贵的职业，可是由小羊圈的人们看来，丁约翰是与众不同的。他自己呢也很会吹嘘，一提到身家，他便告诉人家他是世袭基督徒，一提到职业，他便声明自己是在英国府作洋事——他永远管使馆叫作“府”，因为“府”只比“宫”次一等儿。他在小羊圈六号住三间正房，并不像孙七和小崔们只住一间小屋。他的三间房都收拾得很干净，而且颇有些洋摆设：案头上有许多内容一样而封面不同的洋书——四福音书和圣诗；橱子里有许多残破而能将就使用的啤酒杯，香槟杯，和各式样的玻璃瓶与咖啡盒子。论服装，他也有特异之处，他往往把旧西服上身套在大衫上当作马褂——当然是洋马褂。

在全胡同里，他只与冠家有来往。这因为：第一，他看不起别的人家，而大家也并不怎么特别尊敬他，所以彼此两便，不必往来；第二，他看得起冠家，而冠家也能欣赏他的洋气，这已经打下友谊的基础，再加上，他由“府”里拿出来的一点黄油，咖啡，或真正的牛津橙子酱什么的，只有冠家喜欢要，懂得它们是多么地道，所以双方就更多了一些关系——他永远把这类的洋货公道的卖给冠家。

这次，他只带来半瓶苏格兰的灰色奇酒，打算白送给冠先生。

假若丁约翰是在随便的一家西餐馆摆台，大赤包必定不会理会他，即使他天天送来黄油与罐头。丁约翰是在英国府摆台，这就大有文章了。假若宫里的太监本来是残废的奴役，而因在皇宫里的关系被人另眼看待，那么，大赤包理当另眼看待丁约翰。她觉得丁约翰本人与丁约翰所拿来的东西，都不足为奇，值得注意的倒是“英国府”那三个有声势的字。丁约翰来自英国府，那些东西来自英国府，这教大赤包感到冠家与英国使馆有了联系，一点可骄傲的联系！每逢她给客人拿出咖啡或果酱的时候，她必要再三的说明：“这是由英国府拿出来的！”“英国府”三个字仿佛粘在了她的口中，像口香糖似的那么甜美。

见丁约翰提着酒瓶进来，她立刻停止了申斥丈夫，而把当时所能搬运到脸上的笑意全搬运上来：“哟！丁约翰！”她也非常喜欢“约翰”这两个字。虽然它们不像“英国府”那么堂皇雄伟，可是至少也可以与“沙丁鱼”“灰色奇酒”并驾齐驱的含有洋味。

丁约翰，四十多岁，脸刮得很光，背挺得很直，眼睛永远不敢平视，而老向人家的手部留意，好像人们的手里老拿着刀叉似的。听见大赤包亲热的叫他，他只从眼神上表示了点笑意——在英国府住惯了，他永远不敢大声的说笑。

“拿着什么？”大赤包问。

“灰色奇！送给你的，冠太太！”

“送？”她的心里颤动了一下。她顶喜欢小便宜。接过去，像抱吃奶的婴孩似的，她把酒瓶搂在胸前。“谢谢你呀，约翰！你喝什么茶？还是香片吧？你在英国府常喝红茶，该换换口味！”

“坐下，约翰！”冠先生也相当的客气。“有什么消息没有？上海的战事，英国府方面怎么看？”

“中国还能打得过日本吗？外国人都说，大概有三个月，至多半年，事情就完了！”丁约翰很客观的说，倒仿佛他不是中国人，而是英国的驻华外交官。

“怎么完？”

“中国军队教人家打垮！”

大赤包听到此处，一兴奋，几乎把酒瓶掉在地上。“冠晓荷！你听见没有？虽然我是个老娘们，我的见识可不比你们男人低！把胆子壮起点来，别错过了机会！”

冠晓荷愣了一小会儿，然后微笑了一下：“你说的对！你简直是会思想的坦克车！”

十一

生在某一种文化中的人，未必知道那个文化是什么，像水中的鱼似的，他不能跳出水外去看清楚那是什么水。假若他自己不能完全客观的去了解自己的文化，那能够客观的来观察的旁人，又因为生活在这种文化以外，就极难咂摸到它的滋味，而往往因一点胭脂，断定他美，或几个麻斑而断定他丑。不幸，假若这个观察者是要急于搜集一些资料，以便证明他心中的一点成见，他也许就只找有麻子的看，而对擦胭脂的闭上眼。

日本人是相当的细心的。对中国的一切，他们从好久就有很详密的观察与调查，而自居为最能了解中国人的人。对中国的工矿农商与军事的情形，他们也许比中国人还更清楚，但是，他们要拿那些数目字作为了解中国文化的基础，就正好像拿着一本旅行指南而想作出欣赏山水的诗来。同时，他们为了施行诡诈与愚弄，他们所接触的中国人多数的是中华民族的渣滓。这些渣滓，不幸，给了他们一些便利，他们便以为认识了这些人就是认识了全体中国人，因而断定了中国文化里并没有礼义廉耻，而只有男盗女娼。国际间的友谊才是了解文化的真正基础，彼此了解并尊重彼此的文化，世界上才会有和平。日本人的办法，反之，却像一个贼到一所大宅子中去行窃，因贿赂了一两条狗而偷到了一些值钱的东西；从此，他便认为宅子中的东西都应该是他的，而以为宅子中只有那么一两条可以用馒头收买的狗。这，教日本人吃了大亏。他们的细心，精明，勤苦，勇敢，都因为那两条狗而变成心劳日拙，他们变成了惯贼，而贼盗是要受全人类的审判的！

他们没有想到在平津陷落以后，中国会有全面的抗战。在他们的军人心里，以为用枪炮劫夺了平津，便可以用军事占领的方式，一方面假装静候政治的解决，一方面实行劫抢，先把他们的衣袋装满了金银。这样，他们自己既可达到发财的目的，又可以使军人的声势在他们国内继长增高。因此，上海的抗战，使在平津的敌寇显出慌张。他们须一方面去迎战，一方面稳定平津；他们没法把平津的财宝都带在身上去作战。怎样稳定平津？他们在事前并没有多少准备。肆意的屠杀固然是最简截明快的办法，但是，有了南京政府的全面抗战，他们开始觉到屠杀也许是危险的事，还不如把他们所豢养的中国狗拉出几条来，给他们看守着平津。假若在这时候，他们能看清楚，中国既敢抗战，必定是因为在军事的估量而外，还有可用的民气，在物质的损失中，具有忍无可忍的决心，他们就会及时的收兵，免得使他们自己堕入无底的深渊。可是，他们不相信中国是有深厚文化的国家，而只以枪炮的数目估计了一切。人类最大的惨剧便是彼此以武力估计价值，像熊或狗似的老想试试自己的力气，而忽略了智慧才是最有价值的，与真有价值的。

酝酿了许久的平津政治组织，在那半死不活的政务委员会外，只出来了没有什么用处的地方维持会，与替日本人维持地面的市政府。日本军人们心里很不痛快，因为这样的简陋的场面颇有损于“帝国”的尊严。汉奸们很不高兴，因为出头的人是那么少，自己只空喜欢了一场，而并不能马上一窝蜂似的全作了官。好讽刺的人管这叫作傀儡戏，其实傀儡戏也要行头鲜明，锣鼓齐备，而且要生末净旦俱全；这不能算是傀儡戏，而只是一锣，一羊，一猴的猴子戏而已。用金钱，心血，人命，而只换来一场猴子把戏，是多滑稽而可怜呢！

冠晓荷听了丁约翰的一番话，决定去加入猴子戏，而把全面的抗战放在一边，绝对不再加以考虑。市长和警察局长既然发表了，他便决定向市政府与警察局去活动。对市政与警政，他完全不懂，但是总以为作官是一种特别的技巧，而不在乎有什么专门的学识没有。

他和大赤包又奔走了三四天，依然没有什么结果。晓荷于无可如何之中，找出点原谅自己的道理：“我看哪，说不定上海的作战只是给大家看看，而骨子里还是讲和。讲和之后，北平的官员还是由南京任命，所以现在北平也不大更动人。要不然，就凭咱们这点本事，经验，和活动的能力，怎么会就扑个空呢？”

“放你的狗屁！”大赤包心中也不高兴，但是还咬着牙不自认失败。

“你的本事在哪儿？我问问你！真有本事的话，出去一伸手就拿个官儿来，看看你！不说你自己是窝囊废，倒胡猜乱想的泄自己的气！日子还长着呢，现在就泄了气还行吗？挺挺你的脊梁骨，去干哪！”

冠先生很难过的笑了笑。不便和太太吵嘴，他暗中决定：无论用什么方法，也得弄个官儿，教她见识见识！

这时候，真的消息与类似谣言的消息，像一阵阵方向不同，冷暖不同的风似的刮入北平。北平，在世界人的心中是已经死去，而北平人却还和中国一齐活着，他们的心还和中华一切地方的英勇抵抗而跳动。东北的义勇军又活动了，南口的敌人，伤亡了二千，青岛我军打退了登陆的敌人，石家庄被炸……这些真的假的消息，一个紧跟着一个，一会儿便传遍了全城。特别使小羊圈的人们兴奋的是一个青年汽车夫，在南口附近，把一部卡车开到山涧里去，青年和车上的三十多名日本兵，都摔成了肉酱。青年是谁？没有人知道。但是，人们猜测，那必是钱家的二少爷。他年轻，他在京北开车，他老不回家……这些事实都给他们的猜测以有力的佐证，一定是他！

可是，钱宅的街门还是关得严严的，他们无从去打听消息。他们只能多望一望那两扇没有门神，也没有多少油漆的门，表示尊敬与钦佩！

瑞宣听到人们的嘀咕，心中又惊又喜。他常听祖母说，在庚子年八国联军入城的时候，许多有地位的人全家自尽殉难。不管他们殉难的心理是什么，他总以为敢死是气节的表现。这回日本人攻进北平，人们仿佛比庚子年更聪明了，除了阵亡的将士，并没有什么殉难的官员与人民。这是不是真正的聪明呢？他不敢断定。现在，听到钱二少爷的比自杀殉难更壮烈，更有意义的举动，他觉得北平人并不尽像他自己那么因循苟安，而是也有英雄。他相信这件事是真的，因为钱老人曾经对瑞全讲过二少爷的决定不再回家。同时，他深怕这件事会连累到钱家的全家，假若大家因为钦佩钱仲石而随便提名道姓的传播。他找了李四爷去。

李四爷答应了暗地里嘱咐大家，不要再声张，而且赞叹着：“咱们要是都像人家钱二少，别说小日本，就是大日本也不敢跟咱们刺毛啊！”

瑞宣本想去看看钱老先生，可是没有去，一来他怕惹起街坊们的注意，二来怕钱先生还不晓得这回事，说出来倒教老人不放心。

李四爷去嘱咐大家，大家都觉得应该留这点神。可是，在他遇到小崔以前，小崔已对尤桐芳说了。小崔虽得罪了冠先生和大赤包，尤桐芳和高第可是还坐他的车；桐芳对苦人，是有同情心的，所以故意的雇他的车，而且多给点钱，好教小崔没白挨了大赤包的一个嘴巴；高第呢是成心反抗母亲，母亲越讨厌小崔，她就越多坐他的车子。

坐着小崔的车，桐芳总喜欢和他说些闲话。在家里，一切家务都归大赤包处理，桐芳不能过问。她虽嫁了人，而不能作主妇，她觉得自己好像是住在旅馆中的娼妓！因此，她爱问小崔一些家长里短，并且羡慕小崔的老婆——虽然穷苦，虽然常挨打，可究竟是个管家的主妇。小崔呢，不仅向桐芳报告家政，也谈到街坊四邻的情形。照着往常的例子，他把他引以为荣的事也告诉了她。

“冠太太！”不当着冠家的人，他永远称呼她太太，为是表明以好换好。“咱们的胡同里出了奇事！”

“什么奇事？”她问，以便叫他多喘喘气。

“听说钱家的二爷，摔死了一车日本兵！”

“是吗？听谁说的？”

“大家伙儿都那么说！”

“喝！他可真行！”

“北平人也不都是窝囊废！”

“那么他自己呢？”

“自然也死喽！拼命的事嘛！”

桐芳回到家中，把这些话有枝添叶的告诉给高第，而被招弟偷偷听了去。招弟又“本社专电”似的告诉了冠先生。

晓荷听完了招弟的报告，心中并没有什么感动。他只觉得钱二少爷有点愚蠢：一个人只有一条命，为摔死别人，而也把自己饶上，才不上算！除了这点批判而外，他并没怎样看重这条专电。顺口答音的，他告诉了大赤包。

大赤包要是决定作什么，便连作梦也梦见那回事。她的心思，现在，完全萦绕在给冠晓荷运动官上，所以刮一阵风，或房檐上来了一只喜鹊，她都以为与冠先生的官运有关。听到钱二少的消息，她马上有了新的决定。

“晓荷！”她的眼一眨一眨的，脸儿上笼罩着一股既庄严又神秘的神气，颇似西太后与内阁大臣商议国家大事似的。“去报告！这是你的一条进身之路！”

晓荷愣住了。教他去贪赃受贿，他敢干；他可是没有挺着胸去直接杀人的胆气。

“怎么啦？你！”大赤包审问着。

“去报告？那得抄家呀！”晓荷觉得若是钱家被抄了家，都死在刀下，钱先生一定会来闹鬼！

“你这个松头日脑的家伙！你要管你自己的前途，管别人抄家不抄家干吗！再说，你不是吃过钱老头子的钉子，想报复吗？这是机会！”

听到“报复”，他动了点心。他以为钱默吟大不该那么拒人千里之外；那么，假若钱家真被抄了家，也是咎由自取——大概也就不会在死后还闹鬼！他也琢磨出来：敢情钱默吟的又臭又硬并不是因为与日本人有关系，而是与南京通着气。那么，假若南京真打胜了，默吟得了势，还有他——冠晓荷——的好处吗？“这个消息真不真呢？”他问。

“桐芳听来的，问她！”大赤包下了懿旨。

审问桐芳的结果，并不能使晓荷相信那个消息是千真万确的。他不愿拿着个可信可疑的消息去讨赏。大赤包可是另有看法：“真也罢，假也罢，告他一状再说！即使消息是假的，那又有什么关系，我们的消息假，而心不假；教上面知道咱们是真心实意的向着日本人，不也有点好处吗？你要是胆子小，我去！”

晓荷心中还不十分安帖，可是又不敢劳动皇后御驾亲征，只好答应下来。

桐芳又很快的告诉了高第。高第在屋里转开了磨。仲石，她的幻想中的英雄，真的成了英雄。她觉得这个英雄应当是属于她的。可是，他已经死去。她的爱，预言，美好的幻梦，一齐落了空！假若她不必入尼姑庵，而世界上还有她的事作的话，她应当首先去搭救钱家的人。但是，她怎么去见钱先生呢？钱先生既不常出来，而街门又永远关得严严的；她若去叫门，必被自己家里的人听到。写信，从门缝塞进去？也不妥当。她必须亲自见到钱先生，才能把话说得详尽而恳切。

她去请桐芳帮忙。桐芳建议从墙头上爬过去。她说：“咱们的南房西边不是有一棵小槐树？上了槐树，你就可以够着墙头！”

高第愿意这样去冒险。她的心里，因仲石的牺牲，装满了奇幻的思想的。她以为仲石的死是受了她的精神的感召，那么，在他死后，她也就应当作些非凡的事情。她决定去爬墙，并且嘱咐桐芳给她观风。

大概有九点钟吧。冠先生还没有回来。大赤包有点头痛，已早早的上了床。招弟在屋中读着一本爱情小说。高第决定乘这时机，到西院去。她嘱咐桐芳听着门，因为她回来的时候是不必爬墙的。

她的短鼻子上出着细小的汗珠，手与唇都微颤着。爬墙的危险，与举动的奇突，使她兴奋，勇敢，而又有点惧怕。爬到墙那边，她就可以看见英雄的家；虽然英雄已死，她可是还能看到些英雄的遗物；她应当要过一两件来，作为纪念！想到那里，她的心跳得更快了；假若不是桐芳托她两把，她必定上不去那棵小树。上了树，她的心中清醒了好多，危险把幻想都赶了走。她的眼睁得很大，用颤抖的手牢牢的抓住墙头。

费了很大的事，她才转过身去。转了身，手扒着墙头，脚在半空，她只顾了喘气，把一切别的事都忘掉。她不敢往下看，又不敢松手，只闭着眼挣扎着挂在那里。好久，她心里一迷糊，手因无力而松开，她落在了地上。她的身量高，西院的地又因种花的关系而颇松软，所以她只觉得心中震动了一下，腿脚倒都没碰疼。这时候，她清醒了好多，心跳得很快。再转过身来，她看明白：其余的屋子都黑忽忽的，只有北房的西间儿有一点灯光。灯光被窗帘遮住，只透出一点点。院中，高矮不齐，一丛丛的都是花草；在微弱的灯光中，像一些蹲伏着的人。高第的心跳得更快了；她大着胆，手捂着胸口，慢慢的用脚试探着往前挪动，底襟时时挂在刺梅一类的枝上。好容易，她挪移到北屋外，屋里有两个人轻轻的谈话。她闭着气，蹲在窗下。屋里的语声是一老一少，老的（她想）一定是钱老先生，少的或者是钱大少爷。听了一会儿，她辨清那年少的不是北平口音，而是像胶东的人。这，引起她的好奇心，想立起来看看窗帘有没有缝隙。急于立起来，她忘了窗台，而把头碰在上面。她把个“哎哟”只吐出半截，可是已被屋中听到。灯立刻灭了。隔了一小会儿，钱先生的声音在问：“谁？”

她慌成了一团，一手捂着胸口，一手按着头，半蹲半立的木在那里。

钱先生轻轻的出来，又低声的问了声：“谁？”

“我！”她低声的回答。

钱先生吓了一跳：“你是谁？”

高第留着神立起来：“小点声！我是隔壁的大小姐，有话对你说。”

“进来！”钱先生先进去，点上灯。

高第的右手还在头上摸弄那个包，慢慢的走进去。

钱先生本来穿着短衣，急忙找到大衫穿上，把钮扣扣错了一个。“冠小姐？你打哪儿进来的？”

高第一脚的露水，衣服被花枝挂破了好几个口子，头上一个包，头发也碰乱，看了看自己，看了看钱先生，觉得非常的好笑。她微笑了一下。

钱先生的态度还镇静，可是心里有点莫名其妙之感，眨巴着眼呆看着她。

“我由墙上跳过来的，钱伯伯！”她找了个小凳，坐下。

“跳墙？”诗人向外打了一眼。“干吗跳墙？”

“有要紧的事！”她觉得钱先生是那么敦厚可爱，不应当再憋闷着他。“仲石的事！”

“仲石怎样？”

“伯伯，你还不知道？”

“不知道！他没有回来！”

“大家都说，都说……”她低下头去，愣着。

“都说什么？”

“都说他摔死一车日本兵！”

“真的？”老人的油汪水滑的乌牙露出来，张着点嘴，等她回答。

“大家都那么说！”

“哦！他呢？”

“也……”

老人的头慢慢往下低，眼珠往旁边挪，不敢再看她。高第急忙的立起来，以为老人要哭。老人忽然又抬起头来，并没有哭，只是眼中湿润了些。纵了一下鼻子，他伸手把桌下的酒瓶摸上来。“小姐，你……”他的话说得不甚真切，而且把下半句——你不喝酒吧？——咽了回去。厚敦敦的手微有点颤，他倒了大半茶杯茵陈酒，一扬脖喝了一大口。用袖口抹了抹嘴，眼亮起来，他看着高处，低声的说：“死得好！好！”打了个酒嗝，他用乌牙咬上了下唇。

“钱伯伯，你得走！”

“走？”

“走！大家现在都吵嚷这件事，万一闹到日本人耳朵里去，不是要有灭门的罪过吗？”

“哦！”钱先生反倒忽然笑了一下，又端起酒来。“我没地方去！这是我的家，也是我的坟墓！况且，刀放脖子上的时候，我要是躲开，就太无勇了吧！小姐，我谢谢你！请回去吧！怎么走？”

高第心里很不好受。她不能把她父母的毒计告诉钱先生，而钱先生又是这么真纯，正气，可爱。她把许多日子构成的幻想全都忘掉，忘了对仲石的虚构的爱情，忘了她是要来看看“英雄之家”，她是面对着一位可爱，而将要遭受苦难的老人；她应当设法救他。可是，她一时想不出主意。她用一点笑意掩饰了她心中的不安，而说了声：“我不用再跳墙了吧？”

“当然！当然！我给你开门去！”他先把杯中的余酒喝尽，而后身子微晃了两晃，仿佛头发晕似的。

高第扶住了他。他定了定神，说：“不要紧！我开门去！”他开始往外走。一边走一边嘟囔：“死得好！死得好！我的……”他没敢叫出儿子的名字来，把手扶在屋门的门框上，立了一会儿。院中的草茉莉与夜来香放着浓烈的香味，他深深的吸了一口气。

高第不能明白老诗人心中的复杂的感情。而只觉得钱先生的一切都与父亲不同。她所感到的不同并不是在服装面貌上，而是在一种什么无以名之的气息上，钱先生就好像一本古书似的，宽大，雅静，尊严。到了大门内，她说了句由心里发出来的话：“钱伯伯，别伤心吧！”

钱老人嗯嗯的答应了两声，没说出话来。

出了大门，高第飞也似的跑了几步。她跳墙的动机是出于好玩，冒险，与诡秘的恋爱；搭救钱先生只是一部分。现在，她感到了充实与热烈，忘了仲石，而只记住钱先生；她愿立刻的一股脑儿都说给桐芳听。桐芳在门内等着她呢，没等叫门，便把门开开了。

默吟先生立在大门外，仰头看着大槐树的密丛丛的黑叶子，长叹了一声。忽然，灵机一动，他很快的跑到祁家门口。正赶上瑞宣来关街门，他把瑞宣叫了出来。

“有工夫没有？我有两句话跟你谈谈！”他低声的问。

“有！要不是你来，我就关门睡觉去了！完全无事可作，连书也看不下去！”瑞宣低声的答对。

“好！上我那里去！”

“我进去说一声。”

默吟先生先回去，在门洞里等着瑞宣。瑞宣紧跟着就来到，虽然一共没有几步路，可是他赶得微微有点喘；他知道钱先生夜间来访，必有要紧的事。

到屋里，钱先生握住瑞宣的手，叫了声：“瑞宣！”他想和瑞宣谈仲石的事。不但要谈仲石殉国，也还要把儿子的一切——他幼时是什么样子，怎样上学，爱吃什么……——都说给瑞宣听。可是，他咽了两口气，松开手，嘴唇轻轻的动了几动，仿佛是对自己说：“谈那些干什么呢！”

比了个手式，请瑞宣坐下，钱先生把双肘都放在桌儿上，面紧对着瑞宣的，低声而恳切的说：“我要请你帮个忙！”

瑞宣点了点头，没问什么事；他觉得只要钱伯伯教他帮忙，他就应当马上答应。

钱先生拉过一个小凳来，坐下，脸仍旧紧对着瑞宣，闭了会儿眼。睁开眼，他安详了好多，脸上的肉松下来一些。

“前天夜里，”他低声的安详的说：“我睡不着。这一程子了，我夜夜失眠！我想，亡了国的人，大概至少应当失眠吧！睡不着，我到门外去散散步。轻轻的开开门，我看见一个人紧靠着槐树立着呢！我赶紧退了回来。你知道，我是不大爱和邻居们打招呼的。退回来，我想了想：这个人不大像附近的邻居。虽然我没看清楚他的脸，可是以他的通身的轮廓来说，他不像我认识的任何人。这引起我的好奇心。我本不是好管闲事的人，可是失眠的人的脑子特别精细，我不由的想看清他到底是谁，和在树底下干什么。”说到这里，他又闭了闭眼，然后把杯中的余滴倒在口中，咂摸着滋味。“我并没往他是小偷或土匪上想，因为我根本没有值钱的东西怕偷。我也没以为他是乞丐。我倒是以为他必定有比无衣无食还大的困难。留了很小的一点门缝，我用一只眼往外看。果然，不出我所料，他是有很大的困难。他在槐树下面极慢极慢的来回绕，一会儿立住，仰头看看；一会儿又低着头慢慢的走。走了很久，忽然他极快的走向路西的堵死的门去了。他开始解腰带！我等着，狠心的等着！等他把带子拴好了才出去；我怕出去早了会把他吓跑！”

“对的！”瑞宣本不想打断老人的话，可是看老人的嘴角已有了白沫儿，所以插进一两个字，好教老人喘口气。

“我极快的跑出去！”默吟先生的眼发了光。“一下子搂住他的腰！他发了怒，回手打了我两拳。我轻轻的叫了声‘朋友！’他不再挣扎，而全身都颤起来。假若他一个劲儿跟我挣扎，我是非松手不可的，他年轻力壮！‘来吧！’我放开手，说了这么一句。他像个小羊似的跟我进来！”

“现在还在这里？”

钱先生点了点头。

“他是作什么的？”

“诗人！”

“诗人？”

钱先生笑了一下：“我说他的气质像诗人，他实在是个军人。他姓王，王排长。在城内作战，没能退出去。没有钱，只有一身破裤褂，逃走不易，藏起来又怕连累人，而且怕被敌人给擒住，所以他想自尽。他宁可死，而不作俘虏！我说他是诗人，他并不会作诗；我管富于情感，心地爽朗的人都叫作诗人；我和他很说得来。我请你来就是为这个人的事。咱们得设法教他逃出城去。我想不出办法来，而且，而且，”老先生又愣住了。

“而且，怎样？钱伯伯！”

老人的声音低得几乎不易听见了："而且，我怕他在我这里吃连累！你知道，仲石，"钱先生的喉中噎了一下："仲石，也许已经死啦！说不定我的命也得赔上！据说，他摔死一车日本兵，日本人的气量是那么小，哪能白白饶了我！不幸，他们找上我的门来，岂不也就发现了王排长？"

"听谁说的，仲石死了？"

"不用管吧! "

"伯伯，你是不是应当躲一躲呢？"

"我不考虑那个！我手无缚鸡之力，不能去杀敌雪耻，我只能临危不苟，儿子怎死，我怎么陪着。我想日本人会打听出他是我的儿子，我也就不能否认他是我的儿子！是的，只要他们捕了我去，我会高声的告诉他们，杀你们的是钱仲石，我的儿子！好，我们先不必再谈这个，而要赶快决定怎样教王排长马上逃出城去。他是军人，他会杀敌，我们不能教他死在这里！"

瑞宣的手摸着脸，细细的思索。

钱先生倒了半杯酒，慢慢的喝着。

想了半天，瑞宣忽然立起来。"我先回家一会儿，和老三商议商议；马上就回来。"

"好！我等着你！"

十 二

老三因心中烦闷，已上了床。瑞宣把他叫起来。极简单扼要的，瑞宣把王排长的事说给老三听。老三的黑豆子眼珠像夜间的猫似的，睁得极黑极大，而且发着带着威严的光。他的颧骨上红起两朵花。听完，他说了声："我们非救他不可！"

瑞宣也很兴奋，可是还保持着安详，不愿因兴奋而卤莽，因卤莽而败事。慢条斯礼的，他说："我已经想了个办法，不知道你以为如何？"

老三慌手忙脚的登上裤子，下了床，倒仿佛马上他就可以把王排长背出城似的。"什么办法？大哥！"

"先别慌！我们须详细的商量一下，这不是闹着玩的事！"

瑞全忍耐的坐在床沿上。

"老三！我想啊，你可以同他一路走。"

老三又立了起来："那好极了！"

"这有好处，也有坏处。好处是王排长既是军人，只要一逃出城去，他就必有办法；他不会教你吃亏。坏处呢，他手上的掌子，和说话举止的态度神气，都必教人家一看就看出他是干什么的。日本兵把着城门，他不容易出去；他要是不幸而出了岔子，你也跟着遭殃！"

"我不怕！"老三的牙咬得很紧，连脖子上的筋都挺了起来。

"我知道你不怕，"瑞宣要笑，而没有笑出来。"有勇无谋可办不了事！我们死，得死在晴天大日头底下，不能窝窝囊囊的送了命！我想去找李四大爷去。"

"他是好人，可是对这种事他有没有办法，我就不敢说！"

"我——教给他办法！只要他愿意，我想我的办法还不算很坏！"

"什么办法？什么办法？"

"李四大爷要是最近给人家领杠出殡，你们俩都身穿重孝，混出城去，大概不会受到检查！"

"大哥！你真有两下子！"瑞全跳了起来。

"老实点！别教大家听见！出了城，那就听王排长的了。他是军人，必能找到军队！"

"就这么办了，大哥！"

"你愿意？不后悔？"

"大哥你怎么啦？我自己要走的，能后悔吗？况且，别的事可以后悔，这种事——逃出去，不作亡国奴——还有什么可后悔的呢？"

瑞宣沉静了一会儿才说："我是说，逃出去以后，不就是由地狱入了天堂，以后的困难还多的很呢。前些日子我留你，不准你走，也就是这个意思。五分钟的热气能使任何人登时成为英雄，真正的英雄却是无论受多么久，多么大的困苦，而仍旧毫无悔意或灰心的人！记着我这几句话，老三！记住了，在国旗下吃粪，也比在太阳旗下吃肉强！你要老不灰心丧气，老像今天晚上这个劲儿，我才放心！好，我找李四大爷去。"

瑞宣去找李四爷。老人已经睡了觉，瑞宣现把他叫起来。李四妈也跟着起来，夹七夹八的一劲儿问：是不是祁大奶奶要添娃娃？还是谁得了暴病，要请医生？经瑞宣解释了一番，她才明白他是来与四爷商议事体，而马上决定非去给客人烧一壶水喝不可，瑞宣拦不住她，而且觉得她离开屋里也省得再打岔，只好答应下来。她掩着怀，瞎摸合眼的走出去，现找劈柴升火烧水。乘着她在外边瞎忙，瑞宣把来意简单的告诉了老人。老人横打鼻梁①，愿意帮忙。

"老大，你到底是读书人，想得周到！"老人低声的说："城门上，车站上，检查得极严，实在不容易出去。当过兵的人，手上脚上身上仿佛全有记号，日本人一看就认出来；捉住，准杀头！出殡的，连棺材都要在城门口教巡警拍一拍，可是穿孝的人倒还没受过多少麻烦。这件事交给我了，明天就有一档子丧事，你教他们俩一清早就跟我走，杠房有孝袍子，我给他们赁两身。然后，是教他俩装作孝子，还是打执事的，我到时候看，怎么合适怎办！"

四大妈的水没烧开，瑞宣已经告辞，她十分的抱歉，硬说柴火被雨打湿了："都是这个老东西，什么事也不管；下雨的时候，连劈柴也不搬进去！"

"闭上你的嘴！半夜三更的你嚎什么！"老人低声的责骂。

瑞宣又去找钱老者。

---

① 横打鼻梁，表示认真负责的姿态。

这时候，瑞全在屋里兴奋得不住的打嗝，仿佛被食物噎住了似的。想想这个，想想那个，他的思想像走马灯似的，随来随去，没法集中。他恨不能一步跳出城去，加入军队去作战。刚想到这里，他又看见自己跟招弟姑娘在北海的莲花中荡船。他很愿意马上看见她，告诉她他要逃出城去，作个抗战的英雄！不，不，不，他又改了主意，她没出息，绝对不会欣赏他的勇敢与热烈。这样乱想了半天，他开始感到疲乏，还有一点烦闷。期待是最使人心焦的事，他的心已飞到想象的境界，而身子还在自己的屋里，他不知如何处置自己。

妈妈咳嗽了两声。他的心立时静下来。可怜的妈妈！只要我一出这个门，恐怕就永远不能相见了！他轻轻的走到院中。一天的明星，天河特别的白。他只穿着个背心，被露气一侵，他感到一点凉意，胳臂上起了许多小冷疙疸。他想急忙走进南屋，看一看妈妈，跟她说两句极温柔的话。极轻极快的，他走到南屋的窗外。他立定，没有进去的勇气。在平日，他万也没想到母子的关系能够这么深切。他常常对同学们说："一个现代青年就像一只雏鸡，生下来就可以离开母亲，用自己的小爪掘食儿吃！"现在，他木在那里。他决不后悔自己的决定，他一定要逃走，去尽他对国家应尽的责任；但是，他至少也须承认他并不像一只鸡雏，而是永远，永远与母亲在感情上有一种无可分离的联系。立了有好大半天，他听见小顺儿哼唧。妈妈出了声："这孩子！有臭虫，又不许拿！活像你三叔的小时候，一拿臭虫就把灯盏儿打翻！"他的腿有点软，手扶住了窗台。他还不能后悔逃亡的决定，可也不以自己的腿软为可耻。在分析不清自己到底是勇敢，还是软弱，是富于感情，还是神经脆弱之际，他想起日本人的另一罪恶——有多少母与子，夫与妻，将受到无情的离异，与永久的分别！想到这里，他的脖子一使劲，离开了南屋的窗前。

在院里，他绕了一个圈儿。大嫂的屋里还点着灯。他觉得大嫂也不像往日那么俗气与琐碎了。他想进去安慰她几句，表明自己平日对她的顶撞无非是叔嫂之间的小小的开玩笑，在心里他是喜欢大嫂，感激大嫂的。可是，他没敢进去，青年人的嘴不是为道歉预备着的！

瑞宣从外面轻轻的走进来，直奔了三弟屋中去。老三轻手蹑脚的紧跟来，他问："怎样？大哥！"

"明天早晨走！"瑞宣好像已经筋疲力尽了似的，一下子坐在床沿上。

"明——"老三的心跳得很快，说不上话来。以前，瑞宣不许他走，他非常的着急；现在，他又觉得事情来的太奇突了似的。用手摸了摸他的胳臂，他觉得东西都没有预备，自己只穿着件背心，实在不像将有远行的样子。半天，他才问出来："带什么东西呢？"

"啊？"瑞宣仿佛把刚才的一切都忘记了，眼睛直钩钩的看着弟弟，答不出话来。

"我说，我带什么东西？"

"哦！"瑞宣听明白了，想了一想："就拿着点钱吧！还带着，带着，你的纯洁的心，永远带着！"他还有千言万语，要嘱告弟弟，可是他已经不能再说出什么来。摸出钱袋，他的手微颤着拿出三十块钱的票子来，轻轻的放在床上。然后，他立起来，把手搭在老三的肩膀上，细细的看着他。"明天早上我叫你！别等祖父起来，咱们就溜出去！老三！"他还要往下说，可是闭上了嘴。一扭头，他轻快的走出去。老三跟到门外，也没说出什么来。

弟兄俩谁也睡不着。在北平陷落的那一天，他们也一夜未曾合眼。但是，那一夜，他们只觉得渺茫，并抓不住一点什么切身的东西去思索或谈论。现在，他们才真感到国家，战争，与自己的关系，他们须把一切父子兄弟朋友的亲热与感情都放在一旁，而且只有摆脱了这些最难割难舍的关系，他们才能肩起更大的责任。他们——既不准知道明天是怎样——把过去的一切都想起来，因为他们是要分离；也许还是永久的分离。瑞宣等太太睡熟，又穿上衣服，找了老三去。他们直谈到天明。

听到祁老人咳嗽，他们溜了出去。李四爷是惯于早起的人，已经在门口等着他们。把弟弟交给了李四爷，瑞宣的头，因为一夜未眠和心中难过，疼得似乎要裂开。他说不出什么来，只紧跟在弟弟的身后东转西转。

"大哥！你回去吧！"老三低着头说。见哥哥不动，他又补了一句："大哥，你在这里我心慌！"

"老三！"瑞宣握住弟弟的手。"到处留神哪！"说完，他极快的跑回家去。

到屋中，他想睡一会儿。可是，他睡不着。他极疲乏，但是刚一闭眼，他就忽然惊醒，好像听见什么对老三不利的消息。他爱老三；因为爱他，所以才放走他。他并不后悔教老三走，只是不能放心老三究竟走得脱走不脱。一会儿，他想到老三的参加抗战的光荣，一会儿又想到老三被敌人擒住，与王排长一同去受最惨的刑罚。他的脸上和身上一阵阵的出着讨厌的凉汗。

同时，他得想出言词去敷衍家里的人。他不能马上痛痛快快的告诉大家实话，那会引起全家的不安，或者还会使老人们因关切而闹点病。他得等合适的机会再说，而且有证据使大家放心老三的安全。

多么长的天啊！太阳影儿仿佛随时的停止前进，钟上的针儿也像不会再动。好容易，好容易，到了四点钟，他在枣树下听见四大妈高声向李四爷说话。他急忙跑出去。李四爷低声的说："他们出了城！"

十 三

瑞全走后，祁老人问了瑞宣好几次："小三儿哪里去啦？"瑞宣编了个谎，硬说日本兵要用瑞全的学校作营房，所以学生都搬到学校里去住，好教日本兵去另找地方。其实呢，瑞宣很明白：假若日本兵真要占用学校，一个电话便够了，谁也不敢反抗。他知道自已的谎言编制的并不高明，可是老人竟自相信了，也就不必再改编。

瑞丰看出点棱缝来，心中很不高兴，向大哥提出质问。瑞宣虽然平日不大喜欢老二，可是他觉得在这种危患中，兄弟的情谊必然的增高加厚，似乎不应当欺哄老二，所以他说了实话。

"怎么？大哥你教他走的？"瑞丰的小干脸绷得像鼓皮似的。

"他决心要走，我不好阻止；一个热情的青年，理当出去走走！"

"大哥你可说得好！你就不想想，他不久就毕业，毕业后抓俩钱儿，也好帮着家里过日子呀！真，你怎么把只快要下蛋的鸡放了走呢？再说，赶明儿一调查户口，我们有人在外边抗战，还不是蘑菇？"

假若老二是因为不放心老三的安全而责备老大，瑞宣一定不会生气，因为人的胆量是不会一样大的。胆量小而情感厚是可以原谅的。现在，老二的挑剔，是完全把手足之情抛开，而专从实利上讲，瑞宣简直没法不动气了。

可是，他咽了好几口气，到底控制住了自己。他是当家的，应当忍气；况且，在城亡国危之际，家庭里还闹什么饥荒呢。他极勉强的笑了一笑。"老二，你想得对，我没想到！"

"现在最要紧的是千万别声张出去！"老二相当骄傲的嘱告哥哥。"一传说出去，咱们全家都没命！我早就说过，大哥你不要太宠着老三，你老不听！我看哪，咱们还是分居的好！好嘛，这玩艺儿，老三闯出祸来，把咱老二的头要下去，才糟糕一马司！”

瑞宣不能再忍。他的眼只剩了一条缝儿，胖脸上的肉都缩紧。还是低声的，可是每个字都像小石子落在渊涧里，声小而结实，他说：“老二！你滚出去！”

老二没想到老大能有这么一招，他的小干脸完全红了，像个用手绢儿擦亮了的小山里红似的。他要发作。可是一看大哥的眼神和脸色，他忍住了气：“好，我滚就是了！”

老大拦住了他：“等等！我还有话说呢！”他的脸白得可怕。“平日，我老敷衍你，因为这里既由我当家，我就不好意思跟你吵嘴。这可是个错误！你以为我不跟你驳辩，就是你说对了，久而久之。就养成了你的坏毛病——你总以为搂住便宜就好，牺牲一点就坏。我很抱歉，我没能早早的矫正你！今天，我告诉你点实话吧！老三走得对，走得好！假若你也还自居为青年，你也应当走，作点比吃喝打扮更大一点的事去！两重老人都在这里，我自己没法子走开，但是我也并不以此就原谅自己！你想想看，日本人的刀已放在咱们的脖子上，你还能单看家中的芝麻粒大的事，而不往更大点的事上多瞧一眼吗？我并不逼着你走，我是教你先去多想一想，往远处大处想一想！”他的气消了一点，脸上渐渐的有了红色。“请你原谅我的发脾气，老二！但是，你也应当知道，好话都是不大受听的！好，你去吧！”他拿出老大哥的气派来，命令弟弟出去，省得再继续争吵。

老二吃了这个钉子，心中不平，暗中把老三偷走的事去报告祖父与母亲，为了讨点好。

妈妈得到消息，并没抱怨老大，也没敢吵嚷，只含着泪一天没有吃什么。

祁老人表示出对老大不满意：“单单快到我的生日，你教老三走！你等他给我磕完头再走也好哇！”

小顺儿的妈听到这话，眼珠一转，对丈夫说：“这就更非给他老人家作寿不可啦！将功折罪，别教二罪归一呀！”

瑞宣决定给老人庆寿，只是酒菜要比往年俭省一点。

这时候，学校当局们看上海的战事既打得很好，而日本人又没派出教育负责人来，都想马上开学，好使教员与学生们都不至于精神涣散。瑞宣得到通知，到学校去开会。教员们没有到齐，因为已经有几位逃出北平。谈到别人的逃亡，大家的脸上都带出愧色。谁都有不能逃走的理由，但是越说道那些理由越觉得惭愧。

校长来到。他是个五十多岁，极忠诚，极谨慎的一位办中等教育的老手。大家坐好，开会。校长立起来，眼看着对面的墙壁，足有三分钟没有说出话来。瑞宣低着头，说了声：“校长请坐吧！”校长像犯了过错的小学生似的，慢慢的坐下。

一位年纪最轻的教员，说出大家都要问而不好意思问的话来：“校长！我们还在这儿作事，算不算汉奸呢？”

大家都用眼盯住校长，校长又僵着身子立起来，用手摆弄着一管铅笔。他轻嗽了好几下，才说出话来：“诸位老师们！据兄弟看，战事不会在短期间里结束。按理说，我们都应当离开北平。可是，中学和大学不同。大学会直接向教育部请示，我们呢只能听教育局的命令。城陷之后教育局没人负责，我们须自打主张。大学若接到命令，迁开北平，大学的学生以年龄说，有跋涉长途的能力，以籍贯说，各省的人都有，可以听到消息便到指定的地方集合。咱们的学生，年纪既小，又百分之——”他又嗽了两下，“之——可以说百分之九十是在城里住家。我们带着他们走，走大道，有日本兵截堵，走小道，学生们的能力不够。再说，学生的家长们许他们走吗？也是问题。因此，我明知道，留在这里是自找麻烦，自讨无趣——可怎么办呢?! 日本人占定了北平，必首先注意到学生们，也许大肆屠杀青年，也许收容他们作亡国奴，这两个办法都不是咱们所能忍受的！可是，我还想暂时维持学校的生命，在日本人没有明定办法之前，我们不教青年们失学；在他们有了办法之后，我们忍辱求全的设法不教青年们受到最大的损失——肉体上的，精神上的。老师们，能走的请走，我决不拦阻，国家在各方面都正需要人才。不能走的，我请求大家像被奸污了的寡妇似的，为她的小孩子忍辱活下去。我们是不是汉奸？我想，不久政府就会派人来告诉咱们；政府不会忘了咱们，也一定知道咱们逃不出去的困难！”他又嗽了两声，手扶住桌子，“兄弟还有许多的话，但是说不上来了。诸位同意呢，咱们下星期一开学。”他眼中含着点泪，极慢极慢的坐下去。

沉静了好久，有人低声的说：“赞成开学! ”

“有没有异议？”校长想往起立，而没能立起来。没有人出声。他等了一会儿，说：“好吧，我们开学看一看吧！以后的变化还大得很，我们能尽心且尽心吧！”

由学校出来，瑞宣像要害热病似的那么憋闷。他想安下心去，清清楚楚的看出一条道路来。可是，他心中极乱，抓不住任何一件事作为思索的起点。他嘴中开始嘟囔。听见自己的嘟囔，心中更加烦闷。平日，他总可怜那些有点神经不健全，而一边走路一边自己嘟囔嘟囔的人。今天，他自己也这样了；莫非自己要发疯？他想起来屈原的披发行吟。但是，他有什么可比屈原的呢？“屈原至少有自杀的勇气，你有吗？”他质问自己。他不敢回答。他想到北海或中山公园去散散闷，可是又阻止住自己：“公园是给享受太平的人们预备着的，你没有资格去！”他往家中走。“打败了的狗只有夹着尾巴往家中跑，别无办法！”他低声的告诉自己。

走到胡同口，巡警把他截住。“我在这里住。”他很客气的说。

“等一会儿吧！”巡警也很客气。“里边拿人呢！”

“拿人？”瑞宣吃了一惊。“谁？什么案子？”

“我也不知道！”巡警抱歉的回答。“我只知道来把守这儿，不准行人来往。”

“日本宪兵？”瑞宣低声的问。

巡警点了点头。然后，看左右没有人，他低声的说：“这月的饷还没信儿呢，先帮着他们拿咱们的人！真叫窝囊！谁知道咱们北平要变成什么样子呢！先生，你绕个圈儿再回来吧，这里站不住！”

瑞宣本打算在巷口等一会儿，听巡警一说，他只好走开。他猜想得到，日本人捉人必定搜检一切，工夫一定小不了，他决定去走一两个钟头再回来。

“拿谁呢？”他一边走一边猜测。第一个，他想到钱默吟；“假若真是钱先生，”他对自己说，“那——”他想不出来别的话了，而只觉得腿有点发软。第二个，他想到自己的家，是不是老三被敌人捉住了呢？他身上出了汗。他站住，想马上回去。但是，回去又有什么用呢？巡警是不会准他进巷口的。再说，即使他眼看着逮捕钱诗人或他自己家里的人，他又有什么办法呢？没办法！这就叫作亡国惨！没了任何的保障，没有任何的安全，亡国的人是生活在生与死的隙缝间的。愣了半天，他才看出来，他是立在护国寺街上的一家鲜花厂的门口。次日便是庙会。在往常，这正是一挑子一挑子由城外往厂子里运花的时候；到下午，厂子的门洞便已堆满了不带盆子的花棵，预备在明日开庙出售。今天，厂子里外都没有一点动静。门洞里冷清清的只有一些败叶残花。在平日，瑞宣不喜欢逛庙，而爱到花厂里看看，买花不买的，看到那些水灵的花草，他便感到一点生意。现在，他呆呆的看着那些败叶残花，觉得仿佛丢失了一点什么重要的东西。“亡了国就没有了美！”他对自己说。说完，他马上矫正自己：“为什么老拿太平时候的标准来看战时的事呢？在战时，血就是花，壮烈的牺牲便是美！”

这时候，日本宪兵在提捕钱诗人，那除了懒散，别无任何罪名的诗人。胡同两头都临时设了岗，断绝交通。冠晓荷领路。他本不愿出头露面，但是日本人一定教他领路，似乎含有既是由他报告的，若拿不住人，就拿他是问的意思。事前，他并没想到能有这么一招；现在，他只好硬着头皮去干。他的心跳得很快，脸上还勉强的显出镇定，而眼睛像被猎犬包围了的狐狸似的，往四外看，唯恐教邻居们看出他来。他把帽子用力往前扯，好使别人不易认出他来。胡同里的人家全闭了大门，除了槐树上悬着的绿虫儿而外，没有其他的生物。他心中稍为平静了些，以为人们都已藏起去。其实，棚匠刘师傅，还有几个别的人，都扒着门缝往外看呢，而且很清楚的认出他来。

白巡长，脸上没有一点血色，像失了魂似的，跟在冠晓荷的身后。全胡同的人几乎都是他的朋友，假若他平日不肯把任何人带到区署去，他就更不能不动感情的看着朋友们被日本人捕去。对于钱默吟先生，他不甚熟识，因为钱先生不大出来，而且永远无求于巡警。但是，白巡长准知道钱先生是一百二十成的老好人；假若人们都像钱先生，巡警们必可以无为而治。到了钱家门口，他才晓得是捉捕钱先生，他恨不能一口将冠晓荷咬死！可是，身后还有四个铁棒子似的兽兵，他只好把怒气压抑住。自从城一陷落，他就预想到，他须给敌人作爪牙，去欺侮自己的人。除非他马上脱去制服，他便没法躲避这种最难堪的差事。他没法脱去制服，自己的本领，资格，与全家大小的衣食，都替他决定下他须作那些没有人味的事！今天，果然，他是带着兽兵来捉捕最老实的，连个苍蝇都不肯得罪的，钱先生！

敲了半天的门，没有人应声。一个铁棒子刚要用脚踹门，门轻轻的开了。开门的是钱先生。像刚睡醒的样子，他的脸上有些红的褶皱，脚上拖着布鞋，左手在扣着大衫的钮子。头一眼，他看见了冠晓荷，他忙把眼皮垂下去。第二眼，他看到白巡长；白巡长把头扭过去。第三眼，他看到冠晓荷向身后的兽兵轻轻点了点头，像犹大出卖耶稣的时候那样。极快的，他想到两件事：不是王排长出了毛病，便是仲石的事泄漏了。极快的，他看清楚是后者，因为眼前是冠晓荷——他想起高第姑娘的警告。

很高傲自然的，他问了声："干什么？"

这三个字像是烧红了的铁似的。冠晓荷一低头，仿佛是闪躲那红热的火花，向后退了一步。白巡长也跟着躲开。两个兽兵像迎战似的，要往前冲。钱先生的手扶在门框上，挡住他们俩，又问了声："干什么？"一个兽兵的手掌打在钱先生的手腕上，一翻，给老诗人一个反嘴巴。诗人的口中流出血来。兽兵往里走。诗人愣了一会儿，用手扯住那个敌兵的领子，高声的喊喝："你干什么！"敌兵用全身的力量挣扭，钱先生的手，像快溺死的人抓住一条木棍似的，还了扣。白巡长怕老人再吃亏，急快的过来用手一托老先生的肘；钱先生的手放开，白巡长的身子挤进来一点，隔开了老先生与敌兵；敌兵一脚正踹在白巡长的腿上。白巡长忍着疼，把钱先生拉住，假意威吓着。钱先生没再出声儿。

一个兵守住大门，其余的全进入院中；白巡长拉着钱先生也走进来。白巡长低声的说："不必故意的赌气，老先生！好汉不吃眼前亏！"

冠晓荷的野心大而胆量小，不敢进来，也不敢在门外立着。他走进了门洞，掏出闽漆嵌银的香烟盒，想吸支烟。打开烟盒，他想起门外的那个兵，赶紧把盒子递过去，卖个和气。敌兵看了看他，看了看烟盒，把盒子接过去，关上，放在了衣袋里。冠先生惨笑了一下，学着日本人说中国话的腔调："好的！好的！大大的好！"

钱大少爷——孟石——这两天正闹痢疾。本来就瘦弱，病了两天，他就更不像样子了。长头发蓬散着，脸色发青，他正双手提着裤子往屋中走，一边走，一边哼哼。看见父亲被白巡长拉着，口中流着血，又看三个敌兵像三条武装的狗熊似的在院中晃，他忘了疾痛。摇摇晃晃的扑过父亲来。白巡长极快的想到：假若敌人本来只要捉钱老人，就犯不上再白饶上一个。假若钱少爷和日本人冲突，那就非也被捕不可。想到这儿，他咬一咬牙，狠了心。一手他还拉着钱先生，一手他握好了拳。等钱少爷走近了，他劈面给了孟石一个满脸花。孟石倒在地上。白巡长大声的呼喝着"大烟鬼！大烟鬼！"说完，他指了指孟石，又把大指与小指翘起，放在嘴上，嘴中吱吱的响，作给日本人看。他知道日本人对烟鬼是向来“优待”的。

敌兵没管孟石，都进了北屋去检查。白巡长乘这个机会解释给钱先生听：“老先生你年纪也不小了，跟他们拼就拼吧；大少爷可不能也教他们捉了去！”

钱先生点了点头。孟石倒在地上，半天没动；他已昏了过去。钱先生低头看着儿子，心中虽然难过，可是难过得很痛快。二儿子的死——现在已完全证实——长子的受委屈，与自己的苦难，他以为都是事所必至，没有什么可稀奇的。太平年月，他有花草，有诗歌，有茶酒；亡了国，他有牺牲与死亡；他很满意自己的遭遇。他看清他的前面是监牢，毒刑，与死亡，而毫无恐惧与不安。他只盼着长子不被捕，那么他的老妻与儿媳妇便有了依靠，不至于马上受最大的耻辱与困苦。他不想和老妻诀别，他想她应该了解他：她受苦一世，并无怨言；他殉难，想必她也能明白他的死的价值。对冠晓荷，他不愿去怨恨。他觉得每个人在世界上都像庙中的五百罗汉似的，各有各的一定的地位；他自己的应当死，正如冠晓荷的应当卖人求荣。这样的一一想罢，他的心中很平静坦然。在平日，他有什么感触，便想吟诗。现在，他似乎与诗告别了，因为他觉得二子仲石的牺牲，王排长的宁自杀不投降，和他自己的命运，都是“亡国篇”中的美好的节段——这些事实，即使用散文记录下来，依然是诗的；他不必再向音节词律中找诗了。

这时候，钱太太被兽兵从屋里推了出来，几乎跌倒。他不想和她说什么，可是她慌忙的走过来：“他们拿咱们的东西呢！你去看看！”

钱先生哈哈的笑起来。白巡长拉了钱先生好几下，低声的劝告：“别笑！别笑！”钱太太这才看清，丈夫的口外有血。她开始用袖子给他擦。“怎么啦？”老妻的袖口擦在他的口旁，他像忽然要发痧似的，心中疼了一阵，身上都出了汗。手扶着她，眼闭上，他镇定了一会儿。睁开眼，他低声的对她说：“我还没告诉你，咱们的老二已经不在了，现在他们又来抓我！不用伤心！不用伤心！”他还有许多话要嘱咐她，可是再也说不出来。

钱太太觉得她是作梦呢。她看到的，听到的，全接不上榫子来。自从卢沟桥开火起，她没有一天不叨念小儿子的，可是丈夫和大儿子总告诉她仲石就快回来了。那天，夜里忽然来了位客人，像是种地的庄稼汉儿，又像个军人。她不敢多嘴，他们也不告诉她那是谁。忽然，那个人又不见了。她盘问丈夫，他只那么笑一笑，什么也不说。还有一晚上，她分明听见院中有动静，又听到一个女子的声音嘁嘁喳喳的；第二天，她问，也没得到回答。这些都是什么事呢？今天，丈夫口中流着血，日本兵在家中乱搜乱抢，而且丈夫说二儿子已经不在了！她想哭，可是惊异与惶惑截住了她的眼泪。她拉住丈夫的臂，想一样一样的细问。她还没开口，敌兵已由屋中出来，把一根皮带子扔给了白巡长。钱先生说了话："不必绑！我跟着你们走！"白巡长拿起皮绳，低声的说："松拢上一点，省得他们又动打！"老太太急了，喊了声："你们干什么？要把老头弄了到哪儿去？放开！"她紧紧的握住丈夫的臂。白巡长很着急，唯恐敌兵打她。正在这时候，孟石苏醒过来，叫了声："妈！"钱先生在老妻的耳边说："看老大去！我去去就来，放心！"一扭身，他挣开了她的手，眼中含着两颗怒，愤，傲，烈，种种感情混合成的泪，挺着胸往外走。走了两步，他回头看了看他手植的花草，一株秋葵正放着大朵的鹅黄色的花。

瑞宣从护国寺街出来，正碰上钱先生被四个敌兵押着往南走。他们没有预备车子，大概为是故意的教大家看看。钱先生光着头，左脚拖着布鞋，右脚光着，眼睛平视，似笑非笑的抿着嘴。他的手是被捆在身后。瑞宣要哭出来。钱先生并没有看见他。瑞宣呆呆的立在那里，看着，看着，渐渐的他只能看到几个黑影在马路边上慢慢的动，在晴美的阳光下，钱先生的头上闪动着一些白光。

迷迷瞪瞪的他走进小羊圈，除了李四爷的门开着半扇，各院的门还全闭着。他想到钱家看看，安慰安慰孟石和老太太。刚在钱家的门口一愣，李四爷——在门内坐着往外偷看呢——叫了他一声。他找了四大爷去。

“先别到钱家去！”李四爷把瑞宣拉到门里说：“这年月，亲不能顾亲，友不能顾友，小心点！”

瑞宣没有回答出什么来，愣了一会儿，走出来。到家中，他的头痛得要裂。谁也没招呼，他躺在床上，有时候有声，有时候无声的，自己嘟囔着。

全胡同里的人，在北平沦陷的时候，都感到惶惑与苦闷，及至听到上海作战的消息，又都感到兴奋与欣悦。到现在为止，他们始终没有看见敌人是什么样的面貌，也想不出到底他们自己要受什么样的苦处。今天，他们才嗅到了血腥，看见了随时可以加在他们身上的损害。他们都跟钱先生不大熟识，可是都知道他是连条野狗都不得罪的人。钱先生的被打与被捕，使他们知道了敌人的厉害。他们心中的“小日本”已改了样子；小日本儿们不仅是来占领一座城，而是来要大家的命！同时，他们斜眼扫着冠家的街门，知道了他们须要极小心，连“小日本”也不可再多说；他们的邻居里有了甘心作日本狗的人！他们恨冠晓荷比恨日本人还更深，可是他们不会组织起来与他为难；既没有团体的保障，他们个人也就只好敢怒而不敢言。

冠晓荷把门闭的紧紧的，心中七上八下的不安。太阳落下去以后，他更怕了，唯恐西院里有人来报仇。不敢明言，他暗示出，夜间须有人守夜。

大赤包可是非常的得意，对大家宣布：“得啦，这总算是立了头一功！咱们想退也退不出来了，就卖着力气往前干吧！”交代清楚了这个，她每五分钟里至少下十几条命令，把三个仆人支使得脚不挨地的乱转。一会儿，她主张喝点酒，给丈夫庆功；一会儿，她要请干姊妹们来打牌；一会儿，她要换衣裳出去打听打听钱先生的消息；一会儿，她把刚换好的衣服又脱下来，而教厨子赶快熬点西米粥。

及至她看清冠晓荷有点害怕，她不免动了气："你这小子简直不知好歹，要吃，又怕烫，你算哪道玩艺儿呢？这不是好容易找着条道路，立了点功，你怎反倒害了怕呢？姓钱的是你的老子，你怕教人家把他一个嘴巴打死？"

晓荷勉强的打着精神说："大丈夫敢作敢当，我才不怕！"

"这不结啦！"大赤包的语气温柔了些。"你是愿意打八圈，还是喝两盅儿？"没等他回答，她决定了："打八圈吧，今个晚上我的精神很好！高第！你来不来？桐芳你呢？"

高第说要去睡觉。桐芳拒绝了。大赤包发了脾气，想大吵一阵。可是，招弟说了话："妈！你听！"

西院里钱太太放声哭起来，连大赤包也不再出声了。

十 四

中秋前后是北平最美丽的时候。天气正好不冷不热，昼夜的长短也划分得平匀。没有冬季从蒙古吹来的黄风，也没有伏天里挟着冰雹的暴雨。天是那么高，那么蓝，那么亮，好像是含着笑告诉北平的人们：在这些天里，大自然是不会给你们什么威胁与损害的。西山北山的蓝色都加深了一些，每天傍晚还披上各色的霞帔。

在太平年月，街上的高摊与地摊，和果店里，都陈列出只有北平人才能一一叫出名字来的水果。各种各样的葡萄，各种各样的梨，各种各样的苹果，已经叫人够看够闻够吃的了，偏偏又加上那些又好看好闻好吃的北平特有的葫芦形的大枣，清香甜脆的小白梨，像花红那样大的白海棠，还有只供闻香儿的海棠木瓜，与通体有金星的香槟子，再配上为拜月用的，贴着金纸条的枕形西瓜，与黄的红的鸡冠花，可就使人顾不得只去享口福，而是已经辨不清哪一种香味更好闻，哪一种颜色更好看，微微的有些醉意了！

那些水果，无论是在店里或摊子上，又都摆列的那么好看，果皮上的白霜一点也没蹭掉，而都被摆成放着香气的立体的图案画，使人感到那些果贩都是些艺术家，他们会使美的东西更美一些。况且，他们还会唱呢！他们精心的把摊子摆好，而后用清脆的嗓音唱出有腔调的“果赞”：“唉——一毛钱儿来耶，你就挑一堆我的小白梨儿，皮儿又嫩，水儿又甜，没有一个虫眼儿，我的小嫩白梨儿耶！”歌声在香气中颤动，给苹果葡萄的静丽配上音乐，使人们的脚步放慢，听着看着嗅着北平之秋的美丽。

同时，良乡的肥大的栗子，裹着细沙与糖蜜在路旁唰啦唰啦的炒着，连锅下的柴烟也是香的。“大酒缸”门外，雪白的葱白正拌炒着肥嫩的羊肉；一碗酒，四两肉，有两三毛钱就可以混个醉饱。高粱红的河蟹，用席篓装着，沿街叫卖，而会享受的人们会到正阳楼去用小小的木锤，轻轻敲裂那毛茸茸的蟹脚。

同时，在街上的“香艳的”果摊中间，还有多少个兔儿爷摊子，一层层的摆起粉面彩身，身后插着旗伞的兔儿爷——有大有小，都一样的漂亮工细，有的骑着老虎，有的坐着莲花，有的肩着剃头挑儿，有的背着鲜红的小木柜；这雕塑的小品给千千万万的儿童心中种下美的种子。

同时，以花为粮的丰台开始一挑一挑的往城里运送叶齐苞大的秋菊，而公园中的花匠，与爱美的艺菊家也准备给他们费了半年多的苦心与劳力所养成的奇葩异种开“菊展”。北平的菊种之多，式样之奇，足以甲天下。

同时，像春花一般骄傲与俊美的青年学生，从清华园，从出产莲花白酒的海甸，从东南西北城，到北海去划船；荷花久已残败，可是荷叶还给小船上的男女身上染上一些清香。

同时，那文化过熟的北平人，从一入八月就准备给亲友们送节礼了。街上的铺店用各式的酒瓶，各种馅子的月饼，把自己打扮得像鲜艳的新娘子；就是那不卖礼品的铺户也要凑个热闹，挂起秋节大减价的绸条，迎接北平之秋。

北平之秋就是人间的天堂，也许比天堂更繁荣一点呢！

祁老太爷的生日是八月十三。口中不说，老人的心里却盼望着这一天将与往年的这一天同样的热闹。每年，过了生日便紧跟着过节，即使他正有点小小的不舒服，他也必定挣扎着表示出欢喜与兴奋。在六十岁以后，生日与秋节的联合祝贺几乎成为他的宗教仪式——在这天，他须穿出最心爱的衣服；他须在事前预备好许多小红纸包，包好最近铸出的银角子，分给向他祝寿的小儿；他须极和善的询问亲友们的生活近况，而后按照着他的生活经验逐一的给予鼓励或规劝；他须留神观察，教每一位客人都吃饱，并且检出他所不大喜欢的瓜果或点心给儿童们拿了走。他是老寿星，所以必须作到老寿星所应有的一切慈善，客气，宽大，好免得教客人们因有所不满而暗中抱怨，以致损了他的寿数。生日一过，他感到疲乏；虽然还表示出他很关心大家怎样过中秋节，而心中却只把它作为生日的尾声，过不过并不太紧要，因为生日是他自己的，过节是大家的事；这一家子，连人口带产业，都是他创造出来的，他理应有点自私。

今年，他由生日的前十天，已经在夜间睡得不甚安贴了。他心中很明白，有日本人占据着北平，他实在不应该盼望过生日与过节能和往年一样的热闹。虽然如此，他可是不愿意就轻易的放弃了希望。钱默吟不是被日本宪兵捉去，至今还没有消息么？谁知道能再活几天呢！那么，能够活着，还不是一件喜事吗？为什么不快快活活的过一次生日呢？这么一想，他不但希望过生日，而且切盼这一次要比过去的任何一次——不管可能与否——更加倍的热闹！说不定，这也许就是末一次了哇！况且，他准知道自己没有得罪过日本人，难道日本人——不管怎样不讲理——还不准一个老实人庆一庆七十五的寿日吗？

他决定到街上去看看。北平街市上，在秋节，应该是什么样子，他一闭眼就能看得清清楚楚；他实在没有上街去的必要。但是，他要出去，不是为看他所知道的秋节街市，而是为看看今年的街市上是否有过节的气象。假若街上照常的热闹，他便无疑的还可以快乐的过一次生日。而日本人的武力占领北平也就没什么大了不得的地方了。

到了街上，他没有闻到果子的香味，没有遇到几个手中提着或肩上担着礼物的人，没有看见多少中秋月饼。他本来走的很慢，现在完全走不上来了。他想得到，城里没有果品，是因为，城外不平安，东西都进不了城。他也知道，月饼的稀少是大家不敢过节的表示。他忽然觉得浑身有些发冷。在他心中，只要日本人不妨碍他自己的生活，他就想不起恨恶他们。对国事，正如对日本人，他总以为都离他很远，无须乎过问。他只求能平安的过日子，快乐的过生日；他觉得他既没有辜负过任何人，他就应当享有这点平安与快乐的权利！现在，他看明白，日本已经不许他过节过生日！

以祁老人的饱经患难，他的小眼睛里是不肯轻易落出泪来的。但是，现在他的眼有点看不清前面的东西了。他已经活了七十五岁。假若小儿们会因为一点不顺心而啼哭，老人们就会由于一点不顺心而想到年岁与死亡的密切关系，而不大容易控制住眼泪，等到老人与小儿们都不会泪流，世界便不是到了最和平的时候，就是到了最恐怖的时候。

找了个豆汁儿摊子，他借坐了一会，心中才舒服了一些。

他开始往家中走。路上，他看见两个兔儿爷摊子，都摆着许多大小不同的，五光十色的兔儿爷。在往年，他曾拉着儿子，或孙子，或重孙子，在这样的摊子前一站，就站个把钟头，去欣赏，批评，和选购一两个价钱小而手工细的泥兔儿。今天，他独自由摊子前面过，他感到孤寂。同时，往年的兔儿爷摊子是与许多果摊儿立在一处的，使人看到两种不同的东西，而极快的把二者联结到一起——用鲜果供养兔子王。由于这观念的联合，人们的心中就又立刻勾出一幅美丽的，和平的，欢喜的，拜月图来。今天，两个兔儿爷的摊子是孤立的，两旁并没有那色香俱美的果子，使祁老人心中觉得异样，甚至于有些害怕。

他想给小顺儿和妞子买两个兔儿爷。很快的他又转了念头——在这样的年月还给孩子们买玩艺儿？可是，当他还没十分打定主意的时候，摆摊子的人，一个三十多岁的瘦子，满脸含笑的叫住了他："老人家照顾照顾吧！"由他脸上的笑容，和他声音的温柔，祁老人看出来，即使不买他的货物，而只和他闲扯一会儿，他也必定很高兴。祁老人可是没停住脚步，他没有心思买玩具或闲扯。瘦子赶过来一步："照顾照顾吧！便宜！"听到"便宜"，几乎是本能的，老人停住了脚。瘦子的笑容更扩大了，假若刚才还带有不放心的意思，现在仿佛是已把心放下去。他笑着叹了口气，似乎是说："我可抓到了一位财神爷！"

"老人家，您坐一会儿，歇歇腿儿！"瘦子把板凳拉过来，而且用袖子拂拭了一番。"我告诉您，摆出来三天了，还没开过张，您看这年月怎办？货物都是一个夏天作好的，能够不拿出来卖吗？可是……"看老人已经坐下，他赶紧入了正题："得啦，你老人家拿我两个大的吧，准保赔着本儿卖！您要什么样子的？这一对，一个骑黑虎的，一个骑黄虎的，就很不错！玩艺作的真地道！"

"给两个小孩儿买，总得买一模一样的，省得争吵！"祁老人觉得自己是被瘦子圈弄住了，不得不先用话搪塞一下。

"有的是一样的呀，您挑吧！"瘦子决定不放跑了这个老人。"您看，是要两个黑虎的呢，还是来一对莲花座儿的？价钱都一样，我贱贱的卖！"

"我不要那么大的！孩子小，玩艺儿大，容易摔了！"老人又把瘦子支回去，心中痛快了一点。

"那么您就挑两个小的，得啦！"瘦子决定要把这号生意作成。"大的小的，价钱并差不多，因为小的工细，省了料可省不了工！"

他轻轻的拿起一个不到三寸高的小兔儿爷，放在手心上细细的端详："您看，活儿作得有多么细致！"

小兔儿的确作得细致：粉脸是那么光润，眉眼是那么清秀，就是一个七十五岁的老人也没法不像小孩子那样的喜爱它。脸蛋上没有胭脂，而只在小三瓣嘴上画了一条细线，红的，上了油；两个细长白耳朵上淡淡的描着点浅红；这样，小兔儿的脸上就带出一种英俊的样子，倒好像是兔儿中的黄天霸似的。它的上身穿着朱红的袍，从腰以下是翠绿的叶与粉红的花，每一个叶褶与花瓣都精心的染上鲜明而匀调的彩色，使绿叶红花都闪闪欲动。

祁老人的小眼睛发了光。但是，他晓得怎样控制自己。他不能被这个小泥东西诱惑住，而随便花钱。他会像悬崖勒马似的勒住他的钱——这是他成家立业的首要的原因。

"我想，我还是挑两个不大不小的吧！"他看出来，那些中溜儿的玩具，既不像大号的那么威武，也不像小号的那么玲珑，当然价钱也必合适一点。

瘦子有点失望。可是，凭着他的北平小贩应有的修养，他把失望都严严的封在心里，不准走漏出半点味儿来。"您爱哪样的就挑哪样的，反正都是小玩艺儿，没有好大的意思！"

老人费了二十五分钟的工夫，挑了一对。又费了不到二十五分也差不多的时间，讲定了价钱。讲好了价钱，他又坐下了——非到无可如何的时候，他不愿意往外掏钱；钱在自己的口袋里是和把狗拴在屋里一样保险的。

瘦子并不着急。他愿意有这么位老人坐在这里，给他作义务的广告牌。同时，交易成了，彼此便变成朋友，他对老人说出心中的话："要照这么下去，我这点手艺非绝了根儿不可！"

"怎么？"老人把要去摸钱袋的手又拿了出来。

"您看哪，今年我的货要是都卖不出去，明年我还傻瓜似的预备吗？不会！要是几年下去，这行手艺还不断了根？您想是不是？"

“几年？”老人的心中凉了一下。

“东三省……不是已经丢了好几年了吗？”

“哼！”老人的手有点发颤，相当快的掏出钱来，递给瘦子。“哼！几年！我就入了土喽！”说完，他几乎忘了拿那一对泥兔儿，就要走开，假若不是瘦子很小心的把它们递过来。

“几年！”他一边走一边自己嘟囔着。口中嘟囔着这两个字，他心中的眼睛已经看到，他的棺材恐怕是要从有日本兵把守着的城门中抬出去，而他的子孙将要住在一个没有兔儿爷的北平；随着兔儿爷的消灭，许多许多可爱的，北平特有的东西，也必定绝了根！他想不起像“亡国惨”一类的名词，去给他心中的抑郁与关切一个简单而有力的结论，他只觉得“绝了根”，无论是什么人和什么东西，是“十分”不对的！在他的活动了七十五年的心中，对任何不对的事情，向来很少有用“十分”来形容的时候。即使有时候他感到有用“十分”作形容的必要，他也总设法把它减到九分，八分，免得激起自己的怒气，以致发生什么激烈的行动；他宁可吃亏，而决不去带着怒气应付任何的事。他没读过什么书，但是他老以为这种吃亏而不动气的办法是孔夫子或孟夫子直接教给他的。

一边走，他一边减低“十分”的成数。他已经七十五岁了，“老不以筋骨为能”，他必须往下压制自己的愤怒。不知不觉的，他已走到了小羊圈，像一匹老马那样半闭着眼而能找到了家。走到钱家门外，他不由的想起钱默吟先生，而立刻觉得那个“十分”是减不得的。同时，他觉得手中拿着两个兔儿爷是非常不合适的；钱先生怎样了，是已经被日本人打死，还是熬着苦刑在狱里受罪？好友生死不明，而他自己还有心情给重孙子买兔儿爷！想到这里，他几乎要承认钱少爷的摔死一车日本兵，和孙子瑞全的逃走，都是合理的举动了。

一号的门开开了。老人受了一惊。几乎是本能的，他往前赶了几步；他不愿意教钱家的人看见他——手中拿着兔儿爷！

紧走了几步以后，他后了悔。凭他与钱老者的友谊，他就是这样的躲避着朋友的家属吗？他马上放缓了脚步，很惭愧的回头看了看。钱太太——一个比蝴蝶还温柔，比羊羔还可怜的年近五十的矮妇人——在门外立着呢。她的左腋下夹着一个不很大的蓝布包儿，两只凹进很深的眼看看大槐树，又看看蓝布包儿，好像在自家门前迷失了路的样子。祁老人向后转。钱太太的右手拉起来一点长袍——一件极旧极长的袍子，长得遮住脚面——似乎也要向后转。老人赶了过去，叫了声钱太太。钱太太不动了，呆呆的看着他。她脸上的肌肉像是已经忘了怎样表情，只有眼皮慢慢的开闭。

“钱太太！”老人又叫了一声，而想不起别的话来。

她也说不出话来；极度的悲苦使她心中成了一块空白。

老人咽了好几口气，才问出来：“钱先生怎样了？”

她微微的一低头，可是并没有哭出来；她的泪仿佛已经早已用完了。她很快的转了身，迈进了门坎。老人也跟了进去。在门洞中，她找到了自己的声音，一种失掉了言语的音乐的哑涩的声音：“什么地方都问过了，打听不到他在哪里！祁伯伯！我是个终年不迈出这个门坎的人，可是现在我找遍了九城！”

“大少爷呢？”

“快，快，快不行啦！父亲被捕，弟弟殉难，他正害病；病上加气，他已经三天没吃一口东西，没说一句话了！祁伯伯，日本人要是用炮把城轰平了，倒比这么坑害人强啊！”说到这里，她的头扬起来。眼中，代替眼泪的，是一团儿怒的火；她不住的眨眼，好像是被烟火烧炙着似的。

老人愣了一会儿。他很想帮她的忙，但是事情都太大，他无从尽力。假若这些苦难落在别人的身上，他会很简单的判断：“这都是命当如此！”可是，他不能拿这句话来判断眼前的这一回事，因为他的确知道钱家的人都是一百一十成的好人，绝对不应该受这样的折磨。

“现在，你要上哪儿去呢？”

她看了看腋下的蓝布包儿，脸上抽动了一下，而后又扬起头来，决心把害羞压服住：“我去当当！”紧跟着，她的脸上露出极微的，可是由极度用力而来的，一点笑意，像在浓云后努力透出的一点阳光。“哼！平日，我连拿钱买东西都有点害怕，现在我也会上当铺了！”

祁老人得到可以帮忙的机会：“我，我还能借给你几块钱！”

“不，祁伯伯！”她说得那么坚决，哑涩的嗓子中居然出来一点尖锐的声音。

“咱们过得多呀！钱太太！”

“不！我的丈夫一辈子不求人，我不能在他不在家的时候……”她没有能说完这句话，她要刚强，可是她也知道刚强的代价是多么大。她忽然的改了话：“祁伯伯！你看，默吟怎样呢？能够还活着吗？能够还回来吗？”

祁老人的手颤起来。他没法回答她。想了半天，他声音很低的说：“钱太太！咱们好不好去求求冠晓荷呢？”他不会说：“解铃还是系铃人”，可是他的口气与神情帮忙他，教钱太太明白了他的意思。

“他？求他？”她的眉有点立起来了。

“我去！我去！”祁老人紧赶着说。“你知道，我也很讨厌那个人！”

“你也不用去！他不是人！”钱太太一辈子不会说一个脏字，“不是人”已经把她所有的愤恨与诅咒都说尽了。“啊，我还得赶紧上当铺去呢！”说着，她很快的往外走。

祁老人完全不明白她了。她，那么老实，规矩，好害羞的一个妇人，居然会变成这么坚决，烈性，与勇敢！愣住一会，看她已出了大门，他才想起跟出来。出了门，他想拦住她，可是她已拐了弯——她居然不再注意关上门，那永远关得严严的门！老人叹了口气，不知道怎的很想把手中的一对泥东西摔在大槐树的粗干子上。可是，他并没肯那么办。他也想进去看看钱大少，可是也打不起精神来，他觉得心里堵得慌！

走到三号门口，他想进去看看冠先生，给钱默吟说说情。可是，他还须再想一想。他的愿意搭救钱先生是出于真心，但是他绝不愿因救别人而连累了自己。在一个并不十分好对付的社会中活了七十多岁，他知道什么叫作谨慎。

到了家中，他仿佛疲倦得已不能支持。把两个玩艺儿交给小顺儿的妈，他一语未发的走进自己的屋中。小顺儿的妈只顾了接和看两个泥东西，并没注意老人的神色。她说了声："哟！还有卖兔儿爷的哪！"说完，她后了悔；她的语气分明是有点看不起老太爷，差不多等于说："你还有心思买玩艺儿哪，在这个年月！"她觉得不大得劲儿。为掩饰自己的不知如何是好，她喊了声小顺儿："快来，太爷爷给你们买兔儿爷来啦！"

小顺儿与妞子像两个箭头似的跑来。小顺儿劈手拿过一个泥兔儿去，小妞子把一个食指放在嘴唇上，看着兔儿爷直吸气。兴奋得脸上通通的红了。

"还不进去给老太爷道谢哪？"他们的妈高声的说。

妞子也把兔儿爷接过来，双手捧着，同哥哥走进老人的屋内。

"太爷爷！"小顺儿笑得连眉毛都挪了地方。"你给买来的？"

"太爷爷！"妞子也要表示感谢，而找不到话说。

"玩去吧！"老人半闭着眼说："今年玩了，明年可……"他把后半句话咽回去了。

"明年怎样？明年买更大，更大，更大的吧？"小顺儿问。

"大，大，大的吧？"妞子跟着哥哥说。

老人把眼闭严，没回出话来。

十 五

北平虽然作了几百年的“帝王之都”，它的四郊却并没有受过多少好处。一出城，都市立刻变成了田野。城外几乎没有什么好的道路，更没有什么工厂，而只有些菜园与不十分肥美的田；田亩中夹着许多没有树木的坟地。在平日，这里的农家，和其他的北方的农家一样，时常受着狂风，干旱，蝗虫的欺侮，而一年倒有半年忍受着饥寒。一到打仗，北平的城门紧闭起来，城外的治安便差不多完全交给农民们自行维持，而农民们便把生死存亡都交给命运。他们，虽然有一辈子也不一定能进几次城的，可是在心理上都自居为北平人。他们都很老实，讲礼貌，即使饿着肚子也不敢去为非作歹。他们只受别人的欺侮，而不敢去损害别人。在他们实在没有法子维持生活的时候，才把子弟们送往城里去拉洋车，当巡警或作小生意，得些工资，补充地亩生产的不足。到了改朝换代的时候，他们无可逃避的要受到最大的苦难：屠杀，抢掠，奸污，都首先落在他们的身上。赶到大局已定，皇帝便会把他们的田墓用御笔一圈，圈给那开国的元勋；于是，他们丢失了自家的坟墓与产业，而给别人作看守坟陵的奴隶。

祁老人的父母是葬在德胜门外土城西边的一块相当干燥的地里。据风水先生说，这块地背枕土城——北平城的前身——前面西山，主家业兴旺。这块地将将的够三亩，祁老人由典租而后又找补了点钱，慢慢的把它买过来。他并没有种几株树去纪念父母，而把地仍旧交给原来的地主耕种，每年多少可以收纳一些杂粮。他觉得父母的坟头前后左右都有些青青的麦苗或白薯秧子也就和树木的绿色相差无几，而死鬼们大概也可以满意了。

在老人的生日的前一天，种着他的三亩地的常二爷——一个又干又倔，而心地极好的，将近六十岁的，横粗的小老头儿——进城来看他。德胜门已经被敌人封闭，他是由西直门进来的。背着一口袋新小米，他由家里一口气走到祁家。除了脸上和身上落了一层细黄土，简直看不出来他是刚刚负着几十斤粮走了好几里路的。一进街门，他把米袋放下，先声势浩大的跺了一阵脚，而后用粗硬的手使劲地搓了搓脸，又在身上拍打了一回；这样把黄土大概的除掉，他才提起米袋往里走，一边走一边老声老气的叫："祁大哥！祁大哥！"虽然他比祁老人小着十好几岁，可是，当初不知怎么论的，他们彼此兄弟相称。

常二爷每次来访，总是祁家全家人最兴奋的一天。久住在都市里，他们已经忘了大地的真正颜色与功用；他们的"地"不是黑土的大道，便是石子垫成，铺着臭油的马路。及至他们看到常二爷——满身黄土而拿着新小米或高粱的常二爷——他们才觉出人与大地的关系，而感到亲切与兴奋。他们愿意听他讲些与政治，国际关系，衣装的式样，和电影明星，完全无关，可是紧紧与生命相联，最实际，最迫切的问题。听他讲话，就好像吃腻了鸡鸭鱼肉，而嚼一条刚从架上摘下来的，尖端上还顶着黄花的王瓜，那么清鲜可喜。他们完全以朋友对待他，虽然他既是个乡下人，又给他们种着地——尽管只是三亩来的坟地。

祁老人这两天心里正不高兴。自从给小顺儿们买了兔儿爷那天起，他就老不大痛快。对于庆祝生日，他已经不再提起，表示出举行与否全没关系。对钱家，他打发瑞宣给送过十块钱去，钱太太不收。他很想到冠家去说说情，可是他几次已经走到三号的门外，又退了回来。他厌恶冠家像厌恶一群苍蝇似的。但是，不去吧，他又觉得对不起钱家的人。不错，在这年月，人人都该少管别人的闲事；像猫管不着狗的事那样。可是，见死不救，究竟是于心不安的。

人到底是人哪，况且，钱先生是他的好友啊！他不便说出心中的不安，大家动问，他只说有点想“小三儿”，遮掩过去。

听到常二爷的声音，老人从心里笑了出来，急忙的迎到院里。院中的几盆石榴树上挂着的“小罐儿”已经都红了，老人的眼看到那发光的红色，心中忽然一亮；紧跟着，他看到常二爷的大腮帮，花白胡须的脸。他心中的亮光像探照灯照住了飞机那么得意。

“常老二！你可好哇？”

“好噢！大哥好？”常二爷把粮袋放下，作了个通天扯地的大揖。

到了屋里，两位老人彼此端详了一番，口中不住的说“好”，而心中都暗道：“又老了一些！”

小顺儿的妈闻风而至，端来洗脸水与茶壶。常二爷一边用硬手搓着硬脸，一边对她说：“泡点好叶子哟！”

她的热诚劲儿使她的言语坦率而切于实际：“那没错！先告诉我吧，二爷爷，吃了饭没有？”

瑞宣正进来，脸上也带着笑容，把话接过去：“还用问吗，你作去就是啦！”

常二爷用力的用手巾钻着耳朵眼，胡子上的水珠一劲儿往下滴。“别费事！给我作碗片儿汤就行了！”

“片儿汤？”祁老人的小眼睛睁得不能再大一点。“你这是到了我家里啦！顺儿的妈，赶紧去作，作四大碗炸酱面，煮硬一点！”

她回到厨房去。小顺儿和妞子飞跑的进来。常二爷已洗完脸，把两个孩搂住，而后先举妞子，后举小顺儿，把他们举得几乎够着了天——他们的天便是天花板。把他们放下，他从怀里掏出五个大红皮油鸡蛋来，很抱歉的说：“简直找不出东西来！得啦，就这五个蛋吧！真拿不出手去，哼！”

这时候，连天佑太太也振作精神，慢慢的走进来。瑞丰也很想过来，可是被太太拦住：“一个破种地的乡下脑壳，有什么可看的！”她撇着胖嘴说。

大家团团围住，看常二爷喝茶，吃面，听他讲说今年的年成，和家中大小的困难，都感到新颖有趣。最使他们兴奋的，是他把四大碗面条，一中碗炸酱，和两头大蒜，都吃了个干净。吃完，他要了一大碗面汤，几口把它喝干，而后挺了挺腰，说了声："原汤化原食！"

大家的高兴，可惜，只是个很短的时间的。常二爷在打过几个长而响亮的饱嗝儿以后，说出点使大家面面相觑的话来："大哥！我来告诉你一声，城外头近来可很不安静！偷坟盗墓的很多！"

"什么？"祁老人惊异的问。

"偷坟盗墓的！大哥你看哪，城里头这些日子怎么样，我不大知道。城外头，干脆没人管事儿啦！你说闹日本鬼子吧，我没看见一个，你说没闹日本鬼子吧，黑天白日的又一劲儿咕咚大炮，打下点粮食来，不敢挑出去卖；不卖吧，又怎么买些针头线脑的呢；眼看着就到冬天，难道不给孩子们身上添点东西吗？近来就更好了，王爷坟和张老公坟全教人家给扒啦，我不晓得由哪儿来的这么一股儿无法无天的人，可是我心里直沉不住气！我自己的那几亩旱也不收，涝也不收的冤孽地，和那几间东倒西歪痨病腔子的草房，都不算一回事！我就是不放心你的那块坟地！大哥，你托我给照应着坟，我没拿过你一个小铜板，你也没拿我当作看坟的对待。咱们是朋友。每年春秋两季，我老把坟头拍得圆圆的，多添几锹土；什么话呢，咱们是朋友。那点地的出产，我打了五斗，不能告诉你四斗九升。心眼放正，老天爷看得见！现在，王爷坟都教人家给扒了，万一……"常二爷一劲儿眨巴他的没有什么睫毛的眼。

大家全愣住了。小顺儿看出来屋里的空气有点不大对，扯了扯妞子："走，咱们院子里玩去！"

妞子看了看大家，也低声说了声："肘！"——"走"字，她还不大说得上来。

大家都感到问题的严重，而都想不出办法来。瑞宣只说出一个

“亡”字来，就又闭上嘴。他本来要说“亡了国连死人也得受刑！”可是，说出来既无补于事，又足以增加老人们的忧虑，何苦呢，所以他闭上了嘴。

天佑太太说了话：“二叔你就多分点心吧，谁教咱们是父一辈子一辈的交情呢！”她明知道这样的话说不说都没关系，可是她必须说出来；老太太们大概都会说这种与事无益，而暂时能教大家缓一口气的话。

“就是啊，老二！”祁老人马上也想起话来。“你还得多分分心！”

“那用不着大哥你嘱咐！”常二爷拍着胸膛说：“我能尽心的地方，决不能耍滑！说假话是狗养的！我要交代清楚，到我不能尽心的时候，大哥你可别一口咬定，说我不够朋友！哼，这才叫做天下大乱，大变人心呢！”

“老二！你只管放心！看事做事；你尽到了心，我们全家感恩不尽！我们也不能抱怨你！那是我们祁家的坟地！”祁老人一气说完，小眼睛里窝着两颗泪。他真的动了心。假如不幸父母的棺材真叫人家给掘出来，他一辈子的苦心与劳力岂不全都落了空？父母的骨头若随便被野狗叼了走，他岂不是白活了七十多岁，还有什么脸再见人呢？

常二爷看见祁老人眼中的泪，不敢再说别的，而只好横打鼻梁负起责任：“得啦，大哥！什么也甭再说了，就盼着老天爷不亏负咱们这些老实人吧！”说完，他背着手慢慢往院中走。(每逢他来到这里，他必定要把屋里院里全参观一遍，倒好像是游览故宫博物院呢。)来到院中，他故意的夸奖那些石榴，好使祁老人把眼泪收回去。祁老人也跟着来到院中，立刻喊瑞丰拿剪子来，给二爷剪下两个石榴，给孩子们带回去。瑞丰这才出来，向常二爷行礼打招呼。

“老二，不要动！”常二爷拦阻瑞丰去剪折石榴。“长在树上是个玩艺儿！我带回家去，还不够孩子们吃三口的呢！乡下孩子，老像饿疯了似的！”

“瑞丰你剪哪！”祁老人坚决的说。“剪几个大的！”

这时候，天佑太太在屋里低声的叫瑞宣：“老大，你搀我一把儿，我站不起来啦！”

瑞宣赶紧过去搀住了她。“妈！怎么啦？”

“老大！咱们作了什么孽，至于要掘咱们的坟哪！”

瑞宣的手碰着了她的，冰凉！他没有话可说，但是没法子不说些什么：“妈！不要紧！不要紧！哪能可巧就轮到咱们身上呢！不至于！不至于！”一边说着，他一边搀着她走，慢慢走到南屋去。“妈！喝口糖水吧？”

“不喝！我躺会儿吧！”

扶她卧倒，他呆呆的看着她的瘦小的身躯。他不由的想到：她不定什么时候就会死去，而死后还不知哪会儿就被人家掘出来！他是应当在这里守着她呢？还是应当像老三那样去和敌人决斗呢？他决定不了什么。

“老大，你去吧！”妈妈闭着眼说，声音极微细。

他轻轻的走出来。

常二爷参观到厨房，看小顺儿的妈那份忙劲儿，和青菜与猪肉之多，他忽然的想起来：“哟！明天是大哥的生日！你看我的记性有多好！”说完，他跑到院中，就在石榴盆的附近给祁老人跪下了：“大哥，你受我三个头吧！盼你再活十年二十年的，硬硬朗朗的！”

“不敢当噢！”祁老人喜欢得手足无措。“老哥儿们啦，不敢当！”

“就是这三个头！”二爷一边磕头一边说。“你跟我‘要’礼物，我也拿不出来！”叩罢了头，他立起来，用手掸了掸磕膝上的尘土。

瑞宣赶紧跑过来，给常二爷作揖致谢。

小顺儿以为这很好玩，小青蛙似的，爬在地上，给他的小妹磕了不止三个头。小妞子笑得哏哏的，也忙着跪下给哥哥磕头。磕着磕着，两个头顶在一处，改为顶老羊。

大人们，心里忧虑着坟墓的安全，而眼中看到儿童的天真，都无可如何的笑了笑。

“老二！”祁老人叫常二爷。“今天不要走，明天吃碗寿面再出城！”

“那——”常二爷想了想：“我不大放心家里呀！我并没多大用处，究竟是在家可以给他们仗点胆！嘿！这个年月，简直的没法儿混！”

“我看，二爷爷还是回去的好！”瑞宣低声的说。“省得两下里心都不安！”

“这话对！”常二爷点着头说。“我还是说走就走！抓早儿出城，路上好走一点！大哥，我再来看你！我还有点荞麦呢，等打下来，我送给你点！那么，大哥，我走啦！”

“不准你走！”小顺儿过来抱住常二爷的腿。

“不肘！”妞子永远摹仿着哥哥，也过来拉住老人的手。

“好乖！真乖！”常二爷一手拍着一个头，口中赞叹着。“我还来呢！再来，我给你们扛个大南瓜来！”

正这么说着，门外李四爷的清脆嗓音在喊：“城门又关上了，先别出门啊！”

祁老人与常二爷都是饱经患难的人，只知道谨慎，而不知道害怕。可是听到李四爷的喊声，他们脸上的肌肉都缩紧了一些，胡子微微的立起来。小顺儿和妞子，不知道为什么，赶紧撒开手，不再缠磨常二爷了。

“怎么？”小顺儿的妈从厨房探出头来问：“又关了城？我还忘了买黄花和木耳，非买去不可呢！”

大家都觉得这不是买木耳的好时候，而都想责备她一半句。可是，大家又都知道她是一片忠心，所以谁也没肯出声。见没人搭话，她叹了口气，像蜗牛似的把头缩回去。

“老二！咱们屋里坐吧！”祁老人往屋中让常二爷，好像屋中比院里更安全似的。

常二爷没说什么，心中七上八下的非常的不安。晚饭，他到厨房去帮着烙饼，本想和祁少奶奶说些家长里短；可是，一提起家中，他就更不放心，所以并没能说得很痛快。晚间，刚点灯不久，他就睡了，准备次日一清早就出城。

天刚一亮，他就起来了，可是不能不辞而别——怕大门不锁好，万一再有“扫亮子”的小贼。等到小顺儿的妈起来升火，他用凉水漱了漱口，告诉她他要赶早儿出城。她一定要给他弄点东西吃，他一定不肯；最后，她塞给他一张昨天晚上剩下的大饼，又倒了一大碗暖瓶里的开水，勒令教他吃下去。吃完，他拿着祁老人给的几个石榴，告辞。她把他送出去。

城门还是没有开。他向巡警打听，巡警说不上来什么时候才能开城，而嘱咐他别紧在那里晃来晃去。他又回到祁家来。

没有任何人的帮助，小顺儿的妈独力做好了够三桌人吃的“炒菜面”。工作使她疲劳，可也使她自傲。看常二爷回来，她更高点兴，因为她知道即使她的烹调不能尽满人意，她可是必能由常二爷的口中得到最好的称赞。

祁老人也颇高兴常二爷的没能走脱，而凑着趣说：“这是城门替我留客，老二！”

眼看就十点多钟了，客人没有来一个！祁老人虽然还陪着常二爷闲谈，可是脸上的颜色越来越暗了。常二爷看出来老人的神色不对，颇想用些可笑的言语教他开心，但是自己心中正挂念着家里，实在打不起精神来。于是，两位老人就对坐着发愣。愣得实在难堪了，就交替着咳嗽一声，而后以咳嗽为题，找到一两句话——只是一两句，再往下说，就势必说到年岁与健康，而无从不悲观。假若不幸而提到日本鬼子，那就更糟，因为日本人是来毁灭一切的，不管谁的年纪多么大，和品行怎样好。

天佑一清早就回来了，很惭愧的给父亲磕了头。他本想给父亲买些鲜果和螃蟹什么的，可是城门关着，连西单牌楼与西四牌楼的肉市与菜市上都没有一个摊子，他只好空着手回来。他知道，老父亲并不争嘴；不过，能带些东西回来，多少足以表示一点孝心。再说，街上还能买到东西，就是“天下太平”的证据，也好教老人高兴一点。可是，他空着手回来！他简直不敢多在父亲面前立着或坐着，恐怕父亲问到市面如何，而增加老人的忧虑。他也不敢完全藏到自己的屋中去，深恐父亲挑了眼，说他并没有祝寿的诚心。他始终没敢进南屋去，而一会儿进到北屋给父亲和常二爷添添茶，一会儿到院中用和悦的声音对小顺儿说：“看！太爷爷的石榴有多么红呀！”或对小妞子说：“哟！太爷爷给买的兔儿爷？真好看！好好拿着，别摔了噢！”他的语声不但和悦，而且相当的高，好教屋里的老人能听见。口中这么说道着，他的心里可正在盘算：每年在这个时节，城里的人多少要添置一些衣服；而城外的人，收了庄稼以后，必定进城来买布匹；只要价钱公道，尺码儿大，就不怕城外的人不成群搭伙的来照顾的。他的小布铺，一向是言无二价，而且是尺码加一。他永不仗着“大减价”去招生意，他的尺就是最好的广告。可是，今年，他没看见一个乡下的主顾；城门还关着啊！至于城里的人，有钱的不敢花用，没钱的连饭都吃不上，谁还买布！他看准，日本人不必用真刀真枪的乱杀人，只要他们老这么占据着北平，就可以杀人不见血的消灭多少万人！他想和家里的人谈谈这个，但是今天是老太爷的生日，他张不开口。他须把委屈放在肚子里，而把孝心，像一件新袍子似的，露在外面。

天佑太太扎挣着，很早的就起来，穿起新的竹布大衫，给老公公行礼。在她低下头行礼的时候，她的泪偷偷的在眼中转了几转。她觉得她必死在老公公的前头，而也许刚刚埋在地里就被匪徒们给掘出来！

最着急的是小顺儿的妈。酒饭都已预备好，而没有一个人来！劳力是她自己的，不算什么。钱可是大家的呢；假若把菜面都剩下，别人还好办，老二瑞丰会首先责难她的！即使瑞丰不开口，东西都是钱买来的，她也不忍随便扔掉啊！她很想溜出去，把李四爷请来，可是人家能空着手来吗？她急得在厨房里乱转，实在憋不住了，她到上屋去请示：“你们二位老人家先喝点酒吧？”

常二爷纯粹出于客气的说：“不忙！天还早呢！”其实，他早已饿了。

祁老人愣了一小会儿，低声的说：“再等一等！”

她笑得极不自然的又走回厨房。

瑞丰也相当的失望，他平日最喜欢串门子，访亲友，好有机会把东家的事说给西家，再把西家的事说给东家，而在姑姑老姨之间充分的表现他的无聊与重要。亲友们家中有婚丧事儿，他必定到场，去说，去吃，去展览他的新衣帽，像只格外讨好的狗似的，总在人多的地方摇摆尾巴。自从结婚以后，他的太太扯住了他的腿，不许他随便出去。在她看，中山公园的来今雨轩，北海的五龙亭，东安市场与剧院才是谈心，吃饭，和展览装饰的好地方。她讨厌那些连“嘉宝”与“阮玲玉”都不晓得的三姑姑与六姨儿。因此，他切盼今天能来些位亲友，他好由北屋串到南屋的跟平辈的开些小玩笑，和长辈们说些陈谷子烂芝麻；到吃饭的时候，还要扯着他的干而尖锐的嗓子，和男人们拼酒猜拳。吃饱，喝足，把谈话也都扯尽，他会去告诉大嫂：“你的菜作得并不怎样，全仗着我的招待好，算是没垮台；你说是不是？大嫂？”

等到十一点多钟了，还是没有人来。瑞丰的心凉了半截。他的话，他的酒量，他的酬应天才，今天全没法施展了！“真奇怪！人们因为关城就不来往了吗？北平人太泄气！太泄气！”他叼着根烟卷儿在屋中来回的走，口中嘟囔着。

“哼！不来人才好呢！我就讨厌那群连牙也不刷的老婆子老头子们！”二太太撇着嘴说。“我告诉你，丰，赶到明儿个老三的事犯了，连条狗也甭想进这个院子来！看看钱家，你就明白了！”

瑞丰恍然大悟：“对呀！不都是关城的缘故，倒恐怕是老三逃走的事已然吵嚷动了呢！”

“你这才明白！木头脑袋！我没早告诉你吗，咱们得分出去另过吗？你老不听我的，倒好像我的话都有毒似的！赶明儿老三的案子犯了，尊家也得教宪兵捆了走！”

“依你之见呢？”瑞丰拉住她的胖手，轻轻的拍了两下。

“过了节，你跟大哥说：分家！”

“咱们月间的收入太少哇！”他的小干脸上皱起许多细纹来，像个半熟了的花仔儿似的。“在这里，大嫂是咱们的义务老妈子；分出去，你又不会作饭。”

“什么不会？我会，就是不作！”

“不管怎样吧，反正得雇女仆，开销不是更大了吗？”

“你是死人，不会去活动活动？”二太太仿佛感到疲乏，打了个肥大款式的哈欠；大红嘴张开，像个小火山口似的。

“哟！你不是说话太多了，有点累的慌？”瑞丰很关切的问。

“在舞场，公园，电影院，我永远不觉得疲倦；就是在这里我才老没有精神；这里就是地狱，地狱也许比这儿还热闹点儿！”

“咱们找什么路子呢？”他不能承认这里是地狱，可是也不敢顶撞太太，所以只好发问。

她的胖食指指着西南：“冠家！”

“冠家？”瑞丰的小干脸上登时发了光。他久想和冠家的人多有来往，一来是他羡慕晓荷的吃喝穿戴，二来是他想跟两位小姐勾搭勾搭，开开心。可是，全家的反对冠家，使他不敢特立独行，而太太的管束又教他不敢正眼看高第与招弟。今天，听到太太的话，他高兴得像饿狗得到一块骨头。

“冠先生和冠太太都是顶有本事的人，跟他们学，你才能有起色！可是，”胖太太说到这里，她的永远缩缩着的脖子居然挺了起来，“你要去，必得跟我一道！要是偷偷的独自去和她们耍骨头，我砸烂了你的腿！”

“也不至有那么大的罪过呀！”他扯着脸不害羞的说。

他们决定明天去给冠家送点节礼。

瑞宣的忧虑是很多的，可是不便露在外面。为目前之计，他须招老太爷和妈妈欢喜。假若他们因忧郁而闹点病，他马上就会感到更多的困难。他暗中去关照了瑞丰，建议给父亲，嘱托了常二爷：“吃饭的时候，多喝几杯！拼命的闹哄，不给老人家发牢骚的机会！”对二弟妹，他也投递了降表：“老太爷今天可不高兴，二妹，你也得帮忙，招他笑一笑！办到了我过了节，请你看电影。”

二奶奶得到这个贿赂，这才答应出来和大家一同吃饭；她本想独自吃点什么，故意给大家下不来台的。

把大家都运动好，瑞宣用最欢悦的声音叫：“顺儿的妈！开饭哟！”然后又叫瑞丰：“老二！帮着拿菜！”

老二“啊”了一声，看着自己的蓝缎子夹袍，实在不愿到厨房去。待了一会儿，看常二爷自动的下了厨房，他只好跟了过去，拿了几双筷子。

小顺儿，妞子，和他们的兔儿爷——小顺儿的那个已短了一个犄角——也都上了桌子，为是招祁老太爷欢喜。只有大奶奶不肯坐下，因为她须炒菜去。天佑和瑞宣爷儿俩把所能集合起来的笑容都摆在脸上。常二爷轻易不喝酒，但是喝起来，因为身体好，很有个量儿；他今天决定放量的喝。瑞丰心里并没有像父亲与哥哥的那些忧虑，而纯以享受的态度把筷子老往好一点的菜里伸。

祁老人的脸上没有一点笑容。很勉强的，他喝了半盅儿酒，吃了一箸子菜。大家无论如何努力制造空气，空气中总是湿潮的，像有一片儿雾。雾气越来越重，在老人的眼皮上结成两个水珠。他不是个多愁善感的人，但是在今天他要是还能快乐，他就不是神经错乱，也必定是有了别的毛病。

面上来了，他只喝了一口卤。擦了擦胡子，他问天佑：“小三儿没信哪？”

天佑看瑞宣，瑞宣没回答出来什么。

吃过面，李四爷在大槐树下报告，城门开了，常二爷赶紧告辞。常二爷走后，祁老人躺下了，晚饭也没有起来吃。

十 六

中秋。程长顺很早的吃了午饭，准备作半天的好生意。可是，转了几条胡同，把嗓子喊干，并没作上一号买卖。噘着嘴，抹着头上的汗，他走回家来。见了外婆，泪在眼眶里，鼻音加倍的重，他叨唠："这是怎么啦？大节下的怎么不开张呢？去年今天，我不是拿回五块零八毛来吗？"

"歇会儿吧，好小子！"马寡妇安慰着他。"去年是去年，今年是今年啊！"

剃头的孙七，吃了两杯闷酒，白眼珠上横着好几条血丝，在院中搭了话："马老太太，咱们是得另打主意呀！这样，简直混不下去，你看，现在铺子里都裁人，我的生意越来越少！有朝一日呀，哼！我得打着'唤头'唤头，沿街理发者所持的吆喝工具，铁制，形状像大镊子。，沿街兜生意去！我一辈子爱脸面，难道要了这么多年的手艺，真教我下街去和刚出师的乡下孩子们争生意吗？我看明白啦，要打算好好的活着，非把日本鬼子赶出去不可！"

"小点声呀！孙师傅！教他们听见还了得！"马寡妇开着点门缝，低声的说。

孙七哈哈的笑起来。马寡妇赶紧把门关好，像耳语似的对长顺说："不要听孙七的，咱们还是老老实实的过日子，别惹事！反正天下总会有太平了的时候！日本人厉害呀，架不住咱们能忍啊！"老太太深信她的哲理是天下最好的，因为"忍"字教她守住贞节，渡过患难，得到像一个钢针那么无趣而永远发着点光的生命。

这时候，已经是下午四点钟，小崔交了车，满脸怒气的走回来。

孙七的近视眼没有看清小崔脸上的神色。“怎样？今天还不错吧？”

“不错？”小崔没有好气的说。“敢情不错！听说过没有？大八月十五的，车厂子硬不放份儿，照旧交车钱！”

“没听说过！这是他妈的日本办法吧？”

“就是啊！车主硬说，近来三天一关城，五天一净街，收不进钱来，所以今天不能再放份儿！”

“你乖乖的交了车份儿？”

“我又不是车主儿的儿子，不能那么听话！一声没哼，我把车拉出去了，反正我心里有数儿！拉到过午，才拉了两个座儿；还不够车份儿钱呢！好吧，我弄了一斤大饼，两个子儿的葱酱，四两酱肘子，先吃他妈的一顿再说。吃完，我又在茶馆里泡了好大半天。泡够了，我把两个车胎全扎破，把车送了回去。进了车厂子，我神气十足的，喊了声：两边都放炮啦，明儿个见！说完。我就扭出来了！”

“真有你的，小崔！你行！”

屋里，小崔的太太出了声：“孙七爷，你白活这么大的岁数呀！他大节下的，一个铜板拿不回来，你还夸奖他哪？人心都是肉作的，你的是什么作的呀，我问问你！”说着她走了出来。

假若给她两件好衣裳和一点好饮食，她必定是个相当好看的小妇人。衣服的破旧，与饥寒的侵蚀，使她失去青春。虽然她才二十三岁，她的眉眼，行动，与脾气，却已都像四五十岁的人了。她的小长脸上似乎已没有了眉眼，而只有替委屈与忧愁工作活动的一些机关。她的四肢与胸背已失去青年妇人所应有的诱惑力，而只是一些洗衣服，走路，与其他的劳动的，带着不多肉的木板与木棍。今天，她特别的难看。头没有梳，脸没有洗，虽然已是秋天，她的身上却只穿着一身像从垃圾堆中掘出来的破单裤褂。她的右肘和右腿的一块肉都露在外面。她好像已经忘了她是个女人。是的，她已经忘了一切，而只记着午饭还没有吃——现在已是下午四点多钟。

孙七爷，虽然好抢话吵嘴，一声没出的躲开。他同情她，所以不能和她吵嘴，虽然她的话不大好听。同时，他也不便马上替她说公道话，而和小崔吵闹起来；今天是八月节，不应当吵闹。

小崔很爱他的太太，只是在喝多了酒的时候才管辖不住他的拳头，而砸在她的身上。今天，他没有吃酒，也就没有伸出拳头去的蛮劲儿。看着她蓬头垢面的样子，他愣了好大半天、说不出话来。虽然如此，他可是不肯向她道歉，他要维持住男人的威风。

马老太太轻轻的走出屋门来，试着步儿往前走。走到小崔的身旁，她轻轻拉了他一把。然后，她向小崔太太说："别着急啦，大节下的！我这儿还有两盘倭瓜馅的饺子呢，好歹的你先垫一垫！"

小崔太太吸了吸鼻子，带着哭音说："不是呀，马老太太！挨一顿饥，两顿饿，并不算什么！一年到头老是这样，没个盼望，没个办法，算怎么一回事呢？我嫁给他三年了，老太太你看看我，还像个人不像？"说完，她一扭头，极快的走进屋中去。

小崔叹了口气，倭瓜脸上的肌肉横七竖八的乱扭动。

马老太太又拉了他一把："来！把饺子给她拿过去！给她两句好话！不准又吵闹！听见了没有？"

小崔没有动。他不肯去拿马老太太的饺子。他晓得她一辈子省吃俭用，像抱了窝的老母鸡似的，拾到一颗米粒都留给长顺吃。他没脸去夺她的吃食。嗽了一声，他说："老太太！留着饺子给长顺吃吧！"

长顺囔着鼻子，在屋内搭了碴儿："我不吃！我想哭一场！大节下的，跑了七八里，会一个铜板没挣！"

马老太太提高了点嗓音："你少说话，长顺！"

"老太太！"小崔接着说："我想明白了，我得走，我养不了她，"他向自己屋中指了指。"照这么下去，我连自己也要养不活了！我当兵去，要死也死个痛快！我去当兵，她呢只管改嫁别人，这倒干脆，省得都饿死在这里！"

孙七又凑了过来。“我不知道，军队里还要我不要。要是能行的话，我跟你一块儿走！这像什么话呢，好好的北平城，教小鬼子霸占着! ”

听到他们两个的话，马老太太后悔了。假若今天不是中秋节，她决不会出来多事。这并不是她的心眼不慈善，而是严守着她的“多一事不如少一事”的寡妇教条。“别这么说呀！”她低声而恳切的说：“咱们北平人不应当说这样的话呀！凡事都得忍，忍住了气，老天爷才会保佑咱们，不是吗？”她还有许多话要说，可是唯恐怕教日本人听了去，所以搭讪着走进屋中，心里很不高兴。

过了一会儿，她教长顺把饺子送过去。长顺刚拿起盘子来，隔壁的李四妈端着一大碗热气腾腾的炖猪头肉，进了街门。她进屋就喊，声音比碗里的肉更热一点。“小崔！好小子！我给你送点肉来！什么都买不到，那个老东西不知道由哪儿弄来个猪头！”话虽是对小崔说的，她可是并没看见他；她的话是不能存在心中的，假若遇不到对象，她会像上了弦的留声机似的，不管有人听没有，独自说出来。

“四大妈！又教你费心！”小崔搭了话。

“哟！你在这儿哪？快接过去！”

小崔笑着把碗接过去，对四大妈他是用不着客气推让的。

“好小子！把碗还给我！我不进屋里去啦！哟！”她又看见了孙七。“七爷！你吃了没有？来吧，跟你四大爷喝一盅去！什么闹日本鬼子不闹的，反正咱们得过咱们的节！”

这时候，钱家的老少两位妇人放声的哭起来。孙七爷听到了一耳朵，赶紧说：“四大妈，听！”

四大妈的眼神儿差点事，可是耳朵并不沉。“怎么啦?! 小崔，你把碗送过来吧，我赶紧到钱家看看去！”

孙七跟着她，“我也去！”

马老太太见小崔已得到一碗肉，把饺子收回来一半，而教长顺只送过一盘子去："快去快来！别再出门啦，钱家不定又出了什么事！"

祁家过了个顶暗淡的秋节。祁老人和天佑太太都病倒，没有起床。天佑吃了点老人生日剩下的菜，便到铺子去；因为铺伙们今天都歇工，他不能不去照应着点；他一向是在三节看着铺子，而教别人去休息；因此，他给大家的工钱尽管比别家的少，可是大家还都乐意帮助他；他用人情补足了他们物质上的损失。他走后，瑞宣和韵梅轻轻的拌了几句嘴。韵梅吃过了不很高兴的午饭，就忙着准备晚间供月的东西。她并不一定十分迷信月亮爷，不过是想万一它有一点点灵应呢，在这慌乱的年月，她就不应当不应酬得周到一些。再说呢，年年拜月，今年也似乎不可缺少，特别是在婆婆正卧病在床的时候。她须教婆婆承认她的能力与周到，好教婆婆放心养病，不必再操一点心。

瑞宣满腔的忧郁，看她还弄那些近乎儿戏的东西，怒气便找到了个出口："真！你还弄那些个玩艺？"

假若她和缓的说明了她的用意，瑞宣自然会因了解而改了口气。可是，她的心中也并不高兴，所以只觉得丈夫有意向她发气，而忽略了说明真象的责任。"哟！"她的声音不大，可是很清脆。"你看我一天到晚老闹着玩，不作一点正经事，是不是？"说话的时候，她的眼神比言语还加倍的厉害。

瑞宣不愿意继续的吵，因为他晓得越吵声音就必定越大，教病着的老人们听见不大好意思。他忍住了气，可是脸上阴沉的要落下水来。他躲到院中，呆呆的看着树上的红石榴。

在三点钟左右的时候，他看见瑞丰夫妇都穿着新衣服往外走。瑞丰手里提着个小蒲包，里面装的大概是月饼。他没问他们上哪里去，他根本看不起送礼探亲家一类的事。

瑞丰夫妇是到冠家去。

冠先生与冠太太对客人的欢迎是极度热烈的。晓荷拉住瑞丰的手，有三分多钟，还不肯放开。他的呼吸气儿里都含着亲热与温暖。大赤包，摇动着新烫的魔鬼式的头发，把瑞丰太太搂在怀中。祁氏夫妇来的时机最好。自从钱默吟先生被捕，全胡同的人都用白眼珠瞟冠家的人。虽然在口中，大赤包一劲儿的说“不在乎”，可是心中究竟不大够味儿。大家的批评并不能左右她的行动，也不至于阻碍她的事情，因为他们都是些没有势力的人。不过，像小崔，孙七，刘棚匠，李四爷，那些“下等人”也敢用白眼瞟她，她的确有些吃不消。今天，看瑞丰夫妇来到，她觉得胡同中的“舆论”一定是改变了，因为祁家是这里的最老的住户。也就是“言论界”的代表人。瑞丰拿来的一点礼物很轻微，可是大赤包极郑重的把它接过去——它是一点象征，象征着全胡同还是要敬重她，像敬重西太后一样。无论个性怎样强的人，当他作错事的时候，心中也至少有点不得劲，而希望别人说他并没作错。瑞丰来访，是给晓荷与大赤包来作证人——即使他们的行为不正，也还有人来巴结！

瑞丰夫妇在冠家觉得特别舒服，像久旱中的花木忽然得到好雨。他们听的，看的，和感觉到的，都恰好是他们所愿意听的，看的，与感觉到的。大赤包亲手给他们煮了来自英国府的咖啡，切开由东城一家大饭店新发明的月饼。吸着咖啡，瑞丰慢慢的有了些醉意：冠先生的最无聊的话，也不是怎么正好碰到他的心眼上，像小儿的胖手指碰到痒痒肉上那么又痒痒又好受。冠先生的姿态与气度，使他钦佩羡慕，而愿意多来几次，以便多多的学习。他的小干脸上红起来，眼睛在不偷着瞟尤桐芳与招弟姑娘的时候，便那么闭一闭，像一股热酒走到腹部时候那样的微晕。

瑞丰太太的一向懒洋洋的胖身子与胖脸，居然挺脱起来。她忽然有了脖子，身量高出来一寸。说着笑着，她连乳名——毛桃儿——也告诉了大赤包。

“打几圈儿吧？”大赤包提议。

瑞丰没带着多少钱，但是绝对不能推辞。第一，他以为今天是中秋节，理应打牌。第二，在冠家而拒绝打牌，等于有意破坏秩序。

第三，自己的腰包虽然不很充实，可是他相信自己的技巧不坏，不至于垮台。瑞丰太太马上答应了："我们俩一家吧！我先打！"说着，她摸了摸手指上的金戒指，暗示给丈夫："有金戒指呢！宁输掉了它，不能丢人！"瑞丰暗中佩服太太的见识与果敢，可是教她先打未免有点不痛快。他晓得她的技巧不怎样高明，而脾气又怡——越输越不肯下来。假若他立在她后边，给她指点指点呢，她会一定把输钱的罪过都归到他身上，不但劳而无功，而且罪在不赦。他的小干脸上有点发僵。

这时候，大赤包问晓荷："你打呀？"

"让客人！"晓荷庄重而又和悦的说："瑞丰你也下场好了！"

"不！我和她一家儿！"瑞丰自以为精明老练，不肯因技痒而失去控制力。

"那么，太太，桐芳或高第招弟，你们四位太太小姐们玩会儿好啦！我们男的伺候着茶水！"晓荷对妇女的尊重，几乎像个英国绅士似的。

瑞丰不能不钦佩冠先生了，于是爽性决定不立在太太背后看歪脖子胡。

大赤包一声令下，男女仆人飞快的跑进来，一眨眼把牌桌摆好，颇像机械化部队的动作那么迅速准确。

桐芳把权利让给了招弟，表示谦退，事实上她是怕和大赤包因一张牌也许又吵闹起来。

妇人们入了座。晓荷陪着瑞丰闲谈，对牌桌连睬也不睬。

"打牌，吃酒，"他告诉客人，"都不便相强。强迫谁打牌，正和揪着人家耳朵灌酒一样的不合理。我永远不抢酒喝，不争着打牌；也不勉强别人陪我。在交际场中，我觉得我这个态度最妥当！"

瑞丰连连的点头。他自己就最爱犯争着打牌和闹酒的毛病。他觉得冠先生应当作他的老师！同时，他偷眼看大赤包。她活像一只雌狮。她的右眼照管着自己的牌，左眼扫射着牌手们的神气与打出的牌张；然后，她的两眼一齐看一看桌面，很快的又一齐看到远处坐着的客人，而递过去一点微笑。她的微笑里含着威严与狡猾，像雌狮对一只小兔那么威而不厉的逗弄着玩。她的抓牌与打牌几乎不是胳臂与手指的运动，而像牌由她的手中蹦出或被她的有磁性的肉吸了来似的。她的肘，腕，甚至于乳房，好像都会抓牌与出张。出张的时节，她的牌撂得很响，给别人的神经上一点威胁，可是，那张牌到哪里去了？没人能知道，又给大家一点惶惑。假若有人不知进退的问一声："打的什么？"她的回答又是那么一点含着威严，与狡猾的微笑，使发问的人没法不红了脸。她自己胡了牌，随着牌张的倒下，她报出胡数来，紧跟着就洗牌；没人敢质问她，或怀疑她，她的全身像都发着电波，给大家的神经都通了电，她说什么就必定是什么。可是，别人胡了牌而少算了番数，她也必定据实的指出错误："跟我打牌，吃不了亏！输赢有什么关系，牌品要紧！"这，又使大家没法不承认即使把钱输给她，也输得痛快。

瑞丰再看他的太太，她已经变成在狮子旁边的一只肥美而可怜的羊羔。她的眼忙着看手中的牌，又忙着追寻大赤包打出就不见了的张子，还要抽出空儿看看冠家的人们是否在暗笑她。她的左手在桌上，紧紧的按着两张牌，像唯恐它们会偷偷的跑出去；右手，忙着抓牌，又忙着调整牌，以致往往不到时候就伸出手去，碰到别人的手；急往回缩，袖子又撩倒了自己的那堵小竹墙。她的脸上的肌肉缩紧，上门牙咬着下嘴唇，为是使精力集中，免生错误，可是那三家的牌打得太熟太快，不知怎的她就落了空。"哟！"她不晓得什么时候，谁打出的二索；她恰好胡二索调单——缺一门，二将，孤幺，三番！她只"哟"了一声，不便再说什么，多说更泄自己的气。三家的二索马上都封锁住了，她只好换了张儿。她打出了二索，大赤包胡坎二索！大赤包什么也没说，而心中发生的电码告诉明白了瑞丰太太："我早就等着你的二索呢！"

瑞丰还勉强着和晓荷乱扯，可是心中极不放心太太手上的金戒指。

牌打到西风圈，大赤包连坐三把庄。她发了话："瑞丰，你来替我吧！我幸得都不像话了，再打，准保我还得连庄！你来；别教太太想我们娘儿三个圈弄她一个人！你来呀！"

瑞丰真想上阵。可是，晓荷吸住了他。他刚刚跟晓荷学到一点怎样落落大方，怎好就马上放弃了呢？学着晓荷的媚笑样子，他说："你连三把庄，怎知道她不连九把庄呢？"说着，他看了看太太，她从鼻子上抹去一个小汗珠，向他笑了。他非常满意自己的词令，而且心中感谢冠先生的熏陶。他觉得从前和三姑姑六姨姨的抢两粒花生米，说两句俏皮话，或夸赞自己怎样扣住一张牌，都近乎无聊，甚至于是下贱。冠先生的态度与行动才真是足以登大雅之堂的！

"你不来呀？"大赤包的十个小电棒儿又洗好了牌。"那天在曹宅，我连坐了十四把庄，你爱信不信！"她知道她的威吓是会使瑞丰太太更要手足失措的。

她的牌起得非常的整齐，连庄是绝对可靠的了。可是，正在计划着怎样多添一番的时节，西院的两位妇人哭嚎起来。哭声像小钢针似的刺入她的耳中。她想若无其事的继续赌博，但是那些小钢针好像是穿甲弹，一直钻到她的脑中，而后爆炸开。她努力控制自己的肌肉与神经，不许它们泄露她的内心怎样遭受着轰炸。可是，她控制不住她的汗。她的夹肢窝忽然的湿了一点，而最讨厌的是脑门与鼻尖上全都潮润起来。她的眼由东扫西射改为紧紧的盯着她的牌。只有这样，她才能把心拴住，可是她也知道这样必定失去谈笑自如的劲儿，而使人看出她的心病。她不后悔自己作过的事，而只恨自己为什么这样脆弱，连两声啼哭都受不住！

啼声由嚎啕改为似断似续的悲啼，牌的响声也一齐由清脆的拍拍改为在桌布上的轻滑。牌的出入迟缓了好多，高第和招弟的手都开始微颤。大赤包打错了一张牌，竟被瑞丰太太胡了把满贯。

晓荷的脸由微笑而扩展到满脸都是僵化了的笑纹，见瑞丰太太胡了满贯，他想拍手喝彩，可是，手还没拍到一处，他发现了手心上出满了凉汗。手没有拍成，他把手心上的汗偷偷的抹在裤子上。这点动作使他几乎要发怒。他起码也有三十年没干过这么没出息的事了——把汗擦在裤子上！这点失仪的耻辱的分量几乎要超过卖人害命的罪过的，因为他一生的最大的努力与最高的成就，就是在手脚的动作美妙而得体上。他永远没用过他的心，像用他的手势与眼神那么仔细过。他的心像一罐罐头牛奶，即使打开，也只是由一个小孔，慢慢的流出一小条牛奶来。在这小罐里永远没有像风暴或泉涌的情感。他宁可费两个钟头去修脚，而不肯闭上眼看一会儿他的心。可是，西院的哭声确是使他把汗擦在裤子上的原因。他害了怕。他一定是动了心。动了心就不易控制手脚，而失去手足的美好姿态便等于失去了他的整个的人！他赶紧坐好，把嘴唇偷偷的舔活润了，想对瑞丰解释：“那个……”他找不到与无聊扯淡相等的话，而只有那种话才能打开僵局。他有点发窘。他不晓得什么叫良心的谴责，而只感到心中有点憋闷。

“爸爸！”高第叫了一声。

“啊？”晓荷轻妙的问了声。他觉得高第这一声呼叫极有价值，否则他又非僵在那儿不可。

“替我打两把呀？”

“好的！好的！”他没等女儿说出理由来便答应了，而且把“的”说得很重，像刚刚学了两句国语的江南人那样要字字清楚，而把重音放错了地方。因为有了这样的“的”，他爽性学江南口音，补上：“吾来哉！吾来哉！”而后，脚轻轻的跳了个小箭步，奔了牌桌去。这样，他觉得就是西院的全家都死了，也可以与他丝毫无关了。

他刚坐下，西院的哭声，像歇息了一会儿的大雨似的，比以前更加猛烈了。

大赤包把一张幺饼猛的拍在桌上，眼看着西边，带着怒气说：“太不像话了，这两个臭娘们！大节下的嚎什么丧呢！”

“没关系！”晓荷用两个手指夹着一张牌，眼瞟着太太，说：“她们哭她们的，我们玩我们的！”

“还差多少呀？”瑞丰搭讪着走过来。“先歇一会儿怎样？”

他太太的眼射出两道“死光”来：“我的牌刚刚转好一点！你要回家，走好了，没人拦着你！”

“当然打下去！起码十六圈，这是规矩！”冠先生点上枝香烟，很俏式的由鼻中冒出两条小龙来。

瑞丰赶紧走回原位，觉的太太有点不懂事，可是不便再说什么；他晓得夫妻间的和睦是仗着丈夫能含着笑承认太太的不懂事而维持着的。

“我要是有势力的话，碰！”大赤包碰了一对九万，接着说：“我就把这样的娘们一个个都宰了才解气！跟她们作邻居真算倒了霉，连几圈小麻将她们都不许你消消停停的玩！”

屋门开着呢，大赤包的一对幺饼型的眼睛看见桐芳和高第往外走。“嗨！你们俩上哪儿？”她问。

桐芳的脚步表示出快快溜出去的意思，可是高第并不怕她的妈妈，而想故意的挑战：“我们到西院看看去！”

“胡说！”大赤包半立起来，命令晓荷：“快拦住她们！”

晓荷顾不得向瑞丰太太道歉，手里握着一张红中就跑了出去。到院中，他一把没有抓住桐芳，（因为红中在手里，他使不上力）她们俩跑了出去。

牌没法打下去了。冠先生与冠太太都想纳住气，不在客人面前发作。在他俩的心中，这点修养与控制是必须表现给客人们看的，以便维持自己的身份。能够敷衍面子，他们以为，就是修养。但是，今天的事似乎特别另样。不知怎的，西院的哭声仿佛抓住了大赤包的心，使她没法不暴躁。那一丝丝的悲音像蜘蛛用丝缠裹一个小虫似的，缠住她的心灵。她想用玩耍，用瞎扯，去解脱自己，但是毫无功效。哭声向她要求缴械投降。不能！不能投降！她须把怒火发出来，以便把裹住她的心灵的蛛丝烧断。她想去到院中，跳着脚辱骂西院的妇女们一大顿。可是，不知到底为了什么，她鼓不起勇气；西院的哭声像小唧筒似的浇灭了她的勇敢。她的怒气拐了弯，找到了晓荷："你就那么饭桶，连她们俩都拦不住？这算怎回事呢？她们俩上西院干什么去？你也去看看哪！普天下，找不到另一个像你这样松头日脑的人！你娶小老婆，你生女儿，可是你管不住她们！这像什么话呢？"

晓荷手中掂着那张红中，微笑着说："小老婆是我娶的，不错！女儿可是咱们俩养的，我不能负全责。"

"别跟我胡扯！你不敢去呀，我去！我去把她们俩扯回来！"大赤包没有交代一声牌是暂停，还是散局，立起来就往院中走。

瑞丰太太的胖脸由红而紫，像个熟过了劲儿的大海茄。这把牌，她又起得不错，可是大赤包离开牌桌，而且并没交代一声。她感到冤屈与耻辱。西院的哭声，她好像完全没有听到。她是"一个心眼"的人。

瑞丰忙过去安慰她："钱家大概死了人！不是老头子教日本人给枪毙了，就是大少爷病重。咱们家去吧！在咱们院子里不至于听得这么清楚！走哇？"

瑞丰太太一把拾起自己的小皮包，一把将那手很不错的牌推倒，怒冲冲的往外走。

"别走哇！"晓荷闪开了路，而口中挽留她。

她一声没出。瑞丰搭讪着也往外走，口中啊啊着些个没有任何意思的字。

"再来玩！"晓荷不知送他们出去好，还是只送到院中好。他有点怕出大门。

大赤包要往西院去的勇气，到院中便消去了一大半。看瑞丰夫妇由屋里出来，她想一手拉住一个，都把他们拉回屋中。可是，她又没作到。她只能说出："不要走！这太对不起了！改天来玩呀！"

她自己也觉出她的声音里并没带着一点水分，而像枯朽了的树枝被风刮动的不得已而发出些干涩的响声来。

瑞丰又啊啊了几声，像个惊惶失措的小家兔儿似的，蹦打蹦打的，紧紧的跟随在太太的后面。

祁家夫妇刚走出去，大赤包对准了晓荷放去一个鱼雷。“你怎么了？怎么连客也不知道送送呢？你怕出大门，是不是？西院的娘们是母老虎，能一口吞了你？”

晓荷决定不反攻，他的心里像打牌到天亮的时候那么一阵阵儿的发迷糊。他的脸上还笑着，唯一的原因是没有可以代替笑的东西。愣了半天，他低声的对自己说：“这也许就是个小报应呢！”

“什吗？”大赤包听见了，马上把双手叉在腰间，像一座“怒”的刻像似的。“放你娘的驴屁！”

“什么屁不好放，单放驴屁？”晓荷觉得质问的非常的得体，心中轻松了些。

十 七

孙七，李四妈，瑞宣，李四爷，前后脚的来到钱家。事情很简单！钱孟石病故，他的母亲与太太在哭。

李四妈知道自己的责任是在劝慰两位妇人。可是，她自己已哭成了个泪人。“这可怎么好噢！怎么好噢！”她双手拍着大腿说。

孙七，泪在眼圈里，跺开了脚！“这是什么世界！抓去老的，逼死小的！我……”他想破口大骂，而没敢骂出来。

瑞宣，在李四爷身后，决定要和四爷学，把一就看成一，二看成二；哀痛，愤怒，发急，都办不了事。尽管钱老人是他的朋友，孟石是他的老同学，他决定不撒开他的感情去恸哭，而要极冷静的替钱太太办点事。可是，一眼看到死尸与哭着的两个妇人，他的心中马上忘了棺材，装殓，埋葬，那些实际的事，而由孟石的身上看到一部分亡国史。钱老人和孟石的学问，涵养，气节，与生命，就这么胡里胡涂的全结束了。还有千千万万人的生命，恐怕也将要这么结束！人将要像长熟了的稻麦那样被镰刀割倒，连他自己也必定受那一刀之苦。他并没为忧虑自己的死亡而难过，他是想死的原因与关系。孟石为什么应当死？他自己为什么该当死？在一个人死了之后，他的长辈与晚辈应当受着什么样的苦难与折磨？想到这里，他的泪，经过多少次的阻止，终于大串的落下来。

孟石，还穿着平时的一身旧夹裤褂，老老实实的躺在床上，和睡熟了的样子没有多大区别。他的脸瘦得剩了一条。在这瘦脸上，没有苦痛，没有表情，甚至没有了病容，就那么不言不语的，闭着眼安睡。瑞宣要过去拉起他的瘦，长，苍白的手，喊叫着问他："你就这么一声不响的走了吗？你不晓得仲石的壮烈吗？为什么脸上不挂起笑纹？你不知道父亲在狱中吗？为什么不怒目？"可是，他并没有走过去拉死鬼的手。他知道在死前不抵抗的，只能老老实实的闭上眼，而北平人倒有百分之九十九是不抵抗的，他自己也是其中的一个，他自己也会有那么一天就这样闭上了眼，连脸上也不带出一点怒气。他哭出了声。多日来的羞愧，忧郁，顾虑，因循，不得已，一股脑儿都哭了出来。他不是专为哭一位亡友，而是多一半哭北平的灭亡与耻辱！

四大妈拉住两个妇人的手，陪着她们哭。钱太太与媳妇已经都哭傻了，张着嘴，合着眼，泪与鼻涕流湿了胸前，她们的哭声里并没有一个字，只是由心里往外倾倒眼泪，由喉中激出悲声。哭一会儿，她们噎住，要闭过气去。四大妈急忙给她们捶背，泪和言语一齐放出来："不能都急死哟！钱太太！钱少奶奶！别哭喽！"她们缓过气来，哼唧着，抽搭着，生命好像只剩了一根线那么细，而这一根线还要涌出无穷的泪来。气顺开，她们重新大哭起来。冤屈，愤恨，与自己的无能，使她们愿意马上哭死。

李四爷含着泪在一旁等着。他的年纪与领杠埋人的经验，教他能忍心的等待。等到她们死去活来的有好几次了，他抹了一把鼻涕，高声的说：“死人是哭不活的哟！都住声！我们得办事！不能教死人臭在家里！”

孙七不忍再看，躲到院中去。院中的红黄鸡冠花开得正旺，他恨不能过去拔起两棵，好解解心中的憋闷：“人都死啦，你们还开得这么有来有去的！他妈的！”

瑞宣把泪收住，低声的叫：“钱伯母！钱伯母！”他想说两句有止恸收泪的作用的话，可是说不出来；一个亡了国的人去安慰另一个亡了国的人，等于屠场中的两头牛相对哀鸣。

钱太太哭得已经没有了声音，没有了泪，也差不多没有了气。她直着眼，愣起来。她的手和脚已经冰冷，失去了知觉。她已经忘了为什么哭，和哭谁，除了心中还跳，她的全身都已不会活动。她愣着，眼对着死去的儿子愣着，可是并没看见什么；死亡似乎已离她自己不远，只要她一闭目，一垂头，她便可以很快的离开这苦痛的人世。

钱少奶奶还连连的抽搭。四大妈拉着她的手，挤咕着两只哭红了的眼，劝说：“好孩子！好孩子！要想开点呀！你要哭坏了，谁还管你的婆婆呢？”

少奶奶横着心，忍住了悲恸。愣了一会儿，她忽然的跪下了，给大家磕了报丧的头。大家都愣住了；想了一下，才明白过来。四大妈的泪又重新落下来：“起来吧！苦命的孩子！”可是，少奶奶起不来了。这点控制最大的悲哀的努力，使她筋疲力尽。手脚激颤着，她瘫在了地上。

这时候，钱太太吐出一口白沫子来，哼哼了两声。

“想开一点呀，钱太太！”李四爷劝慰：“有我们这群人呢，什么事都好办！”

“钱伯母！我也在这儿呢！”瑞宣对她低声的说。

孙七轻轻的进来：“钱太太！咱们的胡同里有害人的，也有帮助人的，我姓孙的是来帮忙的，有什么事！请你说就是了！”

钱太太如梦方醒的看了大家一眼，点了点头。

桐芳和高第已在门洞里立了好半天。听院内的哭声止住了，她们才试着步往院里走。

孙七看见了她们，赶紧迎上来，要细看看她们是谁。及至看清楚了，他头上与脖子上的青筋立刻凸起来。他久想发作一番，现在他找到了合适的对象：“小姐太太们，这儿没唱戏，也不耍猴子，没有什么好看的！请出！”

桐芳把外场劲儿拿出来：“七爷，你也在这儿帮忙哪？有什么我可以作的事没有？”

孙七听小崔说过，桐芳的为人不错。他是错怪了人，于是弄得很僵。

桐芳和高第搭讪着往屋里走。瑞宣认识她们，可是向来没和她们说过话。李四妈的眼神既不好，又忙着劝慰钱家婆媳，根本不晓得屋里又添了两个人。钱家婆媳不大认识她们；就是相识，也没心思打招呼。她们俩看看这个，看看那个，心中极不得劲儿。李四爷常给冠家作事，当然认识她们，他可是故意的不打招呼。

桐芳无可奈何的过去拉了李四爷一下，把他叫到院中来。高第也跟了出来。

“四爷！”桐芳低声而亲热的叫。“我知道咱们的胡同里都怎么恨我们一家子人！可是我和高第并没过错。我们俩没出过坏主意，陷害别人！我和高第想把这点意思告诉给钱老太太，可是看她哭得死去活来的，实在没法子张嘴。得啦，我求求你吧，你老人家得便替我们说一声吧！”

四爷不敢相信她的话，也不敢不信。最初，他以为她俩是冠家派来的“侦探”。听桐芳说得那么恳切，他又觉得不应当过度的怀疑她们。他不好说什么，只不着边际的点了点头。

“四爷！”高第的短鼻子上纵起许多带着感情的碎纹。“钱太太是不是很穷呢？”

李四爷对高第比对桐芳更轻视一些，因为高第是大赤包的女儿。他又倔又硬的回答出一句：“穷算什么呢？钱家这一下子断了根，绝了后！”

“仲石是真死啦？钱老先生也……”高第说不下去了。她一心只盼仲石的死是个谣言，而钱先生也会不久被释放出来，好能实现她自己的那个神秘的小梦。可是，看到钱家妇女的悲伤，和孟石的死，她知道自己的梦将永远是个梦了。她觉得她应当和钱家婆媳一同大哭一场，因为她也变成了寡妇——一个梦中的寡妇。

李四爷有点不耐烦，很不客气的说：“你们二位要是没别的事，就请便吧！我还得——”

桐芳把话抢过来：“四爷，我和高第有一点小意思！”她把手中握了半天的一个小纸包——纸已被手心上的汗沤得皱起了纹——递过来：“你不必告诉钱家的婆媳，也不必告诉别人，你爱怎么用就怎么用，给死鬼买点纸烧也好，给……也好，都随你的便！这并不是谁教给我们这么作的，我们只表一表我们自己的心意：为这个，回头大概我们还得和家中打一架呢！”

李四爷的心中暖和了一点，把小纸包接了过来。他晓得钱家过的是苦日子，而丧事有它的必须花钱的地方。当着她俩，他把小包儿打开，以便心明眼亮；里面是桐芳的一个小金戒指，和高第的二十五块钞票。

“我先替你们收着吧！”老人说。“用不着，我原物交还；用得着，我有笔清账！我不告诉她们，好在她们一家子都不懂得算账！”

桐芳和高第的脸上都光润了一点，觉得她们是作了一件最有意义的事。

她们走后，李老人把瑞宣叫到院中商议：“事情应该快办哪，钱少爷的身上还没换一换衣服呢！要老这么耽搁着，什么时候能抬出去呢？入土为安；又赶上这年月，更得快快的办啦！”

瑞宣连连点头。“四爷，要依着我，连寿衣都不必去买，有什么穿什么；这年月不能再讲体面。棺材呢，买口结实点的，弄十六个人赶快抬出去，你老人家看是不是？”

李老人抓了抓脖子上的大肉包。“我也这么想。恐怕还得请几位——至少是五众儿——和尚，超渡超渡吧？别的都可以省，这两钱儿非花不可！”

孙七凑了过来：“四大爷！难道不报丧吗？钱家有本家没有，我不晓得；老太太和少奶奶的娘家反正非赶紧去告诉一声不可呀！别的我尽不了力，这点跑腿的事，我办得了！我一个人不行，还有小崔呢！”

“四爷爷！”瑞宣亲热的叫着：“现在我们去和钱太太商议，管保是毫无结果，她已经哭昏了。”

李老人猜到瑞宣的心意：“咱们可作不了主，祁大爷！事情我都能办，棺材铺，杠房，我都熟，都能替钱太太省钱。可是，没有她的话，我可不敢去办。”

“对！”瑞宣没说别的，赶快跑回屋中，把四大妈叫出来：“老太太，你先去问她们有什么至亲，请了来，好商议商议怎办事呀！”

李四妈的大近视眼已哭成了一对小的红桃，净顾了难受，什么主意也没有，而且耳朵似乎也发聋，听不清任何人的话。

瑞宣急忙又改了主意：“四爷爷！孙师傅！你们先家去歇一会儿，教四祖母在这里照应着她们婆媳。”

“可怜的少奶奶！一朵花儿似的就守了寡！”四大妈的双手又拍起大腿来。

没人注意她的话。瑞宣接着说：“我家去把小顺儿的妈找来，叫她一边劝一边问钱太太。等问明白了，我通知你们两位，好不好？”

孙七忙接过话来：“四大爷，你先回家吃饭，我在这儿守着点门！祁大爷，你也请吧！”说完，他像个放哨的兵似的，很勇敢的到门洞里去站岗。

李四爷同瑞宣走出来。

瑞宣忘了亡国的耻辱与钱家的冤屈，箭头儿似的跑回家中。他的眼还红着，而心中痛快了许多。现在，他似乎只求自己能和李四爷与孙七一样的帮钱家的忙；心中的委屈仿佛已经都被泪冲洗干净，像一阵大雨把胡同里的树叶与渣滓洗净了那样。找到了韵梅，他把刚才吵嘴的事已经忘净，很简单而扼要的把事情告诉明白了她。她还没忘了心中的委屈，可是一听到钱家的事，她马上挺了挺腰，忙而不慌的擦了把手，奔了钱家去。

祁老人把瑞宣叫了去。瑞宣明知道说及死亡必定招老人心中不快，可是他没法作善意的欺哄，因为钱家的哭声是随时可以送到老人的耳中的。

听到孙子的报告，老人好大半天没说上话来。患难打不倒他的乐观，死亡可使他不能再固执己见。说真的，城池的失守并没使他怎样过度的惶惑不安；他有他自己的老主意；主意拿定，他觉得就是老天爷也没法难倒他。及至“小三儿”不辞而别，钱默吟被捕，生日没有过成，坟墓有被发掘的危险，最后，钱少爷在中秋节日死去，一件一件像毒箭似的射到他心中，他只好闭口无言了！假若他爽直的说出他已经不应当再乐观，他就只好马上断了气。他还希望再活几年！可是，钱少爷年轻轻的就会已经死了！哼，谁知道老天要怎样收拾人呢！他的惯于切合实际的心本想拿出许多计划：钱家的丧事应当怎样办，钱家婆媳应当取什么态度，和祁家应该怎样帮钱家的忙……可是，他一句没说出来。他已不大相信自己的智慧与经验了！

瑞丰在窗外偷偷的听话儿呢。他们夫妇的“游历”冠家，据胖太太看，并没有多大的成功。她的判断完全根据着牌没有打好这一点上。她相信，假若继续打下去，她必定能够大捷，而赢了钱买点能给自己再增加些脂肪的吃食，在她想，是最足以使她的心灵得到慰藉的事。可是，牌局无结果而散！她有点看不起大赤包！

瑞丰可并不这么看。学着冠先生的和悦而潇洒的神气与语声，他说："在今天的情形之下，我们很难怪她。我们必须客观的，客观的，去判断一件事！说真的，她的咖啡，点心，和招待的殷勤，到底是只此一家，并无分号，在咱们这条胡同里！"他很满意自己的词令，只可惜嗓音还少着一点汁水，不十分像冠先生——冠先生的声音里老像有个刚咬破的蜜桃。

胖太太，出乎瑞丰意料之外，居然没有反驳，大概是因为除了牌局的未能圆满结束，她实在无法否认冠家的一切确是合乎她的理想的。看到太太同意，瑞丰马上建议："我们应当多跟他们来往！别人不了解他们，我们必须独具只眼！我想我和冠晓荷一定可以成为莫逆之交的！"说完，他的眼珠很快的转了好几个圈；他满意运用了"独具只眼"与"莫逆之交"，像诗人用恰当了两个典故似的那么得意。

他去偷听瑞宣对老祖父说些什么，以便报告给冠家。他须得到晓荷与大赤包的欢心，他的前途才能有希望。退一步讲，冠家即使不能给他实利，那么常能弄到一杯咖啡，两块洋点心，和白瞧瞧桐芳与招弟，也不算冤枉！

瑞宣走出来，弟兄两个打了个照面。瑞丰见大哥的眼圈红着，猜到他必是极同情钱太太。他把大哥叫到枣树下面。枣树本来就不甚体面，偏又爱早早的落叶，像个没有模样而头发又稀少的人似的那么难看。幸而枝子的最高处还挂着几个未被小顺儿的砖头照顾到的红透了的枣子，算是稍微遮了一点丑。瑞丰和小顺儿一样，看到枣子总想马上放到口中。现在，他可是没顾得去打那几个红枣，因为有心腹话要对哥哥说。

"大哥！"他的声音很低，神气恳切而诡秘："钱家的孟石也死啦！""也"字说得特别的用力，倒好像孟石的死是为凑热闹似的。

“啊！”瑞宣的声音也很低，可是不十分好听。“他也是你的同学！”他的“也”字几乎与二弟的那个同样的有力。

瑞丰仰脸看了看树上的红枣，然后很勉强的笑了笑。“尽管是同学！我对大哥你不说泛泛的话，因为你闯出祸来，也跑不了我！我看哪，咱们都少到钱家去！钱老人的生死不明，你怎知道没有日本侦探在暗中监视着钱家的人呢？再说，冠家的人都怪好的，咱们似乎也不必因为帮忙一家邻居，而得罪另一家邻居，是不是？”

瑞宣舔了舔嘴唇，没说什么。

“钱家，”瑞丰决定要把大哥说服，“现在是家破人亡，我们无论怎样帮忙，也不会得到丝毫的报酬。冠家呢——”说到这里，他忽然改了话：“大哥，你没看报吗？”

瑞宣摇了摇头。真的，自从敌人进了北平，报纸都被奸污了以后，他就停止了看报。在平日，看报纸是他的消遣之一。报纸不但告诉他许多事，而且还可以掩护他，教他把脸遮盖起来，在他心中不很高兴的时候。停止看报，对于他，是个相当大的折磨，几乎等于戒烟或戒酒那么难过。可是，他决定不破戒。他不愿教那些带着血的谎话欺哄他，不教那些为自己开脱罪名的汉奸理论染脏了他的眼睛。

“我天天看一眼报纸上的大字标题！”瑞丰说。“尽管日本人说话不尽可靠，可是我们的仗打得不好是真的！山西，山东，河北，都打得不好，南京还保得住吗？所以，我就想：人家冠先生的办法并不算错！本来吗，比如说南京真要也丢了，全国还不都得属东洋管；就是说南京守得住，也不老容易的打回来呀！咱们北平还不是得教日本人管着？胳臂拧不过大腿去，咱们一家子还能造反，打败日本人吗？大哥，你想开着点，少帮钱家的忙，多跟冠家递个和气，不必紧自往死牛犄角里钻！”

“你说完了？”瑞宣很冷静的问。

老二点了点头。他的小干脸上要把智慧，忠诚，机警，严肃，全一下子拿出来，教老大承认他的才气的优越与心地的良善。可是，他只表现了一点掩饰不住的急切与不安。眉头皱着一点，他用手背抹了抹嘴角上的一堆小白沫儿。

“老二！”瑞宣想说的话像刚倒满了杯的啤酒，都要往外流了。可是，看了老二一眼，他决定节省下气力。他很冷淡的笑了笑，像冰上炸开一点纹儿似的。“我没有什么可说的！”

老二的小干脸僵巴起来。“大哥！我很愿意把话说明白了，你知道，她——”他向自己的屋中很恭敬的指了指，倒像屋中坐着的是位女神。“她常劝我分家，我总念其手足的情义，不忍说出口来！你要是不顾一切的乱来，把老三放走，又帮钱家的忙，我可是真不甘心受连累！”他的语声提高了许多。

天佑太太在南屋里发问：“你们俩嘀咕什么呢？”

老大极快的回答：“说闲话呢，妈！”

老二打算多给哥哥一点压力：“你要是不能决定，我跟妈商议去！”

“妈和祖父都病着呢！”瑞宣的声音还是很低。“等他们病好了再说不行吗？”

“你跟她说说去吧！”老二又指了指自己的屋子。“这并不是我一个人的主意！”

瑞宣，一个受过新教育的人，晓得什么叫小家庭制度。他没有一点反对老二要分出去的意思。不过，祖父，父亲，和母亲，都绝对不喜欢分家，他必得替老人们设想，而敷衍老二。老二在家里，与分出去，对瑞宣在家务上的，经济上的，伦理上的，负担并没什么差别。可是，老二若是分出去，三位老人就必定一齐把最严重的谴责加在他的身上。所以，他宁可多忍受老二夫妇一些冤枉气，而不肯叫老人们心中都不舒服。他受过新教育，可是须替旧伦理尽义务。他没有一时一刻忘了他的理想，可是整天，整月，整年的，他须为人情与一家大小的饱暖去工作操劳。每逢想到这种矛盾，他的心中就失去平静，而呆呆的发愣。现在，他又愣起来。

"怎样？"老二紧催了一板。

"啊？"瑞宣眨巴了几下眼，才想起刚才的话来。想起老二的话来，正像一位在思索着宇宙之谜的哲学家忽然想起缸里没有了米那样，他忽然的发了气。他的脸突然的红了，紧跟着又白起来。"你到底要干吗？"他忘了祖父与母亲的病，忘了一切，声音很低，可是很宽，像憋着大雨的沉雷。"分家吗？你马上滚！"

南屋的老太太忘了病痛，急忙坐起来，隔着窗户玻璃往外看："怎么啦？怎么啦？"

老大上了当。老二凑近窗前："妈！这你可听见了？大哥叫我滚蛋！"

幸而，母亲的心是平均的拴在儿女身上的。她不愿意审判他们，因为审判必须决定屈直胜负。她只用她的地位与慈爱的威权压服他们："大节下的呀！不准吵嘴！"

老二再向窗前凑了凑，好像是他受了很大的委屈，而要求母亲格外爱护他。

老大又愣起来。他很后悔自己的卤莽，失去控制，而惹得带病的妈妈又来操心！

瑞丰太太肉滚子似的扭了出来。"丰！你进来！有人叫咱们滚，咱们还不忙着收拾收拾就走吗？等着叫人家踢出去，不是白饶一面儿吗？"

瑞丰放弃了妈妈，小箭头似的奔了太太去。

"瑞宣——"祁老人在屋里扯着长声儿叫："瑞宣——"并没等瑞宣答应，他发开了纯为舒散肝气的议论："不能这样子呀！小三儿还没有消息，怎能再把二的赶出去呢！今天是八月节，家家讲究团圆，怎么单单咱们说分家呢？要分，等我死了再说；我还能活几天？你们就等不得呀！"

瑞宣没答理祖父，也没安慰妈妈，低着头往院外走。在大门外，他碰上了韵梅。她红着眼圈报告："快去吧！钱太太不哭啦！孙七爷已经去给她和少奶奶的娘家送信，你赶紧约上李四爷，去商议怎么办事吧！”

瑞宣的怒气还没消，可是决定尽全力去帮钱家的忙。他觉得只有尽力帮助别人，或者可以减轻他的忧虑，与不能像老三那样去赴国难的罪过。

他在钱家守了一整夜的死人。

十八

除了娘家人来到，钱家婆媳又狠狠的哭了一场之外，她们没有再哭出声来。钱太太的太阳穴与腮全陷进去多么深，以致鼻子和颧骨都显着特别的坚硬，有棱有角。二者必居其一：不是她已经把泪都倾尽，就是她下了决心不再哭。恐怕是后者，因为在她的陷进很深的眼珠里，有那么一点光。这点光像最温柔的女猫怕淘气的小孩动她的未睁开眼的小猫那么厉害，像带着鸡雏的母鸡感觉到天上来了老鹰那么勇敢，像一个被捉住的麻雀要用它的小嘴咬断了笼子棍儿那么坚决。她不再哭，也不多说话，而只把眼中这点光一会儿放射出来，一会儿又收起去；存储了一会儿再放射出来。

大家很不放心这点光。

李四爷开始喜欢钱太太，因为她是那么简单痛快，只要他一出主意，她马上点头，不给他半点麻烦和淤磨。从一方面看，她对于一切东西的价钱和到什么地方去买，似乎全不知道，所以他一张口建议，她就点头。从另一方面看，她的心中又像颇有些打算，并不胡里胡涂的就点头。比如说：四爷说，棺材只求结实，不管式样好看不好看；她点点头。四爷说，灵柩在家里只停五天，出殡只要十六个杠儿和一班儿清音吹鼓手；她又点点头。可是，当他提到请和尚放焰口的时候，她摇了头，因为钱先生和少爷们都不信佛，家里从来没给任何神佛烧过香。这，教李四爷觉得很奇怪。他很想问明白，钱家是不是“二毛子”，信洋教。可是他没敢问，因为他想不起钱家的人在什么时候上过教堂，而且这一家子无论在什么地方都丝毫不带洋气儿。李四爷不能明白她，而且心中有点不舒服——在他想，无论怎样不信佛的人，死后念念经总是有益无损的事。钱太太可是很坚决，她连着摇了两次头。

李四爷也看出来：她的反对念经，一定不是为省那几个钱，因为当他建议买棺材与别的事的时候，虽然他立意要给她节省，可是并没有明说出来；她只点头，而并没问：“那得要多少钱哪？”她既像十分明白李四爷必定会给省钱，又像随便花多少也不在乎的样子。李四爷一方面喜欢她的简单痛快，另一方面又有点担心——她到底有多少钱呢？

为慎重起见，李四爷避着钱太太，去探听少奶奶的口气。她没有任何意见，婆婆说怎办，就怎办。四爷又特别提出请和尚念经的事，她说：“公公和孟石都爱作诗，什么神佛也不信。”四爷不知道诗是什么，更想不透为什么作诗就不信佛爷。他只好放弃了自己的主张，虽然在心中已经算计好，他会给她们请来五位顶规矩而又便宜的和尚。他问到钱太太到底有多少钱，少奶奶毫不迟疑的回答：“一个钱没有！”

李四爷抓了头。不错，他自己准备好完全尽义务，把杠领出城去。但是，杠钱，棺材钱，和其他的开销，尽管他可以设法节省，可也要马上就筹出款子来呀！他把瑞宣拉到一边，咬了咬耳朵。

瑞宣按着四爷的计划，先糙糙的在心中造了个预算表，然后才说：“我晓得咱们胡同里的人多数的都肯帮忙。但是钱太太绝不喜欢咱们出去替她化缘募捐。咱们自己呢，至多也不过能掏出十块八块的，那和总数还差得多呢！咱们是不是应当去问问她们的娘家人呢？”

“应当问问！”老人点了头。“这年月，买什么都要付现钱！要不是闹日本鬼子，我准担保能赊出一口棺材来；现在，连一斤米全赊不出来，更休提寿材了！”

钱太太的弟弟，和少奶奶的父亲，都在这里。钱太太的弟弟陈野求，是个相当有学问，而心地极好的中年瘦子。脸上瘦，所以就显得眼睛特别的大。当他的眼珠定住的时候，他好像是很深沉，个性很强似的。可是他不常定住眼珠；反之，他的眼珠总爱“多此一举”的乱转，倒好像他是很浮躁，很好事。有这么一对眼，再加上两片薄得像刀刃似的，极好开合(找不到说话的对象，他自己会叨唠得很热闹)的嘴唇，他就老那么飘轻飘轻的，好像一片飞在空中的鸡毛那样被人视为无足重轻。事实上，他既不深沉，也不浮躁。他的好转眼珠只是一种习惯，他的好说话是为特意讨别人的好。他是个好人。假若不是因为他有一位躺在坟地的，和一位躺在床上的，太太，这两位太太给他生的八个孩子，他必定不会老被人看成空中飞动的一片鸡毛。只要他用一点力，他就能成为一位学者。可是，八张像蝗虫的小嘴，和十六对像铁犁的脚，就把他的学者资格永远褫夺了。无论他怎样卖力气，八个孩子的鞋袜永远教他爱莫能助！

他和钱默吟是至近的亲戚，也是最好的朋友。姐丈与舅爷所学的不同，但是谈到学问，彼此都有互相尊敬的必要。至于谈到人生的享受，野求就非常的羡慕默吟了；默吟有诗有画有花木与茵陈酒，而野求只有吵起来像一群饥狼似的孩子。他非常的喜欢来看姐姐与姐丈，因为即使正赶上姐丈也断了粮，到底他们还可以上下古今的闲扯——他管这个闲扯叫作“磨一磨心上的锈”。可是，他不能常来，八个孩子与一位常常生病的太太，把他拴在了柴米油盐上。

当孙七把口信捎到的时候，他正吃着晚饭——或者应当说正和孩子们抢着饭吃。孙七把话说完，野求把口中没咽净的东西都吐在地上。没顾得找帽子，他只向屋里嚷了一声，就跑了出来；一边走一边落泪。

就是他，陪着瑞宣熬了第一夜。瑞宣相当的喜欢这个人。最足以使他们俩的心碰到一处的是他们对国事的忧虑，尽管忧虑，可是没法子去为国尽忠。他告诉瑞宣：“从历史的久远上看，作一个中国人并没什么可耻的地方。但是，从只顾私而不顾公，只讲斗心路而不敢真刀真枪的去干这一点看，我实在不佩服中国人。北平亡了这么多日子了，我就没看见一个敢和敌人拼一拼的！中国的人惜命忍辱实在值得诅咒！话虽这样说，可是你我……”他很快的停住，矫正自己：“不，我不该这么说！”

“没关系！”瑞宣惨笑了一下：“你我大概差不多！”

“真的？我还是只说我自己吧！八个孩子，一个老闹病的老婆！我就像被粘在苍蝇纸上的一个苍蝇，想飞，可是身子不能动！”唯恐瑞宣张嘴，他抢着往下说：“是的，我知道连小燕还不忍放弃了一窝黄嘴的小雏儿，而自己到南海上去飞翔。可是，从另一方面看，岳武穆，文天祥，也都有家庭！咱们，，请原谅！我，不是咱们！我简直是个妇人，不是男子汉！再抬眼看看北平的文化，我可以说，我们的文化或者只能产生我这样因循苟且的家伙，而不能产生壮怀激烈的好汉！我自己惭愧，同时我也为我们的文化担忧！”

瑞宣长叹了一声：“我也是个妇人！”

连最爱说话的陈野求也半天无话可说了。

现在，瑞宣和李四爷来向野求要主意。野求的眼珠定住了。他的轻易不见一点血色的瘦脸上慢慢的发暗——他的脸红不起来，因为贫血。张了几次嘴，他才说出话来：“我没钱！我的姐姐大概和我一样！”

怕野求难堪，瑞宣嘟囔着：“咱们都穷到一块儿啦！”

他们去找少奶奶的父亲——金三爷。他是个大块头。虽然没有李四爷那么高，可是比李四爷宽的多。宽肩膀，粗脖子，他的头几乎是四方的。头上脸上全是红光儿，脸上没有胡须，头上只剩了几十根灰白的头发。最红的地方是他的宽鼻头，放开量，他能一顿喝斤半高粱酒。在少年，他踢过梅花桩，摔过私跤，扔过石锁，练过形意拳，而没读过一本书。经过五十八个春秋，他的工夫虽然已经撂下了，可是身体还像一头黄牛那么结实。

金三爷的办公处是在小茶馆里。泡上一壶自己带来的香片，吸两袋关东叶子烟，他的眼睛看着出来进去的人，耳中听着四下里的话语，心中盘算着自己的钱。看到一个合适的人，或听到一句有灵感的话，他便一个木楔子似的挤到生意中去。他说媒，拉纤，放账！他的脑子里没有一个方块字，而有排列得非常整齐的一片数目字。他非常的爱钱，钱就是他的“四书”或“四叔”——他分不清“书”与“叔”有多少不同之处。可是，他也能很大方。在应当买脸面的时候，他会狠心的拿出钱来，好不至于教他的红鼻子减少了光彩。假若有人给他一瓶好酒，他的鼻子就更红起来，也就更想多发点光。

他和默吟先生作过同院的街坊。默吟先生没有借过他的钱，而时常送给他点茵陈酒，因此，两个人成了好朋友。默吟先生一肚子诗词，三爷一肚子账目，可是在不提诗词与账目，而都把脸喝红了的时候，二人发现了他们都是“人”。

因为友好，他们一来二去的成了儿女亲家。在女儿出阁以后，金三爷确是有点后悔，因为钱家的人永远不会算账，而且也无账可算。但是，细看一看呢，第一，女儿不受公婆的气；第二，小公母俩也还和睦；第三，钱家虽穷，而穷的硬气，不但没向他开口借过钱，而且仿佛根本不晓得钱是什么东西；第四，亲家公的茵陈酒还是那么香冽，而且可以白喝。于是，他把后悔收起来，而时时暗地里递给女儿几个钱，本利一概牺牲。

这次来到钱家，他准知道买棺材什么的将是他的责任。可是，他不便自告奋勇。他须把钱花到亮飕的地方。他没问亲家母的经济情形如何，她也没露一点求助的口气。他忍心的等着；他的钱像舞台上的名角似的，非敲敲锣鼓是不会出来的。

李四爷和瑞宣来敲锣鼓，他大仁大义的答应下：“二百块以内，我兜着！二百出了头，我不管那个零儿！这年月，谁手里也不方便！”说完，他和李四爷又讨论了几句；对四爷的办法，他都点了头；他从几句话中看出来四爷是内行，绝对不会把他的“献金”随便被别人赚了去。对瑞宣，他没大招呼，他觉得瑞宣太文雅，不会是能办事的人。

李四爷去奔走。瑞宣，因为丧事的“基金”已有了着落，便陪着野求先生谈天。好像是有一种暗中的谅解似的，他们都不敢提默吟先生。在他们的心里，都知道这是件最值得谈的事，因为孟石仲石都已死去，而钱老先生是生死不明；他们希望老人还活着，还能恢复自由，好使这一家人有个办法。但是，他们都张不开口来谈，因为他们对营救钱先生丝毫不能尽力，空谈一谈有什么用呢？因此，他们口中虽然没有闲着，可是心中非常的难过，他们的眼神互相的告诉：“咱们俩是最没有用的蠢材！”

谈来谈去，谈到钱家婆媳的生活问题。瑞宣忽然灵机一动：“你知道不知道，他们收藏着什么有价值的东西呢？字画，或是善本的书？假若有这一类的东西，我们负责给卖一卖，不是就能进一笔钱吗？”

“我不知道！”野求的眼珠转得特别的快，好像愿意马上能发现一两件宝物，足以使姐姐免受饥寒似的。“就是有，现在谁肯出钱买字画书籍呢？咱们的想法都只适用于太平年日，而今天……”他的薄嘴唇紧紧的闭上，贫血的脑中空了一块，像个搁久了的鸡蛋似的。

“问问钱太太怎样？”瑞宣是急于想给她弄一点钱。

“那，”野求又转了几下眼珠。“你不晓得我姐姐的脾气！她崇拜我的姐丈！”很小心的，他避免叫出姐丈的名字来。“我晓得姐丈是个连一个苍蝇也不肯得罪的人，他一定没强迫过姐姐服从他。可是他一句话，一点小小的癖好，都被姐姐看成神圣不可侵犯的，绝对不能更改的事。她宁可挨一天的饿，也不肯缺了他的酒；他要买书，她马上会摘下头上的银钗。你看，假若他真收藏着几件好东西，她一定不敢去动一动，更不用说拿去卖钱了！”

“那么，出了殡以后怎么办呢？”

野求好大半天没回答上来，尽管他是那么喜欢说话的人。愣够了，他才迟迟顿顿的说：“为她们有个照应，我可以搬来住。她们需要亲人的照应，你看出来没有我姐姐的眼神？”

瑞宣点了点头。

“她眼中的那点光儿不对！谁知道她要干什么呢？丈夫被捕，两个儿子一齐死了，恐怕她已打定了什么主意。她是最老实的人，但是被捆好的一只鸡也要挣扎挣扎吧？我很不放心！我应当来照应着她！话可是又说回来，我还自顾不暇，怎能再多养两口人呢？光是来照应着她们，而看着她们挨饿，那算什么办法呢？假若这是在战前，我无论怎样，可以找一点兼差，供给她们点粗茶淡饭。现在，教我上哪儿找兼差去呢？亡了国，也就亡了亲戚朋友之间的善意善心！征服者是狼，被征服的是一群各自逃命的羊！再说，她们清静惯了，我要带来八个孩子，一天就把这满院的花草踏平，半天就把她们的耳朵震聋，大概她们也受不了！简单的说吧，我没办法！我的心快碎了，可是想不出办法！”

棺材到了，一口极笨重结实，而极不好看的棺材！没上过漆，木材的一切缺陷全显露在外面，显出凶恶狠毒的样子。

孟石只穿了一身旧衣服，被大家装进那个没有一点感情的大白匣子去。

金三爷用大拳头捶了棺材两下子，满脸的红光忽然全晦暗起来，高声的叫着：“孟石！孟石！你就这么忍心的走啦？”

钱太太还是没有哭。在棺材要盖上的时候，她颤抖着从怀中掏出一小卷，没有裱过，颜色已灰黄了的纸来，放在儿子的手旁。

瑞宣向野求递了个眼神。他们俩都猜出来那必是一两张字画。可是他们都不敢去问一声，那个蠢笨的大白匣子使他们的喉中发涩，说不出话来。他们都看见过棺材，可是这一口似乎与众不同，它使他们意味到全个北平就也是一口棺材！

少奶奶大哭起来。金三爷的泪是轻易不落下来的，可是女儿的哭声使他的眼失去了控制泪珠的能力。这，招起他的暴躁；他过去拉着女儿的手，厉声的喝喊："不哭！不哭！"女儿继续的悲号，他停止了呼喝，泪也落了下来。

出殡的那天是全胡同最悲惨的一天。十六个没有穿袈衣的穷汉，在李四爷的响尺的指挥下，极慢极小心的将那口白辣辣的棺材在大槐树下上了杠。没有丧种，少奶奶披散着头发，穿着件极长的粗布孝袍在棺材前面领魂。她像一个女鬼。金三爷悲痛的，暴躁的，无可如何的，搀着她；红鼻子上挂着一串眼泪。在起杠的时节，他跺了跺两只大脚。一班儿清音，开始奏起简单的音乐。李四爷清脆的嗓子喊起"例行公事"的"加钱"，只喊出半句来。他的响尺不能击错一点，因为它是杠夫的耳目，可是敲得不响亮；他绝对不应当动心，但是动了心。一辆极破的轿车，套着一匹连在棺材后面都显出缓慢的瘦骡子，拉着钱太太。她的眼，干的，放着一点奇异的光，紧钉住棺材的后面；车动，她的头也微动一下。

祁老人，还病病歪歪的，扶着小顺儿，在门内往外看。他不敢出来。小妞子也要出来看，被她的妈扯了回去。瑞宣太太的心眼最软。把小妞子扯到院中，她听见婆婆在南屋里问她："钱家今天出殡啊？"她只答应了一声"是！"然后极快的走到厨房，一边切着菜，一边落泪。

瑞宣，小崔，孙七，都去送殡。除了冠家，所有的邻居都立在门外含泪看着。看到钱少奶奶，马老寡妇几乎哭出声来，被长顺搀了回去："外婆！别哭啊！"劝着外婆，他的鼻子也酸起来。小文太太扒着街门，只看了一眼，便转身进去了。四大妈的责任是给钱家看家。她一直追着棺材，哭到胡同口，才被四大爷叱喝回来。

死亡，在亡国的时候，是最容易碰到的事。钱家的悲惨景象，由眼中进入大家的心中；在心中，他们回味到自己的安全。生活在丧失了主权的土地上，死是他们的近邻！

十 九

冠宅的稠云再也不能控制住雷雨了。几天了，大赤包的脸上老挂着一层发灰光的油。她久想和桐芳高第开火。可是，西院里还停着棺材；她的嗓子像锈住了的枪筒，发不出火来。她老觉得有一股阴气，慢慢的从西墙透过来；有一天晚上，在月光下，她仿佛看见西墙上有个人影。她没敢声张，可是她的头发都偷偷的竖立起来。

西院的棺材被抬了走。她的心中去了一块病。脸上的一层灰色的油慢慢变成暗红的，她像西太后似的坐在客室的最大的一张椅子上。像火药库忽然爆炸了似的，她喊了声："高第！来！"

高第，虽然见惯了阵式，心中不由的颤了一下。把短鼻子上拧起一朵不怕风雨的小花，她慢慢的走过来。到了屋中，她没有抬头，问了声："干吗？"她的声音很低很重，像有铁筋洋灰似的。

大赤包脸上的雀斑一粒粒的都发着光，像无数的小黑枪弹似的。"我问问你！那天，你跟那个臭娘们上西院干什么去了？说！"

桐芳，一来是激于义愤、二来是不甘心领受"臭娘们"的封号，三来是不愿教高第孤立无援，一步便蹿到院中，提着最高的嗓音质问："把话说明白点儿，谁是臭娘们呀？"

"心里没病不怕冷年糕！"大赤包把声音提得更高一点，企图着压倒桐芳的声势。"来吧！你敢进来，算你有胆子！"

桐芳的个子小，力气弱，讲动武，不是大赤包的对手。但是，她的勇气催动着她，像小鹞子并不怕老鹰那样，扑进了北屋。

大赤包，桐芳，高第的三张嘴一齐活动，谁也听不清谁的话，而都尽力的发出声音，像林中的群鸟只管自己啼唤，不顾得听取别人的意见那样。她们渐渐的失去了争吵的中心，改为随心所欲的诟骂，于是她们就只须把毒狠而污秽的字随便的编串到一块，而无须顾及文法和修辞。这样，她们心中和口中都感到爽快，而越骂越高兴。她们的心中开了闸，把平日积聚下的污垢一下子倾泻出来。她们平日在人群广众之间所戴着的面具被扯得粉碎，露出来她们的真正的脸皮，她们得到了“返归自然”的解放与欣喜！

晓荷先生藏在桐芳的屋里，轻轻的哼唧着《空城计》的一段“二六”，右手的食指中指与无名指都富有弹性的在膝盖上点着板眼。现在，他知道，还不到过去劝架的时候；雨要是没下够，就是打雷也不会晴天的。他晓得：等到她们的嘴角上已都起了白沫儿，脸上已由红而白，舌头都短了一些的时候，他再过去，那才能收到马到成功的效果，不费力的便振作起家长的威风。

瑞丰，奉了太太之命，来劝架。劝架这件工作的本身，在他看，是得到朋友的信任与增高自己的身分的捷径。当你给朋友们劝架的时候，就是那占理的一面，也至少在言语或态度上有他的过错——你抓住了他的缺陷。在他心平气和了之后，他会怪不好意思和你再提起那件事，而即使不感激你，也要有点敬畏你。至于没有理的一面，因为你去调解而能逃脱了无理取闹所应得的惩罚，自然就非感激你不可了。等到事情过去，你对别的朋友用不着详述闹事理的首尾，而只简直的——必须微微的含笑——说一声：“他们那件事是我给了的！”你的身份，特别是在这人事关系比法律更重要的社会里，便无疑的因此而增高了好多。

瑞丰觉得他必须过去劝架，以便一举两得：既能获得冠家的信任，又能增高自己的身份。退一步讲，即使他失败了，冠家的人大概也不会因为他的无能而忽视了他的热心的。是的，他必须去，他须像个木楔似的硬楔进冠家去，教他们没法不承认他是他们的好朋友。况且，太太的命令是不能不遵从的呢。

他把头发梳光，换上一双新鞋，选择了一件半新不旧的绸夹袍，很用心的把袖口卷起，好露出里面的雪白的衬衣来。他没肯穿十成新的长袍，一来是多少有点不适宜去劝架，二来是穿新衣总有些不自然——他是到冠家去，人家冠先生的文雅风流就多半仗着一切都自自然然。

到了战场，他先不便说什么，而只把小干脸板得紧紧的，皱上眉头，倒好像冠家的争吵是最严重的事，使他心中感到最大的苦痛。

三个女的看到他，已经疲乏了的舌头又重新活跃起来，像三大桶热水似的，把话都泼在他的头上。他咽了一口气。然后，他的眼向大赤包放出最诚恳的关切，头向高第连连的点着，右耳向桐芳竖着，鼻子和口中时时的哼着，唧着，叹息着。他没听清一句话，可是他的耳目口鼻全都浸入她们的声音中，像只有他能了解她们似的。

她们的舌头又都周转不灵了，他乘机会出了声："得了！都看我吧！冠太太！"

"真气死人哪！"大赤包因为力气已衰，只好用咬牙增高感情。

"冠小姐！歇歇去！二太太！瞧我啦！"

高第和桐芳连再瞪仇敌一眼的力气也没有了，搭讪着作了光荣的退却。

大赤包喝了口茶，打算重新再向瑞丰述说心中的委屈。瑞丰也重新皱上眉，准备以算一道最难的数学题的姿态去听取她的报告。

这时候，晓荷穿着一身浅灰色湖绸的夹袄夹裤，夹袄上罩着一件深灰色细毛线打的菊花纹的小背心，脸上储蓄着不少的笑意，走进来。

"瑞丰！今天怎么这样闲在？"他好像一点不晓得她们刚吵完架似的。没等客人还出话来，他对太太说："给瑞丰弄点什么吃呢？"

虽然还想对瑞丰诉委屈，可是在闹过那么一大场之后，大赤包又觉得把心思与话语转变个方向也未为不可。她是相当爽直的人。"对啦！瑞丰，我今天非请请你不可！你想吃什么？"

没有太太的命令，瑞丰不敢接受冠家的招待。转了一下他的小眼珠，他扯了个谎："不，冠太太！家里还等着我吃饭呢！今天，有人送来了一只烤鸭子！我决不能跟你闹客气！改天，改天，我和内人一同来！"

"一言为定！明天好不好？"大赤包的脸，现在，已恢复了旧观，在热诚恳切之中带着不少的威严。见瑞丰有立起来告辞的倾向，她又补上："喝杯热茶再走，还不到吃饭的时候！"她喊仆人泡茶。

瑞丰，急于回去向太太报功，可是又不愿放弃多和冠氏夫妇谈一谈的机会，决定再多坐一会儿。

晓荷很满意自己的从容不迫，调度有方；他觉得自己确有些诸葛武侯的气度与智慧。他也满意大赤包今天的态度，假若她还是不依不饶的继续往下吵闹，即使他是武侯，大概也要手足失措。因此，他要在客人面前表示出他对她们的冲突并不是不关心，好教太太得到点安慰，而且也可以避免在客人走后再挨她的张手雷的危险。

未曾开言，他先有滋有味的轻叹了一声，以便惹起客人与太太的注意。叹罢了气，他又那么无可如何的，啼笑皆非的微笑了一下。然后才说："男大当婚，女大当聘，一点也不错！我看哪，"他瞟了太太一眼，看她的神色如何，以便决定是否说下去。见大赤包的脸上的肌肉都松懈着，有些个雀斑已被肉褶儿和皱纹掩藏住，他知道她不会马上又变脸，于是决定往下说："我看哪，太太！咱们应当给高第找婆家了！近来她的脾气太坏了，闹得简直有点不像话！"

瑞丰不敢轻易发表意见，只把一切所能集合起来的表情都摆在脸上，又是皱眉，又是眨眼，还舔一舔嘴唇，表现出他的关切与注意。

大赤包没有生气，而只把嘴角往下撇，撇到成了一道很细很长的曲线，才又张开："你横是不敢说桐芳闹得不像话！"

瑞丰停止了皱眉，挤眼。他的小干脸上立刻变成了"没字碑"。他不敢因为"作戏"而显出偏袒，招任何一方面的不快。

晓荷从太太的脸色和语声去判断，知道她不会马上作"总攻击"，搭讪着说："真的，我真不放心高第！"

“瑞丰！”大赤包马上来了主意：“你帮帮忙，有合适的人给她介绍一个！”

瑞丰受宠若惊的，脸上像打了个闪似的，忽然的一亮：“我一定帮忙！一定！”说完，他开始去检查他的脑子，颇想能马上找到一两位合适的女婿，送交大赤包审核备案。同时，他心里说：“嘿！假若我能作大媒！给冠家！给冠家！”也许是因为太慌促吧，他竟自没能马上想起配作冠家女婿的“举子”来。他改了话，以免老愣着：“家家有本难念的经！”

“怎么？府上也……”晓荷也皱了皱眉，知道这是轮到他该表示同情与关切的时候了。

“提起来话长得很！”瑞丰的小干脸上居然有点湿润的意思，像脸的全部都会落泪似的。

“闲谈！闲谈！我反正不会拉老婆舌头！”晓荷急于要听听祁家的争斗经过。

凭良心说，瑞丰实在没有什么委屈可诉。可是，他必须说出点委屈来，以便表示自己是怎样的大仁大义；假若没有真的，他也须“创作”出一些实事。一个贤人若是甘心受苦难而一声不出，一个凡人就必须说出自己的苦难，以便自居为贤人。吸着刚泡来的香茶，他像个受气的媳妇回到娘家来似的，诉说着祁家四代的罪状。最后，他提到已经不能再住在家里，因为大哥瑞宣与大嫂都压迫着他教他分家。这，分明是个十成十的谎言，可是为得别人的同情，谎言是必须用的工具。

晓荷很同情瑞丰，而不便给他出什么主意，因为一出主意便有非实际去帮忙不可的危险。最使他满意的倒是听到祁家人的不大和睦，他的心就更宽绰了一些，而把自己家事的纠纷看成了事有必至，理有固然。

大赤包也很同情瑞丰，而且马上出了主意。她的主意向来是出来的很快，因为她有这个主意不好就马上另出一个，而丝毫不感到矛盾的把握！

“瑞丰，你马上搬到我这里来好啦！我的小南屋闲着没用，只要你不嫌窄别[①]，搬来就是了！我一定收你的房钱，不教你白住，你不用心里过意不去！好啦，就这样办啦！”

这，反倒吓了瑞丰一跳。他没想到事情能会这么快就有办法！有了办法，他反倒没了主意。他不敢谢绝冠太太的厚意，也不敢马上答应下来。他的永远最切实际的心立刻看到，假若他搬了来，只就打牌那一件事，且不说别的，他就“奉陪”不起。他的小干脸忽然缩小了一圈。他开始有点后悔，不该为闲扯而把自己弄得进退两难。

冠先生看出客人的为难，赶紧对太太说：“别劝着人家分家呀！”

大赤包的主意，除了她自己愿意马上改变，永远是不易撤销的：“你知道什么！我不能看着瑞丰——这么好的人——在家里小菜碟似的受欺负！”她转向瑞丰：“你什么时候愿意来，那间小屋总是你的！君子一言，快马一鞭！”

瑞丰觉得点头是他必尽的义务。他点了头。口中也想说两句知恩感德的话，可是没能说出来。

晓荷看出瑞丰的为难，赶紧把话岔开。“瑞丰，这两天令兄颇帮钱家的忙。钱家到底怎么办的丧事，令兄也许对你讲过了吧？”

瑞丰想了一会儿才说：“他没对我讲什么！他——唉！他跟我说不到一块儿！我们只有手足之名，而无手足之情！”他的颇像初中学生的讲演稿子的词令，使他很满意自己的口才。

“噢！那就算了吧！”晓荷的神情与语调与其说是不愿为难朋友，还不如说是激将法。

瑞丰，因为急于讨好，不便把谈话结束在这里：“晓翁，要打听什么？我可以去问瑞宣！即使他不告诉我，不是还可以从别的方面……”

① 窄别，即不宽裕的意思。

“没多大了不起的事！”晓荷淡淡的一笑。“我是要打听打听，钱家有什么字画出卖没有？我想，钱家父子既都能写能画，必然有点收藏。万一因为办丧事需钱而想出手，我倒愿帮这个忙！”他的笑意比刚才加重了好多，因为他的话是那么巧妙，居然把“乘人之危”变成“帮这个忙”，连他自己都觉得有点“太”聪明了，而不能不高兴一下。

“你要字画干什么？这年月花钱买破纸？你简直是个半疯子！”大赤包觉得一件漂亮的衣服可以由家里美到街上去，而字画只能挂在墙上；同样的花钱，为什么不找漂亮的，能在大街上出风头的东西去买呢？

“这，太太，你可不晓得！”晓荷笑得很甜美的说。“我自有妙用！自有妙用！噢，”他转向瑞丰：“你给我打听一下！先谢谢！”他把脊背挺直，而把脑袋低下，拱好的拳头放在头上，停了有五六秒钟。

瑞丰也忙着拱手，但是没有冠先生那样的庄严漂亮。他心中有点发乱。他的比鸡鸭的大不了多少的脑子搁不下许多事——比打哈哈凑趣，或抢两个糖豌豆重大一点的事。他决定告辞回家，去向太太要主意。

回到家中，他不敢开门见山的和太太讨论，而只皱着眉在屋中来回的走——想不出主意，而觉得自己很重要。直到太太下了命令，他才无可如何的据实报告。

太太，听到可以搬到冠家去，像饿狗看见了一块骨头：“那好极了！丰！你这回可露了本事！”

太太的褒奖使他没法不笑着接领，但是：“咱们月间的收入是……”他不能说下去，以免把自己的重要剥夺净尽。

“挣钱少，因为你俩眼儿黑糊糊，不认识人哪！”瑞丰太太直挺脖子，想教喉中清亮一些，可是没有效果；她的话都像带着肉馅儿似的。“现在咱们好容易勾上了冠家，还不一扑纳心的跟他们打成一气？我没看见过你这么没出息的人！”

瑞丰等了一会儿，等她的气消了一点，才张嘴：“咱们搬过去，连伙食钱都没有！”

“不会在那院住，在这院吃吗？难道瑞宣还不准咱们吃三顿饭？”

瑞丰想了想，觉得这的确是个办法！

“去，跟他们说去！你不去，我去！”

“我去！我去！我想大哥总不在乎那点饭食！而且，我会告诉明白他，多咱我有了好事，就马上自己开伙；这不过是暂时之计！”

钱家的坟地是在东直门外。杠到了鼓楼，金三爷替钱太太打了主意，请朋友们不必再远送。瑞宣知道自己不惯于走远路，不过也还想送到城门。可是野求先生很愿接受这善意的劝阻，他的贫血的瘦脸上已经有点发青，假若一直送下去，他知道他会要闹点毛病的。他至少须拉个伴儿，因为按照北平人的规矩，丧家的至亲必须送到坟地的；他不好意思独自“向后转”。他和瑞宣咬了个耳朵。看了看野求的脸色，瑞宣决定陪着他“留步”。

小崔和孙七决定送出城去。

野求怪难堪的，到破轿车的旁边，向姐姐告辞。钱太太两眼钉住棺材的后面，好像听明白了，又像没大听明白他的话，只那么偶然似的点了一下头。他跟着车走了几步。“姐姐！别太伤心啦！明天不来，我后天必来看你！姐姐！”他似乎还有许多话要说，可是腿一软，车走过去。他呆呆的立在马路边上。

瑞宣也想向钱太太打个招呼，但是看她那个神气，他没有说出话来。两个人呆立在马路边上，看着棺材向前移动。天很晴，马路很长，他们一眼看过去，就能看到那像微微有些尘雾的东直门。秋晴并没有教他们两个觉到爽朗。反之，他们觉得天很低，把他们俩压在那里不能动。他们所看到的阳光，只有在那口白而丑恶的，很痛苦的一步一步往前移动的，棺材上的那一点。那几乎不是阳光，而是一点无情的，恶作剧的，像什么苍蝇一类的东西，在死亡上面颤动。慢慢的，那口棺材离他们越来越远了。马路两边的电杆渐渐的往一处收拢，像要钳住它，而最远处的城门楼，静静的，冷酷的，又在往前吸引它，要把它吸到那个穿出去就永退不回来的城门洞里去。

愣了好久，两个人才不约而同的往归路走，谁也没说什么。

瑞宣的路，最好是坐电车到太平仓；其次，是走烟袋斜街，什刹海，定王府大街，便到了护国寺。可是，他的心仿佛完全忘了选择路线这件事。他低着头，一直往西走，好像要往德胜门去。陈野求跟着他。走到了鼓楼西，瑞宣抬头向左右看了看。极小的一点笑意显现在他的嘴唇上："哟！我走到哪儿来啦？"

"我也不应该往这边走！我应当进后门！"野求的眼垂视着地上，像有点怪不好意思似的。

瑞宣心里想：这个人的客气未免有点过火！他打了个转身。陈先生还跟着。到烟袋斜街的口上，他向陈先生告别。陈先生还跟着。瑞宣有些不大得劲儿了，可是不好意思说什么。最初，他以为陈先生好说话，所以舍不得分离。可是，陈先生并没说什么。他偷眼看看，陈先生的脸色还是惨绿的，分明已经十分疲乏。他纳闷：为什么已经这样的疲倦了，还陪着朋友走冤枉路呢？

眼看已到斜街的西口，瑞宣实在忍不住了。"陈先生！别陪我啦吧？你不是应该进后门？"

野求先生的头低得不能再低，用袖子擦了擦嘴。愣了半天。他的最灵巧的薄嘴唇开始颤动。最后，他的汗和话一齐出来："祁先生！"他还低着头，眼珠刚往上一翻便赶紧落下去。"祁先生！唉——"他长叹了一口气。"你，你，有一块钱没有？我得带回五斤杂合面去！八个孩子！唉——"

瑞宣很快的摸出五块一张的票子来，塞在野求的手里。他没说什么，因为找不到恰当的话。

野求又叹了口气。他想说很多的话，解释明白他的困难，和困难所造成的无耻。

瑞宣没容野求解释，而只说了声："咱们都差不多！"是的，在他心里，他的确看清楚：恐怕有那么一天，他会和野求一样的无耻与难堪，假若日本兵老占据住北平！他丝毫没有轻视野求先生的意思，而只求早早的结束了这小小的一幕悲喜剧。没再说什么，他奔了什刹海去。

什刹海周围几乎没有什么行人。除了远远的，随着微风传来的，电车的铃声，他听不到任何的响声。“海”中的菱角，鸡头米，与荷花，已全只剩了一些残破的叶子，在水上漂着或立着。水边上柳树的叶子已很稀少，而且多半变成黄的。在水心里，立着一只像雕刻的，一动也不动的白鹭。“海”的秋意，好像在白鹭身上找到了集中点，它是那么静，那么白，那么幽独凄惨。瑞宣好像被它吸引住了，呆呆的立在一株秋柳的下面。他想由七七抗战起一直想到钱孟石的死亡，把还活在心中的一段亡国史重新温习一遍，以便决定此后的行动。可是，他的心思不能集中。在他刚要想起一件事，或拿定一个主意的时候，他的心中就好像有一个小人儿，掩着口在笑他：你想那个干吗？反正你永远不敢去抵抗敌人，永远不敢决定什么！他有许多事实上的困难，足以使他为自己辩护。但是心中那个小人儿不给他辩护的机会。那个小人儿似乎已给他判了案：“不敢用血肉相拼的，只能臭死在地上！”

极快的，他从地上拔起腿来，沿着“海”岸疾走。

到了家中，他想喝口茶，休息一会儿，便到钱家去看看。他觉得钱家的丧事仿佛给了他一点寄托，帮人家的忙倒能够暂时忘记了自己的忧愁。

他的一杯茶还没吃完，瑞丰便找他来谈判。

瑞宣听完二弟的话，本要动气。可是，他心中忽而一亮，从二弟身上找到了一个可以自谅自慰的理由——还有比我更没出息的人呢！这个理由可并没能教他心里快活；反之，他更觉得难过了。他想：有他这样的明白而过于老实的人，已足以教敌人如入无人之境的攻入北平；那么，再加上老二与冠晓荷这类的人，北平就恐怕要永难翻身了。由北平而想到全国，假若到处的知识分子都像他自己这样不敢握起拳头来，假若到处有老二与冠晓荷这样的蛆虫，中国又将怎样呢？想到了这个，他觉得无须和老二动气了。等老二说完，他声音极低的，像怕得罪了老二似的，说："分家的事，请你对父亲说吧，我不能作主！至于搬出去，还在这里吃饭，只要我有一碗，总会分给你一半的，不成问题！还有别的话吗？"

瑞丰反倒愣住了。他原是准备好和老大"白刃相接"的；老大的态度和语声使他没法不放下刺刀，而不知如何是好了。愣了一会儿，他的小干脸上发了亮，他想明白啦：他的决定必是无懈可击的完全合理，否则凭老大的精明，决不会这么容易点头吧！有了这点了解，他觉得老大实在有可爱的地方；于是，他决定乘热打铁，把话都说净。怪亲热的，他叫了声："大哥！"

瑞宣心中猛跳了一下，暗自说：我是"他"的大哥！

"大哥！"老二又叫了声，仿佛决心要亲热到家似的。"你知道不知道，钱家可有什么好的字画？"他的声音相当的高，表示出内心的得意。

"干吗？"

"我是说。要是有的话，我愿意给找个买主；钱家两位寡妇——"

"钱老先生还没死！"

"管他呢！我是说，她们俩得点钱，不是也不错？"

"钱太太已经把字画放在孟石的棺材里了！"

"真的？"老二吓了一大跳。"那个老娘们，太，太，"他没好意思往下说，因为老大的眼钉着他呢。停了一会儿，他才一计不成再生一计的说："大哥，你再去看看！万一能找到一些，我们总都愿帮她们的忙！"说完，他搭讪着走出去，心中预备好一句"我们大成功！"去说给太太听，好教她的脸上挂出些胖的笑纹！

老二走出去，瑞宣想狂笑一阵。可是，他马上后了悔。不该，他不该，对老二取那个放任的态度！他是哥哥，应当以作兄长的诚心，说明老二的错误，不应该看着弟弟往陷阱里走！他想跑出去，把老二叫回来。只是想了想，他并没有动。把微微发热的手心按在脑门上，他对自己说："算了吧，我和他还不一样的是亡国奴！"

二 十

瑞宣和四大妈都感到极度的不安：天已快黑了，送殡的人们还没有回来！四大妈早已把屋中收拾好，只等他们回来，她好家去休息。他们既还没有回来，她是闲不住的人，只好拿着把破扫帚，东扫一下子，西扫一下子的消磨时光。瑞宣已把"歇会儿吧，四奶奶！"说了不知多少次，她可是照旧的走出来走进去，口中不住的抱怨那个老东西，倒好像一切错误都是四大爷的。

天上有一块桃花色的明霞，把墙根上的几朵红鸡冠照得像发光的血块。一会儿，霞上渐渐有了灰暗的地方；鸡冠花的红色变成深紫的。又隔了一会儿，霞散开，一块红的，一块灰的，散成许多小块，给天上摆起几穗葡萄和一些苹果。葡萄忽然明起来，变成非蓝非灰，极薄极明，那么一种妖艳使人感到一点恐怖的颜色；红的苹果变成略带紫色的小火团。紧跟着，像花忽然谢了似的，霞光变成一片灰黑的浓雾；天忽然的暗起来，像掉下好几丈来似的。瑞宣看看天，看看鸡冠花；天忽然一黑，他觉得好像有块铅铁落在他的心上。他完全失去他的自在与沉稳。他开始对自己嘟囔："莫非城门又关了？还是……"天上已有了星，很小很远，在那还未尽失去蓝色的天上极轻微的眨着眼。"四奶奶！"他轻轻的叫。"回去休息休息吧！累了一天！该歇着啦！"

"那个老东西！埋完了，还不说早早的回来！坟地上难道还有什么好玩的？老不要脸！"她不肯走。虽然住在对门，她满可以听到她们归来的声音而赶快再跑过来，可是她不肯那么办。她必须等着钱太太回来，交代清楚了，才能离开。万一日后钱太太说短少了一件东西，她可吃不消！

天完全黑了。瑞宣进屋点上了灯。院里的虫声吱吱的响成一片。虫声是那么急，那么惨，使他心中由烦闷变成焦躁。案头上放着几本破书，他随手拿起一本来；放翁的《剑南集》。就着灯，他想读一两首，镇定镇定自己的焦急不安。一掀，他看见一张纸条，上面有些很潦草的字——孟石的笔迹，他认得。在还没看清任何一个字之前，他似乎已然决定：他愿意偷走这张纸条，作个纪念。马上他又改了主意：不能偷，他须向钱太太说明，把它要了走。继而又一想：死亡不定什么时候就轮到自己，纪念？笑话！他开始看那些字："初秋：万里传烽火，惊心独倚楼，云峰余夏意，血海洗秋收！"下面还有两三个字，写得既不清楚，又被秃笔随便的涂抹了几下，没法认出来。一首未写完的五律。

瑞宣随手拉了一只小凳，坐在了灯前，像第一次并没看明白似的，又读了一遍。平日，他不大喜欢中国诗词。虽然不便对别人说，可是他心中觉得他阅过的中国诗词似乎都像鸦片烟，使人消沉懒散，不像多数的西洋诗那样像火似的燃烧着人的心。这个意见，他谦退的不便对别人说；他怕自己的意见只是浅薄的成见。对钱家父子，他更特别的留着神不谈文艺理论，以免因意见或成见的不同而引起友谊的损伤，今日，他看到孟石的这首未完成的五律，他的对诗词的意见还丝毫没有改变。可是，他舍不得放下它。他翻过来掉过去的看，想看清那抹去了的两三个字；如果能看清，他想把它续成。他并没觉到孟石的诗有什么好处，他自已也轻易不弄那纤巧的小玩艺儿。可是，他想把这首诗续成。

想了好半天，他没能想起一个字来。他把纸条放在原处，把书关好。"国亡了，诗可以不亡！"他自言自语的说："不，诗也得亡！连语言文字都可以亡的！"他连连的点头。"应当为孟石复仇，诗算什么东西呢！”他想起陈野求，全胡同的人，和他自己，叹了一口气：“都只鬼混，没人，没人，敢拿起刀来！”

四大妈的声音吓了他一跳：“大爷，听！他们回来啦！”说完，她瞎摸合眼的就往外跑，几乎被门坎绊了一跤。

“慢着！四奶奶！”瑞宣奔过她去。

“没事！摔不死！哼，死了倒也干脆！”她一边唠叨，一边往外走。

破轿车的声音停在了门口。金三爷带着怒喊叫：“院里还有活人没有？拿个亮儿来！”

瑞宣已走到院中，又跑回屋中去端灯。

灯光一晃，瑞宣看见一群黄土人在闪动，还有一辆黄土盖严了的不动的车，与一匹连尾巴都不摇一摇的，黄色的又像驴又像骡子的牲口。

金三爷还在喊：“死鬼们！往下抬她！”

四大爷，孙七，小崔，脸上头发上全是黄土，只有眼睛是一对黑洞儿，像泥鬼似的，全没出声，可全都过来抬人。

瑞宣把灯往前伸了伸，看清抬下来的是钱少奶奶。他欠着脚，从车窗往里看，车里是空的，并没有钱太太。

四大妈揉了揉近视眼，依然看不清楚：“怎么啦？怎么啦？”她的手已颤起来。

金三爷又发了命令：“闪开路！”

四大妈赶紧躲开，几乎碰在小崔的身上。

“拿灯来领路！别在那儿愣着！”金三爷对灯光儿喊。

瑞宣急忙转身，一手掩护着灯罩，慢慢的往门里走。

到了屋中，金三爷一屁股坐在了地上；虽然身体那么硬棒，他可已然筋疲力尽。

李四爷的腰已弯得不能再弯，两只大脚似乎已经找不着了地，可是他还是照常的镇静，婆婆妈妈的处理事：“你赶紧去泡白糖姜水！这里没有火，家里弄去！快！”他告诉四大妈。

四大妈连声答应："这里有火，我知道你们回来要喝水！到底怎回事呀？"

"快去作事！没工夫说闲话！"四大爷转向孙七与小崔："你们俩回家去洗脸，待一会儿到我家里去吃东西，车把式呢？"

车夫已跟了进来，在屋门外立着呢。

四大爷掏出钱来："得啦，把式，今天多受屈啦！改天我请喝酒！"他并没在原价外多给一个钱。

车夫，一个驴脸的中年人，连钱看也没有看就塞在身里。"四大爷，咱们爷儿们过的多！那么，我走啦？"

"咱们明天见啦！把式！"四大爷没往外送他，赶紧招呼金三爷："三爷，谁去给陈家送信呢？"

"我管不着！"三爷还在地上坐着，红鼻子被黄土盖着，像一截刚挖出来的胡萝卜。"姓陈的那小子简直不是玩艺儿！这样的至亲，他会偷油儿不送到地土上，我反正不能找他去，我的脚掌儿都磨破了！"

"怎么啦，四爷爷？"瑞宣问。

李四爷的嗓子里堵了一下。"钱太太碰死在棺材上了！"

"什，"瑞宣把"什"下面的"么"咽了回去。他非常的后悔，没能送殡送到地土；多一个人，说不定也许能手急眼快的救了钱太太。况且，他与野求是注意到她的眼中那点"光"的。

这时候，四大妈已把白糖水给少奶奶灌下去，少奶奶哼哼出来。

听见女儿出声，金三爷不再顾脚疼，立了起来。"苦命的丫头！这才要咱们的好看呢！"一边说着，他一边走进里间，去看女儿。看见女儿，他的暴躁减少了许多，马上打了主意："姑娘，用不着伤心，都有爸爸呢！爸爸缺不了你的吃穿！愿意跟我走，咱们马上回家，好不好？"

瑞宣知道不能放了金三爷，低声的问李四爷："尸首呢？"

"要不是我，简直没办法！庙里能停灵，可不收没有棺材的死尸！我先到东直门关厢赊了个火匣子，然后到莲花庵连说带央告，差不多都给人家磕头了，人家才答应下暂停两天！换棺材不换，和怎样抬埋，马上都得打主意！嘿！我一辈子净帮人家的忙，就没遇见过这么挠头的事！”一向沉稳老练的李四爷现在显出不安与急躁。“四妈！你倒是先给我弄碗水喝呀！我的嗓子眼里都冒了火！”

“我去！我去！”四大妈听丈夫的语声语气都不对，不敢再骂“老东西”。

“咱们可不能放走金三爷！”瑞宣说。

金三爷正从里间往外走。“干吗不放我走？我该谁欠谁的是怎着？我已经发送了一个姑爷，还得再给亲家母打幡儿吗？你们找陈什么球那小子去呀！死的是他的亲姐姐！”

瑞宣纳住了气，惨笑着说：“金三伯伯，陈先生刚刚借了我五块钱去，你想想，他能发送得起一个人吗？”

“我要有五块钱，就不借给那小子！”金三爷坐在一条凳子上，一手揉脚，一手擦脸上的黄土。

“嗯——”瑞宣的态度还是很诚恳，好教三爷不再暴躁。“他倒是真穷！这年月，日本人占着咱们的城，作事的人都拿不到薪水，他又有八个孩子，有什么办法呢？得啦，伯伯你作善作到底！干脆的说，没有你就没有办法！”

四大妈提来一大壶开水，给他们一人倒了一碗。四大爷蹲在地上，金三爷坐在板凳上，一齐吸那滚热的水。水的热气好像化开了三爷心里的冰。把水碗放在凳子上，他低下头去落了泪。一会儿，他开始抽搭，老泪把脸上的黄土冲了两道沟儿。然后，用力的捏了捏红鼻子，又唾了一大口白沫子，他抬起头来。“真没想到啊！真没想到！就凭咱们九城八条大街，东单西四鼓楼前，有这么多人，就会干不过小日本，就会教他们治得这么苦！好好的一家人，就这么接二连三的会死光！好啦，祁大爷，你找姓陈的去！钱，我拿；可是得教他知道！明人不能把钱花在暗地里！”

瑞宣，虽然也相当的疲乏，决定去到后门里，找陈先生。四大爷主张教小崔去，瑞宣不肯，一来因为小崔已奔跑了一整天，二来他愿自己先见到陈先生，好教给一套话应付金三爷。

月亮还没上来，门洞里很黑。约摸着是在离门坎不远的地方，瑞宣踩到一条圆的像木棍而不那么硬的东西上。他本能的收住了脚，以为那是一条大蛇。还没等到他反想出北方没有像手臂粗的蛇来，地上已出了声音："打吧！没的说！我没的说！"

瑞宣认出来语声："钱伯伯！钱伯伯！"

地上又不出声了。他弯下腰去，眼睛极用力往地上找，才看清：钱默吟是脸朝下，身在门内，脚在门坎上爬伏着呢。他摸到一条臂，还软和，可是湿渌渌的很凉。他头向里喊："金伯伯！李爷爷！快来！"他的声音的难听，马上惊动了屋里的两位老人。他们很快的跑出来。金三爷嘟囔着："又怎么啦？又怎么啦？狼嚎鬼叫的？"

"快来！抬人！钱伯伯！"瑞宣发急的说。

"谁？亲家？"金三爷撞到瑞宣的身上。"亲家？你回来的好！是时候！"虽然这么叨唠，他可是很快的辨清方位，两手抄起钱先生的腿来。

"四妈！"李四爷摸着黑抄起钱先生的脖子。"快，拿灯！"

四大妈的手又哆嗦起来，很忙而实际很慢的把灯拿出来，放在了窗台上。"谁？怎么啦？简直是闹鬼哟！"

到屋里，他们把他放在了地上。瑞宣转身把灯由窗台上拿进来，放在桌上。地上躺着的确是钱先生，可已经不是他们心中所记得的那位诗人了。

钱先生的胖脸上已没有了肉，而只剩了一些松的，无倚无靠的黑皮。长的头发，都粘合到一块儿，像用胶贴在头上的，上面带着泥块与草棍儿。在太阳穴一带，皮已被烫焦，斑斑块块的，像拔过些"火罐子"似的。他闭着眼，而张着口，口中已没有了牙。身上还是那一身单裤褂，已经因颜色太多而辨不清颜色，有的地方撕破，有的地方牢牢的粘在身上，有的地方很硬，像血或什么粘东西凝结在上面似的。赤着脚，满脚是污泥，肿得像两只刚出泥塘的小猪。

他们呆呆的看着他。惊异，怜悯，与愤怒拧绞着他们的心，他们甚至于忘了他是躺在冰凉的地上。李四妈，因为还没大看清楚，倒有了动作；她又泡来一杯白糖水。

看见她手中的杯子，瑞宣也开始动作。他十分小心，恭敬的，把老人的脖子抄起来，教四大妈来灌糖水。四大妈离近了钱先生，看清了他的脸，“啊”了一声，杯子出了手！李四爷想斥责她，但是没敢出声。金三爷凑近了一点，低声而温和的叫：“亲家！亲家！默吟！醒醒！”这温柔恳切的声音，出自他这个野调无腔的人的口中，有一种分外的悲惨，使瑞宣的眼中不由的湿了。

钱先生的嘴动了动，哼出两声来。李四爷忽然的想起动作，他把里间屋里一把破藤子躺椅拉了出来。瑞宣慢慢的往起搬钱先生的身子，金三爷也帮了把手，想把钱先生搀到躺椅上去。钱先生由仰卧改成坐的姿势。他刚一坐起来，金三爷“啊”了一声，其中所含的惊异与恐惧不减于刚才李四妈的那个。钱先生背上的那一部分小褂只剩了两个肩，肩下面只剩了几条，都牢固的镶嵌在血的条痕里。那些血道子，有的是定好了黑的或黄的细长疤痕；有的还鲜红的张着，流着一股黄水；有的并没有破裂，而只是蓝青的肿浮的条子；有的是在黑疤下面扯着一条白的脓。一道布条，一道黑，一道红，一道青，一道白，他的背是一面多日织成的血网！

“亲家！亲家！”金三爷真的动了心。说真的，孟石的死并没使他动心到现在这样的程度，因为他把女儿给了孟石，实在是因为他喜爱默吟。“亲家！这是怎回事哟！日本鬼子把你打成这样？我日他们十八辈儿的祖宗！”

“先别吵！”瑞宣还扶着钱诗人。“四大爷，快去请大夫！”

“我有白药！”四大爷转身就要走，到家中去取药。

“白药不行！去请西医。外科西医！”瑞宣说得非常的坚决。

李四爷，虽然极信服白药，可是没敢再辩驳。扯着两条已经连立都快立不稳的腿，走出去。

钱先生睁了睁眼，哼了一声，就又闭上了。

李四妈为赎自己摔了杯子的罪过，又沏来一杯糖水。这回，她没敢亲自去灌，而交给了金三爷。

小崔回来了，在窗外叫："四奶奶还不吃饭去吗？天可真不早啦！"

"你去和孙七吃，别等我！"

"四爷呢？"

"请大夫去了！"

"怎么不叫我去呢？"说着，他进了屋中。一眼看到地上的情景，他差点跳起来："什么？钱先生！"

瑞宣扶着钱先生，对小崔说："崔爷，再跑一趟后门吧，请陈先生马上来! "

"好孩子！"李四妈的急火横在胸里，直打嗝儿。"你去嚼两口馒头，赶紧跑一趟！"

"这——"小崔想问明白钱先生的事。

"快去吧，好孩子！"四妈央告着。

小崔带着点舍不得走的样子走出去。

糖水灌下去，钱先生的腹内响了一阵。没有睁眼，他的没了牙的嘴轻轻的动。瑞宣辨出几个字，而不能把它们联成一气，找出意思来。又待了一会儿，钱先生正式的说出话来："好吧！再打吧！我没的说！没的说！"说着，他的手——与他的脚一样的污黑——紧紧抓在地上，把手指甲抠在方砖的缝子里，像是为增强抵抗苦痛的力量。他的语声还和平日一样的低碎，可是比平日多着一点把生死置之度外的劲儿。忽然的，他睁开了眼——一对像庙中佛像的眼，很大很亮，而没看见什么。

"亲家！我，金三！"金三爷蹲在了地上，脸对着亲家公。

"钱伯伯！我，瑞宣！"

钱先生把眼闭了一闭，也许是被灯光晃的，也许是出于平日的习惯。把眼再睁开，还是向前看着，好像是在想一件不易想起的事。

里屋里，李四妈一半劝告，一半责斥的，对钱少奶奶说：“不要起来！好孩子，多躺一会儿！不听话，我可就不管你啦！”

钱先生似乎忘了想事，而把眼闭成一道缝，头偏起一点，像偷听话儿似的。听到里间屋的声音，他的脸上有一点点怒意。“啊！”他巴唧了两下唇：“又该三号受刑了！挺着点，别嚎！咬上你的唇，咬烂了！”

钱少奶奶到底走了出来，叫了声：“爸爸！”

瑞宣以为她的语声与孝衣一定会引起钱先生的注意。可是，钱先生依然没有理会什么。

扶着那把破藤椅，少奶奶有泪无声的哭起来。

钱先生的两手开始用力往地上拄。像要往起立的样子。瑞宣想就劲儿把他搀到椅子上去。可是，钱先生的力气，像狂人似的，忽然大起来。一使劲，他已经蹲起来。他的眼很深很亮，转了几下：“想起来了！他姓冠！哈哈! 我去教他看看，我还没死！”他再一使力，立了起来。身子摇了两下，他立稳。他看到了瑞宣，但是不认识。他的凹进去的腮动了动，身子向后躲闪：“谁？又拉我去上电刑吗？”他的双手很快的捂在太阳穴上。

“钱伯伯！是我！祁瑞宣！这是你家里! ”

钱先生的眼像困在笼中的饥虎似的，无可如何的看着瑞宣，依然辨不清他是谁。

金三爷忽然心生一计：“亲家！孟石和亲家母都死啦！”他以为钱先生是血迷了心，也许因为听见最悲惨的事大哭一场，就会清醒过来的。

钱先生没有听懂金三爷的话。右手的手指轻按着脑门，他仿佛又在思索。想了半天，他开始往前迈步——他肿得很厚的脚已不能抬得很高；及至抬起来，他不知道往哪里放它好。这样的走了两步，他仿佛高兴了一点。“忘不了! 是呀，怎能忘了呢！我找姓冠的去！”他一边说，一边吃力的往前走，像戴着脚镣似的那么缓慢。

因为想不起更好的主意，瑞宣只好相信金三爷的办法。他想，假若钱先生真是血迷了心，而心中只记着到冠家去这一件事，那就不便拦阻。他知道，钱先生若和冠晓荷见了面，一定不能不起些冲突；说不定钱先生也许一头碰过去，与冠晓荷同归于尽！他既不便阻拦，又怕出了凶事；所以很快的他决定了，跟着钱先生去。主意拿定，他过去搀住钱诗人。

“躲开！”钱先生不许搀扶。“躲开！拉我干什么？我自己会走！到行刑场也是一样的走！”

瑞宣只好跟在后面。金三爷看了女儿一眼，迟疑了一下，也跟上来。李四大妈把少奶奶搀了回去。

不知要倒下多少次，钱先生才来到三号的门外。金三爷与瑞宣紧紧的跟着，唯恐他倒下来。

三号的门开着呢。院中的电灯虽不很亮，可是把走道照得相当的清楚。钱先生努力试了几次，还是上不了台阶；他的脚腕已肿得不灵活。瑞宣本想搀他回家去，但是又一想，他觉得钱先生应当进去，给晓荷一点惩戒。金三爷大概也这么想，所以他扶住了亲家，一直扶进大门。

冠氏夫妇正陪着两位客人玩扑克牌。客人是一男一女，看起来很像夫妇，而事实上并非夫妇。男的是个大个子，看样子很像个在军阀时代作过师长或旅长的军人。女的有三十来岁，看样子像个从良的妓女。他们俩的样子正好说明了他们的履历——男的是个小军阀，女的是暂时与他同居的妓女，他一向住在天津，新近才来到北平，据说颇有所活动，说不定也许能作警察局的特高科科长呢。因此，冠氏夫妇请他来吃饭，而且诚恳的请求他带来他的女朋友。饭后，他们玩起牌来。他的牌品极坏。遇到“爱司”，“王”，“后”，他便用他的并不很灵巧的大手，给作上记号。发牌的时候，他随便的翻看别家的牌，而且扯着脸说：“喝，你有一对红桃儿爱司！”把牌发好，他还要翻开余牌的第一张看个清楚。他的心和手都很笨，并不会暗中闹鬼儿耍手彩；他的不守牌规只是一种变相的敲钱。等到赢了几把以后，他会腆着脸说："这些办法都是跟张宗昌督办学来的！"冠氏夫妇是一对老牌油子，当然不肯吃这个亏。可是，今天他们俩决定认命输钱，因为对于一个明天也许就走马上任的特务主任是理当纳贡称臣的。晓荷的确有涵养，越输，他的态度越自然，谈笑越活泼。还不时的向那位女"朋友"飞个媚眼。大赤包的气派虽大，可是到底还有时候沉不住气，而把一脸的雀斑都气得一明一暗的。晓荷不时的用脚尖偷偷碰她的腿，使她注意不要得罪了客人。

晓荷的脸正对着屋门。他是第一个看见钱先生的。看见了，他的脸登时没有了血色。把牌放下，他要往起立。

"怎么啦？"大赤包问。没等他回答，她也看见了进来的人。"干什么？"她像叱喝一个叫花子似的问钱先生。她确是以为进来的是个要饭的。及至看清那是钱先生，她也把牌放在了桌上。

"出牌呀！该你啦，老冠！"军人的眼角撩到了进来的人，可是心思还完全注意在赌牌上。

钱先生看着冠晓荷，嘴唇开始轻轻的动，好像是小学生在到老师跟前背书以前先自己暗背一过儿那样。

金三爷紧跟着亲家，立在他的身旁。

瑞宣本想不进屋中去，可是愣了一会儿之后，觉得自己太缺乏勇气。笑了一下，他也轻轻的走进去。

晓荷看见瑞宣，想把手拱起来，搭讪着说句话。但是他的手抬不起来。肯向敌人屈膝的，磕膝盖必定没有什么骨头，他僵在那里。

"这是他妈的怎回事呢？"军人见大家愣起来，发了脾气。

瑞宣极想镇定，而心中还有点着急。他盼着钱先生快快的把心中绕住了的主意拿出来，快快的结束了这一场难堪。

钱先生往前凑了一步。自从来到家中，谁也没认清，他现在可认清了冠晓荷。认清了，他的话像背得烂熟的一首诗似的，由心中涌了出来。

“冠晓荷！”他的声音几乎恢复了平日的低柔，他的神气也颇似往常的诚恳温厚。“你不用害怕，我是诗人，不会动武！我来，是为看看你，也叫你看看我！我还没死！日本人很会打人，但是他们打破了我的身体，打断了我的骨头，可打不改我的心！我的心永远是中国人的心！你呢，我请问你，你的心是哪一国的呢？请你回答我！”说到这里，他似乎已经筋疲力尽，身子晃了两晃。

瑞宣赶紧过去，扶住了老人。

晓荷没有任何动作，只不住的舐嘴唇。钱先生的样子与言语丝毫没能打动他的心，他只是怕钱先生扑过来抓住他。

军人说了话：“冠太太，这是怎回事？”

大赤包听明白钱先生并不是来动武，而且旁边又有刚敲过她的钱的候补特务处处长助威，她决定拿出点厉害来。“这是成心捣蛋，你们全滚出去！”

金三爷的方头红鼻子一齐发了光，一步，他迈到牌桌前。“谁滚出去？”

晓荷想跑开。金三爷隔着桌子，一探身，老鹰掐膝的揪住他的脖领，手往前一带，又往后一放，连晓荷带椅子一齐翻倒。

“打人吗？”大赤包立起来，眼睛向军人求救。

军人——一个只会为虎作伥的军人——急忙立起来，躲在了一边。妓女像个老鼠似的，藏在他的身后。

“好男不跟女斗！”金三爷要过去抓那个像翻了身的乌龟似的冠晓荷。可是，大赤包以气派的关系，躲晚了一点，金三爷不耐烦，把手一撩，正撩在她的脸上。以他的扔过石锁的手，只这么一撩，已撩活动了她的两个牙，血马上从口中流出来。她抱着腮喊起来：“救命啊！救命！”

“出声，我捶死你！”

她捂着脸，不敢再出声，躲在一旁。她很想跑出去，喊巡警。可是，她知道现在的巡警并不认真的管事。这时节，连她都仿佛感觉到亡了国也有别扭的地方！

军人和女友想跑出去。金三爷怕他们出去调兵，喝了声："别动！"军人很知道服从命令，以立正的姿态站在了屋角。

瑞宣虽不想去劝架，可是怕钱先生再昏过去，所以两手紧握着老人的胳臂，而对金三爷说："算了吧！走吧！"

金三爷很利落，又很安稳的，绕过桌子去："我得管教管教他！放心，我会打人！教他疼，可不会伤了筋骨！"

晓荷这时候手脚乱动的算是把自己由椅子上翻转过来。看逃无可逃，他只好往桌子下面钻。金三爷一把握住他的左脚腕，像拉死狗似的把他拉出来。

晓荷知道北平的武士道的规矩，他"叫"了："爸爸！别打！"

金三爷没了办法。"叫"了，就不能再打。捏了捏红鼻子头，他无可如何的说："便宜你小子这次！哼！"说完，他挺了挺腰板，蹲下去，把钱先生背了起来；向瑞宣一点头："走！"走出屋门，他立住了，向屋中说："我叫金三，住在蒋养房，什么时候找我来，清茶恭候！"

招弟害怕，把美丽的小脸用被子蒙起，蜷着身躺在床上，一动也不敢动。

桐芳与高第在院中看热闹呢。

借着院中的灯光，钱先生看见了她们。他认清了高第："你是个好孩子！"

金三爷问了声"什么"，没得到回答，于是放开两只踢梅花桩的大脚，把亲家背回家去。

见"敌人"走净，冠家夫妇一齐量好了声音，使声音不至传到西院去，开始咒骂。大赤包漱了漱口，宣布她非报仇不可，而且想出许多足以使金三爷碎尸万断的计策来。晓荷对客人详细的说明，他为什么不抵抗，不是胆小，而是好鞋不踩臭狗屎！那位军人也慷慨激壮的述说：他是没动手，若是动了手的话，十个金三也不是他的对手。女的没说什么，只含笑向他们点头。

二十一

李四爷对西半城的中医，闭眼一想，大概就可以想起半数以上来。他们的住址，和他们的本领，他都知道。对于西医，他只知道几位的姓名与住址，而一点也不晓得他们都会治什么病。碰了两三家，他才在武定侯胡同找到了一位他所需要的外科大夫。这是一位本事不大，而很爱说话的大夫，脸上很瘦，身子细长，动作很慢，像有一口大烟瘾似的。问了李四爷几句话，他开始很慢很慢的，把刀剪和一些小瓶往提箱里安放。对每件东西，他都迟疑不决的看了再看，放进箱内去又拿出来，而后再放进去。李四爷急得出了汗，用手式和简短的话屡屡暗示出催促的意思。大夫仍然不慌不忙，一边收拾东西，一边慢慢的说："不忙！那点病，我手到擒来，保管治好！我不完全是西医，我也会中国的接骨拿筋。中西贯通，我决误不了事！"这几句"自我介绍"，教李四爷的心舒服了一点。老人相信白药与中国的接骨术。

像是向来没出诊过似的，大夫好容易才把药箱装好。他又开始换衣服。李四爷以为半夜三更的，实在没有打扮起来的必要，可是不敢明说出来。及至大夫换好了装，老人觉得他的忍耐并没有白费。他本来以为大夫必定换上一身洋服，或是洋医生爱穿的一件白袍子。可是，这位先生是换上了很讲究的软绸子夹袍，和缎子鞋。把袖口轻轻的，慢慢的，卷起来，大夫的神气很像准备出场的说相声的。李四爷宁愿意医生像说相声的，也不喜欢穿洋服的假洋人。

看大夫卷好袖口，李四爷把那个小药箱提起来。大夫可是还没有跟着走的意思。他点着了一支香烟，用力往里吸。而后把不能不往外吐的一点烟，吝啬的由鼻孔里往外放；他不是吐烟，而像是给烟细细的过滤呢。这样吸了两口烟，他问：“我们先讲好了诊费吧？先小人后君子！”

李四爷混了一辈子，他的办法永远是交情第一，金钱在其次。在他所认识的几位医生里，还没有一位肯和他先讲诊费的。只要他去请，他们似乎凭他的年纪与客气，就得任劳任怨，格外的克己。听了这位像说相声的医生这句话，老人觉得有点像受了污辱。同时，为时间的关系，他又不肯把药箱放下，而另去请别人。他只好问：“你要多少钱呢？”这句话说得很不好听，仿佛是意在言外的说：“你不讲交情，我也犯不上再客气！”

医生又深深的吸了口烟，才说：“出诊二十元，药费另算。”

“药费也说定了好不好？归了包堆，今天这一趟你一共要多少钱？”李四爷晓得八元的出诊费已经是很高的，他不能既出二十元的诊金，再被医生敲一笔药费。没等大夫张口，他把药箱放下了。“干脆这么说吧，一共拢总，二十五元，去就去，不去拉倒！”二十五元是相当大的数目，他去年买的那件小皮袄连皮筒带面子，才一共用了十九块钱。现在，他不便因为嘎噔价钱[①]而再多耽误工夫，治病要紧。好在，他心中盘算，高第的那点钱和桐芳的小金戒指还在他手里，这笔医药费总不至于落空。

“少点！少点！”医生的瘦脸上有一种没有表情的表情，像石头那么坚硬，无情，与固定。“药贵呀！上海的仗老打不完，药来不了！”

四爷的疲乏与着急使他控制不住了自己的脾气：“好吧，不去就算啦！”他要往外走。

“等一等！”大夫的脸上有了点活动气儿。“我走这一趟吧，赔钱的买卖！一共二十五元。外加车费五元！”

四爷叹了口无可如何的气，又把药箱提起来。

---

① 嘎噔价钱，讨价还价的意思。

夜间，没有什么人敢出来，胡同里找不到一部洋车。到胡同口上，四爷喊了声："车！"

大夫，虽然像有口大烟瘾，走路倒相当的快。"不用喊车，这几步路我还能对付！这年月，真叫无法！我要车钱，而不坐车，好多收几个钱！"

李四爷只勉强的哼了两声。他觉得这个像说相声的医生是个不折不扣的骗子手！他心中很后悔自己没坚持教钱先生服点白药，或是请位中医，而来找这么个不三不四的假洋大夫。他甚至于决定：假若这位大夫光会敲钱，而不认真去调治病人，他会毫不留情的给他几个有力的嘴巴的。

可是，大夫慢慢的和气起来："我告诉你，假若他们老占据着这座城，慢慢的那些短腿的医生会成群的往咱们这里灌，我就非饿死不可！他们有一切的方便，咱们什么也没有啊！"

李老者虽是个没有受过教育的人，心中却有个极宽广的世界。他不但关切着人世间的福利，也时时的往那死后所应去的地方望一眼。他的世界不只是他所认识的北平城，而是也包括着天上与地下。他总以为战争，灾患，不过都是一时的事；那永远不改的事却是无论在什么时候，人们都该行好作善，好使自己纵然受尽人间的苦处，可是死后会不至于受罪。因此，他不大怕那些外来的危患。反之，世上的苦难越大，他反倒越活跃，越肯去帮别人的忙。他是要以在苦难中所尽的心力，去换取死后与来生的幸福。他自己并说不上来他的信仰是从哪里来的，他既不信佛，不信玉皇大帝，不信孔圣人，他也又信佛，信玉皇与孔圣人。他的信仰中有许多迷信，而迷信并没能使他只凭烧高香拜神像去取得好的报酬。他是用义举善行去表现他的心，而他的心是——他自己并不能说得这么清楚——在人与神之间发生作用的一个机关。自从日本人进了北平城，不错，他的确感到了闷气与不安。可是他的眼仿佛会从目前的危难跃过去，而看着那更远的更大的更有意义的地点。他以为日本鬼子的猖狂只是暂时的，他不能只管暂时的患难而忽略了那久远的事件。现在，听到了大夫的话，李老人想起钱先生的家败人亡。在平日，他看大夫与钱先生都比他高着许多，假若他们是有彩羽的鹦鹉，他自己不过是屋檐下的麻雀。他没想到日本人的侵袭会教那些鹦鹉马上变成丢弃在垃圾堆上的腐鼠。他不再讨厌在他旁边走着的瘦医生了。他觉得连他自己也许不定在哪一天就被日本人砍去头颅！

月亮上来了。星渐渐的稀少，天上空阔起来。和微风匀到一起的光，像冰凉的刀刃儿似的，把宽静的大街切成两半，一半儿黑，一半儿亮。那黑的一半，使人感到阴森，亮的一半使人感到凄凉。李四爷，很想继续听着大夫的话，可是身上觉得分外的疲倦。他打了个很长的哈欠，凉风儿与凉的月光好像一齐进入他的口中；凉的，疲倦的，泪，顺着鼻子往下滚。揉了揉鼻子，他稍微精神了一点。他看见了护国寺街口立着的两个敌兵。他轻颤了一下，全身都起了极细碎的小白鸡皮疙瘩。

大夫停止了说话，眼看着那一对只有钢盔与刺刀发着点光的敌兵，他的身子紧贴着李四爷，像求老人保护他似的，快也不是，慢也不是的往前走。李四爷也失去了态度的自然，脚落在有月光的地上倒仿佛是落在空中；他的脚，在平日，是最稳当的，现在他觉得飘摇不定。他极不放心手中的药箱，万一敌兵要起疑呢？他恨那只可以被误认为子弹箱的东西，也恨那两个兵！

敌兵并没干涉他们。可是他们俩的脊骨上感到寒凉。有敌兵站着的地方，不管他们在发威还是含笑，总是地狱！他们俩的脚是在他们自己的国土上走，可是像小贼似的不敢把脚放平。极警觉，极狼狈的，他们走到了小羊圈的口儿上。像老鼠找到了洞口似的，他们感到了安全，钻了进去。

钱先生已被大家给安放在床上。他不能仰卧，而金三爷又不忍看他脸朝下爬着。研究了半天，瑞宣决定教老人横卧着，他自己用双手撑着老人的脖子与大腿根。怕碰了老人的伤口，他把自己的夹袍轻轻的搭上。老人似乎是昏昏的睡过去，但是每隔二三分钟，他的嘴与腮就猛的抽动一下，腿用力的往下一登；有时候，随着口与腿的抽动，他轻喊一声——像突然被马蜂或蝎子螫了似的。扶着，看着，老人，瑞宣的夹肢窝里流出了凉汗。他心中的那个几乎近于抽象的“亡国惨”，变成了最具体的，最鲜明的事实。一个有学识有道德的诗人，在亡国之际，便变成了横遭刑戮的野狗！他想流泪，可是愤恨横在他的心中，使他的泪变成一些小的火苗，烧着他的眼与喉。他不住的干嗽。

李四妈把钱少奶奶搀到西屋去，教她睡下。四大妈还不觉得饿，而只想喝水。喝了两三大碗开水，她坐在床边，一边擦着脑门上的汗，一边和自己嘀咕：“好好的一家子人哟！怎么会闹成这个样子呢？”她的大近视眼被汗淹得更迷糊了，整个的世界似乎都变成一些模糊不清的黑影。

金三爷在门口儿买了几个又干又硬的硬面饽饽，啃两口饽饽，喝一点开水。他时时的凑过来，看亲家一眼。看亲家似睡似死的躺着，他的硬面饽饽便塞在食管中，噎得直打嗝儿。躲开，灌一口开水，他的气又顺过来。他想回家去休息，可是又不忍得走。他既然惹了冠晓荷，他就须挺起腰板等着下回分解。他不能缩头缩脑的躲开。无论怎么说，刚才在冠家的那一幕总是光荣的；那么，他就不能跳出是非场去，教人家笑他有始无终！把饽饽吃到一个段落，他点上了长烟袋，挺着腰板吸着烟。他觉得自己很像秉烛待旦的关老爷！

医生来到，金三爷急扯白脸的教李四爷回家：“四爷！你一定得回家歇歇去！这里全有我呢！走！你要不走，我是狗日的！”

四爷见金三爷起了关门子誓，不便再说什么，低声的把诊费多少告诉了瑞宣，把那个戒指与那点钱也递过去。“好啦，我回家吃点东西去，哪时有事只管喊我一声。金三爷，祁大少爷，你们多辛苦吧！”他走了出去。

医生轻轻跺了跺鞋上的尘土，用手帕擦了擦脸，又卷了卷袖口，才坐在了金三爷的对面。他的眼神向金三爷要茶水，脸上表示出他须先说些闲话儿，而不忙着去诊治病人。假若他的行头像说相声的，他的习惯是地道北平人的——在任何时间都要摆出闲暇自在的样子来，在任何急迫中先要说道些闲话儿。

金三爷，特别是在战胜了冠晓荷以后，不想扯什么闲盘儿，而愿直截了当的作些事。

“病人在那屋里呢！”他用大烟袋指了指。

“哦！”大夫的不高兴与惊异掺混在一块儿，这么出了声儿，怕金三爷领略不出来其中的滋味，他又“哦”了一声，比第一声更沉重一些。

“病人在那屋里呢！快着点，我告诉你！”金三爷立了起来，红鼻子向大夫发着威。

大夫觉得红鼻子与敌兵的刺刀有相等的可怕，没敢再说什么，像条小鱼似的溜开。看见了瑞宣，他仿佛立刻感到“这是个好打交代的人”。他又挽了挽袖口，眼睛躲着病人，而去挑逗瑞宣。

瑞宣心中也急，但是老实的狗见了贼也不会高声的叫，他还是婆婆妈妈的说：“医生，请来看看吧！病得很重！”

“病重，并不见得难治。只要断症断得准，下药下得对！断症最难！”大夫的眼始终没看病人，而很有力量的看着瑞宣。“你就说，那么大名气的尼古拉，出诊费二百元，汽车接送，对断症都并没有把握！我自己不敢说高明，对断症还相当的，相当的，准确！”

“这位老先生是被日本人打伤的，先生！”瑞宣想提出日本人来，激起大夫一点义愤，好快快的给调治。

可是，瑞宣只恰好把大夫的话引到另一条路上来：“是的！假若日本医生随着胜利都到咱们这儿来挂牌，我就非挨饿不可！我到过日本，他们的医药都相当的发达！这太可虑了！”

金三爷在外屋里发了言：“你磨什么豆腐呢？不快快的治病！”

瑞宣觉得很难以为情，只好满脸赔笑的说：“他是真着急！大夫，请过来看看吧！”

大夫向外面瞪了一眼，无可如何的把钱先生身上盖着的夹袍拉开，像看一件丝毫无意购买的东西似的，随便的看了看。

“怎样？”瑞宣急切的问。

“没什么！先上点白药吧！”大夫转身去找药箱。

“什么？”瑞宣惊讶的问，“白药？”

大夫找到了药箱，打开，拿出一小瓶白药来。“我要是给它个外国名字，告诉你它是拜耳的特效药，你心里大概就舒服了！我可是不欺人！该用西药，我用西药；该用中药，就用中药；我是要沟通中西医术，自成一家！”

“不用听听心脏吗？”瑞宣看不能打倒白药，只好希望大夫施展些高于白药的本事。

“用不着！咱们有消炎的好药，吃几片就行了！”大夫又在小箱里找，找出几片白的“布朗陶西耳”来。

瑞宣晓得那些小白片的用处与用法。他很后悔，早知道大夫的办法是这么简单，他自己就会治这个病，何必白花三十元钱呢！他又发了问，还希望大夫到底是大夫，必定有些他所不知道的招数：“老人有点神经错乱，是不是——”

“没关系！身上疼，就必影响到神经；吃了我的药，身上不疼了，心里也自然会平静起来。要是你真不放心的话，给他买点七厘散，或三黄宝蜡，都极有效。我不骗人，能用有效的中国药，就不必多教洋药房赚去咱们的钱！”

瑞宣没了办法。他很想自己去另请一位高明的医生来，可是看了看窗外的月影，他只好承认了白药与布朗陶西耳。“是不是先给伤口消一消毒呢？”

大夫笑了一下。“你仿佛倒比我还内行！上白药用不着消毒！中国药，中国办法；西洋药，西洋办法。我知道怎样选择我的药，也知道各有各的用法！好啦！”他把药箱盖上，仿佛一切已经办妥，只等拿钱了。

瑞宣决定不能给大夫三十块钱。钱还是小事，他不能任着大夫的意这样戏弄钱诗人。说真的，假若他的祖父或父亲有了病，他必定会尽他该尽的责任；可是，尽责任总多少含有一点勉强。对钱诗人，他是自动的，真诚的，愿尽到朋友所能尽的心力。钱先生是他所最佩服的人；同时，钱先生又是被日本人打伤的。对钱先生个人，和对日本人的愤恨，他以为他都应该负起使老人马上能恢复健康的责任——没有一点勉强！

他的眼睁得很大，而黑眼珠凝成很小的两个深黑的点子，很不客气的问大夫说："完啦？"

"完啦！"大夫板着瘦脸说。"小病，小病！上上药，服了药，准保见好！我明天不来，后天来；大概我一共来看四五次就可以毫无问题了！"

"你用不着再来！"瑞宣真动了气。"有你这样的大夫，不亡国才怪！"

"扯那个干什么呢？"大夫的瘦脸板得很紧，可是并没有带着怒。"该怎么治，我怎么治，不能乱来！亡国？等着看吧，日本大夫们一来到，我就非挨饿不可！说老实话，我今天能多赚一个铜板，是一个铜板！"

瑞宣的脸已气白，但是不愿再多和大夫费话，掏出五块钱来，放在了药箱上："好，你请吧！"

大夫见了钱，瘦脸上忽然一亮。及至看明白只是五块钱，他的脸忽然黑起来，像疾闪后的黑云似的。"这是怎回事？"

金三爷在外间屋坐着打盹，大夫的声音把他惊醒。巴唧了两下嘴，他立起来。"怎么啦？"

"凭这一小瓶，和这几小片，他要三十块钱！"瑞宣向来没做过这样的事。这点事若放在平日，他一定会咽口气，认吃亏，决不能这样的因不吃亏而显出自己的小气，褊狭。

金三爷往前凑了凑，红鼻子有声有色的出着热气。一把，他将药箱拿起来。

大夫慌了。他以为金三爷要把药箱摔碎呢。“那可摔不得！”

金三爷处置这点事是很有把握的。一手提着药箱，一手捏住大夫的脖子：“走！”这样，他一直把大夫送到门外。把小箱放在门坎外，他说了声：“快点走！这次我便宜了你！”

大夫，拿着五块钱，提起药箱，向着大槐树长叹了口气。

瑞宣，虽然不信任那个大夫，可是知道布朗陶西耳与白药的功效。很容易的，他掰开钱先生的嘴（因为已经没有了门牙），灌下去一片药。很细心的，他把老人的背轻轻的用清水擦洗了一遍。而后把白药敷上。钱先生始终一动也没动，仿佛是昏迷过去了。

这时候，小崔领着陈野求走进来。野求，脸上挂着许多细碎的汗珠，进了屋门，晃了好几晃，像要晕倒的样子。小崔扶住了他。他吐出了两口清水，脸上出了更多的汗，才缓过一口气。手扶着脑门，又立了半天，他才很勉强的说出话来。“金三爷！我先看看姐丈去！”他的脸色是那么绿，语气是那么低卑，两眼是那么可怜的乱转，连金三爷也不便说什么了。金三爷给了小崔个命令：“你回家睡觉去吧！有什么事，咱们明天再说！”

小崔已经很疲倦，可是舍不得走开。他恭敬的，低声的问：“钱老先生怎样了？”在平日，全胡同里与他最少发生关系的人恐怕就是钱先生，钱先生连街门都懒得出，就更没有照顾小崔的车子的机会了。可是小崔现在极敬重钱先生，不是因为平日的交情，而是为钱先生的敢和日本人拼命！

“睡着了！”金三爷说：“你走吧！明天见！”

小崔还要说些什么，表示他对钱老人的敬重与关切，可是他的言语不够用，只好把手心的汗都擦在裤子上，低着头走出去。

看到了姐丈，也就想起亲姐姐，野求的泪像开了闸似的整串的往下流。他没有哭出声来。疲乏，忧郁，痛心，和营养不良，使他瘫倒在床前。

金三爷虽然很看不起野求，可是见他瘫倒，心中不由的软起来。“起来！起来！哭办不了事！城外头还放着一口子呢！”他的话还很硬，可是并没有为难野求的意思。

野求有点怕金三爷，马上愣愣磕磕的立起来。泪还在流，可是脸上没有了任何痛苦的表情，像雷闪已停，虽然还落着雨，而天上恢复了安静的样子。

“来吧！”金三爷往外屋里叫野求和瑞宣。“你们都来！商量商量，我好睡会儿觉！”

自从日本兵进了北平城，除了生意冷淡了些，金三爷并没觉得有什么该关心的地方。他的北平，只是一个很大的瓦片厂。当他立在高处的时候，他似乎看不见西山和北山，也看不见那黄瓦与绿瓦的宫殿，而只看见那灰色的，一垄一垄的，屋顶上的瓦。那便是他的田，他的货物。有他在中间，卖房子的与买房子的便会把房契换了手，而他得到成三破二的报酬①。日本人进了城，并没用轰炸南苑与西苑的飞机把北平城内的“瓦片”也都炸平；那么，有房子就必有买有卖，也就有了金三爷的“庄稼”。所以，他始终觉得北平的被日本人占据与他并没多大的关系。

及至他看到了女婿与亲家太太的死亡，和亲家的遍体鳞伤，他才觉出来日本人的攻城夺地并不是与他毫无关系——他的女儿守了寡，他最好的朋友受了重伤！赶到他和冠晓荷发生了冲突，他开始觉得不但北平的沦陷与他有关系，而且使他直接的卷入漩涡。他说不清其中的始末原由，而只觉到北平并不仅仅是一大片砖瓦，而是与他有一种特别的关系。这种关系只能用具体的事实来说明，而具体的事实就在他的心上与眼前——北平属了日本人，他的至亲好友就会死亡；他们的死亡不仅损失了他的金钱，而且使他看到更大的

---

① 成三破二的报酬，旧社会买卖房地产的陋规，即买主应付出买房总价钱的三成，卖房人应付出总卖价的二成给介绍人作为报酬。

危险，大家都可以无缘无故死去的危险。在平日，他几乎不知道什么是国家；现在，他微微的看见了一点国家的影子。这个影子使他的心扩大了一些，宽大了一些。他还想不出他是否该去，和怎样去，抵抗日本人；可是，他仿佛须去作一点异于只为自己赚钱的事，心里才过得去。

陈野求的可怜的样子，和瑞宣的热诚的服侍钱老人，都使他动了一点心。他本来看不起他们；现在，他想和他们商议商议钱家的事，像好朋友似的坐在一块儿商议。

瑞宣本来就没心去计较金三爷曾经冷淡过他；在看见金三爷怎样收拾了冠晓荷以后，他觉得这个老人是也还值得钦佩的。在危患中，他看出来，只有行动能够自救与救人。说不定，金三爷的一伸拳头，就许把冠晓荷吓了回去，而改邪归正。假使全北平的人都敢伸拳头呢？也许北平就不会这么像死狗似的，一声不出的受敌人的踢打吧？他认识了拳头的伟大与光荣。不管金三爷有没有知识，有没有爱国的心，反正那对拳头使金三爷的头上发出圣洁的光。他自己呢，只有一对手，而没有拳头。他有知识，认识英文，而且很爱国，可是在城亡了的时候，他像藏在洞里的一条老鼠！他的自惭使他钦佩了金三爷。

"都坐下！"金三爷下了命令。他已经十分疲乏，白眼珠上横着几条细的血道儿，可是他还强打精神要把事情全盘的讨论一过儿——他觉得自己非常的重要，有主意，有办法，因为他战胜了冠晓荷。又点上了烟，巴唧了两口，话和烟一齐放出来："第一件，"他把左手的拇指屈起来，"明天怎么埋亲家太太。"

野求顾不得擦拭脸上的泪；眼珠儿定住，泪道儿在鼻子两旁挂着，他对金三爷的红鼻子发愣。听到三爷的话，他低下头去；即使三爷没有看他，他也觉到有一对眼睛钉在了他的头上。

瑞宣也没话可说。

他们仿佛是用沉默哀恳着金三爷再发发善心。

金三爷咧了咧嘴，无可如何的一笑。“我看哪，事情还求李四爷给办，钱，”他的眼真的钉在野求的头上。

野求的头低得更深了些，下巴几乎碰到锁子骨上面。

“钱，唉！还得我出吧？”

野求大口的咽着吐沫，有点响声。

“谁教三爷你……”瑞宣停顿住，觉得在国破家亡的时候，普通的彼此敷衍的话是不应当多说的。

“第二件，埋了亲家太太以后，又该怎么办。我可以把姑娘接回家去，可是那么一来，谁照应着亲家呢？要是叫她在这儿伺候着公公，谁养活着他们呢？”

野求抬了抬头，想建议他的全家搬来，可是紧跟着便又低下头去，不敢把心意说出来；他晓得自己的经济能力是担负不起两个人的一日三餐的；况且姐丈的调养还特别要多花钱呢！

瑞宣心中很乱，假若事情发生在平日，他想他一定会有办法。可是事情既发生在现时，即使他有妥当的办法，谁能保险整个的北平不在明天变了样子呢？谁敢保证明天钱先生不再被捕呢？谁知道冠晓荷要怎样报复呢？谁敢说金三爷，甚至连他自己，不遇到凶险呢？在屠户刀下的猪羊还能提出自己的办法吗？

他干嗽了好几下，才说出话来。他知道自己的话是最幼稚，最没力量，可是不能不说。即使是个半死的人，说一句话总还足以表示他有点活气儿。“三伯伯！我看少奶奶得在这儿伺候着钱伯伯。我，和我的内人，会帮她的忙。至于他们公媳二人的生活费用，只好由咱们大家凑一凑了。我这些话都不是长远的办法，而只是得过且过，混过今天再说明天。谁敢说，明天咱们自己不被日本人拿去呢！”

野求长叹了一口气。

金三爷把大手放在光头上，用力的擦了几下子。他要发怒，他以为凭自己的武功和胆气，他是天不怕地不怕，绝对不会受欺侮的。

这时候，里屋里钱先生忽然“啊”了一声，像一只母鸡在深夜里，冷不防的被黄狼咬住，那么尖锐，苦痛，与绝望。野求的脸，好容易稍微转过一点颜色来，听到这一声，马上又变成惨绿的。瑞宣像被针刺了似的猛的站起来。金三爷头上仅有的几根头发全忽的竖起，他忘了自己的武功与胆气，而觉得像有一把尖刀刺入他的心。

三个人前后脚跑进里屋。钱老人由横躺改为脸朝下的趴伏，两臂左右的伸开，双手用力的抓着床单子，指甲差不多抠进了布中。他似乎还睡着呢，可是口中出着点被床单阻住的不甚清楚的声音。瑞宣细听才听明白："打！打！我没的说！没有！打吧！"

野求的身上颤抖起来。

金三爷把头转向了外，不忍再看。咬了咬牙，他低声的说："好吧，祁大爷，先把亲家治好了，再说别的吧！"

二十二

无论刮多大的风，下多大的雨，无论天气怎样的寒，还是怎样的热，无论家中有什么急事，还是身体不大舒服，瑞宣总不肯告假。假若不得已的请一两点钟假，他也必定补课，他不肯教学生在功课上吃一点亏。一个真认识自己的人，就没法不谦虚。谦虚使人的心缩小，像一个小石卵，虽然小，而极结实。结实才能诚实。瑞宣认识他自己。他觉得他的才力，智慧，气魄，全没有什么足以傲人的地方；他只能尽可能的对事对人尽到他的心，他的力。他知道在人世间，他的尽心尽力的结果与影响差不多等于把一个石子投在大海里，但是他并不肯因此而把石子可惜的藏在怀中，或随便的掷在一汪儿臭水里。他不肯用坏习气减少他的石子的坚硬与力量。打铃，他马上拿起书上讲堂；打铃，他才肯离开教室。他没有迟到早退的，装腔作势的恶习。不到万不得已，他也永远不旷课。上堂教课并不给他什么欣悦，他只是要对得住学生，使自己心中好受。

学校开了课。可是他并不高兴去。他怕见到第二代的亡国奴。他有许多理由与事实，去原谅自己在北平低着头受辱。他可是不能原谅自己，假若他腆着脸到讲台上立定，仿佛是明告诉学生们他已承认了自己无耻，也教青年们以他为榜样！

但是，他不能不去。为了收入，为了使老人们心安，为了对学校的责任，他不能藏在家里。他必须硬着头皮去受刑——教那些可爱的青年们的眼，像铁钉似的，钉在他的脸上与心中。

校门，虽然是开学的日子，却没有国旗。在路上，他已经遇到三三两两的学生；他不敢和他们打招呼。靠着墙根，他低着头疾走，到了校门外，学生们更多了。他不知道怎样的走进了那个没有国旗的校门。

教员休息室是三间南房，一向潮湿；经过一夏天未曾打开门窗，潮气像雾似的凝结在空中，使人不敢呼吸。屋里只坐着三位教师。见瑞宣进来，他们全没立起来。在往常，开学的日子正像家庭中的节日，大家可以会见一个夏天未见面的故人，和新聘来的生朋友，而后不是去聚餐，便是由校长请客，快活的过这一天。这一天，是大家以笑脸相迎，而后脸上带着酒意，热烈的握手，说“明天见”的日子。今天，屋里像坟墓那样潮湿，静寂。三位都是瑞宣的老友。有两位是愣磕磕的吸着烟，一位是注视着桌子上纵起的一片漆皮。他们都没向瑞宣打招呼，而只微微的一点头，像大家都犯了同样的罪，在监狱中不期而遇的那样。瑞宣向来是得拘谨就拘谨的人，现在就更不便破坏了屋中沉寂的空气。他觉得只有冷静，在今天，才似乎得体。在今天，只有冷静沉寂才能表示出大家心中的苦闷。在静寂中，大家可以渐渐的听到彼此心中的泪在往外涌。

坐下，他翻弄翻弄一本上学期用过的点名簿。簿子的纸非常的潮湿，好几页联到一处，很不易揭开。揭开，纸上出了一点点声音。这一点声音，在屋中凝结住的潮气中发出，使他的身上忽然微痒，像要出汗的样子。他赶紧把簿子合上。虽然这么快的把簿子合上，他可是已经看到一列学生的名字——上学期还是各别的有名有姓的青年，现在已一律的，没有例外的，变成了亡国奴。他几乎坐不住了。

听一听院里，他希望听到学生们的欢笑与喊叫。在往日，学生们在上课前后的乱闹乱吵老给他一种刺激，使他觉到：青春的生命力量虽然已从他自己身上渐渐消逝，可是还在他的周围；使他也想去和他们一块儿蹦蹦跳跳，吵吵闹闹。现在，院里没有任何声音！学生们——不，不是学生们，而是亡国奴们——也和他一样因羞愧而静寂！这比成群的飞机来轰炸还更残酷！

他喜欢听学生的欢笑，因为没有欢笑的青春便是夭折。今天，他可是不能希望他们和往日一样的活泼；他们都是十四五岁左右的人，不能没心没肺！同时，他们确是不喊不叫了，难道他们从此永远如此吗？假若他们明天就又喊又闹了，难道他们就该为亡国而只沉默一天吗？他想不清楚，而只觉得房里的潮气像麻醉药似的糊在他的鼻子上，使他堵得慌！

咽了几口气，他渴盼校长会忽然的进来，像一股阳光似的进来，把屋中的潮气与大家心中的闷气都赶了走。

校长没有来。教务主任轻轻的把门拉开。他是学校中的老人，已经作了十年的教务主任。扁脸，矮身量，爱说话而说不上什么来，看着就是个没有才干，而颇勤恳负责的人。进了屋门，他的扁脸转了一圈；他的看人的方法是脸随着眼睛转动，倒好像是用一面镜子照大家呢。看清了屋中的四位同事，他紧赶几步，扑过瑞宣来，很亲热的握手；而后，他又赶过那三位去，也一一的握手。在往常，他的话必定在握手以前已经说出来好几句。今天，他的手握得时间比较的长，而没有话可说。都握完手，大家站了一圈儿，心中都感到应当出点声音，打破屋中的被潮湿浸透了的沉寂。

“校长呢？”瑞宣问。

“嗯——”教务主任的话来得很不顺畅：“校长不大舒服，不大舒服。今天，他不来了；嘱咐我告诉诸位，今天不举行开学式；一打铃，诸位老师上班就是了；和学生们谈一谈就行了，明天再上课——啊，再上课。”

大家又愣住了。他们都在猜想：校长也许是真病了，也许不是。和学生们谈一谈？谈什么呢？

教务主任很愿再说些什么，使大家心中痛快一些，可是他想不起说什么才好。摸了摸扁脸，他口中出着点没有字的声音，搭讪着走出去。

四位先生又僵在了那里。

铃声，对于一个作惯了教员的，有时候很好听，有时候很不悦耳。瑞宣向来不讨厌铃声，因为他只要决定上课，他必定已经把应教的功课或该发还的卷子准备得好好的。他不怕学生质问，所以也不怕铃声。今天，他可是怕听那个管辖着全校的人的行动的铃声，像一个受死刑的囚犯怕那绑赴刑场的号声或鼓声似的。他一向镇定，就是十年前他首次上课堂讲书的时节，他的手也没有发颤。现在，他的手在袖口里颤起来。

铃声响了。他迷迷糊糊的往外走，脚好像踩在棉花上。他似乎不晓得往哪里走呢。凭着几年的习惯，他的脚把他领到讲堂上去。低着头，他进了课堂。屋里极静，他只能听到自己的心跳。上了讲台，把颤动着的右手放在讲桌上，他慢慢的抬起头来。学生们坐得很齐，一致的竖直了背，扬着脸，在看他。他们的脸都是白的，没有任何表情，像是石头刻的。一点辣味儿堵塞住他的嗓子，他嗽了两声。泪开始在他的眼眶里转。

他应当安慰他们，但是怎样安慰呢？他应当鼓舞起他们的爱国心，告诉他们抵抗敌人，但是他自己怎么还在这里装聋卖傻的教书，而不到战场上去呢？他应当劝告他们忍耐，但是怎么忍耐呢？他可以教他们忍受亡国的耻辱吗？

把左手也放在桌上，支持着他的身体，他用极大的力量张开了口。他的声音，好像一根细鱼刺似的横在了喉中。张了几次嘴，他并没说出话来。他希望学生们问他点什么。可是，学生们没有任何动作；除了有几个年纪较大的把泪在脸上流成很长很亮的道子，没有人出声。城亡了，民族的春花也都变成了木头。

胡里胡涂的，他从嗓子里挤出两句话来："明天上课。今天，今天，不上了！"

学生们的眼睛开始活动，似乎都希望他说点与国事有关的消息或意见。他也很想说，好使他们或者能够得着一点点安慰。可是，他说不出来。真正的苦痛是说不出来的！狠了狠心，他走下了讲台。大家的眼失望的追着他。极快的，他走到了屋门；他听到屋中有人叹气。他迈门坎，没迈利落，几乎绊了一跤。屋里开始有人活动，声音很微，像是偷手摸脚的那样往起立和往外走呢。他长吸了一口气，没再到休息室去，没等和别的班的学生会面，他一气跑回家中，像有个什么鬼追着似的。

到家里，谁也没理，他连鞋也没脱，便倒在床上。他的脑中已是空的，只有一些好像可以看得见的白的乱丝在很快的转。他用力的闭着眼。脑中的乱丝好似转疲了，渐渐的减低速度。单独的，不相关联的，忽现忽没的观念，像小星星似的，开始由那团乱丝中往起跳。他没有能力使它们集合到一处，他觉得烦躁。

他忽然坐起来。仿佛像万花筒受了震动似的，他的脑中忽然结成一朵小花——"这就是爱国吧？"他问自己。问完，他自己低声的笑起来。他脑中的花朵又变了："爱国是一股热情所激发出来的崇高的行动！光是想一想，说一说，有什么用处呢？"

一声没出，他又跑到钱家去。服侍钱先生，现在，变成他的最有意义，最足以遮羞的事！

另外请来一位西医，详细的给钱先生检查过，钱先生的病是："身上的伤没有致命的地方，可以治好；神经受了极大的刺激，也许一时不能恢复原状；他也许忘了以前一切的事，也许还能有记忆；他需要长时间的静养。”

金三爷，李四爷，陈野求和小崔一清早就出了城，去埋葬钱太太。看家的还是四大妈。瑞宣来到，她叫他招呼着钱先生，她照应着少奶奶。

各线的战事消息都不大好。北平的街上增加了短腿的男女，也开始见到日本的军用票。用不着看报，每逢看见街上的成群的日本男女，瑞宣就知道我们又打了个败仗。上海的战事，不错，还足以教他兴奋。可是，谁也能看出来，上海的战事并没有多少希望，假若其余的各线都吃败仗。在最初，他把希望同等的放在北方的天险与南方的新军上。他知道北方的军队组织与武器是无法和日本兵较量的，所以他希望以天险补救兵力与武器的缺陷。可是，天险一个个的好像纸糊的山与关，很快的相继陷落。每逢这些地方陷落，他的心中就好像被利刃刺进一次。他所知道的一点地理是历史的附属。由历史中，他记得山海关，娘子关，喜峰口，雁门关。他没到过这些地方，不晓得它们到底“险”到甚么程度。他只觉得这些好听的地名给他一些安全之感——有它们便有中国历史的安全。可是，这些地方都并不足以阻挡住敌人。在惶惑不安之中，他觉得历史仿佛是个最会说谎的骗子，使他不敢再相信自己的国家中的一切。假若还有不骗人的事情，那便是在上海作战的，曾经调整过的新军。上海无险可守，可是倒能打得那么出色。有“人”才有历史与地理。可是，上海的国军能支持多久？到底有多少师人？多少架飞机？他无从知道。他知道上海在海上，而海是日本人的。他怀疑日本以海陆空的联合攻击，我们只以陆军迎战，是否能致胜？同时，他觉得应当马上离开家，去参加斗争；有人才有历史与地理，难道他自己应该袖手旁观么？可是他走不动。“家”把他的生命埋在了北平，而北平已经失去它的历史，只是个地理上的名词。

他的胖脸瘦了一圈，眼睛显着特别的大。终日，他老像想着点什么不该随便忘记了的事，可是一经想起，他又愿意把它忘掉。亡了国的人既没有地方安置身体，也没有地方安置自己的心。他几乎讨厌了他的家。他往往想象：假若他是单身一人，那该多么好呢？没有四世同堂的锁镣，他必会把他的那一点点血洒在最伟大的时代中，够多么体面呢？可是，人事不是想象的产物；骨肉之情是最无情的锁链，把大家紧紧的穿在同一的命运上。他不愿再到学校去。那已经不是学校，而是青年的集中营，日本人会不久就来到，把吗啡与毒药放进学生们的纯洁的脑中，教他们变成了第二等的“满洲人”。

他只愿看着钱先生。老人的痛苦像是一种警告：“你别忘了敌人的狠毒！”老人的哀鸣与各处的炮火仿佛是相配合的两种呼声：“旧的历史，带着它的诗，画，与君子人，必须死！新的历史必须由血里产生出来！”这种警告与呼声并不能使他像老三似的马上逃出北平，可是消极的，他能因此而更咬紧一点牙，在无可如何之中不至于丧失了节操。这就有一点意义。至少，也比蹲在家里，听着孩子哭与老人们乱叨唠强上一点。

同时，他很想明白明白钱老人为什么能逃出虎口，由监狱跑回家中。老人已经落在虎口中，居然会又逃出来，这简直不可置信！莫非日本人觉得战事没有把握，所以不愿多杀人？还是日本的军人与政客之间有什么斗争与冲突，而使钱先生找到可以钻出来的隙缝？或者是日本人虽然正打着胜仗，可是事实上却有很大的牺牲，以致军人和政客都各处乱动，今天来了明天走，没有一定的办法，没有一定的主意，“二郎”拿来的人，“三郎”可以放了走？他想不清楚。他希望钱老人会详详细细的告诉他。现在，老人可还不会讲话。他愿意殷勤的看护，使老人早日恢复健康，早些对他说了一切。这是亡国的过程中的一个小谜。猜破了这个谜，他才能够明白一点征服者与被征服者中间的一点关系，一个实在的具体的事件——假若记载下来，也颇可以给历史留下点儿“扬州十日”里的创痕与仇恨！

服了止痛安神的药，钱先生睡得很好。伤口和神经还时常教他猛的扭动一下，或哀叫一声，可是他始终没有睁开眼。

看着这像是沉睡，又像是昏迷的老人，瑞宣不由的时时不出声的祷告。他不知向谁祷告好，而只极虔诚的向一个什么具有的人形的“正义”与“慈悲”祈求保佑。这样的祷告，有时候使他觉得心里舒服一点，有时候又使他暗笑自己。当他觉得心里舒服一点的时候，他几乎要后悔为什么平日那么看不起宗教，以致缺乏着热诚，与从热诚中激出来的壮烈的行动。可是，再一想，那些来到中国杀人放火的日本兵们几乎都带着佛经，神符，和什么千人针；他们有宗教，而宗教会先教他们变成野兽，而后再入天堂！想到这里，他又没法不暗笑自己了。

看着昏睡的钱老人，瑞宣就这么东想想西想想。一会儿，他觉得自己是有最高文化的人——爱和平，喜自由，有理想，和审美的心；不野调无腔，不迷信，不自私。一会儿，他又以为自己是最没有用处的废物；城亡了，他一筹莫展；国亡了，他还是低着头去作个顺民；他的文化连丝毫的用处也没有！

想到他的头都有点疼了，他轻手蹑脚的走出去，看看院里的秋花，因为钱先生不喜用盆，而把花草多数都种在地上，所以虽然已经有许多天没有浇灌，可是墙阴下的鸡冠与葵花什么的还照常开着花。看着一朵金黄的，带着几条红道道的鸡冠，他点点头，对自己说：“对了！你温柔，美丽，像一朵花。你的美丽是由你自己吸取水分，日光，而提供给世界的。可是，你缺乏着保卫自己的能力；你越美好，便越会招来那无情的手指，把你折断，使你死灭。一朵花，一座城，一个文化，恐怕都是如此！玫瑰的智慧不仅在乎它有色有香，而也在乎它有刺！刺与香美的联合才会使玫瑰安全，久远，繁荣！中国人都好，只是缺少自卫的刺！”想到这里，他的心中光亮起来；他认清了自己的长处，不再以自己为废物；同时，他也认清，自己的短处，知道如何去坚强自己。他的心中有了力量。

正在这时候，祁老人拉着小顺儿慢慢的走进来。时间是治疗痛苦的药。老人的病，与其说是身体上的，还不如说是精神上的。他心里不痛快。慢慢的，他觉得终日躺在床上适足以增加病痛，还不如起来活动活动。有些病是起于忧郁，而止于自己解脱的。时间会巧妙的使自杀的决心改为“好死不如癞活”。他从床上起来；一起来，便不再只愁自己，而渐渐的想起别人。他首先想到他的好友，钱先生。孟石出殡的时候，他在大门内看了一眼；而后又躺着哼哼了整一天。每一口棺材，在老人眼中，都仿佛应当属于自己。他并没为孟石多想什么，因为他只顾了想象自己的一把骨头若装在棺材里该是什么滋味。他很怕死。快入墓的人大概最注意永生。他连着问小顺儿的妈好几次：“你看我怎样啊？”

她的大眼睛里为钱家含着泪，而声音里为祖父拿出轻松与快活来：“爷爷，你一点病也没有！老人哪，一换节气都得有点腰酸腿疼的，躺两天就会好了的！凭你的精神，老爷子，顶少顶少也还得活二十年呢！”

孙媳妇的话像万应锭似的，什么病都不治，而什么病都治，把老人的心打开。她顺水推舟的建议：“爷爷，大概是饿了吧？我去下点挂面好不好？”

老人不好意思马上由死亡而跳到挂面上来，想了一会儿，把议案修正了一下：“冲一小碗藕粉吧！嘴里老白唧唧的没有味儿！”

及至老人听到钱先生的回来，他可是一心一意的想去看看，而完全忘了自己的病痛。钱先生是他的好友，他应当尽可能的去安慰与照应，他不能再只顾自己。

他叫瑞丰搀着他去。瑞丰不敢去，第一，他怕到钱家去；第二，更怕被冠家的人看见他到钱家去；第三，特别怕在钱家遇见瑞宣——他似乎已痛深恶绝了大哥，因为大哥竟敢公然与冠家为敌，帮着钱默吟和金三爷到冠家叫闹，打架。听祖父叫他，他急忙躺在了床上，用被子蒙上头，而由胖太太从胖喉咙中挤出点声音来：“他不大舒服，刚吃了阿司匹灵！”

“哦！还是吃一丸子羚翘解毒呀！秋瘟！”

这样，老人才改派了小顺儿作侍从。

小顺儿很得意。看见了爸爸，他的小尖嗓子像开了一朵有声的花似的：“爸爸！太爷爷来啦！”

怕惊动了钱老人与少奶奶，瑞宣忙向小顺儿摆手。小顺儿可是不肯住声：“钱爷爷在哪儿哪？他叫日本鬼子给打流了血，是吗？臭日本鬼子！”

祁老人连连的点头，觉得重孙子聪明绝顶，值得骄傲。“这小子！什么都知道！”

瑞宣一手搀着祖父，一手拉着儿子，慢慢往屋中走。进了屋门，连小顺儿似乎都感到点不安，他不敢再出声了。进到里屋，祁老人一眼看到了好友——钱先生正脸朝外躺着呢。那个脸，没有一点血色，可是并不很白，因为在狱中积下的泥垢好像永远也不能再洗掉。没有肉，没有活软气儿，没有睡觉时的安恬的样子，腮深深的陷入，唇张着一点，嘴是个小黑洞，眼闭着，可是没有闭严，眼皮下时时露出一点轻轻动的白膜，黑紫黑紫的炙痕在太阳穴与脑门上印着，那个脸已经不像个脸，而像个被一层干皮包着的头颅骨。他的呼吸很不平匀。堵住了气，他的嘴就张得更大一些，眼皮似要睁开那么连连的眨巴。小顺儿用小手捂上了眼。祁老人呆呆的看着好友的脸，眼中觉得发干，发辣，而后又发湿。他极愿意发表一点意见，但是说不上话来，他的口与舌都有些麻木。他的意见，假若说出来，大概是：“瑞宣，你父亲和钱先生的年纪仿上仿下。不知道为什么，我好像看到你父亲也变成这样！”由这几句要说而说不出的话，他慢慢的想起日本人。一个饱经患难的老人，像他，很会冷静的，眼不见心不烦的，拒绝相信别人的话，好使自己的衰老了的心多得到一些安静。从“九一八”起，他听到多少多少关于日本人怎样野蛮残暴的话，他都不愿信以为真。在他的心灵的深处，他早就知道那些话并不会虚假，可是他不愿相信，因为相信了以后，他就会看出危险，而把自己能平平安安活到八十岁的一点分内的希望赶快扔弃了。现在，看到了好友的脸，他想到了自己的儿子，也就想到他自己。日本人的刺刀是并不躲开有年纪的人的。他可以故意的拒绝相信别人的话，但是没法不相信钱先生的脸。那张脸便是残暴的活广播。

愣了不知有多久，他才迷迷糊糊的往前凑了一步。他想看看钱先生的身上。

“爷爷！”瑞宣低声的叫。“别惊动他吧！”他晓得教老人看了钱先生的脊背，是会使老人几天吃不下饭去的。

“太爷爷！”小顺儿扯了扯老人的袍襟：“咱们走吧！”

老人努力的想把日本人放在脑后，而就眼前的事，说几句话。他想告诉瑞宣应当给钱先生买什么药，请哪位医生，和到什么地方去找专治跌打损伤的秘方。他更希望钱先生此时会睁开眼，和他说一两句话。他相信，只要他能告诉钱先生一两句话，钱先生的心就会宽起来；心一宽，病就能好得快。可是，他还是说不上话来。他的年纪，经验，智慧，好像已经都没有了用处。日本人打伤了他的好友，也打碎了他自己的心。他的胡子嘴动了好几动，只说出：“走吧，小顺儿！”

瑞宣又搀住了祖父，他觉得老人的胳臂像铁一样重。好容易走到院中，老人立住，对那些花木点了点头，自言自语的说：“这些花草也得死！唉！”

二十三

钱先生慢慢的好起来。日夜里虽然还是睡的时间比醒的时间多，可是他已经能知道饥渴，而且吃的相当的多了。瑞宣偷偷的把皮袍子送到典当铺去，给病人买了几只母鸡，专为熬汤喝。他不晓得到冬天能否把皮袍赎出来，但是为了钱先生的恢复康健，就是冬天没有皮袍穿，他也甘心乐意。

钱少奶奶，脸上虽还是青白的，可是坚决的拒绝了李四大妈的照应，而挣扎着起来服侍公公。

金三爷，反正天天要出来坐茶馆，所以一早一晚的必来看看女儿与亲家。钱先生虽然会吃会喝了，可是还不大认识人。所以，金三爷每次来到，不管亲家是睡着还是醒着，总先到病榻前点一点他的四方脑袋，而并不希望和亲家谈谈心，说几句话儿。点完头，他拧上一袋叶子烟，巴唧几口，好像是表示："得啦，亲家，你的事，我都给办了！只要你活着，我的心就算没有白费！"然后，他的红脸上会发出一点快活的光儿来，觉得自己一辈子有了件值得在心中存记着的事——发送了女婿，亲家母，还救活了亲家！

对女儿，他也没有多少话可讲。他以为守寡就是守寡，正像卖房的就是卖房一样的实际，用不着格外的痛心与啼哭。约摸着她手中没了钱，他才把两三块钱放在亲家的床上，高声的仿佛对全世界广播似的告诉姑娘："钱放在床上啦！"

当他进来或出去的时候，他必在大门外稍立一会儿，表示他不怕遇见冠家的人。假若遇不见他们，他也要高声的咳嗽一两声，示一示威。不久，全胡同里的小儿都学会了他的假嗽，而常常的在冠先生的身后演习。

冠先生并不因此而不敢出门。他自有打算，沉得住气。"小兔崽子们！"他暗中咒骂："等着你们冠爷爷的，我一旦得了手，要不像抹臭虫似的把你们都抹死才怪！"他的奔走，在这些日子，比以前更加活跃了许多。最近，因为勤于奔走的缘故，他已摸清了一点政局的来龙去脉。由一位比他高明着许多倍的小政客口中，他听到：在最初，日本军阀愿意把华北的一切权利都拿在自己的手中，所以他们保留着那个已经破碎不全的华北政务委员会。同时，为维持北平一城的治安，他们从棺材里扒出来几个老汉奸组织起维持会。其实维持会只是个不甚体面的古董铺，并没有任何实权。那真正替敌人打扫街道与维持秩序的，却是市政府。在市政府中，天津帮占了最大的势力。现在，山东，河北，河南，山西，敌军都有迅速的进展：敌军既不能用刺刀随在每个中国人的背后，就势必由日本政客与中国汉奸合组起来个代替“政务委员会”的什么东西，好挂起五色旗来统治整个的华北，好教汉奸们替“皇军”使用军用票，搜刮物资，和发号施令。这个机构很难产出，因为日本军人根本讨厌政治，根本不愿意教类似政治的东西拘束住他们的肆意烧杀。他们在找到完全听他们的话的，同时又能敷衍中国百姓的，汉奸以前，决不肯轻意摆出个政府来。在天津，在敌人占据了各学校之后，他们本无意烧掉各图书馆的书籍，不是爱惜它们，而是以为书籍也多少可以换取几个钱的。可是，及至他们的驻津领事劝告他们，把书籍都运回国去。他们马上给图书馆们举行了火葬。他们讨厌外交官的多口。他们愿像以总督统管朝鲜那样，来统治华北和一切攻陷的地方，把文官的势力削减到零度。可是，军队的活动，不能只仗着几个命令；军队需要粮草，服装，运输工具，和怎样以最少的士兵取得最大的胜利。这，使讨厌文官与政治的军阀没法不想到组织政府，没法不借重于政客与汉奸。军阀的烦恼永远是“马上得之，不能马上治之”。

在日军进入北平的时候，最先出现于北平人眼前的新组织是新民会，一个从炮火烟雾中钻出来的宣传机关。冠晓荷听见说有这么个机关，而没有十分注意它，他不大看得起宣传工作。他心目中的“差事”是税局，盐务；他心中的头衔是县长，科长，处长……他觉得一个“会”，既无税局与盐务署的收入，又无县长，处长的头衔，一定就没有什么油水与前途。现在，他才明白过来：这个“会”是大有前途的，因为它是紧跟着军队的，替军队宣扬“德威”的亲近的侍从。有它，日本军队才能在屠杀之后把血迹埋掩起来；有它，日本军队才能欺哄自己：他们对被征服的民众的确有了“和平的”办法。它不跟军阀争什么，而是老老实实的在军人身后唱着“太平歌词”。军人以炮火打瘫了一座城，新民会赶紧过来轻轻的给上一点止痛的药。

那位小政客告诉冠晓荷：“要谋大官，你非直接向日本军官手里去找不可。维持会不会有很长的寿命。到市政府找事呢，你须走天津帮的路线。新民会较比容易进去，因为它是天字第一号的顺民，不和日本军人要什么——除了一碗饭与几个钱——而紧跟着日本兵的枪口去招抚更多的顺民，所以日本军人愿意多收容些这样的人。只要你有一技之长，会办报，会演戏，会唱歌，会画图，或者甚至于会说相声，都可以作为进身的资格。此外，还有个万不可忽视的力量——请注意地方上的‘老头子’！老头子们是由社会秩序的不良与法律保障的不足中造成他们的势力。他们不懂政治，而只求实际的为自己与党徒们谋安全。他们也许知道仇视敌人，但是敌人若能给他们一点面子，他们就会因自己的安全而和敌人不即不离的合作。他们未必出来作官，可是愿意作敌人用人选士的顾问。这是个最稳固最长久的力量！”

这一点分析与报告，使冠晓荷闻所未闻。虽然在官场与社会中混了二三十年，他可是始终没留过心去观察和分析他的环境。他是个很体面的苍蝇，哪里有粪，他便与其他的蝇子挤在一处去凑热闹；在找不到粪的时候，他会用腿儿玩弄自己的翅膀，或用头轻轻的撞窗户纸玩，好像表示自己是普天下第一号的苍蝇。他永远不用他的心，而只凭喝酒打牌等等的技巧去凑热闹。从凑热闹中，他以为他就会把油水捞到自己的碗中来。

听到人家这一片话，他闭上了眼，觉得他自己很有思想，很深刻，倒好像那都是他自己思索出来的。过了一会儿，他把这一套话到处说给别人听，而且声明马上要到天津去，去看看老朋友们。把这一套说完，他又谦虚的承认自己以前的浮浅：“以前，我说过：艺术是没有国界的，和……那些不着边际的话。那太浮浅了！人是活到老，学到老的！现在，我总算抓到了问题的根儿，总算有了进步！有了进步！”

他并不敢到天津去。不错，他曾经在各处做过事；可是，在他的心的深处却藏着点北平人普遍的毛病——怕动，懒得动。他觉得到天律去——虽然仅坐三小时的火车——就是“出外”，而出外是既冒险而又不舒服的事。再说，在天津，他并没有真正的朋友。那么，白花一些钱，而要是还找不到差事，岂不很不上算？

对日本的重要军人，他一个也不认识。他很费力的记住了十来个什么香月，大角，板垣，与这个郎，那个田，而且把报纸上记载的他们的行动随时在他的口中“再版”，可是他自己晓得他们与他和老虎与他距离得一样的远。

至于“老头子”们，他更无法接近，也不大高兴接近。他的不动产虽不多，银行的存款也并没有超过一万去，可是他总以为自己是个绅士。他怕共产党，也怕老头子们。他觉得老头子就是窦尔墩，而窦尔墩的劫富安贫是不利于他的。

他想应当往新民会走。他并没细打听新民会到底都作些什么，而只觉得自己有作头等顺民的资格与把握。至不济，他还会唱几句二簧，一两折奉天大鼓（和桐芳学的），和几句相声！况且，他还作过县长与局长呢！他开始向这条路子进行。奔走了几天，毫无眉目，可是他不单不灰心，反倒以为“心到神知”，必能有成功的那一天。无事乱飞是苍蝇的工作，而乱飞是早晚会碰到一只死老鼠或一堆牛粪的。冠先生是个很体面的苍蝇。

不知别人怎样，瑞丰反正是被他给“唬”住了。那一套分析，当冠先生从容不迫的说给瑞丰听的时候，使瑞丰的小干脸上灰暗起来。他——瑞丰——没想到冠先生能这么有眼光，有思想！他深怕自己的才力太小，不够巴结冠先生的了！

冠先生可是没对瑞丰提起新民会来，因为他自己既正在奔走中，不便教瑞丰知道了也去进行，和他竞争；什么地方该放胆宣传，什么地方该保守秘密，冠先生的心中是大有分寸的。

二三十年的军阀混战，“教育”成像晓荷的一大伙苍蝇。他们无聊，无知，无心肝，无廉耻，因为军阀们不懂得用人，而只知道豢养奴才。在没有外患的时候，他们使社会腐烂。当外患来到，他们使国家亡得快一点。

受过只管收学费与发文凭的教育的瑞丰，天然的羡慕晓荷。他自己没作过官，没接近过军阀，可是他的文凭既是换取生活费用的执照，他就没法不羡慕冠先生的衣食住行的舒服与款式。他以为冠先生是见过世面的“人物”，而他自己还是口黄未退的“雏儿”。

瑞丰决定赶快搬到三号的那间小屋子去住。那间小屋小到仅足以放下一张床的，只有个小门，没有窗户。当瑞丰去看一眼的时候，他没看见什么——因为极黑暗——而只闻到一些有猫屎味的潮气。他愿意住这间小屋，他的口气表示出来：只要能和冠家住在一处，哪怕是教他立着睡觉也无所不可！

这时候，西长安街新民报社楼上升起使全城的人都能一抬头便看见的大白气球，球下面扯着大旗，旗上的大字是“庆祝保定陷落”！保定，在北平人的心里几乎是个地理上的名词。它的重要仿佛还赶不上通州，更不用说天津或石家庄了。他们只知道保定出酱菜与带响的大铁球。近些年来，揉铁球的人越来越少了，保定与北平人的关系也就越发模糊不清了。现在，“保定陷落”在白气球底下刺着大家的眼，大家忽然的想起它来，像想起一个失踪很久的好友或亲戚似的。大家全低下头去。不管保定是什么样的城，它是中国的地方！多失陷一座别的城，便减少克复北平的一分希望。他们觉得应该为保定戴孝，可是他们看到的是“气球”与“庆祝！”亡国是最痛心，最可耻，可是他们得去庆祝！自己庆祝亡国！

日本的“中国通”并不通。他们不晓得怎么给北平人留面子。假若他们一声不出的，若无其事的，接受胜利，北平人是会假装不知道而减少对征服者的反感的。但是，日本人的“小”心眼里，既藏不住狠毒，也藏不住得意。像猫似的，他们捉住老鼠不去马上吃掉，而要戏耍好大半天；用爪牙戏弄被征服者是他们的唯一的“从容”。他们用气球扯起保定陷落的大旗来！

新民会抓到表功的机会。即使日本人要冷静，新民会的头等顺民也不肯不去铺张。在他们的心里，他们不晓得哪是中国，哪是日本。只要有人给饭吃，他们可以作任何人的奴才。他们像苍蝇与臭虫那样没有国籍。

他们决定为自庆亡国举行大游行。什么团体都不易推动与召集，他们看准了学生——决定利用全城的中学生和小学生来使游行成功。

瑞丰喜欢热闹。在平日，亲友家的喜事，他自然非去凑热闹不可了；就是丧事，他也还是“争先恐后”的去吃，去看，去消遣。他不便设身处地的去想丧主的悲苦；那么一来，他就会“自讨无趣”。他是去看穿着白孝，哭红了眼圈儿的妇女们；他觉得她们这样更好看。他注意到酒饭的好坏，和僧人们的嗓子是否清脆，念经比唱小曲更好听；以便回到家中批评给大家听。丧事是人家的，享受是他自己的，他把二者极客观的从当中画上一条清楚的界线。对于庆祝亡国，真的，连他也感到点不大好意思。可是及至他看到街上铺户的五色旗，电车上的松枝与彩绸，和人力车上的小纸旗，他的心被那些五光十色给吸住，而觉得国家的丧事也不过是家庭丧事的扩大，只要客观一点，也还是可以悦心与热闹耳目的。他很兴奋。无论如何，他须看看这个热闹。

同时，在他的同事中有位姓蓝名旭字紫阳的，赏给了他一个笑脸和两句好话——“老祁，大游行你可得多帮忙啊！”他就更非特别卖点力气不可了。他佩服蓝紫阳的程度是不减于他佩服冠晓荷的。

紫阳先生是教务主任兼国文教员，在学校中的势力几乎比校长的还大。但是，他并不以此为荣。他的最大的荣耀是他会写杂文和新诗。他喜欢被称为文艺家。他的杂文和新诗都和他的身量与模样具有同一的风格：他的身量很矮，脸很瘦，鼻子向左歪着，而右眼向右上方吊着；这样的左右开弓，他好像老要把自己的脸扯碎了似的；他的诗文也永远写得很短，像他的身量；在短短的几行中，他善用好几个“然而”与“但是”，扯乱了他的思想而使别人莫测高深，像他的眉眼。他的诗文，在寄出去以后，总是不久或好久而被人家退还，他只好降格相从的在学校的壁报上发表。在壁报上发表了以后，他恳切的嘱咐学生们，要拿它们当作模范文读。同时，他恨那些成名的作家。想起成名的作家，他的鼻子与右眼便分向左右拼命的斜去，一直到五官都离了本位，才放松了一会儿。他以为作家的成名都仗着巴结出版家与彼此互相标榜。他认为作家们偶尔的被约去讲演或报纸上宣布了到哪里旅行或参观，都是有意的给自己作宣传与登广告。他并不去读他们的著作，而只觉得有了他们的著作才削夺了他自己发表作品的机会。他自己的心眼儿是一团臭粪，所以他老用自己的味儿把别人在他的思索中熏臭。因为他的心是臭的，所以他的世界也是臭的，只有他自己——他觉得——可怜可爱而且像花一样的清香。

他已经三十二岁，还没有结婚。对于女人，他只能想到性欲。他的脸与诗文一样的不招女人喜爱，所以他因为接近不了女人而也恨女人。看见别人和女性一块走，他马上想起一些最脏最丑的情景，去写几句他自己以为最毒辣而其实是不通的诗或文，发泄他心中的怨气。他的诗文似乎是专为骂人的，而且以为他最富正义感。

他的口很臭，因为身子虚，肝火旺，而又不大喜欢刷牙。他的话更臭，无论在他所谓的文章里还是在嘴中，永远不惜血口喷人。因此，学校里的同事们都不愿招惹他，而他就变本加厉的猖狂，渐渐的成了学校中的一霸。假若有人肯一个嘴巴把他打出校门，他一定连行李也不敢回去收拾，便另找吃饭的地方去。可是，北平人与吸惯了北平的空气的人——他的同事们——是对任何人任何事都不敢伸出手去的。他们敷衍他，他就成了英雄。

蓝先生不佩服世界史中的任何圣哲与伟人，因而也就不去摹仿他们的高风亮节。当他想起一位圣哲的时候，他总先想到圣哲的大便是不是臭的。赶到想好了圣哲的大便也必然的发臭，他就像发现了一个什么真理似的去告诉给学生们，表示他是最有思想的人。对同事们，除非在嘴巴的威胁之下，他永远特立独行，说顶讨厌的话，作顶讨厌的事。他自居为“异人”。对瑞丰，他可是一向相当的客气。瑞丰是庶务。每逢他受蓝先生的委托买些私人用的东西，像毛巾与稿纸什么的，他总买来顶好的东西而不说价钱。蓝先生每次都要问价钱，而后还发一大套议论——贪污是绝对要不的！尽管是公家的一根草，我们也不能随便的拿！瑞丰笑着听取“训话”。听完了，他只说一声：“改天再说，忙什么？”于是，“改天再说”渐渐的变为“不再提起”，而蓝先生觉得瑞丰是有些道理的人，比圣哲和伟人还更可喜一点！

日本人进了城，蓝先生把“紫阳”改为“东阳”，开始向敌人或汉奸办的报纸投稿。这些报纸正缺乏稿子，而蓝先生的诗文，虽然不通，又恰好都是攻击那些逃出北平，到前线或后方找工作的作家们，所以“东阳”这个笔名几乎天天像两颗小黑痣似的在报屁股上发现。他恨那些作家，现在他可以肆意的诟骂他们了，因为他们已经都离开了北平。他是专会打死老虎的。看见自己的稿子被登出，他都细心的剪裁下来，用学校的信笺裱起，一张张的挂在墙上。他轻易不发笑，可是在看着这些裱好了的小纸块的时候，他笑得出了声。他感激日本人给了他“成名”的机会，而最使他动心的是接到了八角钱的稿费。看着那八角钱，他想象到八元，八十元，八百元！他不想再扯碎自己的脸，而用右手压着向上吊着的眼，左手搬着鼻子，往一块儿拢合，同时低呼着自己的新笔名：“东阳！东阳！以前你老受着压迫，现在你可以自己创天下了！你也可以结合一群人，领导一群人，把最高的稿费拿到自己手中了！鼻子不要再歪呀！你，鼻子，要不偏不倚的指向光明的前途哟！”

他入了新民会。

这两天，他正忙着筹备庆祝大会，并赶制宣传的文字。在他的文字里，他并不提中日的战争与国家大事，而只三言五语的讽刺他所嫉恨的作家们："作家们，保定陷落了，你们在哪里呢？你们又在上海滩上去喝咖啡与跳舞吧？"这样的短文不十分难写，忙了一个早半天，他就能写成四五十段；冠以总题："匕首文"。对庆祝大会的筹备，可并不这么容易。他只能把希望放在他的同事与学生们身上。他通知了全体教职员与全体学生，并且说了许多恫吓的话，可是还不十分放心。照常例，学生结队离校总是由体育教师领队。他不敢紧紧的逼迫体育教员，因为他怕把他逼急而抡起拳头来。别位教师，虽然拳头没有那么厉害，可是言语都说的不十分肯定。于是，他抓到了瑞丰。

"老祁！"他费了许多力气才把眉眼调动得有点笑意。"他们要都不去的话，咱们俩去！我作正领队——不，总司令，你作副司令！"

瑞丰的小干脸上发了光。他既爱看热闹，又喜欢这个副司令的头衔。"我一定帮忙！不过，学生们要是不听话呢？"

"那简单的很！"东阳的鼻眼又向相反的方向扯开。"谁不去，开除谁！简单的很！"

回到家中，瑞丰首先向胖太太表功："蓝东阳入了新民会。他找我帮忙，领着学生去游行。他总司令，我副司令！我看，只要巴结好了他，我不愁没有点好事作！"说完，他还觉得不甚满意，因为只陈述了事实，而没拿出足以光耀自己的理由来。他想了一会儿，又找补上："他为什么不找别人，而单单的找咱们？"他等着胖太太回答。

她没答理他。他只好自动的说出："这都是因为咱们平日会作事！你看，每逢他托我买东西，我总给他买顶好的，而不说价钱。一条毛巾或两刀稿纸什么的，难道他自己不会去买，而必定托我去？这里就有文章！可是，咱们也会作文章！一条毛巾或两刀稿纸，咱们还能没地方去'拿'？'拿'来，送给他，这就叫不费之惠！我要连这个小过门都不会，还当什么庶务？”

胖太太微微的点一点头，没有特别的夸赞他。他心中不甚满意，所以找了大嫂去再说一遍，以期得到预期的称赞。

“大嫂，你等着看这个热闹吧！”

“哟！这年月还有什么热闹呀？”大嫂的一向很水灵的眼近来有点发昏，白眼珠上老有些黄暗的朦子——老太爷的不舒服，婆婆的病，丈夫的忧郁，老三的出走，家计的困难，都给她增多了关切与工作。她仍然不大清楚日本人为什么要和我们打仗，和为什么占据了北平，可是她由困难与劳累中仿佛咂摸到了这些不幸与苦痛都是日本人带给她的。她觉得受更大更多的苦难已经是命中注定的事了，她想不到还会有什么热闹可看；就是有，她也没心去看！

“顶热闹的大游行！学校里由我领队！不是吹，大嫂，我老二总算有一套！你多咱看见过庶务作领队的？”

“真的！”大嫂不晓得怎样回答好，只用这个有一百多种解释的字表示她的和蔼。

老二把嫂嫂的“真的”解释成：庶务领队真乃“出类拔萃”。于是，有枝添叶的把事情的经过与将来的希望都又说了一遍。

“你哥哥也得去吧？”韵梅从老二的叙述中听出点不大是味儿的地方来。她知道那个出好酱菜的城也是中国的，而中国人似乎不该去庆祝它的陷落。假若她没想错，她以为，瑞宣就又必很为难，因为难而也许又生她的气。她很怕丈夫生气。在结婚以前，她就由娘家人的神色与低声的嘀咕中领会到她的未婚夫不大喜欢她。虽然心中反对自由结婚，她可是不能不承认现在的世界上确乎可以“自由”一下，而未婚夫的不欢喜她，或者正因为不“自由”！她认定了自己是毫无罪过的苦命人。假若瑞宣坚持不要她，她愿意把这条苦命结束了。幸而瑞宣没坚持己见，而把她娶过来。她并不感激他，因为既是明媒正娶，她自有她的身份与地位。可是，她心中始终有点不大安逸，总觉得丈夫与她之间有那么一层薄纱，虽然不十分碍事，可是他们俩老因此而不能心贴着心的完全粘合在一处。没有别的办法，她只能用“尽责”去保障她的身份与地位——她须教公婆承认她是个能干的媳妇，教亲友承认她是很像样的祁家少奶奶，也教丈夫无法不承认她的确是个贤内助。她——即使在结婚和生儿养女以后——也不能学那些“自由”的娘们那种和男人眉来眼去的丑相。她不能把太太变为妖精，像二弟妇那样。她只能消极的不招丈夫生气，使夫妇相安无事。在思想上，言论上，和一部分行动上，瑞宣简直是她的一个永不可解的谜。她不愿费她的脑子去猜破这个谜，而只求尽到自己的责任，慢慢的教“谜”自动的说出谜底来。是的，她有时候也忍无可忍的和他吵几句嘴，不过，在事后一想，越吵嘴便相隔越远；吵嘴会使谜更难猜一些。她看清楚：不急，不气，才会使日子过得平安。

最近，丈夫更像个谜了。可是她看得很明白，这个谜已经不是以前的那个了。现在这个谜是日本人给她出的。日本人使她的丈夫整天的没个笑容，脸上湿渌渌的罩着一层忧郁的云。她可怜丈夫，而无从安慰他。她既不知道日本人都怀着什么鬼胎，又不清楚日本人的鬼胎在什么地方影响着她的丈夫。她不敢问他，可又替他憋闷的慌。她只能摆出笑脸操作一切，而不愿多说多道惹他生气。只要他不对她发脾气，她就可以安一点心，把罪恶都归在日本人身上。因此，她也盼望中日的战争早早结束了，所有在北平的日本人全滚出去，好使瑞宣仍旧作她一个人的谜，而是全家的当家人，有说有笑有生趣。

瑞宣从钱家刚回来。关于学生游行的事，他已经听到，而且打定主意不去参加。他的校长，在开学的那天没有到校，现在还请着假。瑞宣猜想：假若大游行成为事实，校长大概十之八九会辞职的。他颇想到校长家中去谈一谈，假若校长真要辞职，他自己也该赶早另找事作；他知道校长是能负责必负责，而不能因负责累及自己的气节的人。他愿和这样的人谈一谈。

他刚走到枣树那溜儿，老二便由东屋的门外迎接上来。

“大哥，你们学校里筹备得怎样了？我们那里由我领队！”

“好！”瑞宣的脸上没有丝毫的表情，这个“好”字是块更无表情的硬石子。

韵梅在厨房的门口，听到那块石子的声响。她心中跳了一下。假若她怕丈夫对她生气的话，她就更怕他和别人发脾气。她晓得丈夫在平日很会纳着气敷衍大家，使家中的暗潮不至于变为狂风大浪。现在，她不敢保险丈夫还能忍气，因为北平全城都在风浪之中，难道一只小木船还能不摇动吗？

她说了话。她宁愿话不投机，招丈夫对她发怒，也不愿看着他们兄弟之间起了口舌。“刚由钱家回来吧？钱先生怎样了？是不是能吃点什么啦？跌打损伤可非吃不可呀！”

“嗯——好点啦！”瑞宣仍旧板着脸，可是他的回答教韵梅明白，并且放心，他理解了她的用意。

他走进自己的屋中。她相当的满意自己。老二没有声音的笑了笑，笑老大的不识时务。

这时候，冠先生穿着半旧的绸袍走出门来。由他的半旧的衣服可以看出来，他要拜访的一定不是什么高贵的人。他奔了六号去。

二十四

在冠家的历史中，曾经有过一个时期，大赤包与尤桐芳联合起来反抗冠晓荷。六号住的文若霞，小文的太太，是促成冠家两位太太合作的“祸首”。

小文是中华民国元年元月元日降生在一座有花园亭榭的大宅子中的。在幼年时期，他的每一秒钟都是用许多金子换来的。在他的无数的玩具中，一两一个的小金锭与整块翡翠琢成的小壶都并不算怎样的稀奇。假若他早生三二十年，他一定会承袭上一等侯爵，而坐着八人大轿去见皇帝的。他有多少对美丽的家鸽，每天按着固定的时间，像一片流动的霞似的在青天上飞舞。他有多少对能用自己的长尾包到自己的头的金鱼，在年深苔厚的缸中舞动。他有多少罐儿入谱的蟋蟀，每逢竞斗一次，就须过手多少块白花花的洋钱。他有在冬天还会振翅鸣叫的，和翡翠一般绿的蝈蝈，用雕刻得极玲珑细致的小葫芦装着，揣在他的怀里；葫芦的盖子上镶着宝石。……他吃，喝，玩，笑，像一位太子那么舒适，而无须乎受太子所必须受的拘束。在吃，喝，玩，笑之外，他也常常生病；在金子里生活着有时候是不大健康的。不过，一生病，他便可以得到更多的怜爱，糟蹋更多的钱，而把病痛变成一种也颇有意思的消遣；贵人的卧病往往是比穷人的健壮更可羡慕的。他极聪明，除了因与书籍不十分接近而识字不多外，对什么游戏玩耍他都一看就成了专家。在八岁的时候，他已会唱好几出整本的老生戏，而且腔调韵味极像谭叫天的。在十岁上，他已经会弹琵琶，拉胡琴——胡琴拉得特别的好。

在满清的末几十年，旗人的生活好像除了吃汉人所供给的米，与花汉人供献的银子而外，整天整年的都消磨在生活艺术中。上自王侯，下至旗兵，他们都会唱二簧，单弦，大鼓，与时调。他们会养鱼，养鸟，养狗，种花，和斗蟋蟀。他们之中，甚至也有的写一笔顶好的字，或画点山水，或作些诗词——至不济还会诌几套相当幽默的悦耳的鼓儿词。他们的消遣变成了生活的艺术。他们没有力气保卫疆土和稳定政权，可是他们会使鸡鸟鱼虫都与文化发生了最密切的关系。他们听到了革命的枪声便全把头藏在被窝里，可是他们的生活艺术是值得写出多少部有价值与趣味的书来的。就是从我们现在还能在北平看到的一些小玩艺儿中，像鸽铃，风筝，鼻烟壶儿，蟋蟀罐子，鸟儿笼子，兔儿爷，我们若是细心的去看，就还能看出一点点旗人怎样在最细小的地方花费了最多的心血。

文侯爷不是旗人。但是，因为爵位的关系，他差不多自然而然的便承袭了旗人的那一部文化。假若他不生在民国元年，说不定他会成为穿宫过府的最漂亮的人物，而且因能拉会唱和斗鸡走狗得到最有油水的差事。不幸，他生在民国建国的第一天。他的思想——假若他也有思想——趣味，生活习惯与本领，完全属于前朝，而只把两只脚立在民国的土地上。民国的国民不再作奴隶，于是北平那些用楠木为柱，琉璃作瓦的王府，不到几年就因老米与银锭的断绝而出卖，有的改为军阀的私宅，有的改为学校，有的甚至拆毁了而把砖瓦零卖出去，换些米面。贵族的衰落多半是像雨后的鲜蘑的，今天还是庞大的东西，明天就变成一些粉末，随风而逝！

文侯爷的亭台阁榭与金鱼白鸽，在他十三四岁的时候，也随着那些王公的府邸变成了换米面的东西。他并没感到怎样的难过。而只觉得生活上有些不方便。那些值钱的东西本来不是他自己买来的，所以他并不恋恋不舍的，含着泪的，把它们卖出去。他不知道那些物件该值多少钱，也不晓得米面卖多少钱一斤；他只感到那些东西能换来米面便很好玩。经过多少次好玩，他发现了自己身边只剩下了一把胡琴。

他的太太，文若霞，是家中早就给他定下的。她的家庭没有他的那么大，也没有那么阔绰，可是也忽然的衰落，和他落在同一的情形上。他与她什么也没有了，可是在十八岁上他们俩有了个须由他们自己从一棵葱买到一张桌子的小家庭。他们为什么生在那用金子堆起来的家庭，是个谜；他们为什么忽然变成连一块瓦都没有了的人，是个梦；他们只知道他们小两口都像花一样的美，只要有个屋顶替他们遮住雨露，他们便会像一对春天的小鸟那么快活。在他们心中，他们都不晓得什么叫国事，与世界上一共有几大洲。他们没有留恋过去的伤感，也没有顾虑明天的忧惧，他们今天有了饭便把握住了今天的生活；吃完饭，他们会低声的歌唱。他们的歌唱慢慢的也能供给他们一些米面，于是他们就无忧无虑的，天造地设的，用歌唱去维持生活。他们经历了历史的极大的变动，而像婴儿那么无知无识的活着；他们的天真给他们带来最大的幸福。

小文——现在，连他自己似乎也忘了他应当被称为侯爷——在结婚之后，身体反倒好了一点，虽然还很瘦，可是并不再三天两头儿的闹病了。矮个子，小四方脸，两道很长很细的眉，一对很知道好歹的眼睛，他有个令人喜爱的清秀模样与神气。在他到票房和走堂会去的时候，他总穿起相当漂亮的衣裳，可是一点也不显着匪气。平时，他的衣服很不讲究，不但使人看不出他是侯爷，而且也看不出他是票友。无论他是打扮着，还是随便的穿着旧衣裳，他的风度是一致的：他没有骄气，也不自卑，而老是那么从容不迫的，自自然然的，眼睛平视，走着他的不紧不慢的步子。对任何人，他都很客气；同时，他可是决不轻于去巴结人。在街坊四邻遇到困难，而求他帮忙的时候，他决不摇头，而是手底下有什么便拿出什么来。因此，邻居们即使看不起他的职业，可还都相当的尊敬他的为人。

在样子上，文若霞比她的丈夫更瘦弱一点。可是，在精力上，她实在比他强着好多。她是本胡同中的林黛玉。长脸蛋，长脖儿，身量不高，而且微有一点水蛇腰，看起来，她的确有些像林黛玉。她的皮肤很细很白，眉眼也很清秀。她走道儿很慢，而且老低着头，像怕踩死一个虫儿似的。当她这么羞怯怯的低头缓步的时候，没人能相信她能登台唱戏。可是，在她登台的时候，她的眉画得很长很黑，她的眼底下染上蓝晕，在台口一扬脸便博个满堂好儿；她的眉眼本来清秀，到了台上便又添上英竦。她的长脸蛋揉上胭脂，淡淡的，极匀润的，从腮上直到眼角，像两片有光的浅粉的桃瓣。她“有”脖子。她的水蛇腰恰好能使她能伸能缩，能软能硬。她走得极稳，用轻移缓进控制着锣鼓。在必要时，她也会疾走；不是走，而是在台上飞。她能唱青衣，但是拿手的是花旦；她的嗓不很大，可是甜蜜，带着膛音儿。

论唱，论做，论扮相，她都有下海的资格。可是，她宁愿意作拿黑杵的票友，而不敢去搭班儿。

她唱，小文给她拉琴。他的胡琴没有一个花招儿，而托腔托得极严。假若内行们对若霞的唱作还有所指摘，他们可是一致的佩服他的胡琴。有他，她的不很大的嗓子就可以毫不费力的得到预期的彩声。在维持生活上，小文的收入比她的多，因为他既无须乎像她那么置备行头和头面，而且经常的有人来找他给托戏。

在他们小夫妇初迁来的时候，胡同里的青年们的头上都多加了些生发油——买不起油的也多抿上一点水。他们有事无事的都多在胡同里走两趟，希望看到“她”。她并不常出来。就是出来，她也老那么低着头，使他们无法接近。住过几个月，他们大家开始明白这小夫妇的为人，也就停止了给头发上加油。大家还感到她的秀美，可是不再怀着什么恶意了。

为她而出来次数最多的是冠晓荷。他不只在胡同里遇见过她，而且看过她的戏。假若她是住在别处，倒也罢了；既是近邻，他觉得要对她冷淡，便差不多是疏忽了自己该尽的义务。再说，论年纪，模样，技艺，她又远胜尤桐芳；他要是漠不关心她，岂不是有眼而不识货么。他知道附近的年轻人都在头发上加了油，可是他也知道只要他一往前迈步，他们就没有丝毫的希望；他的服装，气度，身份，和对妇女的经验，都应当作他们的老师。从另一方面看呢，小文夫妇虽然没有挨饿的危险，可是说不上富裕来；那么，他要是常能送过去一两双丝袜子什么的，他想他必能讨过一些便宜来的；有这么“经济”的事儿，他要是不向前进攻，也有些不大对得住自己。他决定往前伸腿。

在胡同中与大街上，他遇上若霞几次。他靠近她走，他娇声的咳嗽，他飞过去几个媚眼，都没有效果。他改了主意。拿着点简单的礼物，他直接的去拜访新街坊了。

小文夫妇住的是两间东房，外间是客厅，内间是卧室；卧室的门上挂着张很干净的白布帘子。客厅里除了一张茶几，两三个小凳之外，差不多没有什么东西。墙上的银花纸已有好几张脱落下来的。墙角上放着两三根藤子棍。这末一项东西说明了屋中为什么这样简单——便于练武把子。

小文陪着冠先生在客厅内闲扯。冠先生懂得“一点”二簧戏，将将够在交际场中用的那么一点。他决定和小文谈戏。敢在专家面前拿出自己的一知半解的人不是皇帝，便是比皇帝也许更胡涂的傻蛋。冠先生不傻。他是没皮没脸。

“你看，是高庆奎好，还是马连良好呢？”冠先生问。

小文极自然的反问：“你看呢？”小文的态度是那么自然，使冠晓荷绝不会怀疑他是有意的不回答问题，或是故意的要考验考验客人的知识。不，没人会怀疑他。他是那么自然，天真。他是贵族。在幼年时，他有意无意的学会这种既不忙着发表意见，而还能以极天真自然的态度使人不至于因他的滑头而起反感。

冠晓荷不知道怎样回答好了。对那两位名伶，他并不知道长在哪里，短在何处。“嗯——”他微一皱眉，“恐怕还是高庆奎好一点！”唯恐说错，赶紧又补上：“一点——点！”

小文没有摇头，也没有点头。他干脆的把这一页揭过去，而另提出问题。假若他摇头，也许使冠先生心中不悦；假若点头，自己又不大甘心。所以，他硬把问题摆在当地，而去另谈别的。幼年时，他的侯府便是一个小的社会；在那里，他见过那每一条皱纹都是用博得“天颜有喜”的狡猾与聪明铸成的大人物——男的和女的。见识多了，他自然的学会几招。脸上一点没露出来，他的心中可实在没看起冠先生。

又谈了一会儿，小文见客人的眼不住的看那个白布门帘，他叫了声：“若霞！冠先生来啦！”倒好像冠先生是多年的老友似的。

冠先生的眼盯在了布帘上，心中不由的突突乱跳。

很慢很慢的，若霞把帘子掀起，而后像在戏台上似的，一闪身出了场。她穿着件蓝布半大的褂子，一双白缎子鞋；脸上只淡淡的拍了一点粉。从帘内一闪出来，她的脸就正对着客人，她的眼极大方的天真的看着他。她的随便的装束教她好像比在舞台上矮小了好多，她的脸上不似在舞台上那么艳丽，可是肉皮的细润与眉眼的自然教她更年轻一些，更可爱一些。可是，她的声音好像是为她示威。一种很结实，很清楚，教无论什么人都能听明白这是一个大方的，见过世面的，好听而不好招惹的声音。这个声音给她的小长脸上忽然的增加了十岁。

“冠先生，请坐！”

冠先生还没有站好，便又坐下了。他的心里很乱。她真好看，可是他不敢多看。她的语音儿好听，可是他不愿多听——那语声不但不像在舞台上那么迷人，反而带着点令人清醒的冷气儿。

冠晓荷，在进到这小夫妇的屋里以前，以为他必受他们俩的欢迎，因为他十分相信自己的地位身份是比他们俩高得很多的。因此，他所预备下的话，差不多都属于“下行”的：他会照应他们，他们理应感激与感谢他。他万没想到他们俩的气度会是这么自自然然的不卑不亢！他有点发慌！预备好的话已经拿不出来，而临时找话说总容易显出傻气。

他扯什么，他们夫妇俩就随着扯什么。但是，无论扯什么，他们俩的言语与神气都老有个一定的限度。他们自己不越这个限度，也不容冠晓荷越过去。他最长于装疯卖傻的“急进”。想当初，他第一次约尤桐芳吃饭的时候，便假装疯魔的吻了她的嘴。今天，他施展不开这套本事。

来看小文夫妇的人相当的多。有的是来约帮忙，有的是来给若霞说戏，或来跟她学戏，有的是来和小文学琴，有的……这些人中有男有女，有老有少，他们都像是毫无用处的人，可是社会要打算成个社会，又非有他们不可。他们有一种没有用处的用处。他们似乎都晓得这一点，所以他们只在进来的时候微向冠先生一点头，表示出他们自己的尊傲。到临走的时候，他们都会说一声“再见”或“您坐着”，而并没有更亲密的表示。冠先生一直坐了四个钟头。他们说戏，练武把，或是学琴，绝对不因他在那里而感到不方便。他们既像极坦然，又像没把冠先生放在眼里。他们说唱便唱，说比画刀枪架儿便抄起墙角立着的藤子棍儿。他们在学本事或吊嗓子之外，也有说有笑。他们所说的事情与人物，十之八九是冠先生不知道的。他们另有个社会。他们口中也带着脏字，可是这些字用得都恰当，因恰当而健康。他们的行动并没有像冠先生所想象的那么卑贱，随便，与乱七八糟！

他觉得大家对他太冷淡。他几次想告辞而又不忍得走。又坐了会儿，他想明白：大家并没冷淡他，而是他自视太高，以为大家应当分外的向他献殷勤；那么，大家一不“分外”的表示亲热，自然就显着冷淡了。他看明白这一点，也就决定不仅呆呆的坐在那里，而要参加他们的活动。在一个适当的机会，他向小文说，他也会哼哼两句二簧。他的意思是教小文给他拉琴。小文又没点头，也没摇头，而把冠先生的请求搁在了一旁。冠先生虽然没皮没脸，也不能不觉得发僵。他又想告辞。

正在这时候，因为屋里人太多了，小文把白布帘折卷起来。冠晓荷的眼花了一下。

里间的顶棚与墙壁是新糊的四白落地，像洞房似的那么干净温暖。床是钢丝的。不多的几件木器都是红木的。墙上挂着四五个名伶监制的泥花脸，一张谭叫天的戏装照片，和一张相当值钱的山水画。在小文夫妇到须睡木板与草垫子的时候，他们并不因没有钢丝床而啼哭。可是，一旦手中有了钱，他们认识什么是舒服的，文雅的；他们自幼就认识钢丝床，红木桌椅，与名贵的字画。

冠晓荷看愣了。这间卧室比他自己的既更阔气，又文雅。最初，他立在屋门口往里看。过了一会儿，假装为细看那张山水画，而在屋中巡阅了一遭。巡阅完，他坐在了床沿上，细看枕头上的绣花。他又坐了一个钟头。在这最后的六十分钟里，他有了新的发现。他以为文若霞必定兼营副业，否则怎能置备得起这样的桌椅摆设呢？

他决定要在这张床上躺那么几次！

第二天，他很早的就来报到。小文夫妇没有热烈的欢迎他，也没有故意的冷淡他，还是那么不即不离的，和昨天差不多。到快吃饭的时候，他约他们去吃个小馆，他们恰巧因有堂会不能相陪。

第三天，冠先生来的更早。小文夫妇还是那样不卑不亢的对待他。他不能否认事情并没什么发展，可是正因为如此，他才更不能放松一步。在这里，即使大家都没话可说，相对着发愣，他也感到舒服。

在这三五天之内，大赤包已经与尤桐芳联了盟。大赤包的娘家很有钱。在当初，假若不是她家中的银钱时常在冠晓荷的心中一闪一闪的发光，他绝不会跟她结婚；在结婚之前，她的脸上就有那么多的雀斑。结婚之后，大赤包很爱冠晓荷——他的确是个可爱的风流少年。同时，她也很害怕，她感觉到他并没把风流不折不扣的都拿了出来给她——假若他是给另一个妇人保存着可怎么好呢！因此，她的耳目给冠晓荷撒下了天罗地网。在他老老实实的随在她身后的时候，她知道怎样怜爱他，打扮他，服侍他，好像一个老姐姐心疼小弟弟那样。赶到她看出来，或是猜想到，他有冲出天罗地网的企图，她会毫不留情的管教他，像继母打儿子那么下狠手。

可惜，她始终没给冠家生个男娃娃。无论她怎样厉害，她没法子很响亮的告诉世界上：没有儿子是应当的呀！所有的妇科医院，她都去访问过；所有的司管生娃娃的神仙，她都去烧过香；可是她拦不住冠晓荷要娶小——他的宗旨非常的光明正大，为生儿子接续香烟！她翻滚的闹，整桶的流泪，一会儿声言自杀，一会儿又过来哀求……把方法用尽，她并没能拦住他娶了尤桐芳。

在作这件事上，冠晓荷表现了相当的胆气与聪明。三天的工夫，他把一切都办好；给朋友们摆上了酒席，他告诉他们他是为要儿子而娶姨太太。他在南城租了一间小北屋，作为第二洞房。

大赤包在洞房中人还未睡熟，便带领着人马来偷营劫寨。洞房里没有多少东西，但所有的那一点，都被打得粉碎。她给尤桐芳个下马威。然后，她雇了辆汽车，把桐芳与晓荷押解回家。她没法否认桐芳的存在，但是她须教桐芳在她的眼皮底下作小老婆。假若可能，她会把小老婆折磨死！

幸而桐芳建稳了阵地，对大赤包的每一进攻都予以有力的还击。这样，大赤包与尤桐芳虽然有机会就吵，可是暗中彼此伸了大指，而桐芳的生命与生活都相当的有了保障。

冠晓荷天天往文家跑，使大赤包与尤桐芳两位仇敌变成了盟友。大赤包决定不容丈夫再弄一个野娘们来。桐芳呢，既没能给晓荷生儿子，而年岁又一天比一天大起来；假若晓荷真的再来一份儿外家，她的前途便十分暗淡了。她们俩联了盟。桐芳决定不出一声，而请大赤包作全权代表。

大赤包一张口就说到了家：“晓荷！请你不要再到六号去！你要非去不可呢，我和桐芳已商量好，会打折你的腿。把你打残废了，我们俩情愿养活着你，伺候着你！”

晓荷想辩驳几句，说他到文家去不过是为学几句戏，并无他意。

大赤包不准他开口。

“现在，你的腿还好好的，愿意去，只管去！不过，去过以后，你的腿……我说到哪里，作到哪里！”她的语声相当的低细，可是脸煞白煞白的，十足的表明出可以马上去杀人的决心与胆气。

晓荷本想斗一斗她，可是几次要抬腿出去，都想到太太的满脸煞气，而把腿收回来。

桐芳拜访了若霞一次。她想：她自己的，与文若霞的，身份，可以说是不分上下。那么，她就可以利用这个职业相同的关系——一个唱鼓书的与一个女票友——说几句坦白而发生作用的话。

桐芳相当痛苦的把话都说了。若霞没有什么表示，而只淡淡的说了句：“他来，我没法撵出他去；他不来，我永远不会下帖请他去。”说完，她很可爱的笑了一小声。

桐芳不甚满意若霞的回答。她原想，若霞会痛痛快快的一口答应下不准冠晓荷再进来的。若霞既没这样的坚决的表示，桐芳反倒以为若霞真和晓荷有点感情了。她没敢登时对若霞发作，可是回到家中，她决定与大赤包轮流在大门洞内站岗，监视晓荷的出入。

晓荷没法逃出监视哨的眼睛。他只好留神打听若霞在何时何地清唱或彩唱，好去捧场，并且希望能到后台去看她，约她吃回饭什么的。他看到了她的戏，可是她并没从戏台上向他递个眼神。他到后台约她，也不知道怎么一转动，她已不见了！

不久，这点只为“心到神知”的秘密工作，又被大赤包们看破。于是，冠先生刚刚的在戏院中坐下，两位太太也紧跟着坐下；冠先生刚刚拼着命喊了一声好，欢迎若霞出场，不知道他的两只耳朵怎么就一齐被揪住，也说不清是谁把他脚不擦地的拖出戏院外。胡里胡涂的走了好几十步，他才看清，他是作了两位太太的俘虏。

从这以后，晓荷虽然还不死心，可是表面上服从了太太的话，连向六号看一看都不敢了。

在日本兵入了城以后，他很“关切”小文夫妇。不错，小文夫妇屋中摆着的是红木桌椅，可是戏园与清唱的地方都关起门来，而又绝对不会有堂会，他们大概就得马上挨饿！他很想给他们送过一点米或几块钱去。可是，偷偷的去吧，必惹起口舌；向太太说明吧，她一定不会相信他还能有什么“好”意。他越关切文家，就越可怜自己在家庭中竟自这样失去信用与尊严！

现在，他注意到了新民会，也打听明白庆祝保定陷落的大游行是由新民会主持，和新民会已去发动各行各会参加游行。所谓各会者，就是民众团体的，到金顶妙峰山或南顶娘娘庙等香火大会去朝香献技的开路，狮子，五虎棍，耍花坛，杠箱官儿①，秧歌等等单位。近些年来，因民生的凋敝，迷信的破除，与娱乐习尚的改变，这些“会”好像已要在北京城内绝迹了。在抗战前的四五年中，这些几乎被忘掉的

① 杠箱官儿，清末民国初年，一种民间的文娱节目。一个扮演官员的人坐在箱子上，前后有人扛着。旁边还有“官员”边走边耍。

民间技艺才又被军队发现而重新习练起来——它们表演的地方可不必再是香火大会，表演的目的也往往由敬神而改为竞技。许多老人们看见这些档子玩艺儿，就想起太平年月的光景而不住的感叹。许多浮浅的青年以为这又是一个复古的现象，开始诅咒它们。

新民会想起它们来，一来因为这种会都是各行业组织起来的；那么，有了它们就差不多是有了民意；二来因为这不是田径赛或搏击那些西洋玩艺，而是地道的中国东西，必能取悦于想以中国办法灭亡中国的日本人。

冠晓荷这次的到六号去是取得了太太的同意的。他是去找棚匠刘师傅。耍太狮少狮是棚匠们的业余的技艺。当几档子“会”在一路走的时候，遇见桥梁，太狮少狮便须表演“吸水”等极危险，最见工夫的玩艺。只有登梯爬高惯了的棚匠，才能练狮子。刘师傅是耍狮子的名手。

冠晓荷不是替别人来约刘师傅去献技，而是打算由他自己“送给”新民会一两档儿玩艺。不管新民会发动得怎样，只要他能送上一两组人去，就必能引起会中对他的注意。他已和一位新闻记者接洽好，替他作点宣传。

刚到六号的门外，他的心已有点发跳。进到院中，他愿像一枝火箭似的射入东屋去。可是，他用力刹住心里的闸，而把脚走向北小屋去。

“刘师傅在家？”他轻轻的问了声。

刘师傅的身量并不高，可是因为浑身到处都有力气，所以显着个子很大似的。他已快四十岁，脸上可还没有什么皱纹。脸色相当的黑，所以白眼珠与一口很整齐的牙就显着特别的白。有一口白而发光的牙的人，像刘师傅，最容易显出精神，健壮来。圆脸，没有什么肉，处处都有棱有角的发着光。

听见屋外有人叫，他像一条豹子那么矫健轻快的迎出来。他已预备好了一点笑容，脸上的棱角和光亮都因此而软化了一些。及至看清楚，门外站着的是冠晓荷，他的那点笑容突然收回去，脸上立刻显着很黑很硬了。

“哦，冠先生！”他在阶下挡住客人，表示出有话当面讲来，不必到屋中去。他的屋子确是很窄憋，不好招待贵客，但是假若客人不是冠晓荷，他也决不会逃避让座献茶的义务的。

冠先生没有接受刘师傅的暗示，大模大样的想往屋里走。对比他地位高的人，他把人家的屁也看成暗示；对比他低下的人，暗示便等于屁。

“有事吗？冠先生！”刘师傅还用身子挡着客人。“要是——我们茶馆坐坐去好不好？屋里太不像样儿！”他觉得冠先生不会还听不出他的意思来，而闪开了一点身子——老挡着客人像什么话呢。

冠先生似乎根本没听见刘师傅的话。“无聊”，假若详细一点来解释，便是既不怕白费了自己的精神，又不怕讨别人的厌。冠先生一生的特长便是无聊。见刘师傅闪开了点，他伸手去拉门。刘师傅的脸沉下来了。“我说，冠先生，屋里不大方便，有什么话咱们在这里说！”

见刘师傅的神气不对了，冠先生才想起来：他今天是来约请人家帮忙的，似乎不该太不客气了。他笑了一下，表示并不恼刘师傅的没有礼貌。然后，很甜蜜的叫了声“刘师傅”，音调颇像戏台上小旦的。“我求你帮点忙！”

“说吧，冠先生！”

“不！”晓荷作了个媚眼。“不！你得先答应我！”

“你不告诉我明白了，我不能点头！”刘师傅说得很坚决。

“不过，一说起来，话就很长，咱们又没个地方——”晓荷看了四围一眼，觉得此地实在不是讲话的所在。

“没关系！我们粗卤人办事，三言两语，脆快了当，并不挑地方！”刘师傅的白牙一闪一闪的说，脸上很难看。

“刘师傅，你知道，”冠先生又向四外看了一眼，把声音放得很低，“保定……不是要大游行吗？”

“哦！”刘师傅忽然笑了，笑得很不好看。“你是来约我耍狮子去？”

“小点声！”冠先生开始有点急切。“你怎么猜着的？”

“他们已经来约过我啦！”

“谁？”

“什么民会呀！”

“哦！”

“我告诉了他们，我不能给日本人耍！我的老家在保定，祖坟在保定！我不能庆祝保定陷落！”

冠晓荷愣了一小会儿，忽然的一媚笑：“刘师傅，你不帮忙他们，可否给我个脸呢？咱们是老朋友了！”说罢，他皱上点眉看着刘师傅，以便增补上一些感动力。

“就是我爸爸来叫我，我也不能去给日本人耍狮子！”说完，刘师傅拉开屋门，很高傲，威严的走进去。

冠先生的气不打一处来！他恨不能追进屋去，把刘棚匠饱打一顿！可是，他不敢发作；论力气，刘师傅能打他这样的四五个人；论道理，尽管他恨刘师傅，可是他不能派给合适的罪名。他呆呆的立在那里，非常的僵得慌！

小文从外面走来，非常的安详，自然。

冠先生急中生智，忙向刘师傅的屋门推了两下子，“不送！不送！”他的声音带出那么多的诚恳与着急，刘师傅似乎非服从不可了。

小文看见了冠先生的动作，仿佛也听见了刘师傅在屋里说：“那么，就真不送了！”他的小四方脸上泛起一层笑意，准备和冠先生搭话。

“文先生！干吗去啦？”冠先生亲热的打招呼。小文大大方方的一笑，把左手抬了起来，教冠先生看：“刚由当铺回来！”

冠先生看清他的手里攥着一张当票儿。他想顺着这张当票子说出他对文宅的关切与愿意帮忙。可是，小文的神气既不以当当为耻，也似乎没感到生活有什么可怕的压迫。他把当票子给冠先生看，似乎完全出于天真好玩，而一点也没有向他求怜的意思。看着小文，冠先生一时不能决定怎样张嘴好。他微一愣住，小文可就不知怎的笑了笑，点了头，躲开了。他第二次独自立在了院中。

他的气更大了！他本想搭讪着和小文一同走进东屋，看看若霞——能多亲近她一次，就是回家多挨几句骂也值得！小文这样的溜开，教他不好意思迈大步赶上前去——人的行动和在舞台上的差不多，丢了一板，便全盘错乱了。

他低着头往外走。

看！谁在大槐树下立着呢？祁瑞丰！

冠先生的眼刚刚看清瑞丰的小干脸，他的心就像的响了一声似的那么痛快，高兴。在这张小干脸上，他看到了一点他自己；像小儿看见亲娘似的，他扑了过来。

瑞丰看着小妞子玩耍呢——他自己还没有儿女，所以对侄男侄女倒确乎很爱护。在小顺儿与妞子之间，他又特别的喜爱妞子；一个男孩子不知怎的就容易惹起什么“后代香烟”之感，而难免有点嫉妒；女孩子似乎就没有这点作用。为将要有领队游行的荣耀，他今天特别的高兴，所以把妞子带到门外来玩耍；假若遇到卖糖果的，他已决定要给妞子五分钱，教她自己挑选几块糖。

没有等冠先生问，他把蓝东阳与游行等等都一五一十的说了。他非常的得意，说话的时候直往起欠脚，好像表示自己的身量和身份都高起一块似的。

冠先生有点嫉妒。一个像针尖那么小的心眼，要是连嫉妒也不会了，便也就不会跳动了。可是，他不便表示出他的妒意。他勉强的笑，笑得很用力，而没有多少笑意。他拉住了瑞丰的手：“我能不能见见这位蓝东阳先生呢？哦，干脆我请他来吃晚饭好不好？你夫妇作陪！”

瑞丰的心开开一朵很大的花。请吃饭便是他的真，善，美！可是，他不敢替东阳先生答应什么。论实际的情形，他不能替东阳作主；论作戏，他也须思索一下，好显出自己的重要。

“一定这么办了！”冠先生不许瑞丰再迟疑。“你劳驾跑一趟吧，我马上就去备一份儿帖子！好在，就是他今天不能来，你和他商定一个时间好啦！”

瑞丰受了感动。他也想由心的最深处掏出一点什么来，还敬给冠先生。想了一会儿，他心里冒出来一串“哦！哦！哦！”他想起来了：“冠先生！东阳先生还没结过婚！你不是嘱托过我，给大小姐留点心？”

“是呀！那就更好啦！他是学——”

“文学的！手底下很硬！啊——硬得很！”

“好极了！高第看过好多本小说！我想，她既喜爱文学，就必也喜爱文学家！这件事么——好得很！”

大槐树下两张最快活的脸，在一块儿笑了好几分钟，而后依依不舍的分开——一个进了三号，一个进到五号。

二十五

北平，那刚一降生似乎就已衰老，而在灭亡的时候反倒显着更漂亮的北平，那因为事事都有些特色，而什么事也显不出奇特的北平，又看见一桩奇事。

北平人，正像别处的中国人，只会吵闹，而不懂得什么叫严肃。

北平人，不论是看着王公大人的，行列有两三里长的，执事乐器有几百件的，大殡，还是看着一把纸钱，四个杠夫的简单的出丧，他们只会看热闹，而不会哀悼。

北平人，不论是看着一个绿脸的大王打跑一个白脸的大王，还是八国联军把皇帝赶出去，都只会咪嘻咪嘻的假笑，而不会落真的眼泪。

今天，北平可是——也许是第一次吧——看见了严肃的，悲哀的，含泪的，大游行。

新民会的势力还小，办事的人也还不多，他们没能发动北平的各界都来参加。参加游行的几乎都是学生。

学生，不管他们学了什么，不管他们怎样会服从，不管他们怎么幼稚，年轻，他们知道个前人所不知道的“国家”。低着头，含着泪，把小的纸旗倒提着，他们排着队，像送父母的丧似的，由各处向天安门进行。假若日本人也有点幽默感，他们必会咂摸出一点讽刺的味道，而申斥新民会——为什么单教学生们来作无声的庆祝呢？

瑞宣接到学校的通知，细细的看过，细细的撕碎，他准备辞职。

瑞丰没等大哥起来，便已梳洗完毕，走出家门。一方面，他愿早早的到学校里，好多帮蓝东阳的忙；另一方面，他似乎也有点故意躲避着大哥的意思。

他极大胆的穿上了一套中山装！自从日本人一进城，中山装便与三民主义被大家藏起去，正像革命军在武汉胜利的时候，北平人——包括一些旗人在内——便迎时当令的把发辫卷藏在帽子里那样。瑞丰是最识时务的人。他不但把他的那套藏青哔叽的中山装脱下来，而且藏在箱子的最深处。可是，今天他须领队。他怎想怎不合适，假若穿着大衫去的话。他冒着汗从箱子底上把那套中山装找出来，大胆的穿上。他想：领队的必须穿短装，恐怕连日本人也能看清他之穿中山装是只为了“装”，而绝对与革命无关。假若日本人能这样原谅了中山装，他便是中山装的功臣，而又有一片牛好向朋友们吹了。

穿着中山装，他走到了葫芦肚的那片空地。他开始喊嗓子：立——正，齐步——走……。他不知道今天是否由他喊口令，可是有备无患，他须喊一喊试试。他的嗓音很尖很干，连他自己都觉得不甚好听。可是他并不灰心，还用力的喊叫；只要努力，没有不成的事，他对自己说。

到了学校，东阳先生还没起来。

学生也还没有一个。

瑞丰，在这所几乎是空的学校里，感到有点不大得劲儿。他爱热闹，可是这里极安静；他要表演表演他的口令，露一露中山装，可是等了半天，还不见一个人。他开始怀疑自己的举动——答应领队，和穿中山装——是否聪明？直到此刻，他才想到，这是为日本人办事，而日本人，据说，是不大好伺候的。哼，带着学生去见日本人！学生若是一群小猴，日本人至少也是老虎呀！这样一想，他开始害了怕；他打算乘蓝东阳还没有起来，就赶紧回家，脱了中山装，还藏在箱子底儿上。不知怎的，他今天忽然这样怕起日本人来；好像是直觉的，他感到日本人是最可怕的，最不讲情理的，又像人，又像走兽的东西。他永远不和现实为敌。亡国就是亡国，他须在亡了国的时候设法去吃，喝，玩，与看热闹。自从日本人一进城，他便承认了日本是征服者。他觉得只要一这样的承认，他便可以和日本人和和气气的住在一处——凭他的聪明，他或者还能占日本人一点小便宜呢！奇怪，今天他忽然怕起日本人来。假若不幸（他闭上眼乱想），在学生都到了天安门的时候，而日本人开了机关枪呢？像一滴冰水落在脊背上那样，他颤抖了一下。他，为了吃喝玩乐，真愿投降给日本人；可是，连他也忽然的怕起来。

学生，慢慢的，三三两两的来到。瑞丰开始放弃了胡思乱想；只要有人在他眼前转动，他便能因不寂寞而感到安全。

在平日，他不大和学生们亲近。他是职员，他知道学生对职员不像对教员那么恭敬，所以他以为和学生们隔离得远一些也许更能维持自己的尊严。今天，他可是决定和学生们打招呼。

学生们对他都很冷淡。起初，他还以为这是平日与他们少联络的关系；及至学生差不多都来齐，而每个人脸上都是那么忧郁，不快活，他才又感到点不安。他还是没想到学生是为庆祝保定陷落而羞愧，沉默；他又想起那个“万一学生都到了天安门，而日本人开了机关枪呢？”他感到事情有些不妙。大家不笑不闹，他便觉得要有什么祸事发生。

他找了蓝先生去。蓝先生刚醒，而还没有起床的决心；闭着眼，享受着第一支香烟。看到了烟，瑞丰才敢问：“醒啦？蓝先生！”

蓝先生最讨厌人家扰他的早睡和早上吸第一支烟时的小盹儿。他没出声，虽然听清楚了瑞丰的话。

瑞车又试着说了声：“学生们都到得差不多了。”

蓝东阳发了怒：“到齐了就走吧，紧着吵我干吗呢？”

“校长没来，先生只来了一位，怎能走呢？”

“不走就不走！”蓝先生狠命的吸了一口烟，把烟头摔在地上，把脑袋又钻到被子里面去。

瑞丰愣在了那里，倒好像发愣有什么作用似的。虽然他无聊，无知，他却没有完全丢掉北平人的爱面子。虽然巴结蓝先生是关系着他的前途，他可是不能忍受这样的没礼貌。他愿意作真奴隶，而被呼为先生；虚伪是文化的必要的粉饰！他想放手不管游行这回事了，他的脸面不能就这么随便的丢掉！可是，他又不愿就这么干巴巴的和蓝先生断绝了关系；一个北平人是不妨为维持脸面而丢一点脸面的。他想，他应当平心静气的等蓝先生完全醒清楚了再说。假如蓝先生在完全清醒了之后，而改变了态度，事情就该重新另想一番了。

正在瑞丰这么迟疑不决的当儿，蓝先生的头又从那张永远没有拆洗过的被子里钻了出来。为赶走困倦，他那一向会扯动的鼻眼像都长了腿儿似的，在满脸上乱跑，看着很可笑，又很可怕。鼻眼扯动了一大阵，他忽然的下了床。他用不着穿袜子什么的，因为都穿着呢；他的睡衣也就是“醒衣”。他的服装，白天与夜间的不同只在大衫与被子上；白天不盖被，夜间不穿大衫，其余的都昼夜不分。

下了床，他披上了长袍，又点上一支烟。香烟点好，他感觉得生活恰好与昨晚就寝时联接到一块——吸着烟就寝，吸着烟起床，中间并无空隙，所以用不着刷牙漱口洗脸等等麻烦。

没有和瑞丰作任何的商议，蓝先生发了话："集合！"

"这么早就出发吗？"瑞丰问。

"早一点晚一点有什么关系呢！有诗感的那一秒钟便是永生，没有诗的世纪等于零！"东阳得意的背诵着由杂志上拾来的话。

"点名不点？"

"当然点名！我好惩办那偷懒不来的！"

"要打校旗？"

"当然！"

"谁喊口令？"

"当然是你了！你想起什么，作就是了！不必一一的问！"东阳的脾气，在吃早点以前，是特别坏的。

"不等一等校长？"

"等他干吗？"东阳右眼的黑眼珠猛的向上一吊，吓了瑞丰一跳。"他来，这件事也得由我主持！我，在，新，民，会，里！"这末几个字是一个一个由他口中像小豆子似的蹦出来的，每蹦出一个字，他的右手大指便在自己的胸上戳一下。他时常作出这个样子，而且喜欢这个样子，他管这叫作"斗争的姿态"。

瑞丰有点摸不清头脑了，心中很不安。不错，他的确是喜欢热闹，爱多事，可是他不愿独当一面的去负责任，他的胆子并不大。立在那里，他希望蓝先生同他一道到操场去集合学生。他不敢独自去。可是，蓝先生仿佛把事情一总全交给了瑞丰；对着唇间的烟屁股，他又点着了一支烟；深深的吸了一口，他把自己摔倒在床上，闭上了眼。

瑞丰虽然不大敢独自去集合学生，可也不敢紧自麻烦蓝先生。看蓝先生闭上了眼，他觉得只好乖乖的走出去，不便再说什么。事实上，蓝东阳的成功，就是因为有像瑞丰这样的人甘心给他垫腰。

蓝先生并没有什么才气——不论是文学的，还是办事的。在他没有主意的时候，他会发脾气，而瑞丰这样的人偏偏会把这样的发脾气解释成有本事的人都脾气不好。在他的几年社会经验中，蓝先生没有学会了别的，而只学到：对地位高的人要拼命谄媚——无论怎样不喜欢捧的人也到底是喜欢捧！对地位相同和地位低的人要尽量的发脾气，无理取闹的发脾气。地位相同的人，假若因不惹闲气而躲避着他，他便在精神上取得了上风。对比他地位低的人，就更用不着说，他的脾气会使他的地位特别的凸出，倒好像他天生的应当是太子或皇帝似的。

瑞丰把校旗和点名簿都找出来。几次，他想拿着点名册子到操场去；几次，他又把它们放下。事前，他绝对没有想到领队出去会是这么困难。现在，他忽然的感觉到好多好多足以使他脊骨上发凉的事——假若他拿着校旗到操场去而被学生打骂一顿呢！假若到了天安门而日本人开了机关枪呢！他的小干脑袋上出了汗。

他又找了蓝先生去。话是很难编造得精巧周到的，特别是在头上出着汗的时候。可是他不能不把话说出来了，即使话中有揭露自己的软弱的地方。

蓝先生听到瑞丰不肯独自到操场去的话，又发了一阵脾气。他自己也不愿意去，所以想用脾气强迫着瑞丰独自把事办了。等瑞丰真的把学生领走，他想，他再偷偷的随在队伍后边，有事呢就溜开，没事呢就跟着。到了天安门，也还是这样，天下太平呢，他便带出大会干事的绸条，去规规矩矩的向台上的日本人鞠躬；见风头不顺呢，他便轻手蹑脚的躲开。假若诗歌是狡猾卑鄙的结晶，蓝东阳便真可以算作一个大诗人了。

瑞丰很坚决，无论如何也不独自去集合，领队。他的胆子小，不敢和蓝先生发脾气。但是，为了自己的安全，他不惜拿出近乎发气的样子来。

结果，在打了集合的铃以后，蓝先生拿着点名册，瑞丰拿着校旗，又找上已经来到的那一位先生，一同到操场去。两位工友抱着各色的小纸旗，跟在后面。

瑞丰的中山装好像有好几十斤重似的，他觉得非常的压得慌。一进操场，他预料学生们必定哈哈的笑他；即使不笑出声来，他们也必会偷偷的唧唧咕咕。

出他意料之外，学生三三两两的在操场的各处立着，几乎都低着头，没有任何的声响。他们好像都害着什么病。瑞丰找不出别的原因，只好抬头看了看天；阴天会使人没有精神。可是，天上的蓝色像宝石似的发着光，连一缕白云都看不到。他更慌了，不晓得学生们憋着什么坏胎，他赶快把校旗——还卷着呢——斜倚在墙根上。

见瑞丰们进来，学生开始往一处集拢，排成了两行。大家还都低着头，一声不出。

蓝先生，本来嘴唇有点发颤，见学生这样老实，马上放宽了点心，也就马上想拿出点威风来。这位诗人的眼是一向只看表面，而根本连想也没想到过人的躯壳里还有一颗心的。今天，看到学生都一声不出，他以为是大家全怕他呢。腋下夹着那几本点名册子，向左歪着脸，好教向上吊着的那只眼能对准了大家，他发着威说："用不着点名，谁没来我都知道！一定开除！日本友军在城里，你们要是不和友军合作，就是自讨无趣！友军能够对你们很客气，也能够十分的严厉！你们要看清楚！为不参加游行而被开除的，我必报告给日本方面，日本方面就必再通知北平所有的学校，永远不收容他。这还不算，日本方面还要把他看成乱党，不一定什么时候就抓到监牢里去！听明白没有？"蓝先生的眼角糊着一摊黄的膏子，所以不住的眨眼；此刻，他一面等着学生回答，一面把黄糊子用手指挖下来，抹在袍襟上。

学生还没出声。沉默有时候就是抵抗。

蓝先生一点没感到难堪，回头嘱咐两位工友把各色的小旗分给每个学生一面。无语的，不得已的，大家把小旗接过去。旗子散完，蓝先生告诉瑞丰："出发！"

瑞丰跑了两步，把校旗拿过来，打开。那是一面长方的，比天上的蓝色稍深一点的蓝绸旗。没有镶边，没有缀穗，这是面素净而大方的旗子；正当中有一行用白缎子剪刻的字。

校旗展开，学生都自动的立正，把头抬起来。大家好像是表示：教我们去就够了，似乎不必再教代表着全校的旗帜去受污辱吧！这点没有明说出来的意思马上表面化了——瑞丰把旗子交给排头，排头没有摇头，也没有出声，而只坚决的不肯接受。这是个十五岁而发育得很高很大的，重眉毛胖脸的，诚实得有点傻气的，学生。他的眼角窝着一颗很大的泪，腮上涨得通红，很困难的呼吸着，双手用力的往下垂。他的全身都表示出：假若有人强迫他拿那杆蓝旗，他会拼命！

瑞丰看出来胖学生的不好惹，赶紧把旗子向胖子背后的人递，也同样的遇到拒绝。瑞丰僵在了那里，心中有点气而不敢发作。好像有一股电流似的一直通到排尾，极快的大家都知道了两个排头的举动。照旧的不出声，大家一致的把脸板起来，表示谁也不肯接受校旗。瑞丰的小眼珠由排头溜到排尾，看出来在那些死板板的脸孔下都藏着一股怒气；假若有人不识时务的去戳弄，那股怒气会像炸弹似的炸开，把他与蓝东阳都炸得粉碎。他木在那里。那面校旗像有毒似的他不愿意拿着，而别人也不愿意接过去。

蓝先生偏着点脸，也看清自己在此刻万不可以发威。他告诉一位工友："你去打旗！两块钱的酒钱！"

这是个已快五十岁的工友。在这里，他已一气服务过十五年。在职务上，他不过是工友。在维持学校的风纪上，他的功劳实在不亚于一位尽心的训导员。以他服务多年的资格，他对教员与学生往往敢说出使他们愧悔的忠言。他的忠告，有时候足以调解了两三个人的纠纷，有时候甚至于把一场风潮从暗中扑灭。大家都敬爱他，他也爱这个学校——校长，教员，学生，都年年有变动，只有他老在这里。

今天，论年纪，资格，都不该叫老姚——那位老工友——打旗，跑那么远的路。老姚心里对庆祝保定陷落也和学生们一样的难过。听蓝先生派他，他愣了一会儿。他不愿意去。可是，他看出来，教员已经和学生为校旗而僵持着，假若他也拒绝打旗，就也许激起一些不快的事儿来。叹了口气，他过去把旗子接到手中，低着头立在队伍的前面。

现在该瑞丰喊口令了。他向后退着跑了几步，自己觉得这几步跑得很有个样子。跑到适当的距离，他立住，双脚并齐，从丹田上使力，喊出个很尖很刺耳的“立”字来。他的头扬起来，脖筋都涨起多高，支持着“立”字的拉长；而后，脚踵离开了地，眼睛很快的闭上，想喊出个很脆很有力的“正”字来。力量确是用了，可是不知怎的“正”字竟会像哑叭爆竹，没有响。他的小干脸和脖子都红起来。他知道学生们一定会笑出声儿来。他等着他们发笑，没有旁的办法。奇怪，他们不但没有笑声，连笑意也没有。他干嗽了两下，想敷衍了事的喊个向右转和齐步走，好教自己下台。可是他的嗓音仿佛完全丢失了。他张了张嘴，而没有声音出来。

老姚对立正，齐步走，这一套是颇熟习的。看见瑞丰张嘴，他就向右转，打起旗来，慢慢的走。

学生们跟着老姚慢慢的走，走出操场，走出校门，走出巷口。他们的头越来越低，手中的小纸旗紧紧的贴着裤子。他们不敢出一声，也不敢正眼的看街上的人。他们今天是正式的去在日本人面前承认自己是亡国奴!

北平特有的秋晴里走着一队队的男女学生——以他们的小小的，天真的心，去收容历史上未曾有过的耻辱！他们没法子抵抗。他们在不久之前都听过敌人的炮声与炸弹声，都看见过敌人的坦克车队在大街上示威，他们知道他们的父兄师长都不打算抵抗。他们只能低着头为敌人去游行。他们的手中的小旗上写着“大日本万岁！”。

这最大的耻辱使甚至于还不过十岁的小孩也晓得了沉默，他们的口都被耻辱给封严。汽车上，电车上，人力车上，人家与铺户的门前，都悬着旗，结着彩，可是北平像死了似的那么静寂。一队队的低头不语的小学生走过，这默默的队伍使整条条的街都登时闭住了气。在往日，北平的街上有两条狗打架，也会招来多少人围着看；或者还有人喊几声好。今天，行人都低着头。铺户里外没有看热闹的。学生的队伍前面没有喇叭与铜鼓，领队的人既不喊一二一，也不吹着哨子，使大家的脚步齐一。大家只是那么默默的，丧胆游魂的，慢慢的走。排在队伍中的不敢往左右看，路上的行人也不敢向队伍看。他们都晓得今天不是什么游行，而是大家头一次公开的与敌人见面，公开的承认敌人是北平的主人！路上的人都晓得：往日的学生游行多半是向恶势力表示反抗；他们有时候赞同学生的意见，也有时候不十分满意学生的举动；但是不管怎样，他们知道学生是新的国民，表现着新的力量；学生敢反抗，敢闹事。今天，学生们却是到天安门去投降，而他们自己便是学生们的父兄！

瑞丰本是为凑热闹来的，他万没想到街上会这么寂寞。才走了一里多路，他就感觉到了疲乏；这不是游行，而是送殡呢！不，比送殡还更无聊，难堪! 虽然他的脑子相当的迟钝，可是看看街上，再看看学生，他也没法否认事情大概有点不对！队伍刚一走入大街的时候，他还跳前跳后，像看羊群的犬似的，表示自己的确有领队的能力与热心。为挽救适才在操场中没有把口号喊好的丢脸，他一边跳前跳后，还一边点动着小干脑袋，喊起一二一，好教大家把脚步放齐，振作振作精神。可是，他白费了力。大家的脚抬不起来。慢慢的，他停止了喊一二一；慢慢的，他也停止了跳前跳后，而只在队伍的中溜儿老老实实的走；慢慢的，他也低下头去。他不晓得为什么自己会这样了。他爱热闹，他一向不懂得什么叫作严肃。可是，今天北平的街上与北平的学生使他第一次低下头去，感觉到他应该一声不出。他很后悔参加这次的游行。他偷眼向前后找蓝东阳，已然不见了。他的心中有点发慌。虽然阳光是那么晴美，街上到处都悬旗结彩，可是他忽然觉得怪可怕！他不知道天安门安排着什么险恶的埋伏，他只觉得北平的天，北平的地，与北平的人，今天都有点可怕。他没有多少国家观念，可是，现在他似乎感到了一点不合适——亡了国的不合适！

迷迷糊糊的走到东四牌楼，他很想偷偷的离开队伍。可是他又不敢这样办，怕蓝先生责骂他。他只好硬着头皮向前走，两个腿肚子好像要转筋似的那么不好受。

这时节，瑞宣正在屋里对着日历发愣，今天是双十节！

他拒绝了参加游行。于是，无可避免的，他就须联想到辞职。在学校里，他是个在尽心教功课而外别无野心的人。虽然在更换教务主任与校长的时节，他常常被大家看成为最有希望的候补人，可是这纯粹出于他的资望与人品的感召，而与他自己丝毫不相干；他绝对不肯运动任何人帮忙他作主任或校长。他的尽心教课是目的，不是为达到什么目的的手段。在教课而外，对于学生团体的活动，只要是学校认为正当的，只要他接到正式的约请，他就必定参加。他以为教育不仅是教给学生一点课本上的知识，而也需要师生间的感情的与人格的接触。他知道在团体的活动中，他自己不是个爱出风头的人，但是他并不因此而偷懒——他会很冷静的热心。在他的心里他反对学生们的时常出去游行。可是，每逢游行，他必定参加，不管他对游行的目的赞同与否。他以为自己既是教师，就该负看管学生的责任，特别是在学生结队离开学校的时候。诚然，他的热心绝不会使他侵犯了校长或任何教员职员的职权，或分外多管些闲事，可是跟着队伍走动的本身，就叫他心中安适——他应当在学生的左右。假若学生们遇到什么不幸与危险，他自己必会尽力保护他们。随着学生平安无事的回来，看着学生都进了校门，他才把心放下。然后，不进校门，便急快的回家——他并不为参加游行而多用学校一盆水，洗去脸上的灰土。

今天，他没去参加游行。他不能去！他不能去大睁白眼的看着男女学生在国庆日向日本旗与日本人鞠躬！可是，从另一方面想，他这是不尽责。他应当辞职。他生平最看不起那些拿着薪金而不负责办事的人。不过，辞职只是安慰自己的良心，并无补于眼前的危难——假若，他想，日本人把学生集合在天安门而施行大屠杀呢？在理智上，他找到许多日本人不至于那么毒狠的理由，而且也想到：即使有他跟随着学生，日本人若是要屠杀，他有什么能力去阻止呢？日本人若用机关枪扫射，他也必死无疑；而他是一家人的家长！

思前想后，他决定不了什么。越决定不了，他就越焦躁；他头上出了汗。最后，他想到：即使日本人本不想在今天屠杀，焉知道我们的学生中没有向日本人扔一两个炸弹的呢？那么多的学生难道真的就没有一个有胆气的？是的，今天在北平投一两个炸弹也不过像往大海中扔一块小砖儿；可是，历史是有节奏的，到时候就必须有很响的一声鼓或一声锣。豪侠义士们便是历史节奏中的大锣大鼓。他们的响声也许在当时没有任何效果，可是每到民族危亡的时机，那些巨响就又在民族的心中鸣颤。那是天地间永久不灭的声音。想到这里，他的理智无论如何再也不能控制住情感。不管是生是死，他须到天安门去看看。

披上长袍，他一边扣着钮扣，一边往外疾走，连小顺儿的“爸，你上哪儿？”也没顾得回答！

刚出了大门，他便碰到了小崔——刚刚把车由街上拉回来。瑞宣本不想和小崔打招呼，可是一眼看到了车子，他愣了一下。他要坐小崔的车，不仅是为路相当的远，也是因心中急躁，不耐烦一步一步的走去。

小崔，在拉着车子的时节，永远不肯对邻居们先打招呼，怕是被人误会他是揽生意。他的车子新，腿快，所以要价儿也高一些。他怕因自己的车价儿高而使邻居们为难。现在，看祁瑞宣向他一打愣，他先说了话；他是把瑞宣算在坐得起他的车子的阶级中的。

“祁先生坐车吗？要坐的话，我就拉一趟！”没等瑞宣答话，他絮絮叨叨的说下去，好像心中久已憋得慌了的样子：“街上光一队一队的过学生，碰不着一个坐车子的！学生，干什么都是学生，真也有脸！去年，给委员长打旗子游街的是他们；今天，给日本人打旗子游街的又是他们！什么学生，简直是诚心找骂！你说是不是？”

瑞宣的脸成了大红布；假若可能，连头发根也都发了红！他知道小崔骂的是学生，而并非骂他。他也知道小崔的见解并不完全正确，小崔是不会由一件事的各方面都想到而后再下判断的。虽然这样，他可是没法子止住脸红，小崔骂的是学生，而他——祁——瑞宣——便是学生的老师呀！他自己现在也是要上天安门去呀！再说，小崔的见解，不管对与不对恐怕也就是一般人共同的见解，而一般人共同的见解，不管对与不对，是会很快的变成类似信仰的东西的！他不知道是谁——日本人还是中国的汉奸——出的这样的绝户主意，教学生们在国庆日到天安门去向敌人磕头。万般皆下品，唯有读书高！读书人是小崔们的偶像。读书人是有腿儿的礼义廉耻，是圣人的门徒。读书人领头儿喊抵制日货，拥护国民政府，还有许多不可解的什么男女平权，自由独立……今天，读书人却领着头儿去喊大日本万岁！

瑞宣极快的想起这些，又极快的止住思索：他须决定是否还到天安门去。假若还去的话，他会坐在车上和小崔谈，教小崔知道些学生们的困难与痛苦。可是，他决定了不去。他的话不会说服了小崔，不是因为小崔的脑袋是木头的，而是因为小崔的带着感情的判断恐怕是无可驳倒的，除非今天在会场上有一两个学生扔出炸弹去；可是，到底有这样的学生没有呢？

冠先生，穿着蓝缎子硬夹袍，满面春风的从三号扭了出来。他的眼珠微一移动，就把小崔像米中的一粒细砂似的筛了出去，而把全副的和颜悦色都向瑞宣摆正。

小崔把车放在门口，提起车垫子来。他很纳闷为什么祁瑞宣这样手足失措的，但又不肯和冠晓荷在一处立着，所以很不高兴的走进家门去。

“瑞宣！”冠先生的声音非常的温柔亲热。“是不是要到天安门去？这个热闹倒还值得一看！要去，我们一道走？”

瑞宣愿意和小崔谈一整天，而不高兴和冠晓荷过一句话。小崔恨学生们，冠先生却爱看学生们的热闹。“这……”瑞宣不晓得自己口中说了几个什么字，迷迷糊糊的便走了回来，在院中低着头走。

冠先生并不是去看热闹，而是想教日本人看看他。对怎样加入新民会去，他还没找到什么门路。本来想约刘师傅去给弄两档儿“玩艺”，引起日本人的注意，谁知道刘师傅会那么不知趣，毫不客气的拒绝了。玩艺儿既献不上去，他想他至少须教日本人看看他自己。不错，在逮捕钱默吟的时候，日本宪兵已看见了他。但是，宪兵不过是宪兵，宪兵大概不会放给他差事。今天，在天安门前，必定有一些日本要人，叫要人看见才有作官的希望。

瑞丰和他的队伍差不多是最早来到天安门的。他预料着，会场四围必定像开庙会一样的热闹，一群群卖糖食和水果的小贩，一群群的红男绿女，必定沿着四面的红墙，里三层外三层的呼喊，拥挤，来回的乱动；在稍远的地方甚至有照西湖景和变戏法的，敲打着简单而有吸引力的锣鼓。他也希望由东面西面和南面，一会儿传来一线军乐的声音，而后，喇叭与铜鼓的声音越来越大，他能探一探头便看见一张在空中飘动着的旗子。北平学校的校旗是一校一个样子，一个颜色，谁也不和谁相同的。在旗子后边，他喜欢看那耀武扬威的体操教员与那满身是绳子棒子的童子军。他特别欢喜那嘀嗒嘀嗒的军乐，音调虽然简单，可是足以使他心跳；当他的心这样跳动的时候，他总觉得自己颇了解铁血主义似的。在他高兴而想哼唧的时候，十之八九他是哼唧着军号的简单的嗒嘀嗒。

可是，眼前的实在景物与他所期望看到的简直完全不同。天安门的，太庙的，与社稷坛的红墙，红墙前的玉石栏杆，红墙后的黑绿的老松，都是那么雄美庄严，仿佛来到此处的晴美的阳光都没法不收敛起一些光芒，好使整个的画面显出肃静。这里不允许吵闹与轻佻。高大的天安门面对着高大的正阳门，两个城楼离得那么近，同时又像离得极远。在两门之间的行人只能觉得自己像个蚂蚁那么小。可怜的瑞丰和他的队伍，立在两门之间的石路上，好像什么也不是了似的。瑞丰看不到热闹，而只感到由城楼，红墙，和玉石出来一股子什么沉重的空气，压在他的小细脖颈；他只好低下头去。为开会，在玉石的桥前已搭好一座简单的讲台。席棚木板的讲台，虽然插满了大小的旗子，可是显着非常的寒伧；假若那城楼，石桥，是不朽的东西，这席棚好像马上就可以被一阵风刮得无影无踪！台上还没有人。瑞丰看看空台，看看城楼，赶紧又低下头去。他觉得可怕。在秋日的晴光中，城楼上的一个个的黑的眼睛好像极慢极慢的眨动呢！谁敢保，那些黑眼睛里没有机关枪呢！他极盼多来些人，好撑满了广场，给他仗一些胆气！慢慢的，从东，西，南，三面都来了些学生。没有军鼓军号，没有任何声响，一队队的就那么默默的，无可如何的，走来，立住。车马已经停止由这里经过。四外可是没有赶档子的小贩，也没有看热闹的男女。瑞丰参加过几次大的追悼会，哪一次也没有像今天这么安静——今天可是庆祝会呀！

学生越来越多了。人虽多，可是仍旧填不满天安门前的广场。人越多，那深红的墙与高大的城楼仿佛也越红越高，镇压下去人的声势。人，旗帜，仿佛不过是一些毫无分量的毛羽。而天安门是一座庄严美丽的山。巡警，宪兵，也增多起来；他们今天没有一点威风。他们，在往日，保护过学生，也殴打过学生，今天，他们却不知如何是好——天安门，学生，日本人，亡国，警察，宪兵，这些连不到一气的，像梦似的联到了一气！懒懒的，羞愧的，他们站在学生一旁，大家都不敢出声。天安门的庄严尊傲使他们沉默，羞愧——多么体面的城，多么可耻的人啊！

蓝东阳把干事的绸条还在衣袋里藏着，不敢挂出来。他立在离学生差不多有半里远的地方，不敢挤在人群里。常常欠起一点脚来，他向台上望，切盼他的上司与日本人来到，好挂出绸条，抖一抖威风。台上还没有人。吊起他的眼珠，他向四外寻，希望看见个熟人；找不到，天安门前是多么大呀，找人和找针一样的难。像刚停落下来的鸟儿似的，他东张张西望望，心里极不安。天安门的肃静和学生的沉默教他害了怕。他那比鸡脑子大不了多少的诗心，只会用三五句似通不通的话去幸灾乐祸的讥诮某人得了盲肠炎，或嫉妒的攻击某人得到一百元的稿费。他不能欣赏天安门的庄严，也不能了解学生们的愤愧与沉默。他只觉得这么多人而没有声音，没有动作，一定埋藏着什么祸患，使他心中发颤。

学生们差不多已都把脚站木了，台上还没有动静。他们饥渴，疲倦，可是都不肯出声，就是那不到十岁的小儿女们也懂得不应当出声，因为他们知道这是日本人叫他们来开会。他们没法不来，他们可是恨日本鬼子。一对对的小眼睛眨巴眨巴的看着天安门，那门洞与门楼是多么高大呀，高大得使他们有点害怕！一对对的小眼睛眨巴眨巴的看着席棚，席棚上挂着日本旗，还有一面大的，他们不认识的五色旗。他们莫名其妙，这五道儿的旗子是干什么的，莫非这就是亡国旗么？谁知道！他们不敢问老师们，因为老师们今天都低着头，眼中像含着泪似的。他们也只好低下头去，用小手轻轻的撕那写着中日亲善等等字样的纸旗。

学生差不多已到齐，但是天安门前依旧显着空虚冷落。人多而不热闹比无人的静寂更难堪——甚至于可怕。在大中华的历史上，没有过成千上万的学生在敌人的面前庆祝亡国的事实。在大中华的历史上，也没有过成千上万的学生，立在一处而不出一声。最不会严肃的中国人，今天严肃起来。

开会是带有戏剧性的；台上的播音机忽然的响了，奏着悲哀阴郁的日本歌曲。四围，忽然来了许多持枪的敌兵，远远的把会场包围住。台上，忽然上来一排人，有穿长袍的中国人，也有武装的日本人。忽然，戴着绸条的人们——蓝东阳在内——像由地里刚钻出来的，跳跳钻钻的在四处跑。

不知是谁设的计，要把大会开得这么有戏剧性。可是，在天安门前，那伟大庄严的天安门前，这点戏剧性没有得到任何效果。一个小儿向大海狂喊一声是不会有效果的。那广播的音乐没有使天安门前充满了声音，而只像远远的有人在念经或悲啼——一种好自杀的民族的悲啼。远远的那些兵，在天安门与正阳门的下面，是那么矮小，好像是一些小的黑黑的宽宽的木棒子；在天安门前任何丑恶的东西都失掉了威风。台上，那穿长袍的与武装的，都像些小傀儡，在一些红红绿绿的小旗子下，坐着或立着；他们都觉得自己很重要，可是他们除了像傀儡而外，什么也不像。蓝东阳与他的“同志”们，满以为忽然的挂出绸条，会使自己全身都增加上光彩，而且使别人敬畏他们，可是天安门与学生们只是那么静静的，一动不动，一声不出，似乎根本没有理会他们。

一个穿长袍的立起来了，对着扩声机发言。由机器放大了的声音，碰到那坚厚的红墙，碰到那高大的城楼，而后散在那像没有边际似的广场上，只像一些带着痰的咳嗽。学生们都低着头，听不到什么，也根本不想听见什么；他们管那穿长袍而伺候日本人的叫作汉奸。

穿长袍的坐下，立起个武装的日本人。蓝东阳与他的“同志”们，这时候已分头在各冲要的地方站好，以便“领导”学生。他们拼命的鼓掌，可是在天安门前，他们的掌声直好像大沙漠上一只小麻雀在拍动翅膀。他们也示意教学生们鼓掌，学生们都低着头，没有任何动作，台上又发出了那种像小猫打胡噜的声音，那个日本武官是用中国话说明日本兵的英勇无敌，可是他完全白费了力，台下的人听不见，也不想听。他的力气白费了，而且他自己似乎也感到没法使天安门投降；天安门是那么大，他自己是那么小，好像一个猴向峨嵋山示威呢。

一个接着一个，台上的东洋小木人们都向天安门发出嗡嗡的蚊鸣，都感到不如一阵机关枪把台下的人扫射干净倒还痛快。他们也都感到仿佛受了谁的愚弄。那些学生的一声不出，天安门的庄严肃静，好像都强迫着他们承认自己是几个猴子，耍着猴子戏。他们在城楼上，玉石桥下面，都埋伏了兵与机关枪，防备意外的袭击。在台上，他们还能远远的望到会场外围给他们放哨的兵——看着也像小傀儡。可是，天安门和学生们好像不懂得炸弹与手枪有什么用处，沉默与淡漠仿佛也是一种武器，一种不武而也可怕的武器。

台上和台下的干事们喊了几句口号。他们的口都张得很大，手举得很高，可是声音很小，很不清楚。学生们一声不出。庆祝保定的胜利？谁不知道保定是用炸弹与毒气攻下来的呢！

台上的傀儡们下了台，不见了。戴绸条的干事们拿着整篮子的昭和糖来分发，每个学生一块。多么高大的天安门啊，每人分得那么小的一块糖！中日亲善啊，每人分得一块糖，在保定被毒气与炸弹毁灭之后！昭和糖与小旗子都被扔弃在地上。

冠先生早已来到，而不敢往前凑，怕有人放炸弹。台上已经有两三个人讲过话，他才大着胆来到台前。他很想走上台去，可是被巡警很不客气的拦住。他只好站在学生的前面。学生的第一行离讲台也有五六丈远，台上的人不容易看清楚了他。他想往前挪一挪，按照旧戏中呈递降表的人那样打躬，报门而进，好引起台上的注意。巡警不准他往前挪动。他给巡警解释了几句："请放心，我没有别的意思！我是要给台上的人们行个礼！"

"难道台上的人是尊家的爸爸？"巡警没有好气的问。

冠先生没再说什么，也没再想往前挪动，只那么心到神知的，远远的，向上深深鞠了躬。而后，他必恭必敬的听着台上发出来的声音；扬着脸，希望台上的人或者能看清了他的眉眼。最后，他也接过一块昭和糖，而且对"干事"说："会开得很好呢！"——天安门的一幕滑稽剧，只得到这么一句称赞。

二十六

瑞宣在院中走来走去，像个热锅上的蚂蚁。他以为无论如何今天天安门前必要出点岔子。这是日本人公开的与北平市民见面的第一次。日本人当然以战胜者的姿态出现。北平人呢？瑞宣晓得北平人的软弱，可是他也晓得在最软弱的人里也会有敢冒险去牺牲的，在亡了国的时候。这么大的北平，难道还没有一两个敢拼命的人？只要有这么一两个人，今天的天安门前便一定变成屠场。瑞宣，和一般的北平人一样，是不喜欢流血的。可是，他以为今天天安门前必不可免的要流血，不管他喜欢与否。他甚至想到，假若今天北平还不溅出点血去，北平人就似乎根本缺乏着一点什么基本的东西，而可以嬉皮笑脸的接受最大的耻辱了。他几乎盼望流血了！

同时，他又怕天安门前有什么不幸。今天赴会的都是被强迫了去的学生。以往的军事的政治的失败，其咎不在学生，那么学生也就没有用血替别人洗刷点羞耻的责任。况且国内读书的人是那么少，大家应当为保护学生而牺牲，而不应当先去牺牲学生，尽管是在国家危亡的时候。他想起许多相熟的年轻可爱的面孔，有的跟他感情特别好，有的对他很冷淡，但是客观的看来他们都可爱，因为他们都天真，年轻。假若这些面孔，这些民族的花朵，今天在天安门前，遭受到枪弹的射击，或刺刀的戳伤……他不敢再往下想。他们是他的学生，也是中华民族的读书种子！

但是，从另一方面想，学生，只有学生，才是爱国的先锋队。他们有血气，有知识。假若他们也都像他的祖父那样萎缩，或者像他自己这样前怕狼后怕虎的不敢勇往直前，岂不就是表示着民族的血已经涸竭衰老了么？况且，小崔的也不完全错误呢！反抗帝国主义的侵略，反抗帝制，反抗旧礼教的束缚，反抗……都是学生；学生在五十年来的中国革命史上有过光荣的纪录——这纪录有好些个地方是用血写下来的！那么，难道今天，北平的学生，就忘了自己的光荣，而都乖乖的拿起"中日亲善"的小纸旗，一声不出吗？

他想不清楚。他只觉得烦躁不安。他甚至于关心到瑞丰的安全。他看不起二弟，但他们到底是一奶同胞的手足。他切盼瑞丰快快回来，告诉他开会的经过。

瑞丰一直到快三点钟了才回来。他已相当疲乏，可是脸上带着点酒意，在疲乏中显着兴奋。从一清早到开完会，他心中都觉得很别扭。他想看热闹，可是什么热闹也没看见。开完了会，他的肚子里已饿得咕噜咕噜的乱响。他想找机会溜开，不管把学生带回学校去。看蓝东阳那么滑头，他觉得自己是上了当，所以他不愿再负领队的责任。可是，在他还没能偷偷的溜开以前，学生们已自动的散开；他们不愿排着队回校，在大街上再丢一次脸。年纪很小的，不大认识路的，学生，很自然的跟在工友老姚后面；他们知道随着他走是最可靠的。别的学校也采取了这个办法。一会儿，学生向四外很快的散净，只剩下一地的破纸旗与被弃掷的昭和糖。瑞丰看学生散去，心中松了一口气。顺手拾起块昭和糖，剥去了纸皮儿，放在口中，他开始慢慢的，不大起劲的，往西走。

他本想穿过中山公园——已改称中央公园——走，可以省一点路。看了看，公园的大门没有一个人出入，他改了主意。他怕静寂的地方。顺着马路往西走，他想他应当到西单牌楼，找个小馆，吃点东西。他没想到蓝东阳会这么滑头，不通情理，教他操心领队，而还得自己掏腰包吃午饭。"什么玩艺儿！"他一边嚼着糖，一边低声的骂："这算那道朋友呢！"他越想越气，而那最可气的地方是："哪怕到大酒缸请我喝二两白干，吃一碟咸水豆儿呢，也总算懂点人情啊！"正这么骂着，身后忽然笑了一声，笑得非常的好听。他急一回头。冠先生离他只有一步远，笑的声音断了，笑的意思还在脸上荡漾着。

“你好大胆子！”冠先生指着瑞丰的脸说。

“我怎么啦？”瑞丰莫名其妙的问。

“敢穿中山装！”冠先生脸上显出淘气的样子，显然的他是很高兴。没等瑞丰说话，他接续着：“瑞丰，我佩服你的胆量！你行！”

听到这夸赞，瑞丰把所有的烦恼与不满都一下子扫除净尽，而马上天真的笑起来。(容易满足的人有时候比贪而无厌的人更容易走到斜路上去!)

二人齐着肩往西走。瑞丰笑了好几气才说出话来：“真的，这不能不算冒险！头一个敢在日本人眼前穿中山装的，我，祁瑞丰！”然后，他放低了声音：“万一咱们的人要是能打回来，凭我这一招——敢穿中山装——我大概也得有点好处？”

冠先生不愿讨论“万一”的事，他改了话路：“今天的会开得不坏呢！”

瑞丰不知道会开得好与不好，而只知道它不很热闹。怪别扭。现在，听了冠先生的话，他开始觉得会的确开得不错。他所受过的教育，只教给了他一些七零八碎的知识，而没教给他怎么思想，和怎么判断；因此，他最适宜于当亡国奴——他没有自己的见解，而愿意接受命令；只要命令后面还随着二两酒或半斤肉。

“不在乎那几块糖！”冠先生给瑞丰解释。“难道没有昭和糖，我们就不来开会吗？我是说，今天的大会平平安安的开过去，日本人没开枪，咱们的学生也没扔炸弹——阿弥陀佛！——得啦，这总算买金的遇见了卖金的！今天大家见了面，以后就好说话了。说实话，刚开会的时候，我简直的不敢过去！那是玩的吗，一个爆竹就能勾出机关枪来！得，现在我心里算是一块石头落了地！从今天起，咱们该干什么就干什么，不必再藏藏躲躲的了；反正连学生今天都在天安门前，青天大日头底下，向日本人鞠了躬，吃了昭和糖！你说是不是？”

“就是！就是！”瑞丰的小干脑袋很清脆的点动。冠先生这番话使他恍然大悟：他不应当只为蓝东阳要滑头而恨蓝东阳，他还是应当感谢蓝东阳——到底是蓝东阳教他领队来参加这次大会的。要按照冠先生的说法去推断，他今天的举动简直是有历史的意义，他差不多可以算个开国的功臣。他很高兴。高兴往往使人慷慨，他建议请冠先生吃顿小馆。

“瑞丰！”冠先生好像生了气似的。“你请我？笑话了！论年纪，辈数……凭哪一样你应当请我？”

假若虚伪极了就有点像真诚，冠先生的要请瑞丰吃饭是真诚的。他的虚伪极了的真诚是来自北平的文化，这文化使他即使在每天亡一次国的情形下，也要争着请客。这是个极伟大的亡国的文化。

瑞丰不敢再说什么。若要再争一争，便破坏了彼此的真诚与热烈。

“吃什么？瑞丰！”这又完全是出于客气。只要冠先生决定了请客，他就也决定了吃什么与吃哪个饭馆。对于吃，他的经验与知识足以使他自信，而且使别人绝不吃亏的。

“吃安儿胡同的烤肉怎样？”他没等瑞丰建议出来，就这样问。

瑞丰听到安儿胡同与烤肉，口中马上有一大团馋涎往喉中流去，噎得他没能说出话来，而只极恳切的点头。他的肚中响得更厉害了。

不知不觉的，他们俩脚底下都加了劲。烤肉是最实际的东西，他们暂时忘了其他的一切。

可是，战争到底也鞭挞到了他们俩，不管他们俩是怎样的乐观，无耻，无聊。那名气很大的烤肉的小铺子没有开张，因为市上没有牛羊肉。城内的牛羊已被宰光，远处的因战争的阻隔，来不到城中。看着那关着门的小铺，他们俩几乎要落泪。

很抱歉的，冠先生把瑞丰领到西长安街的一家四川馆，找了个小单间。瑞丰没有多大的吃辣子的本事，而又不便先声明，心中颇不自在。冠先生没看菜牌子，而只跟跑堂的嘀咕了两句。一会儿，跑堂的拿上来一个很精致的小拼盘，和一壶烫得恰到好处的竹叶青。

抿了一口色香俱美的竹叶青，瑞丰叫了声："好！"

冠先生似笑不笑的笑了一下："先别叫好！等着尝尝我要的菜吧！"

"不辣吧？"瑞丰对自己口腹的忠诚胜过了客气。

"真正的川菜并不辣！请你放心！"冠先生的眼中发出了点知识渊博的光。用嘴唇裹了一点点酒，他咂着滋味说："酒烫得还好！"

跑堂的好像跟冠先生很熟，除了端菜伺候而外，还跟冠先生说闲话。冠先生为表示这是随便吃点便饭，不必讲究什么排场，也就和跑堂的一问一答的，透出点亲热劲儿。跑堂的端上来一个炒菜，冠先生顺口随便的问："生意怎样？"

"不好呢！"跑堂的——一位三十多岁，每说一句话，必笑一下的，小矮个儿——皱了皱眉，又赶快的笑了一下。"简直的不好作生意！不预备调货吧，怕有吃主儿来；预备吧，碰巧了，就一天没有一个吃主儿！"他又笑了一下，笑得很惨。

"干这杯！"冠先生先让瑞丰的酒，而后才又安慰跑堂的："生意就快好起来了！"

"是吗？"这回，跑堂的一连笑了两下。可是，刚笑完，他就又觉出来笑得太幼稚了一些。"保定也丢了，生意还能……"

"我哪回吃饭没给钱？你怎么这样不信我的话呢？"冠先生假装儿皱上眉，和跑堂的逗着玩。"我告诉你，越丢多了地方，才越好作生意！一朝天子一朝臣；就怕一个地方一个天子，到处是天子，乱打一锅粥，那才没办法！你明白我的意思？"

跑堂的不敢得罪照顾主儿，可也不便十分得罪自己的良心，他没置可否的笑了下，赶紧出去端菜。

当一个文化熟到了稀烂的时候，人们会麻木不仁的把惊魂夺魄的事情与刺激放在一旁，而专注意到吃喝拉撒中的小节目上去。瑞丰，在吃过几杯竹叶青之后，把一切烦恼都忘掉，而觉得世界像刚吐蕊的花那样美好。在今天早半天，不论是在学校里，还是在天安门前，假若有人对他说两句真话，他或者能明白过来一点，而多少的要收起去一些无聊。不幸，他又遇见了冠晓荷，与冠晓荷的竹叶青和精美的四川菜。只要他的口腹得到满足，他就能把灵魂当五分钱卖出去。他忘了蓝东阳的可恶，天安门前的可怕，和他几乎要想起来的日本人的狠毒，而只觉得那浅黄的竹叶青酒在浑身荡漾，像春暖花开时候的溪水似的。白斩鸡的油挂在他的薄嘴唇上，使他感到上下唇都厚起来，有了力量。他觉得生命真正可爱，而所以可爱者就是因为肉美酒香。只要有人给他酒肉，他以为，他就应当诚心的感激。现在，这顿饭是冠先生给他的，他就该完全同意饭主子所说的。他的小干脸上红润起来，小干脑袋里被酒力催的嗡嗡的轻响，小眼睛里含着颗小泪珠——他感激冠先生！

冠先生虽然从敌人一进城就努力运动，而至今还没能弄到一官半职的，他可是依然乐观。他总以为改朝换代的时候是最容易活动的时候，因为其中有个肯降与不肯降的问题——他是决定肯投降的。对瑞丰，他先夸奖天安门大会开得很好，而后称赞新民会的成绩——谁还没有成绩，只有新民会居然在天安门前露了脸，教学生们和日本人打了对面！然后，他又提起蓝东阳来："你给我约了他没有啊？还没有？为什么呢？嘴上无毛，办事不牢！无论如何，你给我把他请到！什么？明天晚饭，再好没有啦！告诉你，瑞丰，你要乐观，要努力，要交结的广，有这三样，一个人就可以生生不已，老有饱饭吃！"

瑞丰听一句，点一下头。越听越痛快，也就越吃的多。说真的，自从敌人攻陷北平，他还没吃过这么舒服的一顿饭。他感激冠先生，他相信冠先生所说的话句句是有价值的。因为相信冠先生的话，他对自己的前途也就看出来光明。只要他乐观，努力去活动，他一定会走一步好运的！

吃过饭，冠先生在西单牌楼底下和瑞丰分了手，他还要"看两个朋友。咱们家里见！别忘了请蓝东阳去哟！再见！"

瑞丰疲倦而又兴奋的回到家中。

瑞宣见弟弟安全的回来，心中安定了些。可是，紧跟着，他就难过起来，心里说："那么多的学生和教师，就愣会没有一个敢干一下子的！"他并不轻看他们，因为他自己也是知识分子，他自己不是连天安门都没敢去么？他知道，他不应当以勇敢或懦弱评判任何个人，而应当先责备那个甚至于把屈膝忍辱叫作喜爱和平的文化。那个文化产生了静穆雍容的天安门，也产生了在天安门前面对着敌人而不敢流血的青年！不，他似乎连那个文化也不应责备。难道喜爱和平是错误吗？他说不清，心中憋闷的慌。他不喜欢和老二谈话，可是又不能不和他谈几句，好散散心中的烦闷。

瑞丰身上的那点酒精使他觉得自己很充实，很伟大。最初，他迷迷糊糊的，想不出自己为何充实与伟大。及至到了家中，他忽然明白过来，他的确是充实，并且伟大，因为他参加了天安门的大会。他相信自己必定很有胆气，否则哪敢和日本人面对面的立着呢。想到此处，他就越发相信了冠晓荷的话——大家在天安门前见了面，从此就中日一家，天下太平，我们也可以畅快的吃涮羊肉了。是的，他觉到自己的充实与伟大，只要努力活动一下，吃涮羊肉是毫无问题的。更使他高兴的，是瑞宣大哥今天看他回来并没那么冷淡的一点头，而含着笑过来问了声："老二，回来啦？"这一问，使瑞丰感到骄傲，他就更充实伟大了一些。同时，他也觉得更疲乏了一些；疲乏足以表示出自己的重要。

小顺儿的妈看丈夫在院中绕来绕去，心中非常的不安。她不敢解劝他，而一语不发又很难过。她只能用她的两只水灵的大眼睛偷偷的撩着他，以便抓住机会教小顺儿或小妞子跑过去，拉住他的手，或说几句话。她晓得丈夫是向来不迁怒到儿女身上去的。现在，看到他的脸上有了笑容，她也赶快走过来，听听老二带回来的新闻。

祁老太爷每逢听到一个坏消息，就更思念"小三儿"。他不知道别的，而准知道小三儿的性情非常倔强，不打了胜仗是不会回来的。那么，我们多打一个败仗，小三儿也自然的就离家更远了些！老人不愿为国家担忧，因为他以为宰相大臣才是管国事的，而他自己不过是个无知的小民。但是，对于孙子，他觉得他的确有关切的权利；没人能说祖父惦念孙子是不对的！他听到了保定的陷落，就不由的嘟嘟囔囔的念叨小三儿，见老二回来，老人也走了出来，听听消息——即使没有消息可听，看孙子一眼也是好的。

只要祁老人一念叨小三儿，天佑太太自然而然的就觉得病重了一些。祖父可以用思念孙子当作一种消遣，母亲的想儿子可是永远动真心的。今天，在惦念三儿子以外，她还注意到二儿子的很早出去，和大儿子的在院中溜来溜去。她心中十分的不安。听见老二回来，她也喘嘘嘘的走出来。

大家围住了瑞丰。他非常的得意。他觉得大家在聪明上，胆量上，见解上，都远不及他，所以他应当给大家说些乐观的话，使他们得到点安慰。

"我告诉你，大哥！"老二的牙缝里还塞着两小条儿肉，说话时口中满有油水："真想不到学生们今天会这么乖！太乖了，连一个出声的也没有！会开得甭提多么顺当啦！鸦雀无声！你看，日本官儿们都很体面，说话也很文雅。学生们知趣，日本官儿们也知趣，一个针尖大的岔子也没出，没想到，真没想到！这就行喽，丑媳妇见了公婆的面，以后就好说了。有今天这一场，咱们大家就都可以把长脸往下一拉，什么亡国不亡国的！大哥你——"他的眼向四下里找瑞宣，瑞宣不知在什么时候已经轻轻的走开了。他不由的"嗯？"了一声。小妞子看明白了二叔的意思，嘚突的小嘴说："爸，出出啦。"短胖的食指指着西边。

瑞宣偷偷的溜了出去。他不能再往下听。再听下去，他知道，他的一口毒恶的唾沫一定会啐在瑞丰的脸的正中间！

他晓得，学生教员们若是在天安门前，有什么激烈的举动，是等于无谓的牺牲。我们打死一两个日本要人，并不能克复北平；日本人打死我们许多青年，也不见得有什么不利。他晓得这个。可是，在感情上他还是希望有那么一点壮烈的表现，不管上算与吃亏。壮烈不是算盘上能打出来的。再退一步！即使大家不肯作无益的牺牲，那么严肃的沉默也还足以表示出大家的不甘于嬉皮笑脸的投降。由瑞丰的话里，他听出来，大家确是采取了默默的抵抗。可是，这沉默竟自被瑞丰解释作“很乖！”瑞丰的无耻也许是他个人的，但是他的解释不见得只限于他自己，许多许多人恐怕都要那么想，因为学生一向是为正义，为爱国而流血的先行。这一回，大家必定说，学生泄了气！这一次是这样无声无色的过去了，下一次呢？还沉默吗？万一要改为嬉皮笑脸呢？瑞宣在门外槐树下慢慢的走，简直不敢再往下想。

小崔由街上回来，没有拉着车，头上有个紫里蒿青的大包。

瑞宣没意思招呼小崔，不是小看一个拉车的，而是他心中烦闷，不想多说话，可是，小崔像憋着一肚子话，好容易找到可以谈一谈的人似的，一直扑了过来。小崔的开场白便有戏剧性：“你就说，事情有多么邪行！”

“怎么啦？”瑞宣没法不表示点惊疑。只有最狠心的人才会极冷淡的使有戏剧性的话失去效果。

“怎么啦？邪！”小崔显然的是非常的兴奋。“刚才我拉了个买卖。”他的眼向四外一扫，然后把声音放低。“一个日本兵！”

“日本兵！”瑞宣不由的重了一句，而后他慢慢的往“葫芦腰”那边走。小崔的故事既关联着日本兵，他觉得不该立在胡同里卖嚷嚷。

小崔跟着，把声音放得更低了些：“一个二十上下岁的日本兵。记住了，我说的是一个日本兵，因为他浑身上下没有一丝一毫不像日本兵的地方。我告诉你，祁大爷，我恨日本人，不愿意拉日本人，不管给我多少钱！今天早半天不是庆祝保定的——”

“——陷落！”瑞宣给补上。

“是呀！我心里甭提多么难受啦，所以快过午我才拉出车去。谁想到，刚拉了一号小买卖之后，就遇上了这个日本兵！”说着，他们俩已来到空旷的葫芦肚儿里。在这里，小崔知道，不管是立着还是走着谈，都不会被别人听见。往前走，不远便是护国寺的夹道，也是没有多少行人的。他没立住，而用极慢极缓的步子似走似不走的往前挪蹭。“遇上他的地方，没有别的车子，你看多么别扭！他要坐车，我没法不拉，他是日本兵啊！拉吧，有什么法子呢？拉到了雍和宫附近，我以为这小子大概要逛庙。我没猜对。他向旁边的一条很背静的胡同指了指，我就进了胡同，心里直发毛咕[①]，胡同里直仿佛连条狗也没有。走两步，我回回头；走两步，我回回头！好家伙，高丽棒子不是干过吗——在背静地方把拉车的一刀扎死，把车拉走！我不能不留这点神！高丽棒子，我晓得，都是日本人教出来的。我的车上，现在可坐着个真正日本人！不留神？好，噗哧一下儿，我不就一命归西了吗！忽然的，他出了声。胡同两面没有一个门。我一愣，他由车上跳下去。我不明白他要干什么。等他已经走出好几步去了，我才明白过来，原来他没给我钱；进这条背静胡同大概就为是不给钱。我愣了一会儿，打不定主意。这可只是一会儿，听明白了！把车轻轻的放下，我一个箭步蹿出去，那小子就玩了个嘴吃屎。我早看明白了，单打单，他不是我的对手；我的胳臂比他的粗！不给钱，我打出他的日本屎来！他爬起来，也打我。用日本话骂我——我懂得一个‘巴嘎亚路’。我不出声，只管打；越打我越打得好！什么话呢，今个早上，成千上万的学生满街去打降旗；我小崔可是在这儿，赤手空拳，收拾个日本兵！我心里能够不痛快吗？打着打着，出了奇事。他说了中国话，东北人！我的气更大了，可是我懒得再打了。我说不上来那时候我心里是怎么股子味儿，仿佛是恶心要吐，又仿佛是——我说不上来！他告了饶，我把他当个屁似的放了！祁先生，我问你一句话，他怎会变成了日本人呢？”

---

① 毛咕，心里害怕。

他们已走到护国寺的残破的界墙外，瑞宣决定往北走，北边清静。他半天没有回答出话来。直等到小崔催了一声："啊？"他才说："记得'九一八'？"

小崔点了点头。

"老一辈的东北人永远是中国人。在'九一八'的时候才十几岁的，像你打的那个兵，学的是日本话，念的是日本书，听的是日本宣传，他怎能不变呢？没有人愿意作奴隶，可是，谁也架不住一天一天的，成年论月的，老听别人告诉你：你不是中国人！"

"真的吗？"小崔吃惊的问。"比方说，天天有人告诉我，我不是中国人，我也会相信吗？"

"你不会！倒退几年，你就会！"

"祁先生！那么现在咱们的小学生，要是北平老属日本人管着的话，过个三年五载的，也会变了吗？"

瑞宣还没想到这一层。听小崔这么一问，他浑身的汗毛眼都忽然的一刺，脑中猛的"轰"了一下，头上见了细汗！他扶住了墙，腿发软！

"怎么啦？"小崔急切的问。

"没什么！我心里不好受！"

二十七

瑞宣不再到学校去。他可是并没正式的辞职，也没请假。他从来是个丁是丁，卯是卯的人，永远没干过这种拖泥带水的事。现在，他好像以为辞职与请假这些事都太小，用不着注意了；作亡国奴才真正是大事，连作梦他都梦见我们打胜仗，或是又丢失了一座城。

他必须去挣钱。父亲的收入是仗着年底分红；一位掌柜的，按照老规矩，月间并没有好多的报酬；父亲的铺子是遵守老规矩的。可是，从“七七”起，除了杂粮店与煤炭厂，恐怕没有几家铺店还照常有交易，而父亲的布匹生意是最清淡的一个——谁在兵荒马乱之际还顾得作新衣服呢。这样，到年终，父亲恐怕没有什么红利好拿。

老二瑞丰呢，瑞宣看得很清楚，只要得到个收入较多的事情，就必定分居另过。老二，和二奶奶，不是肯帮助人的人。

积蓄吗，祖父和母亲手里也许有几十或几百块现洋。但是这点钱，除非老人们肯自动的往外拿，是理应没人过问的——老人的钱，正和老人的病相反，是不大愿意教别人知道的。瑞宣自己只在邮局有个小折子，至多过不去百块钱。

这样，他是绝对闲不起的。他应当马上去找事情。要不然，他便须拿着维持费，照常的教书；等教育局有了办法，再拿薪水。无论怎样吧，反正他不应当闲起来。他为什么不肯像老三那样跺脚一走？还不是因为他须奉养着祖父与父母和看管着全家？那么，既不肯忍心的抛弃下一家老少，他就该设法去挣钱。他不该既不能尽忠，又不能尽孝。他晓得这些道理。可是，他没法子打起精神去算计煤米柴炭，当华北的名城一个接着一个陷落的时候。他不敢再看他的那些学生，那些在天安门庆祝过保定陷落的学生。假若整个的华北，他想，都沦陷了，而一时收复不来；这群学生岂不都变成像被小崔打了的小兵？他知道，除了教书，他很不易找到合适的事作。但是，他不能为挣几个钱，而闭上眼不看学生们渐渐的变成奴隶！什么都可以忍，看青年变成奴隶可不能忍！

瑞丰屋里的广播收音机只能收本市的与冀东的播音，而瑞宣一心一意的要听南京的消息。他能在夜晚走十几里路，有时候还冒着风雨，到友人家中去，听南京的声音，或看一看南京播音的记录。他向来是中庸的，适可而止的；可是，现在为听南京的播音，他仿佛有点疯狂了似的。不管有什么急事，他也不肯放弃了听广播。气候或人事阻碍他去听，他会大声的咒骂——他从前几乎没破口骂过人。南京的声音叫他心中温暖，不管消息好坏，只要是中央电台播放的，都使他相信国家不但没有亡，而且是没有忘了他这个国民——国家的语声就在他的耳边!

什么是国家？假若在战前有人问瑞宣，他大概须迟疑一会儿才回答得出，而所回答的必是毫无感情的在公民教科书上印好的那个定义。现在，听着广播中的男女的标准国语，他好像能用声音辨别出哪是国家，就好像辨别一位好友的脚步声儿似的。国家不再是个死板的定义，而是个有血肉，有色彩，有声音的一个巨大的活东西。听到她的声音，瑞宣的眼中就不由的湿润起来。他没想到过能这样的捉摸到了他的国家，也没想到过他有这么热烈的爱它。平日，他不否认自己是爱国的。可是爱到什么程度，他便回答不出。今天，他知道了：南京的声音足以使他兴奋或颓丧，狂笑或落泪。

他本来已经拒绝看新民会控制着的报纸，近来他又改变了这个态度。他要拿日本人所发的消息和南京所广播的比较一下。在广播中，他听到了北平报纸上所不载的消息。因此，他就完全否定了北平所有的报纸上的消息的真实性。即使南京也承认了的军事挫败，只要报纸上再登出来，他便由信而改为半信半疑。他知道不应当如此主观的比较来源不同的报道，可是只有这么作，他才觉得安心，好受一点。爱国心是很难得不有所偏袒的。

最使他兴奋的是像胡阿毛与八百壮士一类的消息。有了这种壮烈牺牲的英雄们，他以为，即使军事上时时挫败，也没什么关系了。有这样的英雄的民族是不会被征服的！每听到这样一件可歌可泣的故事，他便兴奋得不能安睡。在半夜里，他会点上灯，把它们记下来。记完了，他觉得他所知道的材料太少，不足以充分的表现那些英雄的忠心烈胆；于是，就把纸轻轻的撕毁，而上床去睡——这才能睡得很好。

对外交消息，在平日他非常的注意，现在他却很冷淡。由过去的百年历史中，他——正如同别的晓得一点历史的中国人——晓得列强是不会帮助弱国的。他觉得国联的暂缓讨论中日问题，与九国公约的要讨论中日问题，都远不如胡阿毛的举动的重要。胡阿毛是中国人。多数的中国人能像胡阿毛那样和日本人干，中国便成了有人的国家，而不再是任人割取的一块老实的肥肉。胡阿毛敢跟日本人干，也就敢跟世界上的一切“日本人”干。中国人是喜欢和平的，但是在今天必须有胡阿毛那样敢用生命换取和平的，才能得到世人的钦仰，从而真的得到和平。

这样，他忙着听广播，忙着看报，忙着比较消息，忙着判断消息的可靠与否，有时候狂喜，有时候忧郁，他失去平日的稳重与平衡，好像有点神经病似的了。

他可是没有忘了天天去看钱默吟先生。钱先生渐渐的好起来。最使瑞宣痛快的是钱老人并没完全失去记忆与思想能力，而变为残废。老人慢慢的会有系统的说几句话了。这使瑞宣非常的高兴。他晓得日本人的残暴。钱老人的神志逐渐清爽，在他看，便是残暴的日本人没有能力治服了一位诗人的证明。同时，他把老人看成了一位战士，仗虽然打输了，可是并未屈服。只要不屈服，便会复兴；他几乎把钱诗人看成为中国的象征了。同时，他切盼能听到钱先生述说被捕受刑的经过，而详细的记载下来，成为一件完整的，信实的，亡城史料。

可是，钱老人的嘴很严。他使瑞宣看出来，他是绝对不会把被捕以后的事说给第二个人的。他越清醒，便越小心；每每在他睡醒以后，他要问：“我没说梦话吧？”他确是常说梦话的，可是因为牙齿的脱落，与声音的若断若续，即使他有条理的说话，也不会被人听懂。在清醒的时候，他闭口不谈被捕的事。瑞宣用尽了方法，往外诱老人的话，可是没有结果。每逢老人一听到快要接触到被捕与受刑的话，他的脸马上发白，眼中也发出一种光，像老鼠被猫儿堵住了的时候那种惧怕的，无可如何的光。这时候，他的样子，神气都变得像另一个人了。以前，他是胖胖的，快乐的，天真的，大方的；现在，他的太阳穴与腮全陷进去，缺了许多牙齿，而神气又是那么惊慌不安。一看到这种神气，瑞宣就十分惭愧。可是，惭愧并没能完全胜过他的好奇。本来吗，事情的本身是太奇——被日本宪兵捕去，而还能活着出来，太奇怪了！况且，钱老人为什么这样的不肯说狱中那一段事实呢？

慢慢的，他测悟出来：日本人，当放了老人的时候，一定强迫他起下誓，不准把狱中的情形告诉给第二个人。假若这猜得不错，以老人的诚实，必定不肯拿起誓当作白玩。可是，从另一方面看，老人的通达是不亚于他的诚实的，为什么一定要遵守被迫起下的誓言呢？不，事情恐怕不能就这么简单吧？

再一想，瑞宣不由的便想到老人的将来：老人是被日本人打怕了，从此就这么一声不响的活下去呢？还是被打得会懂得了什么叫作仇恨，而想报复呢？他不敢替老人决定什么。毒刑是会把人打老实了的，他不愿看老人就这么老老实实的认了输。报复吧？一个人有什么力量呢！他又不愿看老人白白的去牺牲——老人的一家子已快死净了！

对钱太太与钱大少爷的死，老人一来二去的都知道了。在他的梦中，他哭过，哭他的妻和子。醒着的时候，他没有落一个泪。他只咬着那未落净的牙，腮上的陷坑儿往里一嘬一嘬的动。他的眼会半天不眨巴的向远处看，好像要自杀和要杀人似的愣着。他什么也不说，而只这么愣着。瑞宣很怕看老人这么发呆。他不晓得怎样去安慰才好，因为他根本猜不到老人为什么这样发愣——是绝望，还是计划着报仇。

老人很喜欢听战事的消息，瑞宣是当然的报道者。这也使瑞宣很为难。他愿意把刚刚听来的消息，与他自己的意见，说给老人听；老人的理解是比祁老人和韵梅的高明得很多的。可是，只要消息不十分好，老人便不说什么，而又定着眼愣起来。他已不像先前那样婆婆妈妈的和朋友谈话了，而是在听了友人的话以后，他自己去咂摸滋味——他把心已然关在自己的腔子里。他好像有什么极应保守秘密的大计划，必须越少说话越好的锁在心里。瑞宣很为难，因为他不会撒谎，不会造假消息，而又不愿教老人时时的不高兴。他只能在不完全欺骗中，设法夸大那些好消息，以便使好坏平衡，而减少一些老人的苦痛。可是，一听到好消息，老人便要求喝一点酒，而酒是，在养病的时候，不应当喝的。

虽然钱诗人有了那么多的改变，并且时时使瑞宣为难，可是瑞宣仍然天天来看他，伺候他，陪着他说话儿。伺候钱诗人差不多成了瑞宣的一种含有宗教性的服务。有一天不来，他就在别种郁闷难过而外又加上些无可自恕的罪过似的。

钱先生也不再注意冠晓荷。金三爷或瑞宣偶然提起冠家，他便闭上口不说什么，也不问什么。只有在他身上不大好受，或心里不甚得劲儿的时候，若赶上冠家大声的猜拳或拉着胡琴唱戏，他才说一声“讨厌”，而闭上眼装睡。

瑞宣猜不透老先生的心里。老人是完全忘了以前的事呢？还是假装的忘记，以便不露痕迹的去报仇呢？真的，钱先生已经变成了一个谜！瑞宣当初之所以敬爱钱先生，就是因为老人的诚实，爽直，坦白，真有些诗人的气味。现在，他极怕老人变成个丧了胆的，连句带真感情的话也不敢说的人。不，老人不会变成那样的人，瑞宣心中盼望着。可是，等老人的身体完全康复了之后，他究竟要作些什么呢？一个谜！

金三爷来的次数少一些了。看亲家的病一天比一天的好，又搭上冠家也没敢再过来寻衅，他觉得自己已尽了责任，也就不必常常的来了。

可是，每逢他来到，钱老人便特别的高兴。这使瑞宣几乎要有点嫉妒了。瑞宣晓得往日金三爷在钱老人的眼中，只是个还不坏的亲友，而不是怎样了不起的人物。虽然诗人的心中也许尽可能的消灭等级，把只要可以交往的人都看作朋友，一律平等，可是瑞宣晓得老人到底不能不略分一分友人的高低——他的确晓得往日金三爷并不这样受钱老人的欢迎。

瑞宣，当金三爷也来看病人的时候，很注意的听两位老人都说些什么，以便猜出钱老人特别喜欢金三爷的理由。他只有纳闷。金三爷的谈话和平日一样的简单，粗鲁，而且所说的都是些最平常的事，绝对没有启发心智或引人作深想的地方。

在庆祝保定陷落的第二天，瑞宣在钱家遇到了金三爷。这是个要变天气的日子，天上有些不会落雨，而只会遮住阳光的灰云，西风一阵阵的刮得很凉。树叶子纷纷的往下落。瑞宣穿上了件旧薄棉袍。金三爷却还只穿着又长又大的一件粗白布小褂，上面罩着件铜钮扣的青布大坎肩——已是三十年的东西了，青色已变成了暗黄，胸前全裂了口。在坎肩外边，他系了一条蓝布搭包。

钱诗人带着满身的伤，更容易感觉到天气的变化；他的浑身都酸疼。一见金三爷进来，他便说："天气要变呀，风多么凉啊！"

"凉吗？我还出汗呢！"真的，金三爷的脑门上挂着不少很大的汗珠。从怀里摸出块像小包袱似的手绢，仿佛是擦别人的头似的，把自己的秃脑袋用力的擦了一番。随擦，他随向瑞宣打了个招呼。对瑞宣，他的态度已改变了好多，可是到底不能像对李四爷那么亲热。坐下，好大一会儿，他才问亲家："好点吧？"

钱老人，似乎是故意求怜的，把身子蜷起来。声音也很可怜的，他说："好了点！今天可又疼得厉害！要变天！"说罢，老人眨巴着眼等待安慰。

金三爷捏了捏红鼻头，声如洪钟似的："也许要变天！一边养，一边也得忍！忍着疼，慢慢的就不疼了！"

在瑞宣看，金三爷的话简直说不说都没大关系。可是钱老人仿佛听到了最有意义的劝慰似的，连连的点头。瑞宣知道，当初金三爷是崇拜钱诗人，才把姑娘给了孟石的。现在，他看出来，钱诗人是崇拜金三爷了。为什么呢？他猜不出。

金三爷坐了有十分钟。钱老人说什么，他便顺口答音的回答一声“是”，或“不是”，或一句很简单而没有什么意思的短话。钱老人不说什么，他便也一声不响，呆呆的坐着。

愣了好一大会儿，金三爷忽然立起来。“看看姑娘去。”他走了出去。在西屋，和钱少奶奶说了大概有两三句话，他找了个小板凳，在院中坐好，极深沉严肃的抽了一袋老关东叶子烟。当当的把烟袋锅在阶石上磕净，立起来，没进屋，只在窗外说了声：“走啦！再来！”

金三爷走后好半天，钱老人对瑞宣说：“在这年月，有金三爷的身体比有咱们这一肚子书强得太多了！三个读书的也比不上一个能打仗的！”

瑞宣明白了。原来老人羡慕金三爷的身体。为什么？老人要报仇！想到这儿，他不错眼珠的看着钱先生，看了足有两三分钟。是的，他看明白了：老人不但在模样上变了，他的整个的人也都变了。谁能想到不肯损伤一个蚂蚁的诗人，会羡慕起来，甚至是崇拜起来，武力与身体呢？看着老人陷下去的腮，与还有时候带出痴呆的眼神，瑞宣不敢保证老先生能够完全康复，去执行报仇的计划。可是，只要老人有这么个报仇的心思，也就够可敬的了。他觉得老人与中国一样的可敬。中国在忍无可忍的时候，便不能再因考虑军备的不足，而不去抗战。老人，在受了侮辱与毒刑之后，也不再因考虑身体精力如何，而不想去报复。在太平的年月，瑞宣是反对战争的。他不但反对国与国的武力冲突，就是人与人之间的彼此动武，他也认为是人类的野性未退的证据。现在，他可看清楚了：在他的反战思想的下面实在有个像田园诗歌一样安静老实的文化作基础。这个文化也许很不错，但是它有个显然的缺陷，就是：它很容易受暴徒的蹂躏，以至于灭亡。会引来灭亡的，不论是什么东西或道理，总是该及时矫正的。北平已经亡了，矫正是否来得及呢？瑞宣说不上来。他可是看出来，一个生活与趣味全都是田园诗样的钱先生现在居然不考虑一切，而只盼身体健壮，好去报仇，他没法不敬重老人的胆气。老人似乎不考虑什么来得及与来不及，而想一下子由饮酒栽花的隐士变成敢流血的战士。难道在国快亡了的时候，有血性的人不都应当如此么？

因为钦佩钱老人，他就更看不起自己。他的脑子一天到晚像陀螺一般的转动，可是连一件事也决定不了。他只好管自己叫作会思想的废物！

乘着钱先生闭上了眼，瑞宣轻轻的走出来。在院中，他看见钱少奶奶在洗衣服。她已有了三个多月的身孕。在孟石死去的时候，因为她的衣裳肥大，大家都没看出她有“身子”。在最近，她的“怀”开始显露出来。金三爷在前些天，把这件喜信告诉了亲家。钱先生自从回到家来，没有笑过一次，只在听到这个消息的时候，他笑了笑，而且说了句金三爷没听明白的话：“生个会打仗的孩子吧！”瑞宣也听见了这句话，在当时也没悟出什么道理来。今天，看见钱少奶奶，他又想起来那句话，而且完全明白了其中的含义。

钱少奶奶没有什么模样，可是眉眼都还端正，不难看。她没有剪发，不十分黑而很多的头发梳了两根松的辫子，系着白头绳。她不高，可是很结实，腰背直直的好像担得起一切的委屈似的。她不大爱说话，就是在非说不可的时候，她也往往用一点表情或一个手势代替了话。假若有人不晓得这个，而紧跟她说，并且要求她回答，她便红了脸而更说不出来。

瑞宣不敢跟她多说话，而只指了指北屋，说了声：“又睡着了。”

她点了点头。

瑞宣每逢看见她，也就立刻看到孟石——他的好朋友。有好几次，他几乎问出来：“孟石呢？”为避免这个错误，他总是看着她的白辫梢，而且不敢和她多说话——免得自己说错了话，也免得教她为难。今天，他仍然不敢多说，可是多看了她两眼。他觉得她不仅是个年轻的可怜的寡妇，而也是负着极大的责任的一位母亲。她，他盼望，真的会给钱家和中国生个会报仇的娃娃！

一边这么乱想，一边走，不知不觉的他走进了家门。小顺儿的妈正责打小顺儿呢。她很爱孩子，也很肯管教孩子。她没受过什么学校教育，但从治家与教养小孩子来说，她比那受过学校教育，反对作贤妻良母，又不幸作了妻与母，而把家与孩子一齐活糟蹋了的妇女，高明得多了。她不准小孩子有坏习惯，从来不溺爱他们。她晓得责罚有时候是必要的。

瑞宣不大爱管教小孩。他好像是儿女的朋友，而不是父亲。他总是那么婆婆妈妈的和他们玩耍和瞎扯。等到他不高兴的时候，孩子们也自然的会看出不对，而离他远远的。当韵梅管孩子的时候，他可是绝对守中立，不护着孩子，也不给她助威。他以为夫妻若因管教儿女而打起架来，就不但管不了儿女，而且把整个的家庭秩序完全破坏了。这最不上算。

假若小顺儿的妈从丈夫那里得到管教儿女的“特权”，她可还另有困难，当她使用职权的时候。婆母是个明白人：当她管教自己的孩子的时候，她的公平与坚决差不多是与韵梅相同的。可是现在她老了。她仍然愿意教孙辈所受的管束与昔年自己的儿子所受的一样多，一样好；但是，也不是怎的，她总以为儿媳妇的管法似乎太严厉，不合乎适可而止的中道。她本想不出声，可是声音仿佛没经她的同意便自己出去了。

即使幸而通过了祖母这一关，小顺儿们还会向太爷爷请救，而教妈妈的巴掌或笤帚疙疸落了空。在祁老人眼中，重孙儿孙女差不多就是小天使，永远不会有任何过错；即使有过错，他也要说：“孩子哪有不淘气的呢？”

祁老人与天佑太太而外，还有个瑞丰呢。他也许不甚高兴管闲事，但是赶上他高兴的时候，他会掩护着小顺儿与妞子，使他们不但挨不上打，而且教给他们怎样说谎扯皮的去逃避责罚。

现在，瑞宣刚走进街门，便听到了小顺儿的尖锐的，多半是为求救的，哭声。他知道韵梅最讨厌这种哭声，因为这不是哭，而是呼唤祖母与太爷爷出来干涉。果然，他刚走到枣树旁，南屋里的病人已坐起来，从窗上的玻璃往外看。看到了瑞宣，老太太把他叫住："老大！别教小顺儿的妈老打孩子呀！这些日子啦，孩子们吃也吃不着，喝也喝不着，还一个劲儿的打，受得了吗！"

瑞宣心里说："妈妈的话跟今天小顺儿的犯错儿挨打，差不多没关系！"可是，他连连的点头，往"战场"走去。他不喜欢跟病着的母亲辩论什么。

"战场"上，韵梅还瞪着大眼睛责备小顺儿，可是小顺儿已极安全的把脸藏在太爷爷的手掌里。他仍旧哭得很厉害，表示向妈妈挑战。

祁老人一面给重孙子擦泪，一面低声嘟囔着。他只能低声的，因为第一，祖公对孙媳妇不大好意思高声的斥责；第二，他准知道孙媳妇是讲理的人，决不会错打了孩子。"好乖孩子！"他嘟囔着："不哭啦！多么好的孩子，还打哪？真！"

瑞宣听出来：假若祖母是因为这一程子的饮食差一点，所以即使孩子犯了过也不该打；太爷爷便表示"多么好的孩子"，而根本不应当责打，不管"好"孩子淘多大的气！

小妞子见哥哥挨打，唯恐连累了自己，藏在了自以为很严密，而事实上等于不藏的，石榴盆后面，两个小眼卜哒卜哒的从盆沿上往外偷看。

瑞宣从祖父一直看到自己的小女儿，没说出什么来便走进屋里去。到屋里，他对自己说："这就是亡国奴的家庭教育，只有泪，哭喊，不合理的袒护，而没有一点点硬气儿！钱老人盼望有个会打仗的孩子，这表明钱诗人——受过日本人的毒打以后——彻底的觉悟过来：会打仗的孩子是并不多见的，而须赶快的产生下来。可是，这是不是晚了一些呢？日本人，在占据着北平的时候，会允许中国人自由的教育小孩子，把他们都教育成敢打仗的战士吗？钱诗人的醒悟恐怕已经太迟了？"正这么自言自语的叨唠，小妞子忽然从外面跑进来，院中也没了声音。瑞宣晓得院中已然风平浪静，所以小妞子才开始活动。

小妞儿眼中带出点得意与狡猾混合起来的神气，对爸爸说："哥，挨打！妞妞，藏！藏花盆后头！"说完，她露出一些顶可爱的小白牙，笑了。

瑞宣没法子对妞子说："你狡猾，坏，和原始的人一样的狡猾，一样的坏！你怕危险，不义气！"他不能说，他知道妞子是在祖母和太爷爷的教养下由没有牙长到了满嘴都是顶可爱的小牙的年纪；她的油滑不是天生的，而是好几代的聪明教给她的！这好几代的聪明宁可失去他们的北平，也不教他们的小儿女受一巴掌的苦痛！

二十八

不管是有意的，还是无意的，冠先生交朋友似乎有个一定的方法。他永远对最新的朋友最亲热。这也许是因为有所求而交友的缘故。等到新劲儿一过去，热劲儿就也渐渐的消散，像晾凉了的馒头似的。

现在，蓝东阳是冠先生的宝贝。

即使我们知道冠先生对最新的朋友最亲热的原因，我们也无法不钦佩他的技巧。这技巧几乎不是努力学习的结果，而差不多全部都是天才的产物。冠先生的最见天才的地方就是"无聊"。只有把握到一切都无聊——无聊的啼笑，无聊的一问一答，无聊的露出牙来，无聊的眨巴眼睛，无聊的说地球是圆的，或烧饼是热的好吃……才能一见如故的，把一个初次见面的友人看成自己的亲手足一般，或者比亲手足还更亲热。也只有那在什么有用的事都可以不作，而什么白费时间的事都必须作的文化里，像在北平的文化里，无聊的天才才能如鱼得水的找到一切应用的工具。冠先生既是天才，又恰好是北平人。

相反的，蓝东阳是没有文化的，尽管他在北平住过了十几年。蓝先生的野心很大。因为野心大，所以他几乎忘了北平是文化区；虽然他大言不惭的自居为文化的工程师，可是从生活上与学识上，他都没注意到过文化的内容与问题。他所最关心的是怎样得到权利，妇女，金钱，与一个虚假的文艺者的称呼。

因此，以冠晓荷的浮浅无聊，会居然把蓝东阳“唬”得一愣一愣的。凡是晓荷所提到的烟，酒，饭，茶的作法，吃法，他几乎都不知道。及至冠家的酒饭摆上来，他就更佩服了冠先生——冠先生并不瞎吹，而是真会享受。在他初到北平的时期，他以为到东安市场吃天津包子或褡裢火烧，喝小米粥，便是享受。住过几年之后，他才知道西车站的西餐与东兴楼的中菜才是说得出口的吃食。今天，他才又知道铺子中所卖的菜饭，无论怎么精细，也说不上是生活的艺术；冠先生这里是在每一碟咸菜里都下着一番心，在一杯茶和一盅酒的色，香，味，与杯盏上都有很大的考究；这是吃喝，也是历史与艺术。是的，冠先生并没有七盘八碗的预备整桌的酒席；可是他自己家里作的几样菜是北平所有的饭馆里都吃不到的。除了对日本人，蓝东阳是向来不轻于佩服人的。现在，他佩服了冠先生。

在酒饭之外，他还觉出有一股和暖的风，从冠先生的眼睛，鼻子，嘴，眉，和喉中刮出来。这是那种在桃花开了的时候的风，拂面不寒，并且使人心中感到一点桃色的什么而发痒，痒得怪舒服。冠先生的亲热周到使东阳不由的要落泪。他一向以为自己是受压迫的，因为他的文稿时常因文字不通而被退回来；今天，冠先生从他一进门便呼他为诗人，而且在吃过两杯酒以后，要求他朗读一两首他自己的诗。他的诗都很短，朗诵起来并不费工夫。他读完，冠先生张着嘴鼓掌。掌拍完，他的嘴还没并上；好容易并上了，他极严肃的说：“好！好！的确的好！”蓝诗人笑得把一向往上吊着的那个眼珠完全吊到太阳穴里去了，半天也没落下来。

捧人是需要相当的勇气的。冠先生有十足的勇气——他会完全不要脸。

“高第！”冠先生亲热的叫大女儿。“你不是喜欢新文艺吗？跟东阳学学吧！”紧跟着对东阳说：“东阳，你收个女弟子吧！”

东阳没答出话来。他昼夜的想女人，见了女人他可是不大说得出正经话来。

高第低下头去，她不喜欢这个又瘦又脏又难看的诗人。

冠先生本盼望女儿对客人献点殷勤，及至看高第不哼一声，他赶紧提起小磁酒壶来，让客：“东阳，咱们就是这一斤酒，你要多喝也没有！先干了杯！!! 对！好，干脆，这一壶归你，你自己斟！咱们喝良心酒！我和瑞丰另烫一壶！”

瑞丰和胖太太虽然感到一点威胁——东阳本是他们的，现在颇有已被冠先生夺了去的样子——可是还很高兴。一来是大赤包看丈夫用全力对付东阳，她便设法不教瑞丰夫妇感到冷淡；二来是他们夫妇都喜欢热闹，只要有好酒好饭的闹哄着，他们俩就决定不想任何足以破坏眼前快乐的事情。以瑞丰说，只要教他吃顿好的，好像即使吃完就杀头也没什么不可以的。胖太太还另有一件不好意思而高兴的事：东阳不住的看她。她以为这是她战败了冠家的两位姑娘，而值得骄傲。事实上呢，东阳是每看到女人便想到实际的问题；论起实际，他当然看胖乎乎的太太比小姐们更可爱。

招弟专会戏弄“癞虾蟆”。顶俏美的笑了一下，她问东阳：“你告诉告诉我，怎样作个文学家，好不好？”并没等他回答，她便提出自己的意见：“是不是不刷牙不洗脸，就可以作出好文章呢？”

东阳的脸红了。

高第和尤桐芳都咯咯的笑起来。

冠先生很自然的，拿起酒杯，向东阳一点头：“来，罚招弟一杯，咱们也陪一杯，谁教她是个女孩子呢！”

吃过饭，大家都要求桐芳唱一支曲子。桐芳最讨厌有新朋友在座的时候“显露原形”。她说这两天有点伤风，嗓子不方便。瑞丰——久已对她暗里倾心——帮她说了几句话，解了围。桐芳，为赎这点罪过，提议打牌。瑞丰领教过了冠家牌法的厉害，不敢应声。胖太太比丈夫的胆气大一点，可是也没表示出怎么热烈来。蓝东阳本是个“钱狠子”，可是现在有了八成儿醉意，又看这里有那么多位女性，他竟自大胆的说：“我来！说好，十六圈！不多不少，十扭圈！”他的舌头已有点不大利落了。

大赤包，桐芳，招弟，东阳，四位下了场。招弟为怕瑞丰夫妇太僵得慌，要求胖太太先替她一圈或两圈。

冠先生稍有点酒意，拿了两个细皮带金星的鸭儿梨，向瑞丰点了点头。瑞丰接过一个梨，随主人来到院中。两个人在灯影中慢慢的来回溜。冠先生的确是有点酒意了。他忽然噗哧的笑了一声。而后，亲热的叫：“瑞丰！瑞丰！”瑞丰嘴馋，像个饿猴子似的紧着啃梨，嘴唇轻响的嚼，不等嚼碎就吞下去。满口是梨，他只好由鼻子中答应了声：“嗯！”

“你批评批评！”冠先生口中谦虚，而心中骄傲的说：“你给我批评一下，不准客气！你看我招待朋友还有什么不周到的地方？”

瑞丰是容易受感动的，一见冠先生这样的“不耻下问”，不由的心中颤动了好几下。赶快把一些梨渣滓啐出去，他说：“我决不说假话！你的——无懈可击！”

“是吗？你再批评批评！你看，就是用这点儿——”他想不起个恰当的字，“这点儿，啊——亲热劲儿，大概和日本人来往，也将就了吧？你看怎么样？批评一下！”

“一定行！一定！”瑞丰没有伺候过日本人，但是他以为只要好酒好菜的供养着他们，恐怕他们也不会把谁活活的吃了。

冠先生笑了一下，可是紧跟着又叹了口气。酒意使他有点感伤，心里说：“有这样本事，竟自怀才不遇！”

瑞丰听见了这声叹气，而不便说什么。他不喜欢忧郁和感伤！

快活，哪怕是最无聊无耻的快活，对于他都胜于最崇高的哀怨。他急忙往屋里走。晓荷，还拿着半个梨独自站在院里。

文章不通的人，据说，多数会打牌。东阳的牌打得不错。一上手，他连胡了两把。这两把都是瑞丰太太放的冲[①]。假若她知趣，便应该马上停手，教招弟来。可是，她永远不知趣，今天也不便改变作风。瑞丰倒还有这点敏感，可是不敢阻拦太太的高兴；他晓得，他若开口教她下来，他就至少须牺牲这一夜的睡眠，好通宵的恭听太太的训话。大赤包给了胖子一点暗示，她说日本人打牌是谁放冲谁给钱。胖太太还是不肯下来。打到一圈，大赤包笑着叫招弟："看你这孩子，你的牌，可教祁太太受累！快来！好教祁二嫂休息休息！"胖太太这才无可如何的办了交代，红着脸张罗着告辞。瑞丰怕不好看，直搭讪着说："再看两把！天还早！"

第二圈，东阳听了两次胡，可都没胡出来，因为他看时机还早而改了叫儿，以便多胡一番。他太贪。这两把都没胡，他失去了自信，而越打越慌，越背。他是打赢不打输的人，他没有牌品。在平日写他那自认为是批评文字的时候，他总是攻击别人的短处，而这些短处正是他想作而作不到的事。一个写家被约去讲演，或发表了一点政见，都被他看成是出风头，为自己宣传；事实上，那只是因为没人来请他去讲演，和没有人请他发表什么意见。他的嫉妒变成了讽刺，他的狭窄使他看起来好像挺勇敢，敢去战斗似的。他打牌也是这样，当牌气不大顺的时候。他摔牌，他骂骰子，他怨别人打的慢，他嫌灯光不对，他挑剔茶凉。他自己毫无错处，他不胡牌完全因为别人的瞎打乱闹。

瑞丰看事不祥，轻轻的拉了胖太太一把，二人没敢告辞，以免扰动牌局，偷偷的走出去。冠先生轻快的赶上来，把他们送到街门口。

第二天，瑞丰想一到学校便半开玩笑的向东阳提起高第姑娘来。

---

① 打麻将时上家不考虑下家的情况，随便打出牌去叫放的冲。

假若东阳真有意呢，他就不妨真的作一次媒，而一箭双雕的把蓝与冠都捉到手里。

见到东阳，瑞丰不那么乐观了。东阳的脸色灰绿，一扯一扯的像要裂开。他先说了话："昨天冠家的那点酒，菜，茶，饭，一共用多少钱？"

瑞丰知道这一问或者没怀着好意，但是他仍然把他当作好话似的回答："哦，总得花二十多块钱吧，尽管家中作的比外叫的菜便宜；那点酒不会很贱了，起码也得四五毛一斤！"

"他们赢了我八十！够吃那么四回的！"东阳的怒气像夏天的云似的涌上来，"他们分给你多少？"

"分给我？"瑞丰的小眼睛睁得圆圆的。

"当然喽！要不然，我跟他们丝毫的关系都没有，你干吗给两下里介绍呢？"

瑞丰，尽管是浅薄无聊的瑞丰，也受不了这样的无情的，脏污的，攻击。他的小干脑袋上的青筋全跳了起来。他明知道东阳不是好惹的，不该得罪的，可是他不能太软了，为了脸面，他不能太软了！他拿出北平人的先礼后拳的办法来："你这是开玩笑呢，还是——"

"我不会开玩笑！我输了钱！"

"打牌还能没有输赢？怕输就别上牌桌呀！"

论口齿，东阳是斗不过瑞丰的。可是东阳并不怕瑞丰的嘴。专凭瑞丰平日的处世为人的态度来说，就有许多地方招人家看不起的；所以，无论他怎样能说会道，东阳是不会怕他的。

"你听着！"东阳把臭黄牙露出来好几个，像狗打架时那样。"我现在是教务主任，不久就是校长，你的地位是在我手心里攥着的！我一撒手，你就掉在地上！我告诉你，除非你赔偿上八十块钱，我一定免你的职！"

瑞丰笑了。他虽浮浅无聊，但究竟是北平人，懂得什么是"里儿”，哪叫“面儿”[①]。北平的娘儿们，也不会像东阳这么一面理。“蓝先生，你快活了手指头，红中白板的摸了大半夜，可是教我拿钱；哈，天下哪有这么便宜的事？要是有的话，我早去了，还轮不到尊家你呢！”

东阳不敢动武，他怕流血。当他捉到一个臭虫——他的床上臭虫很多——的时候，他都闭上眼睛去抹杀它，不敢明目张胆的作。今天，因为太看不起瑞丰了，他居然说出：“你不赔偿的话，可留神我会揍你！”

瑞丰没想到东阳会这样的认真。他后悔了，后悔自己爱多事。可是，自己的多事并不是没有目的；他是为讨东阳的喜欢，以便事情有些发展，好多挣几个钱。这，在他想，不能算是错误。他原谅了自己，那点悔意像蜻蜓点水似的，轻轻的一挨便飞走了。

他没有钱。三个月没有发薪了。他晓得学校的“金库”里也不过统共有十几块钱。想到学校与自己的窘迫，他便也想到东阳的有钱。东阳的钱，瑞丰可以猜想得到，一部分是由新民会得来的，一部分也必是由爱钱如命才积省下来的。既然是爱钱如命，省吃俭用的省下来的，谁肯轻易一输，就输八十呢？这么一想，瑞丰明白了，东阳的何以那么着急，而且想原谅了他的无礼。他又笑了一下，说：“好吧，我的错儿，不该带你到冠家去！我可是一番好意，想给你介绍那位高第小姐；谁想你会输那么多的钱呢！”

“不用费话！给我钱！”东阳的散文比他的诗通顺而简明的多了。

瑞丰想起来关于东阳的笑话。据说：东阳给女朋友买过的小梳子小手帕之类的礼物，在和她闹翻了的时候，就详细的开一张单子向她索要！瑞丰开始相信这笑话的真实，同时也就很为了难——他赔还不起那么多钱，也没有赔还的责任，可是蓝东阳又是那么蛮不讲理！

---

① “里儿”，“面儿”，日常待人接物的道理。有老于世故的意思。

“告诉你！”东阳满脸的肌肉就像服了毒的壁虎似乎全部抽动着。“告诉你！不给钱，我会报告上去，你的弟弟逃出北平——这是你亲口告诉我的——加入了游击队！你和他通气！”

瑞丰的脸白了。他后悔，悔不该那么无聊，把家事都说与东阳听，为是表示亲密！不过，后悔是没用的，他须想应付困难的办法。

他想不出办法。由无聊中闹出来的事往往是无法解决的。

他着急！真要是那么报告上去，得抄家！

他是最怕事的人。因为怕事，所以老实；因为老实，所以他自居为孝子贤孙。可是，孝子贤孙现在惹下了灭门之祸！

他告诉过东阳，老三逃出去了。那纯粹因为表示亲密；假若还有别的原因的话，也不过是因为除了家长里短，他并没有什么可对友人说的。他万也没想到东阳会硬说老三参加了游击队！他没法辩驳，他觉得忽然的和日本宪兵，与宪兵的电椅皮鞭碰了面！他一向以为日本人是不会和他发生什么太恶劣的关系的，只要他老老实实的不反日，不惹事。今天，料想不到的，日本人，那最可怕的，带着鞭板锁棍的，日本人，却突然的立在他面前。

他哄的一下出了汗。

他非常的着急，甚至于忘了先搪塞一下，往后再去慢慢的想办法。急与气是喜欢相追随的弟兄，他瞪了眼。

东阳本来很怕打架，可是丝毫不怕瑞丰的瞪眼，瑞丰平日给他的印象太坏了，使他不去考虑瑞丰在真急了的时节也敢打人。“怎样？给钱，还是等我去给你报告？”

一个人慌了的时候，最容易只沿着一条路儿去思索。瑞丰慌了。他不想别的，而只往坏处与可怕的地方想。听到东阳最后的恐吓，他又想出来：即使真赔了八十元钱，事情也不会完结；东阳哪时一高兴，仍旧可以给他报告呀！

“怎样？”东阳又催了一板，而且往前凑，逼近了瑞丰。

瑞丰像一条癞狗被堵在死角落里，没法子不露出抵抗的牙与爪来了。他一拳打出去，倒仿佛那个拳已不属他管束了似的。他不晓得这一拳应当打在哪里，和果然打在哪里，他只知道打着了一些什么；紧跟着，东阳便倒在了地上。他没料到东阳会这么不禁碰。他急忙往地上看，东阳已闭上了眼，不动。轻易不打架的人总以为一打就会出人命的；瑞丰浑身上下都忽然冷了一下，口中不由的说出来："糟啦！打死人了！"说完，不敢再看，也不顾得去试试东阳还有呼吸气儿与否，他拿起腿便往外跑，像七八岁的小儿惹了祸，急急逃开那样。

他生平没有走过这么快。像有一群恶鬼赶着，而又不愿教行人晓得他身后有鬼，他贼眉鼠眼的疾走。他往家中走。越是怕给家中惹祸的，当惹了祸的时候越会往家中跑。

到了家门口，他已喘不过气来。扶住门垛子，他低头闭上了眼，大汗珠拍哒拍哒的往地上落。这么忍了极小的一会儿，他用袖子抹了抹脸上的汗，开始往院里走。他一直奔了大哥屋中去。

瑞宣正在床上躺着。瑞丰在最近五年中没有这么亲热的叫过大哥："大哥！"他的泪随着声音一齐跑出来。

这一声"大哥"，打动了瑞宣的心灵。他急忙坐起来问："怎么啦？老二！"

老二从牙缝里挤出来："我打死了人！"

瑞宣立起来，心里发慌。但是，他的修养马上来帮他的忙，教他稳定下来。他低声的，关心而不慌张的问："怎么回事呢？坐下说！"说罢，他给老二倒了杯不很热的开水。

老二把水一口喝下去。老大的不慌不忙，与水的甜润，使他的神经安贴了点。他坐下，极快，极简单的，把与东阳争吵的经过说了一遍。他没说东阳的为人是好或不好，也没敢给自己的举动加上夸大的形容；他真的害了怕，忘记了无聊与瞎扯。说完，他的手颤动着掏出香烟来，点上一支。

瑞宣声音低而恳切的问："他也许是昏过去了吧？一个活人能那

么容易死掉？”

老二深深的吸了口烟。“我不敢说！”

“这容易，打电话问一声就行了！”

“怎么？”老二现在仿佛把思索的责任完全交给了大哥，自己不再用一点心思。

“打电话找他，”瑞宣和善的说明：“他要是真死了或是没死，接电话的人必定能告诉你。”

“他要是没死呢？我还得跟他说话？”

“他若没死，接电话的人必说：请等一等。你就把电话挂上好啦。”

“对！”老二居然笑了一下，好像只要听从哥哥的话，天大的祸事都可以化为无有了似的。

“我去，还是你去？”老大问。

“一道去好不好？”老二这会儿不愿离开哥哥。在许多原因之中，有一个是他暂时还不愿教太太知道这回事。他现在才看清楚：对哥哥是可以无话不说的，对太太就不能不有时候闭上嘴。

附近只有一家有电话的人家。那是在葫芦肚里，门前有排得很整齐的四棵大柳树，院内有许多树木的牛宅。葫芦肚是相当空旷的。四围虽然有六七家人家，可没有一家的建筑与气势能稍稍减去门外的荒凉的。牛宅是唯一的体面宅院，但是它也无补于事，因为它既是在西北角上，而且又深深的被树木掩藏住——不知道的人很不易想到那片树木里还有人家。这所房与其说是宅院，还不如说是别墅或花园——虽然里边并没有精心培养着的奇花异草。

牛先生是著名的大学教授，学问好，而且心怀恬淡。虽然在这里已住了十二三年，可是他几乎跟邻居们全无来往。这也许是他的安分守己，无求于人的表示，也许是别人看他学识太深而不愿来“献丑”。瑞宣本来有机会和他交往，可是他——瑞宣——因不愿“献丑”而没去递过名片。瑞宣永远愿意从书本上钦佩著者的学问，而不肯去拜见著者——他觉得那有点近乎巴结人。

瑞丰常常上牛宅来借电话，瑞宣今天是从牛宅迁来以后第一次来到四株柳树底的大门里。

老二借电话，而请哥哥说话。电话叫通，蓝先生刚刚的出去。

“不过，事情不会就这么完了吧？”从牛宅出来，老二对大哥说。

“慢慢的看吧！”瑞宣不很带劲儿的回答。

“那不行吧？我看无论怎着，我得赶紧另找事，不能再到学校去；蓝小子看不见我，也许就忘了这件事！”

“也许！”瑞宣看明白老二是胆小，不敢再到学校去，可是不好意思明说出来。真的，他有许许多多的话要说。其中的最现成的恐怕就是：“这就是你前两天所崇拜的人物，原来不过如此！”或者：“凭你蓝东阳，冠晓荷，就会教日本人平平安安的统治北平？你们自己会为争一个糖豆而打得狗血喷头！”可是，他闭紧了嘴不说，他不愿在老二正很难过的时候去教训或讥讽，使老二更难堪。

“找什么事情呢？”老二嘟囔着。“不管怎样，这两天反正我得请假！”

瑞宣没再说什么。假若他要说，他一定是说：“你不到学校去，我可就得去了呢！”是的，他不能和老二都在家里蹲着，而使老人们看着心焦。他自从未参加那次游行，就没请假，没辞职，而好几天没到学校去。现在，他必须去了，因为老二也失去了位置。他很难过；他生平没作过这样忽然旷课，又忽然复职的事！学校里几时才能发薪，不晓得。管它发薪与否，占住这个位置至少会使老人们稍微安点心。他准知道：今天老二必不敢对家中任何人说道自己的丢脸与失业；但是，过了两三天，他必会打开嘴，向大家乞求同情。假若瑞宣自己也还不到学校去，老人们必会因可怜老二而责备老大。他真的不喜欢再到学校去，可是非去不可，他叹了口气。

“怎么啦？”老二问。

“没什么！”老大低着头说。

弟兄俩走到七号门口，不约而同的停了一步。老二的脸上没了血色。

有三四个人正由三号门外向五号走，其中有两个是穿制服的！

瑞丰想回头就跑，被老大拦住："两个穿制服的是巡警。那不是白巡长？多一半是调查户口。"

老二慌得很："我得躲躲！穿便衣的也许是特务！"没等瑞宣再说话，他急忙转身顺着西边的墙角疾走。

瑞宣独自向家中走。到了门口，巡警正在拍门。他笑着问："干什么？白巡长！"

"调查户口，没别的事。"白巡长把话说得特别的温柔，为是免得使住户受惊。

瑞宣看了看那两位穿便衣的，样子确乎有点像侦探。他想，他们俩即使不为老三的事而来，至少也是被派来监视白巡长的。瑞宣对这种人有极大的反感。他们永远作别人的爪牙，而且永远威风凛凛的表示作爪牙的得意；他们宁可失掉自己的国籍，也不肯失掉威风。

白巡长向"便衣"们说明："这是住在这里最久的一家！"说着，他打开了簿子，问瑞宣："除了老三病故，人口没有变动吧？"

瑞宣十分感激白巡长，而不敢露出感激的样子来，低声的回答了一声："没有变动。"

"没有亲戚朋友住在这里？"白巡长打着官腔问。

"也没有！"瑞宣回答。

"怎么？"白巡长问便衣，"还进去吗？"

这时候，祁老人出来了，向白巡长打招呼。

瑞宣很怕祖父把老三的事说漏了兜。幸而，两个便衣看见老人的白须白发，仿佛放了点心。他们俩没说什么，而只那么进退两可的一犹豫。白巡长就利用这个节骨眼儿，笑着往六号领他们。

瑞宣同祖父刚要转身回去，两个便衣之中的一个又转回来，很傲慢的说："听着，以后就照这本簿子发良民证！我们说不定什么时候，也许是在夜里十二点，来抽查；人口不符，可得受罚，受顶大的罚！记住！”

瑞宣把一团火压在心里，没出一声。

老人一辈子最重要的格言是“和气生财”。他极和蔼的领受“便衣”的训示，满脸堆笑的说：“是！是！你哥儿们多辛苦啦！不进来喝口茶吗？”

便衣没再说什么，昂然的走开。老人望着他的后影，还微笑着，好像便衣的余威未尽，而老人的谦卑是无限的。瑞宣没法子责备祖父。祖父的过度的谦卑是从生活经验中得来，而不是自己创制的。从同一的观点去看，连老二也不该受责备。从祖父的谦卑里是可以预料到老二的无聊的。苹果是香美的果子，可是烂了的时候还不如一条鲜王瓜那么硬气有用。中国确是有深远的文化，可惜它已有点发霉发烂了；当文化霉烂的时候，一位绝对良善的七十多岁的老翁是会向“便衣”大量的发笑，鞠躬的。

“谁知道，”瑞宣心里说：“这也许就是以柔克刚的那点柔劲。有这个柔劲儿，连亡国的时候都软软糊糊的，不知道怎么一下子就全完了，像北平亡了的那样！有这股子柔劲儿，说不定哪一会儿就会死而复苏啊！谁知道！”他不敢下什么判断，而只过去搀扶祖父——那以“和气生财”为至理的老人。

祁老人把门关好，还插上了小横闩，才同长孙往院里走；插上了闩，他就感到了安全，不管北平城是被谁占据着。

“白巡长说什么来着？”老人低声的问，仿佛很怕被便衣听了去。“他不是问小三儿来着？”

“老三就算是死啦！”瑞宣也低声的说。他的声音低，是因为心中难过。

“小三儿算死啦？从此永远不回来啦？”老人因惊异而有点发怒。“谁说的？怎么个理儿？”

天佑太太听见了一点，立刻在屋中发问：“谁死啦？老大！”

瑞宣知道说出来就得招出许多眼泪，可是又不能不说——家中大小必须一致的说老三已死，连小顺儿与妞子都必须会扯这个谎。是的，在死城里，他必须说那真活着的人死去了。他告诉了妈妈。

妈妈不出声的哭起来。她最怕的一件事——怕永不能再见到小儿子——已经实现了一半儿！瑞宣说了许多他自己也并不十分相信的话，去安慰妈妈。妈妈虽然暂时停止住哭，可是一点也不信老大的言语。

祁老人的难过是和儿媳妇的不相上下，可是因为安慰她，自己反倒闸住了眼泪。

瑞宣的困难反倒来自孩子们。小顺儿与妞子刨根问底的提出好多问题：三叔哪一天死的？三叔死在了哪里？三叔怎么死的？死了还会再活吗？他回答不出来，而且没有心思去编造一套——他已够苦痛的了，没心陪着孩子们说笑。他把孩子们交给了韵梅。她的想象力不很大，可是很会回答孩子们的问题——这是每一位好的妈妈必须有的本事。

良民证！瑞宣死死的记住了这三个字！谁是良民？怎样才算良民？给谁作良民？他不住的这么问自己。回答是很容易找到的：不反抗日本人的就是日本人的良民！但是，他不愿这么简单的承认了自己是亡国奴。他盼望能有一条路，教他们躲开这最大的耻辱。没有第二条路，除了南京胜利。想到这里，他几乎要跪下，祈祷上帝，他可是并不信上帝。瑞宣是最理智，最不迷信的人。

良民证就是亡国奴的烙印。一旦伸手接过来，就是南京政府打了胜仗，把所有在中国的倭奴都赶回三岛去，这个烙印还是烙印，还是可耻！一个真正的国民就永远不伸手接那个屈膝的证件！永远不该指望别人来替自己洗刷耻辱！可是，他须代表全家去接那作奴隶的证书；四世同堂，四世都一齐作奴隶！

轻蔑么？对良民证冷笑么？那一点用处也没有！作亡国奴没有什么好商议的，作就伸手接良民证，不作就把良民证摔在日本人的脸上！冷笑，不抵抗而否认投降，都是无聊，懦弱！

正在这个时候，老二回来了，手里拿着一封信。恐怕被别人看见似的。他向老大一点头，匆匆的走进哥哥的屋中。瑞宣跟了进去。

“刚才是调查户口。”瑞宣告诉弟弟。

老二点点头，表示已经知道了。然后，用那封信——已经拆开——拍着手背，非常急躁的说：“要命就干脆拿了去，不要这么钝刀慢剐呀！”

“怎么啦？”老大问。

“我活了小三十岁了，就没见过这么没心没肺的人！”老二的小干脸上一红一白的，咬着牙说。

“谁？”老大眨巴着眼问。

“还能有谁！”老二拍拍的用信封抽着手背。“我刚要进门，正碰上邮差。接过信来，我一眼就认出来，这是老三的字！怎这么胡涂呢！你跑就跑你的得了，为什么偏偏要我老二陪绑呢！”他把信扔给了大哥。

瑞宣一眼便看明白，一点不错，信封上是老三的笔迹。字写得很潦草，可是每一个都那么硬棒，好像一些跑动着的足球队员似的。看清楚了字迹，瑞宣的眼中立刻湿了。他想念老三，老三是他的弟弟，也是他的好友。

信是写给老二的，很简单：“丰哥：出来好，热闹，兴奋！既无儿女，连二嫂也无须留在家里，外面也有事给她作，外面需要一切年轻的人！母亲好吗？大哥”到此为止，信忽然的断了。大哥怎样？莫非因为心中忽然一难过而不往下写了么？谁知道！没有下款，没有日月，信就这么有头无尾的完了。

瑞宣认识他的三弟，由这样的一段信里，他会看见老三的思路：老三不知因为什么而极兴奋。他是那样的兴奋，所以甚至忘了老二的没出息，而仍盼他逃出北平——外面需要一切年轻的人。他有许多话要说，可是顾虑到信件的检查，而忽然的问母亲好吗？母亲之外，大哥是他所最爱的人，所以紧跟着写上“大哥”。可是，跟大哥要说的话也许须写十张二十张纸；作不到，爽性就一字也不说了。

看着信，瑞宣也看见了老三，活泼，正直，英勇的老三！他舍不得把眼从信上移开。他的眼中有一些泪，一些欣悦，一些悲伤，一些希望，和许多许多的兴奋。他想哭，也想狂笑。他看见了老二，也看见老三。他悲观，又乐观。他不知如何是好。

瑞丰一点也不能明白老大，正如同他一点也不能明白老三。他的心理很简单——怕老三连累了他。“告诉妈不告诉？哼！他还惦记着妈！信要被日本人检查出来，连妈也得死！”他没好气的嘟囔。

瑞宣的复杂的，多半是兴奋的，心情，忽然被老二这几句像冰一样冷的话驱逐开，驱逐得一干二净。他一时说不上话来，而顺手把那封信掖到衣袋里去。

“还留着？不赶紧烧了？那是祸根！”老二急扯白脸的说。

老大笑了笑。“等我再看两遍，一定烧！”他不愿和老二辩论什么。“老二！真的，你和二妹一同逃出去也不错；学校的事你不是要辞吗？”

“大哥！”老二的脸沉下来。“教我离开北平？”他把“北平”两个字说得那么脆，那么响，倒好像北平就是他的生命似的，绝对不能离开，一步不能离开！

“不过是这么一说，你的事当然由你作主！”瑞宣耐着性儿说。“蓝东阳，啊，我怕蓝东阳陷害你！”

“我已经想好了办法。”老二很自信的说。“先不告诉你，大哥。我现在只愁没法给老三去信，嘱咐他千万别再给家里来信！可是他没写来通讯处；老三老那么慌慌张张的！”说罢，他走了出去。

二十九

天越来越冷了。在往年，祁家总是在阴历五六月里叫来一两大车煤末子，再卸两小车子黄土，而后从街上喊两位“煤黑子”来摇煤球，摇够了一冬天用的。今年，从“七七”起，城门就时开时闭，没法子雇车去拉煤末子。而且，在日本人的横行霸道之下，大家好像已不顾得注意这件事，虽然由北平的冬寒来说这确是件很重要的事。连小顺儿的妈和天佑太太都忘记了这件事。只有祁老人在天未明就已不能再睡的时候，还盘算到这个问题，可是当长孙媳妇告诉他种种的困难以后，他也只好抱怨大家都不关心家事，没能在“七七”以前就把煤拉到，而想不出高明的办法来。

煤一天天的涨价。北风紧吹，煤紧加价。唐山的煤大部分已被日本人截了去，不再往北平来，而西山的煤矿已因日本人与我们的游击队的混战而停了工。北平的煤断了来源！

祁家只有祁老人和天佑的屋里还保留着炕，其余的各屋里都早已随着“改良”与“进步”而拆去，换上了木床或铁床。祁老人喜欢炕，正如同他喜欢狗皮袜头，一方面可以表示出一点自己不喜新厌故的人格，另一方面也是因为老东西确实有它们的好处，不应当一笔抹杀。在北平的三九天，尽管祁老人住的是向阳的北房，而且墙很厚，窗子糊得很严，到了后半夜，老人还是感到一根针一根针似的小细寒风，向脑门子，向肩头，继续不断的刺来。尽管老人把身子蜷成一团，像只大猫，并且盖上厚被与皮袍，他还是觉不到温暖。只有炕洞里升起一小炉火，他才能舒舒服服的躺一夜。

天佑太太并不喜欢睡热炕，她之所以保留着它是她准知道孙子们一到三四岁就必被派到祖母屋里来睡，而有一铺炕是非常方便的。炕的面积大，孩子们不容易滚了下去；半夜里也容易照管，不至于受了热或着了凉。可是，她的南屋是全院中最潮湿的，最冷的；到三九天，夜里能把有水的瓶子冻炸。因此，她虽不喜欢热炕，可也得偶尔的烧它一回，赶赶湿寒。

没有煤！祁老人感到一种恐怖! 日本人无须给他任何损害与干涉，只须使他在凉炕上过一冬天，便是极难熬的苦刑！天佑太太虽然没有这么惶恐，可也知道冬天没有火的罪过是多么大！

瑞宣不敢正眼看这件事。假若他有钱，他可以马上出高价，乘着城里存煤未卖净的时候，囤起一冬或一年的煤球与煤块。但是，他与老二都几个月没拿薪水了。而父亲的收入是很有限的。

小顺儿的妈以家主妇的资格已向丈夫提起好几次："冬天要是没有火，怎么活着呢？那，北平的人得冻死一半！"

瑞宣几次都没正式的答复她，有时候他惨笑一下，有时候假装耳聋。有一次，小顺儿代替爸爸发了言："妈，没煤，顺儿去拣煤核儿！"又待了一会儿，他不知怎么想起来："妈！也会没米，没白面吧？"

"别胡说啦！"小顺儿的妈半恼的说："你愿意饿死！混小子！"

瑞宣愣了半天，心里说："怎见得不会不绝粮呢！"他一向没想到过这样的问题。经小顺儿这么一说，他的眼忽然看出老远老远去。今天缺煤，怎见得明天就不缺粮呢？以前，他以为亡城之苦是干脆的受一刀或一枪；今天，他才悟过来，那可能的不是脆快的一刀，而是慢慢的，不见血的，冻死与饿死！想到此处，他否认了自己不逃走的一切理由。冻，饿，大家都得死，谁也救不了谁；难道因为他在家里，全家就可以没煤也不冷，没米也不饿吗？他算错了账！

掏出老三的那封信，他读了再读的读了不知多少遍。他渴望能和老三谈一谈。只有老三能明白他，能替他决定个主意。

他真的憋闷极了，晚间竟自和韵梅谈起这回事。平日，对家务事，他向来不但不专制，而且多少多少糖豆酸枣儿的事都完全由太太决定，他连问也不问。现在，他不能再闭着口，他的脑中已涨得要裂。

韵梅不肯把她的水灵的眼睛看到山后边去，也不愿丈夫那么办。"孩子的话，干吗记在心上呢？我看，慢慢的就会有了煤！反正着急也没用！挨饿？我不信一个活人就那么容易饿死！你也走？老二反正不肯养活这一家人！我倒肯，可又没挣钱的本事！算了吧，别胡思乱想啦，过一天是一天，何必绕着弯去发愁呢！"

她的话没有任何理想与想象，可是每一句都那么有分量，使瑞宣无从反驳。是的，他无论怎样，也不能把全家都带出北平去。那么，一家老幼在北平，他自己就也必定不能走。这和二加二是四一样的明显。

他只能盼望国军胜利，快快打回北平！

太原失陷！广播电台上又升起大气球，“庆祝太原陷落！”

学生们又须大游行。

他已经从老二不敢再到学校里去的以后就照常去上课。他不肯教老人们看着他们哥儿俩都在家中闲着。

庆祝太原陷落的大游行，他是不是去参加呢？既是学校中的教师，他理应去照料着学生。另一方面，从一种好奇心的催促，他也愿意去参加——他要看看学生与市民是不是还像庆祝保定陷落时那么严肃沉默。会继续的严肃，就会不忘了复仇。

可是，他又不敢去，假若学生们已经因无可奈何而变成麻木呢？他晓得人的面皮只有那么厚，一揭开就完了！他记得学校里有一次闹风潮，有一全班的学生都退了学。可是，校长和教员们都坚不让步，而学生们的家长又逼着孩子们回校。他们只好含羞带愧的回来。当瑞宣在风潮后第一次上课的时候，这一班的学生全低着头，连大气都不出一声，一直呆坐了一堂；他们失败了，他们羞愧！他们是血气方刚的孩子！可是，第二天再上课，他们已经又恢复了常态，有说有笑的若无其事了。他们不过是孩子！他们的面皮只有那么厚，一揭开就完了！一次游行，两次游行，三次五次游行，既不敢反抗，又不便老拧着眉毛，学生们就会以嬉皮笑脸去接受耻辱，而慢慢的变成了没有知觉的人。学生如是，市民们就必更容易撕去脸皮，苟安一时。

他不知怎样才好，他恨自己没出息，没有抛妻弃子，去奔赴国难的狠心与决心！

这几天，老二的眉毛要拧下水珠来。胖太太已经有三四天没跟他说话。他不去办公的头两天，她还相信他的乱吹，以为他已另有高就。及至他们俩从冠宅回来，她就不再开口说话，而把怒目与撇嘴当作见面礼。他俩到冠宅去的目的是为把蓝东阳的不近人情报告明白，而求冠先生与冠太太想主意，给瑞丰找事。找到了事，他们旧事重提的说："我们就搬过来住，省得被老三连累上！"瑞丰以为冠氏夫妇必肯帮他的忙，因为他与东阳的吵架根本是因为冠家赢了钱。

冠先生相当的客气，可是没确定的说什么。他把这一幕戏让给了大赤包。

大赤包今天穿了一件紫色绸棉袍，唇上抹着有四两血似的口红，头发是刚刚烫的，很像一条绵羊的尾巴。她的气派之大差不多是空前的，脸上的每一个雀斑似乎都表现着傲慢与得意。

那次，金三爷在冠家发威的那次，不是有一位带着个妓女的退职军官在座吗？他已运动成功，不久就可以任职——警察局特高科的科长。他叫李空山。他有过许多太太，多半是妓女出身。现在，既然又有了官职，他决定把她们都遣散了，而正经娶个好人家的小姐，而且是读过书的小姐。他看中了招弟。可是大赤包不肯把那么美的招弟贱卖了。她愿放手高第。李空山点了头。虽然高第不很美，可的确是位小姐，作过女学生的小姐。再说，遇必要时，他还可以再弄两个妓女来，而以高第为正宫娘娘，她们作妃子，大概也不至于有多少问题。大赤包的女儿不能白给了人。李空山答应给大赤包运动妓女检查所的所长。这是从国都南迁以后，北平的妓馆日见冷落，而成为似有若无的一个小机关。现在，为慰劳日本军队，同时还得防范花柳病的传播，这个小机关又要复兴起来。李空山看大赤包有作所长的本领。同时，这个机关必定增加经费，而且一加紧检查就又必能来不少的"外钱"。别人还不大知道，李空山已确实的打听明白，这将成为一个小肥缺。假若他能把这小肥缺弄到将来的丈母娘手里，他将来便可以随时给高第一点气受，而把丈母娘的钱挤了过来——大赤包一给他钱，他便对高第和气两天。他把这些都盘算好以后，才认真的给大赤包去运动。据最近的消息：他很有把握把事情弄成功。

起床，睡倒，走路，上茅房，大赤包的嘴里都轻轻的叫自己："所长！所长！"这两个字像块糖似的贴在了她的舌头上，每一咂就满口是水儿！她高兴，骄傲，恨不能一个箭步跳上房顶去，高声喊出："我是所长！"她对丈夫只哼儿哈儿的带理不理，对大女儿反倒拿出好脸，以便诱她答应婚事，别犯牛脾气。对桐芳，她也居然停止挑战，她的理由是："大人不和小人争！"她是所长，也就是大人！

她也想到她将来的实权，而自己叨唠："动不动我就检查！动不动我就检查！怕疼，怕麻烦，给老太太拿钱来！拿钱来！拿钱来！"她一边说，一边点头，把头上的发夹子都震落下两三个来。她毫不客气的告诉了瑞丰："我们快有喜事了，那间小屋得留着自己用！谁教你早不搬来呢？至于蓝东阳呀，我看他还不错吗！怎么？你是为了我们才和他闹翻了的？真对不起！可是，我们也没有赔偿你的损失的责任！我们有吗？"她老气横秋的问冠晓荷。

晓荷眯了眯眼，轻轻一点头，又一摇头；没说什么。

瑞丰和胖太太急忙立起来，像两条挨了打的狗似的跑回家去。

更使他们夫妇难过的是蓝东阳还到冠家来，并且照旧受欢迎，因为他到底是作着新民会的干事，冠家不便得罪他。大赤包福至心灵的退还了东阳四十元钱："我们玩牌向来是打对折给钱的；那天一忙，就实价实收了你的；真对不起！"东阳也大方一下，给高第姐妹买了半斤花生米。大赤包对这点礼物也发了一套议论："东阳！你作的对！这个年月，一个年轻的小伙子得知道钱是好的，应当节省，好积攒下结婚费！礼轻人物重，不怕你给她们半个花生米，总是你的人心！你要是花一大堆钱，给她们买好些又贵又没用的东西，我倒未必看得起你啦！"

东阳听完这一套，笑得把黄牙板全露出来，几乎岔了气。他自居为高第姐妹俩的爱人，因为她们俩都吃了他的几粒花生米。

这些，是桐芳在门外遇见胖太太，嘁嘁喳喳的报告出来的。胖太太气得发昏，浑身的肥肉都打战！

老二的耳朵，这几天了，老抿着。对谁，他都非常的客气。这一程子的饭食本来很苦，有时候因城门关闭，连大白菜都吃不到，而只用香油炒一点麻豆腐；老二这两天再也不怨大嫂不会过日子。饭食太苦，而端起碗来，不管有菜没有，便扒搂干净，嘴中嚼得很响，像鸭子吃东西那样。他不但不怨饭食太苦，而且反倒夸奖大嫂在这么困难的时候还能教大家吃上饭，好不容易！这么一来，瑞宣和韵梅就更为了难，因老二的客气原是为向兄嫂要点零钱，好买烟卷儿什么的。老大只好因此而多跑一两趟当铺！

胖太太一声没出，偷偷的提了个小包就回娘家了。这使老二终日像失了群的鸡，东瞧瞧，西看看的在满院子打转，不知如何是好。他本不想把失业这事实报告给老人们，现在他不能再闭着嘴，因为他需要老人们的怜爱——和太太吵了架之后，人们往往想起来父母。他可并没实话实说。他另编了一个故事。他晓得祁家的文化与好莱坞的恰恰相反：好莱坞的以打了人为英雄，祁家以挨了打为贤孝。所以，他不敢说他打了蓝东阳，而说蓝东阳打了他，并且要继续的打他。祖父与妈妈都十分同情他。祖父说："好！他打咱们，是他没理，我们绝不可以还手！"

妈妈也说："他还要打，我们就躲开他！"

"是呀！"老二很爱听妈妈的话："所以我不上学校去啦！我赶紧另找点事作，不便再受他的欺侮，也不便还手打他！是不是？"

他也没敢提出老三来，怕一提起来就涉及分家的问题。他正赋闲，必须吃家中的饭，似乎不便提到分家。即使在这两天内，宪兵真为老三的事来提他，他也只好认命；反正他不愿意先出去挨饿。

瑞宣本来有点怕到学校去，现在又很愿意去了，为是躲开老二。老二的胆小如鼠并不是使老大看不起他的原因。老大知道，从一个意义来讲，凡是在北平作顺民的都是胆小的，老二并不是特例。老二的暂时失业也没使老大怎样的难过；大家庭本来就是今天我吃你，明天你吃我的一种算不清账目的组织，他不嫌老二白吃几天饭。可是，他讨厌老二的毫不悔悟，而仍旧是那么无聊。老大以为经过这点挫折，老二应该明白过来：东阳那样的人是真正汉奸坯子，早就不该和他亲近；在吃亏以后，就该立志永远不再和这类的人来往。老二应该稍微关心点国事，即使没有舍身救国的决心，也该有一点国荣民荣，国辱民辱的感觉，知道一点羞耻。老二没有一丝一毫的悔悟。因祖父，父母，兄嫂，都没好意思责备他，他倒觉得颇安逸，仿佛失业是一种什么新的消遣，他享受大家的怜悯。假若连胖太太也没申斥他，他或者还许留下胡子，和祖父一样的退休养老呢！瑞宣最不喜欢在新年的时候，看到有些孩子戴起瓜皮帽头儿，穿上小马褂。他管他们叫做“无花果秧儿”。瑞丰就是，他以为，这种秧苗的长大起来最好的代表——一生出来就老声老气的，永远不开花。

为躲避老二，在庆祝太原陷落的这一天，他还上了学。他没决定去参加游行，也没决定不去；他只是要到学校里看看。到了学校，他自然而然的希望学生们来问他战事的消息，与中日战争的前途。他也希望大家都愁眉苦眼的觉到游行的耻辱。

可是，没人来问他什么。他很失望。过了一会儿，他明白过来：人类是好争胜的动物，没人喜欢谈论自己的败阵；青年们恐怕特别是如此。有好几个他平日最喜欢的少年，一见面都想过来跟他说话，可是又都那么像心中有点鬼病似的，撩了他一眼，便一低头的躲开。他们这点行动表示了青年人在无可如何之中还要争强的心理。他走到操场去。那里正有几个学生踢着一个破皮球。看见他，他们都忽然的愣住好像是觉到自己作了不应作的事情而惭愧。可是，紧跟着，他们就又踢起球来，只从眼角撩着他。他赶紧走开。

他没再回教员休息室，而一直走出校门，心中非常的难受。他晓得学生们并未忘了羞耻，可是假若这样接二连三的被强迫着去在最公开的地方受污辱，他们一定会把面皮涂上漆的。想到这里，他心中觉得一刺一刺的疼。

在大街上，他遇到十几部大卡车，满满的拉着叫花子——都穿着由喜轿铺赁来的彩衣。每一部车上，还有一份出丧的鼓手。汽车缓缓的驶行，锣鼓无精打采的敲打着，车上的叫花子都缩着脖子把手中的纸旗插在衣领上，以便揣起手来——天相当的冷。他们的脸上几乎没有任何表情，就那么缩着脖，揣着手，在车上立着或坐着。他们好像什么都知道，又好像什么都不知道。他们仿佛是因习惯了无可如何，因习惯了冷淡与侮辱，而完全心不在焉的活着，满不在乎的立在汽车上，或断头台上。

当汽车走过他的眼前，一个像蓝东阳那样的人，把手中提着的扩音喇叭放在嘴上，喊起来："孙子们，随着我喊！中日亲善！庆祝太原陷落！"花子们还是没有任何表情，声音不高不低的，懒洋洋的，随着喊，连头也不抬起来。他们好像已经亡过多少次国了，绝对不再为亡国浪费什么感情。他们毫不动情几乎使他们有一些尊严，像城隍庙中塑的泥鬼那样的尊严。这点尊严甚至于冷淡了战争与兴亡。瑞宣浑身都颤起来。远处来了一队小学生。他闭上了眼。他不忍把叫花子与小学生连到一处去思索！假若那些活泼的，纯洁的，天真的，学生也像了叫花子……他不敢往下想！可是，学生的队伍就离叫花子的卡车不很远啊！

迷迷糊糊的他不晓得怎么走回了小羊圈。在胡同口上，他碰见了棚匠刘师傅。是刘师傅先招呼的他，他吓了一跳。定了一定神，他才看明白是刘师傅，也看明白了胡同。

二人进了那永远没有多少行人的小胡同口，刘师傅才说话："祁先生，你看怎样呀？我们要完吧？保定，太原，都丢啦！太原也这么快？不是有——"他说不上"天险"来。

"谁知道！"瑞宣微笑着说，眼中发了湿。

"南京怎样？"

瑞宣不能，不肯，也不敢再说"谁知道！""盼着南京一定能打胜仗！”

“哼！”刘师傅把声音放低，而极恳切的说：“你也许笑我，我昨天夜里向东南烧了一股高香！祷告上海打胜仗！”

“非胜不可！”

“可是，你看，上海还没分胜负，怎么人们就好像断定了一定亡国呢？”

“谁？”

“谁？你看，上次保定丢了，就有人约我去耍狮子，我没去；别人也没去。昨天，又有人来约了，我还是不去，别人可据说是答应下了。约我的人说：别人去，你不去，你可提防着点！我说，杀剐我都等着！我就想，人们怎那么稀松没骨头呢？”

瑞宣没说什么。

“今天的游行，起码也有几档子‘会’！”刘师傅把“会”字说的很重。“哼！走会是为朝山敬神的，今天会给日本人去当玩艺儿看！真没骨头！”

“刘师傅！”瑞宣已走到家门外的槐树下面，站住了说：“像你这样的全身武艺，为什么不走呢？”

刘师傅怪不是味儿的笑了。“我早就想走！可是，老婆交给谁呢？再说，往哪儿走？腰中一个大钱没有，怎么走？真要是南京偷偷的派人来招兵，有路费，知道一定到哪里去，我必定会跟着走！我只会搭棚这点手艺，我的拳脚不过是二把刀，可是我愿意去和日本小鬼子碰一碰！”

他们正谈到这里，瑞丰从院中跑出来，小顺儿在后面追着喊：“我也去！二叔！我也去！”

看见哥哥与刘师傅，瑞丰收住了脚。小顺儿赶上，揪住二叔的衣裳：“带我去！不带我去，不行！”

“干吗呀？小顺儿！放开二叔的衣裳！”瑞宣沉着点脸，而并没生气的说。

“二叔，去听戏，不带着我！”小顺儿还不肯撒手二叔的衣裳，噘着嘴说。

瑞丰笑了。“哪儿呀！听说中山公园唱戏，净是名角名票，我去问问小文。他们要也参加的话，我同他们一道去；我还没有看过小文太太彩唱呢。”

刘师傅看了他们哥儿俩一眼，没说什么。

瑞宣很难过。他可是不便当着别人申斥弟弟，而且也准知道，假若他指摘老二，老二必会说：“我不去看，人家也还是唱戏！我不去看戏，北平也不会就退还给中国人！”他木在了槐树下面。

从树上落下一个半干了的，像个黑虫儿似的，槐豆角来。小顺儿急忙去拾它。他这一动，才把僵局打开，刘师傅说了声“回头见！”便走开。瑞宣拉住了小顺儿。瑞丰跟着刘师傅进了六号。

小顺儿拿着豆角还不肯放弃了看戏，瑞宣耐着烦说：“二叔去打听唱戏不唱！不是六号现在就唱戏！”

很勉强的，小顺儿随着爸爸进了街门。到院内，他把爸爸拉到了祖母屋中去。

南屋里很凉，老太太今天精神不错，正围着被子在炕上给小顺儿补袜子呢。做几针，她就得把小破袜子放下，手伸到被子里去取暖。

瑞宣的脸上本来就怪难过的样子，一看到母亲屋里还没升火，就更难看了。

老太太看出儿子的脸色与神气的不对。母亲的心是儿女们感情的温度表。“又怎么了？老大！”

瑞宣虽是个感情相当丰富的人，可是很不喜欢中国人的动不动就流泪。自从北平陷落，他特别的注意控制自己，虽然有多少多少次他都想痛哭。他不大爱看旧剧。许多原因中之一是：旧剧中往往在悲的时候忽然瞎闹打趣，和悲的本身因哭得太凶太容易而使人很难过的要发笑。可是，他看过一回《宁武关》；他受了极大的感动。他觉得一个壮烈英武的战士，在殉国之前去别母，是人世间悲惨的极度，只有最大的责任心才能胜过母子永别的苦痛，才不至于马上碎了心断了肠！假若宁武关不是别母而是别父，瑞宣想，它便不能成为最悲的悲剧。这出戏使他当时落了泪，而且在每一想起来的时候心中还很难过——一想到这出戏，他不由的便想起自己的母亲！

现在，听母亲叫他，他忽然的又想起那出戏。他的泪要落出来。他晓得自己不是周遇吉，但是，现在失陷的是太原——情形的危急很像明末！

他忍住了泪，可也没能说出什么来。

“老大！”母亲从炕席下摸出三五个栗子来，给了小顺儿，叫他出去玩。“老二到底是怎回事？”

瑞宣依实的报告给母亲，而后说：“他根本不该和那样的人来往，更不应该把家中的秘密告诉那样的人！蓝东阳是个无聊的人，老二也是个无聊的人；可是蓝东阳无聊而有野心，老二无聊而没心没肺；所以老二吃了亏。假若老二不是那么无聊，不是那么无心少肺，蓝东阳就根本不敢欺侮他。假若老二不是那么无聊，他满可以不必怕东阳而不敢再上学去。他好事，又胆小，所以就这么不明不白的失了业！”

“可是，老二藏在家里就准保平安没事吗？万一姓蓝的还没有忘了这回事，不是还可以去报告吗？”

“那——”瑞宣愣住了。他太注意老二的无聊了，而始终以为老二的不敢到学校去是白天见鬼。他忽略了蓝东阳是可以认真的去卖友求荣的。“那——老二是不会逃走的，我问过他！”

“那个姓蓝的要真的去报告，你和老二恐怕都得教日本人抓去吧？钱先生受了那么大的苦处，不是因为有人给他报告了吗？”

瑞宣心中打开了鼓。他看到了危险。可是，为使老母安心，他笑着说：“我看不要紧！”他可是说不出“不要紧”的道理来。

离开了母亲，瑞宣开始发起愁来。他是那种善于检查自己的心理状态的人，他纳闷为什么他只看到老二的无聊而忘了事情可能的变成很严重——老二和他要真被捕了去，这一家人可怎么办呢？在危乱中，他看明白，无聊是可以丧命的！

隔着院墙，他喊老二。老二不大高兴的走回来。在平日，要不是祖父，父母与太太管束的严，老二是可以一天到晚长在文家的；他没有什么野心，只是愿意在那里凑热闹，并且觉得能够多看小文太太几眼也颇舒服。碍于大家的眼目，他不敢常去；不过，偶尔去到那里，他必坐很大的工夫——和别的无聊的人一样，他的屁股沉，永远讨厌，不自觉。

"干什么？"老二很不高兴的问。

老大没管弟弟的神色如何，开始说出心中的忧虑："老二！我不知道为什么老没想到我刚刚想起来的这点事！你看，我刚刚想起来，假若蓝东阳真要去报告，宪兵真要把你，或我，或咱们俩，捕了去，咱们怎办呢？"

老二的脸转了颜色。当初，他的确很怕东阳去告密；及至在家中忍了这么三五天，而并没有动静，他又放了心，觉得只要老老实实的在家中避着便不会有危险。家便是他的堡垒，父母兄弟便是他的护卫。他的家便是老鼠的洞，有危险便藏起去，危险过去再跑出来；他只会逃避，而不会争斗与抵抗。现在，他害了怕——随便就被逗笑了的人也最容易害怕，一个糖豆可以使他欢喜，一个死鼠也可以吓他一跳。

"那怎么办呢？"他舐了舐嘴唇才这样问。

"老二！"瑞宣极恳切的说："战事很不利，在北平恐怕一时绝不会有出路！像蓝东阳那样的人，将来我们打胜的时候，必会治他的罪——他是汉奸！不幸我们失败了，我们能殉国自然顶好，不能呢，也不许自动的，像蓝东阳与冠晓荷那样的，去给敌人作事。作一个国民至少应该明白这一点道理！你以前的错误，咱们无须提起。今天，我希望你能挺起腰板，放弃了北平的一切享受与无聊，而赶快逃出去，给国家作些事。即使你没有多大本领，作不出有益于大家的事，至少你可以作个自由的中国人，不是奴隶或汉奸！不要以为我要赶走你！我是要把弟弟们放出去，而独自奉养着祖父与父母。这个责任与困苦并不小，有朝一日被屠杀或被饿死，我陪侍着老人们一块儿死；我有两个弟弟在外面抗日，死我也可以瞑目了！你应当走！况且，蓝东阳真要去报告老三的事，你我马上就有被捕的危险；你应该快走！”

老大的真诚，恳切，与急迫，使瑞丰受了感动。感情不深厚的人更容易受感动；假若老二对亡国的大事不甚关心，他在听文明戏的时候可真爱落泪。现在，他也被感动得要落下泪来，用力压制着泪，他嗓音发颤的说：“好！我赶紧找二奶奶去，跟她商议一下！”

瑞宣明知道老二与胖太太商议是不会有好结果的，因为她比丈夫更浮浅更糊涂。可是他没有拦阻老二，也没嘱咐老二不要听太太的话；他永远不肯赶尽杀绝的逼迫任何人。

老二匆匆的走出去。

瑞宣虽然很怀疑他的一片话到底有多少用处，可是看老二这样匆匆的出去，心中不由的痛快了一点。

三十

人肉不是为鞭子预备着的。谁都不高兴挨打。不过，刚强的人明知苦痛而不怕打，所以能在皮鞭下为正义咬上牙。与这种人恰恰相反的是：还没有看见鞭子已想到自己的屁股的人，他们望到拿着鞭子的人就老远的跪下求饶。蓝东阳便是这样的人。

当他和瑞丰吵嘴的时候，他万也没想到瑞丰会真动手打他。他最怕打架。因为怕打架，所以他的“批评”才永远是偷偷摸摸的咒骂他所嫉妒的人，而不敢堂堂正正的骂阵。因为怕打架，他才以为政府的抗日是不智慧，而他自己是最聪明——老远的就向日本人下跪了！

因为他的身体虚弱，所以瑞丰的一拳把他打闭住了气。不大一会儿，他就苏醒过来。喝了口水，他便跑了出去，唯恐瑞丰再打他。

在北平住得相当的久，他晓得北平人不打架。可是，瑞丰居然敢动手！“嗯！这家伙必定有什么来历！”他坐在一家小茶馆里这么推断。他想回学校，去给那有来历敢打他的人道歉。不，不能道歉！一道歉，他就失去了往日在学校的威风，而被大家看穿他的蛮不讲理原来因为欠打。他想明白：一个人必须教日本人知道自己怕打，而绝对不能教中国人知道。他必须极怕日本人，而对中国人发威。

可是，瑞丰不敢再来了！这使他肆意的在校内给瑞丰播放丑事。他说瑞丰骗了他的钱，挨了他的打，没脸再来作事。大家只好相信他的话，因为瑞丰既不敢露面，即使东阳是瞎吹也死无对证。他的脸，这两天，扯动的特别的厉害。他得意。除了写成好几十段，每段一二十字或三四十字，他自称为散文诗的东西，他还想写一部小说，给日本人看。内容还没想好，但是已想出个很漂亮的书名——五色旗的复活。他觉得精力充沛，见到街上的野狗他都扯一扯脸，示威；见到小猫，他甚至于还加上一声“噗”！

瑞丰既然是畏罪而逃，东阳倒要认真的收拾收拾他了。东阳想去告密。但是，他打听出来，告密并得不到赏金。不上算！反之，倒还是向瑞丰敲俩钱也许更妥当。可是，万一瑞丰着了急而又动打呢？也不妥！

他想去和冠晓荷商议商议。对冠晓荷，他没法不佩服；冠晓荷知道的事太多了。有朝一日，他想，他必定和日本人发生更密切的关系，他也就需要更多的知识，和冠晓荷一样多的知识，好在吃喝玩乐之中取得日本人的欢心。即使作不到这一步，他也还应该为写文章而和冠先生多有来往；假若他也像冠先生那样对吃酒吸烟都能说出那么一大套经验与道理，他不就可以一点不感困难而像水一般的流出文章来么。

另一方面，冠家的女人也是一种引诱的力量，他盼望能因常去闲谈而得到某种的收获。

他又到了冠家。大赤包的退还他四十元钱，使他惊异，兴奋，感激。他没法不表示一点谢意，所以出去给招弟们买来半斤花生米。

他不敢再打牌。甘心作奴隶的人是不会豪放的；敢一掷千金的人必不肯由敌人手下乞求一块昭和糖吃。他想和晓荷商议商议，怎样给祁家报告。可是，坐了好久，他始终没敢提出那回事。他怕冠家抢了他的秘密去！他佩服冠晓荷，也就更嫉妒冠晓荷。他的妒心使他不能和任何人合作。也正因为这个，他的心中才没有亲疏之分；他没有中国朋友，也不认日本人作敌人。

他把秘密原封的带了回来，而想等个最好的机会再卖出去。

庆祝太原陷落的游行与大会使他非常的满意，因为参加的人数既比上次保定陷落的庆祝会多了许多，而且节目也比上次热闹。但是，美中不足，日本人不很满意那天在中山公园表演的旧剧。戏目没有排得好。当他和他的朋友们商议戏目的时候，没有一个人的戏剧知识够分得清《连环计》与《连环套》是不是一出戏的。他们这一群都是在北平住过几年，知道京戏好而不会听，知道北平有酸豆汁与烤羊肉而不敢去吃喝的，而自居为“北平通”的人。他们用压力把名角名票都传了来，而不晓得“点”什么戏。最使他们失败的是点少了“粉戏”。日本上司希望看淫荡的东西，而他们没能照样的供给。好多的粉戏已经禁演了二三十年，他们连戏名都说不上来，也不晓得哪个角色会演。

蓝东阳想，假若他们之中有一个冠晓荷，他们必不至于这样受窘。他们晓得怎么去迎合，而不晓得用什么去迎合；晓荷知道。

他又去看冠先生。他没有意思把冠先生拉进新民会去，他怕冠先生会把他压下去。他只想多和冠先生谈谈，从谈话中不知不觉的他可以增加知识。

冠家门口围着一圈儿小孩子，两个老花子正往门垛上贴大红的喜报，一边儿贴一边儿高声的喊："贵府老爷高升喽！报喜来喽！"

大赤包的所长公布了。为讨太太的喜欢，冠晓荷偷偷的写了两张喜报，教李四爷给找来两名花子，到门前来报喜。当他在高等小学毕业的时候，还有人来在门前贴喜报，唱喜歌。入了民国，这规矩渐渐的在北平死去。冠晓荷今天决定使它复活！叫花子讨了三次赏，冠晓荷赏了三次，每次都赏的很少，以便使叫花子再讨，而多在门前吵嚷一会儿。当蓝东阳来到的时候，叫花子已讨到第四次赏，而冠先生手中虽已攥好了二毛钱，可是还不肯出来，为是教他们再多喊两声。他希望全胡同的人都来围在他的门外。可是，他看明白，门外只有一群小孩子，最大的不过是程长顺。

他的报子写得好。大赤包被委为妓女检查所的所长，冠先生不愿把妓女的字样贴在大门外。可是，他不晓得转文说，妓女应该是什么。琢磨了半天，他看清楚"妓"字的半边是"支"字，由"支"他想到了"织"；于是，他含着笑开始写："贵府冠夫人荣升织女检查所所长……"

东阳歪着脸看了半天，想不出织女是干什么的。他毫不客气的问程长顺："织女是干什么的？"

长顺儿是由外婆养大的，所以向来很老实。可是，看这个眉眼乱扯的人说话这样不客气，他想自己也不该老实的过火了。囔着鼻子，他回答："牛郎的老婆！"

东阳恍然大悟："哦！管女戏子的！牛郎织女天河配，不是一出戏吗？"这样猜悟出来，他就更后悔不早来请教关于唱戏的事；同时，他打定了主意：假若冠先生肯入新民会的话，他应当代为活动。冠宅门外刚贴好的红报子使他这样改变以前的主张。刚才，他还想只从冠先生的谈话中得到一些知识，而不把他拉进"会"里去；现在，他看明白，他应当诚意的和冠家合作，因为冠家并不只是有两个钱而毫无势力的——看那张红报子，连太太都作所长！他警告自己这回不要再太嫉妒了，没看见官与官永远应当拜盟兄弟与联姻吗？

冠先生两臂像赶鸡似的抡动着，口中叱呼着：“走！走！把我的耳朵都吵聋了！”而后，把已握热的二毛钱扔在地上：“绝不再添！听见了吧？”说完，把眼睛看到别处去，教花子们晓得这是最后的一次添钱。

花子们拾起二毛钱，嘟嘟囔囔的走开。

冠晓荷一眼看到了蓝东阳，马上将手拱起来。

蓝东阳没见过世面，不大懂得礼节。他的处世的诀窍一向是得力于“无礼”——北平人的礼太多，一见到个毫不讲礼的便害了怕，而诸事退让。

冠先生决定不让东阳忘了礼。他拱起手来，先说出：“不敢当！不敢当！”

东阳还没想起“恭喜！恭喜！”而只把手也拱起来。冠先生已经满意，连声的说：“请！请！请！”

二人刚走到院里，就听见使东阳和窗纸一齐颤动的一声响。晓荷忙说：“太太咳嗽呢！太太作了所长，咳嗽自然得猛一些！”

大赤包坐在堂屋的正当中，声震屋瓦的咳嗽，谈笑，连呼吸的声音也好像经由扩音机出来的。见东阳进来，她并没有起立，而只极吝啬的点了一下头，而后把擦着有半斤白粉的手向椅子那边一摆，请客人坐下。她的气派之大已使女儿不敢叫妈，丈夫不敢叫太太，而都须叫所长。见东阳坐下，她把嗓子不知怎么调动的，像有点懒得出声，又像非常有权威，似乎有点痰，而声音又那么沉重有劲的叫：“来呀！倒茶！”

东阳，可怜的，只会作几句似通不通的文句的蓝东阳，向来没见过有这样气派的妇人，几乎不知如何是好了！她已不止是前两天的她，而是她与所长之“和”了！他不知说什么好，所以没说出话来。他心中有点后悔——自己入了新民会的时候，为什么不这样抖一抖威风呢？从一个意义来说，作官不是也为抖威风么？

晓荷又救了东阳。他向大赤包说："报告太太！"

大赤包似怒非怒，似笑非笑的插嘴："所长太太！不！干脆就是所长！"

晓荷笑着，身子一扭咕，甜蜜的叫："报告所长！东阳来给你道喜！"

东阳扯动着脸，立起来，依然没找到话，而只向她咧了咧嘴，露出来两三个大的黄牙。

"不敢当哟！"大赤包依然不往起立，像西太后坐在宝座上接受朝贺似的那么毫不客气。

正在这个时候，院中出了声，一个尖锐而无聊的声："道喜来喽！道喜来喽！"

"瑞丰！"晓荷稍有点惊异的，低声的说。

"也请！"大赤包虽然看不起瑞丰，可是不能拒绝他的贺喜；拒绝贺喜是不吉利的。

晓荷迎到屋门："劳动！劳动！不敢当！"

瑞丰穿着最好的袍子与马褂，很像来吃喜酒的样子。快到堂屋的台阶，他收住了脚步，让太太先进去——这是他由电影上学来的洋规矩。胖太太也穿着她的最好的衣服，满脸的傲气教胖脸显得更胖。她高扬着脸，扭着胖屁股，一步一喘气的慢慢的上台阶。她手中提着个由稻香村买来的，好看而不一定好吃的，礼物篮子。

大赤包本还是不想立起来，及至看见那个花红柳绿的礼物篮子，她不好意思不站起一下了。

在礼节上，瑞丰是比东阳胜强十倍的。他最喜欢给人家行礼，因为他是北平人。他亲热的致贺，深深的鞠躬，而后由胖太太手里取过礼物篮子，放在桌子上。那篮子是又便宜，又俗气，可是摆在桌子上多少给屋中添了一些喜气。道完了喜，他亲热的招呼东阳："东阳兄，你也在这儿？这几天我忙得很，所以没到学校去！你怎样？还好吧？"

东阳不会这一套外场劲儿，只扯动着脸，把眼球吊上去，又放下来，没说什么。他心里说："早晚我把你小子圈在牢里去，你不用跟我逗嘴逗牙的！"

这时候，胖太太已经坐在大赤包的身旁，而且已经告诉了大赤包：瑞丰得了教育局的庶务科科长。她实在不为来道喜，而是为来雪耻——她的丈夫作了科长！

"什么？"冠家夫妇不约而同的一齐喊。大赤包有点不高兴丈夫的声音与她自己的没分个先后，她说："你让我先说好不好？"

晓荷急忙往后退了两小步，笑着回答："当然！所长！对不起得很！"

"什么？"大赤包立起来，把戴着两个金箍子的大手伸出去："你倒来给我道喜？祁科长！真有你的！你一声不出，真沉得住气！"说着，她用力和瑞丰握手，把他的手指握得生疼。"张顺！"她放开手，喊男仆："拿英国府来的白兰地！"然后对大家说："我们喝一杯酒，给祁科长，和科长太太，道喜！"

"不！"瑞丰在这种无聊的场合中，往往能露出点天才来："不！我们先给所长，和所长老爷，道喜！"

"大家同喜！"晓荷很柔媚的说。

东阳立在那里，脸慢慢的变绿，他妒，他恨！他后悔没早几天下手，把瑞丰送到监牢里去！现在，他只好和瑞丰言归于好，瑞丰已是科长！他恨瑞丰，而不便惹恼科长！

酒拿到，大家碰了杯。

瑞丰嘬不住粪，开始说他得到科长职位的经过："我必得感谢我的太太！她的二舅是刚刚上任的教育局局长的盟兄。局长没有她的二舅简直不敢就职，因为二舅既作过教育局局长，又是东洋留学生——说东洋话和日本人完全一个味儿！可是，二舅不愿再作事，他老人家既有点积蓄，身体又不大好，犯不上再出来操心受累。局长苦苦的哀求，都快哭了，二舅才说：好吧，我给你找个帮手吧。

二舅一想就想到了我！凑巧，我的太太正在娘家住着，就对二舅说：二舅，瑞丰大概不会接受比副局长小的地位！二舅直央告她：先屈尊屈尊外甥女婿吧！副局长已有了人，而且是日本人指派的，怎好马上就改动呢？她一看二舅病病歪歪的，才不好意思再说别的，而给我答应下来科长——可必得是庶务科科长！”

“副局长不久还会落到你的手中的！预祝高升！”晓荷又举起酒杯来。

东阳要告辞。屋中的空气已使他坐不住了。大赤包可是不许他走。“走？你太难了！今天难道还不热闹热闹吗？怎么，一定要走？好，我不死留你。你可得等我把话说完了！”她立起来，一只手扶在心口上，一只手扶着桌角，颇像演戏似的说：“东阳，你在新民会；瑞丰，你入了教育局；我呢，得了小小的一个所长；晓荷，不久也会得到个地位，比咱们的都要高的地位；在这个改朝换代的时代，我们这一下手就算不错！我们得团结，互相帮忙，互相照应，好顺顺当当的打开我们的天下，教咱们的家中的每一个人都有事作，有权柄，有钱财！日本人当然拿第一份儿，我们，连我们的姑姑老姨，都须拿到第二份儿！我们要齐心努力的造成一个势力，教一切的人，甚至于连日本人，都得听我们的话，把最好的东西献给我们! ”

瑞丰歪着脑袋，像细听一点什么声响的鸡似的，用心的听着。当大赤包说到得意之处，他的嘴唇也跟着动。

晓荷规规矩矩的立着，听一句点一下头，眼睛里不知怎么弄的，湿渌渌的仿佛有点泪。东阳的眼珠屡屡的吊上去，又落下来。他心中暗自盘算：我要利用你们，而不被你们利用；你不用花言巧语的引诱我，我不再上当！

胖太太撇着嘴微笑，心里说：我虽没当上科长，可是我丈夫的科长是我给弄到手的；我跟你一样有本领，从此我一点也不再怕你！

大赤包的底气本来很足，可是或者因为兴奋过度的关系，说完这些话时，微微有点发喘。她用按在心口上的那只手揉了揉胸。

她说完，晓荷领头儿鼓掌。而后，他极柔媚甜蜜的请祁太太说话。

胖太太的胖脸红了些，双手抓着椅子，不肯立起来。她心中很得意，可是说不出话来。

晓荷的双手极快极轻的拍着："请啊！科长太太！请啊！"

瑞丰知道除了在半夜里骂他，太太的口才是不怎么样的。可是他不敢替太太说话，万一太太今天福至心灵的有了口才呢！他的眼盯住了太太的脸，细细的察颜观色，不敢冒昧的张口。以前，他只像怕太太那么怕她；现在，他怕她像怕一位全能的神似的！

胖太太立了起来。晓荷的掌拍得更响了。她，可是，并没准备说话。笑了一下，她对瑞丰说："咱们家去吧！不是还有许多事哪吗？"

大赤包马上声明："对！咱们改天好好的开个庆祝会，今天大家都忙！"

祁科长夫妇往外走，冠所长夫妇往外送；快到了大门口，大赤包想起来："我说，祁科长！你们要是愿意搬过来住，我们全家欢迎噢！"

胖太太找到了话说："我们哪，马上就搬到二舅那里去。那里离教育局近，房子又款式，还有……"她本想说："还有这里的祖父与父母都怯头怯脑的，不够作科长的长辈的资格。"可是看了瑞丰一眼，她没好意思说出来；丈夫既然已作了科长，她不能不给他留点面子。

东阳反倒不告辞了，因为怕同瑞丰夫妇一道出来，而必须进祁宅去道道喜。他看不起瑞丰。

大赤包由外面回来便问晓荷："到祁家去趟吧！去，找点礼物！"她知道家中有不少像瑞丰拿来的那种礼物篮子，找出两个来，掸掸尘土就可以用——这种篮子是永远川流不息的由这一家走到那一家的。"找两个！东阳你也得去！"

东阳不甘心向瑞丰递降表，可是“科长”究竟是有分量的。比如说：他很愿意乘这个时机把校长赶跑，而由他自己去担任。为实现这计划，在教育局有个熟人是方便的。为这个，他应当给瑞丰送礼！他并且知道，只要送给北平人一点轻微的礼物，他就差不多会给你做天那么大的事的。他点头，愿和冠家夫妇一同去到祁家贺喜。

晓荷找出两份儿礼物来，一份儿是两瓶永远不会有人喝的酒，一份儿是成匣的陈皮梅，藕粉，与饼干；两份儿都已游历过至少有二十几家人家了。晓荷告诉仆人换一换捆束礼物的红绿线。“得！这就满好！礼轻人物重！”

祁老人和天佑太太听说瑞丰得了科长，喜欢得什么似的！说真的，祁老人几乎永远没盼望过子孙们去作官；他晓得树大招风，官大招祸，而不愿意子孙们发展得太快了——他自己本是贫苦出身哪！天佑作掌柜，瑞宣当教师，在他看，已经是增光耀祖的事，而且也是不招灾不惹祸的事。他知道，家道暴发，远不如慢慢的平稳的发展；暴发是要伤元气的！作官虽然不必就是暴发，可是“官”，在老人心里，总好像有些什么可怕的地方！

天佑太太的心差不多和老公公一样。她永远没盼望过儿子们须大红大紫，而只盼他们结结实实的，规规矩矩的，作些不甚大而被人看得起的事。

瑞丰作了科长。老人与天佑太太可是都很喜欢。一来是，他们觉得家中有个官，在这乱闹东洋鬼子的时际，是可以仗胆子的。二来是，祁家已有好几代都没有产生一个官了。现在瑞丰的作官既已成为事实，老人们假若一点不表示欢喜，就有些不近人情——一个吃素的人到底不能不觉到点骄傲，当他用鸡鱼款待友人的时候。况且几代没官，而现在忽然有了官，祁老人就不能不想到房子——他独力置买的房子——的确是有很好的风水。假若老人只从房子上着想，已经有些得意，天佑太太就更应该感到骄傲，因为“官儿子”是她生养的！即使她不是个浅薄好虚荣的人，她也应当欢喜。

可是，及至听说二爷决定搬出去，老人们的眼中都发了一下黑。祁老人觉得房子的风水只便宜了瑞丰，而并没荣耀到自己！再一想，作了官，得了志，就马上离开老窝，简直是不孝！风水好的房子大概不应当出逆子吧？老太爷决定在炕上躺着不起来，教瑞丰认识认识"祖父的冷淡"！天佑太太很为难：她不高兴二儿子竟自这么狠心，得了官就跺脚一走。可是，她又不便拦阻他；她晓得现在的儿子是不大容易老拴在家里的，这年月时行"娶了媳妇不要妈"！同时，她也很不放心，老二要是言听计从的服从那个胖老婆，他是会被她毁了的。她想，她起码应该警告二儿子几句。可是，她又懒得开口——儿子长大成人，妈妈的嘴便失去权威！她深深的明了老二是宁肯上了老婆的当，也不肯听从妈妈的。最后，她决定什么也不说，而在屋中躺着，装作身体又不大舒服。

小顺儿的妈决定沉住了气，不去嫉妒老二作官。她的心眼儿向来是很大方的。她欢欢喜喜的给老人们和老二夫妇道了喜。听到老二要搬了走，她也并没生气，因为她知道假若还在一处同居，官儿老二和官儿二太太会教她吃不消的。他们俩走了倒好。他们俩走后，她倒可以安心的伺候着老人们。在她看，伺候老人们是她的天职。那么，多给老人们尽点心，而少生点兄弟妯娌间的闲气，算起来还倒真不错呢！

刚一听到这个消息，瑞宣没顾了想别的，而只感到松了一口气——管老二干什么去呢，只要他能自食其力的活着，能不再常常来讨厌，老大便谢天谢地！

待了一会儿，他可是赶快的变了卦。不，他不能就这么不言不语的教老二夫妇搬出去。他是哥哥，理应教训弟弟。还有，他与老二都是祁家的人，也都是中国的国民，祁瑞宣不能有个给日本人作事的弟弟！瑞丰不止是找个地位，苟安一时，而是去作小官儿，去作汉奸！瑞宣的身上忽然一热，有点发痒；祁家出了汉奸！老三逃出北平，去为国效忠，老二可在家里作日本人的官，这笔账怎么算呢？认真的说，瑞宣的心里有许多界划不甚清，黑白不甚明的线儿。他的理想往往被事实战败，他的坚强往往被人生的小苦恼给软化，因此，他往往不固执己见，而无可无不可的，睁一眼闭一眼的，在家庭与社会中且战且走的活着。对于忠奸之分，和与此类似的大事上，他可是绝对不许他心中有什么界划不清楚的线条儿。忠便是忠，奸便是奸。这可不能像吃了一毛钱的亏，或少给了人家一个铜板那样可以马虎过去。

他在院中等着老二。石榴树与夹竹桃什么的都已收到东屋去，院中显着空旷了一些。南墙根的玉簪，秋海棠，都已枯萎；一些黄的大叶子，都残破无力的垂挂着，随时有被风刮走的可能。在往年，祁老人必定早已用炉灰和煤渣儿把它们盖好，上面还要扣上空花盆子。今年，老人虽然还常常安慰大家，说“事情不久就会过去”，可是他自己并不十分相信这个话，他已不大关心他的玉簪花便是很好的证明。两株枣树上连一个叶子也没有了，枝头上蹲着一对缩着脖子的麻雀。天上没有云，可是太阳因为不暖而显着惨淡。屋脊上有两三棵干了的草在微风里摆动。瑞宣无聊的，悲伤的，在院中走溜儿。

一看见瑞丰夫妇由外面进来，他便把瑞丰叫到自己的屋中去。他对人最喜欢用暗示，今天他可决不用它，他晓得老二是不大听得懂暗示的人，而事情的严重似乎也不允许他多绕弯子。他开门见山的问：“老二，你决定就职？”

老二拉了拉马褂的领子，沉住了气，回答：“当然！科长不是随便在街上就可以拣来的！”

“你晓得不晓得，这是作汉奸呢？”瑞宣的眼盯住了老二的。

“汉——”老二的确没想过这个问题，他张着嘴，有半分多钟没说出话来。慢慢的，他并上了口；很快的，他去搜索脑中，看有没有足以驳倒老大的话。一想，他便想到：“科长——汉奸！两个绝对联不到一处的名词！”想到，他便说出来了。

“那是在太平年月！”瑞宣给弟弟指出来。“现在，无论作什么，我们都得想一想，因为北平此刻是教日本人占据着！”

老二要说：“无论怎样，科长是不能随便放手的！”可是没敢说出来，他先反攻一下：“要那么说呀，大哥，父亲开铺子卖日本货，你去教书，不也是汉奸吗？”

瑞宣很愿意不再说什么，而教老二干老二的去。可是，他觉得不应当负气。笑了笑，他说：“那大概不一样吧？据我看，因家庭之累或别的原因，逃不出北平，可是也不蓄意给日本人作事的，不能算作汉奸。像北平这么多的人口，是没法子一下儿都逃空的。逃不了，便须挣钱吃饭，这是没法子的事。不过，为挣钱吃饭而有计划的，甘心的，给日本人磕头，蓝东阳和冠晓荷，和你，便不大容易说自己不是汉奸了。你本来可以逃出去，也应当逃出去。可是你不肯。不肯逃，而仍旧老老实实作你的事，你就只有当走不走的罪过，而不能算是汉奸。现在，你很高兴能在日本人派来的局长手下作事，作行政上的事，你就已经是投降给日本人；今天你甘心作科长，明日也大概不会拒绝作局长；你的心决定了你的忠奸，倒不一定在乎官职的大小。老二！听我的话，带着弟妹逃走，作一个清清白白的人！我没办法，我不忍把祖父，父母都干撂在这里不管，而自己远走高飞；可是我也决不从日本人手里讨饭吃。可以教书，我便继续教书；书不可以教了，我设法去找别的事；实在没办法，教我去卖落花生，我也甘心；我可就是不能给日本人作事！我觉得，今天日本人要是派我作个校长，我都应当管自己叫作汉奸，更不用说我自己去运动那个地位了！”

说完这一段话，瑞宣像吐出插在喉中的一根鱼刺那么痛快。他不但劝告了老二，也为自己找到了无可如何的，似妥协非妥协的，地步。这段话相当的难说，因为他所要分划开的是那么微妙不易捉摸。可是他竟自把它说出来；他觉得高兴——不是高兴他的言语的技巧，而是满意他的话必是发自内心的真诚；他真不肯投降给敌人，而又真不易逃走，这两重“真”给了他两道光，照明白了他的心路，使他的话不至于混含或模糊。

瑞丰愣住了，他万也没想到大哥会啰嗦出那么一大套。在他想：自己正在找事的时候找到了事，而且是足以使蓝东阳都得害点怕的事，天下还有比这更简单，更可喜的没有？没有！那么，他理应欢天喜地，庆祝自己的好运与前途；怎么会说着说着说出汉奸来呢？他心中相当的乱，猜不准到底大哥说的是什么意思。他决定不再问。他只能猜到：瑞宣的学问比他好，反倒没作上官，一定有点嫉妒。妒就妒吧，谁教老二的运气好呢！他立起来，正了正马褂，像要笑，又像要说话，而既没笑，也没说话的搭讪着，可又不是不骄傲的，走了出去。既不十分明白哥哥的话，又找不到什么足以减少哥哥的妒意的办法，他只好走出去，就手儿也表示出哥哥有哥哥的心思，弟弟有弟弟的办法，谁也别干涉谁！

他刚要进自己的屋子，冠先生，大赤包，蓝东阳一齐来到。两束礼物是由一个男仆拿着，必恭必敬的随在后边。

大赤包的声势浩大，第一声笑便把枣树上的麻雀吓跑。第二声，把小顺儿和妞子吓得躲到厨房去："妈！妈！"小顺儿把眼睛睁得顶大，急切的这样叫："那，那院的大红娘们来了！"是的，大赤包的袍子是枣红色的。第三声，把祁老人和天佑太太都赶到炕上去睡倒，而且都发出不见客的哼哼。

祁老人，天佑太太，瑞宣夫妇都没有出来招待客人。小顺儿的妈本想过来张罗茶水，可是瑞宣在玻璃窗上瞪了一眼，她便又轻轻的走回厨房去。

三十一

一次游行，又一次游行，学生们，叫花子们都"游"惯了，小崔与孙七们也看惯了。他们俩不再责骂学生，学生也不再深深的低着头。大家都无可如何的，马马虎虎的活着。苦闷，忧虑，惶惑，寒冷，耻辱，使大家都感到生活是一种“吃累”，没有什么趣味与希望。虽然如此，可是还没法不活下去。

只有一个希望，希望各战场我们胜利。北平已是下过了雨的云，没有作用的飘浮着；它只能希望别处的云会下好雨。在各战场中，大家特别注意上海；上海是他们的一大半希望。他们时时刻刻打听上海的消息，即使一个假消息也是好的。只有上海的胜利能医救他们的亡国病。他们甚至于到庙中烧香，到教堂去祷告，祈求胜利。他们喜爱街上的卖报的小儿们，因为他们的尖锐的声音总是喊着好消息——恰恰和报纸上说的相反。他们宁可相信报童的“预言”，而不相信日本人办的报纸。

可是我们在上海失利！

南京怎样呢？上海丢掉，南京还能守吗？还继续作战吗？

恐怕要和吧？怎么和呢？华北恐怕是要割让的吧？那样，北平将永远是日本人的了！

孙七正在一家小杂货铺里给店伙剃头。门外有卖“号外”的。按照过去的两三个月的经验说，“号外”就是“讣文”！报童喊号外，一向是用不愉快的低声；他们不高兴给敌人喊胜利。一个鼻子冻红了的小儿向铺内探探头，纯粹为作生意，而不为给敌人作宣传，轻轻的问：“看号外？掌柜的！”

“什么事？”孙七问，剃刀不动地方的刮着。

报童揉了揉鼻子：“上海——”

“上海怎样？”

“——撤退！”

孙七的剃刀撒了手。刀子从店伙的肩头滚到腿上，才落了地。幸亏店伙穿着棉袄棉裤，没有受伤。

“这是闹着玩的吗？七爷！”店伙责备孙七。

“上海完了！”孙七慢慢的将刀子拾起，愣着出神。

“噢！”店伙不再生气，他晓得“上海完了”是什么意思。

报童也愣住了。

孙七递过去一个铜板。报童叹了口气，留下一张小小的号外，走开。

剃头的和被剃头的争着看：“上海皇军总胜利！”店伙把纸抢过去，团成一团，扔在地上，用脚去搓。孙七继续刮脸，近视眼挤咕挤咕的更不得力了！

小崔红着倭瓜脸，程长顺囔着鼻子，二人辩论得很激烈。长顺说：尽管我们在上海打败，南京可必能守住！只要南京能守半年，敌兵来一阵败一阵，日本就算败了！想想看，日本是那么小的国，有多少人好来送死呢！

小崔十分满意南京能守住，但是上海的败退给他的打击太大，他已不敢再乐观了。他是整天际在街面上的人，他晓得打架和打仗都必有胜有败，“只要敢打，就是输了也不算丢人。”根据这点道理，他怀疑南京是否还继续作战。他顶盼望继续作战，而且能在败中取胜；可是，盼望是盼望，事实是事实。“一二八”那次，不是上海一败就讲和了吗？他对长顺说出他的疑虑。

长顺把小学教科书找出来，指给小崔看：“看看这张南京图吧！你看看！这是雨花台，这是大江！哼，我们要是守好了，连个鸟儿也飞不进去！”

“南口，娘子关，倒都是险要呢，怎么……”

长顺不等小崔说完，抢过来：“南京是南京！娘子关是娘子关！”他的脸红起来，急得眼中含着点泪。他本来是低着声，怕教外婆听见，可是越说声音越大。他轻易不和人家争吵，所以一争吵便非常的认真；一认真，他就忘记了外婆。

“长顺！”外婆的声音。

他晓得外婆的下一句的是什么，所以没等她说出来便回到屋中去，等有机会再和小崔争辩。

六号的刘师傅差点儿和丁约翰打起来。在平日，他们俩只点点头，不大过话；丁约翰以为自己是属于英国府与耶稣的，所以看不起老刘；刘师傅晓得丁约翰是属于英国府与耶稣的，所以更看不起他。今天，丁约翰刚由英国府回来，带回一点黄油，打算给冠家送了去——他已看见冠家门外的红报子。在院中，他遇到刘师傅。虽然已有五六天没见面，他可是没准备和老刘过话。他只冷淡的——也必定是傲慢的——点了一下头。

刘师傅决定不理会假洋人的傲慢，而想打听打听消息；他以为英国府的消息必然很多而可靠。他递了个和气，笑脸相迎的问："刚回来？怎么样啊？"

"什么怎样？"丁约翰的脸刮得很光，背挺得很直，颇像个机械化的人似的。

"上海！"刘师傅挪动了一下，挡住了丁约翰的去路；他的确为上海的事着急。

"噢，上海呀！"约翰偷偷的一笑。"完啦！"说罢他似乎觉得已尽到责任，而想走开。

老刘可是又发了问："南京怎样呢？"

丁约翰皱了皱眉，不高兴起来。"南京？我管南京的事干吗？"他说的确是实话，他是属于英国府的，管南京干吗。

老刘发了火。冲口而出的，他问："难道南京不是咱们的国都？难道你不是中国人？"

丁约翰的脸沉了下来。他知道老刘的质问是等于叫他洋奴。他不怕被呼为洋奴，刘师傅——一个臭棚匠——可是没有叫他的资格！"噢！我不是中国人，你是，又怎么样？我并没有看见尊家打倒一个日本人呀！"

老刘的脸马上红过了耳朵。丁约翰戳住了他的伤口。他有点武艺，有许多的爱国心与傲气，可是并没有去打日本人！假若丁约翰是英国府的奴才，他——刘棚匠——便是日本人的奴才，因为北平是被日本人占据住。他和约翰并没有什么区别！他还不出话来了！

丁约翰往旁边挪了一步，想走开。

老刘也挪了一步，还挡着路。他想教约翰明白，他们两个根本不同，可是一时找不到话，所以只好暂不放走约翰。

约翰见老刘答不出话来，知道自己占了上风；于是，虽然明知老刘有武艺而仍愿意多说两句带棱刺的话：“挡着我干什么？有本事去挡日本人的坦克车呀！”

刘师傅本不愿打架，他知道自己的手脚厉害，很容易打伤了人。现在，羞恼成怒，他瞪了眼。

丁约翰不上当，急忙走开。他知道在言语上占了上风，而又躲开老刘的拳脚，才是完全胜利。

刘师傅气得什么似的，可是没追上前去；丁约翰既不敢打架，何必紧紧的逼迫呢。

小文揣着手，一动也不动的立在屋檐下。他嘴中叼着根香烟；烟灰结成个长穗，一点点的往胸前落。他正给太太计划一个新腔。他没注意丁刘二人为什么吵嘴，正如同他没注意上海战事的谁胜谁败。他专心一志的要给若霞创造个新腔儿。这新腔将使北平的戏园茶社与票房都起一些波动，给若霞招致更多的荣誉，也给他自己的脸上添增几次微笑。他的心中没有中国，也没有日本。他只知道宇宙中须有美妙的琴音与婉转的歌调。

若霞有点伤风，没敢起床。

小文，在丁刘二人都走开之后，忽然灵机一动，他急忙走进屋去，拿起胡琴来。

若霞虽然不大舒服，可是还极关心那个新腔。“怎样？有了吗？”她问。

“先别打岔！快成了！”

丁约翰拿着黄油。到冠宅去道喜。

大赤包计算了一番，自己已是“所长”，是不是和一个摆台的平起平坐呢？及至看到黄油，她毫不迟疑的和约翰握了手。她崇拜黄油。她不会外国语，不大知道外国事，可是她常用黄油作形容词——“那个姑娘的脸像黄油那么润！”这样的形容使她觉得自己颇知道外国事，而且仿佛是说着外国话！

约翰，在英国府住惯了，晓得怎样称呼人。他一口一个“所长”，把大赤包叫得心中直发痒。

晓荷见太太照旧喜欢约翰，便也拿出接待外宾的客气与礼貌，倒好像约翰是国际联盟派来的。见过礼以后，他开始以探听的口气问：“英国府那方面对上海战事怎样看呢？”

“中国是不会胜的！”约翰极沉稳的，客观的，像英国的贵族那么冷静高傲的回答。

“噢，不会胜？”晓荷眯着眼问，为是把心中的快乐掩藏起一些去。

丁约翰点了点头。

晓荷送给太太一个媚眼，表示：“咱们放胆干吧，日本人不会一时半会儿离开北平！”

“哼！他买了我，可卖了女儿！什么玩艺儿！”桐芳低声而激烈的说。

“我不能嫁那个人！不能！”高第哭丧着脸说。那个人就是李空山。大赤包的所长拿到手，李空山索要高第。

“可是，光发愁没用呀！得想主意！”桐芳自己也并没想起主意，而只因为这样一说才觉到“想”是比“说”重要着许多的。

“我没主意！”高第坦白的说。“前些天，我以为上海一打胜，像李空山那样的玩艺儿就都得滚回天津去，所以我不慌不忙。现在，听说上海丢了，南京也守不住……”她用不着费力气往下说了，桐芳会猜得出下面的话。

桐芳是冠家里最正面的注意国事的人。她注意国事，因为她自居为东北人。虽然她不知道家乡到底是东北的哪里，可是她总想回到说她的言语的人们里去。她还清楚的记得沈阳的“小河沿”，至少她希望能再看看“小河沿”的光景。因此，她注意国事；她知道，只有中国强胜了，才能收复东北，而她自己也才能回到老家去。

可是，当她知道一时还没有回老家的可能，而感到绝望的时候，她反倒有时候无可如何的笑自己：“一国的大事难道就是为你这个小娘们预备着的吗？”

现在，听到高第的话，她惊异的悟出来：“原来每个人的私事都和国家有关！是的，高第的婚事就和国家有关！”悟出这点道理来，她害了怕。假若南京不能取胜，而北平长久的被日本人占着，高第就非被那个拿妇女当玩艺儿的李空山抓去不可！高第是她的好朋友。假若她自己已是家庭里的一个只管陪男人睡觉的玩具，社会中的一个会吃会喝的废物，她不愿意任何别的女人和她一样，更不用说她的好朋友了。

“高第！你得走！”桐芳放开胆子说。

“走？”高第愣住了。假若有像钱仲石那样的一个青年在她身旁，她是不怕出走的。为了爱情，哪一个年轻的姑娘都希望自己能飞起去一次。可是，她身旁既没有个可爱的青年男子，又没有固定的目的地，她怎么走呢？平日，和妈妈或妹妹吵嘴的时节，她总觉得自己十分勇敢。现在，她觉得自己连一点儿胆子也没有。从她所知道一点史事中去找可资摹仿的事实，她只能找到花木兰。可是木兰从军的一切详细办法与经验，她都无从找到。中国历史上可以给妇女行动作参考的记载是那么贫乏，她觉到自己是自古以来最寂寞的一个人！

“我可以跟你走！”桐芳看出来，高第没有独自逃走的胆量。

“你，你为什么要走呢？”高第假若觉得自己还是个“无家之鬼”，她可是把桐芳看成为关在笼中的鸟——有食有水有固定的地方睡觉，一切都定好，不能再动。

“我为什么一定要在这里呢？”桐芳笑了笑。她本想告诉高第：

光是你妈妈，我已经受不了，况且你妈妈又作了所长呢！可是，话都到嘴边上了，她把它截住。她的人情世故使她留了点心——大赤包无论怎么不好，恐怕高第也不高兴听别人攻击自己的妈妈吧。

高第没再说什么，她心中很乱。她决定不了自己该走不该，更不能替桐芳决定什么。她觉得她须赶紧打好了主意，可是越急就越打不定主意。她长叹了一口气。

天佑在胡同口上遇见了李四爷。两个人说话答礼儿的怪亲热，不知不觉的就一齐来到五号。

祁老人这两天极不高兴，连白胡子都不大爱梳弄了。对二孙与三孙的离开家里，他有许多理由责备他们，也有许多理由可以原谅他们。但是，他既不责备，也不原谅，他们。他只觉得心中堵得慌。他所引以自傲的四世同堂的生活眼看就快破碎了；孙子已走了两个！他所盼望的三个月准保平安无事，并没有实现；上海也丢了！虽他不大明白国事，他可是也看得出：上海丢了，北平就更没有了恢复自由的希望，而北平在日本人手里是什么事都会发生的——三孙子走后，二孙子不是也走了么？看见瑞丰瑞全住过的空屋子，他具体的明白了什么是战争与离乱！

见儿子回来，还跟着李四爷，老人的小眼睛里又有了笑光。

天佑的思想使他比父亲要心宽一些。三儿的逃走与二儿的搬出去，都没给他什么苦痛。他愿意一家大小都和和气气的住在一处，但是他也知道近些年来年轻人是长了许多价钱，而老年人不再像从前那么贵重了。他看明白：儿子们自有儿子们的思想与办法，老人们最好是睁一眼闭一眼的别太认真了。因此，他并没怎样替瑞全担忧，也不愿多管瑞丰的事。

可是，近两个月来，他的头发忽然的白了许多根！假若对父子家庭之间，他比父亲心宽，对国事他可比父亲更关心更发愁。祁老人的年月大一半属于清朝的皇帝，而天佑在壮年就遇见了革命。从忧国，他一直的忧虑到他的生意；国和他的小小的生意是像皮与肉那样的不可分开。他不反对发财。他可更注重"规矩"。他的财须是规规矩矩发的。他永远没想到过"趁火打劫"，和"浑水摸鱼"。他从来没想象过，他可以在天下大乱的时际去走几步小道儿，走到金山里去。因此，他准知道，只要国家一乱，他的生意就必然的萧条，而他的按部就班的老实的计划与期望便全都完事！他的头发没法不白起来。

三位老者之中，李四爷当然的是最健壮的，可是他的背比两三月前也更弯曲了一些。他不愁吃穿，不大忧虑国事，但是日本人直接的间接的所给他的苦痛，已足够教他感到背上好像压着一块石头。无论是领杠还是搬家，他常常在城门上遭受检查，对着敌兵的刺刀，他须费多少话，赔多少礼，才能把事办妥；可是在埋藏了死人，或把东西搬运到城外之后，城门关上了。他须在城外蹲小店儿。七十岁的人了，劳累了一天之后，他需要回家去休息，吃口热饭，喝口热茶，和用热水烫烫脚。可是，他被关在城外。他须在小店儿里与叫花子们挤在一处过夜。有时候，城门一连三五天不开；他须把一件衣服什么的押在摊子上或小铺里，才能使自己不挨饿。他的时间就那么平白无故的空空耗费了！他恨日本人！日本人随便把城关上，和他开玩笑！日本人白白的抢去了他的时间与自由。

祁老人眼中的笑光并没能保留好久。他本想和李四爷与天佑痛痛快快的谈上一两小时，把心中的积郁全一下子吐尽。可是，他找不到话。他的每次都灵验的预言："北平的灾难过不去三个月"，显然的在这一次已不灵验了。假若他这次又说对了，他便很容易把过去的多少灾难与困苦像说鼓儿词似的一段接着一段的述说。不幸，他这次没能猜对。他须再猜一回。对国事，他猜不到。他觉得自己是落在什么迷魂阵里，看不清东西南北。他失去了自信。

天佑呢，见老人不开口，他自己便也不好意思发牢骚。假若他说出心中的忧虑，他就必然的惹起父亲的注意——注意到他新生的许多根白发。那会使父子都很难过的！

李四爷要说的话比祁家父子的都更多。一天到晚在街面上，他听的多，见的广，自然也就有了丰富的话料。可是，他打不起精神来作报告——近来所见所闻的都是使人心中堵得慌的事，说出来只是添愁！

三位老人虽然没有完全愣起来，可是话语都来得极不顺溜。他们勉强的笑，故意的咳嗽，也都无济于事。小顺儿的妈进来倒茶，觉出屋中的沉闷来。为招老人们的喜欢，她建议留四爷爷吃羊肉热汤儿面。建议被接受了，可是宾主的心情都并没因此而好转。

天佑太太扶着小顺儿，过来和四大爷打招呼。她这几天因为天冷，又犯了气喘，可是还扎挣着过来，为是听一听消息。她从来没有像近来这样关心国事过。她第一不放心“小三儿”，第二怕自己死在日本人管着的北平——也许棺材出不了城，也许埋了又被贼盗把她掘出来。为这两件时刻惦记着，忧虑着的事，她切盼我们能打胜。只有我们打胜，“小三儿”——她的“老”儿子——才能回来，她自己也可以放心的死去了。

为是表示亲热，她对四爷说出她的顾虑。她的话使三位老者的心立刻都缩紧。他们的岁数都比她大呀！乐观了一辈子的祁老人说了丧气话：“四爷！受一辈子苦倒不算什么，老了老了的教日本人收拾死，才，才，才……”他说不下去了。

李四大妈差不多成了钱家的人了。钱少奶奶，和钱家的别人一样，是刚强而不愿多受帮助的。可是，在和李四妈处熟了以后，她不再那么固执了。公公病着，父亲近来也不常来，她需要一个朋友。尽管她不大喜欢说话，她心中可是有许多要说的——这些要说的话，在一个好友面前，就仿佛可以不说而心中也能感到痛快的。李四妈虽然代替不了她的丈夫，可是确乎能代替她的婆婆，而且比婆婆好，因为李四妈是朋友，而婆婆，无论怎样，总是婆婆。她思念丈夫；因为思念他，她才特别注意她腹中的小孩。她永远不会再看见丈夫，可是她知道她将会由自己身中产出一条新的生命，有了这新生命，她的丈夫便会一部分的还活在世上。在这一方面，她也需要一个年岁大的妇人告诉她一些经验。这是她头一胎，也是最后的一胎。她必须使他顺利的产下来，而后由她自己把他养大。假若他能是个男的——她切盼他是个男的——他便是第二个孟石。她将照着孟石的样子把他教养大，使他成为有孟石的一切好处，而没有一点孟石的坏处的人！这样一想，她便想到很远很远的地方去。可是，越想得远，心中就越渺茫而也就越害怕。她不是怀着一个小孩，而是怀着一个“永生”的期望与责任！李四妈能告诉她许多使她不至于心慌得过度的话。李四妈的话使她明白：生产就是生产，而不是什么见神见鬼的事。李四妈的爽直与诚恳减少了钱少奶奶的惶惑不安。

钱老人已经能坐起一会儿来了。坐起来，他觉得比躺着更寂寞。躺着的时候，他可以闭上眼乱想；坐起来，他需要个和他说几句话的人。听到西屋里四大妈对少奶奶咯啦咯啦的乱说，他就设法把她调过来。她与四大妈的谈话几乎永远结束在将来的娃娃身上，而这样的结束并不老是愉快的。四大妈不知道为什么钱先生有时候是那么喜欢，甚至于给这有四五个月才能降生的娃娃起了名字。“四大妈，你说是钱勇好，还是钱仇好？仇字似乎更厉害一些！”她回答不出什么来。平日，她就有点怕钱先生，因为钱先生的言语是那么难懂；现在，他问她哪个字好，她就更茫然的答不出了。不过，只要他欢喜，四大妈就受点憋闷也无所不可。可是，老人有时候一听到将来的娃娃，便忽然动了怒。这简直教四大妈手足无措了。他为什么发怒呢？她去问钱少奶奶，才晓得老人不愿意生个小亡国奴。虽然近来她已稍微懂了点“亡国奴”的意思，可是到底不明白为什么它会招钱先生那么生气。她以为“亡国奴”至多也不过像“他妈的”那样不受听而已。她弄不明白，只好挤咕着老近视眼发愣，或傻笑。

虽然如此，钱先生可是还很喜欢四大妈。假若她有半日没来，他便不知要问多少次。等她来到，他还要很诚恳的，甚至于近乎啰嗦的，向她道歉；使她更莫名其妙。他以为也许言语之间得罪了她，而她以为即使有一星半点的顶撞也犯不着这么客气。

瑞宣把上海的坏消息告诉了钱先生。他走后，四大妈来到。老人整天的一语未发，也不张罗吃东西。四大妈急得直打转儿，几次想去和他谈会儿话，可是又不敢进去。她时时的到窗外听一听屋里的动静，只有一次她听到屋里说："一定是小亡国奴了！"

瑞宣把消息告诉了钱先生以后，独自在"酒缸"上喝了六两白干。摇摇晃晃的走回家来，他倒头便睡。再一睁眼，已是掌灯的时分；喝了两杯茶，他继续睡下去。他愿意一睡不再醒，永远不再听到坏消息！他永远没这样"荒唐"过；今天，他没了别的办法！

三十二

南京陷落！

天很冷。一些灰白的云遮住了阳光。水倾倒在地上，马上便冻成了冰。麻雀藏在房檐下。

瑞宣的头上可是出着热汗。上学去，走在半路，他得到这一部历史上找不到几次的消息。他转回家来。不顾得想什么，他只愿痛哭一场。昏昏糊糊的，他跑回来。到了屋中，他已满头大汗。没顾得擦汗，他一头扎到床上，耳中直轰轰的响。

韵梅觉出点不对来，由厨房跑过来问："怎么啦？没去上课呀？"

瑞宣的泪忽然落下来。

"怎么啦？"她莫名其妙，惊异而恳切的问。

他说不上话来。像为父母兄弟的死亡而啼哭那样，他毫不羞愧的哭着，渐渐的哭出声来。

韵梅不敢再问，又不好不问，急得直搓手。

用很大的力量，他停住了悲声。他不愿教祖父与母亲听见。还流着泪，他啐了一口唾沫，告诉她："你去吧！没事！南京丢了！"

"南京丢了？"韵梅虽然没有像他那么多的知识与爱国心，可是也晓得南京是国都。"那，咱们不是完啦吗？"

他没再出声。她无可如何的走出去。

广播电台上的大气球又骄傲的升起来，使全北平的人不敢仰视。"庆祝南京陷落！"北平人已失去他们自己的城，现在又失去了他们的国都！

瑞丰同胖太太来看瑞宣。他们俩可是先到了冠宅去。冠先生与大赤包热烈的欢迎他们。

大赤包已就了职，这几天正计划着：第一，怎样联络地痞流氓们，因为妓女们是和他们有最密切关系的。冠晓荷建议去找金三爷。自从他被金三爷推翻在地上，叫了两声爸爸以后，他的心中就老打不定主意——是报仇呢？还是和金三爷成为不打不相识的朋友呢？对于报仇，他不甚起劲；这两个字，听起来就可怕！圣人懂得仁爱，英雄知道报仇；晓荷不崇拜英雄，不敢报仇；他顶不喜欢读《水浒传》——一群杀人放火的恶霸，没意思！他想应当和金三爷摆个酒，嘻嘻哈哈的吃喝一顿，忘了前嫌。他总以为金三爷的样子，行动，和本领，都有点像江湖奇侠——至少他也得是帮会里的老头子！这样，他甚至于想到拜金三爷为师。师在五伦之中，那么那次的喊爸爸也就无所不可了。现在，为帮助大赤包联络地痞流氓，就更有拜老头子的必要，而金三爷的影子便时时出现在他的心眼中。再说，他若与金三爷发生了密切关系，也就顺手儿结束了钱冠两家的仇怨——他以为钱先生既已被日本人"管教"过，想必见台阶就下，一定不会拒绝与他言归于好的。大赤包赞同这个建议。她气派十分大的闭了闭眼，才说："应该这么办！即使他不在帮里，凭他那两下子武艺，给咱们作个打手也是好的！你去办吧！"晓荷很得意的笑了笑。

第二，怎么笼络住李空山和蓝东阳。东阳近来几乎有工夫就来，虽然没有公然求婚，可是每次都带来半斤花生米或两个冻柿子什么的给小姐；大赤包看得出这是蓝诗人的“爱的投资”。她让他们都看明白招弟是动不得的——她心里说：招弟起码得嫁个日本司令官！可是，她又知道高第不很听话，不肯随着母亲的心意去一箭双雕的笼络住两个人。论理，高第是李空山的。可是，她愿教空山在做驸马以前多给她效点劳；一旦作了驸马爷，老丈母娘就会失去不少的权威的。同时，在教空山等候之际，她也愿高第多少的对东阳表示点亲热，好教他给晓荷在新民会中找个地位。高第可是对这两个男人都很冷淡。大赤包不能教二女儿出马，于是想到了尤桐芳。她向晓荷说明：“反正桐芳爱飞眼，教她多瞟李空山两下，他不是就不紧迫着要高第了吗？你知道，高第也得招呼着蓝东阳啊！”

“那怪不好意思的吧？”晓荷满脸赔笑的说。

大赤包沉了脸：“有什么不好意思？我要是去偷人，你才戴绿帽子！桐芳是什么东西？你有什么不好意思的？李空山要是真喜欢她，教她走好啦！我还留着我的女儿，给更体面的人呢！”

晓荷不敢违抗太太的命令，又实在觉得照令而行有点难为情。无论多么不要脸的男人也不能完全铲除了嫉妒，桐芳是他的呀！无可如何的，他只答应去和桐芳商议，而不能替桐芳决定什么。这很教大赤包心中不快，她高声的说出来：“我是所长！一家子人都吃着我，喝着我，就得听我的吩咐！不服气，你们也长本事挣钱去呀！”

第三，她须展开两项重要的工作：一个是认真检查，一个是认真爱护。前者是加紧的，狠毒的，检查妓女；谁吃不消可以设法通融免检——只要肯花钱。后者是使妓女们来认大赤包作干娘；彼此有了母女关系，感情上自然会格外亲密；只要她们肯出一笔“认亲费”，并且三节都来送礼。这两项工作的展开，都不便张贴布告，俾众周知，而需要一个得力的职员去暗中活动，把两方面的关系弄好。冠晓荷很愿意担任这个事务，可是大赤包怕他多和妓女们接触，免不了发生不三不四的事，所以另找了别人——就是那曾被李四爷请来给钱先生看病的那位医生。他叫高亦陀。大赤包颇喜欢这个人，更喜欢他的二千元见面礼。

第四，是怎样对付暗娼。战争与灾难都产生暗娼。大赤包晓得这个事实。她想作一大笔生意——表面上严禁暗娼，事实上是教暗门子来“递包袱”。暗娼们为了生活，为了保留最后的一点廉耻，为了不吃官司，是没法不出钱的；只凭这一笔收入，大赤包就可以发相当大的财。

为实现这些工作计划，大赤包累得常常用拳头轻轻的捶胸口几下。她的装三磅水的大暖水瓶老装着鸡汤，随时的呷两口，免得因勤劳公事而身体受了伤。她拼命的工作，心中唯恐怕战争忽然停止，而中央的官吏再回到北平；她能搂一个是一个，只要有了钱，就是北平恢复了旧观也没大关系了。

南京陷落！大赤包不必再拼命，再揪着心了。她从此可以从从容容的，稳稳当当的，作她的所长了。她将以“所长”为梯子，而一步一步的走到最高处去。她将成为北平的第一个女人——有自己的汽车，出入在东交民巷与北京饭店之间，戴着镶有最大的钻石的戒指，穿着足以改变全东亚妇女服装式样的衣帽裙鞋！

她热烈的欢迎瑞丰夫妇。她的欢迎词是：“咱们这可就一块石头落了地，可以放心的作事啦！南京不是一年半载可以得回来的，咱们痛痛快快的在北平多快活两天儿吧！告诉你们年轻的人们吧，人生一世，就是吃喝玩乐；别等到老掉了牙再想吃，老毛了腰再想穿；那就太晚喽！”然后，她对胖太太：“祁二太太，你我得打成一气，我要是北平妇女界中的第一号，你就必得是第二号。比如说：我今天烫猫头鹰头，你马上也就照样的去烫，有咱们两个人在北海或中山公园溜一个小圈儿，明天全北平的女人就都得争着改烫猫头鹰头！赶到她们刚烫好不是，哼，咱们俩又改了样！咱们俩教她们紧着学都跟不上，教她们手忙脚乱，教她们没法子不来磕头认老师！”她说到这里，瑞丰打了岔：“冠所长！原谅我插嘴！我这两天正给她琢磨个好名字，好去印名片。你看，我是科长，她自然少不了交际，有印名片的必要！请给想一想，是祁美艳好，还是祁菊子好？她原来叫玉珍，太俗气点！”

大赤包没加思索，马上决定了：“菊子好！像日本名字！凡是带日本味儿的都要时兴起来！”

晓荷像考古学家似的说：“菊子夫人不是很有名的电影片儿吗？”

“谁说不是！”瑞丰表示钦佩的说：“这个典故就出自那个影片呀！”

大家全笑了笑，觉得都很有学问。

“祁科长！”大赤包叫。“你去和令兄说说，能不能把金三爷请过来？”她扼要的把事情说明白，最后补上：“天下是我们的了，我们反倒更得多交朋友了！你说是不是？”

瑞丰高兴作这种事，赶快答应下来。“我跟瑞宣也还有别的事商量。”说完，他立起来。“菊子，你不过那院去？”

胖菊子摇了摇头。假若可能，她一辈子也不愿再进五号的门。

瑞丰独自回到家中，应酬公事似的向祖父和母亲问了安，就赶快和瑞宣谈话：“那什么，你们学校的校长辞职——这消息别人可还不知道，请先守秘密！——我想大哥你应当活动一下。有我在局里，运动费可以少花一点。你看，南京已经丢了，咱们反正是亡了国，何必再固执呢？再说，教育经费日内就有办法，你能多抓几个，也好教老人们少受点委屈！怎么样？要活动就得赶快！这年月，找事不容易！”一边说，他一边用食指轻轻的弹他新买的假象牙的香烟烟嘴。说完，把烟嘴叼在口中，像高射炮寻找飞机似的左右转动。叼着这根假象牙的东西，他觉得气派大了许多，几乎比科长所应有的气派还大了些！

瑞宣的眼圈还红着，脸上似乎是浮肿起来一些，又黄又松。听弟弟把话说完，他半天没言语。他懒得张口。他晓得老二并没有犯卖国的罪过，可是老二的心理与态度的确和卖国贼的同一个味道。

他无力去诛惩卖国贼，可也不愿有与卖国贼一道味儿的弟弟。说真的，老二只吃了浮浅，无聊，与俗气的亏，而并非是什么罪大恶极的人。可是，在这国家危亡的时候，浮浅，无聊，与俗气，就可以使人变成汉奸。在汉奸里，老二也不过是个小三花脸儿，还离大白脸的奸雄很远很远。老二可恨，也可怜！

“怎样？你肯出多少钱？”老二问。

“我不愿作校长，老二！”瑞宣一点没动感情的说。

“你不要老这个样子呀，大哥！”瑞丰板起脸来。“别人想多花钱运动都弄不到手，你怎么把肉包子往外推呢？你开口就是国家，闭口就是国家，可是不看看国家成了什么样子！连南京都丢了，光你一个人有骨头又怎么样呢？”老二的确有点着急。他是真心要给老大运动成功，以便兄弟们可以在教育界造成个小小的势力，彼此都有些照应。

老大又不出声了。他以为和老二辩论是浪费唇舌。他劝过老二多少次，老二总把他的话当作耳旁风。他不愿再白费力气。

老二本来相当的怕大哥。现在，既已作了科长，他觉得不应当还那么胆小。他是科长，应当向哥哥训话：“大哥，我真替你着急！你要是把机会错过，以后吃不上饭可别怨我！以我现在的地位，交际当然很广，挣得多，花得也多，你别以为我可以帮助你过日子！”

瑞宣还不想和老二多费什么唇舌，他宁可独力支持一家人的生活，也不愿再和老二多啰嗦。“对啦！我干我的，你干你的好啦！”他说。他的声音很低，可是语气非常的坚决。

老二以为老大一定是疯了。不然的话，他怎敢得罪科长弟弟呢！

“好吧，咱们各奔前程吧！”老二要往外走，又停住了脚。“大哥，求你一件事。别人转托的，我不能不把话带到！”他简单的说出冠家想请金三爷吃酒，求瑞宣给从中拉拢一下。他的话说得很简单，好像不屑于和哥哥多谈似的。最后，他又板着脸教训：“冠家连太太都能作官，大哥你顶好对他们客气一点！这年月，多得罪人不会有好处！”

瑞宣刚要动气，就又控制住自己。仍旧相当柔和的，他说：“我没工夫管那种闲事，对不起！”

老二猛的一推门就走出去。他也下了决心不再和疯子哥哥打交道。在院中，他提高了声音叨唠，为是教老人们听见：“简直岂有此理！太难了！太难了！有好事不肯往前巴结，倒好像作校长是丢人的事！”

“怎么啦？老二！”祁老人在屋中问。

“什么事呀？”天佑太太也在屋中问。

韵梅在厨房里，从门上的一块小玻璃往外看；不把情形看准，她不便出来。

老二没进祖父屋中去，而站在院中卖嚷嚷：“没事，你老人家放心吧！我想给大哥找个好差事，他不干！以后呢，我的开销大，不能多孝顺你老人家；大哥又不肯去多抓点钱；这可怎么好？我反正尽到了手足的情义，以后家中怎样，我可就不负责喽！”

“老二！”妈妈叫：“你进来一会儿！我问你几句话！”

“还有事哪，妈！过两天我再来吧！”瑞丰匆匆的走出去。他无意使母亲与祖父难堪，但是他急于回到冠家去，冠家的一切都使他觉着舒服合适。

天佑太太的脸轻易不会发红，现在两个颧骨上都红起一小块来。她的眼也发了亮。她动了气。这就是她生的，养大的，儿子！作了官连妈妈也不愿意搭理啦！她的病身子禁不起生气，所以近二三年来她颇学会了点视而不见，听而不闻的本事，省得教自己的病体加重。今天这口气可是不好咽，她的手哆嗦起来，嘴中不由的骂出：“好个小兔崽子！好吗！连你的亲娘都不认了！就凭你作了个小科长！”

她这么一出声，瑞宣夫妇急忙跑了过来。他们俩晓得妈妈一动气必害大病。瑞宣顶怕一家人没事儿拌嘴闹口舌。他觉得那是大家庭制度的最讨厌的地方。但是，母亲生了气，他又非过来安慰不可。

多少世纪传下来的规矩，差不多变成了人的本能；不论他怎样不高兴，他也得摆出笑脸给生了气的妈妈看。好在，他只须走过来就够了，他晓得韵梅在这种场合下比他更聪明，更会说话。

韵梅确是有本事。她不问婆婆为什么生气，而抄着根儿说："老太太，又忘了自己的身子吧！怎么又动气呢？"这两句话立刻使老太太怜爱了自己，而觉得有哼哼两声的必要。一哼哼，怒气就消减了一大半，而责骂也改成了叨唠："真没想到啊，他会对我这个样！对儿女，我没有偏过心，都一样的对待！我并没少爱了一点老二呀，他今天会……"老太太落了泪，心中可是舒展多了。

老太爷还没弄清楚都是怎么一回事，也凑过来问："都是怎么一回子事呀？乱七八糟的！"

瑞宣搀祖父坐下。韵梅给婆婆拧了把热毛巾，擦擦脸；又给两位老人都倒上热茶，而后把孩子拉到厨房去，好教丈夫和老人们安安静静的说话儿。

瑞宣觉得有向老人们把事说清楚的必要。南京陷落了，国已亡了一大半。从一个为子孙的说，他不忍把老人们留给敌人，而自己逃出去。可是，对得住父母与祖父就是对不住国家。为赎自己对不住国家的罪过，他至少须消极的不和日本人合作。他不愿说什么气节不气节，而只知这在自己与日本人中间必须画上一条极显明的线。这样，他须得到老人们的协助；假若老人们一定要吃得好喝得好，不受一点委屈，他便没法不像老二似的那么投降给敌人。他决定不投降给敌人，虽然他又深知老人们要生活得舒服一点是当然的；他们在世界上的年限已快完了，他们理当要求享受一点。他必须向老人们道歉，同时也向他们说清楚：假若他们一定讨要享受，他会狠心逃出北平的。

很困难的，他把心意说清楚。他的话要柔和，而主意又拿定不变；他不愿招老人们难过，而又不可避免的使他们难过；一直到说完，他才觉得好像割去一块病似的，痛快了一些。

母亲表示得很好："有福大家享，有苦大家受；老大你放心，我不会教你为难！"

祁老人害了怕。从孙子的一大片话中，他听出来：日本人是一时半会儿绝不能离开北平的了！日本人，在过去的两三个月中，虽然没直接的伤害了他，可是已经弄走了他两个孙子。日本人若长久占据住北平，焉知道这一家人就不再分散呢？老人宁可马上死去，也不愿看家中四分五裂的离散。没有儿孙们在他眼前，活着或者和死了一样的寂寞。他不能教瑞宣再走开！虽然他心中以为长孙的拒绝作校长有点太过火，可是他不敢明说出来；他晓得他须安慰瑞宣："老大，这一家子都仗着你呀！你看怎办好，就怎办！好吧歹吧，咱们得在一块儿忍着，忍过去这步坏运！反正我活不了好久啦，你还能不等着抓把土埋了我吗！"老人说到末一句，声音已然有点发颤了。

瑞宣不能再说什么。他觉得他的态度已经表示得够明显，再多说恐怕就不怎么合适了。听祖父说得那样的可怜，他勉强的笑了："对了，爷爷！咱们就在一块儿苦混吧！"

话是容易说的；在他心里，他可是晓得这句诺言是有多大分量！他答应了把四世同堂的一个家全扛在自己的双肩上！同时，他还须远远的躲开占据着北平的日本人！

他有点后悔。他知道自己的挣钱的本领并不大。他的爱惜羽毛不许他见钱就抓。那么，他怎能独力支持一家人的生活呢？再说，日本人既是北平的主人，他们会给他自由吗？

可是，无论怎样，他也感到一点骄傲——他表明了态度，一个绝对不作走狗的态度！走着瞧吧，谁知道究竟怎样呢！

这时候，蓝东阳来到冠家。他是为筹备庆祝南京陷落大会来到西城，顺便来向冠家的女性们致敬——这回，他买来五根灌馅儿糖。在路上，他已决定好绝口不谈庆祝会的事。每逢他有些不愿别人知道的事，他就觉得自己很重要，很深刻；尽管那件事并没有保守秘密的必要。

假若他不愿把自己知道的告诉别人，他可是愿意别人把所知道的都告诉给他。他听说，华北的政府就要成立——成立在北平。华北的日本军人，见南京已经陷落，不能再延迟不决；他们必须先拿出个华北政府来，好和南京对抗——不管南京是谁出头负责。听到这个消息，他把心放下去，而把耳朵竖起来。放下心去，因为华北有了日本人组织的政府，他自己的好运气便会延长下去。竖起耳朵来，他愿多听到一些消息，好多找些门路，教自己的地位再往上升。他的野心和他的文字相仿，不管通与不通，而硬往下做！他已经决定了：他须办一份报纸，或一个文艺刊物。他须做校长。他须在新民会中由干事升为主任干事。他须在将要成立的政府里得到个位置。事情越多，才越能成为要人；在没有想起别的事情以前，他决定要把以上的几个职位一齐拿到手。他觉得他应当，可以，必须，把它们拿到手，因为他自居为怀才未遇的才子；现在时机来到了，他不能随便把它放过去。他是应运而生的莎士比亚，不过要比莎士比亚的官运财运和桃花运都更好一些。

进到屋中，把五根糖扔在桌儿上，他向大家咧了咧嘴，而后把自己像根木头似的摔在椅子上。除了对日本人，他不肯讲礼貌。

瑞丰正如怨如慕的批评他的大哥。他生平连想都没大想到过，他可以作教育局的科长。他把科长看成有天那么大。把他和科长联在一块，他没法不得意忘形。他没有冠先生的聪明，也没有蓝东阳的沉默。“真！作校长仿佛是丢人的事！你就说，天下竟会有这样的人！看他文文雅雅的，他的书都白念了！”

冠晓荷本想自荐。他从前作过小官；既作过小官，他以为，就必可以作中学校校长。可是，他不愿意马上张口，露出饥不择食的样子。这一下，他输了棋。蓝东阳开了口：“什么？校长有缺吗？花多少钱运动？”他轻易不说话，一说可就说到根儿上；他张口就问了价钱。

晓荷像吃多了白薯那样，冒了一口酸水，把酸水咽下去，他仍然笑着，不露一点着急的样子。他看了看大赤包，她没有什么表示。

她看不起校长，不晓得校长也可以抓钱，所以没怪晓荷。晓荷心中安定了一些。他很怕太太当着客人的面儿骂他无能。

瑞丰万没想到东阳来得那么厉害，一时答不出话来了。

东阳的右眼珠一劲儿往上吊，喉中直咯咯的响，嘴唇儿颤动着，凑过瑞丰来。像猫儿看准了一个虫子，要往前扑那么紧张，他的脸色发了绿，上面的青筋全跳了起来。他的嘴像要咬人似的，对瑞丰说："你办去好啦，我出两千五百块钱！你从中吃多少，我不管，事情成了，我另给你三百元！今天我先交二千五，一个星期内我要接到委任令！"

"教育局可不是我一个人的呀！"瑞丰简直忘了他是科长。他还没学会打官话。

"是呀！反正你是科长呀！别的科长能荐人，你怎么不能？你为什么作科长，假若你连一句话都不能给我说！"东阳的话和他的文章一样，永远不管逻辑，而只管有力量。"不管怎样，你得给我运动成功，不然的话，我还是去给你报告！"

"报告什么！"可怜的瑞丰，差不多完全教东阳给弄胡涂了。

"还不是你弟弟在外边抗日？好吗，你在这里作科长，你弟弟在外边打游击战，两边儿都教你们占着，敢情好！"东阳越说越气壮，绿脸上慢慢的透出点红来。

"这，这，这……"瑞丰找不出话来，小干脸气得焦黄。

大赤包有点看不上东阳了，可是不好出头说话；她是所长，不能轻易发言。

晓荷悟出一点道理来：怪不得他奔走这么多日子，始终得不到个位置呢；时代变了，他的方法已然太老，太落伍了！他自己的办法老是摆酒，送礼，恭维，和摆出不卑不亢的架子来。看人家蓝东阳！人家托情运动事直好像是打架，没有丝毫的客气！可是，人家既是教务主任，又是新民会的干事，现在又瞪眼"买"校长了！他佩服了东阳！他觉得自己若不改变作风，天下恐怕就要全属于东阳，而没有他的份儿了！

胖菊子——一向比瑞丰厉害，近来又因给丈夫运动上官职而更自信——决定教东阳见识见识她的本事。还没说话，她先推了东阳一把，把他几乎推倒。紧跟着，她说：“你这小子可别这么说话，这不是对一位科长说话的规矩！你去报告！去！去！马上去！咱们斗一斗谁高谁低吧！你敢去报告，我就不敢？我认识人，要不然我的丈夫他不会作上科长！你去报告好了，你说我们老三抗日，我也会说你是共产党呀！你是什么揍的？我问问你！”胖太太从来也没高声的一气说这么多话，累得鼻子上出了油，胸口也一涨一落的直动。她的脸上通红，可是心中相当的镇定，她没想到既能一气骂得这么长，而且这么好。她很得意。她平日最佩服大赤包，今天她能在大赤包面前显露了本事，她没法不觉得骄傲。

她这一推和一顿骂把东阳弄软了。他脸上的怒气和凶横都忽然的消逝。好像是骂舒服了似的，他笑了。

晓荷没等东阳说出话来便开了口：“我还没作过校长，倒颇想试一试，祁科长你看如何？哦，东阳，我决不抢你的事，先别害怕！我是把话说出来，给大家作个参考，请大家都想一想怎么办最好。”

这几句话说得是那么柔和，周到，屋中的空气马上不那么紧张了。蓝东阳又把自己摔在椅子上，用黄牙咬着手指甲。瑞丰觉得假若冠先生出头和东阳竞争，他天然的应当帮助冠先生。胖菊子不再出声，因为刚才说的那一段是那么好，她正一句一句的追想，以便背熟了好常常对朋友们背诵。

大赤包说了话。先发言的勇敢，后发言的却占了便宜。她的话，因为是最后说的，显着比大家的都更聪明合理：“我看哪，怎么运动校长倒须搁在第二，你们三个——东阳，瑞丰，晓荷——第一应当先拜为盟兄弟。你们若是成为不愿同年同月同日同时生，而愿同年同月同日同时死的弟兄，你们便会和和气气的，真真诚诚的，彼此帮忙。慢慢的，你们便会成为新朝廷中的一个势力。你们说对不对？”

瑞丰，论辈数，须叫晓荷作叔叔，不好意思自己提高一辈。

东阳本来预备作冠家的女婿，也不好意思和将来的岳父先拜盟兄弟。

晓荷见二人不语，笑了笑说："所长所见极是！肩膀齐为弟兄，不要以为我比你们大几岁，你们就不好意思！所长，就劳你大驾，给我预备香烛纸马吧！"

三十三

瑞宣以为华北政府既费了那么多的日子才产生出来，它必定有一些他所不知道的人物，好显出确有点改朝换代的样子。哪知道，其中的人物又是那一群他所熟知的，也是他所痛恨的，军阀与官僚。由这一点上看，他已看清日本人是绝对没有丝毫诚心去履行那些好听的口号与标语的。只有卑鄙无能的人才能合他们的脾味，因为他们把中国人看成只配教贪官污吏统辖着的愚夫愚妇——或者猪狗！

看着报纸上的政府人员名单，他胸中直堵得慌。他不明白，为什么中国会有这么多甘心作走狗的人！这错处在哪里呢？是的，历史，文化，时代，教育，环境，政治，社会，民族性，个人的野心……都可以给一些解释，但是什么解释也解释不开这个媚外求荣的羞耻！他们实际上不能，而在名义上确是，代表着华北的人民；他们几个人的行动教全华北的人民都失去了"人"的光彩！

他恨这群人，他诅咒着他们的姓名与生存！

可是，紧跟着他就也想起瑞丰，东阳，与冠晓荷。这三个小鬼儿的地位比伪政府中的人低多了，可是他们的心理与志愿却和大汉奸们是一模一样的。谁敢说，瑞丰不会作到教育督办？谁敢说，冠晓荷不会作财政总长呢？这么一想，他想明白了：假若圣贤是道德修养的积聚；汉奸却恰恰的相反——是道德修养的削减。圣贤是正，汉奸是负。浮浅，愚蠢，无聊，像瑞丰与晓荷，才正是日本人所喜欢要的，因为他们是“负”数。日本人喜欢他们，正如同日本人喜欢中国的鸦片烟鬼。

想到这里，他也就想出对待“负数”的办法来。杀！他们既是负数，就绝对没有廉耻。他们绝不会受任何道德的，正义的，感动；他们只怕死。杀戮是对待他们的最简截的办法，正如同要消灭蝗灾只有去赶尽杀绝了蝗虫。谁去杀他们呢？华北的每一个人，因为每一个人都受了他们的连累，都随着他们丧失了人格。杀他们与杀日本人是每一个良善国民的无可推诿的责任！

可是，他就管不了自己的弟弟！不要说去杀，他连打老二一顿都不肯！假若老二帮助日本人，他却成全了老二！他和老二有一样的罪过：老二卖国，老大不干涉卖国的人！他不干涉老二，全华北的人民也都不干涉伪政府的汉奸，华北便像一个一动也不动的死海，只会蒸发臭气！想到这里，他无可如何的笑了。一切是负数——伪政府，瑞丰，晓荷，那些不敢诛奸的老实人，和他自己！他只能“笑”自己，因为自己的存在已是负数的！

庆祝南京陷落的大会与游行，比前几次的庆祝都更热闹。瑞宣的脸一青一红的在屋中听着街上的叫花子与鼓手们的喧呼与锣鼓。他难过。可是他已不再希望在天安门或在任何地方有什么反抗的举动——一切都是负数！他既看到自己的无用与无能，也就不便再责备别人。他的唯一的可以原谅自己的地方是家庭之累，那么，连汉奸当然也都有些“累”而都可以原谅了！最会原谅自己的是最没出息的！

可是，不久他便放弃了这种轻蔑自己与一切人的态度，他听到蒋委员长的继续抗战的宣言。这宣言，教那最好战的日本人吃了一惊，教汉奸们的心中冷了一冷，也教瑞宣又挺起胸来。不！他不能自居为负数而自暴自弃。别人，因为中央继续抗战，必会逃出北平去为国效忠。中央，他想，也必会派人来，抚慰民众和惩戒汉奸！

一高兴，他的想象加倍的活动，他甚至于想到老三会偷偷的回来，作那惩处汉奸或别的重要工作！那将是多么兴奋，多么像传奇的事呀，假若他能再看见老三！

瑞宣，既是个中国的知识分子，不会求神或上帝来帮助他自己和他的国家。他只觉得继续抗战是中国的唯一的希望。他并不晓得中国与日本的武力相差有多少，也几乎不想去知道。爱国心现在成了他的宗教信仰，他相信中国必有希望，只要我们肯去抵抗侵略。

他去看钱先生，他愿一股脑儿的把心中所有话都说净。南京的陷落好像舞台上落下幕来，一场争斗告一段落。战争可是并没停止，正像幕落下来还要再拉起去。那继续抗战的政府，与为国效忠的军民，将要受多少苦难，都将要作些什么，他无从猜到。他可是愿在这将要再开幕的时候把他自己交代清楚：他的未来的苦难也不比别人的少和小，虽然他不能扛着枪到前线去杀敌，或到后方作义民。他决定了：在沦陷的城内，他一定不能因作孝子而向敌人屈膝；他宁可丢了脑袋，也不放弃了膝磕。这是一件不容易的事，像掉在海里而拒绝喝水那么不容易。可是，他很坚决，无论受多大的苦处，他要挣扎过去，一直到北平城再看到国旗的时候！老三既不在家，他只好去把这个决定说给钱先生；只有对一位看得起他的，相信他的朋友，交代清楚，他才能开始照计而行去作事，去挣钱；不然的话，他就觉得去作事挣钱是与投降一样可耻的。

在南京陷落的消息来到的那一天，钱先生正决定下床试着走几步。身上的伤已差不多都平复了，他的脸上也长了一点肉，虽然嘴还瘪瘪着，腮上的坑儿可是小得多了。多日未刮脸，长起一部柔软而黑润的胡须，使他更像了诗人。他很不放心他的腿。两腿腕时常肿起来，酸痛。这一天，他觉得精神特别的好，腿腕也没发肿，所以决定下床试一试。他很怕两腿是受了内伤，永远不能行走！他没告诉儿媳妇，怕她拦阻。轻轻的坐起来，他把腿放下去；一低头，他才发现地上没有鞋。是不是应当喊少奶奶来给找鞋呢？正在犹豫不定之间，他听到四大妈的大棉鞋塌拉塌拉的响。

“来啦？四大妈？”他极和气的问。

“来喽！”四大妈在院中答应。“甭提啦，又跟那个老东西闹了一肚子气！”

“都七十多了，还闹什么气哟！”钱先生精神特别的好，故意找话说。

“你看哪，”她还在窗外，不肯进来，大概为是教少奶奶也听得见：“他刚由外边回来，就噘着大嘴，说什么南京丢了，气横横的不张罗吃，也不张罗喝！我又不是看守南京的，跟我发什么脾气呀，那个老不死的东西！”

钱先生只听到“南京丢了”，就没再往下听。光着袜底，他的脚碰着了地。他急于要立起来，好像听到南京陷落，他必须立起来似的。他的脚刚有一部分碰着地，他的脚腕就像一根折了的秫秸棍似的那么一软，他整个的摔倒在地上。这一下几乎把他摔昏了过去。在冰凉的地上趴伏了好大半天，他才缓过气来。他的腿腕由没有感觉而发麻，而发酸，而钻心的疼。他咬上了嘴唇，不哼哼出来。疼得他头上出了黄豆大的汗珠，他还是咬住了残余的几个牙，不肯叫出来。他挣扎着坐起来，抱住他的脚。他疼，可是他更注意他的脚是日久没用而发了麻，还是被日本人打伤不会再走路。他急于要知道这点区别，因为他必须有两条会活动的腿，才能去和日本人拼命。扶着床沿，一狠心，他又立起来了，像有百万个细针一齐刺着他的腿腕。他的汗出得更多了。可是他立住了。他挣扎着，想多立一会儿，眼前一黑，他趴在了床上。这样卧了许久许久，他才慢慢爬上床去，躺好。他的脚还疼，可是他相信只要慢慢的活动，他一定还能走路，因为他刚才已能站立了那么一会儿。他闭上了眼。来往于他的心中的事只有两件，南京陷落与他的脚疼。

慢慢的，他的脚似乎又失去知觉，不疼也不麻了。他觉得好像没有了脚。他赶紧蜷起腿来，用手去摸；他的确还有脚，一双完整的脚。他自己笑了一下。只要有脚能走路，他便还可以作许多的事。那与南京陷落，与孟石仲石和他的老伴儿的死亡都有关系的事。

他开始从头儿想。他应当快快的决定明天的计划，但是好像成了习惯似的，他必须把过去的那件事再想一遍，心里才能觉得痛快，才能有条有理的去思想明天的事。

他记得被捕的那天的光景。一闭眼，白巡长，冠晓荷，宪兵，太太，孟石，就都能照那天的地位站在他的眼前。他连墙根的那一朵大秋葵也还记得。跟着宪兵，他走到西单商场附近的一条胡同里。他应当晓得那是什么胡同，可是直到现在也没想起来。在胡同里的一条小死巷里，有个小门。他被带进去。一个不小的院子，一排北房有十多间，像兵营，一排南房有七八间，像是马棚改造的。院中是三合土砸的地，很平，像个小操场。刚一进门，他就听到有人在南屋里惨叫。他本走得满头大汗，一听见那惨叫，马上全身都觉得一凉。他本能的立住了，像快走近屠场的牛羊似的那样本能的感到危险。宪兵推了他一把，他再往前走。他横了心，抬起头来。“至多不过是一死！”他口中念道着。

到尽东头的一间北屋里，有个日本宪兵搜检他的身上。他只穿着那么一身裤褂，一件大衫，和一只鞋，没有别的东西。检查完，他又被带到由东数第二间北屋去。在这里，一个会说中国话的日本人问他的姓名籍贯年岁职业等等，登记在卡片上。当他回答没有职业的时候，那个人把笔咬在口中，细细的端详了他一会儿。这是个，瘦硬的脸色青白的人。他觉得这个瘦人也许不会很凶，所以大大方方的教他端详。那个人把笔从口中拿下来，眼还紧盯着他，又问：“犯什么罪？”

他的确不知道自己犯了什么罪。像平日对好友发笑似的，他很天真的笑了一下，而后摇了摇头。他的头还没有停住，那个瘦子就好像一条饥狼似的极快的立起来，极快的给了他一个嘴巴。他啐出一个牙来。瘦子，还立着，青白的脸上起了一层霜似的，又问一声："犯什么罪？"

他的怒气撑住了疼痛，很安详的，傲慢的，他一个字一个字的说："我不知道！"

又是一个嘴巴，打得他一歪身。他想高声的叱责那个人，他想质问他有没有打人的权，和凭什么打人。可是他想起来，面前的是日本人。日本人要是有理性就不会来打中国。因此，他什么也不愿说；对一个禽兽，何必多费话呢。他至少应当说："你们捕了我来，我还不晓得为了什么。我应当问你们，我犯了什么罪！"可是，连这个他也懒得说了。看了看襟上的血，他闭了闭眼，心里说："打吧！你打得碎我的脸，而打不碎我的心！"

瘦硬的日本人咽了一口气，改了口："你犯罪不犯？"随着这句话，他的手又调动好了距离；假若他得到的是一声"不"，或是一摇头。他会再打出个最有力的嘴巴。

他看明白了对方的恶意，可是他反倒横了心。咽了一口带血的唾沫，他把脚分开一些，好站得更稳。他决定不再开口，而准备挨打。他看清：对方的本事只是打人，而自己自幼儿便以打人为不合理的事，那么，他除了准备挨打之外，还有什么更好的方法呢？再说，他一辈子作梦也没梦到，自己会因为国事军事而受刑；今天，受到这样的对待，他感到极大的痛苦，可是在痛苦之中也感到忽然来到的光荣。他咬上了牙，准备忍受更多的痛苦，为是多得到一些光荣！

手掌又打到他的脸上，而且是一连串十几掌。他一声不响，只想用身体的稳定不动作精神的抵抗。打人的微微的笑着，似乎是笑他的愚蠢。慢慢的，他的脖子没有力气；慢慢的，他的腿软起来；他动了。左右开弓的嘴巴使他像一个不倒翁似的向两边摆动。打人的笑出了声——打人不是他的职务，而是一种宗教的与教育的表现；他欣赏自己的能打，会打，肯打，与胜利。被打的低下头去，打人的变了招数，忽然给囚犯右肋上一拳，被打的倒在了地上。打人的停止了笑，定睛看地上的那五十多岁一堆没有了力气的肉。

在灯光之中，他记得，他被塞进一辆大汽车里去。因为脸肿得很高，他已不易睁开眼。同时，他也顾不得睁眼看什么。汽车动了，他的身子随着动，心中一阵清醒，一阵昏迷，可是总知道自己是在什么东西中动摇——他觉得那不是车，而是一条在风浪中的船。慢慢的，凉风把他完全吹醒。从眼皮的隙缝中，他看到车外的灯光，一串串的往后跑。他感到眩晕，闭上了眼。他不愿思索什么。他的妻儿，诗画，花草，与茵陈酒，都已像从来就不是他的。在平日，当他读陶诗，或自己想写一首诗的时节，他就常常的感到妻室儿女与破坛子烂罐子都是些障碍，累赘，而诗是在清风明月与高山大川之间的。一想诗，他的心灵便化在一种什么抽象的宇宙里；在那里，连最美的山川花月也不过是暂时的，粗糙的，足以限制住思想的东西。他所追求的不只是美丽的现象，而是宇宙中一点什么气息与律动。他要把一切阻障都去掉，而把自己化在那气息与律动之间，使自己变为无言的音乐。真的，他从来没能把这个感觉写出来。文字不够他用的；一找到文字，他便登时限制住了自己的心灵；文字不能随着他的心飞腾，荡漾在宇宙的无形的大乐里，而只能落在纸上。可是，当他一这么思索的时候，尽管写不出诗来，他却也能得到一些快乐。这个快乐不寄存在任何物质的，可捉摸的事物上，而是一片空灵，像绿波那么活动可爱，而多着一点自由与美丽。绿波只会流入大海，他的心却要飞入每一个星星里去。在这种时候，他完全忘了他的肉体；假若无意中摸到衣服或身体，他会忽然的颤抖一下，像受了惊似的。

现在，他闭上了眼，不愿思索一切。真的，他最先想到的就是："大概拉去枪毙！"可是，刚想到这个，他便把眼闭得更紧一点，问自己："怕吗？怕吗？"紧跟着，他便阻止住乱想，而愿和作诗的时候似的忘了自己，忘了一切。"死算怎么呢！"他口中咀嚼着这一句。待了一会儿，他又换了一句："死就是化了！化了！"他心中微微的感到一点愉快。他的脸上身上还都疼痛，可是心中的一点愉快教他轻视疼痛，教他忘了自己。又待了一会儿，在一阵迷糊之后，他忽然想起来：现在教他“化了”的不是诗，而是人世间的一点抽象的什么；不是把自己融化在什么山川的精灵里，使自己得到最高的和平与安恬，而是把自己化入一股刚强之气，去抵抗那恶的力量。他不能只求“化了”，而是须去抵抗，争斗。假若从前他要化入宇宙的甘泉里去，现在他须化成了血，化成忠义之气；从前的是可期而不可得的，现在是求仁得仁，马上可以得到的；从前的是天上的，现在的是人间的。是的，他须把血肉掷给敌人，用勇敢和正义结束了这个身躯！一股热气充满了他的胸膛，他笑出了声。

车停住了。他不知道那是什么地方，也不屑于细看。殉国是用不着选择地点的。他只记得那是一座大楼，仿佛像学校的样子。他走得很慢，因为脚腕上砸着镣。他不晓得为什么敌人是那么不放心他，一定给他戴镣，除非是故意的给他多增加点痛苦。是的，敌人是敌人，假若敌人能稍微有点人心人性，他们怎会制作战争呢？他走得慢，就又挨了打。胡里胡涂的，辨不清是镣子磕的痛，还是身上被打的痛，他被扔进一间没有灯亮的屋子去。他倒了下去，正砸在一个人的身上。底下的人骂了一声。他挣扎着，下面的人推搡着，不久，他的身子着了地。那个人没再骂，他也一声不出；地上是光光的，连一根草也没有，他就那么昏昏的睡去。

第二天一整天没事，除了屋里又添加了两个人。他顾不得看同屋里的人都是谁，也不顾得看屋子是什么样。他的脸肿得发涨，牙没有刷，面没有洗，浑身上下没有地方不难过。约摸在上午十点钟的时候，有人送来一个饭团，一碗开水。他把水喝下去，没有动那团饭。他闭着眼，两腿伸直，背倚着墙，等死。他只求快快的死，没心去看屋子的同伴。

第三天还没事。他生了气。他开始明白：一个亡了国的人连求死都不可得。敌人愿费一个枪弹，才费一个枪弹；否则他们会教你活活的腐烂在那里。他睁开了眼。屋子很小，什么也没有，只在一面墙上有个小窗，透进一点很亮的光。窗栏是几根铁条。屋子当中躺着一个四十多岁的人，大概就是他曾摔在他身上的那个人。这个人的脸上满是凝定了的血条，像一道道的爆了皮的油漆；他蜷着腿，而伸着两臂，脸朝天仰卧，闭着眼。在他的对面，坐着一对青年男女，紧紧的挤在一块儿；男的不很俊秀，女的可是长得很好看；男的扬着头看顶棚，好久也不动一动；女的一手抓着男的臂，一手按着自己的膝盖，眼睛——很美的一对眼睛——一劲儿眨巴，像受了最大的惊恐似的。看见他们，他忘了自己求死的决心。他张开口，想和他们说话。可是，口张开而忘了话，他感到一阵迷乱。他的脑后抽着疼。他闭上眼定了定神。再睁开眼，他的唇会动了。低声而真挚的，他问那两个青年："你们是为了什么呢？"

男青年吓了一跳似的，把眼从顶棚上收回。女的开始用她的秀美的眼向四面找，倒好像找什么可怕的东西似的。

"我们——"男的拍了女的一下。女的把身子更靠紧他一些。

"你们找打！别说话！"躺着的人说。说了这句话，他似乎忘了他的手；手动了动，他疼得把眼鼻都拧在一处，头向左右乱摆："哎哟！哎哟！"他从牙缝里放出点再也拦不住的哀叫。"哎哟！他们吊了我三个钟头，腕子断了！断了！"

女的把脸全部的藏在男子的怀里。男青年咽下一大口唾沫去。

屋外似乎有走动，很重的皮鞋声在走廊中响。中年人忽然的坐起来，眼中发出怒的光，"我……"他想高声的喊。

他的手极快的捂住中年人的嘴。中年人的嘴还在动，热气喷着他的手心。"我喊，把走兽们喊来！"中年人挣扎着说。

他把中年人按倒。屋中没了声音，走廊中皮鞋还在响。

用最低的声音，他问明白：那个中年人不晓得自己犯了什么罪，只是因为他的相貌长得很像另一个人。日本人没有捉住那另一个人，而捉住了他，教他替另一个人承当罪名；他不肯，日本人吊了他三点钟，把手腕吊断。

那对青年也不晓得犯了什么罪，而被日本人从电车上把他们捉下来。他们是同学，也是爱人。他们还没受过审，所以更害怕；他们知道受审必定受刑。

听明白了他们的“犯罪”经过，第一个来到他心中的事就是想援救他们。可是，看了看脚上的镣，他哑笑了一下，不再说话。呆呆的看着那一对青年，他想起自己的儿子来。从模样上说，那个男学生一点也不像孟石和仲石，但是从一点抽象的什么上说，他越看，那个青年就越像自己的儿子。他很想安慰他的儿子几句。待了一会儿，他又觉得那一点也不像他的儿子。他的儿子，仲石，会把自己的身体和日本人的身体摔碎在一处，摔成一团肉酱。他的儿子将永远活在民族的心里，永远活在赞美的诗歌里；这个青年呢？这个青年大概只会和爱人在一处享受温柔乡的生活吧？他马上开了口：“你挺起胸来！不要怕！我们都得死，但须死得硬梆！你听见了吗？”

他的声音很低，好像是对自己说呢。那个青年只对他翻了翻白眼。

当天晚上，门开了，进来一个敌兵，拿着手电筒。用电筒一扫，他把那位姑娘一把拉起来。她尖叫了一声。男学生猛的立起来，被敌兵一拳打歪，窝在墙角上。敌兵往外扯她。她挣扎。又进来一个敌兵。将她抱了走。

青年往外追，门关在他的脸上。倚着门，他呆呆的立着。

远远的，女人尖锐的啼叫，像针尖似的刺进来，好似带着一点亮光。

女人不叫了。青年低声的哭起来。

他想立起来，握住青年的手。可是他的脚腕已经麻木，立不起来。他想安慰青年几句，他的舌头好像也麻木了。他瞪着黑暗。他忽然的想到：“不能死！不能死！我须活着，离开这里，他们怎样杀我们，我要怎样杀他们！我要为仇杀而活着！”

快到天亮，铁栏上像蛛网颤动似的有了些光儿。看着小窗，他心中发噤，晓风很凉。他盼望天快明，倒好像天一明他就可以出去似的。他往四处找那个青年，看不见。他愿把心中的话告诉给青年："我常在基督教教堂外面看见'信，望，爱'。我不大懂那三个字的意思。今天，我明白了：相信你自己的力量，盼望你不会死，爱你的国家！"

他正这么思索，门开了，像扔进一条死狗似的，那个姑娘被扔了进来。

小窗上一阵发红，光颤抖着透进来。

女的光着下身，上身只穿着一件贴身的小白坎肩。她已不会动。血道子已干在她的大腿上。

男青年脱下自己的褂子，给她盖上了腿，而后，低声的叫："翠英！翠英！"她不动，不出声。他拉起她的一只手——已经冰凉！他把嘴堵在她的耳朵上叫："翠英！翠英！"她不动。她已经死了一个多钟头。

男青年不再叫，也不再动她。把手插在裤袋里，他向小窗呆立着。太阳已经上来，小窗上的铁栏都发着光——新近才安上的。男青年一动不动的站着，仰着点头，看那三四根发亮的铁条。他足足的这么立了半个多钟头。忽然的他往起一蹿，手扒住窗沿，头要往铁条上撞。他的头没能够到铁条。他极失望的跳下来。

他——钱先生——呆呆的看着，猜不透青年是要逃跑，还是想自杀。

青年转过身来，看着姑娘的身体。看着看着，热泪一串串的落下来。一边流泪，他一边往后退；退到了相当的距离，他又要往前蹿，大概是要把头碰在墙上。

"干什么？"他——钱老人——喝了一句。

青年愣住了。

"她死，你也死吗？谁报仇？年轻的人，长点骨头！报仇！报仇！"

青年又把手插到裤袋中去愣着。愣了半天，他向死尸点了点头。

而后，他轻轻的，温柔的，把她抱起来，对着她的耳朵低声的说了几句话。把她放在墙角，他向钱先生又点了点头，仿佛是接受了老人的劝告。

这时候，门开开，一个敌兵同着一个大概是医生的走进来。医生看了看死尸，掏出张印有表格的纸单来，教青年签字。“传染病！”医生用中国话说：“你签字！”他递给青年一支头号的派克笔。青年咬上了嘴唇，不肯接那支笔。钱先生嗽了一声，送过一个眼神。青年签了字。

医生把纸单很小心的放在袋中，又去看那个一夜也没出一声的中年人。中年人的喉中响了两声，并没有睁一睁眼；他是个老实人，仿佛在最后的呼吸中还不肯多哼哼两声，在没了知觉的时候还吞咽着冤屈痛苦，不肯发泄出来；他是世界上最讲和平的一个中国人。医生好像很得意的眨巴了两个眼睛，而后很客气的对敌兵说：“消毒！”敌兵把还没有死的中年人拖了出去。

屋中剩下医生和两个活人，医生仿佛不知怎么办好了；搓着手，他吸了两口气；然后深深的一鞠躬，走出去，把门倒锁好。

青年全身都颤起来，腿一软，他蹲在了地上。

“这是传染病！”老人低声的说。“日本人就是病菌！你要不受传染，设法出去；最没出息的才想自杀！”

门又开了，一个日本兵拿来姑娘的衣服，扔给青年。“你，她，走！”

青年把衣服扔在地上，像条饥狼扑食似的立起来。钱先生又咳嗽了一声，说了声“走！”

青年无可如何的把衣服给死尸穿上，抱起她来。

敌兵说了话：“外边有车！对别人说，杀头的！杀头的！”

青年抱着死尸，立在钱先生旁边，仿佛要说点什么。

老人把头低了下去。

青年慢慢的走出去。

三十四

剩下他一个人，他忽然觉得屋子非常的大了，空洞得甚至于有点可怕。屋中原来就什么也没有，现在显着特别的空虚，仿佛丢失了些什么东西。他闭上了眼。他舒服了一些。在他的心中，地上还是躺着那个中年人，墙角还坐着那一对青年男女。有了他们，他觉得有了些倚靠。他细细的想他们的声音，相貌，与遭遇。由这个，他想到那个男青年的将来——他将干什么去呢？是不是要去从军？还是……

不管那个青年是干什么去，反正他已给了他最好的劝告。假若他的劝告被接受，那个青年就必定会像仲石那样去对付敌人。是的，敌人是传染病，仲石和一切的青年们都应当变成消毒剂！想到这里，他睁开了眼。屋子不那么空虚了，它还是那么小，那么牢固；它已不是一间小小的囚房，而是抵抗敌人，消灭敌人的发源地。敌人无缘无故的杀死那个中年人与美貌的姑娘，真的；可是只有那样的任意屠杀才会制造仇恨和激起报复。敌人作得很对！假若不是那样，凭他这个只会泡点茵陈酒，玩玩花草的书呆子，怎会和国家的兴亡发生了关系呢？

他的心平了下去。他不再为敌人的残暴而动怒。这不是讲理的时候，而是看谁杀得过谁的时候了。不错，他的脚上是戴着镣，他的牙已有好几个活动了，他的身体是被关在这间制造死亡的小屋里；可是，他的心里从来没有像现在这样充实过。身子被囚在小屋里，他的精神可是飞到历史中去，飞到中国一切作战的地方去。他手无寸铁，但是还有一口气。他已说服了一个青年，他将在这里等候着更多的人，用他的一口气坚强他们，鼓励他们，直到那口气被敌人打断。假若他还能活着走出去，他希望他的骨头将和敌人的碎在一处，像仲石那样！

他忘记了他的诗，画，酒，花草，和他的身体，而只觉得他是那一口气。他甚至于觉得那间小屋很美丽。它是他自己的，也是许多人的，监牢，而也是个人的命运与国运的联系点。看着脚上的镣，摸着脸上的伤，他笑了。他决定吞食给他送来的饭团，好用它所给的一点养分去抵抗无情的鞭打。他须活着；活着才能再去死！他像已落在水里的人，抓住一块木头那样把希望全寄托给它。他不能，绝对不能，再想死。他以前并没有真的活着过；什么花呀草呀，那才真是像一把沙子，随手儿落出去。现在他才有了生命，这生命是真的，会流血，会疼痛，会把重如泰山的责任肩负起来。

有五六天，他都没有受到审判。最初，他很着急；慢慢的，他看明白：审问与否，权在敌人，自己着急有什么用呢？他压下去他的怒气。从门缝送进一束稻草来，他把它垫在地上，没事儿就抽出一两根来，缠弄着玩。在草心里，他发现了一条小虫，他小心把虫放在地上，好像得到一个新朋友。虫老老实实的卧在那里，只把身儿蜷起一点。他看着它，想不出任何足以使虫更活泼，高兴，一点的办法。像道歉似的，他向虫低语：“你以为稻草里很安全，可是落在了我的手里！我从前也觉得很安全，可是我的一切不过是根稻草！别生气吧，你的生命和我的生命都一边儿大；不过，咱们若能保护自己，咱们的生命才更大一些！对不起，我惊动了你！可是，谁叫你信任稻草呢？”

就是在捉住那个小虫的当天晚上，他被传去受审。审问的地方是在楼上。很大的一间屋子，像是课堂。屋里的灯光原来很暗，可是他刚刚进了屋门，极强的灯光忽然由对面射来，使他瞎了一会儿。他被拉到审判官的公案前，才又睁开眼；一眼就看见三个发着光的绿脸——它们都是化装过的。三个绿脸都不动，六只眼一齐凝视着他，像三只猫一齐看着个老鼠那样。忽然的，三个头一齐向前一探，一齐露出白牙来。

他看着他们，没动一动。他是中国的诗人，向来不信“怪力乱神”，更看不起玩小把戏。他觉得日本人的郑重其事玩把戏，是非常的可笑。他可是没有笑出来，因为他也佩服日本人的能和魔鬼一样真诚！

把戏都表演过，中间坐的那个绿小鬼向左右微一点头，大概是暗示：“这是个厉害家伙！”他开始问，用生硬的中国语问：“你的是什么？”

他脱口而出的要说：“我是个中国人！”可是，他控制住自己。他要爱护自己的身体，不便因快意一时而招致皮骨的损伤。同时，他可也想不起别的，合适的答话。

“你的是什么？”小鬼又问了一次。紧跟着，他说明了自己的意思：“你，共产党？”

他摇了摇头。他很想俏皮的反问：“抗战的南京政府并不是共产党的！”可是，他又控制住了自己。

左边的绿脸出了声：“八月一号，你的在那里？”

“在家里！”

“在家作什么？”

想了想：“不记得了！”

左边的绿脸向右边的两张绿脸递过眼神：“这家伙厉害！”

右边的绿脸把脖子伸出去，像一条蛇似的口里嘶嘶的响：“你！你要大大的打！”紧跟着，他收回脖子来，把右手一扬。

他——钱老人——身后来了一阵风，皮鞭像烧红的铁条似的打在背上，他往前一栽，把头碰在桌子上。他不能再控制自己，他像怒了的虎似的大吼了一声。他的手按在桌子上：“打！打！我没的说！”

三张绿脸都咬着牙微笑。他们享受那嗖嗖的鞭声与老人的怒吼。他们与他毫无仇恨，他们找不出他的犯罪行为，他们只愿意看他受刑，喜欢听他喊叫；他们的职业，宗教，与崇高的享受，就是毒打无辜的人。

皮鞭像由机器管束着似的，均匀的，不间断的，老那么准确有力的抽打。慢慢的，老人只能哼了，像一匹折了腿的马那样往外吐气，眼珠子努出多高。又挨了几鞭，他一阵恶心，昏了过去。

醒过来，他仍旧是在那间小屋里。他口渴，可是没有水喝。他的背上的血已全定住，可是每一动弹，就好像有人撕扯那一条条的伤痕似的。他忍着渴，忍着痛，双肩靠在墙角上，好使他的背不至于紧靠住墙。他一阵阵的发昏。每一发昏，他就觉得他的生命像一些蒸气似的往外发散。他已不再去想什么，只在要昏过的时候呼着自己的名字。他已经不辨昼夜，忘了愤怒与怨恨，他只时时的呼叫自己，好像是提醒自己："活下去！活下去！"这样，当他的生命像一股气儿往黑暗中飞腾的时候，就能远远的听见自己的呼唤而又退回来。他于是咬上牙，闭紧了眼，把那股气儿关在身中。生命的荡漾减少了他身上的苦痛；在半死的时候，他得到安静与解脱。可是，他不肯就这样释放了自己。他宁愿忍受苦痛，而紧紧的抓住生命。他须活下去，活下去！

日本人的折磨人成了一种艺术。他们第二次传讯他的时候，是在一个晴美的下午。审官只有一个，穿着便衣。他坐在一间极小的屋子里，墙是淡绿色的；窗子都开着，阳光射进来，射在窗台上的一盆丹红的四季绣球上。他坐在一个小桌旁边，桌上铺着深绿色的绒毯，放着一个很古雅的小瓶，瓶中插着一枝秋花。瓶旁边，有两个小酒杯，与一瓶淡黄的酒。他手里拿着一卷中国古诗。

当钱先生走进来的时候，他还看着那卷诗，仿佛他的心已随着诗飞到很远的地方，而忘了眼前的一切。及至老人已走近，他才一惊似的放下书，赶紧立起来。他连连的道歉，请"客人"坐下，他的中国话说得非常的流利，而且时时的转文。

老人坐下。那个人口中连连的吸气，往杯中倒酒，倒好了，他先举起杯："请！"老人一扬脖，把酒喝下去。那个人也饮干，又吸着气倒酒。干了第二杯，他笑着说："都是一点误会，误会！请你不必介意！"

"什么误会？"老人在两杯酒入肚之后，满身都发了热。他本想一言不发，可是酒力催着他开开口。

日本人没正式的答复他，而只狡猾的一笑；又斟上酒。看老人把酒又喝下去，他才说话："你会作诗？"

老人微一闭眼，作为回答。

"新诗？还是旧诗？"

"新诗还没学会！"

"好的很！我们日本人都喜欢旧诗！"

老人想了想，才说："中国人教会了你们作旧诗，新诗你们还没学了去！"

日本人笑了，笑出了声。他举起杯来："我们干一杯，表示日本与中国的同文化，共荣辱！四海之内皆兄弟也，而我们差不多是同胞弟兄！"

老人没有举杯。"兄弟？假若你们来杀戮我们，你我便是仇敌！兄弟？笑话！"

"误会！误会！"那个人还笑着，笑得不甚自然。"他们乱来，连我都不尽满意他们！"

"他们是谁？"

"他们——"日本人转了转眼珠。"我是你的朋友！我愿意和你作最好的朋友，只要你肯接受我的善意的劝告！你看，你是老一辈的中国人，喝喝酒，吟吟诗。我最喜欢你这样的人！他们虽然是不免乱来，可是他们也并不完全闭着眼瞎撞，他们不喜欢你们的青年人，那会作新诗和爱读新诗的青年人；这些人简直不很像中国人，他们受了英美人的欺骗，而反对日本。这极不聪明！日本的武力是天下无敌的，你们敢碰碰它，便是自取灭亡。因此，我虽拦不住他们动武，也劝不住你们的青年人反抗，可是我还立志多交中国朋友，像你这样的朋友。只要你我能推诚相见，我们便能慢慢的展开我们的势力与影响，把日华的关系弄好，成为真正相谅相助，共存共亡的益友！你愿意作什么？你说一声，没有办不到的！我有力量释放了你，叫你达到学优而仕的愿望！”

多大半天，老人没有出声。

“怎样？”日本人催问。“哦，我不应当催促你！真正的中国人是要慢条斯礼的！你慢慢去想一想吧？”

“我不用想！愿意释放我，请快一点！”

“放了你之后呢？”

“我不答应任何条件！饿死事小，失节事大！”

“你就不为我想一想？我凭白无故的放了你，怎么交代呢？”

“那随你！我很爱我的命，可是更爱我的气节！”

“什么气节？我们并不想灭了中国！”

“那么，打仗为了什么呢？”

“那是误会！”

“误会？就误会到底吧！除非历史都是说谎，有那么一天，咱们会晓得什么是误会！”

“好吧！”日本人用手慢慢的摸了摸脸。他的右眼合成了一道细缝，而左眼睁着。“饿死事小，你说的，好，我饿一饿你再看吧！三天内，你将得不到任何吃食！”

老人立了起来，头有点眩晕；扶住桌子，他定了神。

日本人伸出手来，“我们握握手不好吗？”

老人没任何表示，慢慢的往外走。已经走出屋门，他又被叫住：“你什么时候想明白了，什么时候通知我，我愿意作你的朋友！”

回到小屋中，他不愿再多想什么，只坚决的等着饥饿。是的，日本人的确会折磨人，打伤外面，还要惩罚内里。他反倒笑了。

当晚，小屋里又来了三个犯人，全是三四十岁的男人。由他们的惊恐的神色，他晓得他们也都没有罪过；真正作了错事的人会很沉静的等待判决。他不愿问他们什么，而只低声的嘱咐他们："你们要挺刑！你们认罪也死，不认罪也死，何苦多饶一面呢？用不着害怕，国亡了，你们应当受罪！挺着点。万一能挺过去，你们好知道报仇！"

三天，没有他的东西吃。三天，那三个新来的人轮流着受刑，好像是打给他看。饥饿，疼痛，与眼前的血肉横飞，使他闭上眼，不出一声。他不愿死，但是死亡既来到，他也不便躲开。他始终不晓得到底犯了什么罪，也不知道日本人为什么偏偏劝他投降，他气闷。可是，饿了三天之后，他的脑子更清楚了；他看清：不管日本人要干什么，反正他自己应当坚定；日本人说他有罪，他便是有罪，他须破着血肉去接取毒刑，日本人教他投降，他便是无罪，他破出生命保全自己的气节。把这个看清，他觉得事情非常的简单了，根本用不着气闷。他给自己设了个比喻：假若你遇见一只虎，你用不着和它讲情理，而须决定你自己敢和它去争斗不敢！不用思索虎为什么咬你，或不咬你，你应当设法还手打它！

他想念他的小儿子，仲石。他更想不清楚为什么日本人始终不提起仲石来。莫非仲石并没有作了那件光荣的事？莫非冠晓荷所报告的是另一罪行？假若他真是为仲石的事而被捕，他会毫不迟疑的承认，而安心等着死刑。是的，他的确愿意保留着生命，去作些更有意义的事；可是，为了补充仲石的壮烈，他是不怕马上就死去的。日本人，可是，不提起仲石，而劝他投降。什么意思呢？莫非在日本人眼中，他根本就像个只会投降的人？这么一想，他发了怒。真的，他活了五十多岁，并没作出什么有益于国家与社会的事。可是，消极的，他也没作过任何对不起国家与社会的事。为什么日本人看他像汉奸呢？!!他想出来了：那山水画中的宽衣博带的人物，只会听琴看花的人物，不也就是对国事袖手旁观的人么？日本人当然喜欢他们。他们至多也不过会退隐到山林中去，"不食周粟"；他们决不会和日本人拼命！“好！好！好！”他对自己说：“不管仲石作过还是没作过那件事，我自己应当作个和国家紧紧拴在一处的新人，去赎以前袖手旁观国事的罪过！我不是被国事连累上，而是因为自己偷闲取懒误了国事；我罪有应得！从今天起，我须把生死置之度外的去保全性命，好把性命完全交给国家！”

这样想清楚，虽然满身都是污垢和伤痕，他却觉得通体透明，像一块大的水晶。

日本人可是并不因为他是块水晶而停止施刑；即使他是金钢钻，他们也要设法把他磨碎。

他挺着，挺着，不哼一声。到忍受不了的时候，他喊：“打！打！我没的说！”他咬着牙，可是牙被敲掉。他晕死过去，他们用凉水喷他，使他再活过来。他们灌他凉水，整桶的灌，而后再教他吐出来。他们用杠子轧他的腿，用火绒炙他的头。他忍着挺受。他的日子过得很慢，当他清醒的时候；他的日子过得很快，当他昏迷过去的工夫。他决定不屈服，他把生命像一口唾液似的，在要啐出去的时节，又吞咽下去。

审问他的人几乎每次一换。不同的人用不同的刑，问不同的话。他已不再操心去猜测到底他犯了什么罪。他看出来：假若他肯招认，他便是犯过一切的罪，随便承认一件，都可以教他身首分离。反之他若是决心挺下去，他便没犯任何罪，只是因不肯诬赖自己而受刑罢了。他也看明白：日本人也不一定准知道他犯了什么罪，可是既然把他捉来，就不便再随便放出去；随便打着他玩也是好的。猫不只捕鼠，有时候捉到一只美丽无辜的小鸟，也要玩弄好大半天！

他的同屋的人，随来随走，他不记得一共有过多少人。他们走，是被释放了，还是被杀害了，他也无从知道。有时候，他昏迷过去好大半天；再睁眼，屋中已经又换了人。看着他的血肉模糊的样子，他们好像都不敢和他交谈。他可是只要还有一点力气，便鼓舞他们，教他们记住仇恨和准备报仇。这，好似成了他还须生活下去的唯一的目的与使命。他已完全忘了自己，而只知道他是一个声音；只要有一口气，他就放出那个声音——不是哀号与求怜，而是教大家都挺起脊骨，竖起眉毛来的信号。

到最后，他的力气已不能再支持他。他没有了苦痛，也没有了记忆；有好几天，他死去活来的昏迷不醒。

在一天太阳已平西的时候，他苏醒过来。睁开眼，他看见一个很体面的人，站在屋中定睛看着他。他又闭上了眼。恍恍惚惚的，那个人似乎问了他一些什么，他怎么答对的，已经想不起来了。他可是记得那个人极温和亲热的拉了拉他的手，他忽然清醒过来；那只手的热气好像走到了他的心中。他听见那个人说："他们错拿了我，一会儿我就会出去。我能救你。我在帮，我就说你也在帮，好不好？"以后的事，他又记不清了，恍惚中他好像在一本册子上按了斗箕，答应永远不向别人讲他所受过的一切折磨与苦刑。在灯光中，他被推在一座大门外。他似醒似睡的躺在墙根。

秋风儿很凉，时时吹醒了他。他的附近很黑，没有什么行人，远处有些灯光与犬吠。他忘了以前的一切，也不晓得他以后要干什么。他的残余的一点力气，只够使他往前爬几步的。他拼命往前爬，不知道往哪里去，也不管往哪里去。手一软，他又伏在地上。他还没有死，只是手足都没有力气再动一动。像将要入睡似的，他恍惚的看见一个人——冠晓荷。

像将溺死的人，能在顷刻中看见一生的事，他极快的想起来一切。冠晓荷是这一切的头儿。一股不知道哪里得的力气，使他又扬起头来。他看清：他的身后，也就是他住过那么多日子的地方，是北京大学。他决定往西爬，冠晓荷在西边。他没想起家，而只想起在西边他能找到冠晓荷！冠晓荷把他送到狱中，冠晓荷也会领他回去。他须第一个先教冠晓荷看看他，他还没死！

他爬，他滚，他身上流着血汗，汗把伤痕腌得极痛，可是他不停止前进；他的眼前老有个冠晓荷。冠晓荷笑着往前引领他。

他回到小羊圈，已经剩了最后的一口气。他爬进自己的街门。他不晓得怎样进了自己的屋子，也不认识自己的屋子。醒过来，他马上又想起冠晓荷。伤害一个好人的，会得到永生的罪恶。他须马上去宣布冠晓荷的罪恶……

慢慢的，他认识了人，能想起一点过去的事。他几乎要感激冠晓荷。假若不是冠晓荷，他或者就像一条受了伤的野狗似的死在路上。当他又会笑了以后，他常常为这件事发笑——一个害人的会这么万想不到的救了他所要害的人！

对瑞宣，金三爷，和四大妈的照应与服侍，他很感激。可是，他的思想却没以感激他们为出发点，而想怎样酬答他们。只有一桩事，盘旋在他的脑海中——他要想全了自从被捕以至由狱中爬出来的整部经过。他天天想一遍。病越好一些，他就越多想起一点。不错，其中有许多许多小块的空白，可是，渐渐的他已把事情的经过想出个大致。渐渐的，他已能够一想起其中的任何一事件，就马上左右逢源的找到与它有关的情节来，好像幼时背诵《大学》《中庸》那样，不论先生抽提哪一句，他都能立刻接答下去。这个背熟了的故事，使他不因为身体的渐次痊好，和亲友们的善意深情，而忘了他所永不应忘了的事——报仇。

瑞宣屡屡的问他，他总不肯说出来，不是为他对敌人起过誓，而是为把它存在自己的心中，像保存一件奇珍似的，不愿教第二个人看见。把它严严的存在自己心中，他才能严密的去执行自己的复仇的计划；书生都喜欢纸上谈兵，只说而不去实行；他是书生，他知道怎样去矫正自己。

在他入狱的经过中，他引为憾事的只有他不记得救了他的人是谁。他略略的记得一点那个人的模样；姓名，职业，哪里的人，他已都不记得；也许他根本就没有询问过。他并不想报恩；报仇比报恩更重要。虽然如此，他还是愿意知道那是谁；至少他觉得应当多交一个朋友，说不定那个人还会帮助他去报仇的。

对他的妻与儿，他也常常的想起，可是并不单独的想念他们。他把他们和他入狱的经过放在一处去想，好增加心中的仇恨。他不该入狱，他们不该死。可是，他入了狱，他们死掉。这都不是偶然的，而是因为日本人要捉他，要杀他们。他是读书明理的人，他应当辨明恩怨。假若他只把毒刑与杀害看成“命该如此”，他就没法再像个人似的活着，和像个人似的去死！

想罢了入狱后的一切，他开始想将来。

对于将来，他几乎没有什么可顾虑的，除了安置儿媳妇的问题。她，其实，也好安置。不过，她已有了孕；他可以忘了一切，而不轻易的忘了自己的还未出世的孙子或孙女。他可以牺牲了自己，而不能不管他的后代。他必须去报仇，可是也必须爱护他孙子。仇的另一端是爱，它们的两端是可以折回来碰到一处，成为一个圈圈的。

“少奶奶！”他轻轻的叫。

她走进来，他看见了她半天才说：“你能走路不能啊！我要教你请你的父亲去。”

她马上答应了。她的健康已完全恢复，脸上已有了点红色。她心中的伤痕并没有平复，可是为了腹中的小儿，和四大妈的诚恳的劝慰，她已决定不再随便的啼哭或暗自发愁，免得伤了胎气。

她走后，他坐起来，闭目等候着金三爷。他切盼金三爷快快的来到，可是又后悔没有嘱咐儿媳不要走得太慌，而自己嘟囔着：“她会晓得留心的！她会！可怜的孩子！”嘟囔了几次，他又想笑自己：这么婆婆妈妈的怎像个要去杀敌报仇的人呢！

少奶奶去了差不多一个钟头才回来。金三爷的发光的红脑门上冒着汗，不是走出来的，而是因为随着女儿一步一步的蹭，急出来的。到了屋中，他叹了口气：“要随着她走一天的道儿，我得急死！”

少奶奶向来不大爱说话，可是在父亲跟前，就不免撒点娇：“我还直快走呢！”

“好！好！你去歇会儿吧！”钱老人的眼中发出点和善的光来。

在平日，他说不上来是喜爱她，还是不喜爱她。他仿佛只有个儿媳，而公公与儿媳之间似乎老隔着一层帐幕。现在，他觉得她是个最可怜最可敬的人。一切将都要灭亡，只有她必须活着，好再增多一条生命，一条使死者得以不死的生命。

“三爷！劳你驾，把桌子底下的酒瓶拿过来！”他微笑着说。

“刚刚好一点，又想喝酒！”金三爷对他的至亲好友是不闹客气的。可是，他把酒瓶找到，并且找来两个茶杯。倒了半杯酒，他看了亲家一眼，“够了吧？”

钱先生颇有点着急的样子：“给我！我来倒！”

金三爷吸了口气，把酒倒满了杯，递给亲家。

“你呢？”钱老人拿着酒杯问。

“我也得喝？”

钱老人点了点头：“也得是一杯！”

金三爷只好也给自己倒了一杯。

“喝！”钱先生把杯举起来。

“慢点哟！”金三爷不放心的说。

“没关系！”钱先生分两气把酒喝干。

亮了亮杯底，他等候着亲家喝。一见亲家也喝完，他叫了声：“三爷！”而后把杯子用力的摔在墙上，摔得粉碎。

“怎么回事？”金三爷莫名其妙的问。

“从此不再饮酒！”钱先生闭了闭眼。

“那好哇！”金三爷眨巴着眼，拉了张小凳，坐在床前。

钱先生看亲家坐好，他猛的由床沿上出溜下来，跪在了地上；还没等亲家想出主意，他已磕了一个头。

金三爷忙把亲家拉了起来。“这是怎回事？这是怎回事？”一面说，他一面把亲家扶到床沿上坐好。

“三爷，你坐下！”看金三爷坐好，钱先生继续着说：“三爷，我求你点事！虽然我给你磕了头，你可是能管再管，不要勉强！”

“说吧，亲家，你的事就是我的事！”金三爷掏出烟袋来，慢慢的拧烟。

“这点事可不算小！”

“先别吓唬我！”金三爷笑了一下。

“少奶奶已有了孕。我，一个作公公的，没法照应她。我打算——”

“教她回娘家，是不是？你说一声就是了，这点事也值得磕头？她是我的女儿呀！”金三爷觉得自己既聪明又慷慨。

“不，还有更麻烦的地方！她无论生儿生女，你得替钱家养活着！我把儿媳和后代全交给了你！儿媳还年轻，她若不愿守节，任凭她改嫁，不必跟我商议。她若是改了嫁，小孩可得留给你，你要像教养亲孙子似的教养他。别的我不管，我只求你必得常常告诉他，他的祖母，父亲，叔父，都是怎样死的！三爷，这个麻烦可不小，你想一想再回答我！你答应，我们钱家历代祖宗有灵，都要感激你；你不答应，我决不恼你！你想想看！”

金三爷有点摸不清头脑了，吧唧着烟袋，他愣起来。他会算计，而不会思想。女儿回家，外孙归他养活，都作得到；家中多添两口人还不至于教他吃累。不过，亲家这是什么意思呢？他想不出！为不愿多发愣，他反问了句：“你自己怎么办呢？”

酒劲上来了，钱先生的脸上发了点红。他有点急躁。“不用管我，我有我的办法！你若肯把女儿带走，我把这些破桌子烂板凳，托李四爷给卖一卖。然后，我也许离开北平，也许租一间小屋，自己瞎混。反正我有我的办法！我有我的办法！”

“那，我不放心！”金三爷脸上的红光渐渐的消失，他的确不放心亲家。在社会上，他并没有地位。比他穷的人，知道他既是钱狠子，手脚又厉害，都只向他点头哈腰的敬而远之。比他富的人，只在用着他的时候才招呼他；把事办完，他拿了佣钱，人家就不再理他。他只有钱先生这么个好友，能在生意关系之外，还和他喝酒谈心。他不能教亲家离开北平，也不能允许他租一间小屋子去独自瞎混。“那不行！连你，带我的女儿，都归了我去！我养活得起你们！你五十多了，我快奔六十！让咱们天天一块儿喝两杯吧！”

“三爷！”钱先生只这么叫了一声，没有说出别的来。他不能把自己的计划说出来，又觉得这是违反了“事无不可对人言”的道理。他也知道金三爷的话出于一片至诚，自己不该狠心的不说出实话来。沉默了好久，他才又开了口：“三爷，年月不对了，我们应当各奔前程！干脆一点，你答应我的话不答应？”

“我答应！你也得答应我，搬到我那里去！”

很难过的，钱先生扯谎：“这么办，你先让我试一试，看我能独自混下去不能！不行，我一定找你去！”

金三爷愣了许久才勉强的点了头。

“三爷，事情越快办越好！少奶奶愿意带什么东西走，随她挑选！你告诉她去，我没脸对她讲！三爷，你帮了我的大忙！我，只要不死，永远，永远忘不了你的恩！”

金三爷要落泪，所以急忙立起来，把烟袋锅用力磕了两下子。而后，长叹了一口气，到女儿屋中去。

钱先生还坐在床沿上，心中说不出是应当高兴，还是应当难过。妻，孟石，仲石，都已永不能再见；现在，他又诀别了老友与儿媳——还有那个未生下来的孙子！他至少应当等着看一看孙子的小脸；他相信那个小脸必定很像孟石。同时，他又觉得只有这么狠心才对，假若他看见了孙子，也许就只顾作祖父而忘了别的一切。“还是这样好！我的命是白拣来的，不能只消磨在抱孙子上！我应当庆祝自己有这样的狠心——敌人比我更狠得多呀！”看了看酒瓶，他想再喝一杯。可是，他没有去动它。只有酒能使他高兴起来，但是他必须对得起地上破碎的杯子！他咽了一大口唾沫。

正这样呆坐，野求轻手蹑脚的走进来。老人笑了。按着他的决心说，多看见一个亲戚或朋友与否，已经都没有任何关系。可是，他到底愿意多看见一个人；野求来的正是时候。

“怎么？都能坐起来了？”野求心中也很高兴。

钱先生笑着点了点头。“不久我就可以走路了！”

“太好了！太好了！”野求揉着手说。

野求的脸上比往常好看多了，虽然还没有多少肉，可是颜色不发绿了。他穿着件新青布棉袍，脚上的棉鞋也是新的。一边和姐丈闲谈，他一边掏胸前尽里边的口袋。掏了好大半天，他掏出来十五张一块钱的钞票来。笑着，他轻轻的把钱票放在床上。

“干吗？”钱先生问。

野求笑了好几气，才说出来：“你自己买点什么吃！”说完，他的小薄嘴唇闭得紧紧的，好像很怕姐丈不肯接受。

“你哪儿有富余钱给我呢？”

“我，我，找到个相当好的事！”

“在哪儿？”

野求的眼珠停止了转动，愣了一会儿。“新政府不是成立了吗？”

“哪个新政府？”

野求叹了口气。“姐丈！你知道我，我不是没有骨头的人！可是，八个孩子，一个病包儿似的老婆，教我怎办呢？难道我真该瞪着眼看他们饿死吗？”

“所以你在日本人组织的政府里找了差事！”钱先生不错眼珠的看着野求的脸。

野求的脸直抽动。“我没去找任何人！我晓得廉耻！他们来找我，请我去帮忙。我的良心能够原谅我！”

钱先生慢慢的把十五张票子拿起来，而极快的一把扔在野求的脸上：“你出去！永远永远不要再来，我没有你这么个亲戚！走！”他的手颤抖着指着屋门。

野求的脸又绿了。他的确是一片热诚的来给姐丈送钱，为是博得姐丈的欢心，谁知道结果会是碰了一鼻子灰。他不能和姐丈辩驳，姐丈责备的都对。他只能求姐丈原谅他的不得已而为之，可是姐丈既不肯原谅，他就没有一点办法。他也不好意思就这么走出去，姐丈有病，也许肝火旺一点，他应当忍着气，把这一场和平的结束过去，省得将来彼此不好见面。姐丈既是至亲，又是他所最佩服的好友，他不能就这么走出去，绝了交。他不住的舔他的薄嘴唇。坐着不妥，立起来也不合适，他不知怎样才好。

"还不走？"钱先生的怒气还一点也没减，催着野求走。

野求含着泪，慢慢的立起来。"默吟！咱们就……"羞愧与难过截回去了他的话。他低着头，开始往外走。

"等等！"钱先生叫住了他。

他像个受了气的小媳妇似的赶紧立住，仍旧低着头。

"去，开开那只箱子！那里有两张小画，一张石谿的，一张石谷的，那是我的镇宅的宝物。我买得很便宜，才一共花了三百多块钱。光是石谿的那张，卖好了就可以卖四五百。你拿去，卖几个钱，去作个小买卖也好；哪怕是去卖花生瓜子呢，也比投降强！"把这些话说完，钱先生的怒气已去了一大半。他爱野求的学识，也知道他的困苦，他要成全他，成全一个好友是比责骂更有意义的。"去吧！"他的声音像平日那么柔和了。"你拿去，那只是我的一点小玩艺儿，我没心情再玩了！"

野求顾不得去想应当去拿画与否，就急忙去开箱子。他只希望这样的服从好讨姐丈的欢喜。箱子里没有多少东西，所有的一些东西也不过是些破书烂本子。他愿意一下子就把那两张画找到，可是又不敢慌忙的乱翻；他尊重图书，特别尊重姐丈的图书；书越破烂，他越小心。找了好久，他看不到所要找的东西。

"没有吗？"钱先生问。

"找不到！"

"把那些破东西都拿出来，放在这里！"他拍了拍床。"我找！"

野求轻轻的，像挪动一些珍宝似的，一件件的往床上放那些破书。钱先生一本本的翻弄。他们找不到那两张画。

“少奶奶！”钱先生高声的喊，“你过来！”

他喊的声音是那么大，连金三爷也随着少奶奶跑了过来。

看到野求的不安的神气，亲家的急躁，与床上的破纸烂书，金三爷说了声：“这又是哪一出？”

少奶奶想招呼野求，可是公公先说了话：“那两张画儿呢？”

“哪两张？”

“在箱子里的那两张，值钱的画！”

“我不知道！”少奶奶莫名其妙的回答。

“你想想看，有谁开过那个箱子没有！”

少奶奶想起来了。

金三爷也想起来了。

少奶奶也想起丈夫与婆婆来，心中一阵发酸，可是没敢哭出来。

“是不是一个纸卷哟？”金三爷说。

“是！是！没有裱过的画！”

“放在孟石的棺材里了！”

“谁？”

“亲家母！”

钱先生愣了好半天，叹了口气。

第二部

偷生

一

春天好似不管人间有什么悲痛，又带着它的温暖与香色来到北平。地上与河里的冰很快的都化开，从河边与墙根都露出细的绿苗来。柳条上缀起鹅黄的碎点，大雁在空中排开队伍，长声的呼应着。一切都有了生意，只有北平的人还冻结在冰里。

苦了小顺儿和妞子。这本是可以买几个模子，磕泥饽饽的好时候。用黄土泥磕好了泥人儿，泥饼儿，都放在小凳上，而后再从墙根采来叶儿还卷着的香草，摆在泥人儿的前面，就可以唱了呀："泥泥饽饽，泥泥人儿耶，老头儿喝酒，不让人儿耶！"这该是多么得意的事呀！可是，妈妈不给钱买模子，而当挖到了香草以后，唱着"香香蒿子，辣辣罐儿耶"的时候，父亲也总是不高兴的说："别嚷！别嚷！"

他们不晓得妈妈近来为什么那样吝啬，连磕泥饽饽的模子也不给买。爸爸就更奇怪，老那么横虎子似的，说话就瞪眼。太爷爷本是他们的"救主"，可是近来他老人家也仿佛变了样子。在以前，每逢柳树发了绿的时候，他必定带着他们到护国寺去买赤包儿秧子，葫芦秧子，和什么小盆的"开不够"与各种花籽儿。今年，他连萝卜头，白菜脑袋，都没有种，更不用说是买花秧去了。

爷爷不常回来，而且每次回来，都忘记给他们带点吃食。这时候不是正卖豌豆黄，爱窝窝，玫瑰枣儿，柿饼子，和天津萝卜么？怎么爷爷总说街上什么零吃也没有卖的呢？小顺儿告诉妹妹："爷爷准是爱说瞎话！"

祖母还是待他们很好，不过，她老是闹病，哼哼唧唧的不高兴。

她常常念叨三叔，盼望他早早回来，可是当小顺儿自告奋勇，要去找三叔的时候，她又不准。小顺儿以为只要祖母准他去，他必定能把三叔找回来。他有把握！妞子也很想念三叔，也愿意陪着哥哥去找他。因为这个，他们小兄妹俩还常拌嘴。小顺儿说：“妞妞，你不能去！你不认识路！”妞子否认她不识路：“我连四牌楼，都认识！”

一家子里，只有二叔满面红光的怪精神。可是，他也不是怎么老不回来。他只在新年的时候来过一次，大模大样的给太爷爷和祖母磕了头就走了，连一斤杂拌儿也没给他们俩买来。所以他们俩拒绝了给他磕头拜年，妈妈还直要打他们；臭二叔！胖二婶根本没有来过，大概是，他们猜想，肉太多了，走不动的缘故。

最让他们羡慕的是冠家。看人家多么会过年！当妈妈不留神的时候，他们俩便偷偷的溜出去，在门口看热闹。哎呀，冠家来了多少漂亮的姑娘呀！每一个都打扮得那么花哨好看，小妞子都看呆了，嘴张着，半天也闭不上！她们不但穿得花哨，头和脸都打扮得漂亮，她们也都非常的活泼，大声的说着笑着，一点也不像妈妈那么愁眉苦眼的。她们到冠家来，手中都必拿着点礼物。小顺儿把食指含在口中，连连的吸气。小妞子“一, 二, 三”的数着；她心中最大的数字是“十二”，一会儿她就数到了“十二个瓶子！十二包点心！十二个盒子！”她不由的发表了意见：“他们过年，有多少好吃的呀！”

他们还看见一次，他们的胖婶子也拿着礼物到冠家去。他们最初以为她是给他们买来的好吃食，而跑过去叫她，她可是一声也没出便走进冠家去。因此，他们既羡慕冠家，也恨冠家——冠家夺去他们的好吃食。他们回家报告给妈妈：敢情胖婶子并不是胖得走不动，而是故意的不来看他们。妈妈低声的嘱咐他们，千万别对祖母和太爷爷说。他们不晓得这是为了什么，而只觉得妈妈太奇怪；难道胖二婶不是他们家的人么？难道她已经算是冠家的人了么？但是，妈妈的话是不好违抗的，他们只好把这件气人的事存在心里。小顺儿告诉妹妹：“咱们得听妈妈的话哟！”说完他像小大人似的点了点头，仿佛增长了学问似的。

是的，小顺儿确是长了学问。你看，家中的大人们虽然不乐意听冠家的事，可是他们老嘀嘀咕咕的讲论钱家。钱家，他由大人的口中听到，已然只剩了一所空房子，钱少奶奶回了娘家，那位好养花的老头儿忽然不见了。他上哪儿去了呢？没有人知道。太爷爷没事儿就和爸爸嘀咕这回事。有一回，太爷爷居然为这个事而落了眼泪。小顺儿忙着躲开，大人们的泪是不喜欢教小孩子看见的。妈妈的泪不是每每落在厨房的炉子上么？

更教小顺儿心里跳动而不敢说什么的事，是，听说钱家的空房子已被冠先生租了去，预备再租给日本人。日本人还没有搬了来，房屋可是正在修理——把窗子改矮，地上换木板好摆日本的“榻榻密”。小顺儿很想到一号去看看，又怕碰上日本人。他只好和了些黄土泥，教妹妹当泥瓦匠，建造小房子。他自己作监工的。无论妹妹把窗子盖得多么矮，他总要挑剔：“还太高！还太高！”他捏了个很小的泥人，也就有半寸高吧。“你看看，妹，日本人是矮子，只有这么高呀！”

这个游戏又被妈妈禁止了。妈妈仿佛以为日本人不但不是那么矮，而且似乎还很可怕；她为将要和日本人作邻居，愁得什么似的。小顺儿看妈妈的神气不对，不便多问；他只命令妹妹把小泥屋子毁掉，他也把那个不到半寸高的泥人揉成了个小球，扔在门外。

最使他们俩和全家伤心的是常二爷在城门洞里被日本人打了一顿，而且在瓮圈儿里罚跪。

常二爷的生活是最有规律的，而且这规律是保持得那么久，倒好像他是大自然的一个钟摆，老那么有规律的摆动，永远不倦怠与停顿。因此，他虽然已经六十多岁，可是他自己似乎倒不觉得老迈；他的年纪仿佛专为给别人看的，像一座大钟那样给人们报告时间。因此，虽然他吃的是粗茶淡饭，住的是一生火就像砖窑似的屋子，穿的是破旧的衣裳，可是他，自青年到老年，老那么活泼结实，直像刚挖出来的一个红萝卜，虽然带着泥土，而鲜灵灵的可爱。

每到元旦，他在夜半就迎了神，祭了祖，而后吃不知多少真正小磨香油拌的素馅饺子——他的那点猪肉必须留到大年初二祭完财神，才作一顿元宝汤的。吃过了素馅饺子，他必须熬一通夜。他不赌钱，也没有别的事情，但是他必须熬夜，为是教灶上老有火亮，贴在壁上的灶王爷面前老烧着一炷高香。这是他的宗教。他并不信灶王爷与财神爷真有什么灵应，但是他愿屋中有点光亮与温暖。他买不起鞭炮，与成斤的大红烛，他只用一线高香与灶中的柴炭，迎接新年，希望新年与他的心地全是光明的。后半夜，他发困的时候，他会出去看一看天上的星；经凉风儿一吹，他便又有了精神。进来，他抓一把专为过年预备的铁蚕豆，把它们嚼得嘣嘣的响。他并不一定爱吃那些豆子，可是真满意自己的牙齿。

天一亮，他勒一勒腰带，顺着小道儿去“逛”大钟寺。没有人这么早来逛庙，他自己也并不希望看见什么豆汁摊子，大糖葫芦，沙雁，风车与那些红男绿女。他只是为走这么几里地，看一眼那座古寺；只要那座庙还存在，世界仿佛就并没改了样，而他感到安全。

看见了庙门，他便折回来，沿路去向亲戚朋友拜年。到十点钟左右，他回到家，吃点东西，便睡一个大觉。大年初二，很早的祭了财神，吃两三大碗馄饨，他便进城去拜年，祁家必是头一家。

今年，他可是并没有到大钟寺去，也没到城里来拜年。他的世界变了，变得一点头脑也摸不着。夜里，远处老有枪声，有时候还打炮。他不知道是谁打谁，而心里老放不下去。像受了惊吓的小儿似的，睡着睡着他就猛的一下子吓醒。有的时候，他的和邻居的狗都拼命的叫，叫得使人心里发颤。第二天，有人告诉他：夜里又过兵来着！什么兵？是我们的，还是敌人的？没人知道。

假若夜里睡不消停，白天他心里也不踏实。谣言很多。尽管他的门前是那么安静，可是只要过来一辆大车或一个行人，便带来一片谣言。有的说北苑来了多少敌兵，有的说西苑正修飞机场，有的说敌兵要抓几千名夫子，有的说沿着他门前的大道要修公路。抓夫？他的儿子正年轻力壮啊！他得设法把儿子藏起去。修公路？他的几亩田正在大道边上；不要多，只占去他二亩，他就受不了！他决定不能离开家门一步，他须黑天白日盯着他的儿子与田地！

还有人说：日本人在西苑西北屠了两三个村子，因为那里窝藏着我们的游击队。这，常二爷想，不能是谣言；半夜里的枪声炮响不都是在西北么？他愿意相信我们还有游击队，敢和日本鬼子拼命。同时，他又怕自己的村子也教敌人给屠了。想想看吧，德胜门关厢的监狱不是被我们的游击队给砸开了么？他的家离德胜门也不过七八里路呀！屠村子是可能的！

他不但听见，也亲眼看见了：顺着大道，有许多人从西北往城里去，他们都扶老携幼的，挑着或背着行李。他打听明白：这些人起码都是小康之家，家中有房子有地。他们把地像白给似的卖出去，放弃了房子，搬到城里去住。他们怕屠杀。这些人也告诉他：日本人将来不要地税，而是要粮食，连稻草与麦秆儿全要。你种多少地，收多少粮，日本人都派人来监视；你收粮，他拿走！你不种，他照样的要！你不交，他治死你！

常二爷的心跳到口中来。背着手在他的田边上绕，他须细细的想一想。他有智慧，可是脑子很慢。是不是他也搬进城去住呢？他向西山摇了摇头。山，他，他的地，都永远不能动！不能动！真的，他的几亩地并没给过他任何物质上的享受。他一年到头只至多吃上两三次猪肉，他的唯一的一件礼服是那件洗过不知多少次的蓝布大褂。可是，他还是舍不得离开他的地。离开他的地，即使吃喝穿住都比现在好，他也不一定快活。有地，才有他会作的事；有地，他才有了根。

不！不！什么都也许会遇见，只有日本人来抢庄稼是谣言，地道的谣言！他不能先信谣言，吓唬自己。看着土城，他点了点头。他不知道那是金元时代的遗迹，而只晓得他自幼儿就天天看见它，到如今它也还未被狂风吹散。他也该像这土城，永远立在这里。由土城收回眼神，他看到脚前的地，麦苗儿，短短的，黑绿的麦苗儿，一垅一垅的一直通到邻家的地，而后又连到很远很远的地，又……他又看到西山。谣言！谣言！这是他的地，那是王家的，那是丁家的，那是……西山；这才是实在的！别的都是谣言！

不过，万一敌人真要抢粮来，怎办呢？即使不来抢，而用兵马给践踏坏了，怎办呢？他想不出办法！他的背上有点痒，像是要出汗！他只能昼夜的看守着他的地。有人真来抢劫，他会拼命！这么决定了，他又高兴一点，开始顺着大道去拣马粪。拣着一堆马粪，他就回头看一看他的地，而后告诉自己：都是谣言，地是丢不了的！金子银子都容易丢了，只有这黑黄的土地永远丢不了！

快到清明了，他更忙了一些。一忙，他心里反倒踏实了好多。夜里虽还时时听到枪声，可是敌人并没派人来要粮。麦苗已经不再趴在地上，都随着春风立起来，油绿油绿的。一行行的绿麦，镶着一条条的黄土，世界上还有什么比这更好看呢？再看，自己的这一块地，收拾得多么整齐，麦垅有多么直溜！这块地的本质原不很好，可是他的精神与劳力却一点不因土壤而懈怠。老天爷不下雨，或下雨太多，他都无法挽救旱涝；可是只要天时不太坏，他就用上他的全力去操作，不省下一滴汗。看看他的地，他觉得应当骄傲，高兴！他的地不仅出粮食，也表现着他的人格。他和地是一回事。有这块地，连日月星辰也都属于他了！

对祁家那块坟地，他一点也不比自己的那块少卖力气。"快清明了！"他心中说："应当给他们拍一拍坟头！谁管他们来不来烧纸呢！"他给坟头添了土，拍得整整齐齐的。一边拍，一边他想念祁家的人，今年初二，他没能去拜年，心中老觉得不安。他盼望他们能在清明的时节来上坟。假若他们能来，那就说明了城里的人已不怕出城，而日本人抢粮的话十之八九是谣言了。

离他有二里地的马家大少爷闹嗓子，已经有一天多不能吃东西。

马家有几亩地，可是不够吃的，多亏大少爷在城里法院作法警，月间能交家三头五块的。大少爷的病既这么严重，全家都慌了，所以来向常二爷要主意。常二爷正在地里忙着，可是救命的事是义不容辞的。他不是医生，但是凭他的生活经验与人格，邻居们相信他或者比相信医生的程度还更高一些。他记得不少的草药偏方，从地上挖巴挖巴就能治病，既省钱又省事。在他看，只有城里的人才用得着医生，唯一的原因是城里的人有钱。对马家少爷的病，他背诵了许多偏方，都觉得不适用。闹嗓子是重病。最后，他想起来六神丸。他说："这可不是草药，得上城里买去，很贵！"

贵也没办法呀，救命要紧！马家的人从常二爷的口中听到药名，仿佛觉得病人的命已经可以保住。他们丝毫不去怀疑六神丸。只要出自常二爷之口，就是七神丸也一样能治病的。问题只在哪儿去筹几块钱，和托谁去买。

七拼八凑的，弄到了十块钱。谁去买呢？当然是常二爷。大家的逻辑是：常二爷既知道药名，就也必知道到哪里去买；而且，常二爷若不去买，别人即使能买到，恐怕也会失去效验的！

"得到前门去买呀！"常二爷不大愿意离开家，可又不便推辞，只好提出前门教大家考虑一下。前门，在大家的心中，是个可怕的地方。那里整天整夜的拥挤着无数的人马车辆，动不动就会碰伤了人。还有，乡下的土财主要是想进城花钱，不是都花在前门外么？那里有穿着金线织成的衣服的女人，据说这种女人"吃"土财主十顷地像吃一个烧饼那么容易！况且，前门离西直门还有十多里路呢。

不过，唯其因为前门这样的可怕，才更非常二爷出马不行。嘴上没有胡须的人哪能随便就上前门呢！

常二爷被自己的话绕在里边了！他非去不可！众望所归，还有什么可说的呢？揣上那十块钱，他勒了勒腰带，准备进城。已经走了几步，有人告诉他，一进西直门就坐电车，一会儿就到前门。他点了点头，而心中很乱；他不晓得坐电车都有多少手续与规矩。他一辈子只晓得走路，坐车已经是个麻烦，何况又是坐电车呢！不，他告诉自己，不坐车，走路是最妥当的办法！

刚一进西直门，他就被日本兵拦住了。他有点怕，但是决定沉住了气。心里说："我是天字第一号的老实人，怕什么呢？"

日本人打手式教他解开怀。他很快的就看明白了，心中几乎要高兴自己的沉着与聪明。在解纽扣之前，他先把怀中掖着的十块钱票子取了出来，握在手中。心里说："除了这个，准保你什么也搜不着！有本事的话，你也许能摸住一两个虱子！"

日本人劈手把钱抢过去，回手就是左右开弓两个嘴巴。常二爷的眼前飞起好几团金星。

"大大的坏，你！"日本兵指着老人的鼻子说。说罢，他用手捏着老人的鼻子，往城墙上拉；老人的头碰在了墙上，日本兵说："看！"

老人看见了，墙上有一张告示。可是，他不认那么多的字。对着告示，他咽了几口气。怒火烧着他的心，慢慢的他握好了拳。他是个中国人，北方的中国人，北平郊外的中国人。他不认识多少字，他可是晓得由孔夫子传下来的礼义廉耻。他吃的是糠，而道出来的是仁义。他一共有几亩地，而他的人格是顶得起天来的。他是个最讲理的，知耻的，全人类里最拿得出去的，人！他不能这么白白的挨打受辱，他可以不要命，而不能随便丢弃了"理"！

可是，他也是世界上最爱和平的人。慢慢的，他把握好的拳头又放开了。他的邻居等着吃药呢！他不能只顾自己的脸面，而忘了马少爷的命！慢慢的，他转过身来，像对付一条恶狗似的，他忍着气央求："那几块钱是买药的，还给我吧！那要是我自己的钱，就不要了，你们当兵的也不容易呀！"

日本兵不懂他的话，而只向旁边的一个中国警察一努嘴。警察过来拉住老人的臂，往瓮圈里拖。老人低声的问："怎么回事？"

警察用很低的声音，在老人耳边说："不准用咱们的钱啦，一律用他们的！带着咱们的钱，有罪！好在你带的少，还不至于有多大的罪过。得啦，”他指着瓮圈内的路旁，“老人家委屈一会儿吧！”

“干什么？”老人问。

“跪一会儿！”

“跪？”老人从警察手中夺出胳臂来。

“好汉不吃眼前亏！你这么大的年纪啦，招他捶巴一顿，受不了！没人笑话你，这是常事！多咱咱们的军队打回来，把这群狗养的都杀绝！”

“我不能跪！”老人挺起胸来。

“我可是好意呀，老大爷！论年纪，你和我父亲差不多！这总算说到家了吧？我怕你再挨打！”

老人没了主意，日本兵有枪，他自己赤手空拳。即使他肯拼命，马家的病人怎么办呢？极慢极慢的，眼中冒着火，他跪了下去。他从手到脚都哆嗦着。除了老亲和老天爷，他没向任何人屈过膝。今天，他跪在人马最多的瓮圈儿中。他不敢抬头，而把牙咬得山响，热汗顺着脖子往下流。

虽然没抬头，他可是觉得出，行人都没有看他；他的耻辱，也是他们的；他是他们中间的老人。跪了大概有一分钟吧，过来一家送殡的，闹丧鼓子乒乒乓乓的打得很响。音乐忽然停止。一群人都立在他身旁，等着检查。他抬起头来看了一眼，那些穿孝衣的都用眼盯着日本人，沉默而着急，仿佛很怕棺材出不了城。他叹了口气，对自己说：“连死人也逃不过这一关！”

日本兵极细心的检查过了一切的人，把手一扬，锣鼓又响了。一把纸钱，好似撒的人的手有点哆嗦，没有揉好，都三三两两的还没分开，就落在老人的头上。日本兵笑了。那位警察乘着机会走过来，假意作威的喊：“你还不滚！留神，下次犯了可不能这么轻轻的饶了你！”

老人立起来，看了看巡警，看了看日本兵，看了看自己的磕膝。他好像不认识了一切，呆呆的愣在那里。他什么也不想，只想过去拧下敌兵的头来。一辈子，他老承认自己的命运不好，所以永远连抱怨老天爷不下雨都觉得不大对。今天他所遇到的可并不是老天爷，而是一个比他年轻许多的小兵。他不服气！人都是人，谁也不应当教谁矮下一截，在地上跪着！

“还不走哪？”警察很关心的说。

老人用手掌使劲的擦了擦嘴上的花白短胡，咽了口气，慢慢的往城里走。

他去找瑞宣。进了门，他没敢跺脚和拍打身上的尘土，他已经不是人，他须去掉一切人的声势。走到枣树那溜儿，带着哭音，他叫了声：“祁大哥！”

祁家的人全一惊，几个声音一齐发出来：“常二爷！”

他立在院子里。“是我哟！我不是人！”

小顺儿是头一个跑到老人的跟前，一边叫，一边扯老人的手。

“别叫了！我不是太爷，是孙子！”

“怎么啦？”祁老人越要快而越慢的走出来。“老二，你进来呀！”

瑞宣夫妇也忙着跑过来。小妞儿慌手忙脚的往前钻，几乎跌了一跤。

“老二! ”祁老人见着老友，心中痛快得仿佛像风雪之后见着阳光似的。“你大年初二没有来！不是挑你的眼，是真想你呀! ”

“我来？今天我来了！在城门上挨了打，罚了跪！凭我这个年纪，罚跪呀！”他看着大家，用力往回收敛他的泪。可是，面前的几个脸都是那么熟习和祥，他的泪终于落了下来。

“怎么啦？常二爷爷！”瑞宣问。

“先进屋来吧！”祁老人虽然不知是怎回事，可是见常二爷落了泪，心中有些起急。“小顺儿的妈，打水，泡茶去！”

进到屋中，常二爷把城门上的一幕学说给大家听。“这都是怎回事呢？大哥，我不想活着了，快七十了，越活越矮，我受不了！”

“是呀，咱们的钱也不准用了！”祁老人叹着气说。

“城外头还照常用啊！能怪我吗？”常二爷提出他的理由来。

“罚跪还是小事，二爷爷！不准用咱们的钱才厉害！钱就是咱们的血脉，把血脉吸干，咱们还怎么活着呢？”瑞宣明知道这几句话毫无用处，可是已经憋了好久，没法不说出来。

常二爷没听懂瑞宣的话，可是他另悟出点意思来：“我明白了，这真是改朝换代了，咱们的钱不准用，还教我在街上跪着！”

瑞宣不愿再和老人讲大事，而决定先讨他个欢心。“得啦，还没给你老人家拜年，给你拜个晚年吧！”说完，他就跪在了地上。

这，不但教常二爷笑了笑，连祁老人也觉得孙子明礼可爱。祁老人心中一好受，马上想出了主意：“瑞宣，你给买一趟药去！小顺儿的妈，你给二爷爷作饭! ”

常老人不肯教瑞宣跑一趟前门。瑞宣一定要去：“我不必跑那么远，新街口有一家铺子就带卖！我一会儿就回来！”

“真的呀？别买了假药！”常二爷受人之托，唯恐买了假药。

“假不了！”瑞宣跑了出去。

饭作好，常二爷不肯吃。他的怒气还未消。大家好说歹说的，连天佑太太也过来劝慰，他才勉强的吃了一碗饭。饭后说闲话，他把乡下的种种谣言说给大家听，并且下了注解：“今天我不敢不信这些话了，日本人是什么屎都拉得出来的！”

瑞宣买来药，又劝慰了老人一阵。老人拿着药告辞：“大哥，没有事我可就不再进城了！反正咱们心里彼此想念着就是了！”

小顺儿与妞子把常二爷的事听明白了差不多一半。常二爷走后，他开始装作日本人，教妹妹装常二爷，在台阶下罚跪。妈妈过来给他屁股上两巴掌，“你什么不好学，单学日本人！”小顺儿抹着泪，到祖母屋中去诉苦。

二

杏花开了。台儿庄大捷。

程长顺的生意完全没了希望。日本人把全城所有的广播收音机都没收了去，而后勒令每一个院子要买一架日本造的，四个灯的，只能收本市与冀东的收音机。冠家首先遵命，昼夜的开着机器，冀东的播音节目比北平的迟一个多钟头，所以一直到夜里十二点，冠家还锣鼓喧天的响着。六号院里，小文安了一架，专为听广播京戏。这两架机器的响声，前后夹攻着祁家，吵得瑞宣时常的咒骂。瑞宣决定不买，幸而白巡长好说话，没有强迫他。

"祁先生你这么办，"白巡长献计："等着，等到我交不上差的时候，你再买。买来呢，你怕吵得慌，就老不开开好了！这是日本人做一笔大生意，要讲听消息，谁信……"

李四爷也买了一架，不为听什么，而只为不惹事。他没心听戏，也不会鼓逗那个洋玩艺。他的儿子，胖牛儿，可是时常把它开开，也不为听什么，而是觉得花钱买来的，不应当白白的放着不用。

七号杂院里，没有人愿意独力买一架，而大家合伙买又办不到，因为谁出了钱都是物主，就不便听别人的支配，而这个小东西又不是随便可以乱动的。后来，说相声的黑毛儿方六有一天被约去广播，得了一点报酬，买来一架，为是向他太太示威。他的理由是："省得你老看不起我，贫嘴恶舌的说相声！瞧吧。我方六也到广播电台去露了脸！我在那儿一出声，九城八条大街，连天津三不管，都听得见！不信，你自己听听好喽！"

四号里，孙七和小崔当然没钱买，也不高兴买。"累了一天，晚上得睡觉，谁有工夫听那个！”小崔这么说。孙七完全同意小崔的话，可是为显出自己比小崔更有见识，就提出另一理由来：“还不光为了睡觉！谁广播？日本人！这就甭说别的了，我反正不花钱听小鬼子造谣言！”

他们俩不肯负责，马寡妇可就慌了。明明的白巡长来通知，每家院子都得安一架，怎好硬不听从呢？万一日本人查下来，那还了得！同时她又不肯痛痛快快的独自出钱。她出得起这点钱，但是最怕人家知道她手里有积蓄。她决定先和小崔太太谈一谈。就是小崔太太和小崔一样的不肯出钱，她也得教她知道知道她自己手中并不宽绰。

“我说崔少奶奶，”老太太的眼睛眨巴眨巴的，好像心中有许多妙计似的。“别院里都有了响动。咱们也不能老耗着呀！我想，咱们好歹的也得弄一架那会响的东西，别教日本人挑出咱们的错儿来呀！”

小崔太太没从正面回答，而扯了扯到处露着棉花的破袄，低着头说：“天快热起来，棉衣可是脱不下来，真愁死人！”

是的，夹衣比收音机重要多了。马老太太再多说岂不就有点不知趣了么？她叹了口气，回到屋中和长顺商议。

长顺呜囔着鼻子，没有好气。“这一下把我的买卖揍到了底！家家有收音机，有钱的没钱的一样可以听大戏，谁还听我的话匣子？谁？咱们的买卖吹啦，还得自己买一架收音机？真！日本人来调查，我跟他们讲讲理！”

“他们也得讲理呀！他们讲理不就都好办了吗？长顺，我养你这么大，不容易，你可别给我招灾惹祸呀！”

长顺很坚决，一定不去买。为应付外婆，他时常开开他的留声机。“日本人真要是来查的话，咱们这儿也有响动就完了！”同时，他不高兴老闷在家里，听那几张已经听过千百次的留声机片。他得另找个营生。这又使外婆昼夜的思索，也想不出办法来。教外孙去卖花生瓜子什么的，未免有失身份；作较大的生意吧，又没那么多的本钱；卖力气，长顺是娇生惯养的惯了，吃不了苦；要手艺，他又没有任何专长。她为了大难。为这个，她半夜里有时候睡不着觉。听着外孙的呼声，她偷偷的咒骂日本人。她本来认为她和外孙是连个苍蝇也不得罪的人，日本人就绝对不会来欺侮他们。不错，日本人没有杀到他们头上来；可是，长顺没了事做，还不是日本人捣的鬼？她渐渐的明白了孙七和小崔为什么那样恨日本人。虽然她还不敢明目张胆的，一答一和的，对他们发表她的意见，可是，赶到他们俩在院中谈论日本人的时候，她在屋中就注意的听着；若是长顺不在屋里，她还大胆的点一点头，表示同意他们的话语。

长顺不能一天到晚老听留声机。他开始去串门子。他知道不应当到冠家去。外婆所给他的一点教育，使他根本看不起冠家的人。他很想到文家去，学几句二簧，可是他知道外婆是不希望他成为“戏子”，而且也必定反对他和小文夫妇常常来往的。外婆不反对他和李四爷去谈天，但是他自己又不大高兴去，因为李四爷尽管是年高有德的人，可是不大有学问。他自己虽然也不过只能连嚼带糊的念戏本儿，可是觉得有成为学者的根底——能念唱本儿，慢慢的不就能念大书了么？一来二去，他去看丁约翰，当约翰休假的时候，他想讨换几个英国字，好能读留声机片上的洋字。他以为一切洋字都是英文，而丁约翰是必定精通英文的。可是，使他失望的是约翰并不认识那些字！不过，丁约翰有一套理论：“英文也和中文一样，有白话，有文言，写的和说的大不相同，大不相同！我在英国府作事，有一口儿英国话就够了；念英国字，那得有幼工，我小时候可惜没下过工夫！英国话，我差不多！你就说黄油吧，叫八特儿；茶，叫踢；水，是窝特儿！我全能听能说！”

长顺听了这一套，虽然不完全满意，可是究竟不能不钦佩丁约翰。他记住了八特儿，并且在家里把脂油叫做“白八特儿”，气得外婆什么似的。

丁约翰既没能满足他，又不常回来，所以程长顺找到了瑞宣。

对瑞宣，他早就想亲近。可是，看瑞宣的文文雅雅的样子，他有点自惭形秽，不敢往前巴结。有一天，看瑞宣拉着妞子在门口看大槐树上的两只喜鹊，他搭讪着走过来打招呼。不错，瑞宣的确有点使人敬而远之的神气，可是也并不傲气凌人。因此，他搭讪着跟了进去。在瑞宣的屋中，他请教了留声机片上的那几个英国字。瑞宣都晓得，并且详细的给他解释了一番。他更佩服了瑞宣，心中说：人家是下过幼工的！

长顺的求知心很盛，而又不敢多来打扰瑞宣，所以每一来到的时候，他的语声就呜囔的特别的厉害，手脚都没地方放。及至和瑞宣说过了一会儿话，听到了他所没听过的话，他高了兴，开始极恭敬诚恳的问瑞宣许多问题。他相当的聪明，又喜欢求知。瑞宣看出来他的局促不安与求知的恳切，所以告诉他可以随便来，不必客气。这样，他才敢放胆的到祁家来。

瑞宣愿意有个人时常来谈一谈。年前，在南京陷落的时节，他的心中变成一片黑暗。那时候，他至多也不过能说：反正中日的事情永远完不了；败了，再打就是了！及至他听到政府继续抗战的宣言，他不再悲观了。他常常跟自己说："只要打，就有出路！"一冬，他没有穿上皮袍，因为皮袍为钱先生的病送到当铺里去，而没能赎出来。他并没感觉到怎样不舒服。每逢太太催他去设法赎皮袍的时候，他就笑一笑："心里热，身上就不冷！"赶到过年的时候，家中什么也没有，他也不着急，仿佛已经忘了过年这回事。韵梅的心中可不会这么平静，为讨老人们的喜欢，为应付儿女们的质问，她必须好歹的点缀点缀；若光是她自己，不过年本是无所不可的。她不敢催他，于是心中就更着急。忍到无可忍了，她才问了声："怎么过年呀？"瑞宣又笑了笑。他已经不愿再为像过年这路的事体多费什么心思，正像他不关心冬天有皮袍没有一样。他的心长大了。他并无意变成个因悲观而冷酷的人，也不愿意因愤慨而对生活冷淡。他的忽略那些生活中的小事小节，是因为心中的坚定与明朗。他看清楚，一个具有爱和平的美德的民族，敢放胆的去打断手足上的锁镣，它就必能刚毅起来，而和平与刚毅揉到一起才是最好的品德。他还愁什么呢？看见山的，谁还肯玩几块小石卵呢？皮袍的有无，过年不过，都是些小石子，他已经看到了大山。

被太太催急了，他建议去把她那件出门才穿的灰鼠袍子送到当铺中去。韵梅生了气：“你怎么学得专会跑当铺呢？过日子讲究添置东西，咱们怎么专把东西往外送呢？”说真的，那虽然是她唯一的一件心爱的衣服，可是她并不为心疼它而生气。她所争的是家庭过日子的道理。

瑞宣没有因为这不客气的质问而发脾气。他已决定不为这样的小事动他的感情。苦难中的希望，洗涤了他的灵魂。

结果，韵梅的皮袍入了当铺。

转过年开学，校中有五位同事不见了。他们都逃出北平去。瑞宣不能不惭愧自己的无法逃走，同时也改变了在北平的都是些糟蛋的意见。他的同事，还另外有许多人，并不是糟蛋，他们敢冒险逃出去。他们逃出去，绝不为去享受，而是为不甘心作奴隶。北平也有“人”！

由瑞丰口中，他听到各学校将要有日本人来作秘书，监视全校的一切活动。他知道这是必然的事，而决定看看日本秘书将怎么样给学生的心灵上刑。假若可能，他将在暗中给学生一些鼓励，一些安慰，教他们不忘了中国。这个做不到，他再辞职，去找别的事做。为了家中的老小，他须躲避最大的危险。可是，在可能的范围内，他须做到他所能做的，好使自己不完全用惭愧宽恕自己。

钱先生忽然不见了，瑞宣很不放心。可是，他很容易的就想到，钱先生一定不会隐藏起来，而是要去做些不愿意告诉别人的事。假若真要隐藏起去，他相信钱先生会告诉他的；钱先生是个爽直的人。爽直的人一旦有了不肯和好友说的话，他的心中必定打算好了一个不便连累朋友的计划。想到这里，他不由的吐出一口气来，心里说："战争会创造人！坏的也许更坏，而好的也会更好！"他想象不出来，钱诗人将要去做些什么，和怎么去做，他可是绝对相信老人会不再爱惜生命，不再吟诗作画。钱老人的一切似乎都和抗战紧紧的联系在一起。他偷偷的喝了一盅酒，预祝老诗人的成功。

同事们与别人的逃走，钱老人的失踪，假若使他兴奋，禁止使用法币可使他揪心。他自己没有银行存款，用不着到银行去调换伪币，可是他觉得好像有一条绳子紧紧的勒在他与一切人的脖子上。日本人收法币去套换外汇，同时只用些纸来欺骗大家。华北将只要弄一些纸片，而没有一点真的"财"。华北的血脉被敌人吸干！那些中国的银行还照常的营业，他想不出它们会有什么生意，和为什么还不关门。看着那些好看的楼房，他觉得它们都是纸糊的"楼库"。假若他弄不十分清楚银行里的事，他可是从感情上高兴城外的乡民还照旧信任法币。法币是纸，伪币也是纸，可是乡下人拒绝使用伪钞。这，他以为，是一种爱国心的表现。这是心理的，而不是经济的。他越高兴乡民这种表现，就越看不起那些银行。

和银行差不多，是那些卖新书的书店。它们存着的新书已被日本人拿去烧掉，它们现在印刷的已都不是"新"书。瑞宣以为它们也应当关门，可是它们还照常的开着。瑞宣喜欢逛书铺和书摊。看到新书，他不一定买，可是翻一翻它们，他就觉得舒服，新书仿佛是知识的花朵。出版的越多，才越显出文化的荣茂。现在，他看见的只是《孝经》《四书》，与《西厢记》等等的重印，而看不到真的新书。日本人已经不许中国人发表思想。

是的，北平已没了钱财，没了教育，没了思想！但是，瑞宣的心中反倒比前几个月痛快的多了。他并不是因看惯了日本人和他们的横行霸道而变成麻木不仁，而是看到了光明的那一面。只要我们继续抵抗，他以为，日本人的一切如意算盘总是白费心机。中央政府的继续抗战的宣言像一剂泻药似的洗涤了他的心；他不再怀疑这次战争会又像"九一八"与"一二八"那样胡里胡涂的结束了。有了这个信心，他也就有了勇气。他把日本人在教育上的，经济上的，思想上的侵略，一股拢总都看成为对他这样不能奔赴国难的人的惩罚。他须承认自己的不能尽忠国家的罪过，从而去勇敢的受刑。同时，他决定好，无论受什么样的苦处，他须保持住不投降不失节的志气。不错，政府是迁到武汉去了。可是，他觉得自己的心离政府更近了一些。是的，日本人最厉害的一招是堵闭了北平人的耳朵，不许听到中央的广播，而用评戏，相声与像哭号似的日本人歌曲，麻醉北平人的听觉。可是，瑞宣还设法去听中央的广播，或看广播的纪录。他有一两位英国朋友，他们家里的收音机还没被日本人拿了去。听到或看到中央的消息，他觉得自己还是个中国人，时时刻刻的分享着在战争中一切中国人的喜怒哀乐。就是不幸他马上死亡，他的灵魂也会飞奔了中央去的。他觉得自己绝不是犯了神经病，由喜爱和平改为崇拜战争，绝不是。他读过托尔斯泰，罗素，罗曼·罗兰的非战的文字，他也相信人类的最大的仇敌是大自然，人类最大的使命是征服自然，使人类永远存在。人不应当互相残杀。可是，中国的抗战绝不是黩武喜杀，而是以抵抗来为世界保存一个和平的，古雅的，人道的，文化。这是个极大的使命。每一个有点知识的人都应当挺起胸来，担当这个重任。爱和平的人而没有勇敢，和平便变成屈辱，保身便变为偷生。

看清了这个大题目，他便没法不注意那些随时发生的小事：新民报社上面为庆祝胜利而放起的大气球，屡次被人们割断了绳子，某某汉奸接到了装着一颗枪弹的信封，在某某地方发现了抗日的传单……这些事都教他兴奋。他知道抗战的艰苦，知道这些小的表现绝不足以吓倒敌人，可是他没法不感觉到兴奋快活，因为这些小事正是那个大题目下的小注解；事情虽小，而与那最大的紧紧的相联，正像每一细小的神经都通脑中枢一样。

台儿庄的胜利使他的坚定变成为一种信仰。西长安街的大气球又升起来，北平的广播电台与报纸一齐宣传日本的胜利。日本的军事专家还写了许多论文，把这一战役比作但能堡的歼灭战。瑞宣却独自相信国军的胜利。他无法去高声的呼喊，告诉人们不要相信敌人的假消息。他无法来放起一个大气球，扯开我们胜利的旗帜。他只能自己心中高兴，给由冠家传来的广播声音一个轻蔑的微笑。

真的，即使有机会，他也不会去高呼狂喊，他是北平人。他的声音似乎专为吟咏用的。北平的庄严肃静不允许狂喊乱闹，所以他的声音必须温柔和善，好去配合北平的静穆与雍容。虽然如此，他心中可是觉得憋闷。他极想和谁谈一谈。长顺儿来得正好。长顺年轻，虽然自幼儿就受外婆的严格管教，可是年轻人到底有一股不能被外婆消灭净尽的热气。他喜欢听瑞宣的谈话。假若外婆的话都以“不”字开始——不要多说话！不要管闲事！不要……——瑞宣的话便差不多都以“我们应当”起头儿。外婆的话使他的心缩紧，好像要缩成一个小圆弹子，攥在手心里才好。瑞宣的话不然，它们使他兴奋，心中发热，眼睛放亮。他最喜欢听瑞宣说：“中国一定不会亡！”瑞宣的话有时候很不容易懂，但是懂不懂的，他总是细心的听。他以为即使有一两句不懂，那又有什么关系呢，反正有“中国不亡”打底儿就行了！

长顺听了瑞宣的话，也想对别人说；知识和感情都是要往外发泄的东西。他当然不敢和外婆说。外婆已经问过他，干吗常到祁家去。他偷偷的转了转眼珠，扯了个谎：“祁大爷教给我念洋文呢！”外婆以为外国人都说同样的洋文，正如同北平人都说北平话那样。那么，北平城既被日本人占据住，外孙子能说几句洋文，也许有些用处；因此，她就不拦阻外孙到祁家去。

可是，不久他就露了破绽。他对孙七与小崔显露了他的知识。论知识的水准，他们三个原本都差不多。但是，年岁永远是不平等的。在平日，孙七与小崔每逢说不过长顺的时候，便搬出他俩的年岁来压倒长顺。长顺心中虽然不平，可是没有反抗的好办法。外婆不是常常说，不准和年岁大的人拌嘴吗？现在，他可是说得头头是道，叫孙七与小崔的岁数一点用处也没有了。况且，小崔不过比他大着几岁，长顺简直觉得他几乎应当管小崔叫老弟了。

不错，马老太太近来已经有些同情孙七与小崔的反日的言论；可是，听到自己的外孙滔滔不绝的发表意见，她马上害怕起来。她看出来：长顺是在祁家学“坏”了！

她想应当快快的给长顺找个营生，老这么教他到处去摇晃着，一定没有好处。有了正当的营生，她该给外孙娶一房媳妇，拢住他的心。她自己只有这么个外孙，而程家又只有这么一条根，她绝对不能大撒手儿任着长顺的意儿爱干什么就干什么。这是她最大的责任，无可脱卸！日本人尽管会横行霸道，可是不能拦住外孙子结婚，和生儿养女。假如她自己这辈子须受日本人的气，长顺的儿女也许就能享福过太平日子了。只要程家有了享福的后代，他们也必不能忘了她老婆子的，而她死后也就有了焚香烧纸的人！

老太太把事情都这么想清楚，心中非常的高兴。她觉得自己的手已抓住了一点什么最可靠的东西，不管年月如何难过，不管日本人怎样厉害，都不能胜过她。她能克服一切困难。她手里仿佛拿到了万年不易的一点什么，从汉朝——她的最远的朝代是汉朝——到如今，再到永远，都不会改变——她的眼睛亮起来，颧骨上居然红润了一小块。

在瑞宣这方面，他并没料到长顺会把他的话吸收得那么快，而且使长顺的内心里发生了变动。在学校里，他轻易不和学生们谈闲话，即使偶一为之，他也并没感到他的话能收到多大的效果。学校里的教师多，学生们听的话也多，所以学生们的耳朵似乎已变硬，不轻易动他们的感情。长顺没入过中学，除了简单数目的加减，与眼前的几个字，他差不多什么也不知道。因此，他的感情极容易激动，就像一个粗人受人家几句煽惑便马上敢去动武打架那样。有一天，他扭捏了半天，而后说出一句话来：“祁先生！我从军去好不好？”

瑞宣半天没能回出话来。他没料到自己的闲话会在这个青年的心中发生了这么大的效果。他忽然发现了一个事实：知识不多的人反倒容易有深厚的情感，而这情感的泉源是我们的古远的文化。一个人可以很容易获得一些知识，而性情的深厚却不是一会儿工夫培养得出的。上海与台儿庄的那些无名的英雄，他想起来，岂不多数是没有受过什么教育的乡下人么？他们也许写不上来“国家”两个字，可是他们都视死如归的为国家牺牲了性命！同时，他也想到，有知识的人，像他自己，反倒前怕狼后怕虎的不敢勇往直前；知识好像是情感的障碍。他正这样的思索，长顺又说了话：“我想明白了：就是日本人不勒令家家安收音机，我还可以天天有生意做，那又算得了什么呢？国要是亡了，几张留声机片还能救了我的命吗？我很舍不得外婆，可是事情摆在这儿，我能老为外婆活着吗？人家那些打仗的，谁又没有家，没有老人呢？人家要肯为国家卖命，我就也应当去打仗！是不是？祁先生！”

瑞宣还是回不出话来。在他的理智上，他知道每一个中国人都该为保存自己的祖坟与文化而去战斗。可是，在感情上，因为他是中国人，所以他老先去想每个人的困难。他想：长顺若是抛下他的老外婆，而去从军，外婆将怎么办呢？同时，他又不能拦阻长顺，正如同他不能拦阻老三逃出北平那样。

“祁先生，你看我去当步兵好，还是炮兵好？”长顺呜呜囔囔的又发了问。“我愿意做炮兵！你看，对准了敌人的大队，忽隆一炮，一死一大片，有多么好呢！”他说得是那么天真，那么热诚，连他的呜囔的声音似乎都很悦耳。

瑞宣不能再愣着。笑了一笑，他说：“再等一等，等咱们都详细的想过了再谈吧！”他的话是那么没有力量，没有决断，没有意义，他的口中好像有许多锯末子似的。

长顺走了以后，瑞宣开始低声的责备自己：“你呀，瑞宣，永远成不了事！你的心不狠，永远不肯教别人受委屈吃亏，可是你今天眼前的敌人却比毒蛇猛兽还狠毒着多少倍！为一个老太婆的可怜，你就不肯教一个有志的青年去从军！”

责备完了自己，他想起来：这是没有用处的，长顺必定不久就会再来问他的。他怎么回答呢？

三

大赤包变成全城的妓女的总干娘。高亦陀是她的最得力的“太监”。高先生原是卖草药出身，也不知怎的到过日本一趟，由东洋回来，他便挂牌行医了。他很谨慎的保守他的出身的秘密，可是一遇到病人，他还没忘了卖草药时候的胡吹乱唠；他的话比他的医道高明着许多。嘴以外，他仗着“行头”鲜明，他永远在出门的时候穿起过分漂亮的衣服鞋袜，为是十足的卖弄“卖像儿”；在江湖上，“卖像儿”是非常重要的。

一个古老的文化本来就很复杂，再加上一些外来的新文化，便更复杂得有点莫名其妙，于是生活的道路上，就像下过大雨以后出来许多小径那样，随便哪个小径都通到吃饭的处所。在我们老的文化里，我们有很多医治病痛的经验，这些经验的保留者与实行者便可以算作医生。赶到科学的医术由西方传来，我们又知道了以阿司匹灵代替万应锭，以兜安氏药膏代替冻疮膏子药；中国人是喜欢保留古方而又不肯轻易拒绝新玩艺儿的。因此，在这种时候要行医，顶好是说中西兼用，旧药新方，正如同中菜西吃，外加叫条子与高声猜拳那样。高亦陀先生便是这种可新可旧，不新不旧，在文化交界的三不管地带，找饭吃的代表。

他的生意可惜并不甚好。他不便去省察自己的本事与学问，因为那样一来，他便会完全失去自信，而必不可免的摘下“学贯中西”

的牌匾。他只能怨自己的运气不大好，同时又因嫉妒而轻视别的医生；他会批评西医不明白中国医道，中医又不懂科学，而一概是杀人的庸医。

大赤包约他帮忙，他不能不感激知遇之恩。假若他的术贯中西的医道使他感到抓住了时代的需要，去作妓女检查所的秘书就更是天造地设的机遇。他会说几句眼前的日本语，他知道如何去逢迎日本人，他的服装打扮足以“唬”得住妓女，他有一张善于词令的嘴。从各方面看，他都觉得胜任愉快，而可以大展经纶。他本来有一口儿大烟瘾，可是因为收入不怎么丰，所以不便天天有规律的吸食。现在，他看出来他的正规收入虽然还不算很多，可是为大赤包设法从妓女身上榨取油水的时候，他会，也应当，从中得些好处的。于是，他也就马上决定天天吸两口儿烟，一来是日本人喜欢中国的瘾士，二来是常和妓女们来往，会抽口儿烟自然是极得体的。

对大赤包，在表面上，他无微不至的去逢迎。他几乎“长”在了冠家。大家打牌，他非到手儿不够的时候，决不参加。他的牌打得很好，可是他知道“喝酒喝厚了，赌钱赌薄了”的格言，不便于天天下场。不下场的时候，他总是立在大赤包身后，偶尔的出个主意，备她参考。他给她倒茶，点烟，拿点心，并且有时候还轻轻的把松散了的头发替她整理一下。他的相貌，风度，姿态，动作，都像陪阔少爷冶游，帮吃帮喝的“篾片儿”。大赤包完全信任他，因为他把她伺候得极舒服。每当大赤包上车或下车，他总过去搀扶。每当她要“创造”一种头式，或衣样，他总从旁供献一点意见。她的丈夫从来对她没有这样殷勤过。他是西太后的李莲英。

可是，在他的心里，他另有打算。他须稳住了大赤包，得到她的完全的信任，以便先弄几个钱。等到手里充实了以后，他应当去直接的运动日本人，把大赤包顶下去，或者更好一点把卫生局拿到手里。他若真的做了卫生局局长，哼，大赤包便须立在他的身后，伺候着他打牌了。

对冠晓荷，他只看成为所长的丈夫，没放在眼里。他非常的实际，冠晓荷既还赋闲，他就不必分外的客气。对常到冠家来的人，像李空山，蓝东阳，瑞丰夫妇，他都尽量的巴结，把主任，科长叫得山响，而且愿意教大家知道他是有意的巴结他们。他以为只有被大家看出他可怜，大家才肯提拔他；到他和他们的地位或金钱可以肩膀齐为兄弟的时候，他再拿出他的气派与高傲来。他的气派与高傲都在心中储存着呢！把主任与科长响亮的叫过之后，他会冰凉的叫一声冠“先生”，叫晓荷脸上起一层小白疙疸。

冠晓荷和东阳，瑞丰拜了盟兄弟。虽然他少报了五岁，依然是“大哥”。他羡慕东阳与瑞丰的官运，同时也羡慕他们的年轻有为。当初一结拜的时候，他颇高兴能作他们的老大哥。及至转过年来，他依然得不到一官半职，他开始感觉到一点威胁。虽然他的白发还是有一根便拔一根，可是他感到自己或者真是老得不中用了；要不然，凭他的本事，经验，风度，怎么会干不过了那个又臭又丑的蓝东阳，和傻蛋祁瑞丰呢？他心中暗暗的着急。高亦陀给他的刺激更大，那声冰凉的“先生”简直是无情的匕首，刺着他的心！他想回敬出来一两句俏皮的，教高亦陀也颤抖一下的话，可是又不便因快意一时而把太太也得罪了；高亦陀是太太的红人啊。他只好忍着，心中虽然像开水一样翻滚，脸上可不露一点痕迹。他要证明自己是有涵养的人。他须对太太特别的亲热，好在她高兴的时候，给高亦陀说几句坏话，使太太疏远他。反正她是他的太太，尽管高亦陀一天到晚长在这里，也无碍于他和太太在枕畔说话儿呀。为了这个，他已经不大到桐芳屋里去睡。

大赤包无论怎样像男人，到底是女子，女子需要男人的爱，连西太后恐怕也非例外。她不但看出高亦陀的办事的本领，也感到他的殷勤。凭她的岁数与志愿，她已经不再想作十八九岁的姑娘们的春梦。可是，她平日的好打扮似乎也不是偶然的。她的心爱的红色大概是为补救心中的灰暗。她从许多年前，就知道丈夫并不真心爱她。现在呢，她又常和妓女们来往，她满意自己的权威，可是也羡慕她们的放浪不拘。她没有工夫去替她们设身处地的去想她们的苦痛；她只理会自己的存在，永远不替别人想什么。她只觉得她们给她带来一股像春风的什么，使她渴想从心中放出一朵鲜美的花来。她并没看得起高亦陀，可是高亦陀的殷勤到底是殷勤。想想看，这二三十年来，谁给过她一点殷勤呢？她没有过青春。不管她怎样会修饰打扮，人们仿佛总以为她像一条大狗熊，尽管是一条漂亮的大狗熊。她知道客人们的眼睛不是看高第与招弟，便是看桐芳，谁也不看她。他们若是看她，她就得给他们预备茶水或饮食，在他们眼中，她只是主妇，而且是个不大像女人的主妇！

在初一作所长的时节，她的确觉得高兴，而想拿出最大的度量，宽容一切的人，连桐芳也在内。赶到所长的滋味已失去新鲜，她开始想用一点什么来充实自己，使自己还能像初上任时那么得意。第一个她就想到了桐芳。不错，以一个妇女而能作到所长，她不能不承认自己是个女中的豪杰。但是，还没得到一切。她的丈夫并不完全是她的。她应当把这件事也马上解决了。平日，她的丈夫往往偏向着桐芳；今天她已是所长，她必须用所长的威力压迫丈夫，把那个眼中钉拔了去。

赶到晓荷因为抵制高亦陀而特别和她表示亲密，她并没想出他的本意来；她的所作所为是无可批评的。她以为他是看明白了她的心意，而要既承认君臣之义，又恢复夫妻之爱；她开始向桐芳总攻。

这次的对桐芳攻击，与从前的那些次大不相同。从前，她的武器只是叫骂吵闹。这样的武器，桐芳也有一份儿，而且比她的或者更锐利一点。现在，她是所长，她能指挥窑子里的鱼兵虾将作战。有权的才会狠毒，而狠毒也就是威风。她本来想把桐芳赶出门去就算了，可是越来越狠，她决定把桐芳赶到窑子里去。一旦桐芳到了那里，大赤包会指派鱼兵虾将监视着她，教她永远困在那里。把仇敌随便的打倒，还不如把仇敌按着计划困在自己指定的地方那么痛快；她看准了窑子是桐芳的最好的牢狱。

大赤包不常到办公处去，因为有一次她刚到妓女检查所的门口，就有两三个十五六岁的男孩子大声的叫她老鸨子。她追过去要打他们，他们跑得很快，而且一边跑一边又补上好几声老鸨子。她很想把门外的牌子换一换，把“妓女”改成更文雅的字眼儿。可是，机关的名称是不能随便改变的。她只好以不常去保持自己的尊严。有什么公文，都由高亦陀拿到家来请她过目；至于经常的事务，她可以放心的由职员们代办，因为职员们都清一色的换上了她的娘家的人；他们既是她的亲戚，向来知道她的厉害，现在又作了她的属员，就更不敢不好好的效力。

决定了在家里办公，她命令桐芳搬到瑞丰曾经要住的小屋里去，而把桐芳的屋子改为第三号客厅。北屋的客厅是第一号，高第的卧室是第二号。凡是贵客，与头等妓女，都在第一号客厅由她自己接见。这么一来，冠家便每天都贵客盈门，因为贵客们顺便的就打了茶围。第二号客厅是给中等的亲友，与二等妓女预备着的，由高第代为招待。穷的亲友与三等妓女都到第三号客厅去，桐芳代为张罗茶水什么的。

一号和二号客厅里，永远摆着牌桌。麻雀，扑克，押宝，牌九，都随客人的便；玩的时间与赌的大小，也全无限制。无论玩什么，一律抽头儿。头儿抽得很大，因为高贵的香烟一开就是十来筒，在屋中的每一角落，客人都可以伸手就拿到香烟；开水是昼夜不断，高等的香片与龙井随客人招呼，马上就沏好。“便饭”每天要开四五桌，客人虽多，可是酒饭依然保持着冠家的水准。热毛巾每隔三五分钟由漂亮的小老妈递送一次；毛巾都消过毒——这是高亦陀的建议。

只有特号的客人才能到大赤包的卧室里去。这里有由英国府来的红茶，白兰地酒，和大炮台烟。这里还有一份儿很精美的鸦片烟烟具。

大赤包近来更发了福，连脸上的雀斑都一个个发亮，好像抹上了英国府来的黄油似的。她手指上的戒指都被肉包起来，因而手指好像刚灌好的腊肠。随着肌肉的发福，她的气派也更扩大。每天她必细细的搽粉抹口红，而后穿上她心爱的红色马甲或长袍，坐在堂屋里办公和见客。她的眼和耳控制着全个院子，她的咳嗽与哈欠都是一种信号——二号与三号客厅的客人们若吵闹得太凶了，她便像放炮似的咳嗽一两声，教他们肃静下来；她若感到疲倦便放一声像空袭警报器似的哈欠，教客人们鞠躬告退。

在堂屋坐腻了，她才到各屋里像战舰的舰长似的检阅一番，而二三等的客人才得到机会向她报告他们的来意。她点头，就是“行”；她皱眉，便是“也许行”；她没任何的表示，便是“不行”。假若有不知趣的客人，死气白赖的请求什么，她便责骂尤桐芳。

午饭后，她要睡一会儿午觉。只要她的卧室的帘子一放下来，全院的人都立刻闭上了气，用脚尖儿走路。假若有特号的客人，她可以牺牲了午睡，而精神也不见得疲倦。她是天生的政客。

遇到好的天气，她不是带着招弟，便是瑞丰太太，偶尔的也带一两个她最宠爱的“姑娘”，到中山公园或北海去散散步，顺便展览她的头式和衣裳的新样子——有许多“新贵”的家眷都特意的等候着她，好模仿她的头发与衣服的式样。在这一方面，她的创造力是惊人的：她的灵感的来源最显著的有两个，一个是妓女，一个是公园里的图画展览会。妓女是非打扮得漂亮不可的。可是，从历史上看，在民国以前，名妓多来自上海与苏州，她们给北平带来服装打扮的新式样，使北平的妇女们因羡慕而偷偷的模仿。民国以后，妓女的地位提高了一些，而女子教育也渐渐的发达，于是女子首先在梳什么头，做什么样的衣服上有了一点自由，她们也就在这个上面表现出创造力来。这样，妓女身上的俗艳就被妇女们的雅致给压倒。在这一方面，妓女们失去了领导的地位。大赤包有眼睛，从她的“干女儿”的脸上，头上，身上，脚上，她看到了前几年的风格与式样，而加上一番揣摩。出人意料的，她恢复了前几年曾经时行的头式，而配以最新式样的服装。她非常的大胆，硬使不调和的变成调和。假若不幸而无论如何也不调谐，她会用她的气派压迫人们的眼睛，承认她的敢于故作惊人之笔，像万里长城似的，虽然不美，而惊心动魄。在她这样打扮了的时节，她多半是带着招弟去游逛。招弟是彻底的摩登姑娘，不肯模仿妈妈的出奇制胜。于是，一老一少，一常一奇，就更显出妈妈的奇特，而女儿反倒平平常常了。当她不是这样怪里怪气的时候，她就宁教瑞丰太太陪着她，也不要招弟，因为女儿的年轻貌美天然的给她不少威胁。

每逢公园里有画展，她必定进去看一眼。她不喜欢山水花卉与翎毛，而专看古装的美人。遇到她喜爱的美人，她必定购一张。她愿意教“冠所长”三个字长期的显现在大家眼前，所以定画的时节，她必嘱咐把这三个字写在特别长的红纸条上，而且字也要特别的大。画儿定好，等到“取件”的时节，她不和画家商议，而自己给打个八折。她觉得若不这样办，就显不出所长的威风，好像妓女检查所所长也是画家们的上司似的。画儿取到家中之后，她到夜静没人的时候，才命令晓荷给她展开，她详细的观赏。古装美人衣服上的边缘如何配色，头发怎样梳，额上或眉间怎样点“花子”，和拿着什么样的扇子，她都要细心的观摩。看过两三次，她发明了宽袖宽边的衣服，或像唐代的长髻垂发，或眉间也点起“花子”，或拿一把绢制的团扇。她的每一件发明，都马上成为风气。

假若招弟专由电影上取得装饰的模范，大赤包便是温故知新，从古旧的本位的文化中去发掘，而后重新改造。她并不懂得什么是美，可是她的文化太远太深了，使她没法不利用文化中的色彩与形式。假若文化是一条溪流，她便是溪水的泡沫，而泡沫在遇上相当合适的所在，也会显出它的好看。她不懂得什么叫文化，正像鱼不知道水是什么化合的一样。但是，鱼若是会浮水，她便也会戏弄文化。

在她的心里，她只知道出风头，与活得舒服。事实上，她却表现着一部分在日本辖制下的北平人的精神状态。这一部分人是投降给日本人的。在投降之后，他们不好意思愧悔，而心中又总有点不安，所以他们只好鬼混，混到哪里是哪里，混到几时是几时。这样，物质的享受与肉欲的放纵成了他们发泄感情的唯一的出路。假若“气节”令他们害怕，他们会以享受与纵欲自取灭亡，作个风流鬼。他们吸鸦片，喝药酒，捧戏子，玩女人；他们也讲究服装打扮。在这种心理下，大赤包就成了他们的女人的模范。大赤包的成功是她误投误撞的碰到了汉奸们的心理状态。在她，她始终连什么亡国不亡国都根本没有思索过。她只觉得自己有天才，有时运，有本领，该享受，该作大家的表率。她使大家有了事做，有了出风头的机会与启示。她看不起那模仿她的女人们，因为她们缺乏着创造的才智。况且，她们只能模仿她的头发，衣装，与团扇，而模仿不了她作所长。她是女英雄，能抓住时机自己升官发财，而不手背朝下去向男人要钱买口红与钻石。站在公园或屋里，她觉得她的每一个脚指头都嘎噔嘎噔的直响！

在她的客厅里，她什么都喜欢谈，只是不谈国事。南京的陷落与武汉的成为首都，已使她相信她可以高枕无忧的做她的事情了。她并不替日本人思索什么，她觉得日本人的占据北平实在是为她打开一个天下。她以为若没有她，日本驻北平的军队便无从得到花姑娘，便无法防止花柳病的传播，而连冠家带她娘家的人便不会得到一切享受。她觉得她比日本人还更重要。她与日本人的关系，她以为，不是主与仆的，而是英雄遇见了好汉，相得益彰。因此，北平全城只要有集会她必参加，而且在需要锦标与奖品的时候，她必送去一份。这样，她感到她是与日本人平行的，并不分什么高低。

赶到她宴请日本人的时候，她也无所不尽其极的把好的东西拿出来，使日本人不住的吸气。她要用北平文化中的精华，教日本人承认她的伟大。她不是汉奸，不是亡国奴，而是日本人在吃喝穿戴等等上的导师。日本人，正如同那些妓女，都是她的宝贝儿，她须给他们好的吃喝，好的娱乐。她是北平的皇后，而他们不过是些乡下孩子。

假如大赤包像吃了顺气丸似的那么痛快，冠晓荷的胸中可时时觉得憋闷。他以为日本人进了北平，他必定要走一步好运。可是，他什么也没得到。他奔走得比谁都卖力气，而成绩比谁都坏。他急躁，他不平。他的过去的经历与资格不但不足以帮助他，反倒像是一种障碍。高不成，低不就，他落了空。他几乎要失去自信，而怀疑自己已经控制不住环境与时代了。他不晓得自己是时代的渣滓，而以为自己是最会随机应变抓住时机的人。照着镜子，他问自己："你有什么缺点呢？怎么会落在人家后头了呢？"他不明白，他觉得日本人的攻占北平一定有点错误，要不然，怎会没有他的事做呢？

对于大赤包的得到职位，他起初是从心里真的感觉快活。他以为连女人还可以做官，他自己就更不成问题了。可是，官职老落不到他的头上来，而太太的气焰一天高似一天，他有点受不住了。他又不能不承认事实，太太做官是千真万确的，而凡是官就必有官的气派，太太也非例外。他只好忍气吞声的忍耐着。他知道，太太已经是不好随便得罪的，况且是有官职的太太呢。他不便自讨无趣的和她表示什么。反之，他倒应该特别的讨太太的喜欢，表示对她的忠诚与合作。因此，他心里明明喜爱桐芳，可也没法不冷淡她。假若他还照以前那样宠爱桐芳，他知道必定会惹起大赤包的反感，而自己也许碰一鼻子灰。他狠心的牺牲了桐芳，希望在他得到官职以后，再恢复旧日的生活秩序。他听到太太有把桐芳送到窑子去的毒计，也不敢公开的反对；他绝对不能得罪太太，太太是代表着一种好运与势力。鸡蛋是不便和石头相碰的；他很自傲，但是时运强迫他自认为鸡蛋。

他可是仍然不灰心。他还见机会就往前钻；时运可以对不起他，他可不能对不起自己。在钻营而外，他对于一些小的事情也都留着心，表现出自己的才智。租下钱家的房子是他的主意。这主意深得太太的嘉奖。把房子租下来，转租给日本人，的确是个妙计。自从他出卖了钱先生，他知道，全胡同的人都对他有些不敬。他不愿意承认做错了事，而以为大家对他的不敬纯粹出于他的势力不足以威镇一方的。当大赤包得了所长的时候，他以为大家一定要巴结他了。可是他们依旧很冷淡，连个来道喜的也没有。现在，他将要做二房东，日本人，连日本人，都要由他手里租房住！二房东虽然不是什么官衔，可是房客是日本人，这个威风可就不小。他已经板着面孔训示了白巡长："我说，白巡长，"他的眼皮眨巴的很灵动，"你晓得一号的房归了我，不久就有日本人来住。咱们的胡同里可是脏得很，你晓得日本人是爱干净的。你得想想办法呀！"

白巡长心中十分讨厌冠晓荷，可是脸上不便露出来，微笑着说："冠先生，胡同里的穷朋友多，拿不出清洁费呀！"

"那是你的事，我没法管！"冠先生的脸板得有棱有角的说。"你设法办呢，讨日本人的喜欢！你不管呢，日本人会直接的报告上去，我想对你并没有好处！我看，你还是劝大家拿点钱，雇人多打扫打扫好！大家出钱，你作了事，还不好？"

他没等白巡长再回出话来，就走了进去，心中颇为得意。有日本人租他的房，他便拿住了白巡长，也就是拿住了全胡同的人。

当大赤包赠送银杯，锦标，或别的奖品的时候，冠晓荷总想把自己的名字也刻上，绣上，或写上。大赤包不许："你不要这样子呀！"她一点不客气的说。"写上你算怎回事呢？难道还得注明了你是我的丈夫？"

晓荷心里很不好受，可是他还尽心的给她想该题什么字样。他的学问有限的很；唯其如此，他才更能显出绞尽脑汁的样子，替她思索。他先声明："我是一片忠心，凡事决不能马马虎虎！"然后，他皱上眉，点上香烟，研好了墨，放好了纸，把《写信不求人》，《春联大全》之类的小册子堆在面前，作为参考书，还嘱咐招弟们不要吵闹，他才开始思索。他假嗽，他喝茶，他闭眼，他背着手在屋中来回的走。这样闹哄了许久，他才写下几个字来。写好，他放开轻快的步子，捧着那张纸像捧着圣旨似的，去给大赤包看。她气派很大的眯着眼看一看，也许看见了字，也许根本没看见，就微微一点头："行啦！"事实上，她多半是没有看见写的是什么。在她想，只要杯或盾是银的，旗子是缎子的，弄什么字就都无所不可。为表示自己有学问，晓荷自己反倒微笑着批评："这还不十分好，我再想想看！"

遇到蓝东阳在座，晓荷必和他斟酌一番。蓝东阳只会作诗与小品文，对编对联与题字等等根本不懂。可是他不便明说出来，而必定用黄牙啃半天他的黑黄的指甲，装着用脑子的样子。结果，还是晓荷胜利，因为东阳的指甲已啃到无可再啃的时节总是说："我非在夜间极安静的时候不能用脑子！算了吧，将就着用吧！"这样战胜了东阳，晓荷开始觉得自己的确有学问，也就更增加了点怀才不遇之感——一种可以自傲的伤心。

一个怀才不遇的人特别爱表现他的才。晓荷，为表现自己的才气，给大赤包造了一本名册。名册的"甲"部都是日本人，"乙"部是伪组织的高官，"丙"部是没有什么实权而声望很高，被日本人聘作咨议之类的"元老"，"丁"部是地方上有头脸的人。他管这个名册叫做四部全书，仿佛堪作四库全书的姐妹著作似的。每一个名下，他详细的注好：年龄，住址，生日与嗜好。只要登在名册上，他便认为那是他的友人，设法去送礼。送礼，在他看，是征服一切人之特效法宝。为送礼，他和瑞丰打过赌；瑞丰输了。瑞丰以为晓荷的办法是大致不错的，不过，他怀疑日本人是否肯接受晓荷的礼物。他从给日本人作特务的朋友听到：在南京陷落以后，日本军官们已得到训令——他们应当鼓励中国人吸食鸦片，但是不论在任何场合，他们自己不可以停留在有鸦片烟味的地方，免得受鸦片的香味的诱惑；他们不得接受中国人的礼物。瑞丰报告完这点含有警告性的消息，晓荷闭了闭眼，而后噗哧一笑。"瑞丰！你还太幼稚！我告诉你，我亲眼看见过日本人吸鸦片！命令是命令，命令改变不了鸦片的香美！至于送礼，咱们马上打个赌！”他打开了他的四部全书。“你随便指定一个日本人，今天既不是他的生日，也不是中国的或日本的节日，我马上送过一份礼去，看他收不收，他收下，你输一桌酒菜，怎样？”

瑞丰点了头。他知道自己要输，可是不便露出怕输一桌酒席的意思。

晓荷把礼物派人送出去，那个人空着手回来，礼物收下了。

“怎样？”晓荷极得意的问瑞丰。

“我输了！”瑞丰心疼那桌酒席，但是身为科长，不便说了不算。

“为这种事跟我打赌！你老得输！”晓荷微笑着说。也不仅为赢了一桌酒席得意，而也更得意日本人接受了他的礼物。“告诉你，只要你肯送礼，你几乎永远不会碰到摇头的人！只要他不摇头，他——无论他是怎样高傲的人——便和你我站得肩膀一边齐了！告诉你，我一辈子专爱惩治那些挑着眉毛，自居清高的人。怎么惩治，给他送礼。礼物会堵住一切人的嘴，会软化一切人的心，日本人也是人；既是人，就得接我的礼；接了我的礼，他便什么威风也没有了！你信不信？”

瑞丰只有点头，说不上什么来。自从作了科长，他颇有些看不起冠大哥。可是冠大哥的这一片话实在教他钦佩，他没法不恢复以前对冠先生的尊敬。冠先生虽然现在降了一等，变成了冠大哥，到底是真有“学问”！他想，假若他自己也去实行冠大哥的理论，大概会有那么一天，他会把礼物送给日本天皇，而天皇也得拍一拍他的肩膀，叫他一声老弟的。

因为研究送礼，晓荷又发现了日本人很迷信。他不单看见了日本军人的身上带着神符与佛像，他还听说：日本人不仅迷信神佛，而且也迷信世界上所有的忌讳。日本人也忌讳西洋人的礼拜五，十三，和一枝火柴点三支香烟。他们好战，所以要多方面的去求保佑。他们甚至于讨厌一切对他们的预言。英国的威尔斯预言过中日的战争，并且说日本人到了湖沼地带便因瘟疫而全军覆没。日本人的“三月亡华论”已经由南京陷落而不投降，和台儿庄的大捷而成了梦想。他们想起来威尔斯的预言，而深怕被传染病把他们拖进坟墓里去。因此，他们不惜屠了全村，假若那里发现了霍乱或猩红热。他们的武士道精神使他们不怕死，可是知道了自己准死无疑，他们又没法不怕死。他们怕预言，甚至也怕说“死”。根据着这个道理，晓荷送给日本人的礼物总是三样。他避免“四”，因为“四”和死的声音相近。这点发现使他名闻九城，各报纸不单有了记载，而且都有短评称赞他的才智。

这些小小的成功，可是并没能完全减去他心中的苦痛。他已是北平的名人，东方画艺研究会，大东亚文艺作家协会(这是蓝东阳一手创立起来的)，三清会(这是道门的一个新组织，有许多日本人参加)；还有其他的好些个团体，都约他入会，而且被选为理事或干事。他几乎得天天去开会，在会中还要说几句话，或唱两段二簧，当有游艺节目的时候。可是，他作不上官！他的名片上印满了理事，干事等等头衔，而没有一个有分量的。他不能对新朋友不拿出名片来，而那些不支薪的头衔只招人家对他翻白眼！当他到三清会或善心社去看扶乩或拜神的时候，他老暗暗的把心事向鬼神们申诉一番：“对神仙，我决不敢扯假话！论吃喝穿戴，有太太作所长，也就差不多了。不过，凭我的经验与才学，没点事作，实在不大像话呀！我不为金钱，还能不为身份地位吗？我自己还是小事，你们作神佛的总得讲公道呀；我得不到一官半职的，不也是你们的羞耻吗？”闭着眼，他虔诚的这样一半央求，一半讥讽，心中略为舒服一点。可是申诉完了，依然没有用处，他差不多要恨那些神佛了。神佛，但是，又不可以得罪；得罪了神佛也许要出点祸事呢！他只好轻轻的叹气。叹完了气，他还得有说有笑的和友人们周旋。他的胸口有时候一窝一窝的发痛！胸口一痛，他没法不低声的骂了：“白亡了会子国，他妈的连个官儿也作不上，邪！”

四

一晃儿已是五月节。祁老人的几盆石榴，因为冬天保护的不好，只有一棵出了两三个小骨葖。南墙根的秋海棠与玉簪花连叶儿也没出，代替它们的是一些兔儿草。祁老人忽略了原因——冬天未曾保护它们——而只去看结果，他觉得花木的萎败是家道衰落的恶兆；他非常的不高兴。他时常梦见“小三儿”，可是“小三儿”连封信也不来；难道“小三儿”已经遇到什么不幸了吗？他问小顺儿的妈，她回答不出正确的消息，而只以梦解梦。近来，她的眼睛显着更大了，因为脸上掉了不少的肉。把许多笑意凑在眼睛里，她告诉老人：“我也梦见了老三，他甭提多么喜欢啦！我想啊，他一定在外边混得很好！他就根儿就是有本事的小伙子呀！爷爷，你不要老挂念着他，他的本事，聪明，比谁都大！”其实，她并没有作过那样的梦。一天忙到晚，她实在没有工夫作梦。可是，她的“创造的”梦居然使老人露出一点点笑容。他到底相信梦与否，还是个问题。但是，到了无可奈何的时候，他只好相信那虚渺的谎言，好减少一点实际上的苦痛。

除了善意的欺骗老人之外，小顺儿的妈还得设法给大家筹备过节的东西。她知道，过节并不能减少他们的痛苦，可是鸦雀无声的不点缀一下，他们就会更难过。

在往年，到了五月初一和初五，从天亮，门外就有喊：“黑白桑葚来大樱桃”的，一个接着一个，一直到快吃午饭的时候，喊声还不断。喊的声音似乎不专是为作生意，而有一种淘气与凑热闹的意味，因为卖樱桃桑葚的不都是职业的果贩，而是有许多十几岁的儿童。他们在平日，也许是拉洋车的，也许是卖开水的，到了节，他们临时改了行——家家必须用粽子，桑葚，樱桃，供佛，他们就有一笔生意好作。

今年，小顺儿的妈没有听到那种提醒大家过节的呼声。北城的果市是在德胜门里，买卖都在天亮的时候作。隔着一道城墙，城外是买卖旧货的小市，赶市的时候也在出太阳以前。因为德胜门外的监狱曾经被劫，日本人怕游击队乘着赶市的时候再来突击，所以禁止了城里和城外的早市，而且封锁了德胜门。至于樱桃和桑葚，本都是由北山与城外来的，可是从西山到北山还都有没一定阵地的战事，没人敢运果子进城。"唉！"小顺儿的妈对灶王爷叹了口气："今年委屈你喽！没有卖樱桃的呀！"这样向灶王爷道了歉，她并不就不努力去想补救的办法；"供几个粽子也可以遮遮羞啊！"

可是，粽子也买不到。北平的卖粽子的有好几个宗派："稻香村"卖的广东粽子，个儿大，馅子种类多，价钱贵。这种粽子并不十分合北平人的口味，因为馅子里面硬放上火腿或脂油；北方人对糯米已经有些胆怯，再放上火腿什么的，就更害怕了。可是，这样的东西并不少卖，一来是北平人认为广东的一切都似乎带着点革命性，所以不敢公然说它不好吃，二来是它的价钱贵，送礼便显得体面——贵总是好的，谁管它好吃与否呢。

真正北平的正统的粽子是：(一)北平旧式满汉饽饽铺卖的，没有任何馅子，而只用顶精美的糯米包成小，很小的，粽子；吃的时候，只撒上一点白糖。这种粽子也并不怎么好吃，可是它洁白，娇小，摆在彩色美丽的盘子里显着非常的官样。(二)还是这样的小食品，可是由沿街吆喝的卖蜂糕的带卖，而且用冰镇过。(三)也是沿街叫卖的，可是个子稍大，里面有红枣。这是最普通的粽子。

此外，另有一些乡下人，用黄米包成粽子，也许放红枣，也许不放，个儿都包得很大。这，专卖给下力的人吃，可以与黑面饼子与油条归并在一类去，而内容与形式都不足登大雅之堂的。

小顺儿的妈心中想着的粽子是那糯米的，里面有红枣子的。她留心的听着门外的“小枣儿大粽子啵！”的呼声。可是，她始终没有听到。她的北平变了样子：过端阳节会没有樱桃，桑葚，与粽子！她本来不应当拿这当作一件奇事，因为自从去年秋天到如今，北平什么东西都缺乏，有时候忽然一关城，连一棵青菜都买不到。可是，今天她没法不感觉着别扭，今天是节日呀。在她心里，过节不过节本来没有多大关系；她知道，反正要过节，她自己就须受劳累；她须去买办东西，然后抱着火炉给大家烹调；等大家都吃得酒足饭饱，她已经累得什么也不想吃了。可是，从另一方面想，这就是她的生活，她仿佛是专为给大家操作而活着的。假若家中没有老的和小的，她自然无须乎过节，而活着仿佛也就没有任何意义了。她说不上来什么是文化，和人们只有照着自己的文化方式——像端阳节必须吃粽子，樱桃，与桑葚——生活着才有乐趣。她只觉得北平变了，变得使她看着一家老小在五月节瞪着眼没事作。她晓得这是因为日本人占据住北平的结果，可是不会扼要的说出：亡了国便是不能再照着自己的文化方式活着。她只感到极度的别扭。

为补救吃不上粽子什么的，她想买两束蒲子，艾子，插在门前，并且要买几张神符贴在门楣上，好表示出一点“到底”有点像过节的样子。她喜爱那些神符。每年，她总是买一张大的，黄纸的，印着红的钟馗，与五个蝙蝠的，贴在大门口；而外，她要买几张粘在白纸上的剪刻的红色“五毒儿”图案，分贴在各屋的门框上。她也许相信，也许根本不相信。这些纸玩艺儿有什么避邪的作用，但是她喜爱它们的色彩与花纹。她觉得它们比春联更美观可爱。

可是，她也没买到。不错，她看见了一两份儿卖神符的。可是价钱极贵，因为日本人不许乱用纸张，而颜料也天天的涨价。她舍不得多花钱。至于卖蒲于艾子的，因为城门出入的不便，也没有卖的。

小顺儿的小嘴给妈妈不少的难堪：“妈，过节穿新衣服吧？吃粽子吧？吃好东西吧？脑门上抹王字不抹呀？妈，你该上街买肉去啦！

人家冠家买了多少多少肉，还有鱼呢！妈，冠家门口都贴上判儿啦，不信，你去看哪！”他的质问，句句像是对妈妈的谴责！

妈妈不能对孩子发气，孩子是过年过节的中心人物，他们应当享受，快活。但是，她又真找不来东西使他们高声的笑。她只好惭愧的说：“初五才用雄黄抹王字呢！别忙，我一定给你抹！”

“还得戴葫芦呢？”葫芦是用各色的绒线缠成的樱桃，小老虎，桑葚，小葫芦……联系成一串儿，供女孩子们佩带的。

“你臭小子，戴什么葫芦？”妈妈半笑半恼的说。

“给小妹戴呀！”小顺儿的理由老是多而充实的。

妞子也不肯落后，“妈！妞妞戴！”

妈妈没办法，只好抽出点工夫，给妞子作一串儿“葫芦”。只缠得了一个小黄老虎，她就把线笸箩推开了。没有旁的过节的东西，只挂一串儿“葫芦”有什么意思呢？假若孩子们肚子里没有一点好东西，而只在头上或身上戴一串儿五彩的小玩艺，那简直是欺骗孩子们！她在暗地里落了泪。

天佑在初五一清早，拿回来一斤猪肉和两束蒜薹。小顺儿虽不懂得分两，也看出那一块肉是多么不体面。“爷爷！就买来这么一小块块肉哇？”他笑着问。

爷爷没回答出什么来，在祁老人和自己的屋里打了个转儿，就搭讪着回了铺子。他非常的悲观，但是不愿对家里的人说出来。他的生意没有法子往下作，可是又关不了门。日本人不准任何商店报歇业，不管有没有生意。天佑知道，自从大小汉奸们都得了势以后，绸缎的生意稍微有了点转机。但是，他的铺子是以布匹为主，绸缎只是搭头儿；真正讲究穿的人并不来照顾他。专靠卖布匹吧，一般的人民与四郊的老百姓都因为物价的高涨，只顾了吃而顾不了穿，当然也不能来照顾他。再说，各地的战争使货物断绝了来源；他既没法添货，又不像那些大商号有存货可以居奇。他简直没有生意。他愿意歇业，而官厅根本不许呈报。他须开着铺子，似乎专为上税与定阅官办的报纸——他必须看两份他所不愿意看的报纸。他和股东们商议，他们不给他一点好主意，而仿佛都愿意立在一旁看他的笑话。他只好裁人。这又给他极大的痛苦。他的铺伙既没有犯任何的规矩，又赶上这兵荒马乱理应共患难的时候，他凭什么无缘无故的辞退人家呢？五月节，他又裁去两个人。两个都是他亲手教出来的徒弟。他们了解他的困难，并没说一句不好听的话。他们愿意回家，他们家里有地，够他们吃两顿棒子面的。可是，他们越是这样好离好散的，他心中才越难过。他觉得他已是个毫无本领，和作事不公平的人。他们越原谅他，他心中便越难受。

更使他揪心的是，据说，不久日本人就要清查各铺户的货物，而后由他们按照存货的多少，配给新货。他们给你多少是多少，他们给你什么你卖什么。他们也许只给你三匹布，而配上两打雨伞。你就须给买主儿一块布，一把或两把雨伞，不管人家需要雨伞与否！

天佑的黑胡子里露出几根白的来，在表面上，他要装出沉得住气的样子，一声不哼不响。他是北平铺子的掌柜的，不能当着店伙与徒弟们胡说乱骂。可是，没有人在他面前，他的胡子嘴儿就不住的动："这算什么买卖规矩呢？布铺吗，卖雨伞！我是这儿的掌柜呢，还是日本人是掌柜呢？"叨唠完了一阵，他没法儿不补上个"他妈的！"他不会骂人撒村，只有这三个字是他的野话，而也只有这三个字才能使他心中痛快一下。

这些委屈为难，他不便对铺子的人说，并且决定也不教家里的人知道。对老父亲，他不单把委屈圈在心里，而且口口声声的说一切都太平了，为是教老人心宽一点。就是对瑞宣，他也不愿多说什么，他知道三个儿子走了两个，不能再向对家庭最负责的长子拉不断扯不断的发牢骚。父子见面，几乎是很大的痛苦。瑞宣的眼偷偷的着父亲，父亲的眼光碰到了儿子的便赶紧躲开。两个人都有多少多少被泪浸渍了许久的话，可是不便连话带泪一齐倾倒出来。一个是五十多岁的掌柜，一个是三十多岁的中学教师，都不便随便的把泪落下来。而且，他们都知道，一畅谈起来，他们就必定说到国亡家必破的上头来，而越谈就一定越悲观。所以，父子见面，都只那么笑一笑，笑得虚伪，难堪，而不能不笑。因此，天佑更不愿回家了。铺子中缺人是真的，但是既没有多少生意，还不致抽不出点回家看看的工夫来。他故意的不回家，一来是为避免与老亲，儿孙，相遇的痛苦，二来也表示出一点自己的倔强——铺子既关不了门，我就陪它到底；尽管没有生意，我可是应尽到自己的责任！

在一家人中，最能了解天佑的是瑞宣。有祁老人在上面压着，又有儿子们在下面比着，天佑在权威上年纪上都须让老父亲一步，同时他的学问与知识又比不上儿子们，所以他在家中既须作个孝子，又须作个不招儿子们讨厌的父亲。因此，大家都只看见他的老实，而忽略了他的重要。只有瑞宣明白：父亲是上足以承继祖父的勤俭家风，下足以使儿子受高等教育的继往开来的人。他尊敬父亲，也时常的想给父亲一些精神的安慰。他是长子，他与父亲的关系比老二与老三都更亲密；他对父亲的认识，比弟弟们要多着几年的时光。特别在近几个月中，他看出父亲的忧郁和把委屈放在肚子里的刚强，也就更想给父亲一些安慰。可是，怎么去安慰呢？父子之间既不许说假话，他怎能一面和老人家谈真话，还能一面使老人家得到安慰呢；真话，在亡国的时候，只有痛苦！且先不讲国家大事吧，只说家中的事情已经就够他不好开口的了。他明知道父亲想念老三，可是他有什么话可以教老人不想念老儿子呢？他明知道父亲不满意老二，他又有什么话使老人改为喜欢老二呢？这些，都还是以不谈为妙。不过，连这些也不谈，父子还谈什么呢？他觉得父子之间似乎隔上了一段纱幕，彼此还都看得见，可是谁也摸不着谁了。侵略者的罪恶不仅是把他的兄弟拆散，而且使没有散开的父子也彼此不得已的冷淡了！

大家马马虎虎的吃过午饭，瑞丰不知在哪里吃得酒足饭饱的来看祖父。不，他不像是来看祖父。进门，他便向大嫂要茶："大嫂！泡壶好茶喝喝！酒喝多了点！有没有好叶子呀，没有就买去！"他是像来表现自己的得意与无聊。

小顺儿的妈话都到嘴边上了，又控制住自己。她想说：“连祖父都喝不着好茶叶，你要是懂人事，怎么不买来点儿呢？”可是，想了一想，她又告诉自己：“何必呢，大节下的！再说，他无情，难道我就非无义不可吗？”这么想开，她把水壶坐在火炉上。

瑞宣躲在屋里，假装睡午觉。可是，老二决定要讨厌到底。“大哥呢？大哥！”他一边叫，一边拉开屋门。“吃了就睡可不好啊！”他明明见哥哥在床上躺着，可是决定不肯退出来。瑞宣只好坐了起来。

“大哥，你们学校里的日本教官怎样？”他坐在个小凳上，酒气喷人的打了两个长而有力的嗝儿。

瑞宣看了弟弟一眼，没说什么。

瑞丰说下去：“大哥，你要晓得，教官，不管是教什么，都必然的是太上校长。人家挣的比校长还多，权力也自然比校长大。校长若是跟日本要人有来往呢，教官就客气点；不然的话，教官可就不好伺候了！近来，我颇交了几个日本朋友。我是这么想，万一我的科长丢了，我还能——凭作过科长这点资格——来个校长作作，要作校长而不受日本教官的气，我得有日本朋友。这叫作有备无患，大哥你说是不是？”他眨巴着眼，等大哥夸赞他。

瑞宣还一声没出。

“噢，大哥，”老二的脑子被酒精催动的不住的乱转，“听说下学期各校的英文都要裁去，就是不完全裁，也得拨出一大半的时间给日文。你是教英文的，得趁早儿打个主意呀！其实，你教什么都行，只要你和日本教官说得来！我看哪，大哥，你别老一把死拿，老板着脸作事；这年月，那行不通！你也得活动着点，该应酬的应酬，该送礼的别怕花钱！日本人并不像你想的那么坏，只要你肯送礼，他们也怪和气的呢！”

瑞宣依旧没出声。

老二，心中有那点酒劲儿，没觉出哥哥的冷淡。把话说完，他觉得很够个作弟弟的样子，把好话都不取报酬的说给了大哥。他立了起来，推开门，叫："大嫂！茶怎样了？劳驾给端到爷爷屋来吧！"他走向祁老人的屋子去。

瑞宣想起学校中的教官——山木——来。那是个五十多岁的矮子，长方脸，花白头发，戴着度数很深的近视镜。山木教官是个动物学家，他的著作——华北的禽鸟——是相当有名的。他不像瑞丰所说的那种教官那样，除了教日语，他老在屋里读书或制标本，几乎不过问校务。他的中国话说得很好，可是学生骂他，他只装作没有听见。学生有时候把黑板擦子放在门上，他一拉门便打在头上，他也不给学生们报告。这，引起瑞宣对他的注意，因为瑞宣听说别的学校里也有过同样的事情，而教官报告上去以后，宪兵便马上来捉捕学生，下在监牢里。瑞宣以为山木教官一定是个反对侵略，反对战争的学者。

可是，一件事便改变了瑞宣的看法。有一天，教员们都在休息室里，山木轻轻的走进来。向大家极客气的鞠了躬，他向教务主任说，他要对学生们训话，请诸位先生也去听一听。他的客气，使大家不好意思不去。学生全到了礼堂，他极严肃的上了讲台。他的眼很明，声音低而极有劲，身子一动也不动的，用中国话说："报告给你们的一件事，一件大事。我的儿子山木少尉在河南阵亡的了！这是我最大的，最大的，光荣！中国，日本，是兄弟之邦；日本在中国作战不是要灭中国，而是要救中国。中国人不明白，日本人有见识，有勇气，敢为救中国而牺牲性命。我的儿子，唯一的儿子，死在中国，是最光荣的！我告诉你们，为是教你们知道，我的儿子是为你们死了的！我很爱我的儿子，可是我不敢落泪，一个日本人是不应当为英雄的殉职落泪的！"他的声音始终是那么低而有力，每个字都是控制住了的疯狂。他的眼始终是干的，没有一点泪意。他的唇是干的，缩紧的，像两片能开能闭的刀片儿。他的话，除了几个不大妥当的"的"字，差不多是极完美简劲的中国话——他的感情好像被一种什么最大的压力压紧，所以能把疯狂变为理智，而有系统的，有力量的，能用别国的言语说出来。说完，他定目看着下面，好像是极轻视那些人，极厌恶那些人。可是，他又向他们极深，极规矩的，鞠了躬。而后慢慢的走下台来。仰起脸，笑了笑，又看了看大家，他轻轻的，相当快的，走出去。

瑞宣很想独自去找山木，跟他谈一谈。他要告诉山木："你的儿子根本不是为救中国而牺牲了的，你的儿子和几十万军队是来灭中国的！"他也想对山木说明白："我没想到你，一个学者，也和别的日本人一样的胡涂！你们的胡涂使你们疯狂，你们只知道你们是最优秀的，理当作主人的民族，而不晓得没有任何一个民族甘心作你们的奴隶。中国的抗战就是要打明白了你们，教你们明白你们并不是主人的民族，而世界的和平是必定仗着民族的平等与自由的！"他还要告诉山木："你以为你们已经征服了我们，其实，战争还没有结束，你们还不能证明是否战胜！你们的三月亡华论已经落了空，现在，你们想用汉奸帮助你们慢慢的灭亡中国；你们的方法变动了一点，而始终没有觉悟你们的愚蠢与错误。汉奸是没有多大用处的，他们会害了我们，也会害了你们！日本人亡不了中国，汉奸也亡不了中国，因为中国绝对不向你们屈膝，而中国人也绝不相信汉奸！你们须及早的觉悟，把疯狂就叫作疯狂，把错误就叫作错误，不要再把疯狂与错误叫作真理！"

可是，他在操场转了好几个圈子，把想好了的话都又咽回去。他觉得假若一个学者还疯狂到那个程度，别的没有什么知识的日本人就更可想而知了。即使他说服了一个山木，又有什么用处呢？况且，还不见得就能说服了他呢。

要想解决中日的问题，他看清楚，只有中国人把日本人打明白了。我们什么时候把"主人"打倒，他才会省悟，才会失去自信而另打好主意。说空话是没有用处的。对日本人，枪弹是最好的宣传品！

想到这里，他慢慢的走出校门。一路上，他还没停止住思索。

他想：说服山木或者还是小事，更要紧的倒是怎样防止学生们不上日本教官的，与伪报纸的宣传的当。怎样才不教学生们上当呢？在讲堂上，他没法公开的对学生谈什么，他怀疑学生和教师里边会没有日本的侦探。况且，他是教英文的，他不能信口开河的忽然的说起文天祥史可法的故事，来提醒学生们。同时，假若他还是按照平常一样，除了教课，什么闲话也不说，他岂不是只为那点薪水而来上课，在拿钱之外，什么可以自慰自解的理由也没有了吗？他不能那么办，那太没有人味儿了！

今天，听到瑞丰的一片话，他都没往心里放。可是，他却听进去了：暑假后要裁减英文钟点。虽然老二别的话都无聊讨厌，这点消息可不能看成耳旁风。假若他的钟点真的被减去一半或多一半，他怎么活着呢？他立起来。他觉得应当马上出去走一走，不能再老这么因循着。他须另找事作。为家计，他不能一星期只教几个钟点的英文。为学生，他既没法子给他们什么有益的指导，他就该离开他们——这不勇敢，可是至少能心安一点。去到处奔走事情是他最怕的事。但是，今天，他决定要出去跑跑。

他走在院中，小顺儿和妞子正拉着瑞丰从祁老人屋里出来。

“爸！”小顺儿极高兴的叫。“我们看会去！”

“什么会？”瑞宣问。

“北平所有的会，高跷，狮子，大鼓，开路，五虎棍，多啦！多啦！今儿个都出来！”瑞丰替小顺儿回答。“本来新民会想照着二十年前那样办，教城隍爷出巡，各样的会随着沿路的耍。可是，咱们的城隍爷的神像太破旧了，没法儿往外抬，所以只在北海过会。这值得一看，多年没见的玩艺儿，今天都要露一露。日本人有个好处，他们喜欢咱们的旧玩艺儿！”

“爸，你也去！”小顺儿央求爸爸。

“我没工夫！”瑞宣极冷酷的说——当然不是对小顺儿。

他往外走，瑞丰和孩子们也跟出来。一出大门，他看见大赤包，高第，招弟，和胖菊子，都在槐荫下立着，似乎是等着瑞丰呢。她们都打扮得非常的妖艳，倒好像她们也是一种到北海去表演的什么“会”似的。瑞宣低下头，匆匆的走过去。他忽然觉得心里闹得慌，胃中一酸，吐了一口清水。山木与别的日本人的疯狂，他刚才想过，是必须教中国人给打明白的。可是，大赤包与瑞丰却另有一种疯狂，他们把屈膝与受辱看成享受。日本人教北平人吃不上粽子，而只给他们一些热闹看，他们也就扮得花花绿绿的去看！假若日本人到处遇到大赤包与瑞丰，他们便会永久疯狂下去！他真想走回去，扯瑞丰两个大嘴巴子。看了看自己的手，那么白软的一对手，他无可如何的笑了笑。他不会打人。他的教育与文化和瑞丰的原是一套，他和瑞丰的软弱只有程度上的差别而已！他和瑞丰都缺乏那种新民族的（像美国人）英武好动，说打就打，说笑就笑，敢为一件事，（不论是为保护国家，还是为试验飞机或汽车的速度）而去牺牲了性命。想到这里，他觉得即使自己的手不是那么白软，也不能去打瑞丰了；他和瑞丰原来差不多，他看不起瑞丰也不过是以五十步笑百步罢了。

更使他难过的是他现在须托人找事情作。他是个没有什么野心的人，向来不肯托人情，拉关系。朋友们求他作事，他永远尽力而为；他可是绝不拿帮助友人作本钱，而想从中生点利。作了几年的事，他觉得这种助人而不求人的作风使他永远有朋友，永远受友人的尊敬。今天，他可是被迫的无可奈何，必须去向友人说好话了。这教他非常的难过。侵略者的罪恶，他觉得，不仅是烧杀淫掠，而且也把一切人的脸皮都揭了走！

同时，他真舍不得那群学生。教书，有它的苦恼，但也有它的乐趣。及至教惯了书，即使不提什么教育神圣的话，一个人也不愿忽然离开那些可爱的青年的面孔，那些用自己的心血灌溉过的花草！再说，虽然他自己不敢对学生们谈论国事，可是至少他还是个正直的，明白的人。有他和学生在一处，至少他可以用一两句话纠正学生的错误，教他们要忍辱而不忘了复仇。脱离学校便是放弃这一点点责任！他难过！

况且，他所要恳求的是外国朋友呢。平日，他最讨厌“洋狗”——那种歪戴帽，手插在裤袋里，口中安着金牙，从牙缝中蹦出外国字的香烟公司的推销员，和领外国人逛颐和园的翻译。因此，他自己虽然教英文，而永远不在平常谈话的时候夹上英国字。他也永不穿西装。他不是个褊狭的国家主义者，他晓得西洋文明与文化中什么地方值得钦佩。他可是极讨厌那只戴上一条领带便自居洋狗的浅薄与无聊。他以为“狗仗人势”是最卑贱的。据他看，“洋狗”比瑞丰还更讨厌，因为瑞丰的无聊是纯粹中国式的，而洋狗则是双料的——他们一点也不晓得什么是西洋文化，而把中国人的好处完全丢掉。连瑞丰还会欣赏好的竹叶青酒，而洋狗必定要把汽水加在竹叶青里，才咂一咂嘴说：有点像洋酒了！在国家危亡的时候，洋狗是最可怕的人，他们平常就以为中国姓不如外国姓热闹悦耳，到投降的时候就必比外国人还厉害的来破坏自己的文化与文物。在邻居中，他最讨厌丁约翰。

可是，今天，他须往丁约翰出入的地方走。他也得去找“洋”事！

他晓得，被日本人占据了的北平，已经没有他作事的地方，假若他一定“不食周粟”的话。他又不能教一家老小饿死，而什么也不去作。那么，去找点与日本人没有关系的事做，实在没什么不可原谅自己的地方。可是，他到底觉得不是味儿。假若他有几亩田，或有一份手艺，他就不必为难的去奉养着老亲。可是，他是北平人。他须活下去，而唯一的生活方法是挣薪水。他几乎要恨自己为什么单单的生在北平了!

走到了西长安街，他看到一档子太狮少狮。会头打着杏黄色的三角旗，满头大汗的急走，像是很怕迟到了会场的样子。一眼，他看见了棚匠刘师傅。他的心里凉了一阵儿，刘师傅怎么也投降了呢？他晓得刘师傅的为人，不敢向前打招呼，他知道那必给刘师傅以极大的难堪。他自己反倒低下头去。他不想责备刘师傅，“凡是不肯舍了北平的，迟早都得舍了廉耻！”他和自己嘟囔。

他要去见的，是他最愿意看到的，也是他最怕看到的，人。那是曾经在大学里教过他英文的一位英国人，富善先生。富善先生是个典型的英国人，对什么事，他总有他自己的意见，除非被人驳得体无完肤，他决不轻易的放弃自己的主张与看法。即使他的意见已经被人驳倒，他还要卷土重来找出稀奇古怪的话再辩论几回。他似乎拿辩论当作一种享受。他的话永远极锋利，极不客气，把人噎得出不来气。可是，人家若噎得他也出不来气，他也不发急。到他被人家堵在死角落的时候，他会把脖子憋得紫里蒿青的，连连的摇头。而后，他请那征服了他的人吃酒。他还是不服气，但是对打胜了的敌人表示出敬重。

他极自傲，因为他是英国人。不过，有人要先说英国怎样怎样的好，他便开始严厉的批评英国，仿佛英国自有史以来就没作过一件好事。及至对方也随着他批评英国了，他便改过来，替英国辩护，而英国自有史以来又似乎没有作错过任何一件事。不论他批评英国也罢，替英国辩护也罢，他的行为，气度，以至于一举一动，没有一点不是英国人的。

他已经在北平住过三十年。他爱北平，他的爱北平几乎等于他的爱英国。北平的一切，连北平的风沙与挑大粪的，在他看，也都是好的。他自然不便说北平比英国更好，但是当他有点酒意的时候，他会说出真话来：“我的骨头应当埋在西山静宜园外面！”

对北平的风俗掌故，他比一般的北平人知道的还要多一些。北平人，住惯了北平，有时候就以为一切都平平无奇。他是外国人，他的眼睛不肯忽略任何东西。凡事他都细细的看，而后加以判断，慢慢的他变成了北平通。他自居为北平的主人，因为他知道一切。他最讨厌那些到北平旅行来的外国人：“一星期的工夫，想看懂了北平？别白花了钱而且污辱了北平吧！”他带着点怒气说。

他的生平的大志是写一本《北平》。他天天整理稿子，而始终是

“还差一点点！”他是英国人，所以在没作成一件事的时候，绝对不肯开口宣传出去。他不肯告诉人他要写出一本《北平》来，可是在遗嘱上，他已写好——杰作《北平》的著者。

英国人的好处与坏处都与他们的守旧有很大的关系。富善先生，既是英国人，当然守旧。他不单替英国守旧，也愿意为北平保守一切旧的东西。当他在城根或郊外散步的时候，若遇上一位提着鸟笼或手里揉着核桃的“遗民”，他就能和他一谈谈几个钟头。他，在这种时候，忘记了英国，忘记了莎士比亚，而只注意那个遗民，与遗民的鸟与核桃。从一个英国人的眼睛看，他似乎应当反对把鸟关在笼子里。但是，现在他忘了英国。他的眼睛变成了中国人的，而且是一个遗民的。他觉得中国有一整部特异的，独立的，文化，而养鸟是其中的一部分。他忘了鸟的苦痛，而只看见了北平人的文化。

因此，他最讨厌新的中国人。新的中国人要革命，要改革，要脱去大衫而穿上短衣，要使女子不再缠足，要放出关在笼子中的画眉与八哥。他以为这都是消灭与破坏那整套的文化，都该马上禁止。凭良心说，他没有意思教中国人停在一汪儿死水里。可是，他怕中国人因改革而丢失了已被他写下来的那个北平。他会拿出他收藏着的三十年前的木版年画，质问北平人：“你看看，是三十年前的东西好，还是现在的石印的好？看看颜色，看看眉眼，看看线条，看看纸张，你们哪样比得上三十年前的出品！你们已忘了什么叫美，什么叫文化！你们要改动，想要由老虎变成猫！”

同年画儿一样，他存着许多三十年前的东西，包括着鸦片烟具，小脚鞋，花翎，朝珠。“是的，吸鸦片是不对的，可是你看看，细看看，这烟枪作的有多么美，多么精致！”他得意的这样说。

当他初一来到北平，他便在使馆——就是丁约翰口中的英国府——作事。因为他喜爱北平，所以他想娶一个北平姑娘作太太。那时候，他知道的北平事情还不多，所以急于知道一切，而想假若和中国人联了姻，他就能一下子明白多少多少事情。可是，他的上司警告了他："你是外交官，你得留点神！"他不肯接受那个警告，而真的找到了一位他所喜爱的北平小姐。他知道，假若他真娶了她，他必须辞职——把官职辞掉，等于毁坏了自己的前途。可是，他不管明天，而决定去完成他的"东方的好梦"。不幸，那位小姐得了个暴病儿，死去。他非常的伤心。虽然这可以保留住他的职位，可是他到底辞了职。他以为只有这样才能对得住死者——虽然没结婚，我可是还辞了职。在他心情不好的时候，他常常的嘟囔着："东方是东方，西方是西方，"而加上："我想作东方人都不成功！"辞职以后，他便在中国学校里教教书，或在外国商店里临时帮帮忙。他有本事，而且生活又非常的简单，所以收入虽不多，而很够他自己花的。他租下来东南城角一个老宅院的一所小花园和三间房。他把三间房里的墙壁挂满了中国画，中国字，和五光十色的中国的小玩艺，还求一位中国学者给他写了一块匾——"小琉璃厂"。院里，他养着几盆金鱼，几笼小鸟，和不少花草。一进门，他盖了一间门房，找来一个曾经伺候过光绪皇帝的太监给他看门。每逢过节过年的时候，他必教太监戴上红缨帽，给他作饺子吃。他过圣诞节，复活节，也过五月节和中秋节。"人人都像我这样，一年岂不多几次享受么？"他笑着对太监说。

他没有再恋爱，也不想结婚，朋友们每逢对他提起婚姻的事，他总是摇摇头，说："老和尚看嫁妆，下辈子见了！"他学会许多北平的俏皮话与歇后语，而时常的用得很恰当。

当英国大使馆迁往南京的时候，他又回了使馆作事。他要求大使把他留在北平。这时候，他已是六十开外的人了。

他教过，而且喜欢，瑞宣，原因是瑞宣的安详文雅，据他看，是有点像三十年前的中国人。瑞宣曾帮助他搜集那或者永远不能完成的杰作的材料，也帮助他翻译些他所要引用的中国诗歌与文章。瑞宣的英文好，中文也不错。和瑞宣在一块儿工作，他感到愉快。虽然二人也时常的因意见不同而激烈的彼此驳辩，可是他既来自国会之母的英国，而瑞宣又轻易不红脸，所以他们的感情并不因此而受到损伤。在北平陷落的时候，富善先生便派人给瑞宣送来信。信中，他把日本人的侵略比之于欧洲黑暗时代北方野蛮人的侵袭罗马；他说他已有两三天没正经吃饭。信的末了，他告诉瑞宣："有什么困难，都请找我来，我一定尽我力之所能及的帮助你。我在中国住了三十年，我学会了一点东方人怎样交友与相助！"

瑞宣回答了一封极客气的信，可是没有找富善先生去。他怕富善老人责难中国人。他想象得到老人会一方面诅咒日本人的侵略，而一方面也会责备中国人的不能保卫北平。

今天，他可是非去不可了。他准知道老人会帮他的忙，可也知道老人必定会痛痛快快的发一顿牢骚，使他难堪。他只好硬着头皮去碰一碰。无论怎么说，吃老人的闲话是比伸手接日本人的钱要好受的多的。

果然不出他所料，富善先生劈头就责备了中国人一刻钟。不错，他没有骂瑞宣个人，可是瑞宣不能因为自己没挨骂而不给中国人辩护。同时，他是来求老人帮忙，可也不能因此而不反驳老人。

富善先生的个子不很高，长脸，尖鼻子，灰蓝色的眼珠深深的藏在眼窝里。他的腰背还都很直，可是头上稀疏的头发已差不多都白了。他的脖子很长，而且有点毛病——每逢话说多了，便似堵住了气的伸一伸脖子，很像公鸡要打鸣儿似的。

瑞宣看出来，老人的确是为北平动了心，他的白发比去年又增加了许多根，而且说话的时候不住的伸脖子。虽然如此，他可是不便在意见上故意的退让。他不能为挣钱吃饭，而先接受了老人的斥责。他必须告诉明白了老人：中国还没有亡，中日的战争还没有结束，请老人不要太快的下断语。

辩论了有半个多钟头，老人才想起来："糟糕！只顾了说话儿，忘了中国规矩！"他赶紧按铃叫人拿茶来。

送茶来的是丁约翰。看瑞宣平起平坐和富善先生谈话，约翰的惊异是难以形容的。

喝了一口茶，老人自动的停了战。他没法儿驳倒瑞宣，也不能随便的放弃了自己的意见，只好等有机会另开一次舌战。他知道瑞宣必定有别的事来找他，他不应当专说闲话。他笑了笑，用他的稍微有点结巴，而不算不顺利的中国话说：“怎样？找我有事吧？先说正经事吧！”

瑞宣说明了来意。

老人伸了好几下脖子，告诉瑞宣：“你上这里来吧，我找不到个好助手；你来，我们在一块儿工作，一定彼此都能满意！你看，那些老派的中国人，英文不行啊，可是中文总靠得住。现在的中国大学毕业生，英文不行，中文也不行——你老为新中国人辩护，我说的这一点，连你也没法反对吧？”

“当一个国家由旧变新的时候，自然不能一步就迈到天堂去！”瑞宣笑着说。

“哦？”老人急忙吞了一口茶。“你又来了！北平可已经丢了，你们还变？变什么？”

“丢了再夺回来! ”

“算了！算了！我完全不相信你的话，可是我佩服你的信念坚定！好啦，今天不再谈，以后咱们有的是机会开辩论会。下星期一，你来办公，把你的履历给我写下来，中文的和英文的。”

瑞宣写完，老人收在衣袋里。“好不好喝一杯去？今天是五月节呀！”

五

由东城往回走，瑞宣一路上心中不是味儿。由挣钱养家上说，他应当至少也感到可以松一口气了；可是从作“洋”事上说，尽管他与丁约翰不同，也多少有点别扭。往最好里讲，他放弃了那群学生，而去帮助外国人作事，也是一种逃避。他觉得自己是在国家最需要他的时候，作出最对不起国家的事！他低着头，慢慢的走。他没脸看街上的人，尽管街上走着许多糊胡涂涂去到北海看热闹的人。他自己不胡涂，可是他给国家作了什么呢？他逃避了责任。

可是，他又不能否认这个机会的确解决了眼前的困难——一家大小暂时可以不挨饿。他没法把事情作得连一点缺陷也没有，北平已经不是中国人的北平，北平人也已经不再是可以完全照着自己的意思活着的人。他似乎应当庆祝自己的既没完全被日本人捉住，而又找到了一个稍微足以自慰自解的隙缝。这样一想，他又抬起头来。他想应当给老人们买回一点应节的点心去，讨他们一点喜欢。他笑自己只会这么婆婆妈妈的作孝子，可是这到底是一点合理的行动，至少也比老愁眉不展的，招老人们揪心强一点！他在西单牌楼一家饽饽铺买了二十块五毒饼。

这是一家老铺子，门外还悬着“满汉饽饽”“进贡细点”等等的金字红牌子。铺子里面，极干净，极雅致的，只有几口大朱红木箱，装着各色点心。墙上没有别的东西，只有已经黄暗了的大幅壁画，画的是《三国》与《红楼梦》中的故事。瑞宣爱这种铺子，屋中充满了温柔的糖与蛋糕，还有微微的一点奶油的气味，使人闻着心里舒服安静。屋中的光线相当的暗，可是刚一走近柜台，就有头永远剃的顶光，脸永远洗得极亮的店伙，安静的，含笑的，迎了上来，用极温和的低声问：“您买什么？”

这里没有油饰得花花绿绿的玻璃柜，没有颜色刺目的罐头与纸盒，没有一边开着玩笑一边作生意的店伙，没有五光十色的“大减价”与“二周年纪念”的纸条子。这里有的是字号，规矩，雅洁，与货真价实。这是真正北平的铺店，充分和北平的文化相配备。可是，这种铺子已慢慢的灭绝，全城只剩了四五家，而这四五家也将要改成“稻香村”，把点心，火腿，与茶叶放在一处出售；否则自取灭亡。随着它灭亡的是规矩，诚实，那群有真正手艺的匠人，与最有礼貌的店伙。

瑞宣问了好几种点心，店伙都抱歉的回答“没有”。店伙的理由是，材料买不到，而且预备了也没有人买。应时的点心只有五毒饼，因为它卖不出去还可以揉碎了作“缸炉”——一种最易消化的，给产妇吃的点心。瑞宣明知五毒饼并不好吃，可只好买了二十块，他知道明年也许连五毒饼这个名词都要随着北平的灭亡而消灭的！

出了店门，他跟自己说：“明年端阳也许必须吃日本点心了！连我不也作了洋事吗？礼貌，规矩，诚实，文雅，都须灭亡，假若我们不敢拼命去保卫它们的话！”

快到家了，他遇见了棚匠刘师傅。刘师傅的脸忽然的红起来。瑞宣倒觉得怪难为情的，说什么也不好，不说什么也不好。刘师傅本已低下头去，可又赶紧抬起来，决定把话说明白，他是心中藏不住话的人。“祁先生，我到北海去了，可是没有给他们耍玩艺，我本来连去也不肯去，可是会头把我的名字报上去了，我要不去，就得惹点是非！你说我怎么办？我只好应了个卯，可没耍玩艺儿！我……”他的心中似乎很乱，不知道再说什么才好，他的确恨日本人，绝不肯去给日本人耍狮子，可是他又没法违抗会头的命令，因为一违抗，他也许会吃点亏。他要教瑞宣明白他的困难，而依旧尊敬他。他明知自己丢了脸，而还要求原谅。他也知道，这次他到了场而没有表演，大概下一次他就非下场不可了，他怎么办呢？他晓得“既在矮檐下，怎敢不低头”的道理，可是他豪横了一生，难道，就真把以前的光荣一笔抹去，而甘心向敌人低头吗？不低头吧，日本人也许会给他点颜色看看。他只有一点武艺，而日本人有机关枪！

瑞宣想象得到刘师傅心中的难过与忧虑，可是也找不到什么合适的话来说。他曾经问过刘师傅，凭他的武艺，为什么不离开北平。刘师傅那时候既没能走开，现在还有什么话好讲呢？他想说：“不走，就得把脸皮揭下来，扔在粪坑里！”可是，这又太不像安慰邻居——而且是位好邻居——的话。他也不能再劝刘师傅逃走，刘师傅若是没有困难，他相信，一定会不等劝告就离开北平的。既有困难，而他又不能帮助解决，光说些空话有什么用处呢？他的嘴唇动了几动，而找不到话说。他虽没被日本人捉去拷打，可是他已感到自己的心是上了刑。

这会儿，程长顺由门里跑出来，他愣头磕脑的，不管好歹的，开口就是一句：“刘师傅！听说你也要狮子去啦？”

刘师傅没还出话来，憋得眼睛里冒了火。他不能计较一个小孩子，可是又没法不动怒，他瞪着长顺，像要一眼把他瞪死似的。

长顺害了怕，他晓得自己说错了话。他没再说什么，慢慢的退回门里去。

“真他妈的！”刘师傅无聊的骂了这么一句，而后补上：“再见！”扭头就走开。

瑞宣独自愣了一会儿，也慢慢的走进家门。他不知道怎样判断刘师傅与程长顺才好。论心地，他们都是有点血性的人。论处境，他们与他都差不多一样。他没法夸赞他们，也不好意思责备他们。他们与他好像是专为在北平等着受灵魂的凌迟而生下来的。北平是他们生身之地，也是他们的坟地——也许教日本人把他们活埋了！

不过，他的五毒饼可成了功。祁老人不想吃，可是脸上有了笑容。在他的七十多年的记忆里，每一件事和每一季节都有一组卡片，记载着一套东西与办法。在他的端阳节那组卡片中，五毒饼正和中秋的月饼与年节的年糕一样，是用红字写着的。他不一定想吃它们，但是愿意看到它们，好与脑中的卡片对证一下，而后觉得世界还没有变动，可以放了心。今年端阳，他没看见樱桃，桑葚，粽子，与神符。他没说什么，而心中的卡片却七上八下的出现，使他不安。现在，至少他看见一样东西，而且是用红字写着的一样东西，他觉得端阳节有了着落，连日本人也没能消灭了它。他赶紧拿了两块分给了小顺儿与妞子。

小顺儿和妞子都用双手捧着那块点心，小妞子乐得直吸气。小顺儿已经咬了一口，才问："这是五毒饼呀！有毒啊？"

老人叹着气笑了笑："上边的蝎子，蜈蚣，都是模子刻出来的，没有毒！"

瑞宣在一旁看着，起初是可怜孩子们——自从北平陷落，孩子们什么也吃不到。待了一会儿，他忽然悟出一点道理来："怪不得有人作汉奸呢，好吃好喝到底是人生的基本享受呀！有好吃的，小孩子便笑得和小天使一般可爱了！"他看着小顺儿，点了点头。

"爸！"小顺儿从点心中挪动着舌头："你干吗直点头呀？"

小妞子怕大人说她专顾了吃，也莫名其妙的问了声："点头？"

瑞宣惨笑了一下，不愿回答什么。假若他要回答，他必定是说："可是，我不能为孩子们的笑容而出卖了灵魂！"

他不像老二那么心中存不住事。他不想马上告诉家中，他已找到了新的位置。假若在太平年月，他一定很高兴得到那个位置，因为既可以多挣一点钱，又可以天天有说英语的机会，还可以看到外国书籍杂志，和听外国语的广播。现在，他还看见了这些便利，可是高兴不起来。他总觉得放弃了那群学生是件不勇敢不义气，和逃避责任的事。假若一告诉家中，他猜得到，大家必定非常的欢喜，而大家的欢喜就会更增多他的惭愧与苦痛。

但是，看到几块点心会招出老的小的那么多的笑容，他压不住自己的舌头了。他必须告诉他们，使大家更高兴一点。

他把事情说了出来。果然，老人与韵梅的喜悦正如同他猜想到的那么多。三言五语之间，消息便传到了南屋。妈妈兴奋得立刻走过来，一答一和的跟老公公提起她怎样在老大初作事挣钱的那一天，她一夜没能闭眼，和怎样在老二要去作事的时候，她连夜给他赶作一双黑绒的布底鞋，可是鞋已作好，老二竟自去买了双皮鞋，使她难受了两三天。

儿媳妇的话给了老公公一些灵感，祁老人的话语也开了闸。他提起天佑壮年时候的事，使大家好像听着老年的故事，而忘了天佑是还活着的人。他所讲的连天佑太太还有不知道的，这使老人非常的得意，不管故事的本身有趣与否，它的年代已足使儿媳妇的陈谷子烂芝麻减色不少。

韵梅比别人都更欢喜。几个月来，为了一家大小的吃穿，她已受了不知多少苦处。现在可好了，丈夫有了洋事。她一眼看到还没有到手的洋钱，而洋钱是可以使她不必再揪心缸里的米与孩子脚上的鞋袜的。她不必再骂日本人。日本人即使还继续占据着北平，也与她无关了！听着老人与婆婆“讲古”，她本来也有些生儿养女的经验，也值得一说，可是她没敢开口，因为假若两位老亲讲的是古树，她的那点经验也不过是一点刚长出的绿苗儿。她想，丈夫既有了可靠的收入，一家人就能和和气气的过日子，等再过二三十年，她便也可以安坐炕上，对儿女们讲古了。

瑞宣听着看着，心中难过，而不敢躲开。看着，听着是他的责任！看别人发笑，他还得陪着笑一下，或点点头。他想起山木教官。假若山木死了爱子也不能落泪，他自己就必须在城已亡的时候还陪着老人们发笑。全民族的好战狂使山木像铁石那样无情，全民族的传统的孝悌之道使他自己过分的多情——甚至于可以不管国家的危亡！他没法一狠心把人伦中的情义斩断，可是也知道家庭之累使他。或者还有许多人，耽误了报国的大事！他难过，可是没有矫正自己的办法；一个手指怎能拨转得动几千年的文化呢？

好容易二位老人把话说到了一个段落，瑞宣以为可以躲到自己屋里休息一会了。可是祁老人要上街去看看，为是给儿子天佑送个信，教儿子也喜欢喜欢。小顺儿与妞子也都要去，而韵梅一劲儿说老人招呼不了两个淘气精。瑞宣只好陪了去。他问小顺儿：“你们不是刚刚上过北海吗？”意思是教孩子们不必跟去了。

“还说呢！”韵梅答了话：“刚才都哭了一大阵啦！二爷愿意带着

他们，胖婶儿嫌麻烦，不准他们去。你看两个小人儿这个哭哇！”

瑞宣又没了话，带孩子们出去也是一种责任！

幸而，老少刚一出门，遇上了小崔。瑞宣实在不愿再走一趟，于是把老人和孩子交给了小崔：“崔爷，你拉爷爷去好不好？上铺子。越慢走越好！小顺儿，妞子，你们好好的坐着，不准乱闹！崔爷，要没有别的买卖，就再拉他们回来。”

小崔点了头。瑞宣把爷爷搀上车；小崔把孩子们抱了上去，而后说说笑笑的拉了走。

瑞宣松了一口气。

老太太在枣树下面，看树上刚刚结成的像嫩豌豆的小绿枣儿呢。瑞宣由门外回来，看到母亲在树下，他觉得很新奇。枣树的叶子放着浅绿的光，老太太的脸上非常的黄，非常的静，他好像是看见了一幅什么静美而又动心的画图，他想起往日的母亲。拿他十几岁时或二十岁时的母亲和现在的母亲一比，他好像不认识她了。他愣住，呆呆的看着她。她慢慢的从小绿枣子上收回眼光，看了看他。她的眼深深的陷在眶儿里，眼珠有点�而痴呆，可是依然露出仁慈与温柔——她的眼睛改了样儿，而神韵还没有变，她还是母亲。瑞宣忽然感到心中有点发热，他恨不能过去拉住她的手，叫一声妈，把她的仁慈与温柔都叫出来，也把她的十年前或二十年前的眼睛与一切都叫回来。假若那么叫出一声妈来，他想自己必定会像小顺儿与妞子那样天真，把心中的委屈全一股脑儿倾泻出来，使心中痛快一回！可是，他没有叫出来，他的三十多岁的嘴已经不会天真的叫妈了。

“瑞宣！”妈妈轻轻的叫，“你来，我跟你说几句话儿！”她的声音是那么温柔，好像有一点央求他的意思。

他极亲热的答应了一声。他不能拒绝妈妈的央求。他知道老二老三都不在家，妈妈一定觉得十分寂寞。他很惭愧自己为什么早没想到这一点，而多给母亲一点温暖与安慰。他随着妈妈进了南屋。

“老大！”妈妈坐在炕沿上，带着点不十分自然的笑容说：“你找到了事，可是我看你并不怎么高兴，是不是？”

“嗯——”老大为了难，不知怎样回答好。

“说实话，跟我还不说实话吗？”

“对啦，妈！我是不很高兴！”

为什么？”老太太又笑了笑，仿佛是表示，无论儿子怎样回答，她是不会生气的。

老大晓得不必说假话了。“妈，我为了家就为不了国，为了国就为不了家！几个月来，我为了这个就老不高兴，现在还是不高兴，将来我想我也不会高兴。我觉得国家遇到这么大的事，而我没有去参加，真是个——是个——”他想不出恰当的字来，而半羞半无聊的笑了一下。

老太太愣了半天，而后点了点头：“我明白！我和祖父连累了你！”

“我自己还有老婆儿女！他们也得仗着我活着！”

“是不是有人常嘲笑你？说你胆小无能？”

“没有！我的良心时时刻刻的嘲笑我！”

“嗯！我，我恨我还不死，老教你吃累！”

“妈！”

“我看出来了，日本鬼子是一时半会儿不会离开北平的。有他们在这儿，你永远不会高兴！我天天扒着玻璃着你，你是我的大儿子，你不高兴，我心里也不会好受！”

瑞宣半天没说出话来。在屋中走了两步，他无聊的笑了一下：“妈，你放心吧！我慢慢的就高兴了！”

“你？”妈妈也笑了一下。“我明白你！”

瑞宣的心疼了一下，什么也说不来了。

妈妈也不再出声。

最后，瑞宣搭讪着说了声：“妈，你躺会儿吧！我去写封信！”他极困难的走了出来。

回到自己屋中，他不愿再想妈妈的话，因为想到什么时候也总是那句话，永远没有解决的办法。他只会敷衍环境，而不会创造新的局面，他觉得他的生命是白白的糟蹋了。

他的确想写信，给学校写信辞职。到了自己屋中，他急忙的就拿起笔来。他愿意换一换心思，好把母亲的话忘了。可是，拿着笔，他写不下去。他想应当到学校去，和学生们再见一面。他应当嘱告学生们：能走的，走，离开北平！不能走的，要好好的读书，储蓄知识；中国是亡不了的，你们必须储蓄知识，将来好为国家尽力。你们不要故意的招惹日本人，也不要甘心作他们的走狗；你们须忍耐，坚强的沉毅的忍耐，心中永别忘了复仇雪耻！

他把这一段话翻来覆去的说了多少遍。他觉得只有这么交代一下，他才可以赎回一点放弃了学生的罪过。可是，他怎样去说呢？假若他敢在讲堂上公开的说，他马上必被捕。他晓得各学校里都有人被捕过。明哲保身在这危乱的时代并不见得就是智慧，可是一旦他被捉去，祖父和母亲就一定会愁死。他放下笔，在屋中来回的走。是的，现在日本人还没捉了他去，没给他上刑，可是他的口，手，甚至于心灵，已经全上了锁镣！走了半天，他又坐下，拿起笔来，写了封极简单的信给校长。写完，封好，贴上邮票，他小跑着把它投在街上的邮筒里。他怕稍迟疑一下，便因后悔没有向学生们当面告别，而不愿发出那封信去。

快到吃晚饭的时候，小崔把老少三口儿拉了回来。天气相当的热，又加上兴奋，小顺儿和妞子的小脸上全都红着，红得发着光。祁老人脸上虽然没发红，可是小眼睛里窝藏着不少的快活。他告诉韵梅：“街上看着好像什么事也没有了，大概日本人也不会再闹到哪里去吧？”希望在哪里，错误便也在哪里。老人只盼着太平，所以看了街上的光景就认为平安无事了。

小崔把瑞宣叫到大槐树底下，低声的说：“祁先生，你猜我遇见谁了？”

“谁？”

“钱先生！”

“钱——”瑞宣一把抓住小崔的胳臂，把他扯到了门内；关上门，他又重了一声：“钱先生？”

小崔点了点头。“我在布铺的对面小茶馆里等着老人家。刚沏上茶，我一眼看到了他！他的一条腿走路有点不方便，走得很慢。进了茶馆，屋里暗，外面亮，他定了定神，好像看不清哪里有茶桌的样子。”

“他穿着什么？”瑞宣把声音放得很低的问；他的心可是跳得很快。

“一身很脏的白布裤褂！光着脚，似乎是穿着，又像是拖着，一双又脏又破的布鞋！”

“噢！”瑞宣一想就想到，钱诗人已经不再穿大褂了；一个北平人敢放弃了大褂，才敢去干真事！“他胖了还是瘦了？”

“很瘦！那可也许是头发欺的[①]。他的头发好像有好几个月没理过了！头发一长，脸不是就显着小了吗？”

“有了白的没有？”

小崔想了想：“有！有！他的眼可是很亮。平日他一说话，眼里不是老那么泪汪汪的，笑不唧儿的吗？现在，他还是那么笑不唧儿的，可是不泪汪汪的了。他的眼很亮，很干，他一看我，我就觉得不大得劲儿！”

“没问他在哪儿住？”

“问了，他笑了笑，不说！我问他好多事，在哪儿住呀？干什么呀？金三爷好呀？他都不答腔！他跟我坐在了一块，要了一碗白开水。喝了口水，他的嘴就开了闸。他的声音很低，其实那会儿茶馆里并没有几个人。”

“他告诉了你什么？”

“有好多话，因为他的声音低，又没有了门牙，我简直没有听明

---

① 头发欺的，形容头发太长面庞显得消瘦，没精神。

白。我可听明白了一件，他教我走！”

“上哪儿？”

“当兵去！”

“你怎么说？”

“我？”小崔的脸红了。“你看，祁先生，我刚刚找到了个事，怎能走呢？”

“什么事？”

“你们二爷教我给他拉包月去！既是熟人儿，又可以少受点累，我不愿意走！”

“你可是还恨日本人？”

“当然喽！我告诉了钱先生，我刚刚有了事，不能走，等把事情搁下了再说？”

“他怎么说？”

“他说？等你把命丢了，可就晚了！”

“他生了气？”

“没有！他教我再想一想！”像唯恐瑞宣再往下盯他似的，他赶紧的接着说：“他还给了我一张神符！”他从衣袋中掏出来一张黄纸红字的五雷神符。“我不知道给我这个干吗？五月节贴神符，不是到晌午就揭下来吗？现在天已经快黑了！”

瑞宣把神符接过来，打开，看了看正面，而后又翻过来，看看背面，除了红色印的五雷诀与张天师的印，他看不到别的。“崔爷，把它给我吧？”

“拿着吧，祁先生！我走啦！车钱已经给了。”说完，他开开门，走出去，好像有点怕瑞宣再问他什么的样子。

掌灯后，他拿起那张神符细细的看，在背面，他看见了一些字。那些字也是红的，写在神符透过来的红色上；不留神看，那只是一些红的点子与道子，比透过来的红色重一些。就近了灯光，他细细的看，他发现了一首新诗：

用滴着血的喉舌，
我向你们恳求：
离开那没有国旗的家门吧，
别再恋恋不舍！
国家在呼唤你们，
像慈母呼唤她的儿女！
去吧，脱去你们的长衫，
长衫会使你们跌倒——
跌入了坟墓！
在今天，你们的礼服应当是军装，
你们的国土不是已经变成战场？
离开这已经死去的北平，
你们才会凯旋；
留在这里是陪伴着棺木！
抵抗与流血是你们的，
最光荣的徽章，
为了生存，你们须把它挂在胸上！
要不然，你们一样的会死亡，
死亡在耻辱与饥寒上！
走吧，我向你们央告！
多走一个便少一个奴隶，
多走一个便多添一个战士！
走吧，国家在呼唤你，
国——家——在——呼——唤——你！

看完，瑞宣的手心上出了汗。真的，这不是一首好的诗，可是其中的每一个字都像个极锋利的针，刺着他的心！他就是不肯脱去长衫，而甘心陪伴着棺木的，无耻的，人！

那不是一首好诗，可是他没法把它放下。不大一会儿，他已把它念熟。念熟又怎样呢？他的脸上发了热。

“小顺儿，叫爸爸吃饭！”韵梅的声音。

“爸！吃饭！”小顺儿尖锐的叫。

瑞宣浑身颤了一下，把神符塞在衣袋里。

六 -

瑞宣一夜没有睡好。天相当的热，一点风没有，像憋着暴雨似的。躺在床上，他闭不上眼。在黑暗中，他还看见钱老人的新诗，像一群小的金星在空中跳动。他决定第二天到小崔所说的茶馆去，去等候钱诗人，那放弃了大褂与旧诗的钱诗人。他一向钦佩钱先生，现在，他看钱先生简直的像钉在十字架上的耶稣。真的，耶稣并没有怎么特别的关心国事与民族的解放，而只关切着人们的灵魂。可是，在敢负起十字架的勇敢上说，钱先生却的确值得崇拜。不错，钱先生也许只看到了眼前，而没看到“永生”，可是没有今天的牺牲与流血，又怎能谈到民族的永生呢？

他知道钱先生必定会再被捕，再受刑。但是他也想象得到钱先生必会是很快乐——甘心被捕，甘心受刑，只要有一口气，就和敌人争斗！这是个使人心中快活的决定，钱先生找到了这个决定，眼前只有一条道儿，不必瞻前顾后的，徘徊歧路；钱先生有了“信心”，也就必定快活！

他自己呢？没有决定，没有信心，没有可以一直走下去的道路！他或者永远不会被捕，不会受刑，可是也永远没有快乐！他的“心”受着苦刑！他切盼看到钱先生，畅谈一回。

自从钱先生离开小羊圈，瑞宣就以为他必定离开了北平。他没想到钱先生会还在敌人的鼻子底下作反抗的工作。是的，他想得到钱先生的腿不甚便利，不能远行。可是，假若老先生没有把血流在北平的决心，就是腿掉了一条也还会逃出去的。老人是故意要在北平活动，和流尽他的血。这样想清楚，他就更愿意看到老人。见到老人，他以为，他应当先给他磕三个头！老人所表现的不只是一点点报私仇的决心，而是替一部文化史作正面的证据。钱先生是地道的中国人，而地道的中国人，带着他的诗歌，礼义，图画，道德，是会为一个信念而杀身成仁的。蓝东阳，瑞丰，与冠晓荷，没有钱先生的那样的学识与修养，而只知道中国饭好吃，所以他们只看见了饭，而忘了别的一切。文化是应当用筛子筛一下的，筛了以后，就可以看见下面的是土与渣滓，而剩下的是几块真金。钱诗人是金子，蓝东阳们是土。

想到这里，瑞宣的心中清楚了一点，也轻松了一点。他看到了真正中国的文化的真实力量，因为他看见一块金子。不，不，他决定不想复古。他只是从钱老人身上看到了不必再怀疑中国文化的证据。有了这个证据，中国人才能自信。有了自信，才能再进一步去改善——一棵松树修直了才能成为栋梁，一株臭椿，修直了又有什么用呢？他一向自居为新中国人，而且常常和富善先生辩论中国人应走的道路——他主张必定铲除了旧的，树立新的。今天他才看清楚，旧的，像钱先生所有的那一套旧的，正是一种可以革新的基础。反之，若把瑞丰改变一下，他至多也不过改穿上洋服，像条洋狗而已。有根基的可以改造，一片荒沙改来改去还是一片荒沙！

他愿把这一点道理说给钱先生听。他切盼明天可以见到钱先生。

可是，当他次日刚刚要出去的时候，他被堵在了院中。

丁约翰提着两瓶啤酒，必恭必敬的挡住了瑞宣的去路。约翰的虔敬与谦卑大概足以感动了上帝。“祁先生，”他鞠了个短，硬，而十分恭敬的躬，“我特意的请了半天的假，来给先生道喜！”

瑞宣从心里讨厌约翰，他以为约翰是百年来国耻史的活证据——

被外国人打怕，而以媚外为荣！他愣在了那里，不晓得怎样应付约翰才好。他不愿把客人让进屋里去，他的屋子与茶水是招待李四爷，小崔，与孙七爷的；而不愿教一位活的国耻玷污了他的椅凳与茶杯。

丁约翰低着头，上眼皮挑起，偷偷的看瑞宣。他看出瑞宣的冷淡，而一点没觉得奇怪，他以为瑞宣既能和富善先生平起平坐，那就差不多等于和上帝呼兄唤弟；他是不敢和上帝的朋友闹气的。“祁先生，您要是忙，我就不进屋里去了！我给您拿来两瓶啤酒，小意思，小意思！”

“不！”瑞宣好容易才找到了声音。“不！我向来不收礼物！”

丁约翰吞着声说：“祁先生！以后诸事还都得求您照应呢！我理当孝敬您一点小——小意思！”

“我告诉你吧，”瑞宣的轻易不红的脸红起来，“我要是能找到别的事，我决不吃这口洋饭，这没有什么可喜的，我倒真的应当哭一场，你明白我的意思？”

丁约翰没明白瑞宣的意思，他没法儿明白。他只能想到瑞宣是个最古怪的人，有了洋事而要哭！“您看！您看！”他找不到话说了。

“谢谢你！你拿走吧！”瑞宣心中很难受，他对人没有这样不客气过。

约翰无可如何的打了转身。瑞宣也往外走。

“不送！那不敢当！不敢当！”约翰横拦着瑞宣。瑞宣也不好意思说：“不是送你，我是要出门。”瑞宣只好停住了脚，立在院里。

立了有两分钟，瑞宣又往外走。迎头碰到了刘师傅。刘师傅的脸板得很紧，眉皱着一点。“祁先生，你要出去？我有两句要紧的话跟你讲！”他的口气表示出来，不论瑞宣有什么要紧的事，也得先听他说话。

瑞宣把他让进屋里来。

刚坐下，刘师傅就开了口，他的话好像是早已挤在嘴边上的。“祁先生，我有件为难的事！昨天我不是上北海去了吗？虽然我没给他们要玩艺，我心里可是很不好过！你知道，我们外场人都最讲脸面；昨天我姓刘的可丢了人！程长顺——我知道他是小孩子，说话不懂得轻重——昨天那一问，我恨不能当时找个地缝钻了进去！昨天我连晚饭都没吃好，难过！晚饭后，我出去散散闷气，我碰见了钱先生！”

“在哪儿？”瑞宣的眼亮起来。

“就在那边的空场里！”刘师傅说得很快，仿佛很不满意瑞宣的打岔。“他好像刚从牛宅出来。”

“从牛宅？”

刘师傅没管瑞宣的发问，一直说了下去：“一看见我他就问我干什么呢。没等我回答，他就说，你为什么不走呢？又没等我开口，他说：北平已经是块绝地，城里边只有鬼，出了城才有人！我不十分明白他的话，可是大概的猜出一点意思来。我告诉了他我自己的难处，我家里有个老婆。他笑了笑，教我看看他，他说：我不单有老婆，还有儿子呢！现在，老婆和儿子哪儿去了呢？怕死的必死，不怕死的也许能活，他说。末了，他告诉我，你去看看祁先生，看他能帮助你不能。说完，他就往西廊下走了去。走出两步，他回过头来说：问祁家的人好！祁先生，我溜溜的[①]想了一夜，想起这么主意：我决定走！可是家里必定得一月有六块钱！按现在的米面行市说，她有六块钱就足够给房钱和吃窝窝头的。以后东西也许都涨价钱，谁知道！祁先生，你要是能够每月接济她六块钱，我马上就走！还有，等到东西都贵了的时候，你可以教她过来帮祁太太的忙，只给她两顿饭吃就行了！这可都是我想出来的，你愿意不愿意，可千万别客气！”刘师傅喘了口气。“我愿意走，在这里，我早晚得憋闷死！出城进城，我老得给日本兵鞠躬，没事儿还要找我去耍狮子，我受不了！”

瑞宣想了一会儿，笑了笑：“刘师傅，我愿意那么办！我刚刚找到了个事情，一月六块钱也许还不至于太教我为难！不过，将来怎

① 溜溜的，足足的，整整的。

样，我可不能说准了！”

刘师傅立起来，吐了一大口气。“以后的事，以后再说吧！只要现在我准知道你肯帮忙，我走着就放心了！祁先生，我不会说什么，你是我的恩人！”他作了个扯天扯地的大揖。

“就这么办啦！只要薪水下来，我就教小顺儿的妈把钱送过去！”

“我们再见了！祁先生！万一我死在外边，你可还得照应着她呀！”

“我尽我的力！我的问题要像你的这么简单，我就跟你一块儿走! ”

刘师傅没顾得再说什么，匆匆的走出去，硬脸上发着点光。

瑞宣的心跳得很快。镇定了一下，他不由的笑了笑。自从“七七”抗战起，他觉得只作了这么一件对得起人的事。他愿意马上把这件事告诉给钱先生。他又往外走。刚走到街门，迎面来了冠晓荷，大赤包，蓝东阳，胖菊子，和丁约翰。他知道丁约翰必定把啤酒供献给了冠家，而且向冠家报告了他的事情。胖菊子打了个极大的哈欠，嘴张得像一个红的勺。蓝东阳的眼角上堆着两堆屎，嘴唇上裂开不少被烟卷烧焦的皮。他看出来，他们大概又“打”了个通夜。

大赤包首先开了口，她的脸上有不少皱纹，而临时抹了几把香粉，一开口，白粉直往下落。她把剩余的力气都拿了出来，声音雄壮的说：“你可真行！祁大爷！你的嘴比蛤蜊还关得紧！找到那么好的事，一声儿都不出，你沉得住气！佩服你！说吧，是你请客，还是我们请你？”

晓荷在一旁连连的点头，似乎是欣赏太太的词令，又似乎向瑞宣表示钦佩。等太太把话说完，他恭敬而灵巧的向前赶了一步，拱起手来，笑了好几下，才说：“道喜！道喜！哼，别看咱们的胡同小啊，背乡出好酒！内人作了日本官，你先生作了英国官，咱们的小胡同简直是国际联盟！”

瑞宣恨不能一拳一个都把他们打倒，好好的踢他们几脚。可是，他不会那么撒野。他的礼貌永远捆着他的手脚。他说不上什么来，只决定了不往家中让他们。

可是，胖菊子往前挪了两步。“大嫂呢？我去看看她，给她道喜！”说完，她挤了过来。

瑞宣没法不准自家人进来，虽然她的忽然想起大嫂使他真想狠狠的捶她几捶。

她挤进来，其余的人也就鱼贯而入。丁约翰也又跟进来，仿佛是老没把瑞宣看够似的。

蓝东阳始终没开口。他恨瑞丰，现在也恨瑞宣。谁有事情作，他恨谁。可是，恨尽管恨，他可是在发泄恨怨之前要忍气讨好。他跟着大家走进来，像给一个不大有交情的人送殡似的。

祁老太爷和天佑太太忽然的涨了价钱。大赤包与冠晓荷直像闹洞房似的，走进老人们的屋子，一口一个老爷子与老太太。小顺儿与妞子也成了小宝贝。蓝东阳在冠家夫妇身后，一劲儿打哈欠，招得大赤包直瞪他。丁约翰照常的十分规矩，而脸上有一种无可形容的喜悦，几乎使他显出天真与纯洁。胖菊子特意的跑到厨房去慰问韵梅，一声声的大嫂都稍微有点音乐化了——她的嗓音向来是怪难听的。

祁老人讨厌冠家人的程度是不减于瑞宣的。可是，今天冠氏夫妇来道喜，他却真的觉到欢喜。他最发愁的是家人四散，把他亲手建筑起来的四世同堂的堡垒拆毁，今天，瑞宣有了妥当的事作，虽然老二与小三儿搬了出去，可是到底四世同堂还是四世同堂。只要瑞宣老不离家，四世同堂便没有拆毁之虞。为了这个，他没法不表示出心中的高兴。

天佑太太明白大儿子的心理，所以倒不愿表示出使瑞宣不高兴的喜悦来。她只轻描淡写的和客人们敷衍了几句，便又躺在炕上。

韵梅很为难。她晓得丈夫讨厌冠家的人与胖婶子。她可是又不便板起脸来得罪人。得罪人，在这年月，是会招来祸患的。即使不提祸患，她也不愿欺骗大家，说这是不值得庆贺的。她是主妇，她晓得丈夫有固定的收入是如何重要。她真想和胖婶子掰开揉碎的谈一谈家长里短，说说猪肉怎样不好买，和青菜怎样天天涨价儿。尽管胖婶儿不是好妯娌，可是能说一说油盐酱醋的问题，也许就有点作妯娌的样儿了。可是，她不敢说，怕丈夫说她肤浅，爱说闲话。她只好把她最好听的北平话收在喉中，而用她的大眼睛观察大家的神色，好教自己的笑容与眼神都不出毛病。

瑞宣的脸越来越白了。他不肯和这一伙人多敷衍，而又没有把他们赶出门去的决心与勇气。他差不多要恨自己的软弱无能了。

大赤包把院中的人都慰问完了，又出了主意："祁大爷！你要是不便好事请客，我倒有个主意。这年月，我们都不该多铺张，真的！但是，有喜事不热闹一下，又太委屈。好不好咱们来它两桌牌？大家热闹一天？这不是我的新发明，不过现在更应该提倡就是啦。两桌牌抽的头儿，管保够大家吃饭喝酒的。你不必出钱，我们也免得送礼，可是还能有吃有喝的玩一天，不是怪好的办法吗？"

"是呀！"晓荷赶紧把太太的理论送到实际上来："我们夫妇，东阳，瑞丰夫妇，已经是五位了，再凑上三位就行了。好啦，瑞宣，你想约谁？"

"老太爷不准打牌，这是我们的家教！"瑞宣极冷静的说。

大赤包的脸上，好像落下一张幕来，忽然发了暗。她的美意是向来不准别人拒绝的。

晓荷急忙的开了口："这里不方便，在我们那儿！瑞宣，你要是在我们那里玩一天，实在是我们冠家的光荣！"

瑞宣还没回出话来，瑞丰小跑着跑进来。瑞丰的嘴张着，脑门上有点汗，小干脸上通红。跑进来，他没顾得招呼别人，一直奔了大哥去。"大哥！"这一声"大哥"叫得是那么动人，大家立刻都沉静下来，胖菊子几乎落了泪。

"大哥！"老二又叫了声，仿佛别的话都被感情给堵塞住了似的。喘了两口气，他才相当顺利的说出话来："幸而我今天到铺子看看父亲，要不然我还闷在罐儿里呢？好家伙，英国大使馆！你真行，大哥！"显然的，他还有许多话要说，可是感情太丰富了，他的心里因热烈而混乱，把话都忘了。

瑞宣愣起来。愣了一会儿，他忽然的笑了。对这群人，他没有别的任何办法，除了冷笑。他本想抓住老二，给老二两句极难听的话，自然，他希望，别人也就“知难而退”了。可是，他把话收住了——他知道甘心作奴隶的人是不会因为一两句不悦耳的话而释放了他的，何苦多白费唇舌呢。

韵梅看出丈夫的为难与难堪。她试着步儿说：“你不是还得到东城去吗？”

大赤包首先领略到这个暗示，似恼非恼的说：“得啦，咱们别耽误了祁先生的正事，走吧！”

“走？”瑞丰像受了一惊似的，“大哥，你真的就不去弄点酒来，大家喝两口儿？”

瑞宣又没出声。他觉得不出声不单效果大，而且能保持住自己的尊严。

“老二，”祁大嫂笑着扯谎：“他真有事！改天我给你烙馅儿饼吃！”

大赤包没等瑞丰再开口，就往外走。大家都怪不得劲的跟随着她。瑞宣像陪着犯人到行刑场去似的往外送。

小崔头一天给瑞丰拉包月。他可是没把车停在祁家门外，他怕遇到冠家的人。把车停在西边的那株大槐树下面，他脸朝北坐着。大家由祁家出来，他装作没看见。等他们都进了冠家，他箭头似的奔过瑞宣来。

“祁先生！这倒巧！”他很高兴的说：“我刚刚拉上包月，听说你也找到好事啦！道个喜吧！”他作了个揖。

瑞宣惨笑了一下。他想告诉小崔几句真话。小崔，在他看，是比冠家那一群强的多，顺眼的多了。“崔爷，别喜欢吧！你知道，咱们还是在日本人的手心儿里哪！”

小崔想了想，又说：“可是，祁先生，要不是因为闹小日本儿，咱们不是还许得不到好事哪吗？”

“崔爷！你可别怪我说直话！你的想法差不多跟他们一样了！”

瑞宣指了指冠家。

“我，我，”小崔噎了一口气，“我跟他们一样？”

“你慢慢的想一想吧！”瑞宣又惨笑了一下，走进门去。

小崔又坐在车上，仰着头向绿槐叶发愣。

冠家的客厅中今天没有客人，连高亦陀与李空山都没有来。节前，三个招待室都挤满了人，晓荷立了一本收礼与送礼的账本，到现在还没完全登记完毕。今天，已经过了节，客人们仿佛愿意教“所长”休息一天。

大赤包一进门便坐在她的宝座上，吐了一口长气。“瑞丰！他简直不像是你的同胞弟兄！怎那么别扭呢？我没看见过这样的人！”

“倒也别说，”晓荷一闭眼，从心中挖出一小块智慧来。“一龙生九种，种种不同！”

“说真的，”瑞丰感叹着说：“我们老大太那个！我很担心哪。他的这个好事又混不了好久，他空有那么好的学问，英文说的和英国人一个味儿，可是社会上的事儿一点都不知道，这可怎么好！凭他，闹着玩似的就能拿个教育局局长，他可是老板着脸，见着日本人他就不肯鞠躬！没办法！没办法！”

大家都叹了口气。蓝东阳已咧着嘴昏昏的睡去。

丁约翰轻嗽了一下。大家知道这不仅是轻嗽，于是把眼睛都转向他来。他微带歉意的笑了笑，而后说：“不过，祁先生的办法也有来历！英国人都是那么死板板！他是英国派儿，所以才能进了英国府！我不知道，我说的对不对！”

晓荷转了好几下眼珠，又点了点头：“这话对！这话对！唱花脸的要暴，唱花旦的要媚，手法各有不同！”

“嗯！”大赤包把舌头咂了一下，咂摸出点味道：“要这么说，我们可就别怪他了！他有他的路子！”

“这，我倒没想到！”瑞丰坦白的说。“随他去吧！我反正管不了他！”

“他也管不了你！”胖菊子又打了个哈欠。

“说的好！好！”晓荷用手指尖“鼓掌”。“你们祁家弟兄是各有千秋！”

七

在太平年月，北平的夏天是很可爱的。从十三陵的樱桃下市到枣子稍微挂了红色，这是一段果子的历史——看吧，青杏子连核儿还没长硬，便用拳头大的小蒲篓儿装起，和“糖稀”一同卖给小姐与儿童们。慢慢的，杏子的核儿已变硬，而皮还是绿的，小贩们又接二连三的喊：“一大碟，好大的杏儿喽！”这个呼声，每每教小儿女们口中馋出酸水，而老人们只好摸一摸已经活动了的牙齿，惨笑一下。不久，挂着红色的半青半红的“土”杏儿下了市。而吆喝的声音开始音乐化，好像果皮的红美给了小贩们以灵感似的。而后，各种的杏子都到市上来竞赛：有的大而深黄，有的小而红艳，有的皮儿粗而味厚，有的核子小而爽口——连核仁也是甜的。最后，那驰名的“白杏”用绵纸遮护着下了市，好像大器晚成似的结束了杏的季节。当杏子还没断绝，小桃子已经歪着红嘴想取而代之。杏子已不见了。各样的桃子，圆的，扁的，血红的，全绿的，浅绿而带一条红脊椎的，硬的，软的，大而多水的，和小而脆的，都来到北平给人们的眼，鼻，口，以享受。

红李，玉李，花红和虎拉车[①]，相继而来。人们可以在一个担子上看到青的红的，带霜的发光的，好几种果品，而小贩得以充分的施展他的喉音，一口气吆喝出一大串儿来——“买李子耶，冰糖

① 虎拉车，一种水果名，近似沙果。

味儿的水果来耶；喝了水儿的，大蜜桃呀耶；脆又甜的大沙果子来耶……”

每一种果子到了熟透的时候，才有山上下来的乡下人，背着长筐，把果子遮护得很严密，用拙笨的，简单的呼声，隔半天才喊一声：大苹果，或大蜜桃。他们卖的是真正的“自家园”的山货。他们人的样子与货品的地道，都使北平人想象到西边与北边的青山上的果园，而感到一点诗意。

梨，枣和葡萄都下来的较晚，可是它们的种类之多与品质之美，并不使它们因迟到而受北平人的冷淡。北平人是以他们的大白枣，小白梨与牛乳葡萄傲人的。看到梨枣，人们便有“一叶知秋”之感，而开始要晒一晒夹衣与拆洗棉袍了。

在最热的时节，也是北平人口福最深的时节。果子以外还有瓜呀！西瓜有多种，香瓜也有多种。西瓜虽美，可是论香味便不能不输给香瓜一步。况且，香瓜的分类好似有意的“争取民众”——那银白的，又酥又甜的“羊角蜜”假若适于文雅的仕女吃取，那硬而厚的，绿皮金黄瓤子的“三白”与“哈蟆酥”就适于少壮的人们试一试嘴劲，而“老头儿乐”，顾名思义，是使没牙的老人们也不至向隅的。

在端阳节，有钱的人便可以尝到汤山的嫩藕了。赶到迟一点鲜藕也下市，就是不十分有钱的，也可以尝到“冰碗”了——一大碗冰，上面覆着张嫩荷叶，叶上托着鲜菱角，鲜核桃，鲜杏仁，鲜藕，与香瓜组成的香，鲜，清，冷的，酒菜儿。就是那吃不起冰碗的人们，不是还可以买些菱角与鸡头来，尝一尝“鲜”吗？

假若仙人们只吃一点鲜果，而不动火食，仙人在地上的洞府应当是北平啊！

天气是热的，可是一早一晚相当的凉爽，还可以作事。会享受的人，屋里放上冰箱，院内搭起凉棚，他就会不受到暑气的侵袭。假若不愿在家，他可以到北海的莲塘里去划船，或在太庙与中山公园的老柏树下品茗或摆棋。"通俗"一点的，什刹海畔借着柳树支起的凉棚内，也可以爽适的吃半天茶，咂几块酸梅糕，或呷一碗八宝荷叶粥。愿意洒脱一点的，可以拿上钓竿，到积水潭或高亮桥的西边，在河边的古柳下，作半日的垂钓。好热闹的，听戏是好时候，天越热，戏越好，名角儿们都唱双出。夜戏散台差不多已是深夜，凉风儿，从那槐花与荷塘吹过来的凉风儿，会使人精神振起，而感到在戏园受四五点钟的闷气并不冤枉，于是便哼着《四郎探母》什么的高高兴兴的走回家去。天气是热的，而人们可以躲开它！在家里，在公园里，在城外，都可以躲开它。假若愿远走几步，还可以到西山卧佛寺，碧云寺，与静宜园去住几天啊。就是在这小山上，人们碰运气还可以在野茶馆或小饭铺里遇上一位御厨，给作两样皇上喜欢吃的菜或点心。

就是在祁家，虽然没有天棚与冰箱，没有冰碗儿与八宝荷叶粥，大家可也能感到夏天的可爱。祁老人每天早晨一推开屋门，便可以看见他的蓝的，白的，红的，与抓破脸的牵牛花，带着露水，向上仰着有蕊的喇叭口儿，好像要唱一首荣耀创造者的歌似的。他的倭瓜花上也许落着个红的蜻蜓。他没有上公园与北海的习惯，但是睡过午觉，他可以慢慢的走到护国寺。那里的天王殿上，在没有庙会的日子，有评讲《施公案》或《三侠五义》的；老人可以泡一壶茶，听几回书。那里的殿宇很高很深，老有溜溜的小风，可以教老人避暑。等到太阳偏西了，他慢慢的走回来，给小顺儿和妞子带回一两块豌豆黄或两三个香瓜。小顺儿和妞子总是在大槐树下，一面拣槐花，一面等候太爷爷和太爷爷手里的吃食。老人进了门，西墙下已有了荫凉，便搬个小凳坐在枣树下，吸着小顺儿的妈给作好的绿豆汤。晚饭就在西墙儿的荫凉里吃。菜也许只是香椿拌豆腐，或小葱儿腌王瓜，可是老人永远不挑剔。他是苦里出身，觉得豆腐与王瓜是正合他的身份的。饭后，老人休息一会儿，就拿起瓦罐和喷壶，去浇他的花草。作完这项工作，天还没有黑，他便坐在屋檐下和小顺子们看飞得很低的蝙蝠，或讲一两个并没有什么趣味，而且是讲过不知多少遍数的故事。这样，便结束了老人的一天。

天佑太太在夏天，气喘得总好一些，能够磨磨蹭蹭的作些不大费力的事。当吃饺子的时候，她端坐在炕头上，帮着包；她包的很细致严密，饺子的边缘上必定捏上花儿。她也帮着晒菠菜，茄子皮，晒干藏起去，备作年下作饺子馅儿用。吃倭瓜与西瓜的时候，她必把瓜子儿晒在窗台上，等到雨天买不到糖儿豆儿的，好给孩子们炒一些，占住他们的嘴。这些小的操作使她暂时忘了死亡的威胁。有时候亲友来到，看到她正在作事，就必定过分的称赞她几句，而她也就懒懒的回答："唉，我又活啦！可是，谁知道冬天怎样呢！"

就是小顺儿的妈，虽然在炎热的三伏天，也还得给大家作饭，洗衣服，可也能抽出一点点工夫，享受一点只有夏天才能得到的闲情逸致。她可以在门口买两朵晚香玉，插在头上，给她自己放着香味；或找一点指甲草，用白矾捣烂，拉着妞子的小手，给她染红指甲。

瑞宣没有嗜好，不喜欢热闹，一个暑假他可充分的享受"清"福，他可以借一本书，消消停停的在北平图书馆消磨多半天，而后到北海打个穿堂，出北海后门，顺便到什刹海看一眼。他不肯坐下喝茶，而只在极渴的时候，享受一碗冰镇的酸梅汤。有时候，他高了兴，也许到西直门外的河边上，赁一领席，在柳荫下读读雪莱或莎士比亚。设若他是带着小顺子，小顺子就必捞回几条金丝荷叶与灯笼水草，回到家中好要求太爷爷给他买两条小金鱼儿。

小顺子与妞子的福气，在夏天，几乎比任何人的都大。第一，他们可以光着脚不穿袜，而身上只穿一件工人裤就够了。第二，实在没有别的好耍了，他们还有门外的两株大槐树。拣来槐花，他们可以要求祖母给编两个小花篮。把槐虫玩腻了，还可以在树根和墙角搜索槐虫变的"金刚"；金刚的头会转，一问它哪是东，或哪是西，它就不声不响的转一转头！第三，夏天的饭食也许因天热而简单一些，可是厨房里的王瓜是可以在不得已的时候偷取一根的呀。

况且，瓜果梨桃是不断的有人给买来，小顺儿声明过不止一次："一天吃三百个桃子，不吃饭，我也干！"就是下了大雨，不是门外还有吆喝："牛筋来豌豆，豆儿来干又香"的吗？那是多么兴奋的事呀，小顺儿头上盖着破油布，光着脚，踩着水，到门口去买用花椒大料煮的豌豆。卖豌豆的小儿，戴着斗笠，裤角卷到腿根儿上，捧着笸箩。豌豆是用小酒盅儿量的，一个钱一小酒盅儿。买回来，坐在床上，和妞子分食；妞子的那份儿一定没有他的那么香美，因为妞子没去冒险到门外去买呀！等到雨晴了，看，成群的蜻蜓在院中飞，天上还有七色的虹啊！

可是，可是，今年这一夏天只有暑热，而没有任何其他的好处。祁老人失去他的花草，失去他的平静，失去到天王殿听书的兴致。小顺儿的妈劝他多少次喝会儿茶解解闷去，他的回答老是"这年月，还有心听闲书去？"

天佑太太虽然身体好了一点，可是无事可作。晒菠菜吗？连每天吃的菠菜还买不到呢，还买大批的晒起来？城门三天一关，两天一闭，青菜不能天天入城。赶到一防疫，在城门上，连茄子倭瓜都被洒上石灰水，一会儿就烂完。于是，关一次城，防一回疫，菜蔬涨一次价钱，弄得青菜比肉还贵！她觉得过这样的日子大可不必再往远处想了，过年的时候要吃干菜馅的饺子？到过年的时候再说吧！谁知道到了新年物价涨到哪里去，世界变成什么样子呢！她懒得起床了。

小顺儿连门外也不敢独自去耍了。那里还有那两株老槐，"金刚"也还在墙角等着他，可是他不敢再出去。一号搬来了两家日本人，一共有两个男人，两个青年妇人，一个老太婆，和两个八九岁的男孩子。自从他们一搬来，首先感到压迫的是白巡长。冠晓荷俨然自居为太上巡长，他命令白巡长打扫胡同，通知邻居们不要教小孩子们在槐树下拉屎撒尿，告诉他槐树上须安一盏路灯，嘱咐他转告倒水的"三哥"，无论天怎么旱，井里怎么没水，也得供给够了一号用的——“告诉你，巡长，日本人是要天天洗澡的，用的水多！别家的水可以不倒，可不能缺了一号的！”

胡同中别的人，虽然没有受这样多的直接压迫，可是精神上也都感到很大的威胁。北平人，因为北平作过几百年的国都，是不会排外的。小羊圈的人决不会歧视一家英国人或土耳其人。可是，对这两家日本人，他们感到心中不安；他们知道这两家人是先灭了北平而后搬来的。他们必须承认他们的邻居也就是他们的征服者！他们多少听说过日本人怎样灭了朝鲜，怎样夺去台湾，和怎样虐待奴使高丽与台湾人。现在，那虐待奴使高丽与台湾的人到了他们的面前！况且，小羊圈是个很不起眼的小胡同；这里都来了日本人，北平大概的确是要全属于日本人的了！他们直觉的感到，这两家子不仅是邻居，而也必是侦探！看一眼一号，他们仿佛是看见了一颗大的延时性的爆炸弹！

一号的两个男人都是三十多岁的小商人。他们每天一清早必定带着两个孩子——都只穿着一件极小的裤衩儿——在槐树下练早操。早操的号令是广播出来的，大概全城的日本人都要在这时候操练身体。

七点钟左右，那两个孩子，背着书包，像箭头似的往街上跑去，由人们的腿中拼命往电车上挤。他们不像是上车，而像两个木橛硬往车里钉。无论车上与车下有多少人，他们必须挤上去。他俩下学以后，便占据住了小羊圈的“葫芦胸”：他们赛跑，他们爬树，他们在地上滚，他们相打——打得有时候头破血出。他们想怎么玩耍便怎么玩耍，好像他们生下来就是这一块槐荫的主人。他们愿意爬哪一家的墙，或是用小刀宰哪一家的狗，他们便马上去作，一点也不迟疑。他们家中的妇人永远向他们微笑，仿佛他们两个是一对小的上帝。就是在他们俩打得头破血出的时候，她们也只极客气的出来给他们抚摸伤痛，而不敢斥责他们。他们俩是日本的男孩子，而日本的男孩子必是将来的杀人不眨眼的“英雄”。

那两个男人每天都在早晨八点钟左右出去，下午五点多钟回来。他们老是一同出入，一边走一边低声的说话。哪怕是遇见一条狗，他们也必定马上停止说话，而用眼角瞭那么一下。他们都想挺着胸，目空一切的，走着德国式的齐整而响亮的步子；可是一遇到人，他们便本能的低下头去，有点自惭形秽似的。他们不招呼邻居，邻居也不招呼他们，他们仿佛感到孤寂，又仿佛享受着一种什么他们特有的乐趣。全胡同中，只有冠晓荷和他们来往。晓荷三天两头的要拿着几个香瓜，或一束鲜花，或二斤黄花鱼，去到一号“拜访”。他们可是没有给他送过礼。晓荷唯一的报酬是当由他们的门中出来的时候，他们必全家都送出他来，给他鞠极深的躬。他的躬鞠得比他们的更深。他的鞠躬差不多是一种享受。鞠躬已毕，他要极慢的往家中走，为是教邻居们看看他是刚由一号出来的，尽管是由一号出来，他还能沉得住气！即使不到一号去送礼，他也要约摸着在他们快要回来的时候。在槐树下徘徊，好等着给他们鞠躬。假若在槐树下遇上那两个没人喜爱的孩子，他也必定向他们表示敬意，和他们玩耍。两个孩子不客气的，有时候由老远跑来，用足了力量，向他的腹部撞去，撞得他不住的咧嘴；有时候他们故意用很脏的手抓弄他的雪白的衣裤，他也都不着急，而仍旧笑着拍拍他们的头。若有邻居们走过来，他必定搭讪着说：“两个娃娃太有趣了！太有趣！”

邻居们完全不能同意冠先生的“太有趣”。他们讨厌那两个孩子，至少也和讨厌冠先生的程度一个样。那两个孩子不仅用头猛撞冠先生，也同样的撞别人。他们最得意的是撞四大妈，和小孩子们。他们把四大妈撞倒已不止一次，而且把胡同中所有的孩子都作过他们的头力试验器。他们把小顺儿撞倒，而后骑在他的身上，抓住他的头发当作缰绳。小顺儿，一个中国孩子，遇到危险只会喊妈!

小顺儿的妈跑了出去。她的眼，一看到小顺儿变成了马，登时冒了火。在平日，她不是护犊子的妇人；当小顺儿与别家孩子开火的时候，她多半是把顺儿扯回家来，绝不把错过安在别人家孩子的头上。今天，她可不能再那样办。小顺儿是被日本孩子骑着呢。假若没有日本人的攻陷北平，她也许还不这么生气，而会大大方方的说：孩子总是孩子，日本孩子当然也会淘气的。现在，她却想到了另一条路儿上去，她以为日本人灭了北平，所以日本孩子才敢这么欺侮人。她不甘心老老实实的把小孩儿扯回来。她跑了过去，伸手把“骑士”的脖领抓住，一抡，抡出去；骑士跌在了地上。又一伸手，她把小顺儿抓起来。拉着小顺儿的手，她等着，看两个小仇敌敢再反攻不敢。两个日本孩子看了看她，一声没出的开始往家中走。她以为他们必是去告诉大人，出来讲理。她等着他们。他们并没出来。她松了点劲儿，开始骂小顺儿：“你没长着手吗？不会打他们吗？你个脓包！”小顺儿又哭了，哭得很伤心。“哭！哭！你就会哭！”她气哼哼的把他扯进家来。

祁老人不甚满意韵梅这样树敌，她更挂了火。对老人们，她永远不肯顶撞；今天，她好像有一股无可控制的怒气，使她忘了平日的规矩。是的，她的声音并不高，可是谁也能听得出她的顽强与盛怒：“我不管！他们要不是日本孩子，我还许笑一笑就拉倒了呢！他们既是日本孩子，我倒要斗斗他们！”

老人见孙媳妇真动了气，没敢再说什么。而把小顺儿拉到自己屋中，告诉他：“在院里玩还不行吗？干吗出去惹事呢？他们厉害呀，你别吃跟前亏呀，我的乖乖！”

晚间，瑞宣刚一进门，祁老人便轻声的告诉他：“小顺儿的妈惹了祸喽！”瑞宣吓了一跳。他晓得韵梅不是随便惹祸的人，而不肯惹事的人若一旦惹出事来，才不好办。“怎么啦？”他急切的问。

老人把槐树下的一场战争详细的说了一遍。

瑞宣笑了笑：“放心吧，爷爷，没事，没事！教小顺儿练练打架也好！”

祁老人不大明白孙子的心意，也不十分高兴孙子这种轻描淡写的态度。在他看，他应当领着重孙子到一号去道歉。当八国联军攻入北平的时候，他正是个青年人，他看惯了连王公大臣，甚至于西太后与皇帝，都是不敢招惹外国人的。现在，日本人又攻入了北平，他以为今天的情形理当和四十年前一个样！可是，他没再说什么，他不便因自己的小心而和孙子拌几句嘴。

韵梅也报告了一遍，她的话与神气都比祖父的更有声有色。她的怒气还没完全消散，她的眼很亮，颧骨上红着两小块。瑞宣听罢，也笑一笑。他不愿把这件小事放在心里。

可是，他不能不觉到一点高兴。他没想到韵梅会那么激愤，那么勇敢。他不止满意她的举动，而且觉得应当佩服她。由她这个小小的表现，他看出来：无论怎么老实的人，被逼得无可奈何的时候，也会反抗。他觉得韵梅的举动，在本质上说，几乎可与钱先生，钱仲石，刘师傅的反抗归到一类去了。不错，他看见了冠晓荷与瑞丰，可是也看见了钱先生与瑞全。在黑暗中，才更切迫的需要光明。正因为中国被侵略了，中国人才会睁开眼，点起自己心上的灯！

一个夏天，他的心老浸渍在愁苦中，大的小的事都使他难堪与不安。他几乎忘了怎样发笑。使馆中的暑假没有学校中的那么长，他失去了往年夏天到图书馆去读书的机会，虽然他也晓得，即使能有那个机会，他是否能安心的读书，还是个问题。当他早晨和下午出入家门的时候，十回倒有八回，他要碰到那两个日本男人。不错，自从南京陷落，北平就增加了许多日本人，在什么地方都可以遇见他们；可是，在自己的胡同里遇见他们，仿佛就另有一种难堪。遇上他们，他不知怎样才好。他不屑于向他们点头或鞠躬，可是也不便怒目相视。他只好在要出门或要进胡同口的时候，先四下里观观风。假若他们在前面，他便放慢了脚步；他们在后面，他便快走几步。这虽是小事，可是他觉到别扭；还不是别扭，而是失去了出入的自由。他还知道，日子一多，他的故意躲避他们，会引起他们的注意，而日本人，不管是干什么的，都也必是侦探！

在星期天，他就特别难过。小顺儿和妞子一个劲儿吵嚷：“爸！

玩玩去！多少日子没上公园看猴子去啦！上万牲园也好哇，坐电车，出城，看大象！”他没法拒绝小儿女们的要求，可是也知道：公园，北海，天坛，万牲园，在星期日，完全是日本人的世界。日本女的，那些永远含笑的小瓷娃娃，都打扮得顶漂亮，抱着或背着小孩，提着酒瓶与食盒；日本男人，那些永远用眼角撩人的家伙，也打扮起来，或故意不打扮起来，空着手，带着他们永远作奴隶的女人，和跳跳钻钻的男孩子，成群打伙的去到各处公园，占据着风景或花木最好的地方，表现他们的侵略力量。他们都带着酒，酒使小人物觉得伟大。酒后，他们到处发疯，东倒西晃的把酒瓶掷在马路当中或花池里。

同时，那些无聊的男女，像大赤包与瑞丰，也打扮得花花绿绿的，在公园里挤来挤去。他们穿得讲究，笑得无聊，会吃会喝，还会在日本男女占据住的地方去表演九十度的鞠躬。他们仿佛很高兴表示出他们的文化，亡国的文化，好教日本人放胆侵略。最触目伤心的是那些在亡城以前就是公子哥儿，在亡城以后，还无动于衷的青年，还携带着爱人，划着船，或搂着腰，口中唱着情歌。他们的钱教他们只知道购买快乐，而忘了还有个快亡了的国。

瑞宣不忍看见这些现象。他只好闷在家里，一语不发的熬过去星期日。他觉得很对不起小顺儿与妞子，但是没有好的办法。

好容易熬过星期日，星期一去办公又是一个难关。他无法躲避富善先生。富善先生在暑假里也不肯离开北平。他以为北平本身就是消暑的最好的地方。青岛，莫干山，北戴河？“噗！”他先喷一口气。“那些地方根本不像中国！假若我愿意看洋房子和洋事，我不会回英国吗？”他不走。他觉得中海北海的莲花，中山公园的芍药，和他自己的小园中的丁香，石榴，夹竹桃，和杂花，就够他享受的了。“北平本身就是一朵大花，”他说，“紫禁城和三海是花心，其余的地方是花瓣和花萼，北海的白塔是挺入天空的雄蕊！它本身就是一朵花，况且它到处还有树与花草呢！”

他不肯去消暑，所以即使没有公事可办，他也要到使馆来看一看。他一来，就总给瑞宣的“心病”上再戳几个小伤口儿。

“噢喉！安庆也丢了！”富善先生劈面就这么告诉瑞宣。

富善先生，真的，并没有意思教瑞宣难堪。他是真关心中国，而不由的就把当日的新闻提供出来。他绝不是幸灾乐祸，愿意听和愿意说中国失败的消息。可是，在瑞宣呢，即使他十分了解富善先生，他也觉得富善先生的话里是有个很硬的刺儿。况且，“噢喉！马当要塞也完了！”“噢喉，九江巷战了！”“噢喉！六安又丢了！”接二连三的，隔不了几天就有一个坏消息，真使瑞宣没法抬起头来。他得低着头，承认那是事实，不敢再大大方方的正眼看富善先生。

他有许多话去解释中日的战争绝不是短期间能结束的，那么，只要打下去，中国就会有极大的希望。每一次听到富善先生的报告，他就想拿出他的在心中转过几百几千回的话，说给富善先生。可是，他又准知老先生好辩论，而且在辩论的时候，老先生是会把同情中国的心暂时收藏起去，而毒狠的批评中国的一切的。老先生是有为辩论而辩论的毛病的。老先生会把他的——瑞宣的——理论与看法叫作“近乎迷信的成见”！

因此，他严闭起口来，拦住他心中的话往外泛溢。这使他憋得慌，可是到底还比和富善先生针锋相对的舌战强一些。他知道，一个英国人，即使是一个喜爱东方的英国人，像富善先生，必定是重实际的。像火一样的革命理论，与革命行为，可以出自俄国，法国，与爱尔兰，而绝不会产生在英国。英国人永远不作梦想。这样，瑞宣心中的话，若是说出来，只能得到富善先生的冷笑与摇头，因为他的话是一个老大的国家想用反抗的精神，一下子返老还童，也就必定被富善先生视为梦想。他不愿多费唇舌，而落个说梦话。

这样把话藏起来，他就更觉得它们的珍贵。他以为《正气歌》与岳武穆的《满江红》大概就是这么作出来的——把压在心里的愤怒与不便对别人说的信仰压成了每一颗都有个花的许多块钻石。可是，他也知道，在它们成为钻石之前，他是要感到孤寂与苦闷的。

和平的谣言很多。北平的报纸一致的鼓吹和平，各国的外交界的人们也几乎都相信只要日本人攻到武汉，国民政府是不会再迁都的。连富善先生也以为和平就在不远。他不喜欢日本人，可是他以为他所喜爱的中国人能少流点血，也不错。他把这个意思暗示给瑞宣好几次，瑞宣都没有出声。在瑞宣看，这次若是和了，不久日本就会发动第二次的侵略；而日本的再侵略不但要杀更多的中国人，而且必定把英美人也赶出中国去。瑞宣心里说："到那时候，连富善先生也得收拾行李了！"

虽然这么想，他心中可是极不安。万一要真和了呢？这时候讲和便是华北的死亡。就是不提国事，他自己怎么办呢？难道他就真的在日本人鼻子底下苟且偷生一辈子吗？因此，他喜欢听，哪怕是极小的呢，抵抗与苦战的事。就是小如韵梅与两个日本孩子打架的事，他也喜欢听。这不是疯狂，他以为，而是一种不愿作奴隶的人应有的正当态度。没有流血与抵抗是不会见出正义与真理的。因此，他也就想到，他应当告诉程长顺逃走，应当再劝小崔别以为拉上了包车便万事亨通。他也想告诉丁约翰不要拿"英国府"当作铁杆庄稼；假若英国不帮中国的忙，有朝一日连"英国府"也会被日本炸平的。

"七七"一周年，他听到委员长的告全国军民的广播。他的对国事的推测与希望，看起来，并不是他个人的成见，而也是全中国的希望与要求。他不再感觉孤寂；他的心是与四万万同胞在同一的律动上跳动着的。他知道富善先生也必定听到这广播，可是还故意的告诉给他。富善先生，出乎瑞宣意料之外，并没和他辩论什么，而只严肃的和他握了握手。他不明白富善先生的心中正在想什么，而只好把他预备好了的一片话存在心中。他是要说："日本人说三个月可以灭了中国，而我们已打了一年。我们还继续的抵抗，而继续抵抗便增多了我们胜利的希望。打仗是两方面的事，只要被打的敢还手，战局便必定会有变化。变化便带来希望，而希望产生信心！"

这段话虽然没说出来，可是他暗自揣想，或者富善先生也和那位窦神父一样，尽管表面上是一团和气，可是挖出根儿来看，他们到底是西洋人，而西洋人中，一百个倒有九十九个是崇拜——也许崇拜的程度有多有少——武力的。他甚至于想再去看看窦神父，看看窦神父是不是也因中国抗战了一年，而且要继续抵抗，便也严肃的和他握手呢？他没找窦神父去，也不知道究竟富善先生是什么心意。他只觉得心里有点痛快，甚至可以说是骄傲。他敢抬着头，正眼儿看富善先生了。由他自己的这点骄傲，他仿佛也看出富善先生的为中国人而骄傲。是的，中国的独力抵抗并不是奇迹，而是用真的血肉去和枪炮对拼的。中国人爱和平，而且敢为和平而流血，难道这不是件该骄傲的事么？他不再怕富善先生的"噢喉"了。

他请了半天的假，日本人也纪念"七七"。他不忍看中国人和中国学生到天安门前向侵略者的阵亡将士鞠躬致敬。他必须躲在家里。他恨不能把委员长的广播马上印刷出来，分散给每一个北平人。可是，他既没有印刷的方便，又不敢冒那么大的险。他叹了口气，对自己说："国是不会亡的了，可是瑞宣你自己尽了什么力气呢？"

八

星期天也是瑞宣的难关。他不肯出去游玩，因为无论是在路上，还是在游玩的地方，都无可避免的遇上许多日本人。日本人的在虚伪的礼貌下藏着的战胜者的傲慢与得意，使他感到难堪。整个的北平好像已变成他们的胜利品。

他只好藏在家里，可是在家里也还不得心静。瑞丰和胖菊子在星期天必然的来讨厌一番。他们夫妇老是匆匆忙忙的跑进来，不大一会儿又匆匆忙忙的跑出去，表示出在万忙之中，他们还没忘了来看哥哥。在匆忙之中，瑞丰——老叼着那支假象牙的烟嘴儿——要屈指计算着，报告给大哥："今儿个又有四个饭局！都不能不去！不能不去！我告诉你，大哥，我爱吃口儿好的，喝两杯儿好的，可是应酬太多，敢情就吃不动了！近来，我常常闹肚子！酒量，我可长多了！不信，多咱有工夫，咱们哥儿俩喝一回，你考验考验我！拳也大有进步！上星期天晚饭，在会贤堂，我连赢了张局长七个，七个劈面！"用食指轻轻弹了弹假象牙的烟嘴儿，他继续着说："朋友太多了！专凭能多认识这么多朋友，我这个科长就算没有白当。我看得很明白，一个人在社会上，就得到处拉关系，关系越多，吃饭的道儿才越宽，饭碗才不至于起恐慌。我——"他放低了点声："近来，连特务人员，不论是日本的，还是中国的都应酬，都常来常往。我身在教育局，而往各处，像金银藤和牵牛花似的，分散我的蔓儿！这样，我相信，我才能到处吃得开！你说是不是，大哥？"

瑞宣回不出话来，口中直冒酸水。

同时，胖菊子拉着大嫂的手，教大嫂摸她的既没领子又没袖子的褂子："大嫂，你摸摸，这有多么薄，多么软！才两块七毛钱一尺！"教大嫂摸完了褂子，她又展览她的手提包，小绸子伞，丝袜子，和露着脚指头的白漆皮鞋，并且一一的报出价钱来。

两个人把该报告的说到一段落，便彼此招呼一声："该走了吧？王宅不是还等着咱们打牌哪吗？"而后，就亲密的并肩的匆匆走出去。

他俩走后，瑞宣必定头疼半点钟。他的头疼有时候延长到一点钟，或更长一些，假若冠晓荷也随着瑞丰夫妇来访问他。晓荷的讨厌几乎到了教瑞宣都要表示钦佩的程度，于是也就教瑞宣没法不头疼。假若瑞丰夫妇只作"自我宣传"，晓荷就永不提他自己，也不帮助瑞丰夫妇乱吹，而是口口声声的赞扬英国府，与在英国府作事的人。他管自己的来看瑞宣叫作"英日同盟"！

每逢晓荷走后，瑞宣就恨自己为什么不在晓荷的脸上啐几口唾沫。可是，赶到晓荷又来到，他依然没有那个决心，而哼儿哈儿的还敷衍客人。他看出自己的无用。时代是钢铁的，而他自己是块豆腐！

为躲避他们，他偶尔的出去一整天。到处找钱先生。可是，始终没有遇见过钱先生一次。看到一个小茶馆，他便进去看一看，甚至于按照小崔的形容探问一声。“不错，看见过那么个人，可是不时常来。”几乎是唯一的回答。走得筋疲力尽，他只好垂头丧气的走回家来。假若他能见到钱先生，他想，他必能把一夏天所有的恶气都一下子吐净。那该是多么高兴的事！可是，钱先生像沉在大海里的一块石头。

比较使他高兴，而并不完全没有难堪的，是程长顺的来访。程长顺还是那么热烈的求知与爱国，每次来几乎都要问瑞宣：“我应当不应当走呢？”

瑞宣喜欢这样的青年。他觉得即使长顺并不真心想离开北平，就凭这样一问也够好听的了。可是，及至想到长顺的外婆，他又感到了为难，而把喜悦变成难堪。

有一天，长顺来到，恰好瑞宣正因为晓荷刚来访看过而患头疼。他没能完全控制住自己，而告诉了长顺：“是有志气的都该走！”

长顺的眼亮了起来：“我该走？”

瑞宣点了头。

“好！我走！”

瑞宣没法再收回自己的话。他觉到一点痛快，也感到不少的苦痛——他是不是应当这样鼓动一个青年去冒险呢？这是不是对得起那位与长顺相依为命的老太婆呢？他的头更疼了。长顺很快的就跑出去，好像大有立刻回家收拾收拾就出走的样子。瑞宣的心中更不好过了。从良心上讲，他劝一个青年逃出监牢是可以不受任何谴责的，可是，他不是那种惯于煽惑别人的人，他的想象先给长顺想出许多困难与危险，而觉得假若不幸长顺白白的丧掉性命，他自己便应负全责。他不知怎样才好。

连着两三天的工夫，他天天教韵梅到四号去看一眼，看长顺是否已经走了。

长顺并没有走。他心中很纳闷。三天过了，他在槐荫下遇见了长顺。长顺仿佛是怪羞愧的只向他点了点头就躲开了。他更纳闷了。是不是长顺被外婆给说服了呢？还是年轻胆子小，又后悔了呢？无论怎样，他都不愿责备长顺。可是他也不能因长顺的屈服或后悔而高兴。

第五天晚上，大有点要落雨的样子。云虽不厚，可是风很凉，所以大家都很早的进了屋子；否则吃过晚饭，大家必定坐在院中乘凉的。长顺，仍然满脸羞愧的，走进来。

瑞宣有心眼，不敢开门见山的问长顺什么，怕长顺难堪。长顺可是仿佛来说心腹话，没等瑞宣发问，就“招”了出来：“祁先生！”他的脸红起来，眼睛看着自己的鼻子，语声更呜囔得厉害了。“我走不了！”

瑞宣不敢笑，也不敢出声，而只同情的严肃的点了点头。

“外婆有一点钱，”长顺低声的，呜囔着鼻子说：“都是法币。她老人家不肯放账吃利，也不肯放在邮政局去。她自己拿着。只有钱在她自己手里，她才放心！”

“老人们都是那样。”瑞宣说。

长顺看瑞宣明白老人们的心理，话来得更顺利了一些：“我不知道她老人家有多少钱，她永远没告诉过我。”

“对！老人家们的钱，没有第二个人知道藏在哪里，和有多少。”

“这可就坏了事！”长顺用袖口抹了一下鼻子。“前几个月，日本人不是贴告示，教咱们把法币都换成新票子吗？我看见告示，就告诉了外婆。外婆好像没有听见。”

“老人们当然不信任鬼子票儿！”

“对！我也那么想，所以就没再催她换。我还想，大概外婆手里有钱也不会很多，换不换的也许没多大关系。后来，换钱的风声越来越紧了，我才又催问了一声。外婆告诉我：昨天她在门外买了一个乡下人的五斤小米，那个人低声的说，他要法币。外婆的法币就更不肯出手啦。前两天，白巡长来巡逻，站在门口，和外婆瞎扯，外婆才知道换票子的日期已经过了，再花法币就圈禁一年。外婆哭了一夜。她一共有一千元啊，都是一元的单张，新的，交通银行的！她有一千！可是她一元也没有了！丢了钱，她敢骂日本鬼子了，她口口声声要去和小鬼子拼命！外婆这么一来，我可就走不了啦。那点钱是外婆的全份儿财产，也是她的棺材本儿。丢了那点钱，我们娘儿俩的三顿饭马上成问题！你看怎么办呢？我不能再说走，我要一走，外婆非上吊不可！我得设法养活外婆，她把我拉扯这么大，这该是我报恩的时候了！祁先生？”长顺的眼角有两颗很亮的泪珠，鼻子上出着汗，搓着手等瑞宣回答。

瑞宣立了起来，在屋中慢慢的走。在长顺的一番话里，他看见了自己。家和孝道把他，和长顺，拴在了小羊圈。国家在呼唤他们，可是他们只能装聋。他准知道，年轻人不走，并救不活老人，或者还得与老人们同归于尽，可是，他没有跺脚一走的狠心，也不能劝长顺狠心的出走，而教他的外婆上吊。他长叹了一声，而后对长顺说：“把那一千元交给熟识的山东人或山西人，他们带走，带到没有沦陷的地方，一元还是一元。当然，他们不能一元当一元的换给你，可是吃点亏，总比都白扔了好。”

“对！对！”长顺已不再低着头，而把眼盯住瑞宣的脸，好像瑞宣的每一句话都是福音似的。“我认识天福斋的杨掌柜，他是山东人！行！他一定能帮这点忙！祁先生，我去干什么好呢？”

瑞宣想不起什么是长顺的合适的营业。“想一想再说吧，长顺！”

“对！你替我想一想，我自己也想着！”长顺把鼻子上的汗都擦去，立了起来。立了一会儿，他的声音又放低：“祁先生，你不耻笑我不敢走吧？”

瑞宣惨笑了一下。“咱们都是一路货！”

“什么？”长顺不明白瑞宣的意思。

“没关系！”瑞宣不愿去解释。“咱们明天见！劝外婆别着急！”

长顺走后，外边落起小雨来。听着雨声，瑞宣一夜没有睡熟。

长顺的事还没能在瑞宣心里消逝，陈野求忽然的来看他。

野求的身上穿得相当的整齐，可是脸色比瑞宣所记得的更绿了。到屋里坐下，他就定上了眼珠，薄嘴唇并得紧紧的。几次他要说话，几次都把嘴唇刚张开就又闭紧。瑞宣注意到，当野求伸手拿茶碗的时候，他的手是微颤着的。

“近来还好吧？”瑞宣想慢慢的往外引野求的话。

野求的眼开始转动，微笑了一下：“这年月，不死就算平安！”说完，他又不出声了。他仿佛是很愿用他的聪明，说几句漂亮的话，可是心中的惭愧与不安又不允许他随便的说。他只好愣起来。愣了半天，他好像费了很大的力量似的，把使他心中羞愧与不安的话提出来：“瑞宣兄！你近来看见默吟没有？”按道理说，他比瑞宣长一辈，可是他向来谦逊，所以客气的叫“瑞宣兄”。

“有好几位朋友看见了他，我自己可没有遇见过；我到处去找他，找不到！”

舐了舐嘴唇，野求准备往外倾泻他的话：“是的！是的！我也是那样！有两位画画儿的朋友都对我说，他们看见了他。”

“在哪儿？”

“在图画展览会。他们展览作品，默吟去参观。瑞宣兄，你晓得我的姐丈自己也会画？”

瑞宣点了点头。

“可是，他并不是去看画！他们告诉我，默吟慢条斯理的在展览室绕了一圈，而后很客气的把他们叫出来。他问他们：你们画这些翎毛，花卉，和烟云山水，为了什么呢？你们画这些，是为消遣吗？当你们的真的山水都满涂了血的时候，连你们的禽鸟和花草都被炮火打碎了的时候，你们还有心消遣？你们是为画给日本人看吗？噢！日本人打碎了你们的青山，打红了你们的河水，你们还有脸来画春花秋月，好教日本人看着舒服，教他们觉得即使把你们的城市田园都轰平，你们也还会用各种颜色粉饰太平！收起你们那些污辱艺术，轻蔑自己的东西吧！要画，你们应当画战场上的血，和反抗侵略的英雄！说完，他深深的给他们鞠了一躬，嘱咐他们想一想他的话，而后头也没回的走去。我的朋友不认识他，可是他们跟我一形容，我知道那必是默吟！”

“你的两位朋友对他有什么批评呢？陈先生！”瑞宣很郑重的问。

“他们说他是半疯子！”

“半疯子？难道他的话就没有一点道理？”

“他们！”野求赶紧笑了一下，好像代朋友们道歉似的。“他们当然没说他的话是疯话，不过，他们只会画一笔画，开个画展好卖几个钱，换点米面吃，这不能算太大的过错。同时，他们以为他要是老这么到处乱说，迟早必教日本人捉去杀了！所以，所以……”

“你想找到他，劝告他一下？”

“我劝告他？”野求的眼珠又不动了，像死鱼似的。他咬上了嘴唇，又愣起来。好大一会儿之后，他叹了口极长的气，绿脸上隐隐的有些细汗珠。“瑞宣兄！你还不知道，他和我绝了交吧？”

“绝交？”

野求慢慢的点了好几下头。“我的心就是一间行刑的密室，那里有一切的刑具，与施刑的方法。”他说出了他与默吟先生绝交的经过。“那可都是我的过错！我没脸再见他，因为我没能遵照他的话而脱去用日本钱买的衣服，不给儿女们用日本钱买米面吃。同时，我又知道给日本人作一天的事，作一件事，我的姓名就永远和汉奸们列在一处！我没脸去见他，可是又昼夜的想见他，他是我的至亲，又是良师益友！见了他，哪怕他抽我几个嘴巴呢，我也乐意接受！他的掌会打下去一点我的心病，内疚！我找不到他！我关心他的安全与健康，我愿意跪着请求他接受我的一点钱，一件衣服！可是，我也知道，他决不会接受我这两只脏手所献给的东西，任何东西！

那么，见了面又怎样呢？还不是更增加我的苦痛？”他极快的喝了一口茶，紧跟着说：“只有痛苦！只有痛苦！痛苦好像就是我的心！孩子们不挨饿了，也穿上了衣裳。他们跳，他们唱，他们的小脸上长了肉。但是，他们的跳与唱是毒针，刺着我的心！我怎么办？没有别的办法，除了设法使我自己麻木，麻木，不断的麻木，我才能因避免痛苦而更痛苦，等到心中全是痛苦而忘记了痛苦！”

“陈先生！你吸上了烟？”瑞宣的鼻子上也出了汗。

野求把脸用双手遮住，半天没动弹。

“野求先生！”瑞宣极诚恳的说：“不能这么毁坏自己呀！”

野求慢慢的把手放下去，仍旧低着头，说：“我知道！我知道！可是我管不住自己！姐丈告诉过我：去卖花生瓜子，也比给日本人作事强。可是，咱们这穿惯了大褂的人，是宁可把国耻教大褂遮住，也不肯脱了大褂作小买卖去的！因此，我须麻醉自己。吸烟得多花钱，我就去兼事；事情越多，我的精神就越不够，也就更多吸几口烟。我现在是一天忙到晚，好像专为给自己找大烟钱。只有吸完一顿烟，我才能迷迷糊糊的忘了痛苦。忘了自己，忘了国耻，忘了一切！瑞宣兄，我完了！完了！”他慢慢的立起来。“走啦！万一见到默吟，告诉他我痛苦，我吸烟，我完了！”他往外走。

瑞宣傻子似的跟着他往外走。他有许多话要说，而一句也说不出来。

二人极慢的，无语的，往外走。快走到街门，野求忽然站住了，回过头来；“瑞宣兄！差点忘了，我还欠你五块钱呢！”他的右手向大褂里伸。

“野求先生！咱们还过不着那五块钱吗？”瑞宣惨笑了一下。

野求把手退回来：“咱们——好，我就依实啦！谢谢吧！”

到了门口，野求向一号打了一眼：“现在有人住没有？”

“有！日本人！”

“噢！”野求咽了一大口气，而后向瑞宣一点头，端着肩走去。

瑞宣呆呆的看着他的后影，直到野求拐了弯。回到屋中，他老觉得野求还没走，即使闭上眼，他也还看见野求的瘦脸；野求的形象好像贴在了他的心上！慢慢的，每一看到那张绿脸，他也就看到自己。除了自己还没抽上大烟，他觉得自己并不比野求好到哪里去——凡是留在北平的，都是自取灭亡！

他坐下，无聊的拿起笔来，在纸上乱写。写完，他才看清“我们都是自取灭亡！”盯着这几个字，他想把纸条放在信封里，给野求寄了去。可是，刚想到这里，他也想起默吟先生；随手儿他把纸条儿揉成一个小团，扔在地上。默吟先生就不是自取灭亡的人。是的，钱诗人早晚是会再被捕，被杀掉。可是，在这死的时代，只有钱先生那样的死才有作用。有良心而无胆气的，像他和野求，不过只会自杀而已！

九

广州陷落。我军自武汉后撤。

北平的日本人又疯了。胜利！胜利！胜利以后便是和平，而和平便是中国投降，割让华北！北平的报纸上登出和平的条件：日本并不要广州与武汉，而只要华北。

汉奸们也都高了兴，华北将永远是日本人的，也就永远是他们的了！

可是，武汉的撤退，只是撤退；中国没有投降！

狂醉的日本人清醒过来以后，并没找到和平。他们都感到头疼。他们发动战争，他们也愿极快的结束战争，好及早的享受两天由胜利得来的幸福。可是，他们只发动了战争，而中国却发动了不许他们享受胜利！他们失去了主动。他们只好加紧的利用汉奸，控制华北，用华北的资源，粮草，继续作战。

瑞宣对武汉的撤退并没有像在南京失守时那么难过。在破箱子底上，他找出来一张不知谁藏的，和什么时候藏的，大清一统地图来。把这张老古董贴在墙上，他看到了重庆。在地图上，正如在他心里，重庆离他好像并不很远。在从前，重庆不过是他记忆中的一个名词，跟他永远不会发生什么关系。今天，重庆离他很近，而且有一种极亲密的关系。他觉得只要重庆说"打"，北平就会颤动；只要重庆不断的发出抗战的呼声，华北敌人的一切阴谋诡计就终必像水牌上浮记着的账目似的，有朝一日必被抹去，抹得一干二净。看着地图，他的牙咬得很紧。他必须在北平立稳，他的一思一念都须是重庆的回响！他须在北平替重庆抬着头走路，替全中国人表示出：中国人是不会投降的民族！

在瑞宣这样沉思的时候，冠家为庆祝武汉的撤退，夜以继日的欢呼笑闹。第一件使他们高兴的是蓝东阳又升了官。

华北，在日本人看，是一把拿定了。所以，他们应一方面加紧的肃清反动分子，一方面把新民会的组织扩大，以便安抚民众。日本人是左手持剑，右手拿着昭和糖，威胁与利诱，双管齐下的。

新民会改组。它将是宣传部，社会部，党部，与青年团合起来的一个总机关。它将设立几处，每处有一个处长。它要作宣传工作，要把工商界的各行都组织起来，要设立少年团与幼年团，要以作顺民为宗旨发动仿佛像一个政党似的工作。

在这改组的时节，原来在会的职员都被日本人传去，当面试验，以便选拔出几个处长和其他的重要职员。蓝东阳的相貌首先引起试官的注意，他长得三分像人，七分倒像鬼。日本人觉得他的相貌是一种资格与保证——这样的人，是地道的汉奸胎子，永远忠于他的主人，而且最会欺压良善。

东阳的脸已足引起注意，恰好他的举止与态度又是那么卑贱得出众，他得了宣传处处长。当试官传见他的时候，他的脸绿得和泡乏了的茶叶似的，他的往上吊着的眼珠吊上去，一直没有回来，他的手与嘴唇都颤动着，他的喉中堵住一点痰。他还没看见试官，便已鞠了三次最深的躬，因为角度太大，他几乎失去身体的平衡，而栽了下去。当他走近了试官身前的时候，他感激得落了泪。试官受了感动，东阳得到了处长。

头一处给他预备酒席庆贺升官的当然是冠家。他接到了请帖，可是故意的迟到了一个半钟头。及来到冠家，他的架子是那么大，连晓荷的善于词令都没能使他露一露黄牙。进门来，他便半坐半卧的倒在沙发上，一语不发。他的绿脸上好像搽上了一层油，绿得发光。人家张罗他的茶水，点心，他就那么懒而骄傲的坐着，把头窝在沙发的角儿上，连理也不理。人家让他就位吃酒，他懒得往起立。让了三四次，他才不得已的，像一条毛虫似的，把自己拧咕[①]到首座。屁股刚碰到椅子，他把双肘都放在桌子上，好像要先打个盹儿的样子。他的心里差不多完全是空的，而只有“处长，处长”随着心的跳动，轻轻的响。他不肯喝酒，不肯吃菜，表示出处长是见过世面的，不贪口腹。赶到酒菜的香味把他的馋涎招出来，他才猛孤丁的夹一大箸子菜，放在口里，旁若无人的大嚼大咽。

大赤包与冠晓荷交换了眼神，他们俩决定不住口的叫处长，像叫一个失了魂的孩子似的。他们认为作了处长，理当摆出架子；假若东阳不肯摆架子，他们还倒要失望呢。他们把处长从最低音叫到最高音，有时候二人同时叫，而一高一低，像二部合唱似的。

任凭他们夫妇怎样的叫，东阳始终不哼一声。他是处长，他必须沉得住气；大人物是不能随便乱说话的。

甜菜上来，东阳忽然的立起来，往外走，只说了声：“还有事！”

他走后，晓荷赞不绝口的夸奖他的相貌：“我由一认识他，就看出来蓝处长的相貌不凡。你们注意没有？他的脸虽然有点发绿，可

---

① 拧咕，身子歪歪扭扭的样子。

是你们细看，就能看出下面却有一层极润的紫色儿，那叫朱砂脸，必定掌权！”

大赤包更实际一些：“管他是什么脸呢，处长才是十成十的真货，我看哪，哼！”她看了高第一眼。等到只剩了她与晓荷在屋里的时候，她告诉他：“我想还是把高第给东阳吧。处长总比科长大多了！”

“是的！是的！所长所见甚是！你跟高第说去！这孩子，总是别别扭扭的，不听话！”

“我有主意！你甭管！”

其实，大赤包并没有什么高明的主意。她心里也知道高第确是有点不听话。

高第的不听话已不止一天。她始终不肯听从着妈妈去“拴”住李空山。李空山每次来到，除了和大赤包算账，（大赤包由包庇暗娼来的钱，是要和李空山三七分账的，）便一直到高第屋里去，不管高第穿着长衣没穿，还是正在床上睡觉。他俨然以高第的丈夫自居。进到屋中，他便一歪身倒在床上。高兴呢，他便闲扯几句；不高兴，他便一语不发，而直着两眼盯着她。他逛惯了窑子，娶惯了妓女；他以为一切妇女都和窑姐儿差不多。

高第不能忍受这个。她向妈妈抗议。大赤包理直气壮的教训女儿：“你简直的是胡涂！你想想看，是不是由他的帮忙，我才得到了所长？自然喽，我有做所长的本事与资格；可是，咱们也不能忘恩负义，硬说不欠他一点儿情！由你自己说，你既长得并不像天仙似的，他又做着科长，我看不出这件婚事有什么不配合的地方。你要睁开眼看看事情，别闭着眼做梦！再说，他和我三七分账，我受了累，他白拿钱，我是哑巴吃黄连有苦说不出！你要是明理，就该牢笼住他；你要是嫁给他，难道他还好意思跟老丈母娘三七分账吗？你要知道，我一个人挣钱，可是给你们大家花；我的钱并没都穿在我自己的肋条骨上！”

抗议没有用，高第自然的更和桐芳亲近了。可是，这适足以引起妈妈对桐芳增多恶感，而想马上把桐芳赶到妓院里去。为帮助桐芳，高第不敢多和桐芳在一块。她只好在李空山躺到她的床上的时候，气哼哼的拿起小伞与小皮包走出去，一走就是一天。她会到北海的山石上，或公园的古柏下，呆呆的坐着；到太寂寞了的时节，她会到晓荷常常去的通善社或崇善社去和那些有钱的，有闲的，想用最小的投资而获得永生的善男善女们鬼混半天。

高第这样躲开，大赤包只好派招弟去敷衍李空山。她不肯轻易放手招弟，可是事实逼迫着她非这样作不可。她绝对不敢得罪李空山。惹恼了李空山，便是砸了她的饭锅。

招弟，自从妈妈作了所长，天天和妓女们在一块儿说说笑笑，已经失去了她的天真与少女之美。她的本质本来不坏。在从前，她的最浪漫的梦也不过和小女学生们的一样——小说与电影是她的梦的资料。她喜欢打扮，愿意有男朋友，可是这都不过是一些小小的，哀而不伤的，青春的游戏。她还没想到过男女的问题和男女间彼此的关系与需要。她只觉得按照小说与电影里的办法去调动自己颇好玩——只是好玩，没有别的。现在，她天天看见妓女。她忽然的长成了人。她从妓女们身上看到了肉体，那无须去想象，而一眼便看清楚的肉体。她不再作浪漫的梦，而要去试一试那大胆的一下子跳进泥塘的行动——像肥猪那样似的享受泥塘的污浊。

真的，她的服装与头发脸面的修饰都还是摩登的，没有受娼妓们的影响。可是，在面部的表情上，与言语上，她却有了很大的变动。她会老气横秋的，学着妓女们的口调，说出足以一下子就跳入泥淖的脏字，而嬉皮笑脸的满意自己的大胆，咂摸着脏字里所藏蕴着的意味。她所受的那一点学校教育不够教她分辨是非善恶的，她只有一点直觉，而不会思想。这一点少女的直觉，一般的说，是以娇羞与小心为保险箱的。及至保险箱打开了，不再锁上，她便只顾了去探索一种什么更直接的，更痛快的，更原始的，愉快，而把害羞与小心一齐扔出去，像摔出一个臭鸡蛋那么痛快。她不再运用那点直觉，而故意的睁着眼往泥里走。她的青春好像忽然被一阵狂风刮走，风过去，剩下一个可以与妓女为伍的小妇人。

她接受了妈妈的命令，去敷衍李空山。

李空山看女人是一眼便看到她们的最私秘的地方去的。在这一点上，他很像日本人。见招弟来招待他，他马上拉住她的手，紧跟着就吻了她，摸她的身上。这一套，他本来久想施之于高第的，可是高第“不听话”。现在，他对比高第更美更年轻的招弟用上了这一套，他马上兴奋起来，急忙到绸缎庄给她买了三身衣料。

大赤包看到衣料，心里颤了一下。招弟是她的宝贝，不能随便就被李空山挖了去。可是，绸缎到底是绸缎，绸缎会替李空山说好话。她不能教招弟谢绝。同时，她相信招弟是聪明绝顶的，一定不会轻易的吃了亏。所以，她不便表示什么。

招弟并不喜欢空山。她也根本没有想到什么婚姻问题。她只是要冒险，尝一尝那种最有刺激性的滋味，别人没敢，李空山敢，对她动手，那么也就无所不可。她看见不止一次，晓荷偷偷的吻那些妓女。现在，她自己大胆一点，大概也没有什么了不起的过错与恶果。

武汉陷落，日本人要加紧的肃清北平的反动分子，实行清查户口，大批的捉人。李空山忙起来。他不大有工夫再来到高第的床上躺一躺。他并不忠心于日本主子，而是为他自己弄钱。他随便的捕人，捕得极多，而后再依次的商议价钱，肯拿钱的便可以被释放；没钱的，不管有罪无罪，便丧掉生命。在杀戮无辜的人的时候，他的胆子几乎与动手摸女人是一边儿大的。

大赤包见李空山好几天没来，很不放心。是不是女儿们得罪了他呢？她派招弟去找他：“告诉你，招弟，乖乖！去看看他！你就说：武汉完了事，大家都在这里吃酒；没有他，大家都怪不高兴的！请他千万抓工夫来一趟，大家热闹一天！穿上他送给你的衣裳！听见没有？”

把招弟打发走，她把高第叫过来。她皱上点眉头，像是很疲乏了的，低声的说：“高第，妈妈跟你说两句话。我看出来，你不大喜欢李空山，我也不再勉强你！”她看着女儿，看了好大一会儿，仿佛是视察女儿领会了妈妈的大仁大义没有。“现在蓝东阳作了处长，我想总该合了你的意吧？他不大好干净，可是那都因为他没有结婚，他若是有个太太招呼着他，他必定不能再那么邋遢了。说真的，他要是好好的打扮打扮，还不能不算怪漂亮的呢！况且，他又年轻，又有本事；现在已经是处长，焉知道不作到督办什么的呢！好孩子，你听妈妈的话！妈妈还能安心害了你吗？你的岁数已经不小了，别老教妈妈悬着心哪！妈妈一个人打里打外，还不够我操心的？好孩子，你跟他交交朋友！你的婚事要是成了功，不是咱们一家子都跟着受用吗？”说完这一套，她轻轻的用拳头捶着胸口。

高第没有表示什么。她讨厌东阳不亚于讨厌李空山。就是必不得已而接受东阳，她也得先和桐芳商议商议；遇到大事，她自己老拿不定主意。

乘着大赤包没在家，高第和桐芳在西直门外的河边上，一边慢慢的走，一边谈心。河仅仅离城门有一里来地，可是河岸上极清静，连个走路的人也没有。岸上的老柳树已把叶子落净。在秋阳中微摆着长长的柳枝。河南边的莲塘只剩了些干枯到能发出轻响的荷叶，塘中心静静的立着一只白鹭。鱼塘里水还不少，河身可是已经很浅，只有一股清水慢慢的在河心流动，冲动着一穗穗的长而深绿的水藻。河坡还是湿润的，这里那里偶尔有个半露在泥外的田螺，也没有小孩们来挖它们。秋给北平的城郊带来萧瑟，使它变成触目都是秋色，一点也不像一个大都市的外围了。

走了一会儿。她们俩选了一棵最大的老柳，坐在它的露在地面上的根儿上。回头，她们可以看到高亮桥，桥上老不断的有车马来往，因此，她们不敢多回头；她们愿意暂时忘了她们是被圈在大笼子——北平——的人，而在这里自由的吸点带着地土与溪流的香味的空气。

“我又不想走了！”桐芳皱着眉，吸着一根香烟；说完这一句，她看着慢慢消散的烟。

“你不想走啦？”高第好像松了一口气似的问。“那好极啦！你要走了，剩下我一个人，我简直一点办法也没有！”

桐芳眯着眼看由鼻孔出来的烟，脸上微微有点笑意，仿佛是享受着高第对她的信任。

“可是，”高第的短鼻子上纵起一些小褶子，“妈妈真赶出你去呢？教你到……”

桐芳把半截烟摔在地上，用鞋跟儿碾碎，撇了撇小嘴：“我等着她的！我已经想好了办法，我不怕她！你看，我早就想逃走，可是你不肯陪着我。我一想，斗大的字我才认识不到一石，我干什么去呢？不错，我会唱点玩艺儿；可是，逃出去再唱玩艺儿，我算怎么一回事呢？你要是同我一道走，那就不同了；你起码能写点算点，大小能找个事作；你作事，我愿意刷家伙洗碗的作你的老妈子；我敢保，咱们俩必定过得很不错！可是，你不肯走；我一个人出去没办法！”

“我舍不得北平，也舍不得家！”高第很老实的说了实话。

桐芳笑了笑。“北平教日本人占着，家里教你嫁给刽子手，你还都舍不得！你忘了，忘了摔死一车日本兵的仲石，忘了说你是个好姑娘的钱先生！”

高第把双手搂在磕膝上，愣起来。愣了半天，她低声的说：“你不是也不想走啦？”

桐芳一扬头，把一绺头发摔到后边去：“不用管我，我有我的办法！”

“什么办法？”

“不能告诉你！”

“那，我也有我的办法！反正我不能嫁给李空山，也不能嫁给蓝东阳！我愿意要谁，才嫁给谁！”高第把脸扬起来，表示出她的坚决。是的，她确是说了实话。假使她不明白任何其他的事，她可是知道婚姻自由。自由结婚成了她的一种信仰。她并说不出为什么婚姻应当自由，她只是看见了别人那么作，所以她也须那么作。她在生命上，没有任何足以自傲的地方，而时代强迫着她作个摩登小姐。怎样才算摩登？自由结婚！只要她结了婚，她好像就把生命在世界上拴牢，这，她与老年间的妇女并没有什么差别。可是，她必须要和老妇女们有个差别。怎样显出差别？她要结婚，可是上面必须加上“自由”！结婚后怎样？她没有过问。凭她的学识与本事，结婚后她也许挨饿，也许生了娃娃而弄得稀屎糊在娃娃的脑门上。这些，她都没有想过。她只需要一段浪漫的生活，由恋爱而结婚。有了这么一段经历，她便成了摩登小姐，而后堕入地狱里去也没关系！她是新时代的人，她须有新时代的迷信，而且管迷信叫作信仰。她没有立足于新时代的条件，而坐享其成的要吃新时代的果实。历史给了她自由的机会，可是她的迷信教历史落了空。

桐芳半天没有出声。

高第又重了一句：“我愿意要谁才嫁给谁！”

“可是，你斗得过家里的人吗？你吃着家里，喝着家里，你就得听他们的话！”桐芳的声音很低，而说得很恳切。“你知道，高第，我以后帮不了你的忙了，我有我的事！我要是你，我就跺脚一走！在我们东北，多少女人都帮着男人打日本鬼子。你为什么不去那么办？你走，你才能自由！你信不信？”

“你到底要干什么呢？怎么不帮忙我了呢？”

桐芳轻轻的摇了摇头，闭紧了嘴。

待了半天，桐芳摘下一个小戒指来，递到高第的手里，而后用双手握住高第的手：“高第！从今以后，在家里咱们彼此不必再说话。他们都知道咱俩是好朋友，咱们老在一块儿招他们的疑心。以后，我不再理你，他们也许因为咱俩不相好了，能多留我几天。这个戒指你留着作个纪念吧！”

高第害了怕。“你，你是不是想自杀呢？”

桐芳惨笑了一下，“我才不自杀！”

“那你到底……”

“日后你就明白了，先不告诉你！”桐芳立起来，伸了伸腰；就手儿揪住一根柳条。高第也立了起来：“那么，我还是没有办法呀！”

“话已经说过了，你有胆子就有出头之日；什么都舍不得，就什么也作不成！”

回到家中，太阳已经快落下去。

招弟还没有回来。

大赤包很想不动声色，可是没能成功。她本来极相信自己与招弟的聪明，总以为什么人都会吃亏，而她与她的女儿是绝对不会的。可是，天已经快黑了，而女儿还没有回来，又是个无能否认的事实。再说，她并不是不晓得李空山的厉害。她咬上了牙。这时候，她几乎真像个“母亲”了，几乎要责备自己不该把女儿送到虎口里去。可是，责备自己便是失去自信，而她向来是一步一个脚印儿的女光棍；光棍是绝对不能下“罪己诏”的！不，她自己没有过错，招弟也没有过错；只是李空山那小子可恶！她须设法惩治李空山！

她开始在院中慢慢的走遛儿，一边儿走一边儿思索对付李空山的方法。她一时想不出什么方法来，因为她明知道空山不是好惹的。假若，她想，方法想得不好，而自己“赔了夫人又折兵”那才丢透了脸！这样一想，她马上发了怒。她干嗽了一两声，一股热气由腹部往上冲，一直冲到胸口，使她的胸口发辣。这股热气虽然一劲儿向上冲，可是她的皮肤上反倒觉得有点冷，她轻颤起来。一层小鸡皮疙瘩盖住了她满脸的雀斑。她不能再想什么了。只有一个观念像虫儿似的钻动她的心——她丢了人！

作了一辈子女光棍，现在她丢了人！她不能忍受！算了，什么也无须想了，她去和李空山拼命吧！她握紧了拳，抹着蔻丹的指甲把手心都抠得有点疼。是的，什么也不用再说，拼命去是唯一的好办法。晓荷死了有什么关系呢？高第，她永远没喜爱过高第；假若高第随便的吃了大亏，也没多大关系呀。桐芳，哼，桐芳理应下窑子；桐芳越丢人才越好！一家人中，她只爱招弟。招弟是她的心上的肉，眼前的一朵鲜花。而且，这朵鲜花绝不是为李空山预备着的！假若招弟而是和一位高贵的人发生了什么关系，也就没有什么说不通的地方；不幸，单单是李空山抢去招弟，她没法咽下这口气！李空山不过是个科长啊！

她喊人给她拿一件马甲来。披上了马甲，她想马上出去找李空山，和他讲理，和他厮打，和他拼命！但是，她的脚却没往院外走。她晓得李空山是不拿妇女当作妇女对待的人；她若打他，他必还手，而且他会喝令许多巡警来帮助他。她去"声讨"，就必吃更大的亏，丢更多的脸。她是女光棍，而他恰好是无赖子。

晓荷早已看出太太的不安，可是始终没敢哼一声。他知道太太是善于迁怒的人，他一开口，也许就把一堆狗屎弄到自己的头上来。

再说，他似乎还有点幸灾乐祸。大赤包，李空山都作了官，而他自己还没有事作，他乐得的看看两个官儿像两条凶狗似的恶战一场。他几乎没有关切女儿的现在与将来。在他看，女儿若真落在李空山手里呢，也好。反之，经过大赤包的一番争斗而把招弟救了出来呢，也好。他非常的冷静。丢失了女儿和丢失了国家，他都能冷静的去承认事实，而不便动什么感情。

天上已布满了秋星，天河很低很亮。大赤包依然没能决定是否出去找空山和招弟。这激起她的怒气。她向来是急性子，要干什么便马上去干。现在，她的心与脚不能一致，她没法不发气。她找到晓荷作发气的目标。进到屋中，她像一大堆放过血的，没有力量的，牛肉似的，把自己扔在沙发上。她的眼盯住晓荷。

晓荷知道风暴快来到，赶紧板起脸来，皱起点眉头，装出他也很关切招弟的样子。他的心里可是正在想：有朝一日，我须登台彩唱一回，比如说唱一出《九更天》或《王佐断臂》；我很会作戏！

他刚刚想好自己挂上髯口，穿上行头，应该是多么漂亮，大赤包的雷已经响了。

“我说你就会装傻充愣呀！招弟不是我由娘家带来的，她是你们冠家的姑娘，你难道就不着一点急？”

“我很着急！”晓荷哭丧着脸说。“不过，招弟不是常常独自出去，回来的很晚吗？”

“今天跟往常不一样！她是去看……”她不敢往下说了，而啐了一大口唾沫。

“我并没教她去！”晓荷反攻了一句。即使招弟真丢了人，在他想，也都是大赤包的过错，而过错有了归处，那丢人的事仿佛就可以变成无关紧要了。

大赤包顺手抄起一个茶杯，极快的出了手。哗啦！连杯子带窗户上的一块玻璃全碎了。她没预计到茶杯会碰到玻璃上，可是及至玻璃被击碎，她反倒有点高兴，因为玻璃的声音是那么大，颇足以助她的声势。随着这响声，她放开了嗓子：“你是什么东西！我一天到晚打内打外的操心，你坐在家里横草不动，竖草不拿！你长着心肺没有？”

高亦陀在屋中抽了几口烟，忍了一个盹儿。玻璃的声音把他惊醒。醒了，他可是不会马上立起来。烟毒使他变成懒骨头。他懒懒的打了个哈欠。揉了揉眼睛，然后对着小瓷壶的嘴咂了两口茶，这才慢慢的坐起来。坐了一小会儿，他才轻挑软帘扭了出来。

三言两语，把事情听明白，他自告奋勇找招弟小姐去。

晓荷也愿意去，他是想去看看光景，假若招弟真的落在罗网里，他应当马上教李空山拜见老泰山，而且就手儿便提出条件，教李空山给他个拿干薪不作事的官儿作。他以为自己若能借此机会得到一官半职，招弟的荒唐便实在可以变为增光耀祖的事了，反之，他若错过了这个机会，他觉得就有点对不起自己，而且似乎还有点对不起日本人——日本人占据住北平，他不是理当去效力么？

可是，大赤包不准他去。她还要把他留在家里，好痛痛快快的骂他一顿。再说，高亦陀，在她看，是她的心腹，必定比晓荷更能把事情处理得妥当一些。她的脾气与成见使她忘了详加考虑，而只觉得能挟制丈夫才见本领。

高亦陀对晓荷软不唧的笑了笑，像说相声的下场时那么轻快的走出去。

大赤包骂了晓荷一百分钟！

亦陀曾经背着大赤包给李空山“约”过好几次女人，他晓得李空山会见女人的地方。

那是在西单牌楼附近的一家公寓里。以前，这是一家专招待学生的，非常规矩的，公寓。公寓的主人是一对五十多岁的老夫妇，男的管账，女的操厨，另用着一个四十多岁的女仆给收拾屋子，一个十四五岁的小男孩给沏茶灌水和跑跑腿儿。这里，没有熟人的介绍，绝对租不到房间；而用功的学生是以在这里得到一个铺位为荣的。老夫妇对待住客们几乎像自己的儿女，他们不只到月头收学生们的食宿费，而也关心着大家的健康与品行。学生们一致的称呼他们老先生和老太太。学生们有了困难，交不上房租。只要说明了理由，老先生会叹着气给他们垫钱，而且借给他们一些零花。因此，学生们在毕业之后，找到了事作，还和老夫妇是朋友，逢节过年往往送来一些礼物，酬谢他们从前的厚道。这是北平的一家公寓，住过这里的学生们，无论来自山南海北，都因为这个公寓而更多爱北平一点。他们从这里，正如同在瑞蚨祥绸缎庄买东西，和在小饭馆里吃饭，学到了一点人情与规矩。北平的本身仿佛就是个大的学校，它的训育主任便是每个北平人所有的人情与礼貌。

“七七”抗战以后，永远客满的这一家公寓竟自空起来。大学都没有开学，中学生很少住公寓的。老夫妇没了办法。他们不肯把公寓改成旅馆，因为开旅馆是“江湖”上的生意，而他们俩不过是老老实实的北平人。他们也关不了门，日本人不许任何生意报歇业。

就正在这个当儿，李空山来到北平谋事。他第一喜爱这所公寓的地点——西单牌楼的交通方便，又是热闹的地方。第二，他喜欢这所公寓既干净，又便宜。他决定要三间房。为了生计，老夫妇点了头。

刚一搬进来，李空山便带着一个女人，和两三个男人。他们打了一夜的牌。老夫妇过来劝阻，李空山瞪了眼。老夫妇说怕巡警来抄赌，李空山命令带来的女人把大门开开，教老夫妇看看巡警敢进来不敢。半恼半笑的，李空山告诉老夫妇："你们知道不知道现在是另一朝代了？日本人喜欢咱们吸烟打牌！"说完，他命令"老先生"去找烟灯。老先生拒绝了，李空山把椅子砸碎了两张。他是"老"军人，懂得怎样欺侮老百姓。

第二天，他又换了个女人。老夫妇由央告而挂了怒，无论如何，请他搬出去。李空山一语不发，坚决的不搬。老先生准备拼命："老命不要了，我不能教你在这儿撒野！"李空山还是不动，仿佛在这里生了根。

最后，连那个女人也看不过去了，她说了话："李大爷，你有的是钱，哪里找不到房住，何苦跟这个老头子为难呢？"

李空山卖了个面子，对女人说："你说的对，小宝贝！"然后，他提出了条件，教老夫妇赔偿五十元的搬家费。老夫妇承认了条件，给了钱，在李空山走后，给他烧了一股高香。

李空山把五十元全塞给了那个女人："得啦，白住了两天房，白玩了女人，这个买卖作得不错！"他笑了半天，觉得自己非常的漂亮，幽默。

在李空山作了特高科的科长以后，他的第一件"德政"便是强占那所公寓的三间房。他自己没有去，而派了四名腰里带着枪的"干员"去告诉公寓的主人："李科长——就是曾经被你撵出去的那位先生，要他原来住过的那三间房！"他再三再四的嘱咐"干员"们，务必把这句话照原样说清楚，因为他觉得这句话里含有报复的意思。他只会记着小仇小怨，对小仇小怨，他永远想着报复。为了报复小仇小怨，他不惜认敌作父。借着敌人的威风，去欺侮一对无辜的老夫妇，是使他高兴与得意的事。

公寓的老夫妇看到四支手枪，只好含着泪点了头。他们是北平人，遇到凌辱与委屈，他们会责备自己“得罪了人”，或是叹息自己的运气不佳。他们既忍受日本人的欺压，也怕日本人的爪牙的手枪。

李空山并不住在这里，而只在高兴玩玩女人，或玩玩牌的时候，才想起这个“别墅”来。每来一次，他必定命令老夫妇给三间屋里添置一点东西与器具；在发令之前，他老教他们看看手枪。因此，这三间屋子收拾得越来越体面，在他高兴的时候，他会告诉“老先生”：“你看，我住你的房间好不好？器具越来越多，这不是‘进步’么？”赶到“老先生”问他添置东西的费用的时候，他也许瞪眼，也许拍着腰间的手枪说：“我是给日本人作事的，要钱，跟日本人去要！我想，你也许没有那么大的胆子吧？”“老先生”不敢再问，而悟出来一点道理，偷偷的告诉了太太：“认命吧，谁教咱们打不出日本人去呢？”

高亦陀的心里没有一天忘记了怎样利用机会打倒大赤包，然后取而代之。因此，他对李空山特别的讨好。他晓得李空山好色，所以他心中把李空山与女人拴了一个结。大赤包派他去“制造”暗娼，他便一方面去工作，一方面向李空山献媚：“李科长，又有个新计划，不知尊意如何？每逢有新下海的暗门子，我先把她带到这里来，由科长给施行洗礼，怎样？”

李空山不明白什么叫“洗礼”，可是高亦陀轻轻挽了挽袖口，又挤了挤眼睛，李空山便恍然大悟了，他笑得闭不上了嘴。好容易停住笑，他问：“你给我尽心，拿什么报答你呢？是不是我得供给你点烟土？”

高亦陀轻快的躲开，一劲儿摆手：“什么报酬不报酬呢？凭你的地位，别人巴结也巴结不上啊，我顺手儿能办的事，敢提报酬？科长你要这么客气，我可就不敢再来了！”

这一套恭维使李空山几乎忘了自己的姓氏，拍着高亦陀的肩头直喊“老弟！”于是，高亦陀开始往“别墅”运送女人。

高亦陀算计得很正确：假若招弟真的落了圈套，她必定是在公寓里。

他猜对了。在他来到公寓以前，李空山已经和招弟在那里玩耍了三个钟头。

招弟，穿着空山给她的夹袍和最高的高跟鞋，好像身量忽然的长高了许多。挺着她的小白脖子，挺着她那还没有长得十分成熟的胸口，她仿佛要把自己在几点钟里变成个熟透了的小妇人。她的黑眼珠放着些浮动的光儿，东瞭一下西瞭一下的好似要表示出自己的大胆，而又有点不安。她的唇抹得特别的红，特别的大，见棱见角的，像是要用它帮助自己的勇敢。她的头发烫成长长的卷儿，一部分垂在项上，每一摆动，那些长卷儿便微微刺弄她的小脖子，有点发痒。额上的那些发鬈梳得很高，她时时翻眼珠向上看，希望能看到它们；发高，鞋跟高，又加上挺着项与胸，她觉得自己是长成了人，应当有胆子作成人们所敢作的事。

她忘了自己是多么娇小秀气。她忘了以前所有的一点生活的理想。她忘了从前的男朋友们。她忘了国耻。假若在北平沦陷之后，她能常常和祁瑞全在一处，凭她的聪明与热气，她一定会因反抗父母而表示出一点爱国的真心来。可是，瑞全走了。她只看到了妓女与父母所作的卑贱无聊的事。她的心被享受与淫荡包围住。慢慢的，她忘了一切，而只觉得把握住眼前的快乐是最实际最直截了当的。冲动代替了理想，她愿意一下子把自己变成比她妈妈更漂亮，更摩登，也更会享受的女人。假若能作到这个，她想，她便是个最勇敢的女郎，即使天塌下来也不会砸住她，更不用提什么亡国不亡国了。

她并不喜爱李空山，也不想嫁给他。她只觉得空山怪好玩。她忘了以前的一切，对将来也没作任何打算。她的家教是荒淫，所以她也只能想到今天有酒今天醉。在她心的深处，还有一点点光亮，那光亮给她照出，像电影场打“玻片”似的，一些警戒的字句。可是，整个的北平都在乌七八糟中，她所知道的“能人”们，都闭着眼瞎混——他们与她们都只顾了嘴与其他的肉体上的享受，她何必独自往相反的方向走呢。她看见了那些警戒的语言，而只一撇嘴。她甚至于告诉自己：在日本人手下找生活，只有鬼混。这样劝告了自己，她觉得一切都平安无事了，而在日本人手下活着也颇有点好处与方便。

没有反抗精神的自然会堕落。

见了李空山，李空山没等她说什么便“打道”公寓。她知道自己是往井里落呢，她的高跟鞋的后跟好像踩着一片薄冰。她有点害怕。可是，她不便示弱而逃走。她反倒把胸口挺得更高了一些。她的眼已看不清楚一切。而只那么东一转西一转的动。她的嗓子里发干，时时的轻嗽一下。嗽完了，她感到无聊，于是就不着边际的笑一笑。她的心跳动得很快，随着心的跳动，她感到自己的身体直往上升，仿佛是要飘到空中去。她怕，可也更兴奋。她的跳动得很快的心像要裂成两半儿。她一会儿想往前闯去，一会儿想往后撤退，可是始终没有任何动作。她不能动了，像一个青蛙被蛇吸住那样。

到了公寓，她清醒了一点。她想一溜烟似的跑出去。可是，她也有点疲乏，所以一步也没动。再看看李空山，她觉得他非常的粗俗讨厌。他身上的气味很难闻。两个便衣已经在院中放了哨。她假装镇定的用小镜子照一照自己的脸，顺口哼一句半句有声电影的名曲。她以为这样拿出摩登姑娘的大方自然，也许足以阻住李空山的袭击。她又极珍贵自己了。

可是，她终于得到她所要的。事后，她非常的后悔，她落了泪。李空山向来不管女人落泪不落泪。女人，落在他手里，便应当像一团棉花，他要把它揉成什么样，便揉成什么样。他没有温柔，而且很自负自己的粗暴无情，他的得意的经验之语是：“对女人别留情！砸折了她的腿，她才越发爱你！”

高亦陀来到。

十

见高亦陀来到，招弟开始往脸上拍粉，重新抹口红，作出毫不在乎的样子。在家中，她看惯了父母每逢丢了脸就故意装出这种模样。这样一作戏，她心中反倒平定下来。她觉得既然已经冒了险，以后的事就随它的便吧，用不着发愁，也用不着考虑什么。她自自然然的对亦陀打了招呼，仿佛是告诉他："你知道也好，不知道也好，反正我一切都不在乎！"

高亦陀的眼睛恰好足够判断这种事情的，一眼他便看明白事情的底蕴。他开始夸赞招弟的美貌与勇敢。他一字不提事情的正面，而只诚恳的扯闲话儿，在闲话之中，他可是教招弟知道：他是她的朋友，他会尽力帮她忙，假若她需要帮忙的话。他很爱说话，但是他留着神，不让他的话说走了板眼。

听亦陀闲扯了半天，招弟更高兴起来，也开始有说有笑，仿佛她从此就永远和空山住在一处也无所不可了。真的，她还没想出来她的第二步应当往哪里走，可是表示出她的第一步并没有走错。不管李空山是什么东西，反正今天她已被他占有，那么她要是马上就想和他断绝关系，岂不反倒有点太怕事与太无情么？好吧，歹吧，她须不动声色的应付一切。假若事情真不大顺利，她也还有最后的一招，她须像她妈妈似的作个女光棍。她又用小镜子照了照自己，她的脸，眼，鼻子，嘴，是那么美好，她觉得就凭这点美丽，她是绝对不会遇到什么灾难和不幸的。

看和招弟闲谈的时间已经够了，亦陀使了个眼神，把李空山领到另一间屋里去。一进门，他便扯天扯地的作了三个大揖，给空山道喜。

空山并没觉得有什么可喜，因为女人都是女人，都差不多；他在招弟身上并没找到什么特殊的地方来。他只说了声：“麻烦得很！”

“麻烦？怎么？”高亦陀很诚恳的问。

“她不是混事的，多少有点麻烦！”空山把自己扔在一个大椅子上，显着疲乏厌倦，而需要一点安慰似的。

“科长！”高亦陀的瘦脸上显出严肃的神气：“你不是很想娶个摩登太太吗？那是对的！就凭科长你的地位身份，掌着生杀之权，是该有一位正式的太太的！招弟姑娘呢，又是那么漂亮年轻，多少人费了九牛二虎的力量都弄不到手，而今居然肥猪拱门落在你手里，还不该请朋友们痛痛快快的吃回喜酒？”

亦陀这一番话招出空山不少的笑容来，可是他还一劲儿的说：“麻烦！麻烦！”他几乎已经不知道“麻烦”是指着什么说的，而只是说顺了嘴儿，没法改动字眼。同时，老重复这两个字也显着自己很坚决，像个军人的样子，虽然他不晓得为什么要坚决。

亦陀见科长有了笑容，赶紧凑过去，把嘴放在空山的耳朵上，问：“是真正的处女吧？”

空山的大身子像巨蛇似的扭了扭，用肘打了亦陀的肋部一下：“你！你！”而后，抿着嘴笑了一下，又说了声：“你！”

“就凭这一招，科长，还值不得请客吗？”高亦陀又挽了挽袖口，脸上笑得直往下落烟灰。

“麻烦！”李空山的脑子里仍然没出现新的字样。

“不麻烦！”亦陀忽然郑重起来。“一点都不麻烦！你通知冠家，不论大赤包怎么霸道，她也不敢惹你！”

“当然！”空山懒不唧的，又相当得意的，点了点头。

“然后，由你们两家出帖请客，一切都交给晓荷去办，咱们坐享其成。好在晓荷专爱办这种事，也会办这种事。咱们先向冠家要陪嫁。我告诉你，科长，大赤包由你的提拔，已经赚了不少的钞票，也该教她吐出一点儿来了！把嫁妆交涉好，然后到了吉期，我去管账。结账的时候，我把什么喜联喜幛的全交给冠家，把现金全给你拿来。大赤包敢说平分的话，咱们亮手枪教她看看就是了。我想，这是一笔相当可观的收入，而且科长你也应当这么作一次了。请原谅我的直言无隐，要是别人当了这么多日子的科长，早就不知道打过多少次秋风啦。科长你太老实，老有点不好意思。你可就吃了亏。这回呢，你是千真万确的娶太太，难道还不给大家一个机会，教大家孝敬你老一点现款吗？”

听完这一片良言，李空山心里痒了一阵，可是依然只说出：“麻烦！麻烦！”

“一点不麻烦！”亦陀的话越来越有力，可是声音也越低。声音低而有力，才足以表示亲密，而且有点魔力。“你把事情都交给我，先派我作大媒好了。这里只有个大赤包不好斗，不过，咱们说句闲话，她能办的，我，不才，也能办。她要是敢闹刺儿，你把她的所长干掉就是了。咱们只是闲扯，比方说，科长你要是愿意抬举我，我一定不会跟你三七成分账，我是能孝敬你多少，就拿出多少，我决不能像大赤包那么忘恩负义！这可都是闲篇儿，科长你可别以为我要顶大赤包；她是我的上司，我对她也不能忘恩负义！话往回说，你把事情全交给我好了，我一定会办得使你满意！”

“麻烦！”李空山很喜欢亦陀的话，可是为表示自己有思想，所以不便立刻完全同意别人的策略——愚人之所以为愚人，就是因为他以为自己很有思想。

“还有什么麻烦呀？我一个人的爷爷！”高亦陀半急半笑的说。

“有了家，”李空山很严肃的提出理由来，“就不自由了！”

高亦陀低声的笑了一阵。“我的科长，家就能拴住咱们了吗？别的我不知道，我到过日本。”

空山插了话：“到过日本，你？”

“去过几天！”亦陀谦恭而又自傲的说：“我知道日本人的办法。

日本男人把野娘们带到家来过夜，他的太太得给铺床叠被的伺候着。这个办法对！她，”亦陀的鼻子向旁边的屋子一指，“她是摩登小姐，也许爱吃醋；可是，你只须教训她两回，她就得乖乖的听话。砸她，拧她，咬她，都是好的教训。教训完了，给她买件衣料什么的，她就破涕为笑了！这样，她既不妨碍你的自由，你又可以在大宴会或招待日本人的时候，有个漂亮太太一同出席，够多么好！没有麻烦！没有一点麻烦！况且，说句丑话，在真把她玩腻了的时候，你满可以把她送给日本朋友啊！告诉你，科长，有日本人占住北平，咱们实在有一切的便利！”

空山笑了。他同意亦陀的最后一项办法——把招弟送给日本人，假如她太不听话。

“就这么办啦，科长！”亦陀跳动着轻碎的小步往外走。隔着窗子，他告诉招弟：“二小姐，我到府上送个话儿，就说今天你不回去了！”没等招弟开口，他已经走出去。

他雇车回到冠家。一路上，他一直是微笑着。他回忆刚才在公寓里的经过，像想一出《蒋干盗书》那类的戏似的那么有趣。最得意的地方是李空山已经注意到他到过日本，和他对日本人怎样对待女子的知识。他感到他的知识已发生了作用，毫无疑义的，他将凭借着那点知识而腾达起来——他将直接的去伺候日本人，而把大赤包连李空山——连李空山——全一脚踢开！他觉得北平已不是“原根”的花木，而是已接上了日本的种儿。在这变种的时候，他自己是比任何人都更有把握的得风气之先，先变得最像日本人，也就得到最多的金钱与势力。以前，他在天桥儿卖过草药；将来，他必须在日本人面前去卖草药，成为一个最伟大的草药贩子。他的草药将是他的唇舌，机智，与拉拢的手段。他将是今日的苏秦张仪，在浑水里摸到最大的一条鱼。

一直到进了冠家的大门，他才停止了微笑，换上了一脸的严肃。院中很静。桐芳与高第已经都关门就寝，只有北屋还有灯光。

大赤包还在客厅中坐着呢，脸上的粉已褪落，露出黄暗的皱纹与大颗的黑雀斑，鼻子上冒出一些有光的油。晓荷在屋中来回的走，他的骂已挨够，脸上露出点风暴过去将要有晴天的微笑。他的眼时常瞭着大赤包，以便随时收起微笑，而拿出一点忧郁来。在平日，他很怕大赤包。今天，看她真动了气，他反倒有点高兴；不管她怎样的骂他，反正她是遇到了李空山那样的一个敌手，这很值得高兴。他并没为招弟思索什么，而只想招弟若真和李空山结婚，他将得到个机会施展自己的本事。他将要极精细的，耐心的，去给她选择嫁妆，既要省钱，又要漂亮。他将要去定多少桌喜酒，怎样把菜码略微一调动便可以省一元钱，而教一般的客人看不出其中的奥妙。把这些都想过，他想到自己：在吉期那天，他将穿什么衣服，好把自己扮成既像老太爷，又能显出“老来俏”。他将怎样露出既有点疲倦，而仍对客人们极其周到。他将喝五成酒，好教脸上红扑扑的，而不至于说话颠三倒四。他将在大家的面前，表演一回尽美尽善的老泰山！

假若日本人的疯狂是昂首挺胸的，冠晓荷和类似他的北平人的疯狂是沉溺在烟酒马褂与千层底缎鞋之间的。日本人的疯狂是老要试试自己的力气，冠晓荷的是老要表现自己的无聊。这两种疯狂——凡是只知道自己，只关切自己，而不睁眼看看世界的，都可以叫作疯狂——遇到一处，就正好一个可以拼命的打人，一个死不要脸的低着头看自己的缎子鞋。按说，晓荷对招弟应当多少关点心，她是他的亲女儿。在一个中国人的心里，父亲是不能把女儿当作一根草棍儿似的随便扔出去的。可是，晓荷的疯狂使他心中很平静。对女儿，正像对他生身之地北平一样，被别人糟蹋了，他一点也不动心。他的确是北平的文化里的一个虫儿，可是他并没有钻到文化的深处去，他的文化只有一张纸那么薄。他只能注意酒食男女，只能分别香片与龙井的吃法，而把是非善恶全付之一笑，一种软性疯狂的微笑。

见高亦陀进来，晓荷作出极镇定而又极恳切的样子，问了声“怎样？”

亦陀没理会晓荷，而看了看大赤包。她抬了抬眼皮。亦陀晓得女光棍是真着了急，而故意的要“拿捏”她一下；亦陀也是个软性的疯子。他故意作出疲乏的样子，有声无力的说：“我得先抽一口！”他一直走进内间去。

大赤包追了进去。晓荷仍旧在客厅里慢慢的走。他不屑于紧迫亦陀，他有他的身份！

等亦陀吸了一大口烟之后，大赤包才问：“怎样？找到他们，啊，她，没有？”

一边慢慢的挑烟，亦陀一边轻声缓调的说：“找到了。二小姐说，今天不回来了。”

大赤包觉得有多少只手在打她的嘴巴！不错，女儿迟早是要出嫁的，但是她的女儿就须按照她的心意去嫁人。招弟这样不明不白的被李空山抢去，她吃不消。她想不起一点自己的教养女儿的错误，而招弟竟敢这么大胆妄为，她不能不伤心。不过，招弟只是个年轻的女孩子，还有可原谅。李空山是祸首，没有任何可原谅的地方；假若没有李空山的诱惑，招弟一定不会那样大胆。她把过错全归到李空山的身上，而咬上了牙。哼，李空山是故意向她挑战，假若她低了头，她就不用再在北平叫字号充光棍了。这一点，比招弟的失足还更要紧。她知道，即使现在把招弟抢救回来，招弟也不能再恢复“完整”。可是，她必须去抢救，不是为招弟的名誉与前途，而是为斗一斗李空山。她和李空山，从现在起，已是势不两立！

“晓荷！”雷似的她吼了一声。“叫车去！”

雷声把亦陀震了起来。“干吗？”

一手插腰，一手指着烟灯，大赤包咬着牙说：“我斗一斗姓李的那小子！我找他去！”

亦陀立了起来。“所长！是二小姐倾心愿意呀！”

“你胡说！我养的孩子，我明白！”大赤包的脸上挂上了一层白霜；手还指着烟灯，直颤。“晓荷！叫车去！”

晓荷向屋门里探了探头。

大赤包把指向烟灯的手收回来，面对着晓荷，“你个松头日脑的东西！女儿，女儿，都叫人家给霸占了，你还王八大缩头呢！你是人不是？是人不是？说！”

“不用管我是什么东西吧，”晓荷很镇定的说：“咱们应当先讨论讨论怎样解决这件事，光发脾气有什么用呢？”在他的心里，他是相当满意招弟的举动的，所以他愿意从速把事情解决了。他以为能有李空山那么个女婿，他就必能以老泰山的资格得到一点事作。他和东阳，瑞丰，拜过盟兄弟，可是并没得到任何好处。盟兄弟的关系远不如岳父与女婿的那么亲密，他只须一张嘴，李空山就不能不给他尽心。至于招弟的丢人，只须把喜事办得体面一些，就能遮掩过去，正如同北平陷落而挂起五色旗那样使人并不觉得太难堪。势力与排场，是最会遮羞的。

大赤包愣了一愣。

高亦陀赶紧插嘴，唯恐教晓荷独自得到劝慰住了她的功劳。“所长！不必这么动气，自己的身体要紧，真要气出点病来，那还了得！”说着，他给所长搬过一张椅子来，扶她坐下。

大赤包哼哼了两声，觉得自己确是不应动真气；气病了自己实在是一切人的损失。

亦陀接着说：“我有小小的一点意见，说出来备所长的参考。第一，这年月是讲自由的年月，招弟小姐并没有什么很大的过错。第二，凭所长你的名誉身份，即使招弟小姐有点不检点，谁也不敢信口胡说，你只管放心。第三，李空山虽然在这件事上对不起所长，可是他到底是特高科的科长，掌着生杀之权。那么，这件婚事实在是门当户对，而双方的势力与地位，都足以教大家并上嘴的。第四，我大胆说句蠢话，咱们的北平已经不是往日的北平了，咱们就根本无须再顾虑往日的规矩与道理。打个比方说，北平在咱们自己手里的时候，我就不敢公开的抽两口儿烟。今天，我可就放胆的去吸，不但不怕巡警宪兵，而且还得到日本人的喜欢。以小比大，招弟小姐的这点困难，也并没有什么难解决的地方，或者反倒因为有这么一点困难，以后才更能出风头呢。所长请想我的话对不对？”

大赤包沉着脸，眼睛看着鞋上的绣花，没哼一声。她知道高亦陀的话都对，但是不能把心中的恶气全消净。她有些怕李空山，因为怕他，所以心里才难过。假若她真去找他吵架，她未必干得过他。反之，就这么把女儿给了他，焉知他日后不更嚣张，更霸道了呢。她没法办。

晓荷，在亦陀发表意见的时候，始终立在屋门口听着，现在他说了话：“我看哪，所长，把招弟给他就算了！”

“你少说话！”大赤包怕李空山，对晓荷可是完全能控制得住。

“所长！”亦陀用凉茶漱了漱口，啐在痰盂里，而后这么叫，“所长，毛遂自荐，我当大媒好了！事情是越快办越好，睡长梦多！”

大赤包深深的吸了一口气，用手轻轻的揉着胸口，她的心中憋得慌。

亦陀很快的又呼噜了一口烟，向所长告辞：“咱们明天再详谈！就是别生气，所长！”

第二天，大赤包起来的很迟。自从天一亮，她就醒了，思前想后的再也闭不上眼。她可是不愿意起床，一劲儿盼望招弟在她起床之前回来，她好作为不知道招弟什么时候回来的样子而减少一点难堪。可是，一直等到快晌午了，招弟还没回来。大赤包又发了怒。她可是没敢发作。昨天，她已经把晓荷骂了个狗血喷头，今天若再拿他出气，似乎就太单调了一些。今天，她理当从高第与桐芳之中选择出一个作为“骂挡子”。但是，她不能骂高第，她一向偏疼招弟，而把高第当作个赔钱货，现在，给她丢人的反倒是她的心上的肉，而不是高第。她不能再激怒了高第，使高第也去胡闹八光。她只好骂桐芳。但是，桐芳也骂不得。她想象得到：假若她敢挑战，桐芳必定会立在门外的大槐树下去向全胡同广播招弟的丑事。她的怒气只能憋在心里。她巴结上了李空山，得到了所长的职位与她所希冀的金钱与势力，可是今天她受了苦刑，有气不敢发泄，有话不敢骂出来！她并没有一点悔意，也决不想责备自己，可是她感到心中像有块掏不出来的什么病。快晌午了，她不能再不起来。假若她还躺在床上，她想那就必定首先引起桐芳的注意，而桐芳会极高兴的咒诅她就这么一声不响气死在床上的。她必须起来，必须装出若无其事的样子，以无耻争取脸面。

起来，她没顾得梳洗，就先到桐芳的小屋里去看一眼。桐芳没在屋里。

高第，脸上还没搽粉，从屋里出来，叫了一声“妈！”

大赤包看了女儿一眼。高第，因为脸上没有粉，唇上没有口红，比往日更难看了些。她马上就想到：招弟倒真好看呢，可是白白的丢掉了。想到这里，她以为高第是故意的讽刺她呢！她可是还不敢发脾气。她问了声：“她呢？”

“谁？桐芳啊？她和爸爸一清早就出去了，也许是看招弟去了吧？我听见爸爸说：去看新亲！”

大赤包的头低下去，两手紧紧的握成拳头，半天没说出话来。

高第往前凑了两步，有点害怕，又很勇敢的说：“妈！先前你教我敷衍李空山，你看他是好人吗？”

大赤包抬起头来，很冷静的问：“又怎样呢？”

高第怕妈妈发怒，赶紧假笑了一下。“妈！自从日本人一进北平，我看你和爸爸的心意和办法就都不对！你看，全胡同的人有谁看得起咱们？谁不说咱们吃日本饭？据我瞧，李空山并不厉害，他是狗仗人势，借着日本人的势力才敢欺侮咱们。咱们吃了亏，也是因为咱们想从日本人手里得点好处。跟老虎讨交情的，早晚是喂了老虎！”

大赤包冷笑起来。声音并不高，而十分有劲儿的说：“哦！你想教训我，是不是？你先等一等！我的心对得起老天爷！我的操心受累全是为了你们这一群没有用的吃货！教训我？真透着奇怪！没有我，你们连狗屎也吃不上！”

高第的短鼻子上出了汗，两只手交插在一块来回的绞。“妈，你看祁瑞宣，他也养活着一大家子人，可是一点也不……”她舐了舐厚嘴唇，没敢把坏字眼说出来，怕妈妈更生气。“看人家李四爷，孙七，小崔，不是都还没饿死吗？咱们何必单那么着急，非巴结……不可呢？”

大赤包又笑了一声：“得啦，你别招我生气，行不行？行不行！你懂得什么？”

正在这个时节，晓荷，满脸的笑容，用小碎步儿跑进来，像蜂儿嗅准了一朵花似的，他一直奔了大赤包去。离她有两步远，他立住，先把笑意和殷勤放射到她的眼里，而后甜美的说：“所长！二姑娘回来了！”

晓荷刚说完，招弟就轻巧的，脸上似乎不知怎样表情才好，而又没有一点显然的惭愧或惧怕的神气，走进来。她的顶美的眼睛由高第看到妈妈，而后看了看房脊。她的眼很亮，可是并不完全镇定，浮动着一些随时可以变动的光儿。先轻快的咽了一点唾沫，她才勇敢的，微笑着，叫了一声“妈！”

大赤包没出声。

桐芳也走进来，只看了高第一眼，便到自己的小屋里去。

“姐！”招弟假装很活泼的过去拉住高第的手，而后咯咯的笑起来，连她自己也不知道笑的什么。

晓荷看看女儿，看看太太，脸上满布着慈祥与愉快，嘴中低声念道：“一切不成问题！都有办法！都有办法！”

“那个畜生呢？”大赤包问晓荷。

“畜生？”晓荷想了一下才明白过来：“一切都不成问题！所长，先洗洗脸去吧！ ”

招弟放开姐姐的手，仰着脸，三步并成两步的，跑进自己屋中去。

大赤包还没走到屋门口，高亦陀就也来到。有事没事的，他总是在十二点与下午六点左右，假若不能再早一点的话，来看朋友，好吃人家的饭。赶了两步，他搀着大赤包上台阶，倒好像她是七八十岁的人似的。

大赤包刚刚漱口，祁瑞丰也来到。刚一进屋门，他便向大家道喜。道完喜，他发表了他的说与不说都没关系的意见：“这太好了！太好了！事情应当这样！应当这样！冠家李家的联姻，简直是划时代的一个，一个，”他想不出来到底应当说一个什么才对，而把话转到更实际一些的问题上去：“冠大哥！我们什么时候吃喜酒呢？这回你可非露一手儿不行呀！酒是酒，菜是菜，一点也不能含糊。我去邀大家，单说鲜花花篮，起码得弄四十对来！还有，咱们得教李科长约些个日本人来助威，因为这是划时代的一个，一个……”他还是想不出一个什么来，而觉得自己很文雅，会找字眼，虽然没有找到。

晓荷得到了灵感，板着脸，眼睛一眨一眨的，像是在想一句诗似的。“是的！是的！一定要请日本朋友们，这是表示中日亲善的好机会！我看哪，”他的眼忽然一亮，像猫子忽然看到老鼠那样，“干脆请日本人给证婚，岂不更漂亮？”

瑞丰连连的点头：“难得大哥你想的出，那简直是空前之举！”

晓荷笑了：“的确是空前！我冠某办事，当然得有两手惊人的！”

“嫁妆呢？”瑞丰靠近了晓荷，极亲密的说：“是不是教菊子来住在这儿，好多帮点忙？”

“到时候，我一定去请她来，咱们这样的交情，我决不闹客气！先谢谢你呀！”晓荷说完，轻巧的一转身，正看见蓝东阳进来。他赶紧迎过去：“怎么！消息会传得这么快呢？”

东阳自从升了官，架子一天比一天大。他的架子，不过，可不是趾高气扬的那一种，而是把骨骼放松，仿佛随时都可以被风吹散。

他懒得走，懒得动，屁股老像在找凳子；及至坐下，他就像瘫在了那里，不愿再起来。偶尔的要走几步路，他的身子就很像刚学迈步的小儿，东倒一下，西倒一下的乱摆。他的脸上可不这么松懈，眼睛老是左右开弓的扯动，牙老咬着，表示自己虽然升了官，而仍然有无限的恨意——恨自己没有一步跳到最高处去，恨天下有那么多的官儿，而不能由他全兼任过来。越恨，他就越觉得自己重要，所以他的嘴能不漱就不漱，能不张开就不张开，表示出不屑于与凡人交谈，而口中的臭气仿佛也很珍贵，不轻于吐出一口来。

他没回答晓荷的质问，而一直扑奔了沙发去，把自己扔在上面。对瑞丰，他根本没理会。他恨瑞丰，因为瑞丰没有给他运动上中学校长。

在沙发上，扯动了半天他的眼睛，他忽然开了口："是真的？"

"什么是真的？"晓荷笑着问。晓荷是一向注意彼此间的礼貌的，可是他并不因此而讨厌东阳的没规矩。凡是能作官的，在他看，就都可钦佩；所以，即使东阳是条驴，他也得笑脸相迎。

"招弟！"东阳从黄牙板中挤出这两个字。

"那还能是假的吗，我的老弟台！"晓荷哈哈的笑起来。

东阳不再出声，用力的啃手指甲。他恨李空山能得到美丽的招弟，而他自己落了空。他想起一共给招弟买过多少回花生米，哼，那些爱的投资会居然打了"水飘儿"！他的大指的指甲上出了血，他的脸紧缩得像个小干核桃。恨，给了他灵感，他脑中很快的构成了一首诗：

死去吧，你！
白吃了我的花生米，
狗养的！

诗作成，他默念了两三遍，以便记牢，好写下来寄到报社去。

有了诗，也就是多少有了点稿费，他心中痛快了一点。他忽然的立起来，一声没出的走出去。

"吃了饭再走啊！"晓荷追着喊。

东阳连头也没回。

"这家伙是怎回事？"瑞丰有点怕东阳，直等东阳走出去才开口。

"他？"晓荷微笑着，好像是了解一切人的性格似的说："要人都得有点怪脾气！"

好事不出门，坏事行千里。不大的工夫，冠家的丑事就传遍了全胡同。对这事，祁老人首先向韵梅发表了意见："小顺儿的妈，你看怎样，应了我的话没有？小三儿，原先，时常跟她套交情，要不是我横拦着，哼，把她弄到家来，那比二媳妇还要更糟！什么话呢，不听老人言，祸事在眼前，一点也不错！"老人非常自傲这点先见之明，说完了，一劲儿的梳弄胡子，好像是表示胡子便代表智慧与远见。

小顺儿的妈却另有见解："其实，老爷子你倒不必操那个心。不管老三当初怎么往前伸腿，他也不会把她弄到手。她们一家子都是势利眼！"

老人听出韵梅的话中有些真理，可是为了维持自己的尊严，不便完全同意，于是只轻描淡写的叹了口气。

小顺儿的妈把自己的意见又向丈夫提出，瑞宣只微微的一皱眉，不愿意说什么。假若他愿开口的话，他必告诉她："这并不只是冠家的羞耻，而是我们大家出了丑，因为冠家的人是活在我们中间的——我们中间为什么会有这样的人呢？假若你要只承认冠家的存在是一种事实，你便也承认了日本人的侵略我们是不可避免的，因为臭肉才会招来苍蝇！反之，你若能看清冠家的存在是我们的一个污点，你才会晓得我们要反抗日本，也要扫除我们内部的污浊。公民们有合理的生活，才会有健康的文化，才会打退侵略者。"他可是没有开口，一来因为怕太太不了解，二来他觉得自己的生活恐怕也不尽合理，要不然他为什么不去参加抗战的工作，而只苟延残喘的在日本旗子下活着呢？

胡同中最热心给冠家作宣传的是小崔，孙七，与长顺。小崔和大赤包有点私仇，所以他不肯轻易放掉这个以宣传为报复的机会。他不像瑞宣那样会思索，而只从事情的表面上取得他的意见："好吧，你往家里招窑姐儿，你教人家作暗门子，你的女儿也就会偷人！老天爷有眼睛！"

孙七虽然同意小崔的意见，可是他另有注重之点："告诉你，小崔，这是活报应！你苟着日本人，得了官儿，弄了钱，哼，你的女儿走桃花运！你看着，小崔，凡是给日本人作事，狐假虎威的人，早晚都得遭报！"

长顺对男女的关系还弄不十分清楚，因此他才更注意这件事。他很想把故事中的细节目都打听明白，以便作为反对冠家的资料，一方面也增长些知识。他刨根问底的向小崔与孙七探问，他们都不能满足他。他甚至于问李四大妈，李四大妈似乎还不知道这件事，而郑重的嘱咐他："年轻轻的，可别给人家造谣言哪！那么俊秀的姑娘，能作出那么不体面的事？不会！就是真有这么回事，咱们的嘴上也得留点德哟！"

李四大妈嘱咐完了，还不放心，偷偷的把事情告诉了长顺的外婆。两位老太婆对于冠家几乎没有任何的批判，而只觉得长顺这个小人儿太"精"了。外婆给了长顺警告。长顺儿表面上不敢反抗外婆，而暗中更加紧的去探问，并且有枝添叶的作宣传。

李四爷听到了这件事，而不肯发表任何意见。他的一对老眼睛看过的事情，好的歹的，善的恶的，太多了；他不便为一件特殊的事显出大惊小怪。在他的经验中，他看见过许多次人世上的动乱，在这些动乱里，好人坏人都一样的被一个无形的大剪子剪掉，或碰巧躲开剪刀，而留下一条命。因此，他知道性命的脆弱，与善恶的不十分分明。在这种情形下，他只求凭着自己的劳力去挣钱吃饭，使心中平安。同时，在可能的范围中，他要作些与别人有益的事，以便死后心中还是平安的。他不为好人遭了恶报而灰心，也不为歹人得了好处而改节。他的老眼睛老盯着一点很远很远的光，那点光会教他死后心里平安。他是地道的中国人，仿佛已经活了几千年或几万年，而还要再活几千年或几万年。他永远吃苦，有时候也作奴隶。忍耐是他最高的智慧，和平是他最有用的武器。他很少批评什么，选择什么，而又无时不在默默的批评，默默的选择。他可以丧掉生命，而永远不放手那点远处的光。他知道他会永生，绝不为一点什么波动而大惊小怪。

有人问李四爷："冠家是怎回事？"他只笑一笑，不说什么。他好像知道冠家，汉奸们，和日本人，都会灭亡，而他自己永远活着。

只有丁约翰不喜欢听大家的意见。说真的，他并不以为招弟的举动完全合理，可是为表示他是属于英国府的，他不能随便的人云亦云的乱说。他仍旧到冠家去，而且送去点礼物。他觉得只有上帝才能裁判他，别人是不应干涉他，批评他的。

"舆论"开始由孙七给带到附近的各铺户去，由小崔带到各条街上去。每逢大赤包或招弟出来，人们的眼睛都射出一点好像看见一对外国男女在街上接吻那样的既稀奇又怪不好过的光来。在她们的背后，有许多手指轻轻的戳点。

大赤包和招弟感觉到了那些眼光与手指，而更加多了出来的次数。大赤包打扮得更红艳，把头扬得高高的，向"舆论"挑战。招弟也打扮得更漂亮，小脸儿上增加了光彩与勇敢，有说有笑的随着妈妈游行。

晓荷呢，天天总要上街。出去的时候，他走得相当的快，仿佛要去办一件要事。回来，他手中总拿着一点东西，走得很慢；遇到熟人，他先轻叹一声，像是很疲倦的样子，而后报告给人们："唉!为父母的对儿女，可真不容易！只好'尽心焉而已'吧！"

创美工厂® | 轻经典

出品人：许　永
出版统筹：林园林
责任编辑：许宗华
特邀编辑：林园林
装帧设计：海　云
印制总监：蒋　波
发行总监：田峰峥

投稿信箱：cmsdbj@163.com
发　　行：北京创美汇品图书有限公司
发行热线：010-59799930

创美工厂
官方微博

创美工厂
微信公众号

患难是最实际的，无可幸免的；

但是，一个人想活下去，

就不能不去设法在患难中找缝子，

逃了出去——尽人事，听天命。

——《四世同堂》